新訳 金瓶梅 上

田中智行 訳

鳥影社

新訳 金瓶梅 上巻 目次

新訳　金瓶梅　上巻

金瓶梅詞話序

ひそかに考えるに、蘭陵（いま山東省）の笑笑生《しょうしょうせい》が『金瓶梅伝』をつくり、世の中への思いを託したのには、きっと理由があるのだ。

人には七つの情(1)があるとされるが、なかでも憂鬱はもっとも手ごわい。これがすぐれた賢人ならば、自然の摂理とともに生きていて、憂鬱を霧のごとく散らし、氷のように砕くことができるのだから、わざわざ論じるには及ぶまい。それに次ぐ者も、理《ことわり》によってみずから憂鬱を取りのぞく術《すべ》を知っているから、わずらわされることはない。しかしその下の者となると、胸のなかから憂鬱を追いだせもしないし、詩や書物の精髄によって気を晴らすわけにもいかない。かくて、憂鬱を持病とせずにすむ者など、ほとんどいないことになってしまうのだ。

このためわが友人たる笑笑生は、平素よりの蘊蓄《うんちく》の限りを尽くして、全百回なるこの伝を著《あらわ》したのである。作中の語句の新奇さが世に言いはやされているものの、どこを取っても人倫をあきらかにし、淫奔をいましめ、正邪を分かち、善人悪人を感化するために書かれていないところはない。栄枯盛衰の機縁を知らしめるため、輪廻《りんね》の報いに取材しているけれども、あたかも一部始終がすぐ目の前で起こっているかのようである。まるで脈絡が貫き通っているかのよう(2)、無数の糸が風にたなびきつつも縺《もつ》れないといった具合なのだ。きっと読者をして一笑せしめ、憂いを忘れさせてくれることであろう。

たしかに作中、卑俗な話題にも及べば、脂粉《べにおしろい》の香りが漂ってもいよう(3)。だが私は申しあげたいのだ——そういう見方ではいけない、と。『詩経』の「関雎《かんしょ》」に

(1) 原文「七情」。『礼記』礼運篇によれば喜・怒・哀・懼・愛・悪・欲。後世では「哀」の代わりに「憂」が入る場合もある。

(2) 原文「脈絡貫通」。朱熹「中庸章句序」にみられる表現。／(3) 原文「気含脂粉」。高儒『百川書志』巻六・小史類においては、下文にみえる『鍾情麗集』や『懐春雅集』を含む一群の作品に対し、同じ評語が加えられている。

ついて、「楽しんで淫《いん》せず（おぼれない）、哀しんで傷《やぶ》らず（そこなわない）」と言われている。[4] 富《ふう》と貴《き》とは、人みなあこがれるものだが、[5] 欲におぼれる手前でふみとどまれる者は、めったにいない。哀《あい》と怨《えん》とは人みないやがるものだが、そのために自らをそこなうところまでいかぬ者も、やはりめったにいないのである。

そのかみの文士たちの作品、たとえば盧景暉《ろけいき》の『剪《せん》灯新話《とうしんわ》』[6]、元微之《げんびし》の『鶯鶯伝《おうおうでん》』[7]、趙弼《ちょうひつ》の『效顰集《こうひんしゅう》』[8]、羅貫中の『水滸伝』、丘瓊山《きゅうけいざん》の『鍾情麗集《しょうじょうれいしゅう》』[9]、盧梅湖の『懐春雅集』[10]、周静軒の『秉燭清談《へいしょくせいだん》』[11]、また下って『如《にょ》意伝《いでん》』[12]、『于湖記《うこき》』[13]などは、かつて読んだことがある。だが、うやうやしい言葉、かたくるしい文章で書かれているため、多くのばあい読者はくつろいで楽しむことができず、さいごまで読み終えずに放りだしてしまうであろう。

いっぽうこの伝は、巷《ちまた》にありふれた話、寝室でのつまらぬおしゃべりばかりではあるものの、身の丈わずか三尺の童子に聞かせたとしても、天の霊液を思うさま飲み、鯨の牙を抜くというようなもので[14]、すっきりとわかりやすい。古典と同列には扱えぬにせよ、筋道と趣とをそなえた文筆は、見どころに事欠かないのだ。

さらには、世の道徳教化や勧善懲悪にも関わっているから、読む者の気がかりを取りのぞき心を洗いきよめるのにも、いささかの助けとならぬでもない。

たとえば閨房《けいぼう》のことは、誰でも好きなはずなのに、きまって嫌いだと言いはる。人は堯舜のような聖賢でもないのだから、これに耽溺せぬ者が多くいるはずもない。なにしろ富貴、善良なる者すらも、その前では心を揺らし、素志をとろけさせられるのである。

ごらんあれ。高大な楼閣のなか、雲霧に閉ざされた閨房の、なんと深沈とふけゆくことか。金の屏風がとりかこむ刺繍の褥《しとね》の、なんと美しいことか。しなだれ傾《かし》ぐ雲なす黒髪や、春めく白いゆたかな胸の、なんとなまめかしいことか。つがいの鳳凰の、なんとねんごろに連れ舞うことか。その身につける錦の衣《ころも》や口にするごちそうの、なんと贅沢《ぜいたく》なことか。かくして才子と佳人の風月を詠じるさまは、なんと仲むつまじいことだろう。鶏舌香《けいぜっこう》（丁子《ちょうじ》）のかおる舌をまじえ、玉なすつばきを流すそのありさまの、なんと並はずれていることよ。一双の真白い腕が縋《すが》っては離れ、二つの小さい足が揺れまた傾《かし》ぐ[15]さまの奔放さといったら。

これこそが快楽。しかしそうであるからには、快楽きわまれば必ず悲哀が生ずる、[16]ということになるのだ。別離のときがやってきたり、顔《かんばせ》にいつか衰えがあらわれることは免れようもない。駅使に梅の枝を託し、[17]魚の腹に手紙を寄せる[18]日とて、必ずやおとずれよう。苦難に追われうろたえさまようこともさだめなら、刀剣のもとに命を落とすとしても避けられはしない。この世には王法あり、あの世には鬼神あり、[19]そこから逃れることはできないのだ。他人の妻を淫したならば自分の妻が他人と淫するというように、禍《わざわい》は悪事の積みかさねが、福は善行の余慶がもたらすのであり、[20]すべてのものごとはけっきょく、循環のからくりにしたがっているのである。

それゆえ天に春夏秋冬が、人に悲歓離合があるのは不思議なことではないのだ。天の理《ことわり》に身をゆだねるなら、遠い将来にわたって子孫が栄えるだろうし、近くは安んじて命をまっとうできよう。天の理に逆らうならば、からだも名誉もうしなって、災厄が踵《きびす》をかえす間もなく訪れる。人の身過ぎは世のうつろいを脱け出せぬとはいえ、禍事《まがごと》にも遭わず、恥辱をこうむりもしないならば、それはそれで幸せというものなのだ。「笑笑生がこの伝をつくったのには、きっと理由があるのだ」と述べたのは、このようなわけである。

明賢里の陋屋《ろうおく》にて欣欣子《きんきんし》しるす

（4）「関雎」は『詩経』冒頭に置かれた詩で、雎鳩《しょきゅう》（ミサゴ）の姿をかりて夫婦和合をうたう。「楽しんで」云々は『論語』八佾《はちいつ》篇からの引用。／（5）『論語』里仁篇に「富と貴とは是れ人の欲する所なり」とある。／（6）『剪灯新話』は瞿佑《くゆう》により著された明初の文言小説集。ここで作者として名の挙げられる盧景暉については未詳。／（7）唐・元稹《げんしん》（微之は字）の文言小説。張生と崔鶯鶯との恋物語。のちに元・王実甫によって戯曲『西廂記』に改編された。／（8）明代の文言小説集。『夷堅志』や『剪灯新話』の「顰《ひそみ》に效《なら》って」作られたのでこの書名がある。／（9）明代中期に成立した文言小説。丘濬（瓊山は号）の作とされるが異論もある。後に多く現れる才子佳人ものの文言小説（次にみえる『懐春雅集』もその一つ）の形式を確立した作品とされる。／（10）明代の文言小説。『百川書志』では盧民表の著とされており、盧梅湖とあるいは同一人物か。／（11）周礼（静軒は号）による明代の文言小説集だが既に散佚。『百川書志』によれば五巻からなり二十七篇を収めたという。／（12）正しくは『如意君伝』。武則天を題材とした明代の文言色情小説で、嘉靖年間以前の成立。『金瓶梅』の性描写にも大きな影響を与えている。／（13）『燕居筆記』巻六に収める「張于湖宿女真観記」を指すか。張于湖とは于湖居士と号した宋の詩人・張孝祥のこと。

（14）唐・韓愈の詩「調張籍（張籍を調《あざけ》る）」に、李白や杜甫の精神と通じあい詩的幻想が腸に入ったならば「手に刺《やいば》して（刃をもって）鯨牙を抜き、瓢を挙げて天漿を酌まん」とあるのに基づく。／（15）明・解縉の詩「二女踏鞦韆（二女 鞦韆《しゅうせん》を踏む）」に基づく表現。鞦韆はぶらんこ。本書第二十五回にもこの詩の一節が引かれる。／（16）原文「楽極必悲生」。このような発想は、古く『礼記』楽記、『淮南子』道応訓、漢武帝「秋風辞」などからみられる。／（17）原文「折梅逢駅使」。南朝の人・陸凱が長安にいる友人の范曄に梅の花ひと枝を贈った際に詠んだとされる詩の一節。／（18）作者不明の楽府「飲馬長城窟行」（『文選』巻二十七）に、「客 遠方より来たり、我に双つの鯉魚を遺《おく》る、児《こ》を呼びて鯉魚を烹《に》るに、中に尺の素書有り」とあるのによる。（19）原文を訓読すると「陽に王法有り、幽に鬼神有り」。『明心宝鑑』正己篇に引かれる「紫虚元君戒諭心文」に「明（この世）には王法有りて相ひ継ぎ、暗（あの世）には鬼神有りて相ひ随ふ」と同種の発想がみられる。／（20）原文「禍は悪積に因《よ》り、福は善慶に縁《よ》る」。『千字文』からの引用。

金瓶梅序

『金瓶梅』は穢《けが》らわしい書物である。袁石公（袁宏道）がしきりに褒めたたえたのは、(1) みずからの不平を託しただけのことで、『金瓶梅』に見どころがあると考えてのことではない。とはいえ作者なりに心づもりはあって、おそらくは世を戒めんとしたのであり、世に勧めんとしたわけではないのだ。たとえば多くの女たちのなかから潘金蓮《はんきんれん》、李瓶児《りへいじ》、春梅《しゅんばい》のみをとりあげて書名としたねらいは、楚の『檮杌《とうごつ》』とおなじである。(2) けだし金蓮は姦《かん》により死に、瓶児は孼《わざわい》によって死に、春梅は淫《いん》によって死ぬ。他の女たちにくらべて、一段とむごい死にかたである。作者は、西門慶を借りて世の大浄《あくとう》を、応伯爵を借りて世の小丑《どうけ》を、淫婦たちを借りて世の丑婆《どうけおんな》や浄 婆《わるものおんな》をそれぞれ描き、読者に冷や汗をかかせる。(3) つまりは世を戒めんとしたのであり、世に勧めんとしたわけではないのだ。

私はかつてこう言ったことがある――「『金瓶梅』を読んで憐憫《れんびん》の心をおこす者は菩薩であり、畏懼《いく》の心をおこす者は君子である。歓喜の心をおこす者は小人であり、真似しようと思うものは禽獣でしかない」と。わが友人の褚孝秀《ちょこうしゅう》がひとりの若者とつれだって歌舞の宴におもむいたときのこと、芝居が覇王（項羽）の夜宴まで進んだときに、その若者は羨ましがり、「男子たる者、かくあるべきではないか」と言った。すると孝秀は「この段も、（項羽の死ぬ）烏江《うこう》の場面を迎えるために打たれた布石に過ぎないのだ」と言った。居合わせた者らはこれを聞いて、有道《ゆうどう》の言であると感嘆した。(4) この意を理解してこそ、『金瓶梅』を読むことが許されるのだ。そうでもなければ石公はほとんど、淫と欲へと教え導いたことの害悪これにまさるなき人物ということになろう。世の人びとよ、くれぐれも西門

（1）袁宏道は万暦二十四年（一五九六）、董其昌に宛てた書信において『金瓶梅』を「雲霞紙に満ち、枚生（枚乗）の『七発』に勝ること多し」と評している。また「觴政」において飲酒に関する書物を列挙する中でも『金瓶梅』に触れている。／（2）『檮杌』は楚の史書の名（すでに散佚）。檮杌とは悪獣の名で、一説には懲悪のためにこれを書名にとったという。／（3）浄と丑とは、もともと戯曲における役柄を示す言葉で、それぞれ悪役と道化役のこと。／（4）項羽を描く戯曲として沈采『千金記』があり、その第十四齣にはじっさいに夜宴の場面が描かれる。

慶の前轍《ぜんてつ》を踏まれぬよう。

万暦丁巳季冬、(5) 東呉の弄珠客《ろうしゅかく》(6)が金閶《きんしょう》（蘇州）への道中にてそぞろしるす

（5）万暦丁巳は万暦四十五年（一六一七）、季冬は十二月。

（6）珠を弄ぶのは龍の図像的特徴であるため、弄珠客とは馮夢龍（一五七四〜一六四六）ではないかとの説がある。馮夢龍は蘇州の人で、『金瓶梅』の出版を沈徳符に慫慂したことが知られる。

跋

『金瓶梅伝』は、世宗（嘉靖帝）の御代（一五二二〜一五六六）にさる大官によって書かれた、指すところのある物語である。おそらくは何者かを諷しているのであろう。しかしながら、人の世の醜いありさまをすっかり描き尽くしており、かつて孔子が『詩経』から鄭や衛のみだらな詩を削らずに戒めとしたのと、ねらいはおなじなのではないか。途中、筋立てのあちこちに因果を埋めこんでいるのだから、作者は（仏の）大慈悲をも備えているのである。

今後、この書が世に流行したなら、そのもたらす功徳は量り知れないものがある。もののわからぬ連中は、こともあろうにこれが淫書であるとみなしているが、作者のねらいをわきまえていないのみならず、この書物を流行させようとしている者の思いまでをも、無実の罪でしりぞけているのだ。このことを特に申しあげる次第である。

廿公《ねんこう》しるす

新刻金瓶梅詞話

詞にいわく(1)——

（一）
閬苑《ろうえん》や瀛洲《えいしゅう》も（閬苑、瀛洲は共に仙境の名）
金谷《きんこく》にそびえる楼閣も（金谷は晋・石崇の庭園）
茅ぶき小屋の清閑にはかなわない
野の花が地をいろどるのも
風流というものか
春によし
夏によし
秋によし
酒は熟した　漉《こ》して注《つ》げ
客が来たなら引きとめろ
栄なく辱《じょく》なく憂いもないとはいえ
浮世しりぞいた閑居の身
どうしてかまうものか
つかれれば眠り
かわけば飲み
酔えば謳うのだ

（二）
横たわる短い垣
低くて粗末な窓
ちっぽけな小池
高く低くかさなる峰
みどりの水辺にも
風あり
月あり
涼しさあり

（1）以下の四首の詞は〔行香子〕を詞牌（旋律名）としているが、底本には詞牌が記されていない。元代の道士・彭致中の編んだ『鳴鶴余音』巻六にみえる四首の〔行香子〕詞のうち三首までが、以下の四首と一致する（作者名は記されない）。四首が揃って現れる資料としては明代の程敏政を編者に掲げる『天機余錦』巻四に張天師の作として収められるのが早い。この他、一部の作品を元代の中峰明本の作とする資料もある。詳しくは孫秋克「再説《金瓶梅詞話》巻首〔行香子〕」（『河南大学学報（社会科学版）』二〇〇七年六期）を参照。なお訳文中の（一）～（四）の番号は訳者が補った。

つかいなれた
竹の小机に籐《とう》の寝床
目の前にせまる山水の風光
客人きたれば酒はなくとも
優雅なおしゃべりに障《さわ》りなし
念入りに茶を沸かし
杯をあたため
いささか湯を注ぐ

(三)

住まいは水と竹のなか
私は私の廬《いおり》を愛す(2)
きれいな色の石段はふぞろいに
気に召すままの軒窓《のきまど》は
小さいながらも巧みなつくり
まことに清らかで静かで
こざっぱりと雅《みやび》で
くつろぎのびやかで
しばられずものぐさに

その様子はといえば
欄干にもたれ水辺に魚をながめ
風花雪月のなかに
時をかちとる
心清める香を薫《た》き
言葉を交わし
書物にふける

(四)

塵を掃き浄め
苔を惜しむ
門前は紅葉が階《きざはし》をうずめるにまかせ
絵になる光景
これまた珍《めず》らか
松が数株
竹が数竿
梅が数枝

花をそだてて
つぎつぎ咲かせ
あしたのことは天まかせ

富貴の到来いつとはわからぬ
のんびりと
分《ぶん》にしたがい
胸襟《きょうきん》をひらく

四貪詞(3)

酒《きちがいみず》

酒のみゃ精神《こころ》と家こわす
呂律《ろれつ》まわらずやかましく
親戚友達とおざける
義理わすれるのはみな酒のせい
飲みはなさるな流霞《うまざけ》を
これさえ守れば間違い起きぬ
しくじりはよろず酒がもと
客もてなすは茶になされ

色《べっぴんさん》

みどりの黒髪べっぴんさんの
化粧や飾りにゃ近づくな
身命《しんみょう》を滅ぼすは嬌態《しな》により
傾城《けいせい》ともなりゃなお綺麗
焦がれず丹田《はら》に気を養え
欲を抑えりゃ寿命は延びる
今後は風月《いろこい》と手を切って
紙の帳《とばり》にうかぶ梅花ながめ独り眠れ

財《おかね》

絹に財宝ためこむもよいが
あこぎな稼ぎはやめておけ

（2）東晋・陶淵明の詩「山海経を読む（読山海経）」に「吾れ亦た吾が廬を愛す」とある。／（3）以下の四首の詞は〔鷓鴣天《しゃこてん》〕の詞牌による。酒色財気は当時の通俗文学においてしばしば取り上げられる主題だった。鄭培凱「酒色財気与《金瓶梅詞話》的開頭――兼評《金瓶梅》研究的〝索隠派〟」（『中華文史論叢』一九八三年第四期）を参照。

親戚友人との道義はおかねでなくす
父子の情も利が引き裂く

手を引け頭をひっこめろ
昼夜の愁いを避けたけりゃ
子孫にゃ子孫の福がある
憂いの種は遺《のこ》さぬように

気《はらだち》

勇んで腕前ひけらかし
拳《こぶし》で気概をしめすは愚か
怒りの炎が燃えさかりゃ
憂いに禍《わざわ》い身を焦がす

やりすぎなさるな災い避けよ
ものごとはよろず寛容に
手を引くときには手を引いて
許すところは許すこと

第一回
景陽岡《けいようこう》にて武松が虎を退治すること
潘金蓮が夫を嫌がり色目《いろめ》を使うこと

詞にいわく——

男《おのこ》は呉鉤《ごこう》を手にとって
万人の首級《くび》を斬《き》らんとす
鉄石きたえしその性根
どうして花《びじょ》にてとろけるか

項羽に劉邦ごらんあれ
どちらも聞くだに痛ましい
虞姫《ぐき》や戚氏《せきし》にぶつかれば
あたら豪傑みな終わり(1)

この詞は、情と色の二文字のことをもっぱら述べたもの。情と色とは本体と作用、ゆえに色が目をくらませれば、情が心でうごく。情と色とはたがいを生じ、心と目とはたがいにしたがう。古《いにしえ》から今に至るまで、仁人君子とて情色を忘れたはずはない。晋の人が言っている——「情の鍾《あつ》まる所は正に我輩に在り」と。(2)その力は磁石が鉄を吸いよせるようなもので、さえぎる物をはさんでもくぐり抜ける。情を持たぬものですらそうなのだから、人はなおさら打つ手もなく、ひねもす情と色とのなかで暮らしていくのである。

---

(1) この詞はもともと宋・卓田の作品。詞牌は〈眼児媚〉で、「蘇小楼に題す」との題がつけられている。この詞から「ひねもす情と色との中で暮らしていくのである」までの議論は、白話短篇小説集『清平山堂話本』の「刎頸鴛鴦会」冒頭に、概ね一致する（なお『清平山堂話本』はもともと『六家小説』または『六十家小説』という書名だったことが知られるが、いま通称に従う）。／(2)『世説新語』傷逝篇に見られるエピソードに由来する表現。王戎が息子を亡くし、山簡が見舞いに赴いた際、山簡が「まだ抱かれているような幼子のことでなぜここまで悲しまれるのか」と問うと、王戎は「聖人は情を忘れる。最下等の者らは情と無縁である。情が集まるのはまさに我らのところなのだ」と答えたという。

「男は呉鉤を手にとって」の呉鉤とは、古《いにしえ》の剣である。そのかみ、干将《かんしょう》、莫邪《ばくや》、太阿《たいあ》、呉鉤《ごこう》、魚腸《ぎょちょう》、蜀鏤《しょくる》[3]といった名の剣があった。丈夫の腸《はらわた》が鉄のごとく、その気概が虹を貫くほどであろうとも、女に志がくじかれることは防ぎがたいと言っているのである。

この詞が取りあげるそのかみの西楚の覇王は、姓を項、名を籍、字《あざな》を羽といった。秦の始皇帝が非道をはたらき、南は五嶺を平定し、北は長城を築き、東は大海を埋め、西は阿房宮を建て、六国（斉、楚、燕、韓、趙、魏）を併呑し、焚書坑儒をおこなった。そこで項羽は漢王の劉邦、字は季とふたりで兵を起こし、三秦（いまの陝西一帯）を席捲した。秦をほろぼすと、鴻溝《こうこう》（運河の名）を境に天下を楚と漢とで分かつこととした。范増《はんぞう》の計を用いて漢王をたてつづけに破ること七十二陣。だが人並みはずれた美しさの虞姫という女を寵愛《ちょうあい》し、軍中に同行させ朝夕ともに過ごしたため、ついに韓信に敗れ、夜にまぎれ陰陵《いんりょう》（いま安徽省）まで逃げたところで追手にせまられた。敗れた項羽が救いを求めるべきは江東であったが、虞姫とは離れがたく、さらに四面の楚歌を耳にするに及べば、進退きわまり、歎きつつ歌った——

「力　山を抜き　気　世を蓋う
時　利ならず　騅《すい》（愛馬の名）逝《ゆ》かず
騅　逝かざれば奈何《いかん》すべきや
虞や虞や若《なんじ》を奈何せん」

歌い終えると涙はらはらと落ちる。虞姫は、

「大王さま、わたくしめのために軍の大事をなげうつというのですか」

覇王、

「そうではない。俺はお前と離れるのが耐えられないのだ。それにお前のこの美しさ。劉邦は酒色の君主、お前を見れば必ずや我がものとするだろう」

虞姫は泣きながら、

「わたくし、成り行きまかせに生きるくらいなら、義によって死にましょう」

ついに王の宝剣を借り、みずから首はねて死んだ。覇王もおおいに慟《なげ》き、自ら首きって後を追った。史官に詩あり、嘆じていわく——

山を抜く力は尽き　覇者たる望みはついえ

剣にもたれて空しく歌う「騅　逝かず」と
明月は軍営に満ち　天はさながら水の如し
首《こうべ》めぐらし虞姫に別れなど告げられようか(4)

いっぽう、漢王の劉邦は、もともと泗水《しすい》（いま江蘇省）の亭長にすぎなかったが、三尺の剣を提《さ》げて硭碭《ぼうとう》山に白蛇を斬り挙兵すると、二年で秦を、五年で楚を滅ぼして天下をかちえた。(5) しかし、これまた戚氏という女を寵愛したばかりにしくじったのである。

戚夫人には如意《にょい》という子がひとり生まれ趙王《ちょうおう》に封《ほう》じられたが、呂后《りょこう》に妬《ねた》まれて心中ははなはだ不安であった。ある日、高祖（劉邦）は病にかかり、戚夫人のひざ枕で横になっていた。夫人は泣きながら言った。

「陛下の万歳（崩御）のあと、わたくしども母子はどなたを頼ればよいのでしょう」

帝は、

「たやすいことだ。あす朝議に出たら、太子を廃してそなたの子を立てようと思うがどうか」

戚夫人は涙をおさめて恩を謝した。呂后はこれを聞きつけると、ひそかに張良を召しだしてたくらみをなした。張良は商山四皓《しょうざんしこう》(6)を下山させ、太子を輔佐させるよう進言した。

ある日、四皓は太子に伴い朝議にあらわれた。高祖が見れば、四人はひげも鬢《びん》も真っ白で、衣冠はたいそう立派。それぞれ姓名をたずねるに、ひとりは東園公、ひとりは綺里季《きりき》、ひとりは夏黄公、ひとりは甪里《ろくり》先生。

高祖はおおいに驚いて、

「朕はそのかみ、諸公の出仕を求めたのになぜ参内しなかったのか。いまになって我が子にしたがってやってくるとは」

四皓が答えて、

「太子こそは守成の主です」

高祖はこれを聞いて、顔をしかめ悦《よろこ》ばなかった。四皓が殿中を退くと戚夫人を召して四人を指し示し、

（3）列挙されるのはいずれも春秋・呉の名剣。「莫邪」「蜀鏤」は底本それぞれ「莫釾」「躅𨄔」に作る。／（4）唐・胡曽の詠史詩「垓下」の引用。／（5）以上の劉邦の略伝は嘉靖本『三国志通俗演義』第四十則において董承が献帝に語るものと概ね一致することが知られる。二年で秦を滅ぼしたというところは『三国志通俗演義』では「三載亡秦」となっている。／（6）秦末に世を避けて商山（陝西省）に隠れた四老人。ひげや眉が皓白《まっしろ》だったのでこの名がある。

「太子を廃そうと思っていたが、あの四人が輔佐しているのでは、羽翼がすでにととのったというもの。こうなっては太子の地位は揺るがしがたい」

戚夫人がいつまでも泣きやまぬので、帝はわからせようと歌をつくった――

鴻鵠《こうこく》は高くはばたいて　羽翼は龍をつつみこむ
羽翼が龍をつつみこみ　四方の海をかけまわる
四方の海をかけまわり　捕えようにも手段なし
たとえ矰繳《いぐるみ》あったとて　何の役にも立ちはせぬ(7)

歌い終えてのち、ついに趙王を太子に立てることはなかった。高祖が崩じるや、呂后は薬酒で趙王如意を殺し、戚夫人は「人彘《ひとぶた》」(8)にして、心中の思いをのぞいた。

詩人はふたりの君主を評してこれらの場面に至ると「劉邦や項羽はもとより一代の英雄であるが、ふたりの女のために志をくじかれずには済まなかった」と述べる。妻から妾を見たならば身分がちがうとはいえ、戚氏にふりかかった災いは虞姫よりもいっそうむごい。してみれば婦道もてその夫に仕え、五体満足に終わりをまっとうすることは、難しいことなのだ。このふたりの君主を観たなら、まこと「虞姫や戚氏にぶつかれば、あたら豪傑みな終わり」というものではないか。その証拠としてこんな詩がある――

劉邦項羽の佳人や憐れ極まれり
英雄にして嬋娟《びじょ》を守るに策なし
戚姫の亡骸《なきがら》いずくに葬られしや
虞姫のなお墓地あるにも如かず(9)

講釈師よ、いまひたすら情と色の二文字について話そうとするのはどうしてなのか――それは、男が才をほこれば徳が弱まり、女が色をひけらかせば情が放恣に流れるからである。やりすぎず慎重にふるまう者は、まっすぐな男、しとやかな女であり、それならば身を滅ぼす災いなどあろうはずもない(10)。昔も今も、貴賤を問わず、この理《ことわり》は通用するのである。

いまこの書物は、美女の姿をした虎の話から始めて、やがてひとつの風情故事《いろものがたり》を引き出さんとするものである。ある好色な女がごろつきと情を通じ、日ごと歓びを追い、夜ごと現《うつつ》を抜かす。さればしまいには、刀のもとに骸《むくろ》を横たえ、命を黄泉《こうせん》に染めて、綾絹も永久《とわ》に着られず、紅粉《べにおしろい》も二度と施せなくなることは免れない。おちついて考えてみるならその原因は何だろうか(11)。さらにこの女の死にざまはいかがであったか。この女に熱をあげた男は堂々六尺の身体をみずから葬ることになり、この女を愛した男は天をも満たす財を失い(12)、東平府（いま山東省）をおどろかせ清河《せいが》県（いま河北省）をおおさわぎさせる。まこと、どこの家の女、何者の妻であろうか。そしてやがては誰のものとなり、何人《なんぴと》の手にかかって命を落とすのか。まさしく、

説き起こせば華山もゆがみ
語り尽くせば黄河も逆流す(13)

といったところ。

さて、宋の徽宗《きそう》皇帝の政和年間（一一一一～一七）、朝廷では高俅《こうきゅう》、楊戩《ようせん》、童貫《どうかん》、蔡京《さいけい》の四人の奸臣《かんしん》が天子の寵愛を受け、天下を大乱におとしいれたので、民草《たみぐさ》は本来のつとめを棄て、人びとはひどく困窮し、四方に盗賊が湧き起こった。天罡星《てんこうせい》が人界に下生《げしょう》して、大宋の盛世をかき乱し、四つの地で四大寇賊《こうぞく》が反乱を起こした。どんな四大寇賊かといえば――

山東の宋江、淮西《わいせい》の王慶、河北の田虎、江南の方臘《ほうろう》

どれも州や県であばれまわり、放火殺人して王を僭称する者たちだったが、なかで宋江だけは天に替わって道を行い、もっぱら不正をただし、殺すのは天下のわいろ役人やあくどい富豪ばかりであった。

そんなとき、山東の陽穀県に姓は武、名を植、排行《はいこう》

---

(7)『史記』留侯世家にみえる歌だが、歌詞はやや異なっている。／(8) 呂后は戚夫人の手足を断ち、目を抉《えぐ》り、耳を焼き、薬で声も出なくした上で、豚のように厠の下に入れて「人彘《ひとぶた》」と呼んだ（『漢書』外戚伝）。／(9) 南宋・范成大の「虞姫墓」詩に基づく（文字には異同がある）。この詩は万暦十六年（一五八八）刊の『全漢志伝』でも虞姫の自刎が描かれた後に引かれている（西漢・巻二・第十九則）。／(10)「講釈師よ」からここまでは再び「刎頸鴛鴦会」の冒頭ならびに末尾からの引用。(11)「日ごと歓びを追い」からここまでは、やはり「刎頸鴛鴦会」にほぼ一致する表現がみられる。／(12) この二句、白話短篇小説集『古今小説（喩世明言）』の「新橋市韓五売春情」に同様の表現がみられる。／(13)『三遂平妖伝』第六回末尾にほぼ同じ対句が見られる。

で大郎(14)という者があった。父母を同じくする実の弟がいて、名を武松といった。武松は身の丈七尺、肩幅ひろく立派な体つき。幼いころから腕力があり、槍や棒の名手となった。ところが兄の武大は身の丈三尺に満たず、いくじなしで、めぐりのわるさも笑いの種。とはいえ平素から分《ぶん》をわきまえ、他人と事を構えたりはしなかった。飢饉に遭って祖先伝来の家屋敷を売り、弟と別れて清河県（いま河北省）へと引っ越した(15)。こちら武松は、酒のいきおいで枢密《すうみつ》の童貫を殴ったために、滄州《そうしゅう》横海郡（いま河北省）にある小旋風柴進《さいしん》の屋敷へと身ひとつで逃げ込んだ。柴進のところには天下の英雄豪傑が招かれており、義にのっとり財を疎《うと》んじたので、小孟嘗君《もうしょうくん》(16)、柴の大旦那と呼ばれていた。これぞ周（後周）の世宗たる柴栄の嫡流である。身を寄せてきた武松のことを、柴進は男一匹の好漢であると見てとり、屋敷にとどめおいた。はからずも武松は瘧《おこり》をわずらい、一年あまりもいつづけるうち、兄の武大に会いたくなり、暇《いとま》を告げて家へと足を向けた。道を行くこと数日にして、陽穀県(17)の境内へとやってきた。

当時の山東には景陽岡という山があり、つりあがった眼《まなこ》に白い額の虎が一頭いて人を食うものだから、道行く者も稀になってしまった。役所では期限内に虎を捕らえなければ笞《むち》で打つといって狩人を督励《とくれい》していた。岡の道の両脇には触れ書きがあり、往来の商人は隊伍を組み、巳、午、未の三時《とき》（九時〜三時）に岡を越すこと、ほかの時刻に越えてはならぬと指示していた。武松はこのことを聞くと呵々大笑し、道端の飲み屋で数碗ひっかけて度胸をつけると、護身の棍棒を横にして背負い、よろよろと大股で岡をのぼっていった。半里（約三百メートル）も行かぬところに山神の廟があり、門に公印つきの触れ書きが貼ってある。見ると、こんなことが書いてあった。

「景陽岡に虎一頭があらわれ、近来たいへん多くの者が被害に遭っている。目下、期限つきで各郷ならびに狩人らに捕獲を命じ、捕らえたならば三十両の賞金を給することにしている。往来の旅商人は、巳、午、未の三時にのみ、隊を組んで岡を越えること。その他の時間および単身の旅客は、昼間であっても岡を越えてはならない。命を落とすおそれあり。各自よろしく心得るべし」

武松は、

「何もこわかねえさ、ちくしょうめ。どんどんのぼって、どんな虎がいやがるか見てくれよう」

わめくなり、梶棒を脇にかいこんで、一歩一歩と岡をのぼっていった。振り返ればお天道さまがだんだん山に沈んでいく。ちょうど十月、昼は短く夜は長くなっており、暮れるのも早い。武松はしばらく歩くうちに酒が回ってきた。遠くに眺めやった雑木林をまっすぐ早足で通り抜けたところに、つるりと光る大きな青い臥牛《がぎゅう》石《せき》があったので、梶棒を傍らにたてかけ、体を投げ出しひと眠りしようとした。そこへ突如として青天に一陣の狂風が駆け抜けた。その風やいかがといえば――

形なく影なく懐中にしのびこみ
四季よく吹きわたり万物ひらく
地を掃っては黄葉をさらい行き
山に分け入り白雲を押し立てる

もともと雲は龍より生じ、風は虎より生ずるもの(18)。かの一陣の風が吹き過ぎるや、雑木はいっせいに黄葉を落としかさかさと鳴った。そこへばさりと音がして、吊り眼に白額《しろびたい》、縞も鮮やかな猛虎が一匹跳び出してきた。その大きさたるや牛ほどもあった。

武松は見るなり「ややっ」と叫ぶと、青石から身を翻して地面に下り、梶棒ひっさげて青石の背後に身をかわした。かの虎、飢えてもいれば渇《かわ》いてもいる。両の爪もて地面をちょいと引っ掻《か》くと、身をひとふるいさせ、尾もて振りはたき、またはたく。その吠える声たるや、まるで天空に稲妻が走ったかのようにすさまじく、山のすみずみまで轟《とどろ》きわたった。武松はおどろき、腹のなかの酒はすべて冷や汗になって流れ出た。

こうして述べるのがもどかしい素早さで、武松は虎が跳びかかってくるのを見るや、ぱっと飛びのいて虎の背後に回った。もともと猛虎とは首が短く、振り返っ

(14) 排行は一族のうちの同世代における年齢の序列。大郎は同世代でいちばん年上の男子であることを示す（「大」は同世代や兄弟間で最年長の者をあらわす）。／(15)『水滸伝』では武大は清河県から陽穀県に移り住んでいて、そこに武松がやってくることになっているが、『金瓶梅』では地名を逆に変えている。このため滄州から南下するはずの武松の道程は、より南にある陽穀県に先に着くという不自然なものになっている。／(16) 孟嘗君は戦国・斉の大臣。数千人の食客を養っていたことで知られる。／(17) 後ろにもあるように武松は陽穀県へ兄に会いにきたという設定なので、このあと用がないはずの清河県へと向かうのは、いささか不自然である。／(18)『易経』乾卦に「雲は龍に従ひ、風は虎に従ふ」とある。

て人を見るのが苦手なもの。そこで前の爪で地面に踏ん張り、腰をもちあげて蹴りあげた。武松はさっと傍らによける。虎は蹴りあげそこなったと見て、ひと声また吠えれば山も岡も震える。虎は鉄棒のような尾を逆立てて振りはたいてきたが[19]、武松はこれも脇にかわした。

もともと虎が人を殺《あや》める手段は、跳びかかる、蹴りあげる、振りはたくの三手のみ。それで仕留められないと、気力がなかば萎《な》えてしまう。武松は虎がおとなしくなったと見るや身をひるがえし、双の手で棍棒を振りまわし、渾身の力もてただのひと打ち――耳に入ったのはしかし、がさがさと木の枝が葉ごと打ち落とされた音だった。なんと虎には当たらずに枝を打ってしまったので、かの棍棒はこんなときにふたつに折れてしまい、手には半分がのこるのみ。武松も内心いささかあわてた。

虎は吠えたけり怒りたち、尾を振って威嚇しながら、またもバッと武松に襲いかかってきた。武松はひと飛び、十歩[20]ほども飛び退く。虎は体当たり届かず、前の爪で武松の目の前の地面をつかんだ。武松は半分きりになった棒を傍らに捨て、勢いまかせに前へ出て、両の手で虎の頭の斑毛をひっつかみ、力をこめてぐいと押さえこんだ。虎は焦ってもがいたものの、はや気力は失われている。武松は力まかせに虎を押さえつけ、手をゆるめるはずもなし。そのいっぽう、虎の顔やら眼《まなこ》やらめがけ、片足で無茶苦茶に蹴りまくる。虎は吠えたけり、からだの下の地面をひっかいて、泥山ふたつと穴ぼこひとつをこしらえた。武松は虎をその穴に押さえつけたまま右手をかかげ、こぶしを振り上げるとひたすら強打し、ありったけの力をふるって、さほどの時間もかからずに虎を打ち殺してしまった。その横たわるすがたはまるで錦の袋[21]のようで、もはやぴくりとも動かない。景陽岡における武松の虎退治をうたった古体詩一篇がある――

景陽岡に狂風ふき荒れ
万里の陰雲 日光をうずめる
川面を燃やす日輪は赤く
地にひろがる草は黄色
目にうつる夕焼けは林に掛かり
身にしみる冷たい霧は大空を満たす
にわかに雷鳴ひびきわたり

山腹に飛び出たのは獣の王
頭を掲げとびはねて爪牙《そうが》をみせつけ
谷の獐《のろ》や鹿《しか》はみな逃げまどう
山中の狐や兎は跡をくらまし
川辺の獐《のろ》や猿は驚きふためく
卞荘《べんそう》(22)もこれ見れば魂ふっとび
存孝《そんこう》(23)も出くわせば肝を冷やす
清河(24)の壮士は酒もさめぬまま
岡でとつぜん出くわした
腹ぺこ虎は上に下に獲物さがし
猛り狂い出あいがしらに人を襲う
虎の人を襲うは山が崩れるよう
人の虎を迎え撃つは岩が傾くよう
振り落とされる腕《かいな》はさながら砲弾
爪牙がえぐり開けるのは泥の穴
拳頭《パンチ》に脚尖《キック》はまるで雨だれ
両手はべったり血に染まる

松林になまぐさい風ふきわたり
山のくぼみに散らばるのは虎の毛と鬚《ひげ》
近くで見たなら千鈞の迫力そのままでも
遠くで眺めれば四方を払う威風はおとろえた
身を野草に横たえて錦の縞は色あせ
かたくつぶった両目にもはや光なし

かくてこの猛虎、飯をかきこむほどの時もかからずに、武松の拳固《げんこ》と足蹴《あしげ》で打ちのめされてしまったが、この男とてつかれ果て、口中は荒い息が止まらない。手を放すと松の木のところに来て折れた棍棒を探し、もしや虎が死んでいないのではと、からだめがけてさらに十数回も打ったものだから、虎は息の根も止められてしまった。武松は「ついでにこの虎を引きずって岡を下りよう」と考え、血だまりの中から両手で引っぱろうとしたが、持ちあがるはずもない。気力を使い果たして、手も脚もへなへなになってしまったのだ。

(19)「虎は鉄棒のような～振りはたいてきたが」は底本にないが、文脈上必要と思われるので容与堂本『水滸伝』によって補った。
(20)歩は長さの単位で、一歩は五尺（約一六〇センチ）。／(21)底本「綿布袋」だが『水滸伝』が「錦布袋」に作るのを取った。
(22)春秋の魯の大夫。一度に二匹の虎を仕留めた故事で有名。『史記』張儀列伝に附された陳軫の伝に見える。／(23)李存孝のこと。唐末から五代にかけての武将。虎退治の話は元・陳以仁の雑劇『雁門関存孝打虎』などに見える。／(24)『金瓶梅』においては「陽穀」であるべきだが、底本に従う。

武松が岩の上で休んでいると、聞こえてきたのは草むらのがさごそいう音。武松、口には出さねど内心はびくびく。

「あたりはもう暗い。もしまた虎でも飛び出てきてみろ、こんどはかなうもんか」

言いも終わらぬうち、草むらから二匹の虎がもぐり出てきたものだから、武松はびっくり仰天、

「やや、こんどこそ俺が死ぬ番だ」

するとその二匹の虎は、目の前ですっくと立ち上がった。目を凝らしてみれば、なんとそれは人で、虎皮を縫った上下の服に、虎柄の頭巾という出で立ち。ふたりは手にそれぞれ五本歯のさすまたを持っていたが、武松を見るや平身拝跪《へいしんはいき》して言うよう、

「壮士どの、お前さまは人ですかい神ですかい。まるで鰐の心《ハツ》、豹の肝《レバー》、獅子の腿《モモ》でも食されて、大きくなった肝っ玉がすっぽり全身をくるんじまったみたいですな。そうでもなけりゃ、どうしてたったひとり、日も暮れようというのに得物《えもの》もなしで、こんな人食い虎を退治できるものですか。わしらはここでずっと拝見しておりました。いったい壮士はご高名を何とおっしゃるのです」

武松、

「俺は逃げも隠れもせん。陽穀県の者で武松、排行では二番目だ」

そこでたずねて、

「あんたたちは何者だ」

ふたり、

「包み隠さず壮士どのに申しあげましょう。わしらはこの地の狩人。岡にこの虎めが毎晩あらわれては大勢を襲い、狩人仲間だけでも七、八人、道行く旅人に至っては数え切れぬほどがやられました。この県の知県さまはわしら狩人にお命じになり、期日までに捕らえさせようとなさりました。捕らえられれば褒美に銀三十両、捕らえられなければ期日におしおきするというんですが、この畜生めの威勢のいいこと、近づけもしないのに誰が立ち向かえましょうか。ほかにしようがなくて、村の男たち数十人といっしょに、遠くはなれたこの場所で、伏せ弓と毒矢をしこみ待ち構えていたんです。そしたら、ちょうどここに隠れているところに、あんたが悠然と岡の上からやってきて、拳固みっつに足蹴ふたつで虎とやりあい、見るまに虎をやっつけちまったんだ。いったいどれだけ力がおありなんだか。

みんなで虎は縛るから、壮士どのは岡を下りて、役所で知県さまに褒美をもらいにいきなされ」

というわけで、村の者や狩人たちあわせて七、八十人、先頭に死んだ虎をかつぎ、山駕籠《やまかご》(25)に武松をかついで、その土地の金持ちの家へとまっすぐ向かった。家の者や里正《むらおさ》が揃って屋敷の前に出むかえ、虎を座敷へと担ぎこむと、土地の長老連がみな見物にきており、武松に姓名を問うので、虎退治のことをひととおり話してやると、

「まこと、これこそ英雄好漢だ」

と口を揃える。狩人たちはまず狩りでとった獲物の肉をもってきて武松に酒を献じ、すっかりいい気分にさせたところで、客間を掃除し、武松を休ませた。

夜が明けると、長老たちはまず県の役所(26)へ報告にいった。いっぽうで、虎をはこぶ担架を組み立て、祝いの赤い絹に飾られた布駕籠《ぬのかご》を用意して、武松を役所の前まで送り届ける。清河県の知県は人をやって庁堂に迎え入れた。県民みなみな、ひとりの壮士が景陽岡の虎をなぐり殺して祝いの歓迎を受けていると聞くと、のこらず見物に出てきて、県城はおおさわぎ。

武松は庁堂につくと駕籠を下り、虎は庁前にかつぎこまれた。知県は武松の風体をみて内心、「こういう男でなければ、こんな猛虎はとても倒せまい」と思い、武松を庁堂へと上げた。目通りが済むと、虎退治の顚末が語られ、両側に居ならぶ役人たちはみなびっくり仰天。知県はそこで庁堂にて数杯の酒をたまわり、金持ちらの拠出した賞金三十両をとりだして武松にあたえた。武松は申しあげた。

「それがしは閣下のおかげにあずかり、たまたま運よくこの虎をしとめただけのこと。それがしの力ではありませぬ。三十両もの褒賞などいただけましょうか。狩人衆におあたえください。この畜生めのせいで、閣下からずいぶん罰を受けてきたわけですから、この賞金を分けあたえて然るべきかと存じます。さすれば閣下の恩沢とそれがしの義気とを示すことにもなりましょう」

知県、

「そういうことなら、壮士どのの計らいどおりにしよう」

(25) 原文「兜轎」。座席に直接かごかき棒がついただけの、屋根も囲いもない簡略なかご。／(26) 府に属する地方行政区画で、日本の県とは異なる。

武松は賞金三十両を、その場で狩人衆に分かちあたえた。知県は武松が仁徳忠厚であり、そのうえ男一匹の好漢でもあると見てとり、引き立てたいと思って、

「そちはもともと陽穀県の出身とのことだが、わが清河県とは目と鼻の先だ。わしは本日ただいま、そちをわが県で巡視捕縛の任にあたる都頭《ととう》に取りたて、もっぱら河の東西で盗賊を捕らえてもらいたいと思うが、どうか」

武松はひざまずいて感謝した。

「閣下にお引き立ていただけますれば、それがし一生の身の幸いにございます」

知県はすぐさま書類係に文書をつくらせ、その日のうちに武松を巡捕都頭《じゅんほととう》に抜擢した。里正《むさおさ》や大戸《かねもち》らは揃って祝いにやってくると、えんえん着任祝いをして、酒を飲みつづけること四、五日に及んだ。陽穀県で兄をさがすはずが、思いがけずも清河県で都頭になったわけである。一日じゅう街をぶらつき、うれしくてたまらない。噂は広まって、東平府下の両県で武松の名を知らぬものもないほどだった。その証拠としてこんな詩がある――

壮士英雄の武芸はあざやかに
身を賭し真直《ます》ぐ景陽岡を上る
酔いに任せ山中の虎を打殺し
これより名声は四方に伝わる

武松のことはさておき、武大の話をしよう。武大は弟と住まいを別にしたのち、飢饉にぶつかり清河県紫石街にて借家ぐらしをしていた。人はその性格のいくじなさと風貌の醜さとを見て、〝三寸丁《さんずんチビ》の谷樹皮《コウゾがわ》(27)〟とあだ名した。からだのつくりがお粗末で顔もしょぼくれているのを俗語で言ったわけである。人はこの男がかくもひ弱でむじゃきなのを見て、ずいぶんといじめたものだが、武大はけっして腹を立てず、いつも避けるようにするだけだった。

皆様お聞きあれ、世のなかに人の心ほど手に負えぬものはない。弱きをいじめ、悪者をおそれ、剛《かた》すぎれば折れてしまうし、柔らかすぎれば使いものにならぬ。(28)古人の格言にうまいことを言っている――

柔軟さは身をたてる本《もとで》
剛強さは禍をおこす源

争わないのがこれ賢才
多少の損など障りなし

青史《せいし》には春の夢ばかり
浮世《うきよ》に多くの奇才出づ(29)
計略たくらみ無駄な事(30)
分《ぶん》を守るが生きのこる

さて、武大は一日じゅう天秤棒をかつぎ、路上で炊餅《すいへい》(31)を売って暮らしていたが、不幸にも妻を亡くして、娘ひとりがのこされた。歳は十二、名を迎児《げいじ》という。父娘ふたりでやっていたが、半年も経たぬうちにまたも元手を失って、中心街の通りに面した、張という大戸《かねもち》の屋敷に越してきて、もとどおり商売をした。張の家の使用人らはこの男がまじめなのを見ていつも気にかけ、炊餅を贔屓《ひいき》にしてやった。ひまになると店びらきしているところへ時間つぶしにきたが、武大はいやな顔ひとつしない。そんなわけで使用人らはみなこの男が気に入り、張大戸の前で精々《せいぜい》よく言ってやったものだから、大戸は武大から家賃も取らなかった。

この張大戸は万貫の家財、百の土地家屋をもっていて、年の頃なら六十すぎだが、傍らには息子や娘のひとりすらいなかった。老妻の余氏は家を厳しくとりしきり、屋敷にはきれいな小間使いのひとりもいない。ある日、大戸は胸をたたき溜め息をついた。老妻がたずねた。

「田畑《でんぱた》ゆたかに資財もたっぷりのあなたが、わけもなくなぜ溜め息をおつきなの」

大戸、

「この歳で子なしでは、家やら財産があったとて、何になろうか」

老妻、

(27)「三寸丁」は体格の小さいことを嘲る語。「谷樹皮」については吉川幸次郎・清水茂訳『完訳水滸伝』（岩波文庫、一九九八〜九九）に附された訳注に従い、谷は穀の音通で、武大の皮膚がコウゾの樹皮のようにざらざらしていることをいうと解した。／(28)原文「太剛則折、太柔則廃」。『漢書』雋不疑伝（雋疏于薛平彭伝のうち）に見える表現。もともとは役人のありかたについて述べた言葉。／(29)底本「紅塵多才奇才」だが、「多才」を「多少」の誤りとする説を取った。／(30)この〔西江月〕の詞は、前闋が容與堂本『水滸伝』第七十九回、後闋が宋・朱敦儒の作とほぼ一致する。／(31)発酵させた小麦粉に味をつけて蒸した餅《ビン》。餅は我が国の「もち」ではないので注意。

「そうおっしゃるなら、口入れにたのんで小間使いをふたり買いましょう。朝夕と楽器や歌を習わせて、身のまわりの世話をさせればいいでしょう」

大戸は内心おおよろこびして老妻に礼を言った。[32] すこし経つと、老妻は果たして口入れを呼び、大戸のためにふたりの小間使いを買った。ひとりは潘金蓮、もうひとりは白玉蓮という。

この潘金蓮というのは南門外の仕立屋の潘の娘で、排行では六姐《りくしゃ》。幼いときから美しく、たいへん小さな纏足《てんそく》をしているので、幼名を金蓮といった。[33] 父親が死ぬと母親は生活に行きづまり、九歳から王招宣[34]の屋敷に売られて楽器や歌を仕込まれた。眉をえがき眼元をつくり、べにおしろいをつけ、髷《まげ》を結わえ、ぴったりした服を着て、お高くとまり妖艶に装うようになったのである。[35] そのうえもとから頭がまわり賢かったので、十五にもならぬうちに鸞鳳《らんぽう》（夫婦和合を表す一対の瑞鳥）の刺繍に管絃の楽器、それに琵琶までこなすようになった。

のちに王招宣が死ぬと、潘のおっかさんはがんばって娘を取りもどし、銀子三十両で張大戸の家に転売した。玉蓮といっしょに門をくぐった大戸の家では、楽器や歌に磨きをかけ、金蓮は琵琶、玉蓮は箏《そう》を学んだ。玉蓮は歳まさに二八《にはち》の十六、楽師の家の生まれで、色白だったことから幼名を玉蓮といったのである。ふたりは同じ部屋で寝起きした。

女主人の余氏は、はじめふたりを下にも置かず、料理も支度も掃除もさせず、金銀の髪飾りをあたえて身を装わせた。のち、はからずも白玉蓮は死に、金蓮ひとりがのこった。十八歳ともなるとそのすがたは、顔は桃花をひきたて、眉は三日月のように細くなるというぐあい。張大戸はかねがねものにしたいと思っていたが、女主人たる妻の気性をおそれて手出しできなかった。ある日、女主人が近所に招かれて家をあけたすきに、大戸はひそかに金蓮を部屋に呼び、ついに我がものとした。まさしく——

瑕《きず》なき美玉も
いつか壊れる
珍珠《ちんしゅ》よいつか
元にもどるか

大戸は金蓮を我がものにしてからというもの、身体《からだ》に五つほど不具合が増えた。どんな五つかというと——

一つには腰が痛くなった。

二つには眼の涙が止らぬ。

三つには耳が遠くなった。

四つには鼻水がだらだら(36)。

五つには小水がぽとぽと。

もひとつは言うに堪《た》えぬこと。昼間はうとうと寝てばかり、夜は夜でくしゃみの山。のちに女主人が事情をのみこむと、大戸を大声で何日も罵倒し、金蓮をこっぴどく打ったものだ。大戸はこの女を置いてはおけぬとは悟ったものの、意地になって嫁入り道具までつけ、誰かふさわしい者に嫁がせようとした。家の使用人らはみな、武大なら温厚篤実で妻もいないし、おまけに屋敷のなかの部屋に住んでいるのだから、やつにくれてやるのがいいと言う。大戸もそれなら朝晩この女にまた会えるというはらだったので、武大からは一文も取らず、あっさりこの男に嫁がせてしまった。


　武大が金蓮を娶《めと》ってからというもの、大戸はこの男をたいそう贔屓にした。武大に炊餅づくりの元手がなければ、ひそかに銀五両を与えて元手にさせた。武大が天秤棒かついで出かければ、大戸は人がいなくなるのを待ち、しのんで部屋にあがり金蓮と会った。武大はたまたま出くわしたとしても声を上げようとはしない。朝に暮れに、こんなことがしばらくつづいたが、ある日とつぜん大戸は腎虚になって、ああ哀しいかな死んでしまった。女主人は事情を察すると怒り、下男

(32) ここまでの張大戸の一段は、『金瓶梅』より刊行年代の下る『警世通言』巻十六「小夫人金銭贈年少」と一致する。おそらく『金瓶梅』の作者は同作の今日では失われた原話を参照したのであろう。／(33) 南朝・斉の東昏侯は潘妃に金箔でかたどられた蓮華の上を歩かせて「此れ歩歩 蓮華を生ずるなり」と言った（『南史』斉本紀下）。後世、宋代ごろに纏足の習慣が生じると、この伝承が纏足と結び付けられるようになり、「金蓮」が纏足を指す語となった。奇習とのイメージがつよい纏足であるが、近年では女性文化として見直す研究も進んでいる。ドロシー・コウ『纏足の靴——小さな足の文化史』（小野和子・小野啓子訳、平凡社、二〇〇五）を参照。／(34) 招宣は架空の役職で招討使と宣撫使を合わせたものかといわれる。前掲「小夫人金銭贈年少」にも王招宣が登場する。／(35)「眉をえがき」以降は前掲「刎頸鴛鴦会」からの引用。／(36) 以上四つまでは前掲「小夫人金銭贈年少」に同じ表現がみられる。

に命じて金蓮と武大とを即刻たたき出し、家には置いてやらなかった。武大はしかたなく、こんどは紫石街の西側の、王という皇親（皇帝の親族）が持っている家をみつけ、内外二間《ふたま》を借りて住み、もとどおり炊餅の商売をした。

　もともと金蓮は武大に嫁いでからというもの、この男がまじめ一点張りで外見も醜いのをひどく嫌い、けんかばかりしていた。大戸を恨んで言うには、

「この世から男が絶えたわけでもあるまいに、なんで私をこんなぶつにかたづけたんだろ。毎日〝引っぱったとて動きゃせず、引っぱたいたら後ずさり（使い物にならない）〟、そのくせ酒ばかりガバガバ食らいやがって、いざという時には錐《きり》で刺したって動きゃしない。一体いつの世からついて回った不運なんだろ、こいつに嫁ぐことになるなんて。ひどいもんだよ」

　人がいないときにつねづね弾き語った〔山坡羊《さんはよう》〕（旋律名）が、その証拠となる――

　考えてみりゃそもそもが
赤い糸の結びまちがい
あいつを男と見込んでたのに
うぬぼれて言うんじゃないが
鴉《からす》と鳳《おおとり》でなぜ見合う
わたしは埋められた金塊
あいつが質のいい銅だとしても
黄金《こがね》の光にゃかなわない
あいつはもともとただの岩
あいつに何の福あって
抱くのか羊脂玉の身を
糞土に霊芝《れいし》の生えるよう
いかにせん
あいつが何をどうしても
わたしの心は晴れません
だって聞いてよ
私は黄金の瓦
泥の土台にゃ釣り合わぬ

　皆様お聞きあれ。およそ世の女たるもの、器量もよしお頭《つむ》もよしで生まれたなら、立派な男子といっしょになればよろしいが、もし相手が武大みたいなのだと、いくらできた女でも、いささか恨みを抱かずにはいられない。昔から、佳人と才子の出会いなどめったにな

いし、金《きん》の買い手は金の売り手にまるでぶつからぬものなのだ。

武大は毎日、炊餅をかつぎ出ていっては、日暮れまで商売してからかえってくるのだった。女はといえば家にいて、とりたててすることもない。一日三度の飯を済ますと、きらびやかに化粧をしてひたすら戸口の簾《すだれ》の下に立っていた。その眼差《まなざ》しはいつも思わせぶりで、両の瞳には情がこめられていた。近所のずる賢い遊び人どもは、武大の女房がこってり化粧し、草《おとこ》をなびかす風を吹かせているのを横目に見ると、通りで当てこすりの言葉を触れ回り、行きつもどりつしてからかうのだった。大声で叫ぶには、

「すてきな羊肉ひと切れが、なんで入った犬ころの口に」

人びとは、武大がいくじなしだとは知っていても、いっしょになったかみさんが、色っぽくて頭が切れ、なんでもよくできるが、いちばん上手なのは男をくわえこむことだとは知らなかった。その証拠としてこんな詩がある——

金蓮ひとかどの器量よし
笑って顰《ひそ》める眉は春の山
洒落《しゃれ》た男に巡り合ったら
そぞろに雲雨すぐ交わす

この女は武大を送り出すと、あとはひたすら簾の下で瓜の種をかじっては、一対の小さな金蓮《あし》を見せびらかす毎日。遊び人どもを引っかけようとして、来る日も戸口で胡博詞《フボツ》やら扠児鶏《チャルチ》やらを鳴らすのだった。(37) しゃべらせれば油のように滑らか《べらべらとぞくっぽく》で、どんなことだって言ってのける。それで武大は紫石街に居づらくなって、また別のところへ引っ越そうと思い、女房に相談した。女は、

「このぼけなすの物知らず、あんたが借家暮らしで、それがまたこんなちっぽけなとこじゃ、くだらない連中がからかうわけだよ。銀子《ぎんす》を何両かあつめて貸

---

(37) 胡博詞、扠児鶏とも北方の民族楽器名の音訳。胡博詞は抱えて弾く細身で四弦の撥弦楽器で、火不思、琥珀詞などとも書く。扠児鶏は上部に二つ穴をあけて紐を通した何枚かの竹板をぶつけて音をだす打楽器で、叉児機などとも書く。

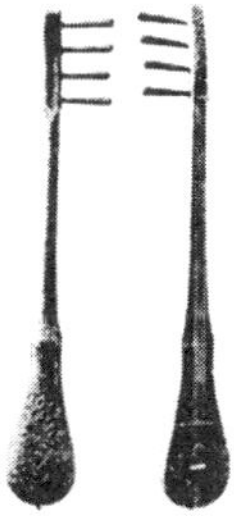

火不思（楽声『中華楽器大典』民族出版社、二〇〇二）

武松が通りで武大に遇う

し、それなりのところでふた部屋ほどを抵当《かた》にとって住まったなら、少しは豪気ってもんだし、莫迦《ばか》にもされないよ。あんたは男だってのに、段取りがなってないから、いつもおっかさん《このわたし》にぶちぎれられるのさ」

武大、

「部屋を抵当にとるなんて、そんな金がどこにあるんだよ」

女、

「ぺっ、脳足りんが。私の釵《かんざし》だの櫛《くし》だのを売ってかき集めれば、なんのむずかしいことがあるもんか。あとでお金ができてからまた買っても、遅くはないだろ」

武大は女房がこんなふうに言うのをきいて、さっそく十数両の銀子を揃え、県の役所ちかくの上下二階建て、四部屋ある建物を抵当にとって住んだ。二階は物見になっていて、小さな中庭もふたつあり、たいへんさっぱりしている(38)。

武大は役所の西通りに越してからも、あい変わらず炊餅を売っていた。ある日、通りをあるいていると、房《ふさ》飾りのついた槍をかまえた隊列がいくつも、銅鑼《どら》や太鼓の音《ね》も高らかに進んでいくのが見えた。祝いの赤い絹に飾られた布駕籠に乗って取り囲まれているその人は、なんと実の弟の武松。景陽岡で虎を退治したため、知県閣下の推挙で、このたび巡視捕縛にあたる都頭に任命されたのだ。街の長老たちに祝われ、送られて下宿へとかえる道すがら、なんと武大にぶつかったわけ。武大は片手で引きとめて声をかけた。

「弟よ、いまや都頭になったってのに、なんで俺のことをかまってくれないんだい」

武松が振り返ってみると兄貴なので、兄弟ふたりはいっしょになって大よろこび。そこで武大は弟を家に招き、二階にあげて座らせると、部屋から金蓮を呼びだして引き合わせた。そこで言うには、

「こないだ景陽岡で虎を退治したのはお前の義弟《おとうと》さ。いまや新任の都頭さまだ。俺と同じ腹から生まれた弟だよ」

女は手を組みあわせて進み出ると、

「二郎さんごきげんよう」

（38）『水滸伝』についての論考ではあるが、武大と潘金蓮の住まいの構造については宮崎市定「水滸伝と江南民屋」（『宮崎市定全集』一二、岩波書店、一九九九）を参照。二つの中庭があるというのは『金瓶梅』独自の設定だが、中庭について触れられるのはこの箇所だけで、孟慶田はこれを「文学上の描写の必要」から書かれたものに過ぎないと述べる（『《紅楼夢》和《金瓶梅》中的建築』青島出版社、二〇〇一）。

武松も礼を返し、がばっと平伏する。女は武松をたすけ起こし、

「二郎さんお立ちください、そんなにされては困ります」

武松、

「姉上、礼を受けてくだされ」

ふたりはしばらくゆずり合うと、ともにひざまずき対等に頭を下げて立ちあがった。ややあって、娘の迎児が茶を運んできてふたりに出した。女がたいへんなまめかしいのを見て、武松はじっとうつむいている。

やがて武大は酒と飯の支度をして武松をもてなそうと、話の途中で下におり、酒や料理を買いに出た。女はひとり二階にのこって武松の相手。見れば武松はからだもごつければ風采も堂々たるもの、身中には千百斤の気力を宿していそうである。そうでなければどうして虎など退治できようか。心のなかで思うよう、

「おなじ母親から生まれた兄弟だというのに、こんなに大きくてたくましいなんて。こっちといっしょになったのなら、とにかく我慢できたのに。身の丈一尺にも満たないうちのあの丁皮《チビがわ》を見てよ。人三化七《にんさんばけしち》じゃないの。私、いつの世から疫病神《やくびょうがみ》にとりつかれてるんだろう。見たところ武松は力もありそうだし、うちに越してこさせられないかしら。これもご縁というもの、こんなところに出会いがあるなんてね」

女はそこで顔に笑みをうかべてたずねた。

「二郎さん、いまはどちらにお住まいですか。毎日のご飯は、どなたが支度してくださるの」

武松、

「わたくし都頭に任ぜられたばかりなものですから、上官に日々おつかえせねばならず、べつの場所に住むのでは不便でありますから、ひとまず県の役所のそばで下宿を探し、毎日ふたりの従卒に世話をさせ、食事をつくらせております[39]」

女、

「二郎さん、うちに越していらしたらいかがですか、役所のそばで従卒に世話をさせたり、男手にこぎたないご飯を作らせることなんて、ありませんよ。ひとつ屋根の下に住めば、朝でも夜でも、ちょっとスープが飲みたいなんてときにも便利でしょう。ちゃんと私が自分で二郎さんに支度してさしあげますから、安心して召しあがっていただけますよ」

武松、

「姉上、まことにありがたく存じます」

女はまた、

「ひょっとして、どこかに奥さんがいらっしゃるのかしら。お呼びして、引き合わせてくださいな」

武松、

「わたくし、女房をもらってなどおりません」

女、

「二郎さん、お歳はおいくつなの」

武松、

「二十八になってしまいました」

女、

「二郎さんは義弟《おとうと》だけど、私より三つ上なのね。二郎さん、このたびはどちらから見えたの」

武松、

「滄洲に一年あまり住んでおりました。兄上はもとの家にお住まいとばかり思っておりましたが、こちらにお移りだったとは存じませんでした」

女、

「いろいろあったんですよ。私が嫁いでからというもの、お兄さんは人がよすぎるもんだからいじめられてね、それでここに移ってきたんですよ。二郎さんみたいに勇ましければ、だれだって逆らおうとしないでしょうけどね」

武松、

「兄上はもともと分《ぶん》を守るおかた、わたくしのようながさつ者とはちがいますゆえ」

女は笑って、

「どうしてそんな逆さまのことをおっしゃるの。言うでしょ、〝気丈《きじょう》でなければ身は保てず〟ってね。私は日ごろから気が短いものでしてね、あんな、三度ぶってもふりむかないのに、四度めにはからだごと回れ右しちゃうような人は、願い下げですよ」

その証拠としてこんな詩がある——

義理の姉弟がばったり出会い
器量にもの言わせ女はせまる
ひそかに望むは歓びのちぎり
武松を釣らんと言葉にゃ罠が

(39) 武大も県の役所ちかく(原文はともに「県前」)に転居してきたはずで、若干設定が混乱しているようであるが、以下一々指摘しない。

もともとこの女は、なんとも澄ました物言いをするのだった。武松、

「兄上は面倒を起こしたりいたしませんから、姉上に心配をおかけすることはないでしょう」

ふたりがずっと二階で話しているうちに、武大が酒や料理、くだものや餅《ピン》を買ってもどってきた。買った品を厨房に置くと、二階に上がってきて呼ばわる。

「女房どの(40)、ちょっと下りてきて支度しとくれよ」

女はそれを聞いて、

「あのわからず屋ったら。せっかくいらした二郎さんを、お相手もなしに取り残して、下りてこいですって」

武松、

「姉上、どうぞおかまいなく」

女、

「隣から王のおっかさんを呼んできて支度してもらったらいいでしょ。いつもこんなふうに察しがわるいんだからね」

そこで武大は隣の王という婆さんを頼みにいき、支度がすっかりととのうと、二階に運びあげテーブルに並べた。魚に肉、くだものに野菜、点心のたぐいがずらり。すぐに酒も燗《かん》をしてきた。武大は女を主人の席に、武松をその向かいに座らせて、自分は脇に腰かけた。三人が席に着くと、酒を手にした武大がめいめいに注ぎ、女は杯を上げて、

「二郎さん、勘弁なさってね。なんのおもてなしもできませんが、つまらないお酒ですけど一献お召しくださいな」

武松、

「姉上、ありがとうございます。そのようにおっしゃられますな」

武大はひたすら階段を上り下りして酒を注《つ》ぐばかり、余計なことにかまう暇はない。女はこぼれんばかりの笑顔で、口を開きさえすれば、

「二郎さん、お肉に箸をつけてないじゃない」

などと呼びかけ、旨そうなところを自分で取り、渡してやるのだった。武松は気性のまっすぐな男だから、兄嫁として接するばかり。この女が小間使いあがりで、ご機嫌とりがお手のものだとは知るよしもなく、この女の下心にも気づかない。いっぽう武大はといえば善良なふぬけだから、弟の相手ができようはずもないのだった。

女は武松に相伴して数杯を飲むと、両の眼《まなこ》でじっと

武松を見つめた。武松も見られて居心地わるく、うつむくばかりで相手にならない。ひとしきり飲んで酒も尽きそうになったところで席を立った。武大、

「二郎、用がないなら、もうすこし飲んできなよ」

武松、

「ご厄介になりました。またこんど、兄さんと姉さんにお目にかかりにまいります」

夫婦は揃って見送りに下りてきた。戸の外に出るなり女は、

「二郎さん、お忘れなくね。うちに越してくるのよ。もし来なかったら、私たちふたり、いい笑いものになってしまうわ。実の弟は、他の人とわけがちがいます。私たちだって肩身が広くなって、助かるんですよ」

武松、

「姉上のご厚意とあれば、今晩にも荷物を取ってまいりましょう」

女、

「二郎さん、忘れないでね。待ってますからね」

まさしく、

一面の野の趣《おもむき》に人《ひと》気づかずとも
春風に自《おの》ずと桃の花はほころぶ

といったところ。その証拠としてこんな詩がある――

金蓮のなんという抜け目なさ
淫らさをかくし蕩《うご》かす春の情
武松はご立派なびかしがたい
かがやく美名は万金に当たる

この日、女はたいへん懇《ねんご》ろに好意を示したのだった。さて武松は役所ちかくの旅籠《はたご》にもどり、まとめた荷物や布団を従卒に担《かつ》がせ、兄の家へとやってきた。それを見た女のよろこびは、金銀財宝を拾ったどころではない。すぐさま部屋をひとつ掃除して、武松が落ち着けるようにした。武松は従卒をかえして、その晩は兄の家で休んだ。

次の朝、武松が起きると、女もあわてて起き出して、湯を沸かし顔を洗わせてやった。武松が髪を梳《と》かし顔

(40) 原文「大嫂」。井上紅梅『金瓶梅と支那の社会状態』(日本堂書店、一九二三) 第一章「訳余閑談」で敬語を論じていう。「武大は己が妻に対して大嫂といふ。これは例外で妻を懼《おそ》れて極端な敬語を用ゐたのである」。

を清め、頭巾をかぶって役所へ出勤[41]しようとすると、女は、

「二郎さん、出勤簿に名前を書いたら、さっさともどってきて朝ごはんにしましょうね。よそで食べちゃいやよ」

武松は承知して、役所で名前を書き、朝の勤めを終えると家にもどった。女の方も、とっくにすっかり食事の支度をととのえている。三人がいっしょに食事をし終えると、女は一杯の茶を両手で捧げ、武松にさしだした。武松、

「姉上にご厄介をかけましては、わたくし寝るも食べるも落ち着きませぬ。あす、役所から従卒をひとり来させて、そいつを使うようにしましょう」

女は何度も声高に、

「二郎さん、どうしてそんな気を回すの。親戚ですよ、他人さまにお仕えしているわけじゃないのよ。うちには迎児って小娘だっておりますけどね、ものをあっちにこっちに運ぶのもよちよちおぼつかないんで、頼りにしてはおりませんの。従卒なんかよこしてごらんなさい、鍋やかまどなんてつかわれたら汚いでしょう。そんな人は目に入れたくもありませんよ」

武松、

「そういうことでしたら、姉上にご厄介になりましょう」

その証拠としてこんな詩がある――

武松の風貌まことにいかつく
兄嫁の淫心とどめようもなし
えものからめとりひとつ屋根
雲雨に風流《いろごと》ふたりでしましょ

まだるっこしい話はやめよう。武松は兄の家に越してくると、銀子を出して武大にわたし、菓子や茶《ちゃ》請《う》けを買って、となり近所の人びとを招かせた。やってきた客人たちが金を出し合って武松に返礼をし、武大が[42]さらにお返しの席を設けたことは措く。

数日たつと、武松は色物の緞子《どんす》を一匹、着物にでもどうぞと兄嫁にさしだした。女は笑みを浮かべると、

「二郎さん、どうしてこんなことなさるの。でも、くださるというのでしたらお断りもできませんから、頂戴するしかありませんね」

と辞儀をする。これより武松はもっぱら兄の家で寝泊まりするようになった。武大は今までどおり街に出ては炊餅を担ぎ売る。武松が毎日、役所で用務をこな

してからかえると、遅かろうが早かろうが、女は飯だ羹《あつもの》だと準備し、舞い上がって武松にかしずくのだった。武松の方はかえって落ち着かない。女はしきりに言葉巧みに誘惑にかかるが、武松は頑《かたく》なでまっすぐな男だからなびかない。

　話あれば長く、なければ短く。いつの間にかひと月あまりが過ぎ、いつしか十一月の候となった。連日きびしい北風が吹く。見れば四方に雪雲がみっしり立ちこめ、早くもちらちらひらひらと瑞雪がいちめんに舞い降りた。そのさまは——

万里にわたって雲はみっしり(43)
空からめでたいしるしが簾にひらり
白玉の花びらは軒下に舞う
剡渓《せんけい》(いま浙江省)にては今まさに
子猷《しゆう》の船が真っ白に(44)
すぐに楼台みな重みに傾き
江山は銀色の連なりに
飛ぶ瓊《たま》(45)は粉をちらして天まで満たす
そのかみの呂蒙正は
破《や》れ窯にて文無しの身を恨まん(46)

　その日の雪は一更(午後七〜九時)まで降りつづき、世界は銀によそおわれ、乾坤《けんこん》(天地)は玉を磨いて作られたかのよう。翌日、武松は朝早く役所に出勤すると、昼までかえらなかった。武大はとっくに女に追い出され、商売に出ていた。女は隣の王婆さんに頼んで酒や肉を買ってきてもらうと、武松の部屋へ行き、火鉢に炭火をおこした。心のなかで思うには、「きょうこそは本気でひっかけてやろう。あいつがその気にならないはずがない」。女はひとりぽつねんと簾の下に立っていたが、武松が雪のなか、砕けた白玉を踏みし

(41) 原文「画卯」。役所の始まる卯の刻に出勤簿に署名すること。／(42)『水滸伝』の該当箇所は「武松」となっている。
(43) 以下は〔臨江仙〕の詞。／(44) 子猷は晋・王徽之の字。『世説新語』任誕篇に、王徽之が雪の夜に興に乗じて船をだし剡渓なる戴逵のもとを訪ねたが、興が尽きたとて門前で引き返したとの故事がある。／(45) 底本「飛浅」に作るが『水滸伝』に従い改めた。崇禎本は「飛塩」に作る。／(46) 呂蒙正は北宋の政治家。元・王実甫の雑劇『呂蒙正風雪破窯記』第二折に、貧しくて破れ窯に住んでいた若き呂蒙正が、雪の日に寺へ斎《とき》を求めに行った話が見える。

めるようにしてかえってくるのが見えると、簾を持ちあげて迎えながら笑顔で、

「二郎さん、寒かったでしょう」

武松、

「姉上、お気づかいありがとうございます」

入ってきて氈《フエルト》の鍔広帽《つばひろ》を脱ぐと、女は手を伸ばしてうけとろうとした。武松、

「姉上、それは申しわけございませんので」

と、みずから雪をはらい壁に掛けた。すぐに胴巻をほどき、鸚哥《いんこ》のような緑色をした繻子《しゅす》の丈夫な袷《あわせ》を羽織っていたのを脱いで、部屋に入った。すると女は、

「今朝は私ずっと待っておりましたのに、二郎さんたら、どうして朝ごはんにかえってこなかったの」

武松、

「知り合いから朝飯を誘われたのです。さきほども別の者から酒をおごるといわれたのですが、面倒になって、まっすぐかえってきました」

女、

「そういうことでしたら二郎さん、火に当たられて」

武松、

「助かります」

そこで、油靴（水を透さぬよう油を塗った靴）を脱ぎ、靴下を替え、暖かい室内履きになると、腰かけをもってきて火鉢の脇に座った。女は早くも迎児に表の戸のかんぬきを掛けさせ、裏口も閉めさせると、燗酒《かんざけ》や料理をつくりなおして、部屋に入りテーブルにならべた。武松はたずねた。

「兄さんはどこへ行ったんでしょう」

女、

「あんたの兄さんは、いつもどおり商売に出てますよ。私と二郎さんで二、三杯のみましょうよ」

武松、

「どうせなら兄さんがかえってからにしましょう」

女、

「待ってなんていられますか」

言いも終わらぬうちに、娘の迎児が、もう徳利に酒を温めてきた。武松、

「姉上、お気づかいなく。自分で注《つ》ぎます」

女も腰かけをもってくると、火に近づいて座った。テーブルには杯や皿がならべられている。女は杯をささげて武松を見つめ、

「二郎さん、この杯を空けてくださいな」

武松はうけとり、一口で飲み干した。女はさらに一杯を注いで言うには、

「お寒うございますね。二郎さん、組み杯を交わしましょう」

武松、

「姉上おひとりでどうぞ」

と言いながらもうけとり、また一口で飲み干した。武松も一杯を注いでさしだし、女はうけとってすると、徳利を持ち上げもいちど注ぎ、杯を武松の前に置く。女は酥《クリーム》のような胸をわずかに覗かせ、雲なす黒髪を半ばしなだれさせ、顔には笑みを浮かべつつ言った。

「人が話してるのを聞いたんですけどね、二郎さん、お役所そばの通りで、歌い女《め》を囲ってるんですってね。本当なのかしら」

武松、

「姉上、人のでたらめなど当てになさらぬよう。この武二、これまでそのようなことはいたしておりません」

女、

「どうだかねえ。二郎さんは、正直なところをおっしゃってない気がするの」

武松、

「姉上、ご不審なら兄さんにおたずねください」

女、

「あらま、やめてよ。あの人になにがわかりますか。酔生夢死も同然なのよ。あの人がわかる人なら、炊餅売りなぞしていませんよ。二郎さん、まあ一杯どうぞ」

立てつづけに三、四杯くみかわせば、女の方も酒三杯が腹に入ったものだから、わきたつ春心は抑えようもなく、もえあがる情欲にかられて、とりとめもなく話しかける。武松も八、九分は察したが、うつむいたきり、まるで取り合おうとしない。女が酒の燗をつけに立つと、部屋にのこった武松は火箸で火をかきたてた。ややあって女は、徳利一本を温めて部屋にもどり、片手で徳利を持ちながら片手で武松の肩をちょいとつねって言うには、

「二郎さん、こんな服だけで寒くないの」

武松はもう六、七分は不愉快になっていたが、やはり相手にならなかった。女は武松が返事をしないと見るや、いきなり火箸をとりあげ、

「二郎さんがうまく火をおこせないなら、私がかきたててあげる。火鉢みたいにあつあつになってこそ、ですよ」

武松は八、九分はいらついていたが、じっと黙っていた。女の方は武松のいらだちも気にとめず、火箸を置いて酒を一杯注ぐと、ひと口だけすすってあらかたのこし、武松を見つめて、

「あんたにその気があるんなら、のこりをお飲みなさいな」

杯はたちまち武松にひったくられ、酒は地面にこぼされた。

「姉上、おやめなされ。恥知らずな」

言いながらひと押ししただけで、女はあやうく引っくり返りそうになった。武松は目を剝いて言った。

「わたくしは天地に恥じるところない、正真正銘の男一匹。世の習いをみだし人の道をそこなうような犬畜生ではありません。姉上、こんな恥知らずなことをするのはおやめくだされ。もしこんどおかしなそぶりでもなさったら、この武二の眼は姉上と認めても、拳は認めませんぞ。こういうことは二度となさらぬよう」

説教を食らった女は、まくしたてられて顔を真っ赤にし、すぐ迎児を呼んで皿や杯などの食器を片づけさせた。ぶつぶつ文句を言って、

「からかっただけなのに、本気にするとはね。まったく、つけあがりやがって」

その証拠としてこんな詩がある——

あばずれの悪だくみおそろしい
淫を貪り恥も知らず綱常《みち》みだす
食卓にあってなお雲雨をもとめ
かえって都頭にけんつくを食う

この女、武松はたらしこめぬと思い知ったばかりか、逆に説教までしっかり食らってしまったわけである。

武松は部屋でかっかと怒りながら、ひとり考えこんでいた。時刻は早くも申の刻（午後三～五時）、武大が天秤棒を担いで大雪のなかかえってきた。戸をあけ荷を下ろして部屋に入ってくると、女が両の目を真っ赤にして泣いているので、たずねるには、

「誰とけんかしたんだい」

女、

「ぜんぶ意気地《いくじ》なしのあんたのせいだよ、私がよそさまに莫迦にされるのは」

武大、

「お前を莫迦にしに、わざわざ誰か来たのかい」

女、

「誰だかなんてわかるでしょ。武二のやつには、がまんできませんよ。大雪のなかかえってきたんで、よかれと思ってお酒に食事をととのえてあげたんですけどね、まわりに人がいないと見るや、いろいろ言ってきて私をからかうんですよ。迎児だって見てました。ありもせぬことを言ってるんじゃありません」

武大、

「弟はそんな奴じゃないよ、昔からまじめな男さ。大声だすなよ。お隣さんに聞こえて笑われるぞ」

武大は女を放っておいて、武松を呼びに部屋へやってきた。

「二郎、点心《おやつ》がまだなら、いっしょに食おうよ」

武松はだまったまましばらく考えてから、絹の室内履きを脱いで、もとどおり油靴を履き、上着をきて氈《フェルト》の鍔広帽をかぶった。胴巻をしめるなり表戸を出ていくところ、武大は呼びかけた。

「二郎、どこへ行くんだ」

それにも答えず、まっすぐ脇目も振らず行ってしまうのだった。武大は部屋にもどって女にたずねた。

「俺が呼んだのに返事もせずに、役所の方へどんどん行っちまった。まったくどうなってるんだ」

女は罵って、

「このぼけなすの虫けら、なんのわからないことがあるんだよ。あいつは恥ずかしくて、あんたに合わす顔がないってんで、出てったのさ。きっと人をよこして荷物を運びだすんだろ。ここにはもう住む気がないのさ。まさか、あんたは引きとめようっていうのかい」

武大、

「あいつが越していきなどしたら、人さまの笑いものになっちまうよ」

女は罵って、

「ぼけなすのお化けめ、あいつにからかわれた私はどうなるのさ。笑いものにならないってのかい。あんたがあいつと過ごしたいんなら、どうぞご勝手に。私はお仲間にゃなれないよ。去り状一枚くれさえすれば、あとはあんたが好きに引きとめりゃいいだろ」

武大がそのうえ何か言えるはずもなく、それどころかこの女に、あれやこれやとひとしきり罵倒されるがままだった。

家で夫婦が口争いしているところに、武松が従卒を連れてあらわれた。天秤棒をもってまっすぐ部屋にいき、荷物をまとめるや出ていったので、武大は追いかけてきて叫んだ。

「二郎、なんだって出ていくんだ」

武松、

「兄さん、聞かないでくれ。話せば幟《のぼり》を掲げる（大っぴらになる）だけだ。俺が勝手に行くのさ」

武大はそのうえ詳しく聞けるはずもなく、武松が越していくにまかせた。女は家のなかで文句たらたら、

「まあいいさ。親戚だって借金はかかわってくれぬっていうじゃないか。弟が都頭ともなれば、兄夫婦を養ってくれるとでも人は思うんだろうけど、どっこい逆にただ飯を食われたとはね。花木瓜《かざりぼけ》[47]みたいなもんで、見てくれがいいだけだったのさ。出てってくれたこと、神様に感謝しなきゃ。憎いやつが、とにかく目の前から消えたんだから」

武大は女房のこんな悪態を耳にしても、なにがどうなったのかわからず、胸のつかえは取れぬまま。武松が役所ちかくの旅籠に引っ越して寝泊まりするようになってからも、武大はこれまでどおり街に出て炊餅を売った。本当は役所の方まで行って弟と話をしたいのだが、この女に再三、かかわり合うなと釘をさされていたので、武松のもとを訪れようとはしなかった。その証拠としてこんな詩がある——

雲雨のたくらみ遂げられず
心に争いの意を生じるとは
武松をむざむざ引っ越させ
骨肉は変じて仇敵どうしに

はてさて、この後どうなりますか、まずは次回の解きあかしをお聞きあれ。

（47）花木瓜は宣州（安徽省）に産した鑑賞用の木瓜。その実に花形の紙を貼りつけておくと、貼った箇所が赤く変色して花模様が浮かび上がるという。生のままでは食用に適さないことから、見かけだおしの比喩として用いられる。

第二回

西門慶が簾《すだれ》の下で金蓮に出会うこと
王婆さんが賄《まいない》とって色恋を語ること

月老《かみさま》(1)が赤い糸むすびまちがえ
金蓮は花の顔《かんばせ》みせつけさそう
星と月の下でふたり会おうと
戸や簾を隔てあおる男ごころ
王婆は金銭《かね》に誘われ策さずけ
鄆哥《うんか》は果物を売って憎まれる
やがて身内にわざわい起こり
帳《とばり》から床《ゆか》まで血に染まるとは

さて、武松が兄のもとから引っ越すと、指でもねじるほどのあいだにいつしか雪はあがり、十数日が過ぎた。ところで、この県の知県（県知事）は着任して二年あまり経っていたが、かせいだ多くの金銀を、腹心をつかい東京《とうけい》（いまの開封《かいほう》）の親族に届けてあずけようとした。三年の任期が満ちて参内する折に、上官に付けとどけするためである。道中よからぬ輩《やから》に遭ってはという心配もあり、腕力あるものに行かせねばならない。そこでふとおもいだしたのが都頭《ととう》の武松。この男のなみはずれた胆力《たんりょく》でなければ、この用事はつとまるまい。その日のうちに武松を役所に呼んで相談した。

「東京城内で役人をしている朱勔《しゅべん》という親戚がおって、いま殿前太尉の職にある。礼物を送り、手紙をそえてごきげんうかがいをしたいのだが、道中なにかあるとこまるので、お前に行ってもらわねばならない。たいへんな仕事だからとことわるではないぞ。もどってきたなら、あつく褒美をとらすからな」

武松こたえて、

「それがし、閣下よりご推挙をたまわりましたのに、おことわりいたすはずもございません。行けとおっしゃるなら、行くまででございます。これまで東京には上《のぼ》ったこともございませんが、かの地にて都の様子をひとわたり見物することもできましょう。これも閣

(1) 婚姻を掌る月下老人のこと。

下のご推挙のたまものでございます」

知県はおおいによろこび、武松に三杯の酒と十両の路銀とをあたえたが、このことは措く。

さて、武松は知県の命を受けると、役所の門を出て、下宿で従卒を呼び、街で酒を一本とおかずのたぐいを買うと、まっすぐやってきたのは武大の家。そこに武大がちょうど街からもどってきた。見れば武松は戸口に腰かけて、従卒に厨房で支度をさせていた。

未練たらたらの女は、武松が酒食をたずさえてきたのを見ると内心、

「ひょっとして私が恋しくなったんじゃないかしら。でなきゃ、舞いもどってなどくるもんか。あいつ、きっと持ちこたえられなかったに決まってる。まずはゆるゆるたずねてみよう」

女はそこで二階にあがり、白粉《おしろい》顔をふたたびととのえ、雲なす黒髪を結いなおして、色あざやかな服に着がえると、戸口で武松を出むかえた。女は辞儀をして、

「二郎さん、どういうかんちがいをなさったんだか、ずいぶんごぶさたでしたわね。私、首をひねりましたよ。あんたの兄さんに毎日、役所へ行って二郎さんにお詫びなさいって言ってたんだけど、かえってくると、見つからなかったって言うばかりでね。きょうはまた来てくださってうれしいですけど、わざわざおみやげなんて買って、どうなさったの」

武松、

「ちょっと申しあげたい件があり、兄上にお伝えするためとくにまいりました」

女、

「そういうことでしたら、二階にお上がりくださいな」

三人が二階へ上がると、武松は兄夫婦を上座にすわらせ、自分は腰かけを持ってきて脇に腰かけた。従卒が酒肴《しゅこう》をならべ、温かいおかずをいっぺんに運んできたのを、武松は兄夫婦にすすめる。女が武松を横目で見ても、武松は酒を飲むばかり。酒が数巡すると、武松は迎児《げいじ》に献杯用の大杯《おおさかずき》をひと揃え持ってこさせた。従卒に一杯つがせると手にとって、武大を見ながら、

「兄上、わたくし本日、知県閣下から東京へ使いに行くようにとの命を受け、あすには出立いたします。長ければ三ヵ月、短ければ一ヵ月でもどりましょう。そこでとくに申しあげたいことがあってまいりました。あなたは昔からいくじなしでいらっしゃるから、わたくしの不在中、他人《ひと》から莫迦《ばか》にされるのではと心配で

す。そこで、もし毎日せいろ十枚の炊餅《すいへい》を売っているのでしたら、あすからは五枚だけこしらえて売りに出なさい。毎日おそく出てはやくかえり、人とお酒を飲んではいけません。かえったらすぐ簾をおろし、さっさと戸を閉めれば、いざこざやもめごとをずいぶん防げるはずです。莫迦にする人があったらあらそわぬことです。私がかえってきたら、話をつけます。兄上が言うとおりにしてくださるなら、なみなみ注《つ》いだこの酒を飲み干してください」

武大は杯をうけとり、

「お前のいうことはもっともだ。すべてしたがおう」

と、杯の酒を飲んだ。

それから武松はふたつめの杯に酒を注ぎ、女に向かって言った。

「姉上は利口なおかたですから、わたくしがあれこれ申すにはおよびません。兄はむじゃきな人ですから、ものごとはすべて姉上に決めていただかねばなりません。ことわざにも〃見かけの強さより内なる強さ(内助の功がものをいう)〃と申します。姉上が家をしっかり支えてくだされば、兄は悩むことなどありましょうか。むかしの人も言ったではありませんか、〃垣根が丈夫なら犬は入らぬ〃と」

女はこの言葉を聞くと、耳わきにぽつり紅色が浮かんだかと思うや、みるみる顔じゅうを紫に染め、武大を指さして罵った。

「このぼけなす野郎、よそで何をしゃべってきて、おっかさん《このわたし》を莫迦にさせるんだい。私はね、頭巾をかぶらぬ男一匹、打てばがんがん鳴り響くおっかさん、拳に人を乗っけて、腕に馬を走らせて、顔《めんつ》に人を歩か《でいきて》せる《いる》んだ。でぶの役立たずで、(2)つついても首を出さない亀女房とはわけが違うんだよ。武大に嫁いでからというもの、まったく蟻一匹だってうちに入れたことはないさ。何が、垣根が丈夫でなきゃ犬ころがもぐりこむ、だよ。でたらめ言うんじゃやない。口を利くなら一言一言に落ち着き先が必要ってものさ。煉瓦《れんが》を放《ほう》ったって、一個一個が地面に落ちるだろ」

武松は笑って、

「姉上がそんな具合に取りしきってくだされば、申し

(2) 原文「膿膿血」。文字どおりには膿は太ったさま、膿血は血膿《ちうみ》。役立たずを罵って「膿包」というのと同じ発想であろう。他の小説には「偎儂(膿にくっつく)」とか「偎膿咂血(膿にくっつき血を吸う)」といった罵語も見える。

分ございません。どうぞお考えとお言葉とをひとつにして、おっしゃることが正直なところとちがうなんてことになりませんよう。(3)そういうことでしたら、姉上のお言葉はすっかり胸にとどめましたぞ。この杯をどうぞ」

女は片手で杯を押しのけ、そのまま二階から駆けおり、階段の半ばまで行ったところで声を上げた。

「あんたが賢くて頭が回るんなら、知ってるだろ、〝長兄の嫁は母も同じ〟って。さいしょ武大に嫁いだ時、弟がいるなんて聞いたこともありませんよ。いったいどこからやってきたのさ。親戚であって親戚でないようなもんなのに、家の主《あるじ》をきどりやがって。これもおつかさん《このわたし》の運がわるいのかね、こんなにたくさん、ろくでもないことにばかりぶつかってさ」

と、泣きながらおりていった。その証拠としてこんな詩がある――

口に苦きいましめの良言
金蓮うらんで風波《いざこざ》おこす
慍《おそ》れ愧《は》じて身の置所《おきどころ》なく
英雄武松の腹立ちを買う

女がいろいろとさわぎたてたので、武大と武松は飲むこと数杯でいたたまれなくなり、揃って階段をおりた。兄弟は涙をこぼしてわかれる。武大、

「行ったらさっさとかえってくるんだぞ。また会おうな」

武松、

「兄さん、商売なんてしなくたって構やしないから、ずっと家にいてください。費《つい》えならこの弟が人に送らせるから」

行こうとして武松はかさねて言いつける。

「兄さん、俺の言ったこと、わすれるなよ。家では戸じまりに気をつけるんだよ」

武大、

「わかったとも」

武松は武大のもとを去ると、役所ちかくの下宿にもどり、旅装と護身の道具をととのえた。翌日、知県から礼物をうけとると、金銀を荷鞍《にぐら》に積み、みずからが乗る馬を借り(4)、東京をめざし出立していったが、このことは措く。

さて、武大の方はといえば、弟の武松が忠告をのこし旅立ってしまうと、一日じゅう例のかみさんに罵倒されること三、四日におよんだ。武大はぐっとこらえ

て罵るにまかせ、弟の言葉にしたがい毎日半分だけの炊餅をつくっては出かけていった。暗くならぬうちに家へもどると、天秤棒を置くや、まず簾を外して表戸を閉め、それきり家にこもって過ごす。女はこの様子を見ていらいらがつのり、罵った。

「不見転《みずてん》の頭足らず、日の高いうちから牢屋の戸をとざすだなんて、聞いたこともない。ご近所からも笑われるよ、あの家はなんで邪鬼よけをしてるんだってね。弟がろくでもない口であることないこと言うのは真に受けるけど、笑いものになるのは構わないのかい」

武大、

「笑わしときゃいいよ、弟はいいこと言ってくれたのさ。いざこざをずいぶん防げるもの」

女は唾を顔にかけ、

「ぺっ、できそこないが。お前も男だろう、自分で決めずに、人の指図でうごくのかい」

武大は手を振って、

「かまわないよ、弟の言うことはまちがいないんだから」

武松が行った後、武大はいつも遅くでかけて早くかえり、家に着くや戸を閉めたのだった。女の怒りは頂点に達し、なんどかやり合ったもののとうとう根負けしてしまい、それからは武大がかえってくる時分になると自ら簾をしまって表戸を閉めるようになった。武大もこれを見て内心ひそかによろこび、この様子ならしめたものだと考えた。その証拠としてこんな詩がある——

身をつつしんで戸じまり早がえり
山のあちらとこちらで情は通わず
春心ひとたび兆したなら繁茂して
閉じ込めようとしてもむだなこと

歳月は瞬《またた》く間《ま》に過ぎ、光陰は矢のごとし。冬も終わりになると梅が咲き始め、陽《よう》の気がもどってきた。ある日、三月の春うららかな頃、金蓮はきらびやかに化粧し、武大が出かけるのを待ちに待つと、戸口に掛けた簾の下に立っていた。そろそろ武大がかえってこよ

(3) 原文「不応心頭不似口頭」。第一回で潘金蓮がからかって「二郎さんは、正直なところをおっしゃってない気がするの（只怕叔叔口頭不是心頭）」と言ったのを踏まえている。／(4) 原文「討了脚程」。「脚程」は脚がわりに乗る家畜をいう。旅程表（または路銀）をうけとったと解する異説もある。

西門慶と潘金蓮、運命のふたりの出会い

うという時分になると簾を下ろし、部屋に入って待つのである。ところがその日は、これも起こるべくして起こったことなのであろう、ある男が簾の下を通りすぎた。昔から、偶然なくして話は成らず、縁《えにし》ある男女は出会うもの。女がちょうど掛け竿で簾を下ろそうとしていたところ、急に一陣の風が掛け竿を吹きたおし、女もしっかり持っていなかったものだから、狙いすましたようにその男の頭巾に当たってしまった。女はあわてて愛想笑いしながらその男に目をやると、年の頃なら二十五、六で、たいへんな洒落もの——

頭につけるは房飾りのある帽子、透かし細工の金の簪《かんざし》、彫刻された井筒のような玉の留め輪。(5) 長身で、緑の薄絹の長上着をまとう。足元には靴底もしっかりした陳橋《ちんきょう》（いま河南省）の蒲《がま》の靴と、純綿の靴下。脚には縫い取りのある黒鳶《くろとび》の膝当てをふたつ巻く。手に揺らすのは金箔を散らした四川の扇。(6) 張生(7)のような顔形《かおかたち》、潘安(8)のような美貌を、出で立ちがなお引き立てる。すてきな人、なんとも色っぽく、簾の下から流し目をよこしてる。

この男、掛け竿で頭を打たれて足を止め、文句を言おうと振りむいてみると、おもいがけず美しく妖艶な女だった。そのさまは——

鬢《びん》の真黒さは鴉《からす》の羽根にも勝り、翠眉《すいび》のしなることは三日月にも劣らず。さやかに冷たい杏《あんず》の眼、香りぷんと漂う桜桃の唇、筋とおって高く美玉のように白い鼻、紅《べに》の色濃きあだな頰、色気したたる銀の盆のごとき顔。軽くたおやかなる身は花、玉のように白くほっそりした指は葱、しきりにくねらす腰は柳、もちもちした腹は練った小麦粉。ちっぽけで尖《とが》って反りあがる足、たっぷりした胸、白く匂やかな脚。もうひとつ、きつく寄り集まり、赤くしわしわで、白く鮮やかで、黒くふかふかしてるところ、これはまったく何やらわからない(9)。

---

(5)原文「圏児」。網巾（ヘアネット）をまとめるための小さなリング。／(6)四川の扇が優れていたこと、沈徳符『万暦野獲編』巻二十六に記載がある。／(7)唐・元稹の文言小説「鶯鶯伝」や、それに基づく元・王実甫の雑劇『西廂記』の主人公。張生は張という姓の書生の意。／(8)晋・潘岳は名高い美男だった。字を安仁といい、しばしば潘安と略される。／(9)「鬢の真黒さは」以下の一連の描写は、『水滸伝』第四十四回にほぼ一致する箇所がある。

この女の容姿ときたら見どころが挙げきれぬほどだ
が、さてどんな装いかといえば、そのさまは——

頭にはつやつやの黒髪で編まれた束髪冠(10)
その縁取《ふちど》りは金革《きんがわ》(11)
ぐるりとりかこむ香雲《かみ》は結われ
周りには短い簪《かんざし》が列なして挿される
きれいな鬢(12)には二輪咲きの花が一朶《いちだ》かたむき
排草《はいそう》の櫛《くし》(13)を後ろに挿す
しなった柳の葉が八の字をつくる眉は絵にも描けず
頬に浮き上がるのは両輪の桃の花
透かし細工の耳飾りはもっとも見事で
翠玉のような酥《クリーム》の胸は値のつけようもなし
毛青布(14)の広い袖の単衣《ひとえ》
長上着の丈《たけ》も短めで
褭ゆれる裙《スカート》(15)のつややめく薄絹を引き立てる
縫い取り模様のハンカチは
袖からだらりと覗かせる
匂い袋を低く掛け
胸当ては紐《ひも》ボタンで幾重《いくえ》にも留め
褲腿《レギンス》は上で結んで垂れ下がる(16)
尖ってきゅっと反る金の蓮のごとき小脚
爪先の雲形かざりにはぎざぎざ模様の巧みな返し縫い
濡羽《ぬれば》色の靴の底は白綸子《りんず》(17)でかかとは高く
歩めば芳《かぐわ》しい塵が立ち
足の運びをひときわ引き立てる
赤い紗の膝褲《レギンス》(18)には花と鷺を鎖繍《くさりぬい》し
歩くたび座るたび風は裙《スカート》を揺らす
いつも口から漂わせるのは蘭麝《らんじゃ》の常ならざる香り
唇はさくらんぼ、笑えば顔に花が咲く
人これを見たなら魂魄《こんぱく》も飛散する
魅力ふりまく本当にきれいな憎いやつ

男はこれを見ると、もうなかばとろけてしまった。さきほどの怒りはとうにジャワの国へもぐりこみ、相好をくずしてえびす顔になる。女はすまないことをしたと見てとると、手を前で組み、ふかぶかとひとつ辞儀をして、
「急に風に吹かれて手元がくるい、誤って旦那に当たってしまいました。どうかお許しください」

男は手で頭巾をなおしながら、腰をぎりぎりまでかがめてあいさつを返し、

「大丈夫ですよ。奥様、どうか気になさらずに」

この様子を見ていたのが、隣で茶店をしている王婆さん。笑いながら、

「あれあれ、どちらの大旦那が軒下を通られたので。ぴったりぶつかったもんですな」

男は笑いながら、

「こりゃ私がよくありませんでした、急にぶつかってしまいまして。奥様、どうぞお許しを」

女、

「旦那こそ、どうかおとがめなく」

男はもいちど笑いながら、大仰《おおぎょう》な身振りであいさつをし、こう応じたのだった。

「めっそうもございませぬ」

花やら草やらを長年なびかせてきた、風情《いろこい》を知り尽くした罪ぶかい眼《まなこ》は、女から離れることがなかった。別れぎわにも七、八遍ふりかえって、それからやっと、扇で顔をかくしつつ、一路ゆらりゆらりと歩み去るのだった。その証拠としてこんな詩がある――

---

(10) 原文「鬏髻」。金糸、銀糸、頭髪などを編んで髻《もとどり》にかぶせる頭飾り。男子の束髪冠に形状が近いのでこのように訳した。／(11) 原文「皮金」。なめし広げて薄くした羊の皮に金箔を貼ったもの。(12) 原文「六鬢」は見慣れぬ語。雲鬢（雲の略体は六に字形が近い）または音の近い緑鬢の誤りか。(13) 原文「排草梳」。排草は南方に産するシソ科アニソキルス属の香草。／(14) 赤みを帯びた藍染めの布。宋応星『天工開物』彰施（藪内清訳・平凡社東洋文庫版では「染色」）に製法が紹介されている。それによれば、いちど深青に染めた布をローラーにかけず乾かし、膠水に豆漿水（大豆の煎汁）をまぜたものに通し、さらに標缸《ひょうこう》という上質の藍にくぐらせると、炎のような赤を秘めた色になるという。ローラーで光沢を出すことをしないため毛青の名がある。／(15) 原文「湘裙」。スカートの襞が揺れ動くさまが湘江の波のようであることからいう。／(16) ふくらはぎ下部からくるぶし又はかかとまでを隠す、布でできた筒状の装身具。纏足靴のつま先だけを覗かせ、より魅力的に見せるためのもの。振り仮名は、前掲ドロシー・コウ『纏足の靴』第三章がこれを「レギンス」として解説するのによった。「上で結んで垂れ下がる」は原文「臓頭垂下」。「臓」の字が腑に落ちないが、同書に掲げられる図を参考に、仮にこう訳した。／(17) 曹植「洛神賦」（『文選』巻十九）に「波を陵《しの》ぎて微歩し、羅韈《らべつ》塵を生ず（波の上を軽やかに歩き、薄絹の靴下から塵が立つ）」とあるのに基づく表現。／(18) 前出の褲腿と同じもののはずだが、なぜか二度ふれられている。

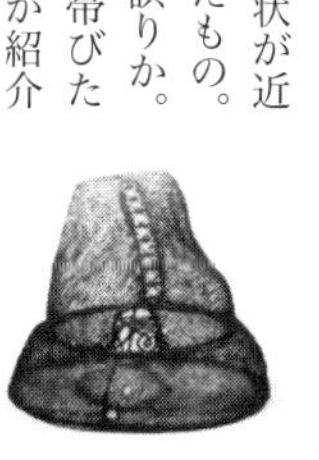
銀糸の鬏髻（孟暉『潘金蓮的髪型』江蘇人民出版社、二〇〇五）

天気晴朗なればそぞろあそびに出て
たまたま簾の下で識《し》ったあだなひと
去り際にあのひと流し目くれたから(19)
呼び起こされた春の心は治まらない

このとき女は、男が風流で遊び人めき、言葉があまいので、なおさら心ひかれた。だけどこの人の名前も、住んでる場所も知らないの(20)。私に気がないのなら、去りぎわに七度も八度も振りかえらないはず。なんと、この人と赤い糸でむすばれていたとはね――。簾の下から焦がれるように眺め、見えなくなるとやっと、簾をしまい表戸を閉めて、部屋に入ったのだった。

皆様お聞きあれ。まさかこの男に身代《しんだい》がないはずがあろうか。じつはこれ清河《せいが》県のごろつき大尽《だいじん》のひとりで、役所の門前で生薬店をひらいていた。子どものころから筋金入りの遊び人で、拳法や棒術がうまく、賭け事もおぼえ、盤双六《ばんすごろく》に将棋、文字当て遊び(21)など、なんにでも通じている。さいきん金まわりがよくなると、もっぱら役所で公《おおやけ》の事案に首を突っこむようになった。人から請け負っては、口利きをしたり賄賂の仲立ちをしたりして、官吏と通じていたので、県じゅうの人びとからおそれられていた。

この男、姓は二文字で西門、名は一文字で慶といって排行《はいこう》は第一。人はみな西門大郎と呼んでいたが、金まわりがよくなったさいきんでは、みな西門の大旦那というようになった。父母ともに亡くなり、兄弟もおらず、前の妻は早世し、のこったのは娘ひとりだけ。さいきん清河左衛の呉千戸(22)の娘を後添えにふたたび娶《めと》り、屋敷には他に四、五人の女中や使用人のかみさんがいる。さらに妓楼の李嬌児《りきょうじ》にながらく入れあげ、今はやはり落籍《ひか》して家にむかえていた。南街でも私娼の卓二姐《たくじしゃ》、源氏名を卓丢児《たくちゅうじ》というのを、しばらく囲ったのち、これも家にむかえ住まわせていた。妓女《ぎじょ》あそびに心血をそそいだり、良家の女をくどきおとしたりしたあげく、家にむかえてみて少しでも気に入らないと、すぐ口入れに売らせてしまう。ひと月に口入れの家をおとずれること、なんと二十度あまり。人びとはだれも、この男とかかわりあいになろうとしなかった。

この西門の大旦那、簾の下から女をひと目みると、家にかえって思うよう、「いい子だ、どうしたら手に入るだろう」。とつぜん思い出したのは隣の茶店の王婆さんのこと。あの婆さんなら、あの手この手でうまく取り持ってくれるだろう。銀子《ぎんす》を何両か出して礼をするくらい、なんでもないことだ――。そこで、飯も食わずに街へふらり出ると、まっすぐ王婆さんの茶店へ取ってかえし、奥の縄のれんの下に座った。王婆さんは笑って、

「大旦那、さっきはたいそう大きなあいさつをなさいましたな」

西門慶、

「おっかさん、まあこっちへ来なよ。おしえてほしいんだが、となりの女は誰の奥さんだい」

王婆さん、

「閻魔大王の妹、五道将軍(23)の娘ですよ。そんなこときいてどうします」

西門慶、

「俺はまじめに話してるんだ。ちゃかさないでくれよ」

王婆さん、

「大旦那、ご存じじゃありませんか。ご亭主は、役所の前でできあいの食べものを売ってる人ですよ」

西門慶、

「ひょっとして棗《なつめ》の蒸し菓子を売ってる徐三の女房か」

王婆さんは手を振って、

「はずれ。それならお似合いだけどね。大旦那、もう一度あててみな」

西門慶、

「そんなら、だんごを売ってる李三のかみさんだろ」

王婆さんは手を振って、

「はずれ。それならやはりぴったりですがね」

(19) 原文「只因臨去秋波転」。『西廂記』第一本第一折に「怎当他臨去秋波那一転（去り際にくれた流し目ひとつ、どうしてこらえられようか）」とあるのを踏まえた表現。／(20)「心中自思（内心思った）」、「心内暗道（ひそかに考えた）」などの語がなく、地の文からそのまま心内語が始まっているので、訳文もそれに合わせた。／(21) 底本「抹牌道字」。抹牌はカルタのことだが、ここはおそらく「拆牌道字」とすべき箇所。漢字の扁や旁をばらばらにして句をつくり、もとの字を当てる遊びで、『西廂記』第五本第三折に、「君瑞さまは肖のこなたに立てる人（俏。粋・いなせの意）／あんたは木寸馬戸尸巾（村駈屌《やぼちくしょう》）」とあるのがその一例である（訳文は田中謙二による。『中国古典文学大系五十二 戯曲集 上』平凡社、一九七〇）。／(22) 衛は明代の兵制において要所に置かれた軍営で、各五千六百の兵を統べた。威海衛のように駐在地の名をつけて呼ばれるが、清河左衛なるものは実在しない。各衛の下には千戸を長とする五つの千戸所が属していた。／(23) 東岳大帝（泰山府君）の属神で人の生死を掌る。

西門慶に策をさずける王婆さん

西門慶、

「ひょっとして腕に刺青《いれずみ》してる劉小二の女房か」

王婆さんは大笑いして、

「はずれ。それもお似合いだがね。大旦那、もういちど」

西門慶、

「おっかさん、まったくお手あげだよ」

王婆さんは冷たく笑って、(24)

「じゃあ教えてさしあげましょうね。きっと吹き出しちまいますよ。あの人の旦那は他でもない、街で炊餅を売ってる武大郎ですよ」

西門慶はこれを聞くと足を踏みならして笑い、

「まさか、人呼んで〝三寸丁《さんずんチビ》の谷樹皮《コウゾがわ》〟の武大郎かい」

王婆さん、

「そのとおりさ」

西門慶は聞くとうめいて、

「すてきな羊肉ひと切れが、なんで入った犬ころの口に」

王婆さん、

「そんなもんなんですよ。昔から、駿馬《しゅんめ》が乗せるのは痴《し》れ者で、美人の脇で寝るのはだめな夫と、相場が決まっていましてね。縁むすびの神さまは、いつだってこんなふうにくっつけるんですよ」

西門慶、

「おっかさん、俺はお茶代をいくらつけにしてたかね」

王婆さん、

「たいした額じゃありません。いいですよ、あとから払ってくだされば」

西門慶はまた、

「あんたの息子の王潮は、誰にくっついて出張《でば》ってるんだっけ」

王婆さん、

「ひどい話ですよ。淮水《わいすい》の方からきた旅商人《たびあきんど》についていったきり、今もってかえってこないんだからね。まったく生きてるんだかどうだか」

西門慶、

「俺にあずけてくれりゃいいのに。あの子、なかなか機敏で利口じゃないか」

王婆さん、

「大旦那がお引き立てくださるなら、ねがってもないことでございますよ」

西門慶、

(24) 原文「冷冷笑道」。この箇所、容与堂本『水滸伝』では「ハッハと笑って（哈哈笑道）」となっている。

「あいつがかえってきたら、また相談しよう」

言い終えるとおおげさに礼をして席を立ち、かえっていった。ところが二時《ふたとき》（四時間）も経たぬうちに、折りかえしまたやってくると、王婆さんの店先の簾のところに腰をかけ、武大の家の戸口をながめるのだった。しばらくすると王婆さんが出てきて、

「大旦那、梅湯[25]をどうぞ」

西門慶、

「そいつはいい。酸っぱくしてくれ」

王婆さんは梅湯をつくり、両手で西門慶にさしだした。飲みおえて杯を置いた西門慶は、

「おっかさん、この梅湯はおいしくできてるね。家にどれくらいおいてあるんだい」

王婆さんは笑って、

「わたしゃ生まれてこのかた媒《なこうど》商売(媒は梅に通じる)だけど、ひとりだって家《うち》にもらっちゃいませんよ」

西門慶も笑って、

「俺はこの梅湯のことを言ってるのに、あんたは仲人の話かい。まるでちがうじゃないか」

王婆さん、

「わたしゃ大旦那が、仲人口をうまく利いてくれって頼んでるようにしか聞こえなかったんで、仲人の話をしただけですよ」

西門慶、

「おっかさん、あんたは取り持ち屋なんだから、俺にもひとつ口を利いとくれよ。良縁をまとめてくれたら、礼をはずむからさ」

王婆さん、

「大旦那ったら、ご冗談を。お宅の大奥様に知られてビンタなんてされた日にゃ、この婆さんの顔はたまったもんじゃございませんよ」

西門慶、

「俺の奥さんは心根がたいそうよくってね。いまも家には何人か側女《そばめ》を置いてるんだが、俺のめがねにかなうのが、ひとりもおらんのだよ。そういういい子がいて、俺に世話してくれるというなら、構やしないから話をもってきてくれ。出もどりだっていいんだ、俺が気に入りさえすれば」

王婆さん、

「こないだの子はなかなかだったけど、大旦那はおいやでしょうかね」

西門慶、

「もしいい子なら、世話してくれよ。礼ならはずむから」

王婆さん、

「ものすごくきれいなんだけど、ちょっと年齢《とし》が上かしら」

西門慶、

「昔から、〝半老の佳人はよき相手〟ってね。一歳や二歳ちがってたって、構やしないさ。じっさいいくつなんだい」

王婆さん、

「あのご婦人でしたら丁亥のお生まれの亥年ですから、新年でちょうど九十三になりますね(26)」

西門慶は笑って、

「この頭のおかしな婆さんめ、とぼけた相好をくずしてからかいやがる」

話も終わり、西門慶は笑いおさめると席を立ち、かえっていった。

しだいにあたりは暗くなり、王婆さんがちょうど灯りをつけて、戸を閉めようとしていたところに、西門慶がまた舞いもどってきた。まっすぐ簾の下へ向かい、腰かけに座ると、武大の家の戸口をじっと眺めている。

王婆さん、

「大旦那、和合湯(27)をどうぞ」

西門慶、

「それはいい。おっかさん、甘くしてくれ」

王婆さんはいそいで一杯もってきて飲ませた。西門慶は夜まで居座ってから席を立ち、

「おっかさん、勘定はつけといてくれ。あすまとめて払うから」

王婆さん、

「おかまいなく。おやすみなさい、こんどまたご相談にお越しくださいね」

西門慶は笑って立ち去ったが、家に着くと寝るも食べるもひどく落ち着かず、心に思うのは女のことだけなのだった。この晩のことはここまで。

翌日の明け方、王婆さんがやっと戸を開けたところで外を見やると、早くも西門慶は行ったり来たりと通

(25) 加工した梅肉に甘草や塩などをまぜて寝かせたものに湯を注いで作る、甘酸っぱい飲み物。夏に冷やして飲む場面も描かれている（第二十九回）。／(26) 干支は六十年でひとめぐりするので、三十代かと思いきや九十代であったという冗談。なお『水滸伝』では干支が戊寅となっている。／(27) 数種の材料を配合して入れた茶。男女の和合に掛けている。

りをうろついているのだった。王婆さん、

「この色ぼけめ、何度も引き返してきて、いそがしいことだよ。見てな、どうしても舐められぬ甘い砂糖を、こいつの鼻の頭にちょいとばかりつけてやるんだ。あいつはうまいこと県の役人とつるんじゃ儲けてるんだから、おっかさん《このわたし》の手で泣きどころ(28)をおさえつけ、風流銭《いろこい》を何貫か稼がせていただくとしよう」

もともと、茶店をひらいているこの王婆さんというのも、本分を守るようなたまではない。年季の入った恋の仲立ちで、仲人もすれば行商もすれば口入れもして、赤ん坊の取り上げ役にもなれば産婦の腰抱き役もできる。人をひどい目に遭わすのだってお手のもの。もひとつは言うに堪《た》えぬこと。束髪冠に緑をかぶせ、陽臘《ようろう》を頭にそそぐ(29)。まこと、この婆さんの手腕たるや見かけによらない。そのさまは——

口をひらけば陸賈《りくか》を欺き(30)
話し始めりゃ随何《ずいか》に勝る
説いては六国に唇の槍を向け(31)
話しては三斉に舌の剣を刺す(32)
ひとりぼっちの鸞《らん》や鳳《ほう》　いつの間にやらつがいにし
相手を亡くした男に女　ひとつ話を仕向けりゃ再婚
三重の門内の箱入り娘でもへっちゃら
九層の殿に住む仙人だってお手のもの
玉皇殿《ぎょくこうでん》上で香の番をする金童は　腕とらえ引きずり
王母宮《おうぼきゅう》中で伝言うけもつ玉女は　腰めがけ抱きつく
ちょっと姦計めぐらせば　阿羅漢《あらかん》も比丘尼《びくに》だきしめる
いささか作戦もちいれば　李天王も鬼子母《きしぼ》かきいだく(33)
甘いことばで誘うなら　男は封陟《ほうちょく》だってその気になり
口ぶりやさしく唆《そそのか》しゃ　女は麻姑《まこ》でもきっとみだれる(34)
頭蔵《かく》して尾露《あら》わして　淑女に患らわせるのは恋の病
暖を送りて寒を偸《ぬす》み(35)　嫦娥《じょうが》に持ちかけるのは男遊び
(嫦娥は月の女神)
この婆さん
まこと風月《いろこい》の膳立てはお手の物
いつもお白洲の喧嘩の火種

この婆さん、ちょうど戸を開け、茶店の奥でやかんの支度をしながら見ていると、西門慶は何遍も行ったり来たりしたあげく茶店に飛びこんできて、縄のれんの下から武大の家の戸口を眺め、あちらの簾の内側にひたすら目を凝らしていた。それでも王婆さんは気づ

かぬふりをして、奥で火をあおぐばかり。出てきて注文を取りもしなかった。西門慶、

「おっかさん、茶を二杯もってきてくれ」

王婆さん、

「大旦那、いらっしゃい。ここのところお見かけしませんね。まあお掛けください」

ほどなく、茶を二杯しっかりと濃く淹れて、テーブルに置いた。西門慶、

「おっかさん、お茶につきあってくれよ」

王婆さんはハッハと笑って、

「あんたの思い者でもないのに、どうして茶につきあうんだね」

西門慶も笑った。しばらくしてたずねるには、

「おっかさん、隣で売ってるのは何だい」

王婆さん、

「あそこで売ってるのは、焼きうどん[36]、干し肉[37]、ご開

---

(28)底本「販鈔」。『水滸伝』が「敗缺」に作るのに従う。弱み、しっぽの意。／(29)原文「鬏髻上著緑、陽臘灌脳袋」。分かりにくい表現だが、前半はおそらく、妻に浮気された夫を指す「緑頭巾」または「緑帽子」という表現に引掛けた表現で、家庭の婦人を道ならぬ恋にそそのかすこと(「東髪冠」と訳した語については本回訳注(10)を参照)。後半はさらに難解。前の句と対になるのであれば、男性に浮気心を起こさせるという意味になるであろうか。臘はあるいは蠟の誤りかともいう。／(30)陸賈と随何は漢初の人。いずれも劉邦に仕え、弁舌の才にすぐれていた。／(31)戦国時代、蘇秦が燕、趙、魏、斉、楚、韓の六国を遊説し合従策を説いたことを指す。／(32)劉邦に仕えた酈食其《れきいき》が、斉の田広を説得して七十余城を得たことを指す。(33)唐の人・封陟は少室山で、車にのって空から下りてきた仙女から夫婦となろうと願われたが、動じなかったという(『太平広記』巻六十八。『伝奇』を引く)。／(34)麻姑は道教の仙女。爪が鳥のように長かったといわれる。／(35)原文「送暖偸寒」。男女の密通をとりもつこと。／(36)以下の六つの食品名(『水滸伝』は最初と最後の二つのみ)には性的な含みがあり、解釈には諸説ある。「焼きうどん」は原文「拖煎河漏子」(「漏」は底本「満」に誤る。『水滸伝』は「拖蒸河漏子」)。拖煎(拖蒸)は、文字通りには麺を打って炒める(蒸す)こと。劉瑞明によれば「駄肩(駄鎮)」の意を隠して性交時の体位を表す(『性文化詞語彙釈』百花洲文芸出版社、二〇一二)。河漏は合酪、河洛、餄餎とも書き、こねた粉を穴から押し出して茹でる麺のこと。劉氏によれば「餄餎麺」すなわち「合摞眠(重なって寝る)」を暗示するという。他に、河漏子は蘇北方言でカワガイを意味し、ここでは女性器の隠語として用いられているとの説もある(黄霖主編『金瓶梅大辞典』斉魯書社、一九九一)。／(37)原文「干巴子肉」。巴子肉とは干し肉のことだが、巴子はまた女性器をあらわす隠語でもある。

帳して具がはみ出た餃子[38]、底に穴のあいたとんがり蒸しパン[39]、はまぐり麺[40]、あつあつほかほかの大きな丸茄子[41]だよ」

　西門慶は笑って、

「この頭のおかしな婆さんめ、たわごとしか言わんのかい」

　王婆さん、

「たわごと言ってるんじゃないさ。あちらにはご亭主がおありだよ」

　西門慶、

「まじめに話してるんだよ。あそこできちんと旨い炊餅をつくってるんなら、四、五十ほど買って、家に持ちかえりたいんだ」

　王婆さん、

「炊餅を買おうというなら、少し待って街からもどってきたのをつかまえれば買えますよ。ごめんくださいと家をたずねることないでしょ」

　西門慶、

「おっかさんの言うとおりだ」

　茶を飲んでもうしばらくいてから、席を立ちかえっていった。

　それから長いこと、王婆さんはずっと茶店の奥にいたが、このとき冷たいまなざしで見やったのは、戸口の前をうろついている西門慶。東にとおりすぎてはちらちら、西にもどってきてはきょろきょろと、つづけざまに七、八遍も行ったり来たりした末に、やがてつと茶店に入ってきた。王婆さん、

「大旦那、ごきげんよう。もう何日もごぶさたですね」

　西門慶は笑い出し、ふところから一両の銀子ひとかたまりをさぐりだし、王婆さんにさしだして、

「おっかさん、まあ収めておくれ。お茶代さ」

　王婆さん、

「こんなにたくさん要りませんよ」

　西門慶、

「多いぶんは、いいから取っといてくれ」

　婆さんひそかに思うよう、

「おいでなすった。この色ぼけめ、引っかかったね。まずは銀子をいただいて、家賃にさせてもらうとしよう」

　そこで西門慶に、

「大旦那はちょっと喉《のど》[42]がかわいてらっしゃるようですが、じっくり煎じたお茶でも飲まれたらどうです」

　西門慶、

「どうしておっかさんにはわかるんだい」

婆さん、

「なんのむずかしいことがありますか。昔から言うじゃないですか、〝ごきげんいかがと問うなかれ、様子みたならすぐわかる〟ってね。奇妙きてれつ、思いもかけぬようなことだって、わたしゃどれだけ当てたか知れませんよ」

西門慶、

「ひとつ心に引っかかってることがあるんだが、おっかさんが当てられたら、銀子五両を進呈するよ」

王婆さん、

「あれこれ考えるまでもない、ただの一度でずばり当てますよ。大旦那、耳を貸してくださいな。あんたがここ両日、せっせと歩いちゃ通いつめていらっしゃるのは、お隣のあの人が気になっているにちがいない。どうですかな」

西門慶は笑い出して、

「おっかさんは、まこと智恵は隋何、機転は陸賈まさりだね。包みかくさず言うが、どうしたものか先頃、簾を外してるところで顔を合わせてからというもの、三魂六魄《さんこんろっぱく》が吸い取られたようになってしまって、昼も夜もあの子のことが頭から離れないんだ。家にかえったって茶も飯も喉をとおらないし、何をしたって手につかない。なにか手立てはないものかい」

王婆さんは冷たく笑って、

「包み隠さず大旦那に申しあげますがね、うちがお茶

(38)原文「翻包著菜肉匾食餃」。匾食は餃子。直訳すれば「皮が裏返って野菜や肉が表に出た餃子」とでもなろうか。劉瑞明（前掲書）は、ありえない料理を言っているかのように見せかけて、実は「翻包著菜（的）肉匾食餃（〝菜〟が表に出た肉餃子）」という構造を隠しており、「菜」は音の近い「柴（たきぎ）」のもじりで陰毛を暗示すると説くが、やや迂遠にも思える。／(39) 原文「窩窩」。窩頭ともいう。トウモロコシなどの粉をこねて円錐形にしたのを蒸した食品。底に窩《あな》があり中空なのでこの名があり、転じてここでは女性器の隠語となっている。／(40) 原文「蛤蜊麵」。ハマグリもやはり女性器の隠語。／(41) 原文「熱盪温和大辣酥」。モンゴル語由来で酒を意味する打刺蘇という語があり、ここの大辣酥も同じく酒のことだが、性的な含みが取りにくい。一説に、辣酥は落蘇すなわち茄子のことで、南方に産するまるい大きな白茄子により女性の乳房を喩えるという（前掲『金瓶梅大辞典』）。あつあつの酒という表の意味の裏に、そのような意味を隠す表現であろうか。／(42) 原文「寛煎茶児」（「煎」は底本「蒸」に誤る。児は接尾語）。「煎《くるしみ》を寛《ゆる》める茶」の意を隠す。

を売ってるのは幽霊の夜まわり（有名無実）ってやつで、三年前の十月三日、大雪の降ったあの日に淹れたお茶を売ってから先、いままでずっと店はせず、なんでも屋をやって食べてるんですよ」

西門慶、

「おっかさん、なんでも屋ってどんなことするんだい」

王婆さんは笑って、

「わたしゃ三十六で主人を亡くしてからというもの、倅《せがれ》ひとりのこされて、暮らしが立ちゆきませんでね。まず仲人をやった。次に古着を集めて売った。お産の腰抱き、赤ん坊の取り上げだってやりました。ふだんから会わせ屋や取り持ちもしますな。鍼《はり》も打てば灸《きゅう》も据えるし、貝戎《わるいこと》(43)だっていたします」

西門慶は聞くと笑い出して、

「おっかさんがそんな凄腕《すごうで》とは、つゆ知らなかった。この件でほんとうに口を利いてくれたなら、棺桶代に銀子十両やるよ。どうにかしてあの子に俺を会わせてほしいんだ」

王婆さんはこの言葉にハッハと笑った。その証拠としてこんな詩がある——

物狂おしきは蕩児《とうじ》の西門
女を誘うに必死の手立て
茶店の王婆の導きあって
巫女《ふじょ》は襄王《じょうおう》に会うはめに(44)

はてさて、婆さんはどんな献策をするのか。後のできごとを知りたければ、まずは次回の解きあかしをお聞きあれ。

---

(43) 貝と戎の字をあわせると「賊」になる。／(44) 宋玉の「高唐賦」ならびに「神女賦」（ともに『文選』巻十九）によれば、宋玉と雲夢沢に遊んだ楚の襄王は、かつて父の懐王が高唐の観（物見台）で巫山の神女を夢に見て契ったことを聞き、その晩みずからも神女を夢に見たという。懐王との別れ際に神女が「妾《しょう》は巫山の陽《みなみ》、高丘の阻《そ》に在り、旦《あした》には朝雲となり、暮れには行雨となる」と告げたことから、男女の情交を雲雨と称するようになった。

第三回

王婆さんが十の誘惑策を示すこと
西門慶が茶店で金蓮に戯れること

色に迷うは自分がわるい
勝手に迷ってひどい目に
元気すりへり顔色わるく
骨の髄は枯れ気力も弱る
私通を犯せば一家は離散
色の病気につける薬なし
衣食たりれば次は火遊び
身に迫る災いご存じなし

さて西門慶は、どうしてもあの子に会いたいと王婆さんに頼んで、

「おっかさん、あんたがほんとうに取りなしてくれたなら、銀子《ぎんす》十両をやるよ」

王婆さん、

「大旦那、聞いてください。およそ挨光《ゆうわく》の二文字ほど難しいことはございません。挨光とはどういうことかと申せば、いま世にいう偸情《まおとこ》ってやつですがね、五拍子揃ってやっとうまくいくものなんです。第一に潘安(1)のような顔。第二に驢馬《ろば》のようなぶつ。第三に鄧通《とうつう》(2)のような金《かね》。第四に年が小少《わか》くて、綿のなかの針よろしく物腰やわらかに辛抱できること。第五に閑《ひま》があること。この五つを〝潘、驢、鄧、小、閑《かん》〟といいます。ぜんぶ揃っているなら、見込みもありますがね」

西門慶、

「掛け値のないところを言うがね、その五つなら揃ってるさ。第一に、俺の顔は潘安にはかなわないにしても、まあ及第点だろう。第二に、わかいころ色街をわたりあるいたんで、亀はずいぶん大きくそだってる。第三に、家にはいささか財産もあって、鄧通にはおよばないが、それなりには暮らせている。第四に、辛抱

（1）第二回訳注(8)を参照。／（2）漢の文帝の寵臣。文帝から蜀の厳道（後の栄経）の銅山を賜り、自ら銭を鋳造することを許され、非常に富裕であった。

するのはなにより得意でね、たとえあの子に四百遍打《ぶ》たれたところで、俺が一度でも拳をあげるなんて心配は無用さ。第五に、閑ならありあまってる。そうでなきゃ、どうしてこんなにせっせと通えるかい。おっかさん、力を貸しとくれ。すっかり膳立てしてくれたなら、お礼ははずむよ」

　西門慶はこの日、もう思っていることを隠そうとはしなかった。王婆さん、

「大旦那、五つすべて揃ってるのはわかったけどね、私の見るところ厄介事がもうひとつあって、やっぱりうまくは行きますまい」

　西門慶、

「さて、その厄介事ってなんだい」

　王婆さん、

「大旦那、はっきり言いますが気をわるくしないでくださいよ。およそ誘惑は十分《ぶ》まで仕上げるのがいちばんたいへんでしてね、金《かね》をつかって九分九厘まで漕ぎつけても、まだうまくいかぬところがのこるんです。あんたはもともとケチで、いいかげんに金をつかおうとはしないおかただ。それだけが厄介だね」

　西門慶、

「そんなのは簡単だ。あんたの言うとおりにするさ」

　王婆さん、

「もし大旦那が金をつかおうというなら、ひとつうまい計略があります。大旦那をそこの子にきっと会わせてあげられますが、大旦那は私にしたがおうとしますかね」

　西門慶、

「どんなことだってしたがうさ。一体どういう計略なんだい」

　王婆さんは笑って、

「きょうは遅くなっちまったねえ。ひとまずかえって、半年か三ヵ月ほど過ぎたら相談においで」

　西門慶はたのみこんで、

「おっかさん、ふざけるのはやめて、たすけておくれよ。礼ならはずむから」

　王婆さんはハッハと笑って、

「大旦那ときたら、またあせりなさる。私のこの計略はね、太公望《たいこうぼう》の廟《びょう》に列せられるのはむりでも、まったくのところ、孫武が女の兵隊を教練した（『史記』孫子呉起列伝）上を行きますよ。十中八九は、大旦那にものにさせてあげます。では本当のところをお話ししましょうか。

　そこの子の生い立ちはね、生まれこそ卑しいけれど、賢さは人一倍。楽器も歌もお手のものだし、針仕事もできれば、いろんな歌も知ってる。盤双六《ばんすごろく》から将棋まで、知らぬこととてございません。幼名を金蓮といって、実家の姓は潘。もともと南門の外に住む仕立屋の潘の娘で、張大戸の家に売られて楽器や歌をおぼえました。のち、大戸は年を取ったんで追いだして、びた一文とらず、ただで武大にくれちまったんです。ここ数年というもの、いくじなしの武大は、来る日も朝に出ちゃ夕に帰って、商売よりほかのことはいたしません。そこの子はわけもなく出てきたりはしませんが、私がひまなときには、よくおじゃまして時間をつぶすんです。用があるとあちらからも頼みにきます。私のことをおっかさんなんて呼んでますよ。

　武大はここしばらく、早くに出かけていきます。大旦那がもし事を起こすなら、藍《あい》の綾を一匹、白の綾を一匹、白の絹を一匹、それから上質の綿を十両、持ってきてください。そしたら私が行って、暦を貸してくれるよう頼みます。よい日取りを選んでもらって、仕立屋を呼びたいからといってね。私がこんな風に持ちかけてきたのをみて、日取りを選んだきり、私のために縫いにきてはくれないなら、このことはそれでおしまい。もしあの人がおおよろこびで『やってあげますよ』と言って、私に仕立屋を呼ばせないなら、この誘惑には一分の脈が出てきました。あの人におねがいして、縫いにきてもらえることになったなら、それで二分の脈が出てきました。

　もし仕事に来たなら、お昼には酒に食事、点心を用意してすすめます。あの人がもしそれでは具合がわるいといって、どうしても仕事を家に持ちかえろうとするなら、このことはそれでおしまい。何もいわずに食べたなら、この誘惑には三分の脈が出てきました。この日は来ちゃだめですよ。

　三日目の昼ごろになったら、きちんと身なりをととのえてやってきて、咳で合図してください。戸口の前で声を上げるんです――『どうしてここ何日も王のおっかさんはいないのかな。お茶を飲みにきたんだが』とね。そしたら出てって、部屋にむかえ入れてお茶を出します。もしあの人があんたを見るなり、席を立ってかえっちまうようだったら、まさか私が引きとめるわけにもいきますまい、このことはそれでおしまいです。もしあんたが入ってきたのを見ても出ていこうとしないなら、この誘惑には四分の脈が出てきました。腰かけたら、私があの子に言います――『このかたこそ、布地をくださった施主《せしゅ》の旦那です。すっかりお世話になってるんですよ』とね。それから大旦那のすてきなところをたっぷり持ち上げますから、あんたもあの人の針を褒めそやしてください。もしあの人が取り合おうとしないようでしたら、このことはそれでおしまい。もし返事を口にしてあんたと話すようなら、この誘惑には五分の脈ありです。

そしたらこう言います――『こちらの奥様はかたじけなくもお助けくださり、縫物を引き受けてくださったんです。おふたりの施主にはすっかりお世話になっていますよ。ひとりはお金を、ひとりはお力を出してくださってね。見当ちがいなお願いをしたもんですが、そうでもなきゃこちらの奥様がうちにみえるなど滅多にないこと。旦那、主人役をつとめて奥様をひとつおもてなしくださいな』とね。あんたは銀子をとりだして、私に買い物をたのみます。もしそれであの人がかえってしまうなら、私が引き止められはしますまい、このことはそれでおしまいです。もし動こうとしないなら、前途有望、この誘惑には六分の脈が出てきました。そしたらわたしゃ銀子を持って、去りぎわにあの人へ言います――『奥様、お手間ですが、すこし旦那のお相手をしていてください』とね。もしあの人が席を立って家にかえってしまったら、まさか通せんぼするわけにもいきません、このことはそれでおしまいです。もし立ち上がらなければ、結構、この誘惑には七分の脈が出てきました。

かえってきて、買った品をテーブルに上げたら、こう言います――『奥様、ひとまずお仕事はそこまでにして、まずは一献お召しくださいな、せっかくこちらの旦那がふところを痛めてくださったんですから』とね。あの人があんたと同じテーブルで飲もうとせずにかえっていってしまえば、このことはそれでおしまいです。もし口ではかえりますと言うけれど動こうとはしないなら、これまた結構、この誘惑には八分の脈が出てきました。あの人がしっかり飲んで、話が港《かきょう》に入ったところで、酒がなくなったからと言って、もいちどあんたに買ってもらいます。あんたは銀子をとりだして、私に酒と、それにあわせるつまみも買いにいくようかさねて頼みます。私は戸を閉めて、あんたとあの人をふたりきりでなかに閉じこめます。もしあわてて逃げかえるなら、このことはそれでおしまいです。もし戸が閉められてもあわてないようなら、この誘惑には九分の脈あり、あと一分だけで完成です。

　この一分というのがしかし難しい。大旦那、あんたは部屋のなかでいろいろ甘い言葉をかけてたらしこみます。ですが頭に血をのぼらせちゃいけません。ちょっかい出してぶちこわしたところで、私の知ったこっちゃありませんよ。まず袖でテーブルを払って、箸を落とすんです。箸をひろうのにかこつけて、あの人の足をちょいとつねります。あの人がもし騒ぎたてたら、私がたすけにはいります。このことはそれでおひらき、もうどうしようもないでしょう。もし声を立てないなら、この誘惑は十分の出来《でき》、あの人にはかならずその気があります。この十分が完成したら、どういうお礼をしてくれますかな」

　西門慶は聞くとおおよろこびして、

「凌煙閣《りょうえんかく》（功臣の肖像を飾る楼閣）には上れないにしても、おっかさん、あんたの計略はまったく最高の妙案だ」

　王婆さん、

「忘れんでくださいよ、十両くださるというのを」

　西門慶、

「〃みかんの皮を得たならば、洞庭湖をゆめ忘れるな（出処をわきまえよ）〃ってね。この計略はさ、おっかさん、いつ実行できるんだい」

　王婆さん、

「今晩には返事しますよ。いま、武大がかえってこないうちに、暦《こよみ》を貸してほしいと頼みにいって、ゆるゆる勧誘にかかります。あんたはさっさと誰かに綾絹や綿を持ってこさせることです。おくれちゃいけませんぞ」

　西門慶、

「おっかさんがこの件をまとめてくれるなら、約束をやぶったりするもんか」

　そこで王婆さんとわかれて茶屋を立ち去ると、その足で街へ行き、綾絹を三匹、それに混ぜ物なしの上質の綿を十両買った。家でそばに仕える小者の玳安《たいあん》というのに風呂敷につつませると、まっすぐ王婆さんの家へとどけさせる。王婆さんはよろこんでうけとり、小者をかえした。まさしく、

巫山《ふざん》の雲雨が成就する時までは
襄王《じょうおう》が台《うてな》建てたも甲斐《かい》なきこと(3)

（3）底本「雲雨幾時就、空使襄王築楚台」。この故事については第二回訳注(44)を参照。対句であるべきところ文字数が揃っておらず、上の句に二文字脱落があると思われる。

王婆さんに綾絹と綿をわたす西門慶

といったところ。その証拠としてこんな詩がある——

相思の二人は蜜のように甘く
王婆の取り持ちなおも奇なり
準備したるは十段階の誘惑策
嬉しいちぎりをきっと叶《かな》えん

かくて王婆さんは、綾絹と綿をうけとると、裏口を開けて武大の家にやってきた。女は出迎えて二階へと通した。王婆さん、

「奥様はどうしてここ数日、うちへお茶を飲みにいらっしゃらないので」

女、

「ここ数日、体のぐあいがよくなくて、うかがうのが億劫《おっくう》でしてね」

王婆さん、

「奥様、家に暦《こよみ》がおありでしたら、ちょっと見せてくださいな。仕立ての日取りを決めたくてね」

女、

「おっかさん、どんな服を仕立てるの」

王婆さん、

「わたしゃ体じゅう病気だらけなもんで、そのうち急なことになるんじゃないかと思いましてね。息子だって家にいないし」

女、

「お兄ちゃんはなんでずっと見えないの」

王婆さん、

「あいつなら客商にくっついて、よその土地ですよ。便りのひとつもよこしゃしない。わたしゃ毎日、心配でしかたありません」

女、

「お兄ちゃんは今年おいくつなの」

王婆さん、

「あいつなら十七です」

女、

「どうして結婚相手をみつけてやらないの。おっかさんの手助けにもなるでしょう」

王婆さん、

「おっしゃるとおり。家に人がおりませんので、わたしゃ手当たり次第にお金をかき集めて、早いところあの子に誰か見つけてあげるつもりです。あいつがかえってきたらそっちの手は打ちますがね、わたしゃい

ま、昼も夜もなく喘《あえ》いでは咳《せき》をして、からだが打ち砕かれたみたいで、寝つけないくらいただもう痛いんです。すぐにもまずは死に装束を作っておかねばと思いましてね。ありがたいことに、あるお金持ちの旦那がいて、いつもうちにお茶を飲みにみえるお客さんなんだけど、そのお宅では、病気の治療、小間使いの買い入れ、縁談の口利きと、私の腕を見込んで、事の大小を問わずよろずご贔屓《ひいき》してくださってね、このたびも死に装束の布地をひと揃えいただいたんですよ。綾絹で、表地から裏地の分まですっかりね。ほかに上物の綿もいくらかくださったんですが、一年あまりも家においたまま、作る暇がありませんでした。今年はたいそう調子もわるいのと、おもいがけず閏月《うるうづき》にもぶつかったし、(4)二日ほど暇もできたので、そのあいだに作らせようとしたら、こんどは仕立屋にいやがらせされましてね。仕事が立て込んでるというばかりで、来ようとしないんです。わたしゃどれだけつらいか、言いようもありませんよ」

女は聞くと笑って、

「私が作るんじゃ気に入っていただけるかわかりませんけど、もしお嫌《いや》でなければ、ここ何日かなら暇ですし、おっかさんのお力になりますけど、いかがかしら」

婆さんは聞くと笑みを浮かべて、

「もし奥様が手ずからなさってくださるなら、死んだって往生できるというもの。前々から奥様のお針の腕はうかがっていたんですよ。遠慮してお願いにはあがりませんでしたけど」

女、

「構やしません。お約束したからには、きっと作ってさしあげます。暦を持っていって、だれかに黄道吉日を選んでもらってください。その日に取りかかりましょう」

王婆さん、

「奥様ったら、私が知らないとでもお思いですか。詩でも詞でもいろんな歌でも、お読みになれない字なんてどれほどもないのに、どうして人に暦を見させることがありますか」

女は微笑んで、

「小さいころ、勉強させてもらえませんでね」

王婆さん、

「またまた、そんなことを」

そこで、暦をとって女に渡した。女はうけとってし

ばらく見てから、

「あすは破日（凶日）、あさってもだめ。しあさってまで仕立てによい日取りはありませんね」

王婆さんは暦をひったくり壁に掛けると、

「奥様が作ってくださるというのなら、それこそ福の神というもの、日取りなんて選ぶことありゃしません。私も人に見てもらったらあすは破日だと言われました。仕立ては破日にはしないものとばかり思っていましたが、避けないんだそうですね」

女、

「経帷子《きょうかたびら》は、ちょうど破日がいいんですよ」

王婆さん、

「奥様がおたすけくださるというなら、おもいきってお頼みしますが、あした我が家にお出まし願えませんか」

女、

「うかがわなくとも、材料を持ってきていただいて作るわけにいきませんか」

王婆さん、

「私も奥様のお針が見たいものですから。留守番もおりませんし」

女、

「そういうわけでしたら、あす、ご飯を食べたらうかがいます」

婆さんは何度も礼を言うと、階下におりていった。その晩には西門慶に報告し、あさって(5)かならず来るようにと取り決めた。この夜は他になにもなし。

翌日の朝はやく、王婆さんは部屋をきれいにかたづけ、針や糸をととのえ、茶の支度をして家で待っていた。さて、武大が朝飯を食べ、天秤棒を担いで出ていくと、女は簾《すだれ》を掛けて迎児《げいじ》に家の番を言いつけ、裏口から王婆さんの家へとやってきた。婆さんはおおよろこびし、部屋に迎え入れて腰かけさせると、胡桃《くるみ》と松の実の入った茶を一杯、しっかりと濃く淹れて出した。テーブルをきれいに拭くと、例の三匹の綾絹をとりだしてくる。女は寸法を測り、きっちり裁断すると縫い始めた。婆さんはそれを見ると、ひっきりなしに褒めそやすふりをした。

「お上手ねえ。わたしゃ六十、七十まで生きてきましたけど、こんなうまいお針を目にするのは、まったく

（4）死に装束は閏月に作るのが縁起がよいとされる。／（5）じっさいに西門慶がやってくるのは三日後だが、底本に従う。

初めてですよ」

昼まで縫うと、王婆さんは酒食を用意してもてなし、うどんも茹でて女に出した。またしばらく縫ってだんだん暮れてくると、女は仕事をおさめ家へかえっていく。ちょうど天秤棒をかついだ武大が戸口から入ってきたので、女は戸を閉めて簾をおろした。武大は部屋に入ると、女房の顔がすこし赤いのに気づいてたずねた。

「どこへ行ってきたんだい」

女は答えて、

「となりのおっかさんのところですよ。死に装束をつくってくれって頼まれたの。お昼にはお酒や食事、点心《おやつ》を用意してくれて、ごちそうになりました」

武大、

「お前もいただきっぱなしではいけないよ。俺たちだってあの人の世話になることはあるんだからね。あの人が衣裳をつくってほしいと頼んできたにしても、お前は家にもどって点心をつまめばいいだけで、大したこともしてないのにご厄介かけちゃいけない。あすまた行って針仕事するんなら、少しお金を持っていって、酒や食べ物を買ってお返ししなさい。言うだろう、〝遠くの親戚よりご近所さん〟ってね。義理を欠いちゃいけないな。あの人がお返しを受けようとしないなら、仕事は家に持ちかえり、仕上げてもどせばいい」

その証拠としてこんな詩がある――

婆さん策士でたくらみ深く
武大は愚かで何《なん》にも知らず
酒買って労《ねぎら》うは盗人に追銭《おいせん》
自ら女房をくれてやるとは

女は武大の言うとおりにすることにした。この晩は他に何もなし。

翌日、飯をすませた武大が天秤棒をかつぎ出かけていくと、すぐに王婆さんがあたりを気にしつつ迎えにやってきた。女は王婆さんの家に行くと、仕事をとりだすなり縫いにかかる。王婆さんはそそくさと茶を淹れてきて飲ませた。縫い続けてもうすぐ昼になろうという頃、女は袖から銭三百文をとりだして、王婆さんに言った。

「おっかさん、お酒を買ってごいっしょしましょうよ」

王婆さん、

「おや、そんな道理があるものかね。私が奥様にお願いして、ここで仕事してもらってるんだ。どうして奥様の方が御銭《おあし》を出すの。この婆さまの出す酒や食事にゃもう飽きたってわけでもないでしょうに」

女、

「いえね、うちの夫の言いつけなんですよ。もしおっかさんがそれじゃ水くさいっておっしゃるなら、仕事は家に持っていき、できたらおっかさんにおもどしすることにいたします」

婆さんは聞くと、

「大郎さんはなんと物のわかったお人だろうねえ。奥様がそうおっしゃるなら、ひとまずいただいておきましょう」

婆さんはとにかく事の妨げにならぬよう、自分でも金を足して、上等の酒食に珍しいつまみを調達し、慇《いん》懃《ぎん》にもてなした。

皆様お聞きあれ。およそ世のご婦人がたは、たとえ十分すぎるほどできた者でも、ご機嫌とりでほだされたなら、十人のうち九人までは罠に落ちてしまうのだ。


婆さんは酒や食事、点心を用意して女にふるまった。またしばらく縫ううちに、だんだん暗くなってきたので、女は何度も礼を言い、かえっていった。

まだるっこしい話はやめよう。三日目の朝食後、王婆さんは武大が出ていくのを見るや、裏口にやってきて呼ばわった。

「奥様、よろしいですか」

女は二階からこたえる。

「お待ちしておりましたよ」

ふたりは顔を合わせると王婆さんの部屋にやってきて腰をおろし、仕事をとりだして縫い始めた。婆さんがすぐに茶を淹れてきて、ふたりはそれを飲んだ。女はそろそろ正午という時分まで縫いつづけた。

さて西門慶はこの日を待つのももどかしく、衣服や帽子を選りぬいて身なりをきちんとととのえ、懐には四、五両の銀子、手には金箔を散らした四川の扇をたずさえて悠々と、まっすぐ紫石街(6)へやってきた。王婆さんの戸口、茶店の店先まで来ると咳をして、

「王のおっかさん、何日も見かけないけど、どうした

(6)王婆さんの隣に住む武大たちは、第一回で紫石街から役所の西通り(県西街)に転居したはずであり、やや設定が混乱している。

「こんなにうまい針仕事を身に着けておられるとは」

んだい」

婆さんはそれと気づくとこたえて、

「おや、婆さまを呼ぶのは誰だい」

西門慶、

「俺だよ」

婆さんはいそぎ出てきて目をやると、笑って、

「誰かと思ったら、なんと大旦那でしたか。ちょうどよいところにいらっしゃいました、まあ中へ入ってちょっとご覧くださいな」

西門慶の袖をちょいと引っぱって、部屋の中へ連れてきた。女の方を見て、

「このかたが、布地をくださった施主の旦那ですよ」

西門慶が目を見ひらいて女を眺めると、雲なす黒髪はまるで翠《みどり》の山並《やまなみ》、色白の面《おもて》に春の気配を漂わす。白い苧麻《ちょま》の単衣《ひとえ》、桃色の裙《スカート》に藍《あい》の袖なしという出で立ちで、部屋で着物をこしらえているところだった。西門慶がやってきたのを見てうつむいたところに、この男はいそぎ進み寄り、身をかがめてあいさつをした。女もすぐに仕事をおいて辞儀を返す。王婆さんはそこで、

「せっかく大旦那が綾絹を匹でくださったのに、一年あまりも家に置いたきり作れなかったんですが、ありがたいことに、お隣のこちらの奥様が力になってくださり、すっかり作っていただけるというんです。まったく機《はた》でしたみたいにお上手な針で、縫い目もきれいだし細かくて、まったくなかなかいらっしゃらないかたですよ。大旦那、こっちへいらしてちょっとご覧なさいな」

西門慶は着物を持ち上げて目をやるなり褒めそやし、おせじを口にした。

「奥様がこんなにうまい針仕事を身に着けておられるとは。神仙さながらの腕前ですな」

女は笑って、

「旦那、おふざけにならないでください」

西門慶はわざと王婆さんに聞く。

「おっかさん、たずねていいものかな、どちらのお宅の奥様だい」

王婆さん、

「大旦那、当ててごらんなさい」

西門慶、

「当てられるわけないだろう」

王婆さんはハッハと笑い、

「大旦那、まあお掛けなさい。教えてあげるから」

西門慶は女と向き合って腰をおろした。婆さん、

「じゃあ教えてさしあげましょうね。大旦那、いつぞやは軒下を通られて、ぴったりぶつかったもんですな」

西門慶、

「それではあのとき戸口で、私の網巾《ヘアネット》を掛け竿で打たれたかたですか。どちらの奥様かは存じ上げませんが」

女は笑って、

「あの日はうっかりご無礼いたしまして。旦那、お許しくださいね」

言いながら立ちあがって辞儀をする。西門慶はあたふたと礼を返してから言った。

「めっそうもございませぬ」

王婆さん、

「そう、こちらのかたなんですよ。お隣の武大郎さんの奥様なんです」

西門慶、

「なんと武大郎さんの奥様でしたか。私は大郎さんのことを、ご家庭を支える商売人としか存じ上げませんが、街で商いをなさってはどんなかたにも嫌な顔ひとつなさらず、稼ぎもおできになるし、それにお人柄もよろしくて、まことなかなかいらっしゃらないかたですよ」

王婆さん、

「まったくねぇ。奥様は大郎さんに嫁がれてから、何があっても仰せのとおりとすべて従って、じつに息が合ってるのよ」

女、

「うちの夫はつまらない人ですわ。旦那、ご冗談はよしてくださいな」

西門慶、

「奥様、ちがいますぞ。昔の人も言ってます。〝柔軟さは身をたてる本《もとで》、剛強さは禍をおこす源〟ってね。奥様のご主人のようにおこないが善良であれば、千尋《せんじん》の水とて一滴も漏らさぬというもの。一生ひたすら誠実に過ごすなんて、すばらしいじゃないですか」

王婆さんは脇から囃《はや》し立て、西門慶はひとしきり褒めそやした。王婆さんはそこで女に向きなおって言うには、

「奥様はこの旦那をご存じですか」

女、

「存じ上げません」

婆さん、

「こちらの旦那はね、県下のお金持ちのひとりで、知

県さまともお付き合いがある、西門の大旦那っておっしゃるの。家にはうなるほど財産があって、役所の門前で生薬のお店を開いているんですよ。家財は北斗をまたぎ越し、あまって腐らせたお米が倉をなすほど。こちらのお宅じゃ、黄色いのを見かけたらそれは金で、白いのは銀、円いのは真珠、光るのは宝石なんだから。犀の角、象の牙もお持ちだし、役人にもお金を貸していて、お顔が広いの。大奥様はね、これも私が取り持ったんだけど、呉千戸さまのところのお嬢様で、賢さは人一倍なのよ」

　そこでたずねるには、

「大旦那、どうしてここのところ、うちへお茶を飲みにいらっしゃらなかったんですか」

　西門慶、

「それが、うちの娘があるお宅に嫁《かたづ》くことになってね、しばらく暇がなかったんだ」

　婆さん、

「お嬢様はどちらとご縁組ですか。なんで私に仲立ちをお頼みにならなかったんで」

　西門慶、

「東京《とうけい》なる八十万禁軍の楊提督《ようていとく》（楊戩《ようせん》）の御親戚、陳さまのお宅と釣書きを交わしたよ(7)。ご子息の陳経済はやっと十七で、まだ学校に通っている。事情さえなきゃおっかさんに仲立ちを頼むんだがね、あちらには文嫂児《おばさん》というのがいて釣書きをうけとりにきたんで、俺の方でもいつも家に出入りして装身具を売ってる薛《せつ》嫂児《おばさん》を仲人に立て、いっしょにこの縁談をすすめさせてるんだ。もしおっかさんが来てくれるようなら、そのうち前結納(8)をおくるときには、人をやって呼びにこさせるよ」

　婆さんはハッハと笑い、

「わたしゃ大旦那をからかって遊んでるのさ。私ら口利きってのは、みんな犬のかあちゃんに育てられたんでね。連中が仲立ちしてるときに居たわけでもない私

（7）原文「合成帖児」。釣書きと訳した「帖児」とはこのばあい草帖と呼ばれるもので、生まれた年月日時をそれぞれ干支であらわした「八字」などを記したもの。これを男女で合わせて結婚の吉凶を占う。まず男の家が女の家に草帖を求め、八字の相性に問題がなければ、家庭や本人について詳しい情況を記した細帖（定帖）をあらためて取り交わす。／（8）原文「下小茶」。男の家から女の家へ結納品をおくることを下茶といい、正式な結納品（大茶）の前にまず、さほど値段もせず、数量も控えめの品（小茶）をおくる。

に、炊き上がったあったかい御飯をどうしてあてがってくれるもんですか。言うでしょう、〝玄人《くろうと》は玄人をきらう〟って。こんど輿《こし》入れの時に、わたしゃ、そうさね三日の祝いか五日の宴にでも何がしか礼物を持っていって、お祝いのごちそうをほどほどに頂戴しますよ。それが筋ってもんで、他人《ひと》様といがみあってどうしようってんです」

ふたりはかわるがわるに口を開いてしばらく話した。婆さんはひたすら褒めちぎり、西門慶は大声で出まかせを言い、女はといえばうつむいて縫い物をしている。その証拠としてこんな詩がある――

もともと女の性《さが》は水
夫に背いて男を作る
金蓮惚《ほ》れたは西門慶
疼《うず》く心は止められぬ

西門慶は、女がたいそう嬉しそうなのを見て、いますぐにもつがえないのが恨めしい。すると王婆さんは茶を二杯淹れてきて、一杯を西門慶に、一杯を女に出すと言った。

「奥様、旦那とお茶をどうぞ」

飲み終える頃には、まなざしに情の籠《こ》められているのが感じられた。王婆さんは西門慶を見ながら、自分の顔をつるりと手で撫でる。西門慶は、すでに五分の脈ありと知った。〝風流は茶が取次ぎ、酒は色事の口利き〟とは昔からのことである。王婆さんは言った。

「大旦那の方からいらっしゃったのでなければ、私だってお宅にお招きに上がったりいたしません。ひとつにはここで鉢合わせたのもご縁ですし、ふたつにはいらしたのがちょうどいい時間。〝一客は二主を煩《わずら》わさず〟っていうでしょ。大旦那はお金を出してくださった。こちらの奥様は力を貸してくださった。お二方の施主さまには、お世話になりっぱなしですよ。見当ちがいなご厄介を私がお掛けしなかったなら、こちらの奥様がここにみえることなど滅多にないこと。旦那、私のためと思って主人役を引き受け、少し銀子を出してお酒や食べ物を買い、ひとつ奥様をねぎらっていただけませんか」

西門慶、

「私としたことが、考えが及びませんでした。銀子ならここに」

すぐに巾着から一両ほどのをひと粒とり出して王婆さんに渡し、酒食を用意させた。女は、

「旦那にご迷惑かけることはできません」

口では言うものの、動こうとはしない。王婆さんは銀子を手にし、出ていきがけに、

「奥様、すみませんが、すこし大旦那の相手をなさっていてください。すぐもどりますから」

女は言う。

「おっかさん、およしくださいな」

しかし、やはり動こうとはしない。これも男女の縁があったので、ともにその気があったのだ。王婆さんは出ていき、西門慶と女とを部屋にのこした。西門慶は両の眼をそらさず、じっと女を見つめていた。かみさんの方でも、横目で西門慶を盗み見て、その男ぶりを見ると内心、六、七分まではその気になったものの、[9]なおうつむいて仕事をするばかり。

まもなく王婆さんは、できあいの鵞鳥《がちょう》の脂身《あぶらみ》に家鴨《あひる》の丸焼き、火を通した肉に塩漬けの魚、細々したつまみを買ってかえり、大皿小皿にすべて盛りつけて部屋のテーブルに並べると、女に向かい、

「奥様、ひとまず仕事をお収めになって、一杯お召し上がりくださいな」

女は、

「大旦那と召し上がってください、私は結構ですから」

婆さん、

「他でもない奥様をねぎらおうとしているのに、そんなことをおっしゃるなんて」

言いながら皿のごちそうを、構わず目の前に並べてしまった。三人で席につくと酒が酌《く》まれた。西門慶は、杯を持ち上げて女にさしだし、

「どうかお断りにならず、この杯を飲み干されますよう」

女は礼を言って、

「旦那のせっかくのご厚意ですけれど、あまり飲めませんので、いただけませんわ」

王婆さん、

(9) 崇禎本は「その男ぶり～その気になった」を省略している。この後、第四回にいたる誘惑の場面に崇禎本は細かく手を入れており、総じて潘金蓮の反応をより受動的なものに改めている。田暁菲『秋水堂論金瓶梅』(天津人民出版社、二〇〇三)を参照。

「わたしゃ奥様がよく召されるって存じておりますよ。まあ気を楽にして一、二杯お飲みくださいな」

　その証拠としてこんな詩がある――

　男女は席を同じくせざるはず
　顔《かんばせ》みせつけ男招くとは何事ぞ
　卓文君の駆落《かけおち》相手は司馬相如《しばしょうじょ》
　西門慶が巡り合ったは潘金蓮

　女は酒をうけとるかたわら、ふたりにそれぞれ辞儀をした。西門慶は箸を手にし、

「おっかさん、奥様に料理をおすすめください」

　婆さんは旨そうなところを選び、女に取ってやった。立てつづけに酒が三巡《さんじゅん》そそがれたところで、婆さんは酒に燗《かん》をつけようと席をはずした。西門慶、

「奥様がおいくつでいらっしゃるか、うかがっても構わないでしょうか」

　女、

「二十五歳の辰年です。正月九日、丑《うし》の刻に生まれました」

　西門慶、

「うちの家内と同い年なんですな。やはり庚辰生まれ[10]の辰年です。もっとも、奥様の方が七ヵ月うえで、あいつは八月十五日、子《ね》の刻です」

　女、

「天と地をくらべるなんて、恐れ多いことです」

　王婆さんが口をはさんで、

「まったくできた奥様だ、賢さは人一倍だね。針だって掛け値なしにお上手だし、諸子百家、盤双六に将棋、文字当て遊びにも通じていて、筆までお上手なんですから」

　西門慶、

「まったくどこでこんなかたを探せるんだろう。武大郎は幸せ者だね、こんな奥様を迎えられるなんて」

　王婆さん、

「どうこう言うんじゃないですがね、大旦那のお宅にも大勢いらっしゃいますが、こちらの奥様みたいなかたは、ひとりも見つからないでしょう」

　西門慶、

「そうなんだよ。話せば長いことさ。つまるところは運がなくて、いい人のひとりも迎えられないんだろうな」

　王婆さん、

「大旦那、前の奥様はいいかただったでしょう」

西門慶、

「先妻のことは言わんでくれ。あいつがいてくれたなら、こんなになりゃしないさ。家に主《あるじ》なく、住まいは逆立ちなんてことにはね。いま三人とか五人とか七人とか、むだに数だけはそばにいるが、飯こそ食うものの、だれも家のことなど構っちゃくれん」

女はそこでたずねた。

「大旦那、そうすると、大奥様が亡くなられて何年になるんでしょうか」

西門慶、

「話すのもつらいことですが、先妻は陳といい、生まれこそ卑しかったですが、賢さは人一倍で、事あるごとに私を助けてくれました。いま、あいつが不幸にして亡くなってから、もう三年になりました。さきほど申した家内を後添《のちぞ》えに迎えましたが、病気がちで家のことを構ってはくれません。家の切り盛りは、すべてしっちゃかめっちゃかですよ。私が抜け出してばかりいるのは、なぜだと思います。家にいると吐き気がするからですよ」

婆さん、

「大旦那、ずばりときいて申し訳なかったね。前の奥様も今の奥様も、武大の奥様ほどの針の腕前や、女ぶりではございませんねえ」

西門慶、

「まったく。先妻だって、武大の奥様みたいな色っぽさはありませんでしたよ」

婆さんは笑って、

「旦那、あんたが囲ってる別宅さんだがね。東通りに住んでる人さ。なんで私を頼んで結納しないんだい」

西門慶、

「慢曲（ゆるやかな曲調の歌）うたいの張惜春《ちょうせきしゅん》のことかい。ありゃ道《みち》っ端《ぱた》の芸人さ。好かんね」

婆さんがまた、

「旦那、廓《くるわ》の李嬌児《りきょうじ》とは長いんでしょう」

西門慶、

「そいつは今はもう家に迎えたよ。もし家のことをできたなら、あいつを正妻に直したんだがね」

王婆さん、

「卓二姐《たくじしゃ》とはうまくいってるんですか」

(10) 第三十九回、第四十六回では正妻の呉月娘を戊辰の生まれとしているが、底本に従う。

西門慶、

「卓丟児《たくちゅうじ》も迎えて三番目にしたんだがね、近ごろ肺病になって、よくなりそうもないのさ」

婆さん、

「もし武大の奥様みたいな、旦那のお気に召しそうな人がいたら、お宅に話をお持ちしても構わないかしら」

西門慶、

「両親とも死んでるんだから、俺が決められるさ。いやのいの字だって、言おうとする奴はいないよ」

王婆さん、

「冗談ですよ。ここまで旦那のお気に召す人なんて、にわかに見つかるわけないでしょう」

西門慶、

「いないわけはないんだろうが、俺は悲しいかな夫婦の縁に恵まれず、巡り合わんのだよ」

西門慶と婆さんはかわるがわる口を開いてしばらく話した。王婆さん、

「お酒の途中ってのに、また切れちゃいましたよ。旦那、私が仕切ってすみませんが、もうひと瓶買ってきて飲みませんか」

そこで西門慶は、巾着に細かい銀子があと三、四両あったのをすべて王婆さんにやって言った。

「おっかさん、持っていきなよ。飲みたければ好きなだけ仕入れてきな。多ければおっかさんが取っといてくれ」

婆さんは旦那に礼を言って、席を立ち横目で女郎（潘金蓮を指す）を見ると、腹に入った三杯の酒が春心を燃え立たせ、ふたりの交わす言葉はどちらもその気を漂わせていた。女はじっとうつむき、席を立とうとしない。まさしく、

一面の野の趣に人気《ひと》づかずとも
春風に自ずと桃の花はほころぶ

といったところ。その証拠としてこんな詩がある——

眼と眉の伝える情は途切れなく
赤い糸の導きで色恋に巡り合う
賂《まいない》うけし王婆の取柄《とりえ》はただ一つ
よく回る舌先に乗せる甘い言葉

はてさて、この後どうなりますか、まずは次回の解きあかしをお聞きあれ。

第四回

淫婦が武大に背いて間男《まおとこ》すること
鄆哥《うんか》が納得せず茶屋を騒がすこと

国あやまらせる酒と色
忠良だめにするは美女
紂《ちゅう》は妲己《だっき》で宗祀《そうし》を失い
西施のために呉は滅ぶ
若さの楽しみ味わうも
綺麗な笑顔に災い潜む
金蓮に夢中の西門慶は（1）
家の麋《おおじか》捨て外で獐《のろ》追う

さて、王婆さんは銀子《ぎんす》を手に出ていきざま、女に向かい満面の笑みを浮かべて言った。

「わたしゃ街でお酒をひと瓶、調達してきますよ。すみませんが奥様、ちょっと旦那の相手をしててくださいな。徳利にお酒が残ってますから、空《あ》けちまったらあと二杯ほど注《つ》いで、まずは大旦那と飲んでてくださ い。役所の東通りまでまっすぐ行ってきますよ。あそこにゃいいお酒を売ってるんで、ひと瓶買ってきます。しばらく掛かりますよ」

女はこれを聞くと言った。

「おっかさん行かないで。お酒はじゅうぶんいただきました。もう要りませんわ」

婆さんは、

「おや奥様、大旦那はほかの人とはわけがちがいますよ。ご用がないなら、お相手して一杯くらいお飲みなさいな。心配などありゃしませんよ」

女は口では要らないと言うものの、座ったまま席を立とうとはしなかった。婆さんは戸を閉めて紐で縛り、ふたりを部屋に閉じ込めてしまうと、道端に座ってせっせと糸を縒《よ》っていた。

さて、部屋では西門慶が女に目をやると、雲のごとき黒髪を半ばかしがせ、酥《クリーム》のような胸をわずかに覗《のぞ》かせ、色白の面《おもて》には紅白のあやが萌《きざ》している。つづけざ

（1）この詩の第六句までは『水滸伝』第二十四回冒頭の詩と概ね一致する。

「奥様、私を男にしてください」

まに徳利を傾け、女に酒をすすめるかたわら、暑いふりをして緑の紗《しゃ》の長上着を脱ぎ、

「ご面倒ですが奥様、おっかさんの炕《オンドル》の手すりに掛けておいてください」

女はいそいでうけとり、きちんと掛けた。

西門慶はわざと袖でテーブルを払い、箸を床に落とした。ひとつにはこれも縁あればこそ、箸はちょうど女の足元に落ちた。西門慶がいそいで箸を拾おうと身をかがめると、尖がってきゅっと反る、三寸ぴったり、ちょうど半咫《あた》（咫は親指と中指を広げた長さの単位）の、一対のかわいらしい金の蓮が、箸のわきに覗いていた。箸は放っておいて、刺繍のある靴先をひとつまみしたところ、女は笑い出して言った。

「旦那、からかうのはよしてください。あんたがそのつもりなら、わたしもその気です。本気で私を誘うんですか」

西門慶は両膝をついて言った。

「奥様、私を男にしてください」

女は西門慶を抱き起こして言う。

「おっかさんが急にかえってこないかしら」

西門慶、

「大丈夫、おっかさんもご存じです」

そこで、ふたりは王婆さんの部屋のなか、服をぬぎ帯をほどいて、枕と歓びとを共にした。そのさまは――

頸《くび》をからめた鴛鴦《えんおう》は水にたわむれ
頭をならべた鸞鳳《らんぽう》は花をよこぎる
喜びにみちて連理の枝は伸びる
甘くとろけて同心の帯は結ぼる
かたや朱の唇を固く押し当て
かたや白き面《おもて》を斜《しゃ》に擦り寄せ
羅《うすぎぬ》の靴下は高くかかげられ　肩の上に顔出すふたつの三日月
黄金の簪《かんざし》は斜めにかたむき　枕の脇に涌き上がる雲なす黒髪
海と山とに誓いつつ　弄《もてあそ》べば事々《ことごと》ねんごろに
雲と雨とに恥らって　揉《も》めば種々《くさぐさ》つやめいて
鶯の声は切々と響いて　耳から離れず
甘き唾は滾々《こんこん》と垂れる　笑った舌先に
柳の腰から　春の気配は濃く
桜桃の唇に　かすかな喘ぐ息
星の眼《まなこ》はぼんやりと　じわりと浮かぶ汗は香玉の粒

酥《クリーム》の胸はたゆたって　たらりと露は垂れる牡丹の蕊《しべ》
交わるだけなら連れとも《ヽヽ》するが
ぬすんだ恋の味まことに佳なり

そうしてふたりが雲雨《うんう》を終え、それぞれ服装をととのえようとしているところに、王婆さんが部屋の戸を押し開けて入ってきた。大げさに驚き、手を打ち鳴らして言うには、

「おふたりさん、楽しくやっておいでだね」

西門慶と女はふたりともびっくりした。婆さんは女に、

「ご立派、ご立派。わたしゃあんたに衣裳を作りにきてとは頼んだけどね、間男してくれなんて言いませんよ。あんたの家の武大が知ったら、私もとばっちりを食うに決まってる。そうなる前に、言いつけにいった方がいいね」

身を翻して行こうとすると、女はあせって裙《スカート》にすがりつき、両膝をついて言う。

「おっかさん、許して」

王婆さん、

「あんたらふたりとも、私の言うことをひとつ聞かなきゃいけないよ」

女は、

「ひとつといわず十《とお》だって、おっかさんに従います」

王婆さん、

「きょうからは武大をだまくらかして、毎日、大旦那の思し召《おぼめ》しに背かないようにするんだ。朝に呼んだら朝に来る。夜に呼んだら夜に来る。そうすりゃ構わないが、もし一日でも来なかったら、すぐ武大に言いつけるよ」

女は言う。

「おっかさんのおっしゃるとおりにするまでです」

王婆さんはまた、

「西門の大旦那、あんたには言わなくてもいいね。十分《じゅうぶ》のお楽しみはすっかりうまくいきました。お約束のものはきちんといただきますよ。もし裏切って、跡白浪《あとしらなみ》でも決めこんでみな、やっぱり武大に言ってやるから」

西門慶、

「おっかさん、安心しな、約束を違えたりしないさ」

婆さん、

「おふたりさん、言葉だけじゃなく、おのおの標《しるし》の品を相手に渡して、本気なところを見せな」

西門慶はそこで、金飾りのついた銀の簪一本を頭から抜いて、女の真黒な鬢《びん》に挿す。女は外して袖に入れた。家で武大の目につき疑われるのを恐れたのである。かたわら、袖のハンカチをとりだして西門慶にさしだした。三人がさらに数杯の酒を飲みおえた頃には、もう昼下がりになっていた。女は席を立ち、

「武大のやつもかえってくる頃ですので、私は家にもどりましょう」

そこで王婆さんと西門慶に別れのあいさつをし、あたりを気にしつつ裏口からかえった。まず簾《すだれ》を下ろしたところで、ちょうど武大が戸口を入ってきた。

さて王婆さんは西門慶を見て、

「うまくやったでしょう」

西門慶は、

「まこと、おっかさんのおかげさ。さすが智恵は隋《ずい》何《か》、機転は陸賈《りくか》まさりだね。女の兵隊が十人いても、九人まではおっかさんの手を逃れられまいよ」

王婆さんはまた、

「そこの子との風月《いろこい》はどうだったかい」

西門慶、

「色糸に女の子(絶好)というやつ、言いようもないね」

婆さん、

「あの人はもともとお屋敷の部屋住まいの歌い女ですから、よろず年季が入っていて、物をわかってますよ。あんたらふたりを夫婦としてひっつけ、むりやり連れ合わせたのも、この婆さまの仕業《しわざ》さ。お約束の品は忘れんでくださいよ」

西門慶、

「おっかさんがここまで心を砕いてくれたんだ、家にかえったらすぐに銀子を持ってくるよ。約束した物だ、後ろ暗いことなどするもんか」

王婆さん、

「〝目を凝らして使者の旗を探し、吉報はまだかと耳を澄ませる(首を長くする)〟ってとこだね。〝挽歌うたい出棺してから銭もとめ(証文の出しおくれ)〟なんてことにされるのは嫌だよ」

西門慶、

「〝みかんの皮を得たならば、洞庭湖をゆめ忘れるな〟ってね」

言いながら、道行く人がいないのを確かめ、目元を面紗《めんしゃ》(ベール)で覆い、笑いながら立ち去ったことは措く。

翌日になると、西門慶はまた王婆さんの家へ茶を飲みにやってきた。王婆さんは席をすすめ、いそいで茶を淹れて飲ませた。西門慶はそこで袖から十両の銀塊ひとつをとりだして、王婆さんに渡す。およそこの世で、人の心を動かすものといったら金銭である。婆さんは黒い眼で雪花《せっか》の銀子を見るや、たちまち舞い上がってこれを収め、立てつづけにふたつ辞儀をして言った。

「大旦那の施し物、まことにありがたく存じます」

そこで西門慶に、

「こんな時間なのに、武大はまだ出てきたと見えません。あの人の家に行き、瓢《ひさご》を借りるのにかこつけて、ちょっと見てきましょう」

そこで裏口から、あたりを気にしつつ女の家にやってきた。女はちょうど部屋で武大に飯を食わせているところ、外から呼ばわる声を聞いて迎児《げいじ》に、

「誰だい」

とたずねれば、迎児は、

「王のお婆さんが瓢を借りにいらしたんです」

女はいそいで迎えに出てきて、

「おっかさん、瓢ならありますから、ご自由にお持ちください。まあお上がりくださいな」

婆さん、

「私のところには人がいないのでね」

そこで女に手ぶりをしたので、女は西門慶があちらに来ていると知った。婆さんが瓢を持って出ていくと、武大をむやみにせっついて飯を食わせ、天秤棒を担がせ追い出した。それからまず二階に上がり化粧をしなおし、色鮮やかな新しい服に着替えて、迎児に言いつけるには、

「しっかり家の番をするんだよ。私は王のお婆さんの家にちょっと上がってくるからね。もしお前の父様がかえってきたら、すぐ知らせるんだよ。もしも言うこと聞かなかったら、この小娘の尻をひっぱたいてやりましょう(2)」

迎児が承知したことは措く。

女はそこで王婆さんの茶店にやってきて西門慶といっしょになった。まさしく、

くっついた杏《あんず》や桃の種は笑い物(3)
割ったら中にはもう一つ仁《ひと》あり

といったところ。その証拠となる、表裏ふたつの意味をもつ歌がある――

この瓢はどんな瓢
口は小さく図体でかい
ちっちゃな頃は春風ふく棚に高くぶらさがり
大きくなると扱いに困る
顔回《がんかい》(4)のところでじっとして
貧しき中にも道を楽しむなぞ真っ平ごめん
もっぱら東風《こち》のふくなかで
水面《みなも》にただようのがお気に入り
病気のときには引っくり返され(5)
何でもなくなりゃぶら下げられて
とにかくやたらと手にされる
馬小屋で餌やりにも使われりゃ
茶店で用立ったこともある
いまや許由《きょゆう》(6)にも見向きもされぬ
誰が知ろうか真っ暗なふくべの中
売られているのがどんな薬か

西門慶は女がやってきたと見るや、天から落ちてきたかのようなもてなしぶり。ふたりは肩をならべ脚をからめて座り、いっぽう王婆さんは茶を淹れてきて出すとたずねた。

---

(2) 原文「打下你這個小賤人下截来」。『西廂記』第三本第二折で、張君瑞からの恋文を持ってきた紅娘に対して崔鶯鶯が、母に言いつけ打ってもらうといって叱る台詞を、殆どそのまま用いている。／(3)底本「合歓杏桃春堪笑、衷訴原来別有人」。「春」は「真」、「衷訴」は「裏許」の誤り。第十四回末にも同じ表現があり、「合歓核桃真堪笑、裡許原来別有人」に作る。「人」と「仁」が同音であることを用いた表現（仁《さね》は種のなかの柔らかい部分）。温庭筠「南歌子詞二首」（其二）に、「合歓の桃核は終《つい》に恨むに堪えたり、裏許《うち》には元来別に人有り（合歓桃核終堪恨、裏許元来別有人）」とあるのに由来する。／（4）顔回は孔子の弟子。『論語』雍也篇に「子曰く、賢なるかな回や。一箪の食、一瓢の飲、陋巷に在り」とある。「貧しき中にも道を楽しむ」（原文「甘貧楽道」）も、やはり『論語』学而篇の「貧にして道を楽しむ（貧而楽道）」に基づく。／（5）原文「有疾被他撞倒」。表面的には病のときに瓢から薬をとりだすことを言い、裏に性的な意味を隠しているのであろう。／（6）古代の隠者。尭が帝位を譲ろうとしたが断って箕山に隠れ住んだとされる。『太平御覧』巻七六二が『琴操』を引くところによれば、水をすくう器も持たない許由にある人が瓢を与えたが、飲み終えて木に掛けた瓢が音を立てるのを煩わしく思い、けっきょく捨ててしまったという。

「きのうはかえってから、武大になにもきかれなかったかい」

女、

「おっかさんの服は作り終えたかときかれました。服は作り終えたけど、あとおっかさんに、そのとき履く靴や靴下を作ってあげます、と言っておきました」

話が終わると、婆さんはいそぎ宴席をととのえて部屋に酒肴《しゅこう》をならべ、ふたりは杯を交わしてたのしく飲んだ。西門慶が仔細に女をながめまわすと、初めて会った時に比べてさらに優美になっていた。酒が入った色白の面《おもて》には紅白のあやが浮き出ている。ふた筋の光沢ある鬢は切れ長に掃かれて(7)、まこと神仙もかなわず、姮娥《こうが》（嫦娥《じょうが》に同じ。月の女神）にもまさるほど。その証拠となる〔沈酔東風〕の歌がある――

心うごかす紅と白の肉色
愛らしいお気に入りのおめかしさん
翡翠《ひすい》の紗の裙《スカート》は裾《すそ》を引き
単衣《ひとえ》の袖口は金粉で飾る
嬉しげに飾った髷《まげ》を斜めに傾け
あたかも月から下りてきた姮娥
千金をぽんと投じたとて購《あがな》い難し(8)

西門慶は褒めるにあきたらず懐に抱き、裙《スカート》をつまみ上げると見えたのは一対の小さな足。鴉《からす》色の繻子《しゅす》の靴を履いていて、ちょうど半咫《あた》なので、内心おおよろこびした。ひと口ごとに杯をやりとりして酒を飲みながら、冗談めいたやりとりをする。女はそこで西門慶におおいくつですかとたずねた。西門慶は答えて、

「寅年の二十七歳(9)で、七月二十八日、子の刻の生まれさ」

女がたずねた。

「家には何人の奥様がおいでなの」

西門慶、

「妻を除いてあと側女《そばめ》が三、四人いるけどね、眼鏡にかなうのはひとりもいないんだ」

女がまたたずねた。

「お子さんは何人いるのかしら」

西門慶、

「娘がひとりだけで、もうすぐ嫁に行っちまう。坊やはいないんだ」

ひとしきり冗談めいたやりとりをした後、西門慶が袖からとりだしたのは、金張りした銀でつくられた、

孔《あな》のあいた小物入れ(10)。中に入れてある木犀《もくせい》の風味のする香茶のつぶ(11)を、舌先で女に口移しした。ふたりは互いをかき抱き、蛇が舌を出すかのように、音を立てて口を吸った。王婆さんはといえば、行ったり来たりして料理を出し酒を注ぐばかりで、みそかごとになど構ってはいられない。ふたりに室内で好きなように楽しみ戯れさせておいた。

しばらくして酒も回ってくると、はからずも春心をかきたてられた西門慶は、欲心を起こして腰のそいつを露わにし、女のすらりとした手を引いていじらせた。もともと西門慶は年少の頃から色街でつねに女を囲っており、このときも根元には銀で打ち薬液で煮た副《そ》え金《がね》がつけられていた。そいつはいかにも長くて大きく、深紅で黒いひげがあり、びんと真直《まっす》ぐ硬く立つ。たいしたもので、その様子を描いた次の詩が証拠となる——

こいつはもともと長さ六寸
時にふにゃふにゃ時にびん
軟《なん》なれば横に倒れた酔払い
硬《こう》なれば上下に暴れる狂僧
牝《ぴん》を出で陰に入るが本業で

(7) 原文「両道水鬢、描画的長長的」。「水鬢」とはふつう、楡《にれ》のかんなくずを浸した粘り気のある水で梳かし付けた、つやのある鬢のこと。ただし呉山・陸原主編『中国歴代美容・美髪・美飾辞典』（福建教育出版社、二〇一三）によれば、ここに描かれる潘金蓮の「水鬢」は、「描画」とある通り、黛で鬢を描いたものであるという。／(8)『雍熙楽府』巻十七におさめられる〔沈酔東風〕の旋律につけた無名氏の曲をふたつ合成したもの（「相思士女」第二首と「逢奇」第三首）。／(9) 西門慶の年齢は、同じ年を描く第七回では二十八歳とされている。また、三年後を描く第二十九回では二十九歳、五年後の死亡時には三十三歳であったとされる。享年を基準にするなら、この箇所では実際には二十八歳、第二十九回では三十一歳だったということになるが、いずれの箇所も改めることはせず、底本に従った。／(10) 原文「銀穿心、金裹面」。「穿心」は真ん中に孔をあけてくくれるようにした小さな円型の盒子。図版は中巻六二五頁を参照。／(11) 原文「香茶木樨餅児」。明・高濂『遵生八牋』巻十三に「香茶餅子」の製法がみえる。邦訳は中村璋八監修、古田朱美・草野美保訳註『『遵生八牋』飲饌服食牋——明代の食養生書』（明徳出版社、二〇一二）参照。それによれば孩児茶（アセンヤクノキ）の芽に檀香、白豆蔻《びゃくずく》などの香料を混ぜて、甘草膏や糯米糊とあわせてこねたものであるという。少量を口に含むと、口のなかをすっきりさせることができる。

腰州の臍下こそがお国もと
二人の息子を後にしたがえ
佳人と幾《いく》たび矛を交えたか

しばらくすると女は服を脱いだ。西門慶がさわってみると、牝の戸には細かな毛がまるで生えていない。言うなれば、白く香り立ち、ぽっこりふくれ、柔らかくたっぷりしていて、赤くしわしわで、きつく寄り集まり、千人が愛し万人が貪るもの。いったいこれはなんだろう。その証拠としてこんな詩がある——

温《あたたか》く緊《きつ》く香り乾いて口は蓮華まさり
ふわりくにゃりとして愛おしさ募る
嬉しければ舌をだし口をあけて笑い
疲れればだらり身を寄せ寝てしまう
先祖代々の家がつづくのは内韜《うちまち》県で
故郷があるのは草おいしげる崖の下
もし風流で垢抜けた若者に出会えば
そぞろに合戦はじめて声をも上げず

無用なおしゃべりはやめよう。その日からというもの毎日、女はあたりを気にしつつ王婆さんの家にやってきては西門慶といっしょになり、恩愛は漆にも似て、心意は膠《にかわ》の如きありさまだった。昔から〝好事は門を出ず、悪事は千里を伝わる〟と言い慣わす。半月も経たぬうちに、このことは隣近所にすっかり知れわたり、武大ひとりだけが聞かされずにいた。まさしく、

本分守って生計立てても
悪巧み防ぐことは知らず

といったところ。その証拠としてこんな詩がある——

好事はいつでも門を出ず
広まるは悪口醜聞ばかり
憐れ武大の大事な女房は
ひそかに西門の妻となる

話はふた手にわかれる。さて、この県にひとりの子どもがいた。年はやっと十五、六。もともと姓を喬《きょう》といったが、父親が軍隊勤めをしていた鄆州《うんしゅう》（いま山東省）で生まれたので、人びとは鄆哥《うんか》（鄆にいちゃん）

と呼んでいた。同居しているのは年が行った親父さんひとりだけ。この小僧は生まれつき利口で、かねがね役所近くにたくさんある飲み屋で旬のくだものを売って生活しており、いつも西門慶から生活費をたすけてもらっていた。

その日はちょうどひと籠《かご》の雪梨が手に入ったので、籠を提《さ》げて街をめぐり西門慶を探していた。おしゃべりな輩《やから》というのはいるもので、

「鄆哥、あいつを探してるんなら、居場所を教えてやるよ。そこで探せばいっぱつさ」

鄆哥、

「すまないね、おじさん。あの人を見つけられれば、かせいだ四、五十銭で親父を養えるんで、たすかるよ」

おしゃべり、

「じゃ教えてやろう。西門慶は炊餅《すいへい》売りの武大のかみさんを引っかけて、来る日も紫石街の王婆さんの茶店に入りびたってるよ。いま時分もおおかたあそこだろう。お前さんは子どもなんだから、構わず入ってきゃいいだろうよ」

そうと知った鄆哥は、

「おじさん、ありがとう」

この子ザル、籠を提げまっすぐ紫石街にやってきて、そのまま王婆さんの茶店に飛びこむと、ちょうど王婆さんが小さな腰かけにすわって苧麻《ちょま》の糸を綯って いた。鄆哥は籠を置いて王婆さんに、

「おっかさん、こんにちは」

婆さんはたずねた。

「鄆哥、ここへ何しにきたんだい」

鄆哥、

「大旦那を見つけて、かせいだ四、五十銭で親父を養うのさ」

婆さん、

「どちらの大旦那だい」

鄆哥、

「誰だか知ってるだろう、ほかでもないその人さ」

婆さん、

「大旦那にしたところで、姓と名がおありだろう」

鄆哥、

「二文字姓の人さ」

婆さん、

「どういう二文字さ」

鄆哥、

王婆さんは鄆哥を叩き出す

「おっかさん、どうでもふざけようっていうんだね。西門の大旦那と話がしたいのさ」

と、歩み入ろうとした。婆さんは片手でつかまえて、

「この子ザルめ、どこへ行くんだい。人のうちには、内と外ってものがあるよ」

鄆哥、

「部屋に行けばすぐ見つかるよ」

王婆さんは罵って、

「ちんぽこ咥《くわ》えた子ザルめ、どうしてうちで西門の大旦那とやらが見つかるんだい」

鄆哥、

「おっかさん、ひとり占めしないで、俺にも旨《うま》い汁をちょっと吸わせてくれよ。ぜんぶお見通しなんだからさ」

婆さんは罵って、

「この子ザルめ、なにがお見通しだっていうんだい」

鄆哥、

「あんたはちょうど、馬蹄《ばてい》形の庖丁でもって丸柄杓《まるびしゃく》のなかの野菜を切るってところで、水漏れどころか半滴だって地面にこぼさない(12)わけだが、俺がしゃべったなら、炊餅売りの兄貴が腹を立ててるんじゃないかね」

婆さんはこのせりふに痛いところを突かれて、心中おおいに怒り、叱りつけた。

「ちんぽこ咥えた子ザルめ、おっかさん《このわたし》の家にやってきて屁《たわごと》を垂れやがる」

鄆哥、

「俺が子ザルなら、あんたは取り持ちで会わせ屋の、老いぼれ犬の肉さ」

婆さんは鄆哥をひっつかまえて、拳骨《げんこつ》をふたつ食らわせる。鄆哥は叫んだ。

「なんだって俺を打つんだい」

婆さんは罵って、

「この母ちゃんとやる子ザルめ。声でも立てようものなら、ひどいビンタ食らわせて追っ払うよ」

鄆哥、

「この老いぼれの咬みつき虫め。わけもないのに俺を打ちやがる」

この婆さん、かつは押し返し、かつはひどく拳骨を

(12) 庖丁も柄杓も半円形なので、ぴたりと合って水も漏らさぬということ。王婆さんが旨味を分け与えようとしないことを当てこすっている。このように前後の句から成り、前の句で掛けた謎を後の句で解くしゃれ言葉を歇後語《けつごご》と呼ぶ。

食らわせて、そのまま街路に叩き出し、雪梨の籠も放り出してしまった。籠の雪梨はあちこちに転げ落ちて散らばった。この子ザル、かの取り持ち婆さんにかなわず、かつは罵り、かつは泣き、かつは逃げ、かつは道に落ちた梨を拾った。王婆さんの茶店を指さし罵って、

「老いぼれの咬みつき虫め、あわてなさんな。あいつに俺が言わないか、面倒が起きないか、見てやがれ。きっとこの店をめちゃくちゃにして、小遣い稼ぎできなくさせてやるから」

この子ザル、籠を提げて、その人を探しに街に飛び出していったが見当たらない。鄆哥がその人を探し当てたならばまさしく、

王婆さんのこれまでの悪事
今日その報いがいっぺんに

といったところ。さだめて——

険道神(13)が衣冠を脱ぎすて
子ザルがばらして災いに

はてさて、鄆哥は誰を探そうというのか。後のできごとがどうなったか、まずは次回の解きあかしをお聞きあれ。

(13) 開路神のこと。葬列の先頭に立って悪鬼から棺を守る。『三教源流捜神大全』巻七によれば『周礼』夏官篇にみえる方相氏のことで、身のたけ一丈余り、頭は幅三尺、あごひげは三尺五寸。赤いあごひげを青い顔に生やし、束髪に金の冠をつけて、紅の戦《いくさ》装束をまとい、黒い皮の靴を履き、玉の印を左手に、右手に方天戟《ほうてんげき》を執る。

第五回

鄆哥《うんか》が捕物《とりもの》を手伝い王婆を罵ること
淫婦が武大郎に毒薬を盛り殺すこと

参禅し風流《いろこい》の二字を究めれば
つまりは好姻縁こそが悪姻縁
浮かれたときはだれでも好み
冷めてふりかえればみな嫌う
野の草花は採り折るべからず
毅然《きぜん》として身を持すれば安泰
馴染《なじみ》の妻子に普段の食事なら
恋にも苦しまず金も掛からぬ(1)

さて、そのとき鄆哥は王婆さんに打《ぶ》たれて怒りの持っていきどころがなく、雪梨の籠《かご》を提げるや、武大郎をさがすべく通りへすっ飛んできた。小道をふた筋ほど通り抜けると、武大が炊餅《すいへい》の天秤棒をかついで、ちょうどその通りをやってきた。鄆哥は気づくと足を止め、武大を見て、

「しばらく見ないあいだに、太ったね」

武大は天秤棒を下ろして、

「俺はずっとこんなもんだよ。太ったなんてことあるかね」

鄆哥、

「俺はこないだ麦粉を仕入れようと思ったんだけど、どこでも買えなくってね。みんな、あんたの家にあるって言ってたぜ」

武大、

「うちは鵞《がちょう》も鴨《あひる》も飼っちゃいないよ。どこに麦粉があるもんかね」

鄆哥、

「麦粉はないって言うけどね、そんならどうして、こんなにぶよぶよと肥《こ》えちまったんだい。逆さまにぶら下げられたって構わない、鍋で煮られたって腹を立てないって風《ふう》じゃないか」

武大、

(1)『水滸伝』第二十六回冒頭の詩と概ね一致する。

「ちんぽこ咥えたサルのくせに、よくも俺を罵りやがる。俺の女房が間男してるわけでもあるまいに、俺がどうして鴨《ねとられ》なんだい」

鄆哥、

「あんたの女房は間男してやしないよ。まおことしてるだけさ」

武大は鄆哥を引っつかまえて、

「相手を教えろ」

鄆哥、

「笑っちゃうね。俺をつかまえることはできても、あいつの左側《あそこ》(2)を咬みちぎろうとはしないんだから」

武大、

「なあ兄弟、誰だか教えてくれたら、炊餅を十個やるよ」

鄆哥、

「炊餅じゃ足りないね。おごってくれたらいいよ。三杯も飲んだら教えてやるさ」

武大、

「酒が飲めるのか。じゃあいっしょに来なよ」

武大は天秤棒を担いで、鄆哥を小さな飲み屋に連れていった。天秤棒を下ろすと炊餅をいくつかとりだし、肉をいくらかたのみ燗酒《かんざけ》を一本もとめて、鄆哥にごちそうした。小僧は、

「酒はもういらないから、肉をもうなん切れかくれよ」

武大、

「なあ兄弟、教えてくれったら」

鄆哥、

「まああわてなさんな、きれいに平らげたら教えてやるよ。でもカッとなっちゃだめだぜ、取っ捕まえるのは手伝ってやるから」

武大、サルが酒や肉を食い終えたのを見て、

「さあこんどこそ教えろ」

鄆哥、

「知りたきゃ、俺の頭のこぶを触ってみな」

武大、

「またどうしてこんなこぶを作った」

鄆哥、

「教えてやるよ。きょうはこの雪梨の籠を手に、西門の大旦那を探してひと商売しようとしたんだが、どこにも見つからない。街の人の話では、あいつは王婆さんの茶店にいる、武大の奥さんとできていて、毎日あそこにばかりかよってる、というんだ。あいつがいれば四、五十文ほど稼げるぞと思ったんだが、いかんせ

ん王婆さんという老いぼれ畜生が、部屋へ探しにいかせようとせず、ごつい拳骨《げんこつ》でたたきだされちまった。それであんたを探しにきたんだ。さっき二言三言いってあんたを怒らせたが、怒らせでもしなきゃあんたは何もきいてこなかったろうよ」

武大、

「ほんとうにそんなことあったのかい」

鄆哥、

「ほらまたこれだ。あんたがそんな屁みたいなちんぽこ野郎だから、あいつらふたりはよろしくやれるのさ。あんたが出ていくのを待ちかねて、王婆さんの部屋でいっしょになるんだよ。ほんとうに嘘じゃないのかってあんたは聞くけど、まさか俺がかついでいるというんじゃあるまいね」

武大は聞くと、

「兄弟よ、掛け値のないところを言うがね、俺のとこのかみさんは毎日、王婆さんの家に行って服やら靴やら作って、かえってくると顔が赤いんだ。亡くなった妻が残した女の子を、朝夕なくやたらに打ったり罵ったりして、飯もやらない。ここ数日はちょっと様子がまともじゃなくて、俺がいたって愛想もみせない。内心うっすらうたがってはいたんだ。その話はまちがいないよ。いますぐ天秤棒をあずけて、現場を押さえにいこうじゃないか」

鄆哥、

「あんたも大の男一匹なのに、物がわかってないねえ。あの王婆さんっていう老いぼれ犬は、名うての凄腕ってやつで、あんたなんぞがどうして手出しできるかい。あいつら三人は合図だって決めてるだろうから、あんたが踏みこんできたら、女房を隠してしまうだろう。あの西門慶ってのもやり手だろうから、あんたふぜいなら二十人だってやっつけちまうさ。もしつかまえられないでみろ、逆にあいつからがっつり拳固《げんこ》を食らうね。あいつには金も権勢もあるから、あべこべに訴えられて、あんたはお白州に引っぱりだされるよ。あんたの肩をもってくれる人もいなくて、むざむざ一巻の

（2）原文「左辺的」。『周易』明夷・六二に「左股《さこ》を夷《やぶ》る（夷於左股）」とあるのについて、朱熹『周易本義』は「左股」とは「幽隠之処」ではないかと説き、去勢をいうと暗示する。ここでいう「左辺」も同様に男性器をさす（王利器『水滸全伝校注』河北教育出版社、二〇〇九）。また一説に、道教の玄武大帝配下の亀と蛇の二将のうち、蛇が左側に配されることからいう。

終わりってわけだ」

　武大、

「兄弟、いちいちもっともだ。そんなら俺はどうやって鬱憤を晴らせばいいいかな」

　鄆哥、

「俺だって、王婆さんに打たれて鬱憤がたまってるよ。ひとつ手を教えてやろう。きょうはかえっても怒り出したりせず、この話もせず、日ごろと同じようにするんだ。あすの朝は、炊餅を少なめにつくって売りに出な。俺は路地の入口で待ってる。もし西門慶が入って行くのが見えたら、すぐに呼びにいくよ。そしたらあんたは天秤棒を担いで、そこらで待ってるんだ。俺が先にあの老いぼれ犬にからむ。あいつは必ず俺を打とうとするだろう。俺はまず籠を通りの真ん中に放り出すから、そしたらあんたは突っこんできな。俺は頭でもってあの婆さんを押さえつけとくから、あんたは部屋のなかに飛びこんで、このありさまだと騒ぎたてるんだ。この計略はどうだい」

　武大、

「そういうことなら、世話になるよ。銭が数貫(3)あるから、お前にやろう。あすは早くに紫石街の入口に来て待っててくれ」

　鄆哥は、銭を数貫と炊餅をいくつかもらって去っていった。武大は酒代を払い天秤棒を担ぐと、ひとまわり売りあるいてからかえった。

　もともとくだんの女は普段からひたすらに武大を罵り、あの手この手でつらく当たっていたのだが、ここ数日はさすがに道に外れていると思ったか、しぶしぶながらいささか夫の機嫌をとっていた。その晩、武大は天秤棒を担いでかえってきたが、ふだんと同じようにして何事も持ち出さない。女、

「あなた、お酒を飲まれたの」

　武大、

「さっき仲間の商売人と三杯ほど飲んだのさ」

　女は夕飯の支度をして食べさせた。この晩は他になにもなし。

　次の日、朝食を済ませると、武大はせいろ二、三枚だけの炊餅をつくって天秤棒に担いだ。女はひたすら西門慶を思うばかりで、武大のつくった量が多かろうが少なかろうが、構ったことではない。その日、武大が天秤棒を担いで商売に出ていくと、待ってましたとばかり、女はすぐさま王婆さんの茶店へとあたりを気

にしつつやってきて、西門慶を待った。

さて、武大は天秤棒を担いで紫石街の入り口まで出てくると、鄆哥が籠を提げて見張っているのが正面に見えた。武大、

「どうだい」

鄆哥、

「まだちょっと早い。あんたはぐるっと売りあるいてきな。あいつもおおかたもうすぐ来るだろう。そこらでずっと様子を見てるんだぜ、遠くへ行っちゃいけないよ」

武大は雲の飛ぶように街へ赴き、ひとめぐり売りあるくともどってきた。鄆哥、

「俺が籠を放り出すのをよく見てるんだぜ、そしたら飛びこんできな」

武大が天秤棒をあずけたことは措く。その証拠としてこんな詩がある——

虎は幽霊をつかい鳥は囮《おとり》でとらえる(4)
暗闇で罠にかかればもがき狂うのみ
鄆哥が暴き立てんとするは西門の罪
恐るべきは取り持ちをせし王婆の妙

さて鄆哥は籠を提げて茶店に進み入ると、王婆さんを罵って、

「老いぼれ畜生め、きのうはどうして俺を打《ぶ》った」

婆さんは相変わらずの性分で、跳ね起きると怒鳴りつけた。

「この子ザルめ、おっかさん《このわたし》がお前に何をしたってんだ。もいちど罵りに来るなんて」

鄆哥、

「あんたみたいな取り持ちで会わせ屋の老いぼれ犬の肉を罵ったって、俺のちんぽこの用にも足りんわ」

婆さんはおおいに怒り、鄆哥をつかまえて打とうとした。鄆哥は、

「打ちやがるか」

とひと声さけびながら、手にした籠を通りへ放り出

(3) 底本「数十貫」だが、『水滸伝』は「数貫」であり、すぐ後にも「幾貫銭」とあるのに合わせた。／(4) 底本「虎有儔兮鳥有媒」。『水滸伝』は「儔」を「倀」に作る。虎に食われた人は「倀鬼」となり、虎の先払いとして使われるという（『太平広記』巻四三〇「馬拯」。『伝奇』を引く）。媒はおとりのこと。

「いざとなるとちっとも役に立たないね」

した。婆さんはなおもつかまえようとしたが、子ザルは、

「打ちやがるか」

ともうひと声さけぶや、王婆さんの腰をぐっと引っつかみ、婆さんの下腹めがけて頭から突っ込んできたものだから、あやうく引っくりかえりそうになったが、壁がさえぎって転ぶのを免れた。

サルが死に物狂いで婆さんを壁に押しつけているところに、外から武大が衣をからげ大股でまっすぐ茶店へと突っこんできた。藪から棒に武大がやってきたので、婆さんは行く手を遮《さえぎ》りにいこうとしたが、子ザルはしゃにむに押さえつけて放すはずもない。婆さんにできたのは叫ぶことだけ。

「武大が来たよぉ」

女はちょうど西門慶と部屋にいたが、手を打とうにも間に合わない。まずは飛んでいって戸に心張《しんば》りをした。西門慶は隠れようとして、寝台の下へまっしぐら。武大は部屋の戸の前まで一気に迫った。手で扉を押したが開くはずもなく、怒鳴ることしかできない。

「楽しくやりやがって」

女は扉を押さえながらおおあわてにあわて、こんな

(5) 底本ではこの一文に脱落があり意味が通じないので、『水滸伝』により補った。
ことを言った。

「あんたは普段、ちんぽこ口だけは勇ましくて、拳法やら棒術やらがうまいってさんざんひけらかしてたのに、いざとなるとちっとも役に立たないね。張り子の虎に出くわしたくらいで肝をつぶしやがって」

女のこの言葉はあきらかに、西門慶に武大を打ちのめさせ、逃げ道を開かせようとするもの。西門慶は寝台の下で女の言葉を聞くと、その手があったと気づかされ、這《は》い出してきて言った。

「奥さん、俺に腕がないわけじゃない。とっさに頭が回らなかったんだ」

そこで心張りをはずして、

「来るな」

とひとこえ叫んだ。武大がちょうどつかまえようとしたところ、西門慶の脚を振り上げるのが早く、背の低い武大はみぞおちをぴたりと蹴り当てられて、ばたりと仰向けに倒れた。蹴倒された武大を尻目に、西門慶はどさくさに紛れてさっさと逃げていった。(5)鄆哥は形勢利あらずとみて、これまた王婆さんを捨ておきずらかった。隣近所はみな西門慶の手並みを知っている

ので、関わり合いになろうとする者などいるはずもない。

そこで王婆さんは伸びている武大を抱え起こしたが、口からは血を吐き、顔色は蠟燭の滓《かす》のように土気《つちけ》ばんでいるので、女を呼んで出てこさせ、水ひと碗を汲んで息を吹き返させた。ふたりは両側から肩を貸し、裏口から自宅の二階へとかかえ上げ、寝台で眠らせた。この夜は他になにもなし。

次の日、一件落着と聞いた西門慶は、いつもどおり王婆さんの家にやってきて女といっしょになった。願うは武大がこのまま死ぬことだけ。武大は臥《ふ》せったきり五日も起き上がれなかったうえ、スープが欲しくても貰えず、水が欲しくても貰えず、来る日も女を呼んだとて返事もない。目にするものといえば、こってり化粧して出かけていき、かえってくれば顔を赤くしている女の様子。娘の迎児《げいじ》も女に禁じられて寄りつけなかった。女はおどして、

「この小娘め、ことわりなくあいつに水でもやってみろ、ひどい目に遭うのはお前だよ」

女にこんなふうに言われては、迎児とて武大にスープ一滴だってすすめようとするはずがない。武大はなんども憤慨のあまり気を失ったが、気にとめる者はなかった。

ある日、武大は女房を呼んで申しわたした。

「お前は不義をはたらいて、密通しているところを俺がみずから押さえたのに、お前は逆に間男をそそのかして俺のみぞおちを蹴らせた。それから今まで、俺は生きたくても生きられず、死にたくても死ねないというありさまなのに、お前たちは勝手に楽しくやっている。俺が死ぬのはいい。お前たちと事を構えることもできないからな。だが、弟の武二の性分はお前も知ってるだろう。遅かれ早かれもどってきてみろ、きっとそのままにはしておかないぞ。お前が俺をあわれんで、すぐにもしっかり介抱しようとするなら、あいつがかえってきても口をつぐんでいるが、もし俺を相手にしないというのなら、かえってきたあいつが、お前たちと話をつけることになる」

女は聞いても返事すらせず、それどころかあたりを気にしつつ王婆さんの家にやってきて、王婆さんと西門慶に一から十までを話したものである。西門慶はこの話を聞くと、冷や水の桶に放りこまれたかのよう。言うには、

「こまったぞ。たしかに景陽岡《けいようこう》で虎を殴り殺した武都

頭という、清河県《せいが》きっての好漢がいたのだった。しかしいまや、奥さんとは睦まじくなって久しく、気持ちがぴたり寄り添って、分かれようにも離れられない。そんなことを言われたって、まったくどうしたらいいんだい。ほんとうにこまったぞ」

王婆さんは冷笑して、

「こんなのは見たこともないですよ。あんたが舵《かじ》取りでわたしゃ漕ぎ手だっていうのに、わたしゃうろたえもせず、あんたがあわてふためくなんてね」

西門慶、

「俺は男一匹を気取っちゃいるが、こうなると、どうしたらいいかわからんのだ。あんたになにか考えがあるなら、俺たちをかくまっておくれよ」

王婆さん、

「あんたらをかくまえというなら、計略がひとつあるけどね。あんたらは長く夫婦になりたいのかい、短く夫婦になりたいのかい」

西門慶、

「おっかさん、教えてくれ。長く夫婦になるとか短く夫婦になるというのは、どういうことなんだい」

王婆さん、

「もし短く夫婦になるなら、あんたらは今日《こんにち》ただいますっぱり別れるんだ。武大が落ち着いてきたら、あいつに詫びを入れる。そしたら武二がかえってきたって、なにも言わないだろう。あいつがつぎに使いに出されるのを待って、また会う。これが短く夫婦になるってことさ。もし長く夫婦になりたいなら、毎日いっしょにいて、びくびく怯《おび》えなくて済む。これにも妙策はあるんだけど、あんたらには言いにくいね」

西門慶、

「おっかさん、俺たちに手を貸してくれよ、どうしても長く夫婦になりたいんだ」

王婆さん、

「この計略には、あるものを使うんだがね。ほかの家にはどこにもないが、天の配剤ってやつで、大旦那のお宅にはあるんだよ」

西門慶、

「俺の目玉が要るといわれたって、切り取ってさしだすよ。いったいなんだい」

婆さん、

「あのでくのぼうは今ひどく病んでいるから、参ってるところにつけこめば手を下しやすい。大旦那はお宅から砒霜《ひそう》(6)を少し取ってきてください。それから大奥様には、胸の痛みどめを一服買ってきていただきます。そしたら砒霜をなかに盛って、チビを片づけちまうんです。火でもってきれいさっぱり焼いちまえば、あとかたもなくなります。武二がもどってきたところで、どうしようもありゃしません。昔から結婚ってのは、〝娘のときは親にしたがい、二度目のときは自分から〟ってね。弟さんになんのかかわりがありますか。こっそり行き来していれば、半年か一年でほとぼりも冷めるでしょう。喪が明けるのを待って、大旦那が駕《か》籠《ご》でもってお宅に娶《めと》ればよろしい。これこそ、とこしえに夫婦になって、なかよく共白髪というものではないですか。この計略はどうです」

　西門慶、

「おっかさんの計略はまったく素晴らしい。昔から、〝楽しく生きたきゃ死ぬほどがんばれ〟ってね。よっしゃ、〝毒を食らわば皿まで〟だ」

　王婆さん、

「そうこなくっちゃ。これこそ〝根絶やしにすればもう芽も出やせぬ〟というやつで、〝もし根を絶たねば春また芽が出る〟なんてことになったら、面倒ですよ。大旦那は家にかえって、さっさと例のものを取ってきてください。私が奥様の手引きをします。事が終わったら、しっかりお礼してくださいよ」

　西門慶、

「そりゃ当然だ、言うまでもないよ」

　その証拠としてこんな詩がある――

雲雨の情は二人をぴたりと合わせ
色に恋し花に迷いとどまりもせず
つまりは世間にありがちなことで(7)
武大は女郎の手にかかり命果てる

　さて、西門慶は立ち去ってほどなく、砒霜をひと包み持ってきて王婆さんに渡した。婆さんは女を見ながら、

「大奥様、あんたに薬の盛りかたを教えますよ。いま武大は、助けてくれとあんたに言ってますね。あんたはそこにつけこみ、いくらかご機嫌とりしてあいつにすり寄りなさい。あいつが薬を飲ませてほしいと頼んだなら、この砒霜を胸の痛みどめに混ぜるんです。あいつがひと眠りして起き上がったところで、あんたは薬を注ぎこみ、すぐにそばから離れなさい。毒が効き

はじめたら、きっと腸《はらわた》がちぎれて大声を出しますから、あんたは布団をばさりとかぶせて、誰にも聞かれぬように、しっかりと布団の端を押さえます。あらかじめ鍋に湯を沸かして、ふきんを漬けておきなさい。毒がまわると、七つの穴（目耳口鼻）から血がながれ、唇には歯で咬んだ痕がつきます。事切れたら布団をめくりあげ、漬けておいたふきんでちょっと拭けば、血の痕はきれいにとれます。そこで棺に入れ、担ぎ出して焼いちまえば、くそ面倒などありゃしません」

女、

「いいことはいいのですが、ただ私はその時になったら手が萎《な》えてしまって、死体を片付けられないんじゃないでしょうか」

婆さん、

「そんなのはおやすいこと、あんたの側《がわ》から壁を叩いてさえくれれば、私がすぐ行って手伝いますよ」

西門慶は、

「気をつけて事に当たるんだぞ。あすの五更（午前三～五時）に、首尾を聞きにくるから」

と言いおくと、家にかえっていった。王婆さんは砒霜を指でつぶし粉末にして女に渡し、持ちかえって隠させた。

女は二階にもどって武大を見ると、虫の息すら途絶えがちで、いまにも死にそうな様子。女は寝台の脇に腰かけてうそ泣きをした。武大、

「どうして泣いたりするんだい」

女は涙を拭《ぬぐ》いながら、

「一時《いっとき》のあやまちだったの。あの西門慶にだまされたんです。まさか、みぞおちに蹴りを入れるなんてね。いい薬を売ってるところを教えてもらったから、買ってきて看病したげたいけど、信じてくれないんじゃないかと心配で、もらいにも行けません」

武大、

「お前が俺をたすけてくれて、もとのからだになったなら、ぜんぶ帳消しにして、すっかり忘れるよ。武二が家に来たって、なにも持ち出さない。だから、はやく薬を買ってきて助けとくれよ」

女は銅銭を手にすると、まっすぐ王婆さんのところ

（6）砒石を精煉してつくる粉末。三酸化二砒素。／（7）『水滸伝』のこの箇所の詩は、前半の二句は同じで、後半の二句が「つまりは天地の眼から逃れられず／武松帰れば二人の首は刎《は》ねられる」となっている。

「女房どの、この薬はひどい味だな」

にやってきて上がりこみ、王婆さんに薬を買ってこさせると、二階へ持って上がり武大に見せて言った。

「これは胸の痛みどめ。夜中に飲ませろってお医者さまがおっしゃってました。飲んだらごろりとそのまま寝るだけ。布団の一、二枚もかけて汗を出せば、あすには起き上がれるって」

武大、

「そいつはよかった。女房どのにはご面倒をかけるが、今夜はあまりぐっすり寝入らず、夜中にその薬を調《ととの》えて飲ませとくれ」

女、

「安心してお休みなさいな、私が世話しますから」

次第にあたりが暗くなってくると、女は部屋に灯りを点け、階下では大鍋に湯を沸かし、布巾を一枚漬けておいた。時を告げる太鼓を聞けば、あたかも三更（深夜十一〜一時）を打っている。女はまず砒霜を杯にうつすと、ひと碗の白湯《さゆ》を掬《すく》ってきた。それらを手に二階へ上がり、さて呼びかける。

「あなた、お薬はどこかしら」

武大、

「俺の寝ているござの下にあるよ。枕の脇さ。はやいとこ調えて飲ませとくれ」

女はござをめくると、薬を杯に振るい落とし、処方箋を置いた。白湯を杯に注ぎ、頭に挿した銀の簪《かんざし》でひと混ぜして溶かす。左手で武大を抱え起こすと、右手で薬を飲ませた。

武大はひと口すすって言う。

「女房どの、この薬はひどい味だな」

女、

「病気を治すのが肝腎でしょ、まずいのうまいのと言ってる場合ですか」

武大がつづけてふた口目をすすろうとするところ、かみさんはここぞとひと息に注ぎ入れ、杯の薬はすべてのどに流し込まれてしまった。女はすぐに武大を放り出し、あわてて寝台を飛び下りた。武大は「ああ」とひと声うめいてから言った。

「女房どの、この薬を飲んだら、逆に腹が痛くなってきた。苦しいよ、苦しいよ。これはたまらないよ」

女は足の向こうに回り、掛け布団を二枚引っぱってきて、有無をいわせず頭からかぶせた。武大は叫ぶ。

「息もつまる」

女、

「お医者さまのお言いつけさ。あんたには汗をかかせろって。そしたら早く良くなるってさ」

武大がまた何か言いかけたところで、もがかれては困ると思った女は、寝台に跳び上がるや武大の体に馬乗りになった。手でしっかりと布団の端を押さえ、少しでも緩めようとなどするはずもなし。その様子は——

肺腑《はいふ》は油で焦がされ
肝腸《かんちょう》は火で焼かれる
心臓は雪の刃《やいば》に貫かれているよう
腹中は鋼《はがね》の刀に掻《か》き回されるよう
全身は氷のように冷たく
七つの穴から血が流れる
歯を緊《かた》く咬み
三魂は枉死《おうし》城(8)へと赴く
喉《のど》は枯れ乾き
七魄《しちはく》は望郷台(9)へと投ず
地獄に増えたは毒を食らった幽鬼
娑婆《しゃば》を去ったは不義を捕らえし人

武大はこのとき「ああ」とふた声うめき、しばらくあえぐと、腸《はらわた》がちぎれて、ああ哀しいかな、動けなくなってしまった。女が布団をめくり上げて武大の様子を見れば、歯ぎしりして七つの穴から血を流しているので恐ろしくなり、寝台を飛び下りて壁を叩くのがやっと。王婆さんはそれを聞きつけ、裏口へやってきて咳払いした。女は下におりてきて裏口を開ける。王婆さんはたずねた。

「終わったかい」

女、

「終わるには終わりましたが、ただ手も足も萎えてしまって、片付けられません」

王婆さん、

「それはなんでもないこと。手伝ってあげますよ」

婆さんは袖まくりして桶に湯を汲み、布巾を放りこむと二階へ運び上げた。布団をめくると、まず武大の唇をすっかり拭いて、七つの穴にへばりついた血の痕をきれいにぬぐい、からだには着物をかけた。ふたりは二階から一歩ずつかかえ下ろして、階下で古い戸板に置いた。頭を梳かし、頭巾をかぶせ、着物を着せ、靴下や靴を履かせ、白絹の布《きれ》もて顔を覆い、きれいな布団をえらんで遺体にかけた。ふたたび二階に上がってきれいに後始末をすると、王婆さんは回れ右してかえっていく。するとかみさんは、わあわあと主人のためにうそ泣きを始めるのだった。

皆様お聞きあれ、そもそも世上、女の泣きかたには三態あって、涙あり声あるを哭《こく》といい、涙あり声なきを泣《きゅう》といい、涙なく声あるを号《ごう》という。このとき女は夜の半分を、涙を流さずに「号」して過ごしたのだった。

翌朝の五更、あたりが明るくもならぬ内に、西門慶は首尾をうかがいに駆けつけた。王婆さんが委細を告げると、西門慶は銀子《ぞんす》をとりだして王婆さんに渡し、棺桶と弔いの費《つい》えに当てさせた。それから相談のため女を呼ぶと、かみさんはやってきて西門慶に言った。

「うちの武大はもう死にました。私はあなただけが頼りです。どうか網巾《ヘアネット》の留め輪みたいに、後ろにまわさないでくださいね」

西門慶、

「そんなことは心配いらないよ」

女、

「もし裏切ったら、どうします」

西門慶、

「もし裏切ったら、お前の武大と同じになるだろうよ(10)」

王婆さん、

「大旦那、むだ話はおあずけです。ここまできたら、大事なことはあとひとつだけです。夜が明けたら地区の頭《かしら》がやってきて入棺になりますが、検屍《けんし》役人に見破られたらどうしますか。その頭で何九《かきゅう》というのがまたよく気のつく男で、入棺させようとしないのではと心配です」

西門慶は笑って、

「そいつは大丈夫だ。何九には俺の方で話をつけるよ。あいつは、俺の言葉に逆らおうとなんてしないさ」

王婆さん、

「大旦那、早く話をつけにいってください。遅くなってはいけませんよ」

西門慶は、棺桶代にする銀子を王婆さんに渡し、自身は何九と話をしにいった。まさしく――

(8)非業の死をとげた亡魂がおもむく場所。／(9)死後の魂が、あの世から我が家の様子を眺めるためにのぼる台。／(10)「もし裏切ったら」というやりとりは、『水滸伝』にはなく『金瓶梅』で付け加えられたもの。はるか後、潘金蓮に飲まされた過量の春薬によって西門慶が死ぬことを暗示する（第七十九回）。崇禎本や清・張竹坡の批評もこの点に触れている。

三光の影は誰にも捕らえられず(11)（三光は日月星）
万事は根をもたず自然に生じる
雪に隠れた鷺《さぎ》は飛ばねば見えず
柳に潜む鸚鵡《おうむ》は喋《しゃべ》らねば判らぬ(12)

はてさて、西門慶はどのように何九と話をしようというのか。後のできごとがどうなったか、まずは次回の解きあかしをお聞きあれ。

（11）底本「三光有影遺誰概」。第八十二回に「三光有影遺誰繫」とあるのに従った。／（12）この対句、底本では以下の回末の締め文句のあとにおかれているが、位置が不自然なので仮にここへ移した。

第六回

西門慶が何九《かきゅう》を金《かね》で動かすこと
王婆が酒を買い大雨に遭うこと

野に咲く花への恋に狂えば
色を貪ったせいで苦しみが
身命《しんみょう》を喪うのはこれにより
家業の傾くのもそれがため
色恋いっとき残るのはなに
風味ふつうで誇るにたりず
わざわい蕭牆《みぢか》に迫り来《きた》るに(1)
辛《から》くも王婆が先手を打った(2)

さて、西門慶が何九と話をしに行くと、こちら王婆さんは銀子《ぎんす》を手に、棺桶や副葬品を買いにいった。ほかに香や蠟燭、紙銭《しせん》のたぐいも買って、かえってくると女と相談し、武大の霊前に灯明《とうみょう》をひとつ点《とも》した。隣近所がみなどうしたかとやってくると、女は白粉《おしろい》顔を覆うしぐさをして泣くふりをする。近所の者らはたずねた。

「大郎さんはなんの病気で亡くなったんですか」

かみさん、

「うちの夫は、ひどい胸の痛みをわずらいまして、思わぬことにそれが一日一日と重くなり、見るまに回復も見込めなくなって、残念ながら昨夜の三更に亡くなりました。まったくつらいことでございます」

答えると、またうっうっと泣くふりを始めた。近隣の者らは、死にかたが不審なのにはっきり感づきはしたものの、問い詰めようとはしない。皆で口を揃えて励ますには、

「死んじまったものはしかたない。生きてる人間は落ち着いて日を送ることだよ。奥さん、あまり嘆きなさらぬように。暑い盛りだからね」

女は礼をいう芝居をするほかなかった。皆はおのお

(1)「蕭牆」（底本「蕭墻」。塀、かこい）の語は、『論語』季氏篇の「吾恐らくは季孫の憂ひは顓臾《せんゆ》（国名）に在らずして蕭《しょう》牆《しょう》の内に在り」を踏まえる。／(2)この詩は末句を除いて『水滸伝』第二十五回冒頭の詩にほぼ一致する。

「受けないというのは、ことわるということだよ」

の引き取った。

王婆さんは棺桶を担いでこさせると、こんどは検屍《けんし》役人の頭《かしら》である何九を頼みにいった。およそ入棺に必要なものはすべて買い、家で入用《いりよう》のもの一切も買いそろえると、報恩寺から禅和子《ぜんなす》をふたり呼んで、夜になったら枕経《まくらぎょう》をあげ罪業を浄めてもらう手配をした。ほどなく何九の指示で、先に葬儀人夫が何人かやってきて支度をする。

さて、何九は巳の刻（午前九〜十一時）になってのんびりやってきたが、紫石街の入口までくると、正面に西門慶の姿が見えた。

「九さん、どこへ行くんだい」

呼ばれた何九は答えて、

「この先で、炊餅《すいへい》売りの武大郎の遺体を納棺しにまいります」

西門慶、

「まあちょっと話そうじゃないか」

何九は西門慶についていき、曲がり角にある小さな飲み屋までやってきて、仕切られた部屋で腰を下ろした。西門慶、

「九さん、どうぞ上座に」

何九、

「私のような身分で、大旦那と差し向かいに座るなどめっそうもない」

西門慶、

「九さん、他人行儀じゃないか。まあ掛けなって」

ふたりはしばらく譲り合ってから席についた。西門慶は店員に言いつけて、

「いい酒を一本もってきてくれ」

店員は料理にくだもの、つまみのたぐいをならべるいっぽう、酒を燗《かん》して持ってきた。何九は内心あやしみ考えるよう、

「西門慶はこれまで俺と酒など飲んだことがないのに。きょうのこの酒には、きっとわけがあるぞ」

ふたりして長いこと飲んだところで、西門慶は袖から雪花《せっか》の銀塊ひとつを探り出して相手の目のまえに置き、言った。

「九さん、些少《さしょう》だが気をわるくせんでくれ、そのうちべつに礼はするから」

何九は手を組みあわせて、

「いささかのお役にも立っておりませんのに、大旦那から銀子をいただけましょうか。もしご用命がおあり

ならば、おことわりもいたしませんが(3)」

西門慶、

「九さん、他人行儀はやめて、収めておくれ」

何九、

「大旦那、お気づかいなくおっしゃってください」

西門慶、

「たいしたことじゃない。しばらくしたら、あいつの家からも骨折り料が出るだろうが、こんかい武大の亡骸《なきがら》を入棺するについては、万事きっちり取り計らい、錦の布団《おんびんにとりはからって》の一枚もかけてほしいんだ。それ以上はよけいなこと言わないから」

何九、

「どんなご用かと思えば、そのような小さなことで何をおおげさになさいますか。大旦那の銀子、お受けするわけにはまいりません」

西門慶、

「九さん、受けないというのは、ことわるということだよ」

何九はもともと、西門慶があくどい輩《やから》で役所も牛耳っているのを恐れていたので、しかたなく銀子を収め、さらに数杯の酒を飲んだ。西門慶は店員を呼んで、「帳簿につけといてくれ、あす俺の店へ取りにきな」

ふたりは二階から下りて、店の入口を出た。西門慶は去りぎわに、

「九さん、くれぐれも胸ひとつに納めて、他人に漏らしちゃいけないよ。こんどまたお礼はするから」

含めおくとまっすぐ行ってしまった。何九は内心、

「俺が武大の屍《しかばね》を入棺すると、なんであいつが銀子を十両くれるのだ。こいつはきっとわけありだぞ」

いぶかりながら武大の戸口まで来ると、葬儀人夫たちが控えていた。王婆さんも長いこと待っていた。何九はそこにいる葬儀人夫にたずねた(4)。

「武大はなんの病で死んだのだ」

葬儀人夫たち、

「家の者は、胸痛《きょうつう》をわずらって死んだと申しております」

何九は戸をくぐり、簾《すだれ》をかかげて入った。王婆さんが迎えて、

「ずっとお待ちしておりました。陰陽(5)もとっくにお見えです。九さんはこんな時間まで何をなさっていたんです」

何九、

「つまらぬことで足止めを食いまして、おそくなりま

した」

そこへ女が、飾り気のない衣裳に白い紙の束髪冠をつけ、奥からうそ泣きしつつ出てきた。何九、

「奥さん、あまり嘆きなさらぬように。大郎さんはもう天にかえっていかれたんです」

女は涙をかくすふりをして、

「言いようもないつらさですわ。うちの夫は胸の痛みが出て、ほんの数日で命を落としてしまいました。残された私のつらさといったら」

何九は聞きながら、上から下までかみさんの様子をながめて、内心かんがえた。

「いままで人が武人の奥さんについて噂するのを聞くだけで、顔を知らなかったが、なんと武大郎はこんな女房を娶《めと》っていたのか。西門慶が銀子十両つかったのも、生き金なればこそというわけだ」


そこで霊前に進み、武大の遺体をあらためようとした。陰陽の読経が終わると、千秋旛《せんしゅうはん》（霊前に懸ける白い旗）をかかげ、顔の白絹を開けて、五輪八宝[6]からなる目玉をもちい、両の瞳をはたらかせ、眼《まなこ》を凝らす。すると、武大の爪は青黒く、唇は紫色で、顔は黄ばみ、両目が飛び出ているので、毒にあたったのだとすぐにわかった。ふたりの葬儀人夫が脇から言った。

「どうしたことだ、顔は紫色だし、唇には歯の痕があって、口のなかから出血しているぞ」

何九、

「でたらめ言うんじゃない。ここのところひどく暑かったんだ。すこしも傷《いた》まないはずがないだろう」

とて、いい加減にばたばたと納棺まで済ませてしまい、遺体をおさめた棺の両側に長命釘《ちょうめいてい》を打ってしまった。王婆さんは早くかえそうとむやみにせっついて、

（3）『水滸伝』では「たとえご用命がおありでも、お受けいたしかねます」となっており、何九の性格は大きく改変されている。
（4）「王婆さんも」以下、底本「王婆也等的久哩、火家在那裡、何九便問火家」。この箇所はつながりが悪く、本文に誤りがあると思われる。崇禎本は「王婆也等的心裡火発、何九一到、便問火家（王婆さんも内心じれったく待っていた。何九は到着するなりすぐに葬儀人夫にたずねた）」と改めている。一説に「久哩火家」は「火裡火発（じりじりして）」の誤り。／（5）堪輿家とか風水先生ともいう。地形をみて家や墓をたてるのに適した場所を見立てたり、日取りを占ったりする職業。／（6）目には五行（または五臓）に対応した五輪と、八卦に対応した八廓とがあるとされ、五輪八廓と併称される。五輪八宝はここから訛したものか。『古今小説』巻三十三「張古老植瓜娶文女」、『警世通言』巻十九「崔衙内白鷂招妖」は五輪八光とする。

銭ひと緡《さし》を出してきて何九に渡すと、葬儀人夫たちを引き取らせた。何九はかえり際にたずねて、

「いつ出すんだい」

王婆さん、

「大奥様がおっしゃるには、三日で出棺して、町の外で焼かれるそうです」

葬儀人夫たちはそれぞれかえっていった。

女はその夜は酒の支度をして弔客をもてなし、二日目には四人の僧侶に経を上げてもらった。三日目の朝五更（三〜五時）になると葬儀人夫たちが揃ってやってきて棺桶をかつぎ、隣近所も何人か葬列に加わって、野辺送《のべおく》りをした。女は喪服で駕籠《かご》に座り、道中ずっと主人のために口先だけのうそ泣きをしていた。町を囲う壁を出て火葬場まで来ると、火をつけさせて棺桶と武大の亡骸とを焼き、きれいさっぱり燃やしてしまうと、遺骨は池に撒《ま》いた。その日、席上での供応のいっさいは、西門慶が金を出してととのえたのだった。

女は家にかえり二階に上がると位牌を設《しつら》えた。その表には「亡夫武大郎之霊」の文字。祭壇の前には玻璃《はり》の灯明をともし、祭壇の内側には金色の旛《のぼり》、紙銭、紙でつくった金塊銀塊のたぐいを積みあげた。その日はそれから西門慶といっしょになり、王婆さんを家にかえして、ふたりして二階で心のまま好きなように歓楽にふけった。これまで王婆さんの茶店で、こそ泥よろしく逢瀬《おうせ》をたのしむだけだったのと違い、いまや武大は死んで家にはじゃま者もいない。ふたりは何も気にせず思う存分、ひと晩じゅう共寝することができた。

そのかみ西門慶は、近隣に見抜かれるのを恐れ、まず王婆さんのところにきてしばらく座っていたものだった。だが、武大が死んだいまは、おつきの小者を随《したが》え、まっすぐ女の家の裏口から入っていく。それからは女と、情《じょう》は肺腑《はいふ》をひたし、意《い》は膠《にかわ》で張りつく仲になり、三晩も五晩もかえらないのが普通となったので、放っておかれた西門慶の家の者は、上から下まで七転八倒して取り乱し、みなよく思わなかった。もともと女色というのは、うまくいったら必ずやぶれる仕掛けになっている。(7) その証拠となる〔鷓鴣天《しゃこてん》〕の歌がある(8)——

色の胆は天の大きさ(9) 歯止めもきかず
情《じょう》は深く意《い》はぴたりと二人は寄添う
歓びむさぼれば生死もおかまいなし
愛におぼれれば修身とてうわのそら

恋慕《れんぼ》深きためにこそ情はこまやかに
恩愛闊《ひろ》きためにこそ恨みはたなびく
呉越の怨みの解いて解けぬにも似て
地が老い天が荒れはてても止み難し

光陰は速やかに、日月は梭《ひ》の如く、西門慶が女をものにしてから、二ヵ月あまりが経とうとしていた。ある日のこと、時候はもうすぐ端午の佳節だった。そのさまは——

緑楊《やなぎ》は碧《みどり》色の枝をゆらゆら垂らし
海榴《ざくろ》は臙脂《えんじ》の花をぽつぽつ付ける
そよそよと垂れ幕は風に揺れて
さあさあと扉に吹き込む涼しさ
処々いずこも迎える端陽の節
家々そろって挙げるさかずき

西門慶は岳廟《がくびょう》(東岳大帝の廟)からもどると、王婆さんの茶店にやってきて腰を下ろした。婆さんはいそぎ茶を一杯淹れてくるとたずねた。

「大旦那はどちらへおいでですか。どうして大奥様に会いにいらっしゃらないのです」

西門慶、

「きょうは廟に出かけてきたよ。せっかくの節句だし、気になって姉さんに会いにきたんだ」

婆さん、

「きょうは潘のおっかさん(金蓮の母親)が来てて、まだかえってないんじゃないかね。様子を見てきて大旦那にお伝えしますから、お待ちなさい」

婆さん、そこで女の家の裏口にまわり見てみると、女はちょうど潘のおっかさんの相手をして部屋で酒を飲んでいた。婆さんが来たのに気づいた女は、あわて

---

(7)底本「這女色坑陷得幾時、必有敗」。『水滸伝』の該当箇所は「這女色坑陷得人有成時、必須有敗」。『金瓶梅』第七十九回にも「這女色坑陷得人有成時、必有敗」とほぼ同じ表現が見えるので、この箇所には脱字があるとみなし、訳文は第七十九回に合わせた。(8)〔鷓鴣天《しゃこてん》〕は詞または曲の旋律名。『水滸伝』では実際に旋律に合う歌詞が掲げられるが、本書で以下につづくのは七言詩で、冒頭の二句のみを『水滸伝』から取る。第九回冒頭にも『水滸伝』の同じ〔鷓鴣天〕を改編した詩が掲げられている。なおここから先、第八回の途中で武松が再登場するまで、しばらく『水滸伝』には見られぬ場面が続く。/(9)原文「色胆如天」。色ごとにかけては肝っ玉が天ほどにも大きくなるの意。

て席をすすめ、笑みを浮かべて、

「おっかさん、ちょうどいいところにいらしたわ。母の相手をして、まずは〝お輿入れの杯《かけつけいっぱい》〟を召しあがってください。やがてかわいい赤ちゃんが生まれますようにってね」

婆さんは笑って、

「わたしゃ相方だっていないのに、どうしてできますか。あんたは若くて元気なんだから、今こそ作りどきだけどね」

女、

「言うでしょ、〝花の初めは開くだけ、古くなっての実の結び〟ってね」

婆さんは潘のおっかさんの方を向いて、

「ご覧くださいな、娘さんはこんなぐあいに私をひどく言うんですよ。私が老いぼれ花《こじき》(10)だなんてね。そのうちまた、この老いぼれ花もお役に立つでしょうよ」

潘のおっかさんが引き取って、

「この子は小さい時分からこんなふうに口が達者でして。おっかさん、どうかまともに取り合わないでくださいな」

もともと婆さんは、西門慶がこの女をものにできるよう取り持ってから、朝な夕なせっせと仲立ちをして、徳利を提げては酒を買い、その旨味を吸うことで生活していた。そこで女の母親である潘のおっかさんに言うよう、

「お宅のお姉さんは、まこと賢さは人一倍、掛け値なしにすてきな娘さんですな(11)。そのうち、どんな幸せ者の手に入るんでしょうね」

潘のおっかさん、

「おっかさんは取り持ち屋なんだから、おっかさんのお力で、取り計らっていただきたいものです」

そのかたわら杯や箸がならべられ、女は王婆さんの目の前で酒を注《つ》ぐ。婆さんは立て続けに数杯つきあって顔を真っ赤にしたが、向こうで待っている西門慶のことも気がかりなので、女へすばやくひとつ目配せすると、暇《いとま》を告げてもどっていった。それで西門慶が来ていると知った女は、母親をむやみにせっついて、席を立たせかえらせた。部屋をきれいにととのえ、めずらかな香を焚《た》くと、母親の食べ残しをかたづけ、あらためて酒や肴《さかな》をすっかり整えて、もてなしの支度をした。西門慶が裏の露台からやってくると、女は階段から迎えて二階の部屋に上げ、辞儀をして腰を下ろした。

そもそも武大の死んだ後、女が喪に服していたはずもなく、二階では武大の位牌を片隅に捨ておき、白い紙一枚で覆ってしまい、頬かむりして食事すら供えなかった。毎日こってり化粧し、色あざやかな服を身に着け、あだっぽく装っては西門慶に寄り添い、いっしょに楽しみ遊ぶばかり。西門慶が二日ほど来ていなかったので罵って、

「裏切り者め、なんで私を放っておいたの。またどこその家に行って、別のお気に入りとできたんでしょう。私のことはさびしくうっちゃって、構いにこようとしやしない」

　西門慶、

「家の側女《そばめ》が先日亡くなってね、葬儀でここ二日ほど忙しかったんだ。きょうは廟へ行って、お前のために髪飾りや宝石、服なんかを買ってきた」

　女はすっかりよろこんだ。西門慶はそこで小者の玳《たい》安《あん》を呼び、氈《フエルト》の包みからみやげをとりだして、ひとつひとつ女に手渡したので、女はやっと礼を言って収めた。娘の迎児《げいじ》はふだんから自分を打つ女をこわがっていたから、女は西門慶との仲を隠そうともせず、迎児に命じて客に茶を出させた。そのかたわら女はテーブルをしつらえ、西門慶の相手をして茶を飲んだ。西門慶、

「気づかいはいらないよ、もうおっかさんに銀子を渡して、酒や肉、つまみにくだものを買いにいかせたから。節句だし、ちょうどお前と過ごしたくてね」

　女、

「これは母をもてなすために用意したものなんです。テーブルが埋まるだけの料理は、こうして取っておきましたけど。おっかさんが買ってくるのを待ってたら、けっこう間が空いてしまいます。ひとまず始めましょう」

　女は西門慶と頬をよせ脚をからめ肩をならべて、いっしょに酒を飲んだ。

　さて婆さんは籠《かご》を提げ、十八両で一斤を量る（本来は十六両）いんちき天秤を手に、酒や肉を買いに街へと出た。ちょうど五月初旬の、時として大雨の降る時候だった。見れば、太陽が空に懸かっていたところにとつぜん一団の湿った雲が出てきて、大雨が盆を傾け

（10）原文「老花子」。花子は文字通り花（子は接尾語）をあらわす一方、乞食という意味がある。／（11）「賢さは人一倍（百伶百俐）」「掛け値なしに（不枉）」といった言い回しは、第三回で王婆さんが西門慶の前で潘金蓮をほめそやす際の台詞と共通している（八四頁）。

「大旦那と大奥様は楽しくお飲みだね」

たように降ってきた(12)。そのさまは——

鴉《からす》色の雲が四方に起こり
真黒い霧が天空を鎖《と》ざす
ぱぁっと空を覆い日を遮《さえぎ》って飛びきたり
ぼつぼつ芭蕉の葉に砕けては音を立てる
狂風がそれを助けて
天を衝く檜《かい》の老樹は翻り（檜はイブキ）
雷鳴こもごも加わり
泰華嵩喬《たいかすうきょう》の諸峰は震動す（泰華嵩喬は泰山・華山・嵩山・喬山）
暑さを追いやり
作物をうるおす
暑さを追いやるがゆえ
佳人にしきりに愛でられて
作物をうるおすがゆえ
道行く人も泥濘《ぬかるみ》をわすれる
まさしく——
江淮河済《こうわいかさい》に新たな水をくわえ（江淮河済は長江・淮河・黄河・済水）
翠《みどり》の竹や紅《くれない》の榴《ざくろ》を洗い清める

婆さんはちょうど酒をひと瓶、魚に肉、鶏に鵞鳥《がちょう》、野菜にくだもののたぐいをひと籠買い、通りを歩いているところでこの大雨に遭ったものだから、あわてて人の家の軒下に隠れ、手ぬぐいで頭をくるんだが、服をすっかり濡らしてしまった。しばらく待って雨脚《あまあし》がおとろえてから、大股で雲のようにすっとんで家にかえった。戸を入り、酒や肉を厨房に置いて部屋にやってくると、女と西門慶が酒を飲んでいるので、にこにこしながら、

「大旦那と大奥様は楽しくお飲みだね。見てくださいよ、婆さまの服はすっかりびしょ濡れさ。そのうち大旦那につぐなってもらわなきゃね」

西門慶、

「見ろよ、老いぼれ婆さんときたらたかりそのものだな」

婆さん、

「私はたかりじゃないよ。大旦那は少なくとも、大きな海青《かいせい》（広袖の長上着）をつくれる布一匹くらいは、つぐなってくれなくちゃ」

(12) 西門慶と潘金蓮との「雲雨」を暗示する表現である。

女、

「まあおっかさん、あつあつのを一杯どうぞ」

婆さんはつきあって三杯を飲んでから言った。

「わたしゃ厨房で着物に火を当てますよ」

そこで厨房にやってきて服を乾かすと、鶏に鵞鳥といったおかずをきちんと切りととのえ、大皿小皿にくだもののたぐいを盛りつけてすべて部屋に並べ、酒には燗《かん》をつけた。西門慶と女はふたたび美酒を注ぎ、旨い肴を前にしてふたり、杯を交わし脚をからめて飲んだ。

飲みながら西門慶は、部屋の壁に琵琶が一面掛けてあるのを目にして言った。

「かねがね上手と聞いていたが、きょうはどうでも一曲弾いて、俺の酒を進ませてほしいな」

女は笑って、

「小さい頃からちょっと手ほどきを受けただけで、そんなに上手ではないですよ。旦那、笑わないでくださいね」

西門慶はそこで琵琶を外してくると、懐に抱いた女が楽器を膝に置き、すらりと白い指先をそっとひろげ、氷の弦を緩々《ゆるゆる》弄び、ゆったりつま弾く様子を見ていた。

歌われたのは〔両頭南〕の一曲——

冠物《かぶりもの》もつけず化粧する気にもなれず
緑の髪はまげに結い真黒な鬢《びん》は光り
雲なす黒髪に斜めに挿さるは金の簪《かんざし》
梅香《ばいこう》を呼んで[13]
衣裳箱を開け
真白な着物を身に着けて
西施のような装いになる
部屋を出て
「梅香や簾を巻きなさい[14]
夜香を一本薫《た》きますよ」

これを聴いた西門慶のよろこびようは手のつけられないほど。片手で女の色白のうなじを抱き寄せると、口づけし褒めたたえて、

「姉さんがこんなに利口だとは思わなかった。盛り場や色街で歌わせた連中でも、こんなにうまく弾き語りしたのはいなかったさ」

女は笑って、

「旦那にお引き立ていただいたわけですから、これより先は、仰せの通りとすべて従いますわ。のちのちまで、どうかお見すてなきよう」

西門慶は両手で美しい頰を支えながら言った。

「どうして姉さんを見すてたりしましょうか」

ふたりは雨におぼれ雲にまよい、ふざけ戯れた。ややあって、西門慶は刺繍靴をかたほう脱がせて手のひらに乗せ、小さな酒杯をなかに入れて靴杯《くつさかずき》(15)に興じた。女、

「私の足がそんなに小さいでしょうか。旦那、からかわないでくださいな」

やがてふたりはしっかり飲むと部屋の戸を閉め、服を解《ほど》いて寝台に上がり戯れた。王婆さんは表戸につっかいをし、迎児と厨房に閉じこもって、構おうとしない。ふたりは部屋で鸞鳳《らんぽう》のごとく組んず解《ほぐ》れつし、水魚のように親しく交わって、たのしみよろこんだのだった。

女の枕辺《まくらべ》での手管《てくだ》ときては、商売女も顔負け。あの手この手で嬉しがらせれば、西門慶も槍術《そうじゅつ》の腕前をみせて打ち込んだ。美しい女と才ある男、ふたり揃ってお年頃。他ならぬその様子をうたった詩がある。いわく――

ひっそりした蘭房《ねや》に蓆《むしろ》と枕はすずしく
才子佳人はえも言われぬ愉しみのなか
赤い蠟燭が逆さに澆《そそ》がれたとおもえば(16)
とつぜん次に始まったのは夜の船漕ぎ(17)
香りを偸《ぬす》んで蝶々は花のしべを味わい

---

(13) 梅香は女中の呼び名として多く用いられた名で、女中を指す別称。／(14) この曲は『詞林摘艶』甲集に「無名氏の小令」として、「閨情」の題で収められている（小令とは、組曲ではない独立した短い曲のこと）。また、『雍熙楽府』巻十六におさめられる、〔番馬舞西風〕の曲牌（旋律）から始まり「閨情」と題される組曲中の一曲としてもみえる（後者では曲牌を〔両頭蛮〕とする）。／(15) 原文「鞋杯」。この風習を取り上げた早い時期の資料として元・陶宗儀『南村輟耕録』巻二十三が知られ、楊維楨（一二九六～一三七〇）が宴席で歌児舞女の纏足の靴を脱がせて酒杯を置き飲んだこと、および同じ主題を扱った「双鳧詩」が王寀（一〇七八～一一一八）に既に見られることを紹介している。／(16) 底本「倒澆紅臘（蠟）燭」。女性上位の性交時の体位をいう。「澆」とは蠟燭を作るために蠟を型に流し込むこと。『三宝太監西洋記通俗演義』第三十二回、『肉蒲団』第三回にも同様の表現がみられる。／(17) 原文「棹夜行船」。「夜行船」はもともとは詞の旋律名（詞牌）だが、ここでは男性上位で膝と手で体重を支え、女性の脚が男性の腹部を挟む体位を、夜の船漕ぎに見立てている。明代の春画集『花営錦陣』（一六一〇年ごろ刊行か）の一枚は「夜行船」を楽しむ男女を描く。

水に戯むれて蜻蛉《とんぼ》は上下にせわしなく
楽しみ極まり情濃《こま》やかに興趣《きょうしゅ》は果てず
ふしぎな亀は口から清泉を吐き出して

この日、西門慶は日暮れまで女の家でぐずぐず過ごし、かえりぎわには数両の小粒銀を女の生活費に置いていった。女は何度も引き止めたがきかず、西門慶は面紗《めんしゃ》をして帰途についた。女は簾を下ろして表戸を閉じ、王婆さんとさらにひとしきり酒を飲んでからお開きにした。まさしく――

戸口にもたれて劉郎を見送るならば
靄《もや》たつ水面《みなも》と桃花に紛《まぎ》れ道は失われ(18)

はてさて、この後どうなりますか、まずは次回の解きあかしをお聞きあれ。

---

(18) 南朝・宋・劉義慶の編にかかる『幽明録』にみえる劉晨と阮肇の故事を踏まえる。天台山で道に迷った二人は、桃のみのる山奥の別世界に住む仙女と契り、十日の後に現世にもどると、既に七世が過ぎていたという。転じてこの箇所のように、女性のもとを訪れる恋人のことを劉郎というようになった。下の句は陶淵明「桃花源記」(『捜神後記』巻一)を踏まえるか。

第七回

薛嫂児《せつおばさん》が孟玉楼《もうぎょくろう》との縁談を持込むこと
楊姑娘《ようおばさん》が張四舅《ちょうしきゅう》に腹をたてて罵ること

私は口利きまことの手《て》練《だ》れ
両脚たよりに駈けずり回る
唇の槍もて鰥夫《やもめ》をくっつけ
舌の剣にて烈女もその気に
慶賀の飾りはいつも頭上に
祝宴の餅錠《ビスケット》は袖いっぱいに
ただひとつだけまずいこと
客の半ばは身をほろぼした

さて、西門慶の家に出入りしては髪飾りを商っている薛嫂児《せつおばさん》というのがいた。この女、装身具の箱をぶら下げてあちこち西門慶を探したが行き当たらない。西門慶が使い走りにしている小者の玳安《たいあん》を見かけたのでたずねるには、

「大旦那はどちらだね」

玳安、

「父様は店で傅二《ふじ》叔《おじさん》と帳簿をつけてるよ」

もともと西門慶の家は生薬店を開いていて、その大番頭は姓を傅、名を銘、字を自新といったが、排行《はいこう》（1）が二番目だったので傅二叔《おじさん》と呼びならわしていたのである。薛嫂児はまっすぐ店先へとおもむき簾《すだれ》を掲げると、西門慶はなかで大番頭と帳簿つけの最中《さいちゅう》だったので、会釈をして呼びだした。西門慶は薛嫂児だと見るや、大番頭そっちのけでいそぎやってくる。ふたりは人気のないところへ行って話をした。薛嫂児が辞儀をすると、西門慶は用向きをたずねた。薛嫂児、

「大旦那にひとつ縁談をお持ちしましてね。親方のお眼鏡にかなって、亡くなった三娘《さんおくさま》の穴を埋められること請《う》け合《あ》いですよ。いましがた大奥様のお部屋にうかがったら、髪飾りをお買いになった後、引きとめられてしばらくお茶をごいっしょしたのですけど、そこで話題に出そうとはせず、まっすぐ親方をさがしにき

（1）第一回訳注(14)を参照。

て、直《じか》にお話ししているわけです。この奥様のこと、町話をお聞きになれば親方もご存じとおもいますが、正の南門の外で布を商《あきな》ってらっしゃる楊さんの家の、式な奥様だったかたです。お手元にかなりの財産がおありで、南京仕立ての抜歩《ふみだい》つき寝台もふたつお持ちだし、四つ五つある衣裳箱は、季節ごとの服や柄物の長衣がぎっしりで手も差しこめないほど。真珠の箍《ヘアバンド》にペルシャ真珠の耳飾り、金や宝石を散りばめた髪飾り、金銀の腕輪なんてものは、言うにおよびません。手持ちの銀子も千両にのぼりますし、上質な苧麻《ちょま》(3)布も二、三百筒お持ちです。

不幸にもご主人は、布を仕入れに行って他所《よそ》で亡くなりました。奥さんは一年あまり独り身を守りましたが、傍らには息子も娘もなし、たったひとりいる義理の弟もまだ小さくて、やっと十歳。年頃のうら若い身というのに、忠義だてすることなどありますか。家にはご夫君に血縁の近い姑娘《おばさん》(4)がいて、再婚に賛成なさっています。

この奥さんは当年とって二十五、六にもならぬところ。すらりと背の高い、ひとかどの器量よしです。お化粧なさると灯籠《とうろう》に描かれた女の人みたいで、風流でおきれいな、賢さ人一倍のかたですよ。家の切り盛りに針仕事、盤双六《ばんすごろく》に囲棋がお上手なんてことは申すまでもございません。包み隠さず大旦那に申しあげますが、ご実家の姓は孟、排行では三姐《さんしゃ》、臭水巷《しゅうすいこう》にお住いです。月琴《げっきん》(胴が円形で平たい撥弦楽器)もお上手に弾かれます。大旦那がお会いになったなら、一発で命中《うまくいく》すること請け合いですよ。親方みたいな幸せものはいませんね、多くの持参金をたやすく手に入れて、奥様までひとり増えるなんて」

西門慶は、女が月琴を弾けると聞いただけでぴんと来たので、薛嫂児にたずねた。

「いつ見合いに行けるかな」

薛嫂児、

「親方、私の考えを申しますとね、大事なのは見合いじゃないんですよ。いまあの家でえらいのは姑娘《おばさん》だけなんです。亡くなったご夫君の母方のおじにあたる張四というのもいますが、鬼胡桃《おにぐるみ》の実みたいなもんで、あいだにひと仕切りあります。この婆さんはもともと孫歪頭《ひずみあたまのそん》という、町の北側の半辺街で太監《たいかん》(宦官の通称)の徐さまがお持ちの家に住んでた男に嫁いだんですが、歪頭が亡くなってから三、四十年も独り身を守ってます。男の子も女の子もなく、もっぱら甥や姪に養ってもらってるんです。きょうはもうおそいですが、あす大旦那をむかえにまいりますので、いっしょに洗いざらいぶちまけ、たすけてもらいましょう。〝策を求めるなら張良、将に任ずるなら韓信〟っていうじゃございませんか。この婆さん、好きなものといったらお金でして、甥の嫁が物持ちだってことはよく知ってるわけですから、その再婚相手がどんな人だろうがどうでもよくて、銀子《ぎんす》が幾両かほしいだけなんです。大旦那が何両か多めにおやりになって、お宅にありあまってるぺらぺらの緞子《どんす》を一匹もつけ、礼物をひと担《かつ》ぎ分も買ってやり、ご自分で会いにいき相談なされば、もうそれでいちころですよ。誰かが脇から口を出したところで、婆さんが頑として事を運んだなら、どうなるものでもありません」

薛嫂児のこの一席の弁舌に西門慶は、よろこび顔と両眉にあふれ、うれしさ頬と笑顔にみちる、といったありさま。

皆様お聞きあれ、世のこうした口利きたちというのは、ただひたすらに金が目当てで、人が生きようが死のうが知ったことではないのだ。役人でないものを役人にしてしまい、妾《しょう》を正妻と言いつのる。どこまでも天を欺《あざむ》く大嘘つきで、半掬《はんきく》の真実とて持ち合わせてはいない。まさしく——

仲人婆さん慇懃《いんぎん》に話をつけ
孟姫は乗り気で富豪と再婚
縁は異なもの千里を越える
縁なければ隣にいても他人

西門慶はその日、薛嫂児と約束を交わし、翌日は日取りもいいので礼物を買って、町の北側に住む姑娘《おばさん》の

---

(2) 原文「抜歩床」。天蓋に覆われ、底板を貼った小廊から上がる構造の大型寝台をいう。本作にあらわれる寝台の名称とその形態については、高井たかね「『金瓶梅詞話』牀類小考」(『仏教芸術』三一六、二〇一一)を参照。／(3) 原文「三梭布」。松江（いま上海市に属す）産の上質な苧麻布。当時、皇帝の肌着はこれで作られていたという（陸容『菽園雑記』巻一）。／(4) 父の姉妹を指す語。ここでは亡夫から見ていう。

抜歩床（孫遜主編『金瓶梅鑑賞辞典』漢語大詞典出版社、二〇〇五）

ところへおもむくことにした。相談がまとまると、薛嫂児は装身具の箱を提げてかえっていった。西門慶は店に入り、傅銘と帳簿をつけた。その晩のことは措く。

翌日になると西門慶は早く起き、服や帽子を選りぬいて身なりをきちんとととのえた。緞子の反物を一本携《たずさ》え、料理やくだものを四皿買い、担ぎ手をひとり雇った。薛嫂児を先頭に、西門慶は鞍にまたがり、小者がつきしたがって、まっすぐ北のかた半辺街なる徐太監の持ち家に住む楊姑娘《おばさん》の戸口へとやってきた。薛嫂児が先に入っていき楊姑娘《おばさん》に知らせて言った。

「ご近所のお金持ちが、大奥様と縁談をしたいと外に参上なさっております。私が申しあげたんですよ、お宅じゃえらいのはおばさまだけだから、先にこちらへあいさつにうかがい、ご老体(5)にお目にかかり話をしてからでなければ、南門の外までお連れしてご本人とお引き合わせすることはいたしかねますってね。わたくしめがきょうお連れしたそのかたは、門前にて下馬のうえ控えておいでです」

婆さんは聞くと、

「ありゃ仲人さん、なんで先に言っといてくれんのかい」

とて、客間を掃除しかたづけるよう女中に言いつけ、いいお茶を沸かしながら、

「お入りいただきたく」

薛嫂児はここぞと急《せ》かして、まずは担ぎ手に運びこませた荷箱の礼物を並べ、空き箱を持っていかせると、西門慶を招き入れて目通りさせた。西門慶はかずら編みの背高帽(6)、一撒《いっさつ》(7)に鉤《かぎ》留めの絹の帯、白底の黒靴という出で立ちで、入ってきて婆さんにお目見えし四拝した。婆さんは杖《つえ》にすがってあわてて礼を返すが、西門慶はそうはさせじと、ひっきりなしに呼ばわる。

「おばさま、礼をお受けください」

ながいこと譲り合ってから婆さんは半礼を受け、主客は分かれて座り、薛嫂児は脇に腰かけた。婆さんはそこで、

「大旦那のお名前は」

薛嫂児、

「さっきご老体には申しあげましたのに、もうお忘れですか。ここ清河《せいが》県で一、二を争うお金持ちでいらっしゃる、西門慶の大旦那ですよ。役所の前で大きな生薬店を開いていらして、お役人にもお金をお貸しになってます。こちらのお宅には、北斗をまたぎこすくらいのお金、食べきれず倉で腐るほどのお米がおあり

なの。家をとりしきる奥様がおられず、南門の外にお住まいのこちらの大奥様が改嫁《かいか》なさりたいとお聞きになって、おばさまにお目にかかり結婚のご相談をしたいと、わざわざ足を運ばれたんです」

つづけて言うには、

「ご両家のかたが揃っておいでなんですから、穴あれば糸隠《ひみつ》せず(8)ってところ、お話があれば面と向かっておっしゃってください。そしたら私ら口利きだって、でたらめならべたりできませんものね。こちらでえらいのはおばさまなんですから、お話があれば、まずおばさまに申しあげにくるのが筋というもの。ほかに言う相手がございましょうか」

婆さん、

「旦那がもし私の甥の嫁をご所望でしたら、かまわず茶飲み話にでもいらしてくだされればよかったんですよ。お金と手間をかけて、贈り物まで買ってこられたんじゃ、お返しするのも失礼なら、お受けするのも面目ない」

(5)原文「老人家」。ここでは「ご老体」と訳したが、「老人家」は地位ある相手に対する尊称として用いられ、相手が老人であるとは限らない。前に西門慶に「親方」と呼びかけている箇所の原文も「老人家」で、薛嫂児は持ち上げる相手に対してこの呼称を愛用している。／(6)原文「纏棕大帽」。『三才図会』衣服・巻一に「纏棕（椶）帽」の図があり、かずらで編んだかぶとのような帽子であると説明されている。大帽とは元代の鈸笠冠（韃帽）に由来する帽子の形で、円くて筒が高くぐるりにつばがある。／(7)衣と裳をつなげて仕立てた服の一種で、深衣に似るが腰から下に細かい襞がついている。元代に宮中の大宴で着られた官服「一色衣」に由来する。作中「衣撒」と表記される箇所もあるが、「一撒」に統一する。／(8)原文「漏眼不蔵糸」。漏眼は穴、隙間のこと。衣服に穴が開いていたらほつれた糸を隠せないということで、「糸」は「私（秘密）」に通じ、「不蔵私（腹蔵なく話す）」という意味になる。ロイの英訳は「漏眼」を水時計の穴と訳し、全体として「露言不蔵私（開け広げに隠さず話す）」の意を含むと注記する（David Tod Roy tr., *The Plum in the Golden Vase, or Chin P'ing Mei.* 5 volumes. Princeton: Princeton University Press, 1993–2013）。第八十五回にも同じ表現が見える。

纏棕（椶）帽
（『三才図会』）

一撒（周錫保『中国古代服飾史』中国戯劇出版社、一九八四）

西門慶、

「おばさまにお目に掛かるというのに、礼物もなしではかたじけなく存じます」

そこで婆さんは二拝して礼を言い、礼物を収めた。薛嫂児は礼物を載せていた盆を運びだすと、もどってきて脇に座った。茶を出させたのを飲み終えると、婆さんが口を開いた。

「〝言うべきを言わぬは臆病〟ですから、申しあげますけどね。甥は生前、商売でまとまったお金を稼ぎましたが、不幸にして亡くなったので、財産はすっかりあの人のものになりました。手持ちの銀子と品物で、少なく見積もっても千両はくだりません。旦那が側室になさろうが正室になさろうが、私は構いません。ただ甥の供養はしっかりしてやっていただきたいと思います。わたしゃあの子の実の姑娘《おば》で、遠縁でもありませんから、私に棺桶代をくださったとしても、そちらのお宅のものをせびったことにはなりますまいよ。この婆さまの面子《めんつ》をかけて、張四ってあの老いぼれ犬を相手に臭《きらわれやく》いネズミを買って出て、おふたりのためにがんばるつもりです。お宅に娶られた暁《あかつき》には、誕生日やなにかのときくらい、あの人が私のところに来るのをおゆるしくださいね。この貧乏人を親戚あつかいしたところで、貧乏をうつしたりなんていたしませんから」

西門慶は笑って、

「ご老体、どうかご安心を。ただいまおっしゃったこと、すべて承知いたしました。ご老体のお言葉とあれば、棺桶代ひとつ分といわず、十《とお》買えるだけでもご用立ていたしましょう」

言いながら、靴の筒から雪花《せっか》の官銀（政府鋳造の銀）の鋳塊を六つ、しめて三十両をとりだし、目の前に置いて言った。

「こんなのはなんにもならんですが、まずご老体のお茶代にさしあげます。宅に娶る際には、あと銀子七十両と緞子二匹を加えて、ご老体の葬式代としていただきましょう。折々の節句には、今までどおりうかがわせます」

皆様お聞きあれ、世の中で銭金《ぜにかね》こそは衆生《しゅじょう》の脳髄で、人を動かすにこれ以上のものはない。この老いぼれ婆《ばばあ》、黒い目の玉で二、三十両もある白くてぴかぴかの官銀を見ると、満面の笑みを浮かべて言った。

「旦那さま、みみっちい年寄りだと思わないでくださいよ。昔から、〝決めておけば揉《も》めず〟って言いましてね」

薛嫂児が脇から口をはさんで言う。

「ご老体は心配の度が過ぎますよ、そんな算盤《そろばん》をはじく必要なんてあるものですか。私の大旦那はそんなかたじゃありません。はじめから、化粧箱をかかえてきて親族の顔合わせをしようっておつもりだったんですよ。ご老体はご存じないみたいですけどね、いまや知府閣下や知県閣下ともおつきあいがある、まったくの大立て者、お顔の広いかたですよ。ご老体にかかる費えなんて、どれほどのものですか」

一席の弁舌に、婆さんは屁をたれ小便をもらすほどに興奮しながら、客の相手をした。二度めに出された茶を飲みおえたところで、西門慶は席を立とうとし、婆さんが引きとめても聞かなかった。薛嫂児、

「きょうおばさまにお目にかかってお話しできましたので、あすお見合いに南門の外へも出向きやすくなりました」

婆さん、

「うちの甥の嫁なら、大旦那と見合いするまでもありませんよ。仲人さん、私がこう言ってたと伝えてください。こういう人に嫁がずに、どういう人に嫁ぐおつもりか、とね」

西門慶が暇《いとま》を告げて席を立つと、婆さん、

「旦那、わたしゃ旦那がお見えになるとは知らず、急なことで用意もないものですから、手ぶらでおかえりいただきますが、ご勘弁くださいよ」

杖にすがって見送りに出るのを、西門慶は数歩だけで引き取らせる。薛嫂児は西門慶を馬に乗せると言った。

「やっぱり私の申しあげたとおりだったでしょう。まず婆さんに洗いざらいぶちまけた方が、ほかの人にくどくど話すよりましなんですよ」

そうして、

「親方は先におかえりください。私はここであの人ともう少し話しますから。お約束したように、あすはまず南門の外へまいりますよ」

と言うので、西門慶は銀子一両をとりだして驢馬《ろば》代にとわたした。薛嫂児はうけとり、西門慶が馬で家にもどると、自らは楊姑娘《おばさん》の家で話と酒のつづきをして、日暮れどきになるとようやくかえっていった。

無用なおしゃべりはやめよう。翌日になると西門慶は、衣服や帽子を選りぬいて身なりをととのえ、求婚の印《しるし》の髪飾りを袖に、大きな白馬にまたがって玳安と平安というふたりの小者をしたがえ、こちらは驢馬に

乗った薛嫂児とともに南門を出ると、猪市街なる楊家の門口までやってきた。この屋敷、間口は四間(9)で、建物が中庭を挟んで奥まで五棟かさなっている。西門慶は手綱を締めて門口で待ち、薛嫂児は先に入っていった。しばらくして西門慶は馬から下りた(10)。街路の南側に北面して建てられた一間の門楼をくぐると、青白色の目隠し塀が立っている。中に進むと二の門があり、内側を網代垣《あじろがき》がさえぎっていた。中庭には石榴《ざくろ》の盆栽が配され、石台の上には藍染《あいぞめ》用の甕《かめ》が一列と作業台が二脚ならんでいる。薛嫂児が朱塗りの格子戸を押し開けるとそこは、奥の母屋と向き合った三間の客間。正面には水月観音と善財童子とを描いた一幅の軸《じく》がまつられ、四面には名のある画家の山水画が掛けられていた。大理石の屏風の両脇には投壺《とうこ》（壺に矢を投げ入れる遊び）に用いる頸長《くびなが》の壺。いずこを見ても、椅子も机もぴかぴかで、簾の窓がまたおしゃれ、といったところ。

　薛嫂児は西門慶を正面の椅子に座らせておいて、自分は奥へ入っていった。やがて出てきて、西門慶に耳打ちするには、

「大奥様はまだお化粧が終わっていませんので、親方はひとまず座っていてください」

　そこにひとりの小者が福仁(11)の入った泡茶《ほうちゃ》(12)を運んできて、西門慶が飲みおえると杯と茶托とを下げていった。

　薛嫂児はとどのつまりは口利き業なので、身振り手振りをまじえつつ西門慶に説くには、

「この家では、あちらの姑娘《おばさん》をべつにすれば、えらいのはこちらの奥様だけでして、義理の弟さんもいるにはいますが、まだ小さくって何もわかりゃしません。そのかみ亡くなったご亭主がいらしたころは、一日のお店の売り上げが、銀子を勘定に入れずとも銅銭が大きな籠《かご》で二杯ぶんくらいあったもんです。靴の面《おもて》にする毛青布(13)を私らが買うときは、いつも一尺が三分でしたね。日ごろから二、三十人の染め職人を養っていて、それをみんなこちらの奥様が取りしきっていらしたんですよ。奥様は、女中ふたりと小者ひとりを手もとでお使いです。十五になって髷《まげ》を結ったのが蘭香《らんこう》、小さい方はやっと十二で小鸞《しょうらん》といいます。そのうち奥様を娶られる際には、どちらもついてくるでしょう。親方のためにこの縁談をまとめたなら、いただいたお金を貸し、ふた部屋ある家を抵当《かた》にとって、そこに住みたいものです。北の片隅に住まっているよりましでしょ

うよ、いまはお宅に上がるにも不便ですからねえ。去年、親方が春梅を買われたときには、幅広の布を何匹かくださると約束なさってましたが、まだくださっておりませんね。こんどでかまいませんから、まとめてお礼をくだされればよろしいんですよ」

　さらに、

「さきほど門のところに布をさらす棚がふたつあったのは親方もごらんになったでしょう。そのかみ楊の旦那がいらしたときには、通りぞいのお店にいったいどれだけつぎこんだか、わかったもんじゃございません。この屋敷だって銀子七、八百両の値打ちがありますよ。建物が奥まで五棟かさなって、裏通りに通じているんですからね。そのうち義理の弟さんにゆずることになるのは、しかたのないことですが」

　ちょうど話しているところに、薛嫂児を呼びに女中がよこされてきた。ややあって、佩玉《おびだま》の音も涼やかに、蘭麝《らんじゃ》の香りを漂わせ、女が姿をあらわした。御納戸色《おなんどいろ》の柄物の紗《しゃ》で仕立てた単衣《ひとえ》に麒麟の補子《ほし》[14]をつけ、緋色の柄物地で幅広の裾飾《すそかざ》りのある裙《スカート》[15]をまとう。頭の上には真珠や翡翠《ひすい》がうずたかく積まれ、鳳凰の簪《かんざし》がなかばかしいでいる。西門慶が目を見ひらいて女のようすを見ると、そのさまは——

（9）間は柱と柱との間隔を表す単位。／（10）この箇所、底本に脱落があるらしく、文の運びがぎこちないが、そのまま訳した。（11）福仁は橄欖の種子。橄欖は福建に産するので福果と呼ばれる。福仁はまた福人に通じる。／（12）乾かした花、木の実、果実の仁《さね》、蜜漬けの果物などを加えて淹れた茶のこと（泡は漬けるの意）。単に茶葉に湯を注いで淹れた茶を指す場合もある。／（13）第二回訳注(14)を参照。／（14）服の前後に縫いつけた方形の刺繡のこと。もともとは官服の胸や背に文官なら鳥、武官なら獣を刺繡して品級をあらわしたものを指す。相川佳予子「明代の服飾―『金瓶梅』にみる服飾の一考察―」（藪内清・吉田光邦編『明清時代の科学技術史』京都大学人文科学研究所、一九七〇）参照。『明史』輿服志によれば麒麟を着用できるのは、例外を除けば「公、侯、駙馬、伯」や「錦衣衛の指揮侍衛」のみであり、ここで亡くなった商人の妻である孟玉楼が麒麟の補子をつけているのは、実際には必ずしも規制が行き届いていなかったことを示すか、あるいは作者が意図的に身分不相応な服装をさせているのだと思われる。補子がつけられた女性の服は作中やや珍しいが、第三十四回（潘金蓮）、第四十回（呉月娘ほか）、第七十五回（呉月娘）にも見られる。／（15）底本「寛欄」はおそらく「寛襴」の誤り。他の箇所に散見される「寛襴裙」の意であると推測してこのように訳した。

孟玉楼の足を西門慶にみせる薛嫂児

すらりと背の高いその体つき
肌は白粉《おしろい》した玉の彫刻のよう
太りも痩せもせぬ肉づき
低くも高くもない身の丈
顔にわずかにあばたが点々
生来の飾り気のない美しさ
裙《スカート》の下に隠れる一対の小さな金蓮は
果《はた》せるかな均整がとれて可愛らしい
真珠のついた金の環を
耳から二つ低く垂らし
鸞《らん》をかたどる簪を二本
鬢《びん》の後ろへ斜めに挿す
動くだけで
胸の玉飾りは清《きよ》らに揺れ響き
座ったなら
麝蘭《じゃらん》の香りただよい鼻をうつ
あたかも月の宮殿を離れた嫦娥《じょうが》
さながら玉の階段を下りる神女

西門慶はひと目みてすっかりよろこんだ。薛嫂児があわてて簾を掲げにいき、姿をあらわした女は、客人にぴたりと辞儀をし、椅子に座って向きあった。西門慶が瞳を据えてじっくり見たので、女はうつむいた。口を開いたのは西門慶、

「私は妻が亡くなってすでに久しく、奥様を宅に娶って正妻とし、家の切り盛りをおまかせしたく存じますが、いかがお考えでしょうか」

女、

「旦那はおいくつで、奥様を亡くされてどれくらい経つのでしょうか」

西門慶、

「二十八[16]になってしまいました。七月二十八日、子の刻に生を享《う》けました。不幸にも先妻を亡くして一年あまりとなります。奥様がおいくつでいらっしゃるか、うかがってもよろしいでしょうか」

女、

「歳は三十です」

西門慶、

「私よりふたつ上でしたか」

薛嫂児が脇から口をはさんで、

(16) 第四回で二十七歳と述べているのと矛盾するが、底本に従う。

「〝姉《あね》さん女房ふたつ上、黄金《こがね》は日に日に増えていき、姉さん女房みっつ上、黄金は積もって山となる〟と申しますね」

話していると、年下の方の女中が、蜜漬けの金柑の入った泡茶《ほうちゃ》を三杯はこんできた。銀で縁取った彫漆《ちょうしつ》の茶杯に、杏《あんず》の葉をかたどった銀の茶匙（浮いた茶葉をすくう）が添えられている。女は立ち上がるとまずひとつめの杯を取り、ほっそりした指で縁《へり》の水滴をぬぐって西門慶にさしだした。相手がそそくさと手をだしてうけとると、女は辞儀をした。薛嫂児はあわてて進み出て、女の裙《スカート》を手で掲げれば、裾からあらわれたのは、ぴったり三寸、ちょうど半咫《あた》の、尖がってきゅっと反る一対の金の蓮。緋の金襴《きんらん》で仕立てられ爪先に雲形かざりがある白綸子《しろりんず》の高底靴《たかぞこぐつ》を履いているのを覗《のぞ》かせると、西門慶はすっかりよろこんだ。女はふたつめの杯を取り薛嫂児にさしだすと、自分の杯を取り、座って相伴した。

茶を飲み終えると、西門慶は玳安《たいあん》に言いつけ、箱に入った錦のハンカチ二枚、宝石を飾った釵《かんざし》一対、金の指輪六個を献上させた。それらの品が盆に乗せられ運ばれていくと、女は薛嫂児にうながされて拝謝し、そこでたずねた。

「旦那、婚礼の日取りはいかがなさいますか。こちらも準備がございますので」

西門慶、

「奥様にご承諾いただけたとあれば、今月二十四日、ささやかながら結納の品を進上いたし、六月二日にお輿入《こしい》れといたしたく存じます」

女、

「そういうことでしたら、あすにも人をやって北のおばさんのところへ相談に参らせましょう」

薛嫂児、

「大旦那はきのう、すでにおばさまのお宅へ行かれてお話をなさりました」

女、

「おばさんは何とおっしゃったの」

薛嫂児、

「大旦那がこのことを申しあげるのをお聞きになると、おばさまはたいそうよろこばれておいでででした。だからこそ、大旦那をこちらにお連れして引き合わせるよう、私におっしゃったのですよ。『こういう人に嫁がずに、どういう人に嫁ぐおつもりか。私が頑張って中に立ち、この縁談をまとめます』とのお言葉でした」

女、

「姑娘《おばさん》がそうおっしゃっているなら、結構なことですね」

薛嫂児、

「大奥様としたことが、まさか私ら口利きが、こういうことででたらめを言おうとするものですか」

話が終わると、西門慶は暇乞《いとまご》いをして席を立った。

薛嫂児は路地の入口まで送っていき、西門慶に言うには、

「奥様をご覧になって、親方のお心は決まりましたか」

西門慶、

「薛さん、まったくあんたのおかげだよ」

薛嫂児、

「親方は先に行かれてください。私は大奥様と少しお話をしてから参ります」

西門慶は馬に乗り、町をかこむ壁を入っていった。

薛嫂児は引き返してくると女に言った。

「奥様、さっきのご亭主に嫁げれば上々でしょう」

そこで女は、西門慶の家に側室はいるのか、どんな商売をしているのかをたずねた。薛嫂児、

「奥方としたことが、たとえご側室がいたところで、頭《かしら》になる者がいるものですか。私の言葉がうそかどうか、行かれたらすぐわかりますよ。あの親方の評判ときたら、知らぬ者などいるものですか。清河県で一、二を争うお金持ち、生薬のご商売で、役人にもお金を貸される、名だたる西門の大旦那ですよ。知県さまや知府さまともお付き合いをなさっていますし、最近では東京《とうけい》の楊提督《ようていとく》とも親戚になられて、みなさま遠縁のうち。あのかたの機嫌を損ねようとする者など、だれもおりませんよ」

女が酒食をととのえて、薛嫂児とちょうど食べているところに、姑娘《おばさん》の家から使いによこされた小者の安童があらわれた。田舎仕立ての菓子——糯黍《もちきび》粉でつくった棗《なつめ》の蒸し菓子が四つ、砂糖のかたまりがふたつ、餡が入った糯米《もちごめ》のへいそ団子がいくつも——を詰めた箱を提げている。進み出てたずねるには、

「あのかたの求婚のお印《しるし》をお受けになられたでしょうか。奥方様から『この人に嫁がずに、だれに嫁ごうというのか』とのご伝言でございました」

女、

「奥方様のお心づかいに、あつく感謝もうしあげます。本日すでにお印を拝領いたしました」

薛嫂児、

「神様、神様。私ら口利きはでたらめを言わないのでよかったですよ[17]。おばさまがご家来を使いに立てて、言ってよこされるとはね」

女は蒸し菓子を納めて箱を空けると、点心や塩漬け肉をいっぱいに詰め、安童にも銭を五、六十文やって、

「家にもどったら奥方様によくお礼申しあげてください。あちらさまとの日取りは、二十四日に礼物の進上、月が替わった二日に輿入れと決まりました」

小者が行ってしまうと薛嫂児は、

「おばさまは何を届けてこられたのでしょう。いくらか私にくださいませんか。包んで持ちかえり、すこし子どもに食べさせてやりたいのですが」

女が砂糖のかたまりをひとつと団子を十個あたえると、何度も礼を言って出ていったが、このことは措く。

さて、亡くなった夫の母方のおじにあたる張四は、年少の甥である楊宗保（故人の弟）の名を借りて、女の手元にある財産を引きとめようと画策していた。それで中心街に住む尚という判事[18]の息子、尚挙人[19]の後妻になるよう、熱心に勧めていたのだった。ところが、並みの手合いならばまだ話のしようもあったろうが、思いもかけず県の役所前で生薬店を開いている西門慶と婚約したと聞いて、なにしろ相手は役所を牛耳っている男、にっちもさっちも行かなくなってしまった。長いこと考えたすえ、三十六計攻めるに如かずとて、やってくると女に言った。

「奥さんは、西門慶の印をうけとるべきじゃなかったんだ。やっぱり俺の言うとおり、尚判事の息子さんの尚挙人に嫁ぐのがいいよ。あの人は雅《みやび》で、詩も書ければ礼儀もわきまえた人だし、荘園もちで生活にはなんの不自由もない。西門慶なんかに嫁ぐよりましだよ。あいつは長いこと役所を牛耳ってきた、あくどい無頼《ぶらい》だ。あいつの家には正式な奥さんだっていて、なんと呉千戸の娘だよ。そこにあんたが行って正妻になるかね、妾になるかね。いやな目に遭わないものかい。おまけにあいつの家には、ほかにも三人も四人もかみさんがいて、髪も結ってない（成人していない）女中までいるそうだ。あいつの家になぞ行ったら、人も多けりゃ口も多いってなもんで、あんたは頭にきちまうよ」

女、

「昔から〝船は多くとも水路は詰まらぬ〟と申します。あのかたのお宅に大奥様がいらっしゃるのでしたら、そのかたを姉とし、私は妹となりたく存じます。家に

大勢いたとしても、殿方の思し召しがあったなら、まさか通せんぼするわけにいきますか。もし思し召しがなければ、まさか引っぱってくるわけにいきますか。たとえ百人いたって恐れはしません、人は一度にひとりしか選べませんからね。あのかたみたいなお金持ちの権勢家なら、四、五人かかえているのは当然のこと、たとえ街角の物乞いだって、息子の手をひき娘を抱いて、かみさんの三、四人は引きつれてますよ。ご老体はくよくよ考えすぎです。私があちらへ行きましたら、それはそれでやっていけるでしょうから、構いやしません」

張四、

「奥さん、俺が聞くにはだね、こいつは人売りを商売にしていて、女いじめが習いになっているらしい。ちょっと気に入らないと、すぐ口入れを呼んで売りとばしちまうんだとさ。あいつの癇癪をぶつけられたいとでもいうのかい」

女、

「四舅《おじさん》、あなたというご老体はまちがっておいでです。主人たるもの、気性が荒くとも、よく働いて物のわかった妻を打ったりするものですか。私があの人のところで、家をきっちり取りしきり、内の言葉を外に出さず、外の言葉を内に入れなければ[20]、そんな私をどうしようというのです。逆に、夫のある婦人たるものが、食いしん坊の怠け者で、おしゃべりの減らず口で、ごたごたの張本人だったとすれば、そういう女を打たなきゃ、犬でも打てっていうんですか」

張四、

「そうじゃない。聞いたところだと、あいつの家には、十四歳のまだ嫁いでいない娘までいるらしい。あいつの家になんて行ってみな、ドロドロしてて、人も多けりゃ口も多いだろうに、そこを突っついてどうしようっていうんだい」

女、

「四舅《おじさん》、何をおっしゃっているんでしょう。私があちらへ行きましたら、身分のちがいをわきまえて、な

(17) でたらめを言っていたら、使者の口上と食い違って露見していたということ。／(18) 原文「推官」。元明代の推官は、各府に置かれて刑獄を掌った。／(19) 明清代には、科挙において各省でおこなわれる郷試に合格した者を挙人といった。

(20) 原文「裡言不出、外言不入」。『礼記』曲礼上篇の「外言は梱《しきい》より入れず、内言は梱より出さず」に由来する。

にごとも先のながれを見越すようにし、子どもたちに丁寧に接します。そうしたら主人に愛想をつかされる心配も、娘さんたちにそっぽを向かれる心配もないでしょう。ひとりといわず十人いたって、さしつかえなどありません」

　張四、

「俺が見たところ、こいつは行いが少々みっともなくて、花柳の巷《ちまた》には入りびたってるし、見かけ倒しで人から借金もしてる。あんたを食い物にしちまうのを心配してるのさ」

　女、

「四舅《おじさん》、あなたというご老体は、これまたまちがっておいでです。あのかたが外でご乱行《らんぎょう》なさっていたとしても、私たち女は三重の門の内側を取りしきれるだけで、三重の門の外で起こるたくさんの事柄なんて管轄外。まさか一日じゅうあの人について歩くわけでもないでしょうに。諺《ことわざ》にも〝浮世の金は拾い物、貧富は長《とこ》しえのものでなし〟と申します。逼迫《ひっぱく》したなら、帝《みかど》だってお金がないときには、太僕寺から馬価銀《ばかぎん》を用立てさせて使うでしょう。[21]商売人でなくとも、いったい誰がお金を家に置いておこうとしますか。結婚してどんな暮らし向きを手に入れるかは人それぞれで、ご老体にこのようにお気づかいいただくにはおよびません」

　張四は女を説得できないどころか、いくつも逆ねじを食らってしまい、面目はまるつぶれ。空茶《からちゃ》を二杯飲むと席を立ち、行ってしまった。その証拠としてこんな詩がある――

　張四の口出し不発に終わる
　誰知ろう赤い糸は前世から
　佳人が西門慶に惚れたなら
　説得は儚《はかな》く喉《のど》を枯らすだけ

　張四は恥じ入って家にかえり、かみさんと相談して、女が出ていくのをじっと待ち、甥の楊宗保にかこつけて嫁入り道具を奪うことにした。

　無用なおしゃべりはやめよう。二十四日になると、西門慶は礼物の進上をおこなった。呉の大兄嫁（正妻・呉月娘《ごげつじょう》の長兄の妻）に来てもらい、駕籠《かご》に乗って荷運びを見届けてもらう。服に髪飾り、四季それぞれの長上着、料理にくだものに茶に焼菓子、絹布に真綿と、二十あまりの荷。新婦の側では姑娘《おばさん》と孟の姉とを招いて、結納を受けとりもてなしたことは、こまごま述べるまでもあるまい。二十六日になると女は十二名の高僧を招き経を読んでもらい、施餓鬼《せがき》の法要をして亡夫の位牌を焼いたが（喪明けの儀式）、これらはすべて姑娘《おばさん》が剛腕をふるって事を運んだのだった。

こちら張四は女が出ていく当日、近くに住む者らを幾人かたのみ、女と話をすることにした。その日、薛嫂児は、西門慶の家がやとった数人のあぶれ者と、守備府（守備は武官名）から借りた一、二十人の軍卒とを引きつれていた。女の寝台や帳、嫁入り道具の入った長持を運び出しにちょうど入ってきたところをさえぎると、張四は言った。

「仲人さん、運ぶのはちょっと待った。話がある」

そこで隣近所を招き入れて座らせると、張四が先に口を開いた。

「ご近隣の皆様、お聞きください。大奥様がこちらにおられるからには、この張龍が申すべきことではないが、あんたの良人《おっと》であった楊宗錫《ようそうしゃく》とその弟の楊宗保は、どちらも俺の甥で、俺の姉が生んだ息子たちだ。いまや不幸にしてあいつは亡くなったが、ひと財産を築いた。あんたに入れ知恵する者がいるようだが、〝親戚も家のもめごとには口出しできず〟というから、それはよしとしよう。さりながら、二番目の甥である楊宗保は年端《としは》も行かず、その面倒はすべて俺が引き受けなければならない。あいつはあんたの良人と同じ母親の腹から生まれたのに、家産の取り分はないというのかね。きょうはご近隣の皆様もいらっしゃることだ、あんたが物持ちだろうがそうでなかろうが、他人様《ひと》に嫁ごうがとやかく言えやしない。とにかく長持を開けて、皆さんといっしょに見ておきたいだけなんだ。それでも運び出すというなら引きとめやしない。ただ見てはっきりさせときたいんだが、奥様はいかがお考えか」

女はこの言葉を聞くや泣き出し、言うには、

「皆様もお聞きください。あなたというご老体は間違っておいでです。私は悪意をもって主人を謀殺したわけではございません。本日とて、恥ずかしさに染ま

（21）明代には国境警備のための馬を各地で飼わせていたが、南方では良馬を産せぬため、かわりに銀を納めさせ、太僕寺（役所の名）に蓄えさせていた。これを馬価銀といい、嘉靖年間以後、皇帝が実際に馬価銀から支出をおこなった事例のあることが知られている。

る面《つら》の皮を厚くして、ふたたび嫁いでいくのでございます。主人に財産があったかどうかは、誰もがご存じのとおりです。とはいえ銀子数両でも貯まったなら、すべてこの屋敷のために使ったのです。屋敷は運び出しておりません、すべて義理の弟にのこしていきます。家財道具のたぐいにも、いささかも手をつけておりません。人に貸したままのお金だって三、四百両ありますが、証文はもうすべてご老体にお渡ししたでしょう。それを順に取り立てていけば、家の掛かりになるはずです。そのうえどんな銀子があるというのでしょう」

張四、

「銀子がないならないでいいんだ。いま皆様の前で長持を開けて、あるのかないのかちょっと見せてくれれば、そのまま持っていったところで、あんたのものを欲しがったりせんさ」

女、

「私の足まわりの品まで覗こうというんですか」

ちょうど揉めているところに、杖にすがって姑娘《おばさん》が後ろから出てきたので(22)、皆は、

「姑娘《おばさん》が出てこられたぞ」

と、声を揃えてあいさつした。姑娘《おばさん》も辞儀を返して、一同とともに腰を下ろした。姑娘《おばさん》は口を開いて、

「ご近隣の皆様がた、私はあの子の実の姑娘《おば》で、遠縁でもありませんから、私が口出ししていけないという法はないでしょう。死んだのも甥なら生きてるのも甥、十本の指は咬んだらどれも痛いというものです。いま、この人の良人が財産を持っていなかったなら言うまでもなく、たとえ十万両の銀子を持っていたとしても、あんた（張四）はひと目おがむ以上のことができる義理じゃない。この人は子どもだっていないし、うら若い身空なのに、じゃま立てして他所《よそ》に嫁がせずに引きとめて、どうしようというんだい」

近所の者らは大声で、

「姑娘《おばさん》のおっしゃるとおりだ」

婆さん、

「まさかこの人が実家から持ってきたものまで、とどめおこうというのかい。この人が陰でこっそり、私に何かくれたわけじゃないよ。この人の肩を持ってると思われるかもしれないが、公明正大にいこうじゃないか。包み隠さず皆様に申しあげますが、わが甥は平素より仁義にあつく、わたしゃあの子が不憫《ふびん》でなりません。まったくおだやかで礼儀正しくてね。そうでもな

きゃ、この人のことに首をつっこんだりしませんよ」

張四は脇にいたが、婆さんを横目でひとにらみして言った。

「まったく頭がおかしいな。〝鳳凰も宝のないところには舞い下りぬ〟っていうけどな」

このひとことは婆さんの痛いところをついていたので、たちまち怒りだし顔じゅうを紫に染め、張四をひっつかまえてはげしく罵った。

「張四、莫迦《ばか》なこと言ってんじゃないよ。私は能も才もありゃしないが、楊家のご先祖を祀る、れっきとした嫡流さ。お前という老いぼれのべらべら口は、楊家のどのちんぽこが仕込んだんだい」

張四、

「俺は姓こそ楊じゃないかもしれないが、ふたりの甥は俺の姉が生んだんだ。あんたという老いぼれの咬みつき虫は、〝女は生まれつき外を向いてる[23]〟というとおりで、火攻め水攻めなんでもありなわけか」

姑娘《おばさん》、

「この恥知らずの老いぼれ犬の骨め、うら若い身空のこの人を家に引きとめて、なにをたくらんでるんだい。いやらしい考えでなきゃ、たばかりの心を起こして、人様の金で自分を肥やそうというんだろ」

張四、

「金が欲しいんじゃない。いかんせん俺の姉が生んだ甥だ、まちがいでも起きたら、暮らしが立ち行かなくなるのは俺ばかりで、あんたじゃないんだ[24]。この老いぼれの殺され損ないめ、面倒ばかり起こしやがる、黒尻尾《にまいじた》の茶猫め」

姑娘《おばさん》、

「張四、老いぼれの根っから乞食め、奴隷め、ぺらぺら口め。そんなふうに口から出まかせに、よくもまあ嘘八百を並べられるもんだ。そのうち死んだって、棺桶の縛り縄も担ぎ棒もいらないね（ろくな死に方をしないの意）」

（22）崇禎本の眉批は「先に張四と女とにひとしきり揉めさせておいて、それから姑娘《おばさん》がゆるゆる歩いて出てくる。感情と状景とがみごとに引き立てられている（絶有情景）」と述べている。／（23）嫁ぎ先を生家より大事にするということ。班固『白虎通』封公侯に由来する表現。／（24）崇禎本は「金が欲しいんじゃない、ただ楊宗保が後々大きくなってから、暮らしに困るのが心配なんだ」と改める。

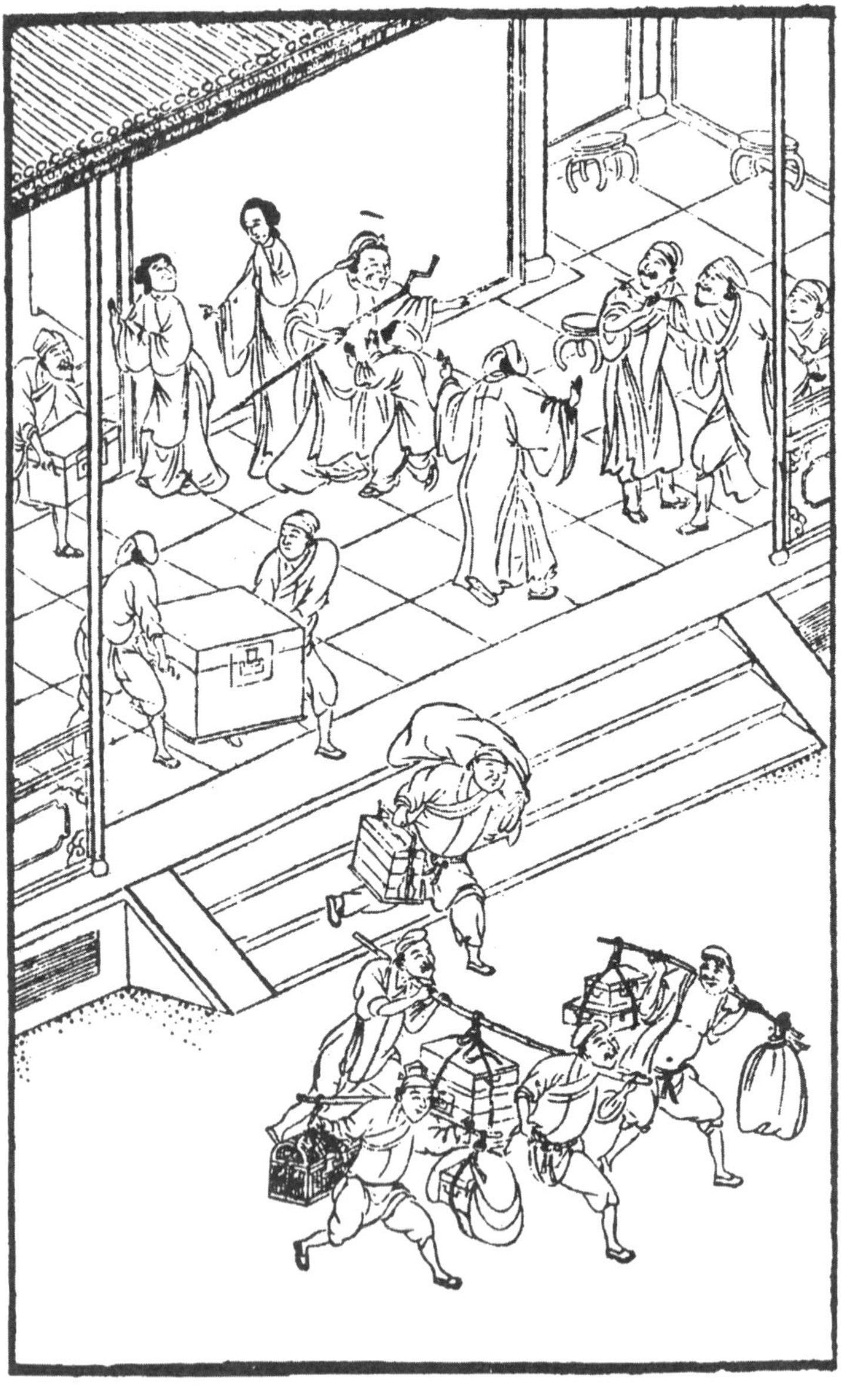

騒ぎを尻目に嫁入り道具を運び出す

張四、

「この悪口《わるぐち》言いの老いぼれ淫婦め。金を稼いで尻尾《あとつぎ》はまる焦げ、道理で息子も娘もないわけだ」

姑娘《おばさん》はいきりたって罵る。

「張四、この老いぼれの根っから奴隷め、畜生め。息子も娘もなくたって、あんたの嬶《かあ》ちゃんが寺やら道観やらに入りびたって、和尚をかこい道士とやってたよりはましだよ。あんたがぐっすり夢をみてる《ぼんやりとしている》あいだにね」

そこでふたりはもう少しで手が出そうになるところ、さいわい近所の者らがなだめて言った。

「おじさん、姑娘《おばさん》にちょっと譲ってやりなさいよ」

薛嫂児は、ふたりが言い争ってるのを見て、どさくさにまぎれて西門慶の家の小者や下っ端、それに遣わされてきた軍卒らを引きつれ、騒ぎを尻目に、寄ってたかって、女の寝台に帳、化粧箱や長持を、抱える者は抱え、担ぐ者は担いで、一陣の風のようにすっかり運び去ってしまった。張四は怒って眼をまんまるに見開いたが、腹を立てるばかりで言葉が出ない。近所の者らは事ここまでと見るや、しばらくとりなしてから、各々引きあげていった。

六月二日になると、西門慶のよこした大駕籠一挺と赤い紗の提灯《ちょうちん》四対もて輿入れした。新婦の姉である孟大姨《おおあね》が介添えとなり、義理の弟の楊宗保は頭に髷《まげ》を結い、青の紗の一撤《いっさつ》をまとって馬に乗り、再婚する兄嫁を送っていった。西門慶は錦の緞子一匹と玉の留め具つきの腰帯一本を、答礼にと楊宗保へ贈った。蘭香と小鸞との女中ふたりは揃ってついてきて、寝床の世話をした。小者の琴童はやっと十五歳だったが、これも連れてきてかしずかせた。

三日目になると、楊姑娘《おばさん》と孟家に嫁いできたふたりの兄嫁、孟大嫂《おおあによめ》と二嫂《にあによめ》とが揃っておとずれ、三日の祝い(25)をした。西門慶は楊姑娘《おばさん》に銀子七十両と反物二匹を贈り、これより親戚づきあいが絶えなかった。西門慶は西の脇棟の三部屋をかたづけて住まいとさせ、妻妾の内での排行を三番目として玉楼と号させ、家じゅう上から下まで、みなこれにしたがって三娘《さんおくさま》と呼ぶようにさせた。夜になると、立てつづけに三晩その部屋

(25) 底本「生日」(誕生日)につくるが「三日」の誤りと思われる。結婚して三日目に、新婦の家が冠の化、綵段《いろぎぬどんす》、鵝《あひる》の蛋《たまご》などをおくる「送三朝の礼」という風習が、宋・呉自牧『夢粱録』巻二十に見られる(訳語は梅原郁訳、平凡社東洋文庫による)。

で休んだ。まさしく――

きらきらひかる帳《とばり》の内は
いつもながらの新郎新婦
赤い錦のふとんのなかで
現す二つの馴染みの道具

といったところ。その証拠としてこんな詩がある――

この目で見たる情と色の鑑《かがみ》
福運なくんば手にできまじ
風に吹かれて列子はいずこ(26)
夜ごと柳の梢《こずえ》には美しい月(27)

はてさて、この後どうなりますか、まずは次回の解きあかしをお聞きあれ。

---

(26)列子は戦国時代の思想家。『荘子』逍遥遊に「夫れ列子は風を御して行き、冷然として善くす(軽やかで巧みである)」とある。
(27)原文を訓読すると「夜夜 嬋娟 柳梢に在り」。「嬋娟」は月の光の美しさをあらわす言葉だが、美女のことをも指す。

第八回

潘金蓮が夜じゅう西門慶を待つこと
位牌を焼く坊さんが嬌声《きょうせい》を聞くこと

静かな部屋でひとり君をうたがう
鴛鴦《おしどり》は連れを見失って便りもなし
君が腕には化粧の移《うつ》り香《が》残らんに
我が寝台の碁盤に埃《ほこり》はや積もれり
かんばせ痩せ衰えて鏡は用なしに
みどりの鬢《びん》は解《ほつ》れて玉の簪《かんざし》おちる
君の駿馬《しゅんめ》は来ず見やる目も疲れて
二人寝の枕は空しく頬に溢れる涙

さて、西門慶は玉楼《ぎょくろう》を娶《めと》ってからというもの、新妻(1)と仲むつまじく、膠《にかわ》か漆のようにぴったり寄りそって過ごしていた。そんなところに陳家（八一頁）の方から文嫂児《おばさん》が、結婚の日取りを伝えによこされてきて、六月十二日には西門慶の娘の大姐《たいしゃ》を輿入《こしい》れさせたいという。押しせまったことで寝台を急ぎ作らせる暇もなく、西門慶は孟玉楼の嫁入り道具から、蒔絵《まきえ》や色漆で飾られた南京仕立ての抜歩《ふみだい》つき寝台をひとつ、大姐に持たせてやった。やれ三日の祝いだ九日の宴だと、たっぷりひと月あまりもばたばたしてしまい、潘金蓮の家にはついぞ行かなかったので、女は毎日、戸口にひたすらもたれ、まだ来ぬかと眺めどおし。王婆さんを西門慶の家の門口まで二度おもむかせたが、門番の小者は王婆さんを見なれているので、潘金蓮がよこしたと察して取り合おうとせず、

「大旦那はお時間がなくてね」

と言うばかり。女は待ちこがれるあまり、婆さんがかえってくるとこんどは小娘（迎児《げいじ》のこと）を打って罵り、街にやって訪問させた。小娘が奥深い屋敷へと入りこんでいけるはずもなく、門口をうろつき一、二度のぞきこむばかり。それで西門慶が見当たらないと、

（1）原文「燕爾新婚、如膠似漆」。それぞれ、『詩経』邶風・谷風の「爾の新昏と宴《えん》す（宴爾新昏）」、「古詩十九首」第十八首（『文選』巻二十九）の「膠を以て漆中へ投ずれば、誰か能く此を別離せん（以膠投漆中、誰能別離此）」に由来する慣用表現。

靴で恋占いを試みる潘金蓮

すぐかえってきてしまう。家にもどるとまた女に唾《つば》を吐かれ面罵《めんば》され、顔を打たれ役立たずと叱られたあげく、ひざまずかされたまま昼までひもじい思いをして、食事も与えられないのだった。

ちょうど夏の盛りでたいへんな猛暑だった。部屋にいた女は暑さに耐えかねて、迎児に湯をあたためさせ、盥《たらい》の支度をさせて湯浴みしようとした。いっぽうでせいろ一枚分の肉餃子を蒸したのは、西門慶が来たら食べさせる心づもり。薄い綿のみじかい単衣《ひとえ》だけを身にまとい、小さな腰かけで待っていたが、西門慶がやってくることはなく、口をとがらせ「心がわりした裏切り者」と幾度《いくど》か罵ってしまうと、すっかり気が滅入《めい》り、悶々《もんもん》として黙りこんでしまった。ほっそりした指をのばし、履いていた赤い刺繍靴を両方脱ぐと、西門慶が来るか来ぬか、相思卦《こいうらない》をひとつ試みる（投げた靴の裏表で占う）。まさしく、

人には声高《こわだか》に言わないけれど
密かに金銭《コイン》で占う遠いあの人(2)

といったところ。その証拠となる〔山坡羊《さんはよう》〕(3)の歌がある——

水面《みなも》の歩みに薄絹の靴下(4)
生れつきのようなその形
頻そめてたよりにするのは相思卦《こいうらない》
あたかも蓮根からのびた新芽
さながら蓮華からおちた花弁
どうしてこんな小さく縛れるの
柳の葉と比べたってやっと半分
あの人
わたしそっちのけ
わたし
あの人おもってる

(2) 原文「逢人不敢高声語、暗卜金銭問遠人」。唐・于鵠の「江南曲」に、「衆中には敢へて分明《ぶんめい》に語らねども、暗《あん》に金銭を擲《な》げ遠人を卜《うらな》ふ（衆中不敢分明語、暗擲金銭卜遠人）」とあるのによる。／(3) 明代後期に流行した通俗歌謡の旋律名。多くは男女の情をうたった。以下の歌は『雍熙楽府』巻二十に〔山坡裏羊〕（題は「思情」）として掲げられる四首のうちの第二首と第三首にほぼ一致する。／(4) 原文「凌波羅襪」。曹植「洛神賦」（『文選』巻十九）に基づく表現。第二回訳注(17)を参照。

あの人を思いながら簾《すだれ》をこっそり下ろす
戸をひっそり閉ざす
むなしく布団のなかで名を呼び罵るだけ
どうして花霞《ぎじょ》に入れあげて
私の家に来ないの
薄ぼけた眉を画いてくれる人もなし(5)
どこの緑の楊《やなぎ》に馬をつないだのやら(6)
あの人
わたしを裏切った
わたし
あの人を慕ってる

そこで女はひとしきり相思卦《こいうらない》を立ててみたが、西門慶は来ないと出たので、おもわずぐったりして、寝台に横になってうとうとした。一時《いっとき》ほどして目が覚めたが、心中まことに穏やかでない。迎児がたずねた。

「お湯をあたためましたけど、おっかさんは湯浴みをなさいますか」

女はそこでたずねた。

「餃子は蒸しあがったかい。持ってきて見せな」

迎児はいそぎ部屋へ運んできた。女がほっそりした指で数えてみると、もともと一枚のせいろで餃子を三十作ったのが、何度かぞえても二十九しかなく、ひとつ足りない。どこへ行ったのかとたずねると、迎児、

「私は見ておりません。おっかさんが入れるときに数えまちがったんじゃないでしょうか」

女、

「じぶんで二度、餃子が三十あるのを数えたんだよ。お前の父様（西門慶を指す）がいらしたら食べようと思ってね。なんでひとつ盗み食いしたんだ、この甘ったれた淫婦の奴隷が。お前の食べたがりは、癆瘵《ろうがい》（肺結核）か腹のしこりみたいに巣くっちまってて、この餃子が欲しくってしかたなかったんだろ。お前は大碗だろうが小碗だろうが、飲みこむのが追っつかないくらいがっつくじゃないか。私のお手製を、お前にさしあげるよ」

そうして有無をいわせず、小娘の着ている服をひん剝くと、馬の鞭を手にして振りおろし、二、三十打った。娘は殺される豚みたいな悲鳴をあげる。そこを問いつめて、

「みとめないなら、百ぺん打つまでやめやしないよ」

打たれてあわてた娘が言うには、

「おっかさん打たないで。すごくお腹が減ってたの。ひとつ盗んで食べました」

女、

「盗んだんなら、なんで数えまちがったなんて言って、私のせいにしたんだ。つくづく牢名主《ろうなぬし》そのもの、災いの種みたいな淫婦だ。あの亡八《かいしょうなし》がいたときは好きなように言いつけられたろうが、いまじゃあいつはどこへ行ったかね。それでもまだ、私の目の前でぺてんをやるなんてさ。この牢名主みたいな淫婦は、脚を打ってやるしかないね」

ひとしきり打つと、下穿《したば》きを着けさせ放してやり、脇から扇であおぐよう言いつけた。しばらくあおがせると、女がぶつぶつ言うには、

「この淫婦が、顔をこっちへよこせってんだ。お前のぶあつい面の皮を、ふたつ抉《えぐ》ってやるから」

迎児がほんとうに顔をよこしたので、女はするどい爪で、ふたすじの傷口から血が出るほどに抉り、やっと許してやった。しばらくすると、鏡台の前で化粧をしなおし、出てくると戸口の簾の下で立っていた。


これも天祐《てんゆう》というものか、そこへ西門慶の家の小者、玳安《たいあん》が氈《フェルト》の包みを脇にかかえて馬にまたがり、女の家の戸口を通りすぎた。女は呼びとめ、どこへ行くのかとたずねた。

かの小者は普段から話しぶりが利口だったので、いつも西門慶の供《とも》をして女の家に行き来していた。女は前から玳安によくしてやり、なにかしくじったときには西門慶の目の前でとりなしてやったので、気が置けない間柄となっていたのである。玳安は馬を下りながら言った。

「父様（西門慶）が付けとどけを持っていけというんで、守備府まで行くんですよ」

女は請じ入れてたずねた。

「あんたの父様は、家でなんのご用事なの。どうしていっこう、ちらりとも顔を見せにこないの。きっと、気に入ったべつのお姉さんとできたんでしょ。私のことは網巾《ヘアネット》の留め輪あつかい——後ろにまわしてさ」

玳安、

「父様はお姉さんとできたりしてませんよ。ここ数日は家のことで忙しくてね、抜け出して六姨《おば》さまに会い

（5）漢・張敞が妻のために眉を画いた故事を踏まえる。／（6）どこでどんな出会いがあったのか、の意。

にこられないだけなんです」

　女、

「家に用事があるとしたって、なんでこんなふうに半月もうっちゃって、便りのひとつもよこさないの。単に気にかけてないんでしょう」

　そこで玳安にたずねて、

「何があったの。教えなさいよ」

かの小者はくすくすと笑うばかりで言おうとしない。

「用事があるってだけですよ。むやみに重箱の隅をつついて、どうしようというんです」

　女、

「このちっちゃなべらべら口め、教えてくれなきゃ一生うらむよ」

　小者、

「六姨《おば》さまにはお話ししますが、私が教えたとは父様に言わないでくださいよ」

　女、

「言わなきゃいいんでしょ」

　玳安はかくかくしかじか、家に孟玉楼を娶った一部始終をひととおり話して聞かせた。女は聞かなければそれきりだったが、聞いてしまっては如何《いかん》ともしがたく、その場で目に浮かんだ涙の雫《しずく》は、美しい頰をつたって流れおちた。玳安はあわてて、

「六姨《おば》さま、あんたはもともとこんなぐあいで堪《こら》え性《しょう》がない。だから教えなかったんですよ。教えたらこうなりますからね」

　女は戸口にもたれ、長いため息をついて言った。

「玳安、あんたは知らないのよ。私とあの人とが過ぎ去りしあのころ、どれほど愛し合っていたか。それがいま、とつぜんぽいと捨てられたなんて」

とめどなくはらはらと涙はこぼれおちる。玳安、

「六姨《おば》さま、何をそんなに苦しんでるんですか。家じゃ奥様だってあのかたを相手になさらないのに」

　女はそこで、

「玳安、教えてあげましょう」

　その証拠となる前とおなじ節《ふし》（〔山坡羊〕）のもう一首があって――

ならず者は心よこしまで
ひと月も私ほったらかし
布団の縫い取りは鴛鴦《おしどり》なのに
ぽつりひとり寝の三十夜

あの人お利口さん他所《よそ》うつり
わたしお莫迦《ばか》さん痴《し》れたまま
あんまりのぼせちゃいけないことね
得やすければ捨てられやすしと言うとおり
熱は
去ったの
絆は
解けたの(7)

言い終わるとまた泣いた。玳安、

「六姨《おば》さま、泣くのはおよしなさい。父様はたしか、一両日《いちりょうじつ》のうちに誕生日を迎えるはずです。二言三言、手紙でもお書きになったら、私が届けてあげますよ。父様にお目にかけたら、きっとすぐやってきますって」

女、

「あの人に来てもらうには、あんたの手を煩わせないといけないね。こんど上等な靴を一足、あんたに作ったげるよ。私の方も、あの人が来てお祝いするのを楽しみにしています。もし来なかったらぜんぶ、あんたというちっちゃなべらべら口がわるいんだからね。あの人がもしあんたに、ここへ来て何をしてたのかとたずねてきたら、どう答えるつもり」

玳安、

「おたずねがあれば、街角で馬に水をやっていたら、六姨《おば》さまが王のお婆さんをよこしてお呼びになったと言うまでです。この書付《かきつけ》をお届けし、父様によろしく申しあげて、ぜひお招きねがいたいとのことでした、とね」

女は笑って、

「あんたというこのちっちゃなべらべら口は、まったく紅娘《こうじょう》(8)の再来、取り持ちはお手のものなんだね」

言い終えると迎児に、テーブルにある蒸しあがった餃子を小皿によそらせ、玳安に出して茶を飲ませた。そのあいだに部屋へ入ると、きれいな便箋をとりだして、玉管《ふで》を軽くつまみあげ、懇《ねんご》ろに羊毛《ほさき》をもてなし、たちまち〔寄生草〕の一首を書きあげた。その歌詞にいわく——

(7) 上と同じ『雍熙楽府』巻二十「山坡裏羊（題情）」四首のうちの第一首と一致する。／(8) 唐・元稹の文言小説「鶯鶯伝」や、それを題材にした元代の雑劇『西廂記』の登場人物。崔鶯鶯に仕える下女で、鶯鶯と張生との恋を手助けする。

私の心の声を
花の便箋に寄せて
あの人に届けます
思えば出会った初めから
緑の黒髪たばねて
簾の下でそわそわと
戸口のあちらこちらへ寄りかかり
やりきれない怯《おび》えと恐れに苦しみました
やっぱり私の心に背いたあなた
もう来ないなら絹のハンカチ返してよ(9)

書き上げたのを違菱《ちがいびし》（恋文のしるし）に折り、しっかり封をして玳安に持たせると、

「くれぐれもよろしくお伝えをね。誕生日にはどうかいらしてください、こちらでひたすらにお待ち申しております、と」

玳安が点心を食べ終えると、女はまた銭を数十文与えた。戸口を出て馬に乗ろうとするところで、女は、

「家にかえってあんたの父様にお目にかかったら、六姨《おば》さまがたいそう罵っていらしたと言うんだよ。もしお運びにならなかったら、そのうち駕籠《かご》で御《おん》みずから乗りこんでいらっしゃいますとね」

玳安、

「六姨《おば》さま、ゴマだんご売りが竹の板を打ち鳴らす南の物売りにぶつかったってなもんで、わたしゃゴマつた事に巻きこまれ、ガタガタの帳尻を押しつけられる(10)わけですか。木の驢馬《ろば》にまたがって瓜の種をかじるってなもんで、かたづけるのが面倒で発狂ものですよ(11)」

言い終えると馬に乗り、かえっていった。

それから毎日、女は待ちに待ったが、大海に沈んだ石のように徴《しるし》はなく、どこを見ても西門慶の影すらやってはこなかった。みるみる七月も終わろうとする頃となり、西門慶の誕生日（七月二十八日）がめぐってきた。女は一日を三秋、一夜を半夏《はんげ》とする思いで首を長くしていたが、一日じゅう待っても杳《よう》として便りはなく、どれだけ眺めやっても寂《じゃく》として影も見当たらない。おもわず、銀色に光る歯をひそかに食い縛り、星の眼《まなこ》からは波の如く涙あふれた。遅い時間になるや王婆さんを呼び、酒や肉をととのえて飲み食いさせると、頭から金飾りのついた銀の簪を一本抜きとりわたして、西門慶を招きに家まで出向いてほしいとたのんだ。王婆さん、

「もう酒も飲み終えてあとはお茶という頃合、来やしません。あすの朝いちばんに大旦那のお屋敷へうかがい、お招きしますよ」

女、

「おっかさん、きっと覚えといてね。忘れないでよ」

婆さん、

「わたしゃその道にかけちゃ玄人ですよ、しくじったりしますか」

そこで婆さん、金がなければ動かないところが簪をもらったものだから、ほくほく顔を酒で真っ赤に染めつつ、家にかえっていった。部屋にのこされた女はといえば、鴛鴦《えんおう》の布団に香を焚《た》き染《し》め、銀の灯を懇ろに掻《か》きたてて、眠れぬままに短く長く嘆き愁い、輾転反側《てんてんはんそく》するのだった。まさしく、

夜長にあれほど慈しみ奏でた琵琶も
がらり寂しい部屋では弾くに忍びず(12)

といったところ。かくて、ただひとり琵琶を弾きながら歌った〔綿搭絮《めんとうじょ》〕の一曲がその証拠——

そのかみあなたの男ぶりに惚れ

(9) この〔寄生草〕の歌は、『雍熙楽府』巻十九に「相思」と題されて収められる四首のうちの第四首に近いが、歌詞の後半にはかなりの差がある。『金瓶梅』の作者が小説の文脈に合うように手を入れたものであろう。／(10) 底本「売糞団的撞見了敲板児蠻子、叫冤屈麻飯肐胆的帳」。歇後語(第四回訳注(12)を参照)。糞団は粉団のことで、日本の中華料理店でも見かけるいわゆるゴマだんごを指す。ただしわざわざ「糞団」に作る理由は定かでない。蠻子は南方人の蔑称。「冤屈(罪を着せる)」は「円屈(円くこねる)」、「麻飯(ゴマと飯《めし》)」は「麻煩(厄介ごと)」に掛けている。「肐胆《ガータン》」は客寄せの竹板を打つ擬音語であると同時に、行商人から連想される「帳(帳面)」と組み合わせて「肐胆帳(面倒な案件。疙瘩賬などとも書く)」を導いている。／(11) 原文「騎著木驢児、磕瓜子児，瑣砕昏昏」。これも歇後語。木の驢馬は処刑場への引き回しに用いるもので、それに跨ってまで瓜の種を齧るのは、皮も散らかるし愚かでもあるというのが表の意味。「瑣砕」には煩わしいという意味もあり、金蓮の申し出の面倒さに頭がおかしくなりそうだとの意を隠す。／(12) 原文「得多少琵琶夜久殷勤弄、寂寞空房不忍弾」。唐・王涯「秋夜曲」に「銀箏 夜久しく殷勤に弄し、心 空房に怯え帰るに忍びず(銀箏夜久殷勤弄、心怯空房不忍帰)」とあるのによる。

二人で髪を切り香を薫《た》いたものね
雨のさま雲のしぐさも相性よろしく
夫に背いてあなたと逢瀬《おうせ》を重ねました
覆水盆に返らずと誰かが言っても恐れず
あなたがもしも私のまことの情を裏切れば
忠義立てした私はまるで木に魚を探す⑬愚か者

また——

誰が思おうかあなたに別にいい人できたとは
怒りのあまりに私は酔ったよう痴《し》れたよう
屏風に斜めに凭《もた》れてあれこれ考えたけど
なぜすてられてしまったか分からない
付《つ》け文《ぶみ》したためて送れど来やしない
私の愛情を裏切ってごらんなさい
人は仇《あだ》せずとも天が災い降らす

また——

お金持ちだから惚れたのでなく
恋しくも憎らしいあなたに惚れた

女の扱い知っていてお利口だったし
私はもともと庭に咲《さ》き初《ぞ》めし一輪の花
蝶々に食い破られて二度と戻らないけど
私とあなたとの間にあったあれほどの恩愛
前世から今生《こんじょう》で結ばれる定めの縁だったのに

また——

心のうちにためらって寝返り打てば物憂くて
女の心はおろかしいって人はみな言います
情《じょう》におぼれれば周りに気がつかないとも
あなたと盗んだのが私のはじめての恋
瑞々しい花をあげたのに無沙汰《ぶさた》とは
もし今ほかに心通わす人いたなら
海の神様⑭のお社《やしろ》に訴え出てやる⑮

女はひと晩じゅう輾転反側《てんてんはんそく》して寝つけなかったものである。夜が明けると迎児に、

「王のお婆さんがお前の父様を招きに出かけたか、お隣へ行ってのぞいてきな」

迎児はさほど掛からずにもどって言うには、

「王のお婆さんはとっくに出られたあとでした」

さて、かの婆さんは、朝のうちに身づくろいをして出かけ、西門慶の家の門口へとやってきて、門番にたずねた。

「大旦那は家においでかい」

皆が知らないと言うので向かいの塀のところで待っていると、さほど経《た》たぬうちに番頭の傅銘《ふめい》が店を開けにきたので、婆さんは進み出て辞儀をした。

「ちょっとおたずねしますがね、大旦那は家においでですか」

傅銘、

「ご老体はどういったご用かね、こんな早くにお訊《たず》ねとは。ほかの者に聞いてもあのかたのことは知らんさ」

とて言うには、

「大旦那はきのうが誕生日だったんで、家にお客を呼んで一日じゅう酒を飲み、夜はご友人らを連れて廓《くるわ》へ行かれ、ひと晩じゅう家にはかえらなかったよ。そっちへ行ってさがすんだね」

婆さんは辞去して役所前を離れ、東通りの入口にやってきて、色街の路地へと向かう道すがら、馬にまたがって東のかなたからやってくる西門慶の姿が見えた。小者をふたりしたがえて、酔った目つきはぼんやりと、からだは前後に揺れている。婆さんは大声で呼んだ。

「大旦那、ちょっとは酒をひかえたらどうかね」

近寄ると片手で馬の轡《くつわ》を引きとめた。酔いどれの西門慶はたずねて、

「あんたは、王のおっかさんか。なにを言いにきたんだい」

---

(13) 原文「縁木求魚」。『孟子』梁恵王章句上に「若《ごと》く為す所を以て、若く欲する所を求むるは、猶ほ木に縁《よ》りて魚《うを》を求むるがごときなり」とあるのに基づく。／(14) 王魁（王俊民、一〇三六～六三）という実在の人物にまつわる故事を踏まえる。王魁は妓女の桂英と山東・莱陽県の海神廟にて偕老同穴の誓いを立てたが、のち状元（科挙の首席合格者）となると裏切って宰相の娘を妻としたので、桂英は自刎して幽鬼となり王魁を取り殺した。王魁の父母が頼んだ道士が魂を海神廟に遊ばせると、相手の髪に自らの髪を結び付けた桂英が、王魁の背信を訴え罵っていたという（胡士瑩『話本小説概論』第十章附録に引かれる万暦末年『小説伝奇』合刊本所収「王魁」による）。／(15) この四首は、『雍熙楽府』巻十五に「思情」の題で収められる〔綿搭絮〕七首のうちの第五首、第二首、第三首、第四首とそれぞれ一致する。

婆さんが耳元にささやくと、二言三言もいわぬうちに西門慶、

「家にもどってきた小者の話で、六姉さんが俺を怒ってるのは知ってるよ。いますぐ行く」

西門慶は道中、前をすすむ王婆さんと、ひとこと投げればひとこと返すという調子でしゃべり通したのだった。

女の家の戸口へ着くと、婆さんが先に入っていって知らせた。

「大奥様、いい知らせですよ。やっぱり私が行かなきゃね。半時《はんとき》もかからずに大旦那をお招きしましたよ」

女は西門慶が来たと知ると、あわてて迎児に部屋をかたづけさせ、そのあいだに部屋から出てきて迎えた。西門慶は扇を揺らしながら入ってきたが、まだ半ばは酒が残っている。部屋に入ると女にあいさつをしたので、女も辞儀を返して言うには、

「大旦那、お偉い方とはなかなかお目にかかれませんわね。どうして私をほったらかして、いっこう顔も出してくれないの。家で新しい奥様とごいっしょに、膠《にかわ》か漆みたいにくっついていらっしゃるなら、私のことなんて思い出すはずもございませんね。それでも大旦那は、心変わりなさってないとおっしゃるのかしら」

西門慶、

「人のでたらめを信じるもんじゃない。新しい奥さんなんてもらうかね。娘が嫁《とつ》ぐんでしばらく忙しくて、会いにくる暇がなかっただけのことさ」

女、

「まだ私をだますつもり。新入りをひいきして古なじみを捨てたのでもなく、他所《よそ》にべつの人がいるのでもないなら、そのお盛んな身体にかけて誓いなさい。そしたら信じてあげる」

西門慶、

「お前の気持ちに背《そむ》いたら、碗ほどでかい腫れものができて、四、五年のあいだ黄疸《おうだん》をわずらい、天秤棒みたいにでかい蛆虫《うじむし》が袋にかみつくだろうよ」

女、

「この裏切り者が。天秤棒みたいにでかい蛆虫が袋にかみついたら、それがなんだってのさ」

片手を男の頭に伸ばして帽子をつかみとるや、地べたにぽいと放り捨てた。王婆さんがあわてて拾い上げてみれば、房飾りも新しい瓦楞《がりょう》帽[16]だった。テーブルの上に置いてやり、言うには、

「大奥様は私が大旦那をお招きにいかないのをずっとおとがめでしたが、いざいらしたらこのありさまですか。かぶせてさしあげないと、風に吹かれちまいますよ」

女、

「心変わりの強盗が凍え死にしようが、痛くもないね」

言いながら男の頭から一本の簪を抜き、手にとって眺めると、つや出しを施された金の簪で、おもてに二行の文字が刻んである――

金の手綱の馬は芳しい草の地で嘶《いなな》き(17)
玉の楼閣の人は杏《あんず》さく花の空に酔う

それは孟玉楼が持ってきたものだったが、女はどこかの歌い女がくれたものだろうとうたがい、奪いとって袖に入れたまま、渡さずに言った。

「これでも心変わりしてないってかい。私があんたにあげた簪はどこへやったの。誰かさんからもらったこの簪は、身につけてるというのにさ」

西門慶、

「お前のあの簪は、こないだ酒に酔って馬から落ちたとき、帽子を落としたら髪の毛がばらけてしまい、探しても見つからなかったんだ」

女、

「三歳の子どもだってだまされやしませんよ。お兄さん、あんたは酔ってこんなふうに目がくらむと、簪が地面に落ちたのも見えなくなるってのかい」

王婆さんが脇から口をはさんで、

「大奥様、大旦那をとがめちゃいけません。このかたは、町から四十里はなれたところで蜜蜂が糞をするのは見えるのに、家の門を出たところで象にけつまず

(16) 瓦楞帽とは裾にむけて広がる形の断片を四枚あわせて作った方形または円形の帽子で、頂に飾りをあしらう。元代の実物が残っており、外側は牛馬の尾、内側は細籐で編まれていて、四角錐台のような格好をしている。「楞」は物の表面の筋状に突起した部分を意味し、「瓦楞」とは屋根瓦の列が畝のようである様をいう。瓦楞帽とは、瓦の畝のような縦溝が入っているのを指すとも、一枚ずつの断片が瓦のようであって継いだ部分に隆起した筋があるゆえに呼ぶともいわれる。明・范濂『雲間拠目抄』巻二には「瓦楞鬃帽（鬃は馬のたてがみ）」について、嘉靖初年に生員（科挙の受験資格をもつ学生）が着け始め、二十年頃からは富民の着用も見かけるようになった旨が述べられている。／(17) 原文「金勒馬嘶芳草地、玉楼人酔杏花天」。この対句は宋代の伝奇小説「李師師外伝」に徽宗が画工に与えた画題としてみえるのが古く、後の戯曲や小説にも用例がある。

くって御仁で、もともと遠くは見えても近くは見えないんでございますよ」

　西門慶、

「こいつだけでも手こずっているのに、あんたまでからかうのかい」

　その手に、赤い骨を金の要《かなめ》で留め、金箔を細かく散らした四川の扇があるのを見て、女は引ったくり、明るい方に向けてひとかざしする。もともと女は色恋沙汰については年季が入っているので、扇のあちこちに歯で咬んだ微かな痕があるのを見ると、どこぞのいい人にもらった扇にちがいないと、有無をいわせずふたつにへし折ってしまった。西門慶が救おうとしたときには、もうびりびりに裂かれた後。言うには、

「この扇は友人の卜志道《ぼくしどう》がくれたものなんだ。手に入れてきょうでやっと三日なのに、お前に引き裂かれちまった」

　女がひとしきりからかったところに、迎児が茶を運んできたので、茶托を置いて西門慶に叩頭《こうとう》させた。王婆さん、

「おふたりさん、これだけ長いことぺちゃくちゃやったら十分だろう。本題をわすれちゃいけないよ。わたしゃ厨房へ支度しにいくからね」

　女は迎児に言いつけて部屋にテーブルを出させるいっぽう、西門慶に出そうとあらかじめ用意しておいた祝いの酒と肴《さかな》——鶏の丸焼き、鵞鳥《がちょう》肉の料理、新鮮な魚、肉《しし》びしお、くだものといったものばかり——をすぐにきちんと整え、運び込んでテーブルにならべた。誕生祝いのためにつくった品は、箱からとりだして盆にのせ、よく見えるよう西門慶の目の前においた。黒鳶《くろとび》の繻子《しゅす》の靴が一足。「密約深盟《こっそりしっかり》、随君膝下《あなたのひざもとに》」と十字縫いで刺繍して、縁取りに香草の茎を縫いこみ、歳寒の三友たる松竹梅をあしらった小豆《あずき》色の緞子《どんす》の膝当てが一揃え。浅緑(18)の潞安綾《ろあんあや》(19)が表地で、瑞雲に八宝（様々な吉祥図案）を浮かべた柄で、波紋のある絹で裏打ちしてあり、紫の紐帯《ひもおび》で留める、内側に排草《はいそう》やバラの花弁を詰めた腹掛けが一枚。双頭の蓮華をかたどった簪が一本、そこには五言四句の詩が一首刻んであっていわく——

私の持ってる双頭の蓮の花
あなたの髷《まげ》留めに贈ります
いつも頭に私のことを置き

かるがるしくは捨てないで

西門慶はひと目見るやすっかりよろこんで、女を片手で抱きよせると口づけをして言った。

「こんな賢いところがあるとは知らなかった。たいしたものだ」

女は迎児に徳利から西門慶に一杯注がせると、花の枝が風に揺れるよう、蠟燭を挿しこむかのように四たび叩頭した。西門慶はいそぎ引き起こし、ふたりは肩を並べて腰かけ、一つ杯を差し交して酒を飲んだ。王婆さんも相伴《しょうばん》して何杯か飲んだが、酒で顔を真っ赤にし、暇《いとま》を告げるとかえっていった。ふたりは気ままに楽しみ遊び、迎児は王婆さんを見送ると表戸を閉め、厨房に座っていた。女が西門慶の相手をして長いこと酒を飲んでいると、しだいにあたりは暗くなってきた。

そのさまは――

みっしりと雲は暮れの峰に迷い
まっくらな霧は遥かな空を鎖《とざ》す
群星は月と明るさを競い
緑水は空の碧《あお》さに応じる
和尚が身を投じた古寺では
深林のなか鴉《からす》がバタバタ飛び
旅人が駆け込んだ荒村では
路地のうち犬がワンワン吠ゆ
枝には子規《ほととぎす》が夜の月に啼《な》き
庭では蝶々が花に戯れ来《きた》る(20)

そこで西門慶は小者に言いつけて馬を家にもどさせ、女の家で休んだ。夜になるとふたりは狂ったハイ

---

(18) 原文は「紗緑」。おそらく同じ色をあらわす「沙緑」と合わせて作中にしばしば現われるが、具体的にどのような色なのかはよく分からない。萌黄色に近い色であろうと想像し、仮に浅緑と訳した。／(19) 原文「潞紬」。潞安(いま山西省)で生産された綾地《あやじ》綾紋織《あやもんおり》の絹。明代の紬《ちゅう》は「いずれも綾織の地組織からなるもの」で、くず繭などで織る一般的な紬《つむぎ》とは異なる。潞紬の「地は均質でなめらかで、糸の間隔が密で、薄いが腰があり、文様は優雅で美しい。文様と地の色が異なるために文様が鮮やかに映り、多くは衣服の生地に用いられる」。引用は黄能馥・陳娟娟(小笠原小枝監修、齋藤齊訳)『中国絹織物全史――七千年の美と技』(科学出版社東京、二〇一五)による。／(20)『水滸伝』第三十七回に見える描写文の引用。「和尚が」以下の四句は同書第八回から取っている。

タカのように、あらん限り睦《むつ》み合って淫欲に果てもなかった。

楽しみ極まって悲しみ生じ、泰《たい》極まって否《ひ》来たる(21)と言い慣わす。月日の経つのは速いもので、さても武松は知県から手紙と礼物をうけとって清河《せいが》県を離れると、鞍に積んだ贈り物を東京の朱太尉のところへと護送していった。手紙や礼物をとどけ箱荷をひきわたすと、街のあちこちを数日ぶらついてから返書をもらいうけ、同行の者らをひきつれて、山東へむかう大道から帰途についた。

行きは三月四月の候であったが、帰りは暑さもやわらぐ新秋。道中では長雨にふられて予定がおくれ、前後あわせて往復に三ヵ月ほどもかかってしまった。とちゅう雨で足止めを食うと、不安に苛《さいな》まれて、心ここにあらず。いそぎもどって兄を訪ねたいとの思いやみがたく、従卒をひとり先にやり、前もって知県閣下に報告させる一方、ひそかに一通の家書を兄の武大にとどけさせ、自分も遠からず八月のあいだにはもどる旨を伝えさせようとした。

従卒はまず知県閣下に復命書を届け、それから武大の家を探しにすっ飛んで来ると、これも天祐というものか、王婆さんがちょうど戸口にいた。武大の家が閉められているのを見た従卒が、開けるよう呼ばわろうとしているところに、婆さんはたずねた。

「どなたをお探しですか」

従卒、

「武都頭のお使いで、お兄上に文《ふみ》をとどけにまいりました」

婆さん、

「武大郎は家にいませんよ。一家揃って墓参りにいかれましてね。手紙をお持ちなら、私にあずけてくだされば結構ですよ。かえってきてから渡せば、おなじことですから」

従卒は進み寄ってあいさつすると、たずさえていた家書をとりだして王婆さんに渡し、そそくさと馬にまたがって飛ぶように行ってしまった。

王婆さんはその手紙を持って裏口から女の家へやってきた。迎児が戸を開けると婆さんは入ってきた。女は西門慶と半ば夜通しで耽《ふけ》ったので、朝飯の時分まで寝てしまい、まだ起き出していないのだった。王婆さんは叫んだ。

「大旦那、奥様、お起きください、あんた方にいそぎのお話があります。かくかくしかじか、いまさっき武二が従卒をよこし、文をとどけてきました。兄貴にあてて、もうすぐ着くと伝えています。うけとって、二言三言いって追いかえしましたが、もたもたしていてはなりません、早いとこ手を打たなきゃ」

西門慶は聞かなければ万事それきりのことだったが、この言葉を聞くとまさしく、

八つに分かれた頭蓋骨《ずがいこつ》こじ開け
氷や雪を桶半分そそぎ込まれた

といったありさま。女とふたりで起きだして服を着るいっぽう、王婆さんを部屋に招き入れて座らせた。武松からの手紙をとりだしたのを西門慶が見ると、中秋にならぬうちに家へかえると書いてあるので、ふたりともあわてふためいた。言うには、

「こりゃどうしたらいいだろう。おっかさん、俺たちをかくまっておくれよ。礼ならしっかりするよ、忘れたりするもんか。いまとなっちゃ俺は姉さんと、海ほども深い情でむすばれていて、別れられなどしないのに、武二の野郎がかえってきたら、離ればなれになるしかない。いったいどうすりゃいいんだい」

婆さん、

「大旦那、なんの難しいことがありますか。前にも申しましたよ。結婚は〝娘のときは親にしたがい、二度目のときは自分から〟ってね。昔から、〝兄嫁と弟は行き来せず[22]〟と申します。もうすぐ大郎の百箇日《ひゃっかにち》ですから、大奥様は坊さんを何人かお呼びして、この位牌を燃《も》しちまうんですよ。で、武二がまだもどってこないうちに、大旦那は駕籠を一挺よこして輿入れさせちまえばいいんです。武二のやつがかえってきたら、私が話をしましょう。あいつに何ができますか。それからは一生、おふたりで気ままに過ごせて、面倒なんて起こりゃしませんよ」

西門慶、

「おっかさんの言うとおりだ。まったく、〝骨がかっ

(21)「楽しみ極まって悲しみ生じ」については欣欣子序への注(16)を参照。「泰《たい》極まって否《ひ》来たる」は『水滸伝』では「否《ひ》極まって泰《たい》来たる」となっている。泰、否はもともとどちらも『易経』の卦。／(22) 原文「叔嫂不通門戸」。『礼記』曲礼上篇に「嫂叔は通問せず（あいさつを交わさない）」とある。

ちりしてなけりゃ、身体はぐにゃぐにゃ落ち着かぬ〟というものだ」

その日、西門慶は女と朝食をすませると、八月六日すなわち武大郎の百箇日に僧侶を招き、念仏してもらい位牌を焼いて、八日の晩には輿入れさせると決めた。三人の相談がまとまると、ほどなく玳安が馬を引いて迎えにやってきて、西門慶は家にかえった。このことは措く。

光陰は矢にも似て、日月は梭《ひ》の如く、早くも八月六日となった。西門慶は細かい銀子《ぎんす》数両と白米二斗を布施としてたずさえ、女の家に来ていた。王婆さんに報恩寺から僧侶を六人請じさせ、家で施餓鬼《せがき》供養をして武大を済度《さいど》し天に昇らせ、夜には位牌を燃やそうというのである。

寺男の頭《かしら》が五更（午前三～五時）には仏具を担ぎやってきて、法事の場をしつらえ仏画を掛けた。王婆さんは料理人たちが厨房で斎《とき》の支度をするのに立ち会った。西門慶はといえば、その日は女の家で休んだあとだった。ほどなくして和尚がやってくると、鈴杵《れいしょ》を振るい響かせ、太鼓や鈸《はち》（シンバル）を打ち鳴らして、誦読《しょうどく》の声も高らかに法華経を唱え、梁王懺《りょうおうせん》(23)の礼拝をした。朝のうちに名号《みょうごう》を焚いて三宝の降臨を請い、盟約を証《しょう》して功徳を積み、仏を請じて供物を献じた。昼には亡魂を招いて食物を施したが、こうしたことは細かく述べずともよかろう。

さて潘金蓮はといえば、斎戒するどころか、西門慶に寄り添って日が高くのぼるまで眠り、まだ起きてこなかった。焼香して願文に署名なさり、盟約を証して仏さまを拝まれますように――と和尚らが施主に請うたところ、女はやっと起きて身づくろいし、見かけだけの喪服姿で仏前にやってきて拝礼した。和尚らは武大の女房を見ると、どれもこれも仏性禅心《ぶっしょうぜんしん》を惑わされ、だれもかれも意馬心猿《いばしんえん》を抑え難く、みな七転八倒して、ぐにゃりとひとかたまりになってしまった。そのさまは――

班首は心が浮き立って（班首は僧の頭）
念仏の順が狂っても知ったことでなし
維那《いな》は頭がくらくらと（維那は僧の役職名）
読経の声が調子はずれでもお構いなし
焼香する行者は
花瓶を押し倒し

蠟燭もつ頭陀《ずだ》は
誤って香箱とる
仏への誓い読み上げりゃ
大宋国を大唐にしてしまい
罪ほろぼしをする阿闍梨《あじゃり》
武大郎を大父《たいふ》と読み間違う（大父は祖父）
長老は心せわしなく
太鼓の撥《ばち》の代りに弟子の手を摑《つか》み
沙弥《しゃみ》は心とろけきり
磬《けい》を叩くつもりで老僧の頭を打つ
これまでの苦行も一瞬で水の泡
金剛が一万人いたとて鎮め難し(24)

女は仏前で焼香し署名して仏を拝し終えると、部屋にもどっていった。もとどおり西門慶に寄り添ってふたりいっしょに、酒席になまぐさを並べて楽しくやる。西門慶は王婆さんに言いつけた。

「何かあったらあんたが応対してくれりゃいいさ。連中に六姉さんを煩《わずら》わさせるんじゃない」

婆さんはハッハと笑って、

「大旦那、ご安心を。禿げ頭どもの相手は婆さまに任せなさい。おふたりさんはお楽しみくださいな」

皆様お聞きあれ。世の徳行ある高僧に、〝懐に座させて乱れず(25)〟などいうのは稀《まれ》なのだ。昔の人が、「一文字で僧、二文字で和尚、三文字で鬼楽官《ぶきみおんがくや》、四文字で色中餓鬼《いろひでり》(26)」と言っている。蘇東坡《そとうば》も言っている――「禿《とく》でなければ毒《どく》でない、毒でなければ禿でない、毒であるほど禿であり、禿であるほど毒である(27)」と。こ

(23) 梁皇懺と書かれることが多い。梁の武帝は皇后の郗《ち》氏を済度するために、仏典を閲して『慈悲道場懺法』をさだめ僧侶らに懺悔の礼を執らせた。この懺悔の法が世に行われたのを梁皇懺という（元・覚岸『釈氏稽古略』巻二）。元・王実甫『西廂記』第二本第二折にも「法華経を念ぜず、梁皇懺を礼せず」とある。／(24)『水滸伝』第四十五回の描写文を短くして用いている。／(25) 春秋・魯の柳下恵が城門に泊まった際に、寒さをしのぐためやってきた家のない娘が凍えるのをおそれ、自らの懐に座らせて一晩を過ごしたが非礼に及ばなかったことから、女に心惑わされない立派な男子のさまをいう。／(26)『水滸伝』第四十五回に同じ表現が見られる。／(27) やはり『水滸伝』第四十五回に由来する箇所。この言葉は、蘇軾（東坡は号）に仮託された『問答録』に記録されており、それによれば酒席で仏印禅師が「慳（けち）でなければ富でない、富でなければ慳でない」云々という文句を作ったのに対する蘇軾の返作であるという。

「和尚が来たら聞かれちゃうでしょ」

の議論は僧として戒律を守ることについてもっぱら述べている。高大な楼閣を仏殿僧房として住まい、あちこちの檀那《だんな》から金《かね》や食べ物の施しを受ける。畑仕事するでもなく一日三食をとり、なんの気がかりもなくただひたすら色欲に心を寄せるのである。これが在家の俗人であれば、士農工商を問わず、富貴の権勢家であろうが、歳若く顔かたちもよかろうが(28)、いつも名利《めいり》に縛られている。あるいは世間づきあいで、美しい妻や若い妾が傍らにいても急になにか気になることを思い出し、あるいは甕《かめ》に米が無いとか囲いの薪《まき》が足りないとか気づいたなら、興などすぐさま醒めてしまうわけで、和尚たちに劣ること甚だしいのである。その証拠としてこんな詩がある――

色中の餓鬼は獣でいうならば狨《じゅう》（狨は金糸猴《きんしこう》）
教えを破り淫を貪り先師を汚《けが》す
寺のなかならお似合いだけれど
きれいな部屋に通すものでなし(29)

　このとき和尚たちは武大の女房が妖艶に装っているのを見て、すっかり心に留めた。昼の斎《とき》となり、寺で休憩してからもどってきたとき、女はちょうど西門慶と部屋で酒を飲み、楽しくやっていた。もともと女の寝室は仏事をあげている部屋とひとつながりで、板壁一枚がへだてているきりだった。ひとりの僧が先にかえりつき、女の部屋の窓の下にやってきて盥《たらい》で手を洗っていると、とつぜん女が部屋で、波うつ声にとろける気配で、悩ましくうめき、うなり喘《あえ》ぐのが聞こえた。まるで誰かと部屋で交わっているかのよう。そこで手を洗うふりをして足を止め、長いこと聞き入った。聞こえてきたのは、女が西門慶を呼ぶむせび声。
「ととさん(30)、どれだけ延々ぶつければ気が済むの。和尚が来たら聞かれちゃうでしょ。もう勘弁して、はやく出してよ」

(28) 原文「小相俱全」。よく分からないが、ひとまず「小」は年少、「相」は容貌の意味として解釈した。第三回冒頭で王婆さんが挙げる偸情《まおとこ》の五条件に若いことと容貌とが入れられていたことからの類推であるが、待考。／(29)『水滸伝』第四十五回に見られる詩に概ね一致する。／(30) 原文「達達」。「韃靼」から転じた語で、父親を意味する。本書においては枕を交わす際に女が男を呼ぶのに用いられる。

西門慶、

「ま、あわてなさんな。まだ蓋（陰阜）の上で灸をひとつ燃《も》すからさ(31)」

はからずもこのやりとりは、禿どもに〝亦《ま》た楽しからずや〟というほど、すっかり聞かれていたのだった。その後、和尚たちは勢ぞろいして、吹いたり打ち鳴らしたりし始めたが、ひとりからまたひとりへと伝わって、女の部屋には男がいると知れわたったので、おもわず誰もが〝手のこれを舞い、足のこれを蹈《ふ》む(32)〟というありさまになってしまった。


仏事も終わりに近づいた夕刻、亡魂を送り紙銭を焼いて供養するため、一同はおもてに出た。女は早くも喪中を示す白い束髪冠を外し、あでやかな服にすっかり着替え、簾の内側に西門慶とふたり肩を並べて立ち、和尚らが位牌の座を燃やそうとするのを見ていた。王婆さんが水を汲んできて、一本のたいまつが灯《とも》されると、たちどころに位牌は仏の絵姿と共に焼かれてしまった。ろくでなしの禿げ頭どもが冷たい目で簾のなかを見やれば、ひとりの男とかみさんの影がぼんやりと、肩を並べて立っているので、昼に聞こえてきた例の件を思い出して、むやみに延々と太鼓を叩き鈸をぶつけた。風で長老の僧帽が地面に吹き飛ばされ、青い剃り跡のぴかぴか頭が露《あら》わになっても拾いに行かず、ひたすら鈸をぶつけ太鼓を叩いては、どっと笑いこける。王婆さんがそこで呼びかけて、

「お坊様、紙馬(33)も焼いてしまいましたのに、まだ延々ぶつけたり叩いたり、どういうわけでございましょう」

和尚が答えて、

「まだ紙炉（紙銭を焼く炉）の蓋の上のを燃しておりませんよ」

西門慶はこれを聞くや、王婆さんにいそいで布施を与えさせた。長老、

「施主の奥様にお出まし願ってお礼を申しあげたく」

女、

「おっかさん、失礼しますと言って」

和尚たち、

「勘弁してやるか」

声をあわせて笑い、かえっていくのだった。まさしく――

旧跡を描いて時の人の目に適《かな》うのなら
臙脂《えんじ》を買い牡丹を画いて売るに及ばず(34)

といったところ。その証拠としてこんな詩がある――

淫婦は位牌を燃やしても満たされず
和尚は壁に盗み聞きして淫声を聴く
はたして仏法は滅ぼし得たり人の罪
亡者もこれを聞くならさぞや魂消《たまげ》ん

はてさて、この後どうなりますか、まずは次回の解きあかしをお聞きあれ。

---

(31) この風習についてロイは訳注で、女性の胸、下腹部、陰阜など敏感とされる箇所に灸をするのが中国のエロティックな慣行であったと紹介し、熱さで思わず身悶えするのが主として男性を刺激し、また相手を喜ばすためこの苦痛を受け入れるのが女性の愛情の印だったと述べる。ロイが参照を求める明・馮惟敏『海浮山堂詞稿』巻三〔僊子歩蟾宮〕（四詈）第二首「爇香」には、女性が歯を食いしばり涙を流して灸の熱さに耐える様子が描かれている。R. H. ファン・フーリック（松平いを子訳）『古代中国の性生活――先史から明代まで』（せりか書房、一九八九）第六章にも本作に描かれるこの風習についての言及がある。

(32)『詩経（毛詩）』大序に「情中に動きて言に形《あら》はる。之を言ひて足らず、故に之を嗟嘆す。之を嗟嘆して足らず、故に之を永歌す。之を永歌して足らず、手の之を舞ひ足の之を蹈むを知らざるなり」とある。／(33) 神仏の画像を印刷した紙のこと。

(34) 原文「遺踪堪入時人眼、不買臙脂画牡丹（遺踪 時人の眼に入るに堪ふれば、臙脂を買ひて牡丹を画かず）」。第六十五回、第九十四回にも同じ対句が見える。『宋詩紀事』巻四十四に見える画家・李唐の題画詩に「雲の裏《うち》の煙村、雨の裏の灘／之を看るは容易きに之を作るは難し／早く時人の眼に入らざるを知らば／多く燕脂を買ひて牡丹を画かん（雲裏煙村雨裏灘、看之容易作之難、早知不入時人眼、多買燕脂画牡丹）」とあるのに基づく。

第九回

西門慶が謀《はか》って潘金蓮を娶《めと》ること
武都頭《ととう》が誤って李外伝を打つこと

色の胆は天の大きさ歯止めもきかず
情《じょう》は深く意《い》はぴたりと二人は寄添う
この一日をともに歓ぶことだけ望み[1]
薔檣《みぢか》に迫る後の心配は気にもかけず
快楽を貪《むさぼ》って自由気ままに遊べども
英雄壮士はやがて仇討にやってくる
お天道様にはきちんとお考えあるが
勝負がどう転ぶかはまだ分からない[2]

　さて、西門慶と潘金蓮は武大の位牌を焼いてしまうと、あでやかな服にすっかり着替えて、夜には酒席をととのえ王婆さんを招いておわかれをした。迎児《げいじ》のことは王婆さんに託して養ってもらい、武二がかえってきたなら、「大奥様は暮らしが立ちゆかなくなって、実家のおっかさんが次へ行きなさいというので、他所《よそ》からきた客商に嫁いで行っちまいました」とだけ答えるよう言いつけた。女の嫁入り道具は、前もってべつの日にすべて西門慶の家に送ってあり、壊れたテーブルや腰かけ、古着など余計なものはまとめて王婆さんにやってしまった。西門慶はこのほかに銀子《ぎんす》一両を謝礼にわたした。

　翌日になると駕籠《かご》一挺と提灯四つが迎えにきて、王婆さんが介添えとなり玳安《たいあん》が駕籠の付き添いをつとめ、女を家へと輿入《こしい》れさせた。その通りに住まう人びとは、遠きも近きもひとりとしてこのことを知らぬ者とてなかったが、みな西門慶があくどい無頼で金と権

（1）第六回訳注(1)を参照。／（2）この詩は『水滸伝』第二十六回にみられる〔鷓鴣天《しゃこてん》〕の詞から改編している。本書第六回の〔鷓鴣天〕（実際には七言詩）と同じ素材によるが、こちらの方が『水滸伝』の形に近い。『水滸伝』では末の二句が「請ふ看よ褒姒《ほうじ》と幽王との事、血の龍泉《かたな》を染むるがこれ尽頭《いきつくさき》」となっている。

西門慶の家に輿入れする潘金蓮

勢を持っているのをおそれて、だれも関わりあいになろうとしなかった。地元では四句の文句をこしらえたのだが、たいへんにうまいことを言っている。

西門の恥知らずはお笑い種《ぐさ》
寝取って娶って悪名のこす
駕籠にすわるは浮気な淫婦
後に続くは老いぼれの取持《とりもち》

西門慶は女を家に娶ると、花園《かえん》内の楼《たかどの》の階下を三部屋かたづけて、その住まいとした。ひとつぽつんと離れた小さな中庭に面しており、ぐるりをかこむ塀の通用門から入って行くと、中庭には草花の盆景が置かれている。昼間は人もめったに訪れない、たいへんひっそりとした場所だった。ひとつの部屋は応接間に、またひとつの部屋は寝室にあてた。西門慶はすぐに銀子十六両を出して、黒の漆塗りで入口が花頭窓《かとうまど》の形をした蒔絵《まきえ》の寝台(3)ひとつと、緋色に金模様をうかべた薄絹の帳《とばり》、めでたい花模様をあしらった小物入れ、テーブルや椅子や錦張りの腰掛けを買って、きっちり調度をしつらえた。

大奥様の呉月娘《ごげつじょう》は、部屋でふたりの女中を使っていて、ひとりを春梅、ひとりを玉簫《ぎょくしょう》といった。西門慶は春梅を金蓮の部屋にうつして仕えさせ、金蓮のことを母様と呼ばせた。いっぽう銀子五両でべつに若い女中の小玉というのを買って、月娘につかえさせた。さらに、金蓮には銀子六両で炊事を受けもつ女中の秋菊というのを買ってやりもした。排行《はいこう》は金蓮を第五房とする。そのかみ陳家の奥様(西門慶の亡くなった先妻)の嫁入りについてきた孫雪娥《そんせつが》――年の頃は二十、小柄で器量よし――に、西門慶は束髪冠をつけさせ排行を第四としていたので、金蓮を第五房としたのであるが、このことは措く。

この女が娶られて家の門をくぐるや、家の者らは上から下まで、誰ひとりよく思わなかった。皆様お聞きあれ、世の女には、眼中に火を宿したもの(4)がきわめて多い。たとえどれほど物のわかった女で、主人が妾をとっても腹を立てぬと言っていたところで、寝台と枕を共にして楽しもうとその部屋へおもむく亭主をいざ見たならば、申し分ない気立てのよさであったとしても、いくらか顔をしかめ気をわるくするものなのだ。まさしく、

今晩の月の団欒《まる》さが恨めしい
光が満たすはすぐそばの他人《ひと》(5)

といったところ。

西門慶はすぐさま女の部屋で休み、水魚のように親しく交わって、慈《いつく》しむことこの上もなかった。二日目となると、女は髪を梳《と》かして化粧をし、あでやかな服のひと揃えを着て、春梅に茶を捧げ持たせ、奥の棟の大奥様たる呉月娘の部屋へとやってきた。妻妾らにあいさつし、お目通りの靴(6)を進上するためである。月娘は座ったまま目を凝らしてよく見るに、この女、年は二十五、六より上ということはなく、たいそうなべっぴん。そのさまは――

眉は春はじめの柳の葉に似て
いつでも雲と雨の愁《うれ》いを含み
顔立ちはまるで弥生の桃の花
ひそかに風と月の情けを帯《お》ぶ
しなやかな細い腰には
燕も鶯も捉われてうっとり
かろやかな檀《あか》い唇には
蜂も蝶も惹かれてもだえる
玉顔《ぎょくがん》つやめいて　さながら言葉ききとる花(7)
美貌におい立ち　あたかも香気ただよう玉(8)

呉月娘、頭から足へと見下ろせば色気も駆けくだり、足から頭へと見上げれば色気も流れのぼる。その色気ときたら水晶の皿を輝く真珠が転がるよう、その仕種《しぐさ》

(3) 原文「黒漆歓門描金床」。「歓門」はもともと仏教建築の門や窓に用いられる様式で、我が国でいう花頭窓の形に近い。第七回訳注(2)前掲の高井論文を参照。／(4) 原文「眼裡火」。異性を見るやすぐに惚れてしまうことをいう。ただし本書ではもう少し広く、異性がらみになると平静さを失うというくらいのニュアンスで用いられているようである。／(5) 原文を訓読するなら「惜しむべし団欒《だんらん》たる今夜の月、清光は咫尺《しせき》(間近)にして別人に円《まど》かなり」。団欒はまるいさまと親しい集いの両義を掛ける。円も月のまるさをいう一方で男女円満の意を含む。／(6) 原文「見面鞋脚」。新婦が嫁いで夫の両親などに目通りする際には、靴を献じる風習があった。鞋は諧(調和、和合)に通じ、一家の和睦を願う意がこめられる。／(7) 唐の玄宗が楊貴妃を「解語花」と讃えたとの故事に基づく表現(五代・王仁裕『開元天宝遺事』巻下)。／(8) この描写文は『水滸伝』第二十四回に見えるものを用いている。

といえば紅杏《こうきょう》の枝が暁《あかつき》の太陽に映えるよう。ひとしきり眺めると、口に出さねど内心ひそかに、

「下男たちが家にもどると、よってたかって武大の女房のうわさをしていたが、見たことはなかった。なるほどこれはきれいだ、うちの強盗が惚れるのも無理はない」

金蓮はまず月娘に叩頭して靴を進上し、月娘はその四拝を受けた。次に李嬌児《りきょうじ》、孟玉楼《もうぎょくろう》、孫雪娥にもいちいちあいさつをし、姉妹として対等の礼をとって、その傍らに立った。月娘は、女中に持ってこさせた椅子に金蓮を座らせ、女中や住みこみのかみさん連中に五娘《ごおくさま》と呼ぶよう言いつけた。

この女、傍らに腰かけると、眼もそらさずじっと呉月娘を見た。年の頃なら三九《さんく》の二十七、八月十五日(中秋)に生まれたので幼名を月娘といった。顔は銀の盆、眼は杏のよう、物腰やわらかで、重々しく言葉少ない。二番目の李嬌児、これはもと廓《くるわ》の歌い女《うため》で、肉づき豊かに身ごなし重く、人前に出るといつもひとつ咳をする。床あしらいの巧みさで、手練《てだ》れの名妓《めいぎ》と呼ばれていたが、色恋では金蓮に遠く及ばないのだった。三番目が新しく娶った孟玉楼で、年は三十ほど、面立ちは梨の花、腰つきは柳のよう。すらりと背が高く、瓜実《うりざね》顔にはうっすらあばたが点々。さても生来の飾り気ない美しさだが、裙《スカート》の下の弓なりの両足は、金蓮と大小の差がつけられない。四番目の孫雪娥、これは部屋女中あがりで、小柄でなよやか。具だくさんのスープづくりが得意で、碧玉《へきぎょく》の盤[9]のうえでも舞えそうなほどに細い。女は一瞥《いちべつ》ですっかり品定めして、心にしまった。

三日の祝いが過ぎると、毎日、朝早く起きては月娘の部屋にやってきて、いっしょに針仕事をしたり靴をつくったりした。万事、言われなくとも取ってくる、呼ばれなくとも気を利かすという調子。女中への指示でも月娘への受け答えでも、口を開けば「大奥様、大奥様」と、巧みに機嫌をとってはすり寄る。するうちに、月娘を手がつけられないほどの金蓮びいきにしてしまった。月娘は金蓮を六姉さんと呼び[10]、服も髪飾りも愛用のをえらんで与え、食事するにも茶を飲むにもテーブルを共にした。そんなわけで李嬌児以下の者らは、月娘が手玉に取られているのをみて誰もいい顔をせず、こう言うのだった。

「私ら古株のことは構ってくださらないのに、やってきていくらも経たないあの人をこんなに甘やかすなんて。大姉さんはまったく道理のわからぬおかただこと」

まさしく――
前の車がばたばた倒れりゃ
後の車もおなじことになる
平らな道を教えているのに
忠言は悪言と取違えられて(11)

さて西門慶が潘金蓮を娶ってからというもの、住むは奥深い屋敷、服や髪飾りも思いどおり。美しい女と才ある男はふたり揃ってお年ごろ、どんな時でも膠《にかわ》か漆のようにぴったり寄り添って、女は仰せのとおりとすべて男に従い、淫欲のおもむくところ、ことがなされぬ日とてなかったが、この話はさて措く。

いっぽう武松は八月上旬に清河《せいが》県に着いた。まず役所で返書を奉れば、知県は読んでおおよろこび。金銀宝物がきちんと納められたとわかったので、武松に褒美の銀子十両をやり酒食でもてなしたことは、述べるまでもあるまい。武松は下宿にもどると、部屋で服や靴を替え、新しい頭巾をかぶると部屋の戸をとざし、まっすぐ紫石街へとやってきた。

隣近所の者らは武松がもどってきたのを見て、みな仰天した。両手に汗をにぎって言うには、

「こいつは蕭牆《みぢか》の禍《わざわい》ってやつが起こるぞ。この疫病神がかえってきたからには、ただで済むもんか。きっと騒ぎが持ちあがるぞ」

武松は兄の家の戸口までやってきて、簾《すだれ》を捲《まく》り、身を内に乗り出してみると、娘の迎児が二階建ての軒下の廊下(12)で糸を縒《よ》っているのが見えた。言うには、

---

(9) 原文「翠盤」は楊貴妃がその上で舞ったとされる御苑の舞台（元・白樸の雑劇『唐明皇秋夜梧桐雨』第二折）。ここではさらに古く前漢の成帝の皇后・趙飛燕が宮女たちの捧げ持つ水晶の盤で舞った故事をも踏まえるか（宋・楽史『楊太真外伝』巻上）。／(10) 潘金蓮は、西門慶の妻妾としての序列は五番目なので五娘《ごおくさま》と呼ばれる一方、潘の家における同世代の生まれ順では六番目なので六姐とも呼ばれる（第一回参照）。／(11) この詩は『水滸伝』第二十三回に見える。また本書第十八回、第二十回にも再出する。／(12) 原文「穿廊」。普通は「穿山遊廊」すなわち北方の伝統家屋において二の門から東西の棟の軒下を通って母屋へと通じる、中庭を取り囲む渡り廊下を指す。ただし武大と潘金蓮の家はほんらい街路に面した江南民屋を念頭において描かれていたといわれ（第一回訳注(38)前掲の宮崎論文参照）、ここでいう「穿廊」は想定しにくい。

「俺は目が眩《くら》んだのかな(13)」

姉さんと呼んでも返事がなく、兄さんと呼んでも返事はないので、

「俺は耳が遠くなったのかな。どうして兄さん姉さんの声が聞こえないんだろう」

進み寄って娘の迎児にたずねたが、娘は叔父が来たのを見るやおびえてしまい、何も言おうとしなかった(14)。武松、

「おやじさんおふくろさんは、どこへ行ったんだい」

迎児は泣くばかりで言葉を出さない。たずねているところに隣の王婆さんが、武二がかえってきたと聞きつけ、事が露見するのをおそれ、しょうことなしにやってきて迎児に助け船を出した。武二は王婆さんが来たのを見ると、あいさつをしてたずねた。

「兄さんはどこへ行ったのでしょうか。姉さんもどうして姿が見えないのでしょうか」

婆さん、

「武二の兄さん、お座んなさい、話してあげるから。お兄さんは、あんたが行ってしまってから、四月の時分になるとよくない病気にかかって亡くなりました」

武二、

「兄さんは四月のいつ死んだのですか。どんな病気にかかって、誰の薬を飲んで」

王婆さん、

「あんたのお兄さんは、四月の二十日ごろ、とつぜん胸の痛みに襲われてね、八、九日臥《ふ》せって、ご祈禱に占いと手を尽くし、飲まぬ薬とてありませんでしたが、治療の甲斐なく亡くなりました」

武二、

「兄さんはこれまでそんな病になったこともないのに、どうして胸を痛めてすぐ死にましょうか」

王婆さん、

「都頭さん、なんでまたそんなことをお言いかね。天に不測の風雲あり、人に旦夕《たんせき》の禍福《かふく》あり。きょう脱いだ靴や靴下が、あすまた履けるかわかりゃせぬ。ずっと事なく過ごす者なし、と申しますよ」

武二、

「兄さんはいま、どこに葬られているのですか」

王婆さん、

「あんたのお兄さんが身罷《みまか》ってしまうと、家にはびた一文ありゃしない。大奥様だって脚をもがれた蟹みたいなもので、どうして墓など探しておられますか。さ

いわい近所のさるお金持ちが、前に大郎さんとちょっと縁があってね、棺桶をめぐんでくださいました。しかたないので、三日のあいだ置いといてから担ぎ出し、荼毘《だび》に付しましたよ」

武二、

「いま姉さんはどこへ行かれたのですか」

婆さん、

「あの人はうら若い身空で、日を送ろうにも身を養えない。とにかく百日は喪に服したところで、あの人のおっかさんの勧めで、よその土地の人に先月嫁いでいきましたよ。このいまいましい娘っ子を残してね。代わりに面倒みてくれって。ずっと待ってたけど、あんたがもどってきたんでこの子も引きわたせて、私も肩の荷がおりるってもんだ」

武二は聞くとしばらく物思いに沈んでいたが、やがて王婆さんをうっちゃって戸を出ていき、まっすぐ役所前の下宿にもどっていった。戸を開けて、部屋(15)に入り真白の服にすっかり着替えると、従卒を街へやり麻の紐帯《ひもおび》を一本調達させ、綿の靴を一足と孝帽（白布の帽子）もひとつ買ってこさせてかぶり、喪の装いを整えた。さらにくだものに点心、線香に蠟燭、紙銭、紙でつくった金塊銀塊のたぐいを買うと、兄の家にもどり、あらためて武大郎の位牌を設け、食事の供え物を用意した。テーブルの上には灯《ともしび》をつけ、酒や肴《さかな》をならべ、経文の書かれた幟《のぼり》や紙で模した帛《はく》を掛けた。ふた時《とき》（四時間）も費やさずに、弔いの支度をきっちり整えたのだった。

一更（午後七〜九時）を過ぎたころ、武二は線香を焚き、がばとひれ伏すや拝んだ。

「兄さんの魂は遠くには行っていないはず。あなたは世に在りし時にはいくじがなく、今や死なれてもはっきりしません。もし、落ち度もないのに人に害されたのでしたら、私の夢枕に立たれてください。この弟が無念を晴らしましょう」

（13）『水滸伝』では武大の位牌を目にして口にする台詞であるが、本作では位牌は燃やしてしまったことになっている。迎児を目にしただけでこう言うのは、やや大袈裟にも感じられる。／（14）崇禎本の眉批。「迎児を愚かに描く箇所は、まことに武大の実の娘たるに恥じない」。／（15）底本「門房」は門番の詰める部屋のことだが、『水滸伝』や崇禎本を参考に「門」は衍字と見なした。

酒を地に注ぎ、紙銭を燃やすと、武二は声をあげておおいに哭《こく》した。とどのつまりは人生という旅の道連れどうし、その哭する声は隣近所がひとりのこらず哀れをもよおすほどだった。武二は哭し終えると、供えた食事と酒肴《しゅこう》を、従卒や迎児といっしょに食べた。ござを二枚さがして、従卒をその部屋の隅に寝させ、迎児を自室にもどし休ませると、自身はござ一枚を敷き、武大の位牌を祀ったテーブルの前で眠った。

ほぼ真夜中になろうという時分になっても、武二は輾転反側《てんてんはんそく》して寝つけるはずもなく、口から出るのは長い溜め息ばかり。従卒はぐうぐうと、こちらは死人のようにその場に横たわっていた。武二が這い起きて見ると、位牌のテーブルには玻璃《はり》の灯明《とうみょう》が、半ば光り半ば消えそうな様子なので、武二はござのうえに座って独《ひと》り言《ご》ちた。

「兄貴は生きてる時もいくじなしだったが、死んだ後まではっきりしないんだな」

言いも終わらぬうちから、位牌のテーブルの下から巻き起こったのは一陣の冷風。そのさまは——

形はなく影もなく
霧でなく煙でなし
ぐるぐると怪風のように骨を侵す冷え
しんしんと殺気のごとく肌に透る寒さ
まっくら闇で
霊前に灯火は光を失い
薄ぼんやりと
壁上に紙銭は飛び散る
こっそり隠すは毒に死す鬼
ばたばた翻るは魂を導く旛《はた》

その冷風が武二にせまるや、髪の毛はみな逆立ってしまった。目を凝らして見れば、ひとりの男が位牌のテーブルの下からもぐりでてきて呼びかけた。

「弟や、ひどい死にざまだったよ」

武二、はっきり見えないので、進み寄ってさらにたずねようとすると、冷気は散じ、人影は消えてしまった。武二はござのうえにつまずき倒れ、座りこんで思うよう、

「へんだぞ。こいつは夢か現《うつつ》か。さっき兄貴は俺に知らせようとしたんだが、俺の生気が魂を蹴散らしちまったんだ。してみると、兄貴が死んだのにはきっと

おしゃべりな人というのはいるもので、「梨売りの鄆哥《うんか》と検屍《けんし》役人の何九《かきゅう》、このふたりが詳しいことをいちばんよく知ってるよ」

それで武二は街にやってきて鄆哥を探した。(16) すると、かの子ザルが、手に柳で編んだ笊《ざる》を提げ、米を買ってちょうどもどってきた。武二はそこで鄆哥に呼びかけた。

「兄弟、あいさつをさしあげるよ」

小僧、呼んだのが武二だとわかるや、

「武都頭、一歩おそかった。もう手の打ちようがないだろうよ。ひとつだけ言っときたいんだが、俺の親父は六十で、養う者もいない。あんたらの訴訟に酔狂《すいきょう》でつきあうってわけにはいかないんだ」

武二、

「かわいい兄弟、俺についてきな」

飯屋の二階につれていくと、武二は給仕を呼んで、

「飯を二人前たのむ」

武二は鄆哥に、

「兄弟、お前さんは幼いのに、一家を養う孝行の心が裏があるぞ」

時をつげる太鼓は、ちょうど三更三点（深夜十二時ごろ）を打っていた。ふりむいて従卒を見やれば、ぐっすり寝入ったまま。そこでやれやれとあきれ、夜が明けてから取り掛かることにしようとて、とにもかくにもしばらく眠った。

やがて五更（三〜五時）となり鶏が鳴いて、東の空が白んできた。従卒は起きて湯を沸かす。武二は顔を洗い口をすすぎ、迎児を呼んで家の番をまかせると、従卒をつれて出かけた。通りぞいに隣近所を訪れてたずねるには、

「兄はどうして死んだのでしょう。姉はどういう人に嫁いでいったのでしょうか」

隣近所の者らはこの件をよく知っていたが、みな西門慶が恐いので、関わり合いになろうとする者もなく、こう言うばかりだった。

「都頭《ととう》さん、お越しには及びません。王婆さんがすぐ隣に住んでるんだから、王婆さんにたずねればわかることです」

(16) 底本は「探した」が見当たらない（不見）となっているが、『水滸伝』や崇禎本に従い、次の文の初めに置かれるべき「只見」の誤りと見なした。

あるんだな。俺には遣《や》るものもないがね」

携えていた小粒銀を五両探り出し、鄆哥に渡して、

「まずは持ってって、親父さんの費《つい》えにしてくれ。お前さんには頼みたいことがあるんだ。事が済んだらあと銀子を十両ばかり遣るから、商売の元手にしな。お前さん、くわしく俺に話しておくれ。兄貴は誰と揉《も》めて、誰にやられたのか。家にいた姉さんは、何者に娶られていったのか。順を追って話してくれ、隠すんじゃないぞ」

鄆哥は銀子をうけとりながら、心の内で思うよう、

「この五両があれば、たっぷり四、五ヵ月分の親父の費えになるぞ。訴訟につきあったって構うまい」

そこで言うよう、

「武二の兄貴、話すから聞いてくれ。ただし、話したからってカッとなっちゃ嫌だよ」

というわけで、梨を売ろうと西門慶を探し、それから王婆さんにどうやって打たれて通せんぼされたか、またどうやって武大を手伝って密会の現場を押さえようとしたか、西門慶がどうやって武大に蹴りを当てたか、胸を痛めること数日で、なぜかは知らないが死んだことなど、一部始終をひととおり物語った。武二は聞き終えると、

「この話は本当か」

さらにたずねて、

「俺の兄嫁[17]は、何者に嫁いでいったのか」

鄆哥、

「あんたの兄嫁は西門慶の家にかつぎこまれたよ。〝底まで搗《つ》く〟[18]ためにね。それでもまだ、本当かでたらめか聞くのかい」

武二、

「嘘はつくなよ」

鄆哥、

「お役人の前に出たって、このとおりにしか言わないさ」

武二、

「兄弟、そういうことなら飯を運ばせて食おう」

やがて大皿大碗で飯を食い終えると、武二は飯代《めしだい》を払い、ふたりは二階から下りてきた。鄆哥に言いつけて、

「お前は家にかえって、掛かりを親父さんにわたしな。あすは朝はやくに役所前まで来て、ひとつ俺のために証言をしてくれ」

かさねてたずねて、

「何九はどこに住んでるんだ」

鄆哥、

「いまごろ何九をさがそうってのかい。あんたがもどらぬうち、三日ほど前に、どこかへ消えちまったよ」

武二は鄆哥を家にかえしてやった。

次の日になると武二は早起きして、まず代書屋の陳先生の家で訴状を書いてもらい、役所の門前へとおもむいた。鄆哥はそこに控えていたので、まっすぐ連れだって庁堂へと進み、ひざまずき訴え出た。知県が見れば武松なので、たずねて、

「そちは何を告発しようというのか。どういうわけで訴え出たのか」

武二は申しあげた。

「それがしの兄の武大は、兄嫁の潘氏と密通した西門慶なる凶徒によりみぞおちを蹴り当てられ、王という老婆の主謀により命を落としました。何九はうやむやに入棺して、遺体と傷跡を焼却、隠滅しました。ただいま西門慶は兄嫁を我が物とし、自宅におき妾といたしております。これなる少年、鄆哥が証人でございます。閣下にはお取り計らいくださいますよう」

そこで訴状をさしあげると、知県はうけとってたずねた。

「何九はどうして見えないのか」

武二、

「何九は情況を察し逃亡中にて、行方がわかりませぬ」

知県はそこで鄆哥を尋問して口書きをとり、ただちに退庁すると補佐の官吏らと示し合わせた。もともと知県、県丞《けんじょう》(県の副長官)、主簿《しゅぼ》(帳簿を司る)、小役人と、上から下までみな西門慶とつながりのある者たちだったから、官も吏も結託して、この事件は審理困難であると断を下した。知県は出てくると武松を呼んで、

「そちもこの役所の都頭であるからには、法度《はっと》を心得ぬか。昔から、〝密通は現場を、泥棒は盗品を、殺人は傷口を〟と言う。そちの兄は、遺体も失われていれ

(17) ここまで武松は潘金蓮のことを、本人に対しても他人に対しても「嫂嫂」(姉上、姉さん)と呼んできたが、初めて「嫂子」(兄嫁)と呼び変えている。／(18)『水滸伝』にこの台詞はない。最後の一文(原文「自還問他実也是虚」)は、第五回で鄆哥が武大に言った「ほんとうに嘘じゃないのかってあんたは聞くけど(你問道真個也是仮)」という台詞(一〇三頁)の再現となっている。

ば、密通の現場を押さえたわけでもないのに、いまこの小童《しょうどう》の口先を恃《たの》んで、かの者らを殺人の審理にかけようというのは、あまりに公正を逸しているのではないか。事をあせらず、自分でよく考えてみよ。行うべきは行い、止《や》めるべきは止めることだ」

武二、

「閣下に申しあげます、これはすべてまことにて、それがしのでっち上げではありません」

知県、

「まあ立つのだ。じっくり協議して、よしとなればそちのために捕まえてやろう」

武二はやっと立ちあがり外へ出たが、鄆哥は手元において家にかえさなかった。

早くもこの一件を西門慶に伝えた者があった。もどってきた武二が鄆哥をひきいて訴え出た顚末を聞かされて、あわてた西門慶は、腹心の使用人である来保《らいほ》と来旺《らいおう》とを遣《つか》わし、袖に携えた銀子で官吏に付けとどけをさせ、みな買収してしまった。

翌日の朝、武二は庁堂で知県に申しあげて捕縛をせまったが、この役人が賄賂を貪っているとは思うはずもなし。知県は訴状を下げかえして言うよう、

「武二よ、外野の挑発に耳を貸して西門慶を相手どらぬことだ。本件は決め手に欠け、審理しがたい。聖人も言っているではないか――この目で見たとてなお確かならざるに、背後の言葉を鵜呑みにできようか[19]、と。一時のあせりは禁物だぞ」

当直の小役人も脇から、

「都頭、あんたも役所の人間なら、法律はわきまえているはず。およそ人命がらみの事件は、遺体、傷口、死因、物証、痕跡と五つが揃ってこそ審問できるもの。あんたのお兄さんは遺体だってなくなっちまったのに、どうやって審理するんだね」

武二、

「閣下が訴えをお認めくださらぬのなら、それはそれでございましょう」

訴状をうけとると退庁して、下宿まで来ると鄆哥を家にかえした。おもわず天を仰ぎ、長嘆息《ちょうたんそく》をついて歯をくいしばり、ぶつぶつと淫婦を罵って止むことがなかった。

この男、この鬱憤をどのように散じたのであろうか。まっすぐ西門慶の生薬店の前まですっ飛んで行き、西門慶を見つけて打とうとしたものである。ちょうど帳

場には、店をまかされている番頭の傅銘《ふめい》がいた。そこにやってきたのは殺気立った武二。あいさつするとたずねた。

「大旦那はご在宅でしょうか」

傅銘は武二と見てとると、

「ご不在ですが、都頭さんはなんのご用でしょう」

武二、

「ちょっと表に出てお話しできませんか」

傅銘は出てこないわけにもいかず、武二にみちびかれ人気のない路地の入口までやってきて話をした。武二は顔つきをがらり変え、襟をつかみ、おそろしい眼をまるく見開いて言った。

「死にたいか、それとも生きたいか」

傅銘、

「都頭どの、わたくしご機嫌を損なうこともしておりませんのに、なぜお怒りですか」

武二、

「死にたければ言わんでよろしい。生きたければ本当のところを話すんだ。西門慶の野郎はいまどこにいて、俺の兄嫁はあいつに娶られてどれだけ経ったんだ。順を追って話せ。そうしたら何もしない」

かの傅銘は胆の小さい男。武二が腹を立てているのを見ると、あわてふためいて言うには、

「都頭さん、お怒りをお収めください。わたくしあのかたの家では、月に銀子二両で雇われ、店をまかされているだけ、あのかたの何やかやなど、まるで存じませぬ。大旦那はじっさいご不在で、さるお知り合いと、さきほど獅子街の大酒楼へ飲みにいかれました。わたくし、けっして嘘は申しませぬ」

武二はこの言葉を聞くとやっと手を放し、大股で雲の流れるように獅子街めがけすっ飛んでいった。傅銘は震え上がり、しばらくその場から動けなかった。武二はまっすぐに、獅子街の橋のたもとなる酒楼の前へと駆けつけた。

さて、西門慶はこのときちょうど、県の下役をしている李外伝というのといっしょにいた。こいつは県や府の役所でもっぱら訴訟の請負《うけおい》をしており、あちこちで消息をうかがっては小遣いを稼いでいた。もしふた

(19)『呂氏春秋』審分覧任数篇に、孔子の言葉として「信ずる所は目なり、而るに目も猶ほ信ずるべからず」とある。格言の全体は、『明心宝鑑』省心篇に引かれているのが古いようである。『水滸伝』の該当箇所にも既に見える表現。

李外伝を突きおとす武松と逃げだす西門慶

つの家が訴え出たなら、双方に気脈をつうじて情報を売る。あるいは官吏に付けとどけするなら、贈り手、受け手のどちらからも利ざやをとる。そこから役所内であだ名がついて、李外伝《つつぬけ》と呼ばれているのだった。その日は知県が武松に訴状をかえしたので、その報せを持ちかえって、武松の訴えが通らなかったことを西門慶へ伝えにきたのである。西門慶の方では、酒楼の二階でこの男に酒を飲ませ、銀子五両を贈ったのだった。

　ちょうど宴もたけなわのところ、ふと窓の下に目をやると、疫病神の武松が橋のたもとから酒楼の前へとすっ飛んでくるのが見えた。それだけで来意のよからぬことは知られたので、はばかりを装って二階の裏窓からただひと飛び、隣家の屋根をつたい(20)、飛び降りて他人の家の裏庭へと消えてしまった。

　武二は酒楼の前に駆けつけると、店員にたずねた。

「西門慶はここにいるのか」

店員、

「西門の大旦那は、お知り合いと二階で飲まれておいでです」

　武二は衣をからげのしのしと、飛ぶように二階へと突進した。すると男ひとりが正面に、歌い女《め》ふたりが両脇に座っている。我が県の下役の李外伝と見てとるや、消息を伝えにきたものと悟り、心中激怒して進み寄りたずねた。

「西門慶はどこへ行ったのか」

　李外伝は武二と見るやおどろきあわてて、しばらく声も出せない。武二のひと蹴りでテーブルは蹴倒《けたお》され、皿や杯はすべてこなごな。ふたりの歌い女もびっくりして動けない。武二は真っ向から李外伝にひとつ拳を振るった。李外伝はあっと叫ぶ間もなく、腰かけに跳び乗り、二階の裏窓に活路をもとめたが、武二に両手でがっちり持ち上げられて、二階の表の窓ごしに、街路のど真ん中へさかさまに突きおとされ、ばたりと気を失った。

　階下では店員が武二の凶行を見ていたが、みなおど

(20) 原文「順着房山」。「房山」はあまり見ない語で、白維国『金瓶梅詞典』（第二版、線装書局、二〇〇五）は「家屋の両側の壁、切り妻壁」と解し、ロイは「隣の屋根の棟《むね》」と訳す。ここでは後者に従った。二階の窓から隣の平屋の屋根に飛び降りたわけである。

ろいて呆気《あっけ》にとられ、進み寄ろうとする者もない。街路の両脇をゆく人びとは、みな足をとめ目を見張っていた。怒りのなお収まらない武二が楼を駆け下りると、かの男はすでに倒れ、半死半生で地面に長々と延び、眼だけを動かしている。そこで股座《またぐら》をもうふた蹴りすると、ああ哀しいかな、息たえ身まかってしまった。皆が、

「都頭さん、この男は西門慶じゃない。打つ相手を間違ったぞ」

武二、

「俺がたずねたのに、こいつはなんで答えなかったんだ。俺が打ったのはそのためだよ。打たれたら持ちこたえられずに、もう死んじまったとはな」

地区や隣組の頭は、死人が出たのを見ても、進み寄って武二を捕らえるのは御免こうむりたかったが、仕方なしにじりじりと近づいて取り押さえると、もう放そうとするはずもない。店員の王鸞《おうらん》、それに包氏と牛氏というふたりの女郎まで、一同をすっかり縛りあげると、知県に見《まみ》えるべく役所へと引っ立てていった。

このとき、獅子街はゆるがされ、清河県はおおさわぎ、街の見物人は数え切れぬほどだった。「西門慶は死ぬべきさだめになかったのだ。どこへ逃げたかはわからないが、この人を身代わりにしたのだ」と、誰もが言ったものである。まさしく、

張さんが酒飲んで李さんが酔っ払い
桑の木に切りつけたら柳に傷がつく

といったところ。得をしたのは誰で、訴えられたのは誰か。こんなことがあっていいのだろうか。その証拠としてこんな詩がある——

英雄は恨みを雪《そそ》ぎ罪に落ち
天道の光はささず真っ暗闇
冥土の客は毒盛られ犬死に
深閨《しんけい》に金蓮はひとり高笑い

はてさて、この後どうなりますか、まずは次回の解きあかしをお聞きあれ。

第十回

武松が孟州へと流されること
妻妾らが芙蓉亭《ふようてい》で楽しむこと

朝ごと瑜伽経《ゆがきょう》を唱えても
夕ごと消災呪《しょうさいじゅ》を誦《しょう》しても
瓜の種うえれば瓜ができ
豆を蒔《ま》いたなら豆がなる
経呪は誰の味方でもなく
恨みの帳消しできやせぬ
地獄おちるか天国行きか
やっぱり自分の行い次第[1]

さて武二は、地区や隣組の頭《かしら》に捕らえられ、知県の前に出るべく役所へ引かれていった。こちら西門慶は二階の窓から飛び降り、隣家の屋根をつたい、他人の家の庭に這《は》いつくばってかくれた。そこは医者をしている胡という老人の家なのだったが、その家で使っている太っちょの女中が手を洗いに裏手の厠《かわや》へとやってきて、でかい尻をかかげたところ、男がひとり庭の塀の下に這いつくばっているのがふと目に入った。いそぎ表に取ってかえし「くせものです」と大声で叫んだものだから、胡老人があわてて駆けつけたところ、西門慶だとわかったので、

「大旦那、まずは何よりだ。武二はあんたが見つからずに、あの人を殺しちまったよ。地区の頭が、お役人の前に出そうと役所へ連れていったから、もう死罪と決まったようなもんだ。大旦那は家にもどんなさい、大丈夫だから」

西門慶は胡老人に拝謝して、悠然と家にもどると、一から十までを潘金蓮に物語った。ふたりは手をたたき笑ってよろこび、禍《わざわい》はとりのぞいたものと思った。女は西門慶に、上にも下にも金を余分につかませ、どうでもあの男を始末して、出てこさせぬよう頼んだ。西門慶はそこで腹心の使用人たる来旺《らいおう》を遣わし、知県に金銀の酒器ひと揃えと雪花《せっか》の銀五十両を贈り、上下

（1）『水滸伝』第四十五回冒頭の偈《げ》を短くして用いている（文字にも多少の違いがある）。

の小役人にも多くの金をばらまいて、くれぐれも武二の裁きが軽からざるようにと手を回した。

西門慶の賄賂を受けた知県が、翌日になり朝の審理のため庁堂に出ると、地区や隣組の頭が、武二を店員や歌い女《め》ら証人とともに引っ立て、庁堂の前にひざまずかせた。知県はひと晩でがらりと変わった顔つきで呼ばわった。

「武二よ、こいつめきのうはでたらめの訴えをしおって、なぜ法度《はっと》に従おうとせぬのだ。くわえてこんどは、わけもなく人を殺しおったとな。何か言い分があるか」

武二は叩頭《こうとう》して申しあげるよう、

「閣下には、それがしのためお取り計らいねがいます。それがし、ほんらい西門慶に復讐いたすつもりのところ、はからずも件《くだん》の男が酒楼にいるのに出くわしました。西門慶はどこへ行ったかとたずねましたが答えません。一時の怒りこみあげて、誤ってあの男を殺してしまったのです」

知県、

「こいつめ何を言う。あれが県の下役であると知らぬはずがあるまい。きっとべつにわけがあるにちがいない。本当のことを言わないのか」

左右の者に大声で命じて、

「痛めつけてやれ。人は苦しむもの、打たねば吐かぬ」

両脇から三、四人の下役や兵卒が、刑具をたんまり抱えて飛び出してきて、武松を引き倒すと、雨だれのごとく竹の笞《むち》を打ちおろした。やがて二十打つと、打たれた武二はしきりに不当を叫び、言うには、

「それがしとて日頃より閣下のため尽力いたしてまいりましたのに、閣下はお憐れみくださらないのですか。閣下、それがしを痛めつけるのはおよしください」

知県はこの言葉を聞いてなおさら怒り、

「こいつめ、自分の手で人を殺《あや》めておきながら、まだ強弁するつもりか。誰のせいにもできんぞ」

大声で、

「きつく指締めしてやれ」

すぐに武松を指締めして、締め棒の端を棒で五十敲《たた》かせた。(2)長首枷《ながくびかせ》をつけさせて牢に入れ、証人らは門番の部屋に押しこめておいた。居合わせた県丞《けんじょう》や補佐官には武二とよしみのある者もいて、その義烈の士たるを慮《おもんぱか》り、手助けしたいと思ってもいたのだが、いかんせん誰もが西門慶からの賄賂を受けており、口をぴたりつぐんで、物を言えないのだった。

武松がひたすら不当を訴えるので、審理は数日も滞《とどこお》った末、あいまいに口上書《こうじょうが》きを取るほかなかった。当直の小役人や検屍《けんし》役人、隣組の者らが召し出され、獅子街に連れていかれて、李外伝の死体をあらため、検屍書の欄を埋めていった。その認めるところ、被害者は武松から、金の分け前の不平等をめぐって支払いを迫られ、酒に酔いカッとなった武松と、その場で殴る蹴るの乱闘となり、突きおとされて命を落としたもの。胸の左脇、顔面、みぞおち、陰嚢《いんのう》にはいずれも青や赤の傷跡がさまざまみられる——というのだった。検屍が済むと県の役所にもどった。

ある日、報告書を作成すると、犯人を東平府へと護送し、処分の裁可を仰いだ。この東平府の府尹《ふいん》(府の長官)は姓を陳、名を二文字で文昭といい、河南の出身できわめつきの清廉な役人だった。報せを聞くとすぐに庁堂に出た。この役人のさまは——

いつでも正しくまっすぐで
生まれながらに賢く明らか
幼き日は雪明かりで書物を読み
長じては金鑾殿《きんらんでん》にて試問に応ず
つねに忠孝の心を懐《いだ》き
いつも仁慈《じんじ》の念で動く
戸口《ここう》は増え
租税は調《ととの》い
民草の称揚は街中に満ち
訴訟は減り
盗賊は消え
老人の讃歌は市井に喧《かまびす》し
転任のときは皆が車馬を止め惜しみ
名は史書に記されて千年も広まる
統治の事績は石に刻まれ碑に彫られ
誉れは府の役所に轟《とどろ》き永《とこしえ》に伝わる
正直清廉まさに民の父母
賢良方正にして号《よびな》は青天(青天は清廉さを喩える[3])

---

(2)「指締めする」は原文「拶」。二本の紐を通した細い木の棒五本の間に、親指以外の四指を挟み、紐を引いて締めあげる(この刑具を拶指または拶子という)。そのあとに「敲」かせたとあるのは、しばしば「拶」に続き行われる拷問ないし処罰で、締め上げた拶指の端を打って棒をさらに指に食い込ませ苦痛を増すことをいう。/(3)『水滸伝』第二十七回の描写文を用いているが、最後の二句だけは異なる。

府尹《ふいん》の陳文昭は本件を知るや、関係者一同を連れてこさせると、庁堂にあってまずは清河《せいが》県からの上申書を読み、また各人の供述書と判決案にも目を通した。はたしてそこにはどのように書いてあったのか。上申書にいわく――

東平府清河県より殺人の事案について具申する。犯人の武松は年齢二十八歳にて原籍は陽穀県、腕力あるにつき本県にて都頭《ととう》に推挙されたものである。公務の使いからもどり、亡き兄を供養するに、兄嫁の潘氏が喪の明けぬうちから意のままに人に嫁いだことを知った。武松は街角にて聞き込みの後、不届きにも獅子街なる王鸞《おうらん》の酒楼において、当時は名を知らなかったが後に李外伝と判明せし者に遭遇、酒に酔って以前貸した銭三百文の返済を要求したが、外伝は返さなかった。さらに不届きにもそこから乱闘となり双方譲らず、摑《つか》み、打ち、蹴り、突きおとされて、被害者は重傷を負いその場で落命したものである。娼妓の牛氏、包氏なる者がこれを目撃しており、武松は地区頭と隣組頭によって捕らえられた。命《めい》により殺害現場におもむいた官員が、検屍役人や隣組の者を召集して克明に検証し、供述をきき誓書《せいしょ》をとり、検屍書と図とを記入し提出した。再度の取り調べでも供述は変わらなかったので、以下のように起案する。武松は乱闘による殺人に該当するゆえ、手、足、その他、刃物の何れ《いず》による犯行であるかを問わず、法令の定めは絞首である。(4) 店員の王鸞ならびに牛氏、包氏はみな無罪であること、供述より明らかである。今や机下に処分を上申すべく、執行の許可を請うものである。

政和三年八月　日

知県 李達天、県丞 楽和安、主簿 華何禄、

典史 夏恭基、司吏 銭労(5)

府尹はひととおり読むと武松を呼び、目の前にひざまずかせてたずねた。

「お前はなぜ李外伝を殺害したのか」

武松はひたすら伏し拝みつつ、申しあげるには、

「青天の閣下、それがし御前に罷《まか》り出まして、天に白日を見た思いでございます。お許しあらば申しあげたく存じます」

府尹、

「構わず申せ」

武松、

「それがし、もともと兄の仇を討つべく西門慶を探していて、行きちがいからこの人を殺してしまったのでございます」

と、経緯をひととおり申しあげて、

「まことにそれがし、不当な罪に陥《おとしい》れられてございません。西門慶は財力があり、逆らいようもございませんでした。ただ無念なのは、兄の武大が恨みを抱えたまま泉下《せんか》にあり、命をむだにしたことでございます」

府尹、

「みなまで言わずともよい、すべてわかった」

そこで司吏の銭労を呼びつけると、厳しく二十打たせて言った。

「お前のところの知県は、役人たろうとはせぬとみえる。どうしてこのように情実にまかせて、法を金で枉《ま》げるのか」

そうして、一同の者らをひとりひとり尋問し、武松の供述を筆もてすっかり改めた。そこで補佐官に言うには、

「この男は兄のために仇を討とうとして、誤って李外伝を殺害したもの。義気ある硬骨漢であって、故意に良民を殺したのとはわけが違う」

言うそばから長首枷を外させ、軽犯罪用の首枷にかえて牢に下した。一同の者らはみな県にもどして待機させ、いっぽうでは清河県に公文書を出して、凶徒西門慶、兄嫁潘氏、王婆、少年鄆哥《うんか》、検屍役人何九《かきゅう》をあわせて拘引し、全員を公の場で克明に調べあげたうえで、刑の執行を願い出るようにと指示した。武松は東平府の監獄におかれたが、人はみなこの男がいんちき裁判の被害者と知っていたので、牢をおさめる獄卒はみな、びた一文も求めぬどころか、酒や食事を与えてやるのだった。

早くもこのことを清河県に伝えた者がいた。事情を知った西門慶はあわてふためいた。陳文昭は清廉な役人なので、これに付けとどけするわけにはいかない。娘の嫁いだ陳家へと縁故を頼みに行かせる必要があり、使用人の来旺《らいおう》(6)を昼夜兼行で東京へと向かわせ、

---

(4)『大明律』巻十九（刑律・人命）「闘殴及故殺人」の条に、実際このような規定がある。／(5) 県丞と主簿は第九回に既に見えた。典史は知県の属官で治安に当たる。司吏は小役人の通称で、知県、県丞らと並んで署名があるのは本来おかしい。

護送役人に伴われて流される武松

楊提督《ようていとく》に書信を届けさせた。提督が内閣の蔡《さい》太師（蔡《さい》京《けい》）に願いをとりつぐと、太師も李知県の評判に傷がつくのを恐れ、緊急の密書一通を東平府なる陳文昭に送ることまでして、西門慶と潘氏の拘引を免じさせた。この陳文昭はもと大理寺の寺正(7)から東平府の府尹に昇任しており、蔡太師の門生(8)でもある。さらに楊提督ときては天子の御前で発言を許される高官であり、かくて義理と人情の板挟みになった末、武松の死罪だけは免じて、背中を杖《つえ》で四十打ち、顔に入れ墨のうえ二千里の遠方への兵営送りと判決した。さらに武大の件については、すでに死んでおり遺体の検証もできないので、疑わしくはあるが詮議せず、そのほかの関係者一同は釈放して家にかえすことにした。

本庁への上申がなされ、府に命令書が届くと即日執行された。陳文昭は牢から武松を引き出させ、庁堂にて朝廷の決定を読み上げ、長首枷を外させると、やむなく背中を杖で四十打ち、鉄板で覆った七斤半の円い首枷を釘づけした。顔に二行の金字（刺青の婉曲表現）を入れると、孟州（いま河南省）の牢城へと流すことになった。ほかの者らをかえしてしまうと、府尹は庁堂にて書類に署名し、ふたりの属吏《ぞくり》をつかわして、武松を孟州に引きわたすべく護送していかせた。

即日、武松はふたりの属吏と東平府を離れ、清河県の武大の家へとやってくると家財道具を売りはらい、路銀としてふたりの属吏にわたした。近所の姚二郎《ようじろう》には迎児《げいじ》の面倒をみてくれるよう頼んで、「もし朝廷の恩赦で家にもどったならば、しっかりと礼をする、きっと忘れたりしない」と伝えた。隣近所や金持ちの家では、武二は義の心ある男なのに不幸にして刑に処されたのだからと、ふだんから武二と親しかった者らはみな銀子《ぎんす》をさしだし、酒食や銭、米を贈る者もいた。武二は下宿にまわり、兵卒に旅の荷物を出してこさせると、その日のうちに清河県を発って流刑の途に就き、孟州へと向かう大道をゆるゆるたどるのだった。ちょ

（6）底本「来報」はおそらく「来保」の誤りだが、第二十五回で来旺がこの役目を担ったと自ら述べているのに従った。／（7）大理寺は中央の司法機関の一つ。明代には刑部、都察院とあわせて三法司と称され、判決案の審査を行った。寺正は卿、少卿、寺丞に次ぐ役職。明代の大理寺は左寺と右寺に分かれ、寺正も各一名が置かれた。／（8）科挙の合格者は、受験時の試験官に対して自らを門生と称する。

一家そろっての愉快な酒盛り

うど中秋（八月）の候にあたっていたが、このたびの道行きたるやまさしく、

　ともあれ命を長らえられりゃ
　ずっと腹ぺこでも構いはせぬ

といったところ。その証拠としてこんな詩がある――

　府尹の取り調べはまことに公正
　武松は命拾いしてまた道は開く
　刺青で牢城おくりの身とはいえ
　萎《しお》れた草が暖風に再び茂るよう(9)

武二が孟州へと流されたことは措く。さて西門慶は彼奴《かやつ》が配所への途に就いたと聞くと、頭のうえの石がやっと地面に落ち、胸のつかえがとれたかのごとく、たいへん気が楽になった。そこで使用人の来旺、来《らい》保《ほ》、来興《らいこう》に言いつけて、裏の花園にある芙蓉亭をきれいに片づけて掃除させ、屏風をめぐらし錦の目隠しを掛けて、酒席をすっかり整えると楽師の一団を呼び、管絃の調べや歌と踊りを披露させた。大奥様の呉月《ごげつ》娘《じょう》、二番目の李嬌児《りきょうじ》、三番目の孟玉楼《もうぎょくろう》、四番目の孫雪《そんせつ》娥《が》、五番目の潘金蓮と、一家そろっての愉快な酒盛り。使用人のかみさんたち、女中や小間使いは両側に控えている。その日の佳《よ》き宴《うたげ》の模様やいかにといえば、そのさまは――

　香は宝鼎《ほうてい》に焚《た》かれ
　花は金瓶《きんぺい》に挿され
　器はずらっと象州の骨董
　簾《すだれ》にびっしり合浦《ごうほ》の真珠（象州、合浦ともいま広西壮族自治区）
　水晶の皿には
　火棗交梨《かそうこうり》がうずたかく（火棗、交梨はともに仙果。珍しい果物を指す）
　碧玉《へきぎょく》の杯には
　瓊漿《けいしょう》玉液がなみなみと（瓊漿、玉液はともに仙液。美酒を指す）
　龍の肝を煮て
　鳳《おおとり》の腑《はらわた》を炒め

（9）この詩は『水滸伝』第三十回のものを改めて用いている。本書第二十六回にも同じ発想の詩が見られる。

まこと一箸ごとに万金が飛び
黒熊の手の平
紫駝《しだ》の足の肉
酒の後に運ばれ香り座に満つ
そのうえ
とろ火で炊きあげた香り高い紅蓮《こうれん》（紅蓮は早稲の品種）
印鑑を呑み込める長さの子魚《ぼら》(10)の膾《なます》
伊魴《いほう》に洛鯉《らくり》は
なるほど牛や羊ほど高価(11)
龍眼に茘枝《れいし》は
まったく東南の地の珍味
鳳《おおとり》(12)の団茶を碾《ひ》けば
白玉の碗に白浪《しらなみ》わかれて
瓊液《けいえき》を注ぎこめば（瓊液もここでは美酒を指す）
紫金の徳利から清香《せいこう》たつ
つまりは孟嘗君《もうしょうくん》(13)も顔負けで
この一席で石崇《せきすう》(14)の富しのぐ

このとき西門慶と呉月娘は上座にいて、そのほか李嬌児、孟玉楼、孫雪娥、潘金蓮がみな両脇に並んで座り、酒を回し杯を交わし、花に錦の絢爛《けんらん》ぶりで飲むのだった。そこに小者の玳安《たいあん》が連れてきたのは、ひとりの小者とひとりの小娘。髪の毛を眉で切りそろえ、利発そうな様子で、箱をふたつ持っている。玳安が言うには、

「おとなりの花太監《たいかん》のお宅から、奥様方の御髪《おぐし》にと、花をお届けです」

西門慶や月娘らの前に進み出ると、揃って叩頭し、傍らに立って言うには、

「奥様から、この点心の箱をお届けし、あわせてお花を西門の大奥様の御髪に、と申しつかっております」

簾を掲げて箱を見れば、ひと箱は山椒と塩で味つけして黄金《こがね》色に焼き上げたクッキーに餡を挟んだ皇宮御用達《ごようたし》の菓子。もうひと箱は摘んだばかりの新鮮な玉簪花《たまのかんざし》だったので、月娘はすっかりよろこんで言った。

「そちらの奥様には、このたびもお心づかいいただきまして」

とて食事を出させ、ふたりに点心を食べさせた。月娘はその幼い女中にはハンカチを一枚、小者には銭百文をやって言うには、

「くれぐれも奥様によろしくお伝えください。ありがとうございました」

そこで幼い女中にたずねて、

「名前はなんというのかい」

答えて、

「繡春《しゅうしゅん》です。小者は天福」

かえしてやると月娘は西門慶に、

「お隣に住まれている花さんの奥様はずいぶんよくしてくださり、いつも小者や女中をよこされて物をいただくのに、あちらには一度も返礼さしあげたことがありません」

西門慶、

「花二くんが奥さんを娶《めと》って二年にもならないが、自分でも言ってたよ、奥さんは気立てがいいって。でなけりゃ、ああいうかわいい女中を家にふたり置くなんてこと、できっこないよ(15)」

月娘、

「こないだ六月に、あちらの老太監さまが亡くなって、野辺送《のべおく》りのとき、お墓でちょっとお見かけしたんですけどね、小柄で丸顔、両眉が細くしなっていて、それは色の白い、たいそうおだやかな奥様ですよ。まだお若くて、二十四、五にもなっていないでしょう」

西門慶、

「お前は知らないだろうが、あの人はもともと大名府の梁《りょう》中書(16)の妾で、花子虚とは再婚なんだ。ひと財産たずさえてきたんだよ」

月娘、

「あなたや私と近づきになりたくて、こんな箱まで届けていらっしゃるんですし、すぐお隣なんですから、

(10) 原文「通印子魚」。王安石の「長魚 俎上に三印を通す」という詩句(「送福建張比部」詩)を踏まえて、蘇軾が「印を通す子魚(ボラ)は猶ほ骨を帯び、錦を披《き》る黄雀(マヒワ)は漫《みだ》りに脂多し」(「送牛尾狸与徐使君」詩)と詠んだことから生まれた表現。／(11) 伊魴、洛鯉は伊水の魴(トガリヒラウオ)、洛水の鯉のこと。東魏・楊衒之『洛陽伽藍記』巻三に、京師で「洛鯉伊魴は牛羊より貴し」と言われていたことが見える。／(12) 宋代、福建から献上された団茶(丸く練り固めた茶)の上等品に鳳凰の紋がつけられていたことから、上等な茶のことをいう。／(13) 第一回訳注(16)を参照。／(14) 奢侈で名高い晋代の政治家(二四九〜三〇〇)。金谷園をつくり盛大な酒宴を開いたことで知られる。／(15) 崇禎本の批評者と張竹坡は共に、この西門慶の台詞が回末で春梅に手をつける伏線になっていることを指摘する。／(16) 中書は官名で中書舎人の略。梁中書は『水滸伝』の登場人物で、以下に見える挿話のうち、蔡京の娘婿であるとの設定は同書第十二回に、家の者が皆殺しにされた話は第六十六回に見える(ただし手を下したのは李逵ではなく杜遷と宋万)。

礼儀に外れてはいけませんね。近いうちにこちらも、何かお返しの品をさしあげましょう」

皆様お聞きあれ。花子虚の妻というのは、実家の姓を李といって正月十五日の生まれ。その日に魚型の瓶を一対贈った人があったので、幼名を瓶姐《へいしゃ》といった。はじめ大名府の梁中書の家で妾となったのだが、梁中書は東京《とうけい》の蔡太師の娘婿で、夫人はたいへん嫉妬ぶかかった。小間使いや妾を打ち殺しては、みな裏の花園に埋めていたが、李氏だけは離れた書斎に住み、自分の乳母《うば》だったおっかさんにかしずかれていた。政和三年正月上元（正月十五日。元宵節と同じ）の夜、梁中書が夫人とともに翠雲楼にいたところ、家じゅう老いも若きも李逵《りき》に皆殺しにされ、梁中書と夫人とはおのおの難を逃れた。李氏は大きな西洋真珠を百粒、[17]重さ二両（約七十グラム）の鴉青《サファイア》を一対たずさえ、乳母のおっかさんと東京へ逃げて、親戚の家に身を寄せた。そのとき花太監は御前につかえる近侍から広南の鎮守[18]に昇ったところだったが、甥の花子虚に妻がいなかったので、口利きに縁談を持っていかせ、李氏を正室として娶った。太監が広南へ赴任するに際しては、甥夫婦も連れていった。半年あまり過ごしたところで不幸にも花太監は病となり、職を辞して隠居したが、清河県の人であったので当県に移り住んだのだった。

いまや花太監は亡くなり、まとまった金をすっかり手に入れた子虚は、来る日も友人と廓《くるわ》に出入りするようになり、西門慶とも仲間内だった。西門慶が大兄貴分で、二番目は姓が応、名は二文字で伯爵といい、もともと綾絹屋の応員外（定員外の官員。ここでは富豪の称）の息子。元手をなくして転がり落ち、もっぱら教坊司管下の三院[19]で太鼓持ちをして飯にありついている。蹴鞠《けまり》がうまく、盤双六《ばんすごろく》に囲碁など遊戯百般に通じている。三番目は姓は謝、名は希大、字《あざな》は子純で、これも幇間《ほうかん》の遊蕩児《ゆうとうじ》。琵琶が得意で、毎日することもなく、ひたすら妓楼で風流《いろこい》がらみの茶や飯を食らっている。そのほか祝日念、孫寡嘴《そんかし》、呉典恩、雲離守、常時節、卜志道《ぼくしどう》、白来創がいて、あわせて十人の友だち仲間。卜志道が亡くなったのを、花子虚が補ったのだった。[20]毎月どこかに集まって、歌い女をふたり呼んでは、花に錦の絢爛ぶりで遊んでいた。一同は、花子虚が太監の家の遊蕩児で金ばなれがよいと見るや、皆でむりやり取り持って廓で女郎を揚げさせたので、まる四、五晩もつづけて家を空けるようになってしまった。まさしく――

　郊外の道に春の光きらめき
　紅《くれない》の楼閣で管絃の音に酔う
　果して人生どれだけありや
　楽しまなければ徒然《むだ》なこと(21)

　このことは措く。さてその日、西門慶は妻妾ともども家を挙げて楽しみ、芙蓉亭で遅くまで酒を飲んでやっとおひらきにした。潘金蓮の部屋にもどったときにはすでに半酔い。酒興《しゅきょう》に乗じて女と雲雨を交わそうとする。女はいそぎ香を焚《た》き染《し》め布団を敷いて、ふたりで服をぬぎ寝台にのぼった。

　西門慶、いきなりことをいたそうとはせず、女がなにより笛吹きを好むのをよく知っていたので、緑紗《りょくしゃ》の帳《とばり》のなかに腰を下ろすと、女を傍らで四つ這《ば》いにさせた。女は、金の腕輪(22)をかるく嵌《は》め直した両手でそいつを捧げもち、口に含ませた。西門慶は首《こうべ》を垂れて、その出没の妙を愛《め》でた。吸いつくこと久しくなり、淫なる興趣《きょうしゅ》がいや増したところで、春梅を呼び、茶を運んでこさせた。女は女中に見られてはと、あわてて帳を下ろした。西門慶、

「何を気にしてるんだい」

　とて言い出すには、

(17) 西洋は南シナ海以西を指す。女が改嫁する際に元の夫の家から百八粒の真珠を持ち出すという筋が『警世通言』巻十六「小夫人金銭贈年少」に見られる。第一回訳注(32)をも参照。／(18) 広南はいまの広東、広西。鎮守は鎮守太監。明代、皇帝が各省各鎮の監督にあたらせるため派遣した宦官の職名。／(19) 原文「本司三院」。本司は教坊司のこと。宮廷の音楽や歌舞を司る役所で、妓院も管理していた。三院は管下の妓院の総称であろうが未詳。一説に当時の北京にあった東院、西院、南院の三つの妓院を指す。／(20) 西門慶を除く十兄弟それぞれの名前は、応伯爵（応白嚼《ただぐい》）というように洒落になっている。以下、謝希大（謝喜大《ほらふき》）、祝日念（逐日念《いつもぶつぶつ》）、孫寡嘴《むだぐち》（第十一回によると本名は孫天化）、呉典恩（無点恩《おんしらず》）、雲離守（運離手《うんのつき》。この箇所は底本「雲裡手」）、常時節（常時節《いつもだめ》または常時借《かりっぱなし》）、卜志道（不知道《しらぬぞんぜぬ》）、白来創（白来搶《ただどり》または白来撞《おしかけ》。この箇所は底本「白来搶」）、花子虚（話子虚《うそばかり》）。どのような洒落になっているか議論の分かれる人物もある。／(21) 明・蘇復之『金印記』第五齣の下場詩（末尾の詩）に、一句目を除きほぼ同じ詩が見られる。／(22) 底本「釵（かんざし）」だが、崇禎本と下の「西江月」の歌詞とを参考に、「釧（腕輪）」の誤りと判断した。

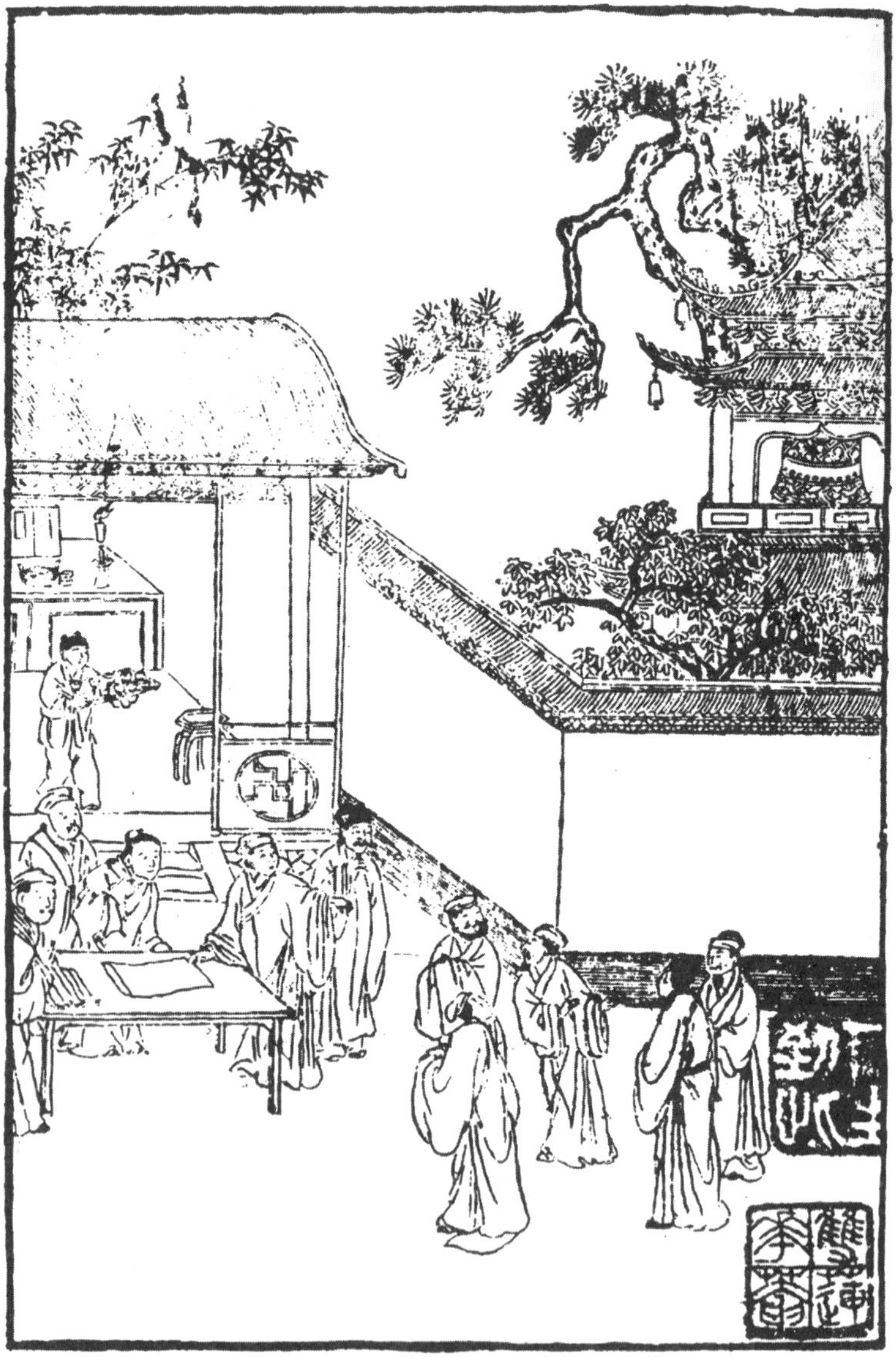

十人の義兄弟の契り（本訳書の底本にこの場面はない）

「お隣の花二くんの家にだって、すてきな女中がふたりいてね。きょう花を届けにきたのが年下の方で、もうひとりいるんだ。これも春梅くらいの年まわりなんだが、やっぱり花二くんのお手つきになっている。奥さんが門口に立ってるときに、あとについて出てきたのを見たら、きれいな子だったよ。花二くんはあの若さなのに、家ではそんな人使いをしてるとはねえ」

女は聞くと、横目でひとにらみして言うよう、

「けったいなぶつめ、あんたは罵るだけ無駄だね。この女中に手をつけたいと思ってるなら、つけりゃいいだろ。遠まわしにもたもたと、山を指して石臼の商談でもするみたいに(23)、他人を持ちだして私と比べることないじゃないか。私はそんなこと気にするたまじゃないし、あの子だってもともと私の女中でもない。そういうことなら、あす私が奥の棟に行ってここを空けてる間に、あんたは勝手に部屋へ呼んで、手をつければいいでしょ」

言い終えて、やがて西門慶への笛吹きも済むと、やっと首に抱きつき脚を絡ませあって眠るのだった。まさしく、

秘事《ひめごと》の才あり男の意に沿って
慇懃《いんぎん》にすばやく吹けり紫の簫《ふえ》

といったところ。その証拠となる〔西江月〕（旋律名）の詞がある——

紗の帳は蘭麝《らんじゃ》の香りに揺れて
眉美《うるわ》しき女は笛吹きの手練《てだ》れ
雪白の玉体は帳《とばり》をも透き通って
たまらず魂《こん》も魄《はく》も飛びさまよう
玉の腕《かいな》にそっと嵌《はま》る金の腕輪
二人は酔ったよう痴《し》れたよう
あなた催《もよお》したら私に知らせてね(24)
ゆっくりもう少し吸いましょう

翌日になると、女は果たして奥の棟の孟玉楼の部屋

(23) 原文「指山説磨」。ふつう「指山売磨」に作り、山を指してその山の石でつくる臼の商売をする、すなわち不確かな話で人を煙に巻くの意。ここでは真意が別のところにあることをいう。／(24) 第十七回にもほぼ同じ詞が見える。

へ出かけた。西門慶は春梅を部屋に呼び、春がきて杏《あんず》や桃が赤く蕾《つぼみ》を綻《ほころ》ばせ、風の戯れに楊柳《ようりゅう》が緑の腰を浮かすかのようにして、この娘をお手つきとした。女はそれから春梅を精いっぱい引きたてて、炊事やかまど掃除はさせずに、部屋で寝床の支度をさせたり茶を出させたりするだけに使った。服や髪飾りはお気に入りをえらんで与え、両の足は布で小さくしばらせた。もともと春梅は秋菊とちがって、聡明で冗談好きで受け答えがうまく、なかなかの容姿だったので、西門慶にたいへんかわいがられた。これにひきかえ秋菊は、うすのろで用に立たないので、女が打つといえばこちらの女中なのだった。まさしく――

池《いけ》の辺《べ》に喧《かまびす》しくさえずる燕雀は
みな仁義を物差しに賢愚を語る
種《しゅ》は違っても同じ飛ぶ鳥なのに
貴賤と高低とやはり同じからず

はてさて、この後どうなりますか、まずは次回の解きあかしをお聞きあれ。

第十一回

金蓮が煽《あお》って孫雪娥《そんせつが》を打たすこと
西門慶が李桂姐《りけいしゃ》を水揚げすること

女性《おんな》はいつも　やきもちやきで
蕩児《とうじ》はみんな　うかれてあそぶ
あまいさそいを　耳にしたなら
なじみしんがお　構わずすてる
おべべのねえや　ちと袖ひけば
うわきなこころ　すぐまた動く
まるで毎日　ものいみかまつり(1)
ちやほやされては　手の平返し(2)

さて、西門慶の家での潘金蓮は、寵愛《ちょうあい》たのんで驕《おご》りを生じ、寒いも暑いと言い張って、朝から晩までおちつくことがなかった。きわめて疑《うたぐ》りぶかい性格で、壁に聞き耳を立てては、きっかけをさぐり騒ぎたててばかりいた。

春梅というのもまた、それほど忍耐づよいわけではない。ある日おり悪しく、つまらぬことで金蓮が春梅をすこし叱りつけた。春梅は鬱憤の持っていきどころがなくて、奥の厨房にひっこむと、テーブルを打ったり皿を叩いたり、ひどい荒れようだった。見かねた孫雪娥は、ことさらにからかって、

「けったいなぶつめ、男がほしいならよそへ行きな。なんだってこんなところで偉そうにしてるんだい」

春梅は、ちょうど悶々《もんもん》としているところに、こんな台詞《せりふ》を聞かされたものだから、たちまちいきり立った。

「私が男をたぶらかそうとしてるだなんて絡《から》んでくるのは、誰だい」

（1）原文「寒食元宵」。寒食《かんじき》は冬至から百五日目で、前後の日を含め三日のあいだ、煮炊きした食事をしない風習があった。元宵《げんしょう》は旧暦の正月十五日で、灯籠を飾って盛大に祝う。寒食のもの寂しさと、元宵の賑やかさとを対比させて、境遇の振れ幅が大きいことをいう。／（2）原文は六言詩で、「婦人　嫉妬非常／浪子　落魄無頼」というように各句が「二字＋慣用句四字」で構成されている。訳文においては、後半四字にほぼ相当する部分を平仮名で表記してみた。

雪娥は、相手がご機嫌ななめと見るや、口を閉ざしきりにする。春梅は腹立ちまぎれにつかつかと表にやってきて、かくかくしかじか、一から十まで金蓮に伝えたうえ、こんな顚末までつけくわえた。

「あいつ、こんなことまで言ってましたよ。奥様は、父様（西門慶）に私を収めさせて、[3]主従ぐるになって男をたぶらかそうとしてるんだって」

あることないこと告げ口して焚《た》きつけたものだから、金蓮は腹じゅうむかむかでいっぱい。その日の朝は、呉月娘《ごげつじょう》がある人の野辺送《のべおく》りに出るのを見送ったため、起きるのが早かった。そのせいで気怠《けだる》かったこともあり、ひと眠りしてから亭《ちん》にやってきた。すると孟玉楼《もうぎょくろう》が風に衣を揺らめかしつつやってきて、にこにこと、

「お姉さん、どうしてふさぎこんでるの」

金蓮、

「それを言わないでよ、今朝《けさ》はひどくかったるくてさ。三姉さんはどこ行ってたの」

玉楼、

「さっき奥の厨房へ行ってきたとこ」

金蓮、

「あの人になにか聞かされなかった」

玉楼、

「姉さん、なにも言ってなかったですよ」

金蓮は、口にした言葉こそこれきりだったが、しっかりと心に刻み、雪娥とは仇敵になったのだった。このことは措く。

ふたりがしばらく針仕事をしたところで、春梅が湯沸かしを、秋菊が二杯の茶を運んできた。茶を飲み終えると、ふたりはテーブルを据え、碁石と盤を置いて打ちはじめた。ちょうどたけなわのところに、庭の門番をする小者、琴童がだしぬけにやってきて知らせた。

「父様がおいでです」

ふたりの女はあわてて碁石をかたづけようとしたが、その暇もない。西門慶はちょうど敷居をまたいだところでふたりを見ると、普段どおりどちらも、銀糸の束髪冠から両耳の前後に鬢《びん》をあらわして、青宝石《サファイア》の耳飾りを垂らし、白い紗《しゃ》の単衣《ひとえ》に桜色の袖なしをかさね、縫い取りのある裙《スカート》を履き、尖って反り上がる細身の小靴一双は赤の鴛鴦《えんおう》で飾られて、いずれも白粉《おしろい》した玉の彫刻のよう。おもわず満面に笑みをたたえ、からかった。

「一対《いっつい》のお女郎さんってとこだな。えらく高くつきそ

うだ」

　潘金蓮、

「私らこそちがいますけどね、お宅の奥にはまさしく女郎さんがおいでで」

　玉楼は抜け出して奥へ下がろうとするところを、西門慶に片手でつかまえられた。言うには、

「どこへ行くのさ。俺が来たら逃げ出すのかい。ほんとうのことを言いな、俺が留守の間、ふたりでここでなにしてたんだ」

　金蓮、

「ふたりとも、つまらなすぎておかしくなりそうだったんで、ここで二局ほど碁を打っていたの。泥棒しないでよかったですよ、あんたがもうかえってくるなんて、まさか思わないもの」

　話しながら、上着を脱ぐのを手伝って言うには、

「きょうは、野辺送りから早くおもどりでしたね」

　西門慶、

「きょうはもてなしの席じゅう太監や役人仲間ばかりで、おまけに暑くてかなわなかったから、さっさとかえってきたんだ」

　玉楼がたずねて、

「大奥様はどうしてまだもどられないんですか」

　西門慶、

「あいつの駕籠《かご》も、おっつけ町の壁を入るころさ。小者をふたり、迎えにもどらせたよ」

　言いながら、上着を脱ぎおえて座り、さてたずねるには、

「おふたりさんは、なにを賭けて碁を打ったんだい」

　金蓮、

「私ら、はじめから遊びで一局打ってただけなのに、わざわざ賭けなんてするもんですか」

　西門慶、

「俺とお前らで一局打とう。負けたやつが銀子《ぎんす》一両を出しておごるんだ」

　金蓮、

「私ら銀子なんてありませんよ」

　西門慶、

「銀子がなけりゃ、簪《かんざし》を出して俺に質入れすれば同じことさ」

　そこで碁石を並べて三人で一局打つと、潘金蓮が負

（3）底本の「我和娘収了」では読みにくいので、崇禎本が「他還説娘教爹収了我」と言葉を足すのに従う。

けた。西門慶がまだ地を数えているのに、この女は石をかき混ぜてしまい、まっすぐ沈丁花《じんちょうげ》のところにやってくると太湖石にもたれ、花を摘むふりをしていた。

西門慶が探しあてて言うには、

「ちっちゃなべらべら口さん、碁に負けたってのに、こんなところに隠れちまったのかい」

女は西門慶が来たのを見ると、とめどなく愛想《あいそ》笑いをして言うには、

「けったいなぶつめ、孟の三姉さんが負けたなら取り立てようともしないくせに、私にはまとわりつくの」

手のなかの花をむしって、花弁を西門慶の身体じゅうに注ぎかけた。歩み寄ってきた西門慶に両腕で抱きすくめられ、太湖石に押し当てられると、丁子《ちょうじ》のような舌を出し、甘き唾《つばき》をまじわらせて、くっつきふざけた。

思いがけず玉楼が目の前にやってきて呼ぶには、

「六姉さん、大奥様がもどられましたよ。奥へ行きましょう」

女はそこでやっと西門慶を打ち捨てて、こう言うのだった。

「お兄さん、もどってきたらけりをつけますからね」

玉楼と奥の棟へおもむき、月娘に辞儀をすると、月娘はたずねた。

「お前たち、なにを笑ってるの」

玉楼、

「きょう六姉さんは父様と碁を打って、銀子一両負けたんです。あすはもてなし役になって、お姉さまを招いて遊ぶんですよ」

月娘は笑った。金蓮はそのとき、月娘の前に顔だけ出すと、すぐ表の棟にやってきて、西門慶に寄り添った。春梅に言いつけて部屋に香を焚《た》き染《し》め、湯浴《ゆあ》み盥《だらい》に張る水をあたためて、夜にふたり、水魚の歓びに倣《なら》おうと支度をしたものである。

皆様お聞きあれ、この家には呉月娘という大奥様が母屋に住んではいたものの、いつも病《やまい》がちで、家の事を取り仕切ってはおらず、つきあいの行き来で出かけるばかり。金銭の出し入れはすべて、歌い女《め》出身の李《り》嬌児《きょうじ》が受けもっていた。孫雪娥はもっぱら使用人のかみさん連中を率い、厨房で炊事をして各部屋に飲みもの食べものを届けていた。たとえば西門慶がどこかの部屋で休み、酒を飲む、飯を食う、スープはこれを作れ、となったとしよう。それらはみな雪娥の手により整えられ、部屋の女中が厨房へ取りにくるのだった。

このことは措こう。

　その夜、西門慶は金蓮の部屋でひとしきり酒を飲むと、湯浴みをしてふたりで休んだ。翌日、これも起こるべくして起こったことなのであろう、西門慶は金蓮に、箍《ヘアバンド》に通す真珠を廟《びょう》(4)へ買いにいく約束をしていた。早起きすると、荷花餅《クレープ》と銀の糸のように刻まれた鱠《なます》のスープ(5)とが食べたくてたまらず、起き出すや春梅に厨房へ言いにいかせようとしたが、春梅はかたくなに行こうとしない。金蓮、

「あの子を行かせないで。あそこにいる人に言わせると、私はあの子をのさばらせ、あんたに収めさせて、ぐるになって男をたぶらかそうとしてるそうだから。万事、豚を指して犬を罵るみたいなお門違いで、私ら主従につらく当たるんですよ。このうえあの子を奥にやって、何をさせようっていうの」

　西門慶はそこでたずねて、

「誰がそんなこと言ってあの子をいじめた。俺に言いな」

　女、

「言ってどうなります。盥《たらい》にも甕《かめ》にも耳《とって》はあるっていうでしょ。あんたはとにかく、奥にあの子をやらなきゃいいの。かわりに秋菊を行かせりゃいいでしょ」

　西門慶はけっきょく、秋菊を呼んで言いつけ、雪娥へ注文を伝えに厨房へ行かせた。飯を二度食えるほども経ち、女がもうテーブルも据えたというのに料理はまるで運ばれてこないので、西門慶はいらついていきり立つばかり。女は秋菊がかえらないので春梅を遣《や》ろうと、

「奥へ様子を見にいきな。あの奴隷め、根を下ろし芽まで生やして、ちっともどりやしない」

　春梅はしぶしぶ、腹を立てつつ厨房へとおもむいてみれば、秋菊がそこで待っているので、罵って、

「この水飴《もたもた》奴隷、奥様があんたの脚を切り落としちまうよ。なんであんたはもどってこないのかってさ。父

（4）第六回にみえた岳廟《がくびょう》を指すか。／（5）原文「銀糸鮓湯」。どういう料理であるかは説が分かれ、銀魚《しらうお》の鮓《しおづけ》のスープ、刻んだ鮓魚《くらげ》のスープ、細麺と酢漬け魚のスープなどとする意見もある。ここでは白維国ほか『金瓶梅詞話校註』(岳麓書社)が、唐・杜甫の詩句「鮮鯽《せんせき》銀糸の鱠《なます》、香芹 碧澗の羹《あつもの》」を引くのを取り(「陪鄭広文遊何将軍山林」其二)、銀糸は細く刻まれた鱠を指すと解した。

様は餅《ビン》を食べたら廟に行きたいってじりじりお待ちで、いらついて表でいきり立ってらっしゃるもんだから、私にあんたを引っぱってこいって」

　孫雪娥、聞かなければそれきりだったものを、聞いてしまったがためにおおいに怒り、罵って、

「けったいなチビ淫婦、回回《フイフイ》の礼拝なら待ったなしだろうけどね、鍋だって鉄を打たなきゃできないんだ——気長に待つもんさ。人がことこと支度した粥も食べず、いきなり気まぐれを起こして、餅《ビン》を焼けスープを作れだって。腹に取りついた回虫は誰だろうね」

　春梅は罵られておさまらず言うには、

「たわごともほとほとにしな。(6)主人があんたに使いをよこしたんだ、そうでなきゃ誰があんたにこれ作れなんて言いにくるかい。できていようがいまいが、私らは表にもどったらありのままお伝えするまでさ。何を騒いでるんだか」

　片手で秋菊の耳をひねり上げ、まっすぐ表の棟へ向かうところに雪娥は、

「女主人も奴隷も、いつまでもこんなけんか腰でいられるのかね。ご時世は変わりますよ」

　春梅、

「そうともさ。ご時世にあるときゃそこに乗っかるもんだよ。私ら主従ふたりをたばかろうとなんて、しないことだね」

　と、すごい剣幕でもどってきた。怒りで顔を真っ黄色に染め、秋菊を引きずりつつ入ってきた春梅をみて、女はたずねた。

「どうしたの」

　春梅、

「こいつにきいてください。行ってみたら、まだ厨房に突っ立って待ってたんですよ。あいつがのったらと、やっとこさ小麦粉こね出したのをね。私は、出過ぎたことでしたがひとこと言いましたよ。『父様が表でお待ちだよ。奥様は、なんであんたはもどってこないのかとおっしゃって、あんたを呼びに私をよこされたんだよ』って。そしたらあろうことか、廓《くるわ》あがりのあいつが私のことを奴隷、奴隷って千回も万回も呼んで、しっかりと罵ってきたもんですよ。なんでも、父様は回回《フイフイ》の礼拝みたいに待ったなしだそうで、まるで誰かが父様を唆《そその》かしてるみたいな言い草。支度した粥は食べないで、藪《やぶ》から棒に餅《ビン》やらスープやら欲しがると言って、厨房で人を罵るばかりで、作ろうとしないんです」

女はそこで脇から、

「この子をやらないでって言ったでしょ。誰かさんは、この子にこんなふうにつっかかってくるんです。私ら主従がふたりしてあんたをこの部屋に囲いこんでるなんて言うんだから。この子は罵られにいってきたようなもんですよ」

西門慶は聞くとおおいに怒り、奥の棟の厨房におもむくと、有無をいわせず雪娥をいくつか足蹴《あしげ》にし、罵って、

「この拗《ねじ》け女め、俺が餅《ビン》をつくれと伝えによこしたのに、どうしてお前があいつを罵る。あいつを奴隷と罵るなら、たまった小便ぶちまけて、手前《てめえ》の顔を映してみろ」

雪娥は西門慶にひとしきり蹴られ罵られたが、怒りこそすれ何も言おうとはしなかった。西門慶が厨房の戸の外へ出たばかりのところで雪娥は、来昭という使用人頭の妻、一丈青にこう言った。

「きょうの私のざまを見とくれよ。あんたは脇で聞いててくれたね、私はなにも言いやしなかっただろ。あいつ（春梅）はやってくると、疫病神さながらにあれこれ喚《わめ》き散らして、女中を引っぱっていったんだ。なのに主人の前では針小棒大に物を言い、焚きつけてやってこさせて、こんな理不尽な仕打ちを食わせやがった。目を洗って見とくことにするよ、主人と奴隷がいつまでもこんなけんか腰でいたなら、足を踏み外さないといいけどね」

思いがけず西門慶がこれを聞いていて、もどってくるとさらにいくつか拳固《げんこ》を食らわせ、罵って、

「この奴隷の淫婦、あいつをいじめてないとまだ言うか。お前が相も変わらずあいつを罵っているのを、この耳で聞いたぞ」

雪娥が音《ね》を上げるまで打ちのめすと、西門慶は表の棟へともどっていった。雪娥は腹立ちのあまり厨房にて両の目から涙をこぼし、声を上げて大泣きした。

呉月娘はちょうど母屋におり、起きだして髪を梳《と》かしたばかりだったが、小玉にたずねた。

「厨房ではなんの騒ぎだい」

小玉が答えて、

（6）原文「没的扯毬淡」。「扯淡」はでたらめを言う、むだ話をする。「毬」は女陰をあらわす語で罵語に用いられる。訳文は日本語の「陰《ほと》」にかけている。

孫雪娥をこらしめる西門慶

「父様は餅《ビン》を御所望で、召し上がったらお廟に行こうとなさっていたのですが、なんでもお妾さんが五娘《ごおくさま》の部屋の春梅を罵ったところ、それを父様が聞きつけたそうで、厨房でお妾さんをいくつか足蹴にしたものですから、泣きだしたのです」

月娘、

「なんのことやら。うちの人が餅《ビン》を食べたいというなら、いそいでつくって持っていかせりゃいい話でしょ。わけもなくあの人の部屋の女中を罵ってどうしようというの」

そこで小玉を厨房にやり、雪娥と使用人のかみさんたちをせっつき、あわただしくスープをこしらえ西門慶に出させた。飲み終えた西門慶が馬にまたがり、小者をしたがえて廟へ出かけたことは措く。

憤《いきどお》りのおさまらぬ雪娥は、月娘の部屋にやってきて事の次第を伝えていたが、思わぬことに金蓮がだしぬけにやってきて、窓の下でこっそり聞き耳を立てていた。部屋のなかでは雪娥が月娘と李嬌児に、金蓮が亭主を囲いこんでいるとか、裏でやりたい放題であるとか言っている。

「奥様はご存じないんですよ、あの淫婦ときたら、間男する女房なんかよりもっとひどい色狂いで、ひと晩だって男なしじゃ済まされません。裏でしている仕事ときたら、人がためらうようなことでもしでかしちまうんです。前の家では、自分の亭主を毒で始末しましたけど、そのつぎこんどは、私らもあいつに生き埋めにされちまったんです。あいつにかかると旦那さまは闘鶏みたいになっちまって、私らが目に入ったって見向きもしません」

月娘、

「なんのことやら。うちの人が餅《ビン》をくれといって表から女中をよこしたなら、言われたとおり持っていかせりゃいいでしょ。わけもなくあの人を罵ったりしてどうなるの」

雪娥、

「私がはげとかめくらとか、あの人を罵りましたか。以前、件《くだん》の女中（春梅）が奥様の部屋にいた頃なら、言いつけをきかないことでもあれば、厨房にいる私に庖丁の峰で打たれずに済んだものですか。そうしたところで奥様は何もおっしゃらなかったはずです。それがなんと、あの人の手下になった今では、こんなに偉ぶるようになるなんて」

話している最中に、小玉がやってきて言った。

「五娘《ごおくさま》が外においでです」

ややあって金蓮が部屋に入ってきた。雪娥に向かって言うには、

「私がむかしの夫を始末したというなら、旦那さまに私を娶らせなきゃよかったでしょう。そしたら私にあの人を囲いこまれたり、あんたの椅子を奪われたりされずに済んだのに。春梅については、もともと私の部屋女中ってわけでもないんだから、あんたがおさまらないんなら、あの子はまた大奥様に仕えさせればいいでしょ。あんたがあの子につっかかって、私が巻きこまれることもなくなりますからね。亭主を亡くしてまた嫁いで、それで心持ちがいいって人がありますか。いまからだって難しくなんてありゃしない、あの人がもどってきたら去り状を一枚書いてもらい、私が出ていけばいいことでしょ」

月娘、

「何があったかは知らないけどね、お前たちみんな、ちょっとは言葉をつつしんだ方がいいよ」

孫雪娥、

「奥様、この人の口は淮河《わいが》の洪水みたいみたいなもんで、言いこめられる人なんていやしません。旦那さまの前でもあれこれ言い立てたものだから、あれっという間に私なんて誰だっけって扱いですよ。あんたの言いなりになってたら、奥様以外、私らはみんなお払い箱で、のこるのはあんただけになっちまうね」

呉月娘は座ったまま、ふたりがああ言えばこう言うのに任せ、じっと黙っていた。だんだん罵り合いになり、雪娥が、

「私が奴隷だって罵るのか。あんたの方こそ本物の奴隷じゃないか」

と言って、すんでのことで手が上がるところ、月娘は見かねて小玉に、雪娥を奥の棟へと連れていかせた。

潘金蓮はまっすぐ表の棟へともどり、厚化粧を落とし、紅《べに》も白粉《おしろい》も洗い、雲なす黒髪を乱し、花の顔《かんばせ》をゆがめて、両の眼を桃のように泣きはらして、寝台に横たわった。日の西に傾く時分、西門慶が廟からもどり、四両(約一五〇グラム)分の真珠を袖にして、部屋に入ってきた。ひと目みるやたずねて、

「どうしたんだい」

女は声をあげてわっと泣きだし、西門慶に去り状を求めて、かくかくしかじかとひとわたり物語った。

「もともとあんたの財産目当てだったわけでもなく、あんたって人についてきただけなのに、どうしていまこんなにいじめられなきゃならないの。亭主を始末したって千回も万回も言いやがって。拾えば縁あり落とせば縁なし、女中がいなけりゃいないで構いません。どうしてよそさまの部屋女中にかしづかれて、人に悪態をつかれなきゃならないことがありますか。私ひとりが影を余分に抱《はらじゅうまっくろ》えてるとでもいうの」

西門慶、聞かなければそれきりだったものを、この言葉を聞くや、三尸の神(7)は猛り狂い、五臓の気(8)は天を衝く。一陣の風のごとく奥の棟へとやってくると、雪娥の髪をつかみ、力まかせに短い棍棒でいくつか打った。さいわい呉月娘が進み寄り、その手を引きとめて言うには、

「まったくみんな、ちょっとはつつしんでくださいな。一家の主《あるじ》を怒らせるなんて」

そこで西門慶、

「この拗《ねじ》け女め、お前が厨房で罵ってるのを俺がこの耳で聞いたというのに、まだ他人にまとわりついているのか。腰から下を打たないのでは割に合わぬくらいだ」

皆様お聞きあれ。この日、孫雪娥を打たせたことこそが潘金蓮をして、かつての過ち、悪果は一遍《いっぺん》に、という結末に至らしめるのである。その証拠としてこんな詩がある——

夫の寵愛いいことにして
金蓮は雪娥にねたまれる
昔よりいう恩と恨みとは
千万年後も塵を生じ《ふるびることなし》ずと

このとき西門慶は、雪娥を打つと表の棟におもむき、金蓮のご機嫌をとったものである。きょう廟で買った四両の真珠を袖から取りだし、箍《ヘアバンド》へ通すようにとさしだした。女は、亭主が自分のためにうごき、鬱憤を晴らしてくれたのだから、うれしくないはずもない。それからというもの、一を求めたなら十を捧げられるというぐあいに、寵愛はますます深まっていった。ある日、庭に宴席を設けて呉月娘と孟玉楼とを招き、西門慶と四人でいっしょに酒を飲んだのだった。

(7) 人の体内にいて、庚申の日の夜になると天にのぼり、その悪事を天帝に告げるとされる三神。／(8) 底本「五陵気」に作る。そのままでよいとする説もあるが、「三尸神」と対になる表現であることに鑑みて、崇禎本にしたがい改めた。

妓女を呼んでのにぎやかな宴

無用なおしゃべりはやめよう。西門慶は十人の友だち仲間を作り、茶や酒の集まりを毎月ひらいて付き合っていた。[9]はじめのひとりは応伯爵といって、根っからのごろつき。ひと財産を廓《くるわ》でつかい果たし、もっぱら富家の子弟にくっついて、女遊びの太鼓を持つことで飯にありつき、妓楼で遊んでいる。ついた渾名《あだな》が応花子《こじきのおう》。[10]ふたり目の姓は謝、名は希大、清河衛の千戸官の息子で、その地位を世襲していた。幼いころに父母を亡くしており、働きもせぬ遊び人。蹴鞠《けまり》が得意で賭けもやるものだから、身分を失っていまや幇間《ほうかん》をしている。三人目は呉典恩といい、この県の陰陽生[11]だったが、わけあって職を追われ、もっぱら役所の近くで官吏の借金の保証人をしていたことから、西門慶とつきあうようになった。四人目の孫天化は、渾名を孫寡嘴といって、歳は五十過ぎ。廓でのただ遊びが専門で、女たちのために手紙や書付《かきつけ》をとどけ、子弟を誘ってやっては、風流銭《いろこい》を得て日を送っている。五人目は雲参将（参将は武官名）の弟で、雲離守という。六人目は花太監の甥の花子虚。七人目の姓は祝で、祝日念という。八人目の姓は常で、常時節。九人目の姓は白で、白来創。西門慶とあわせて計十名の面々。この連中は、西門慶が金を持っているので大兄貴とし、毎月かわるがわる茶や酒の集まりをひらいていた。

ある日、花子虚の家が酒や茶をふるまう番に当たっていた。西門慶の家のすぐ隣である。太監の家が酒をふるまうわけであるから、とにかく何もかも豪勢で、はなはだ盛大な宴。ほかの者らは勢ぞろいし、西門慶はその日は用があって昼下がりになっても姿を見せなかったが、席は空けられていた。

ややあって西門慶がやってきた。衣服も帽子もきっちりと、四人の小者を引き連れる。皆は席を下りて迎え、礼を交わして席をすすめた。主人の花子虚が酒を注ぎ、西門慶を上座に据えた。女郎ひとりと妓女《ぎじょ》ふたりが琵琶に箏《そう》、䈽《しん》[12]をとって、宴席にて弾きかつ歌う。

(9) 以下、第十回にみられた義兄弟たちの説明が繰り返される。現行の本文が作者の十分な推敲を経たものでないことに起因する重複であろう。／(10) 第一回訳注(22)参照。／(11) 天文や地相をみる吏員。／(12) 軋箏《あつそう》の別名。擦弦楽器の一種。

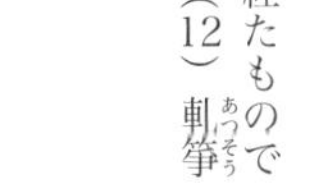

軋箏《あつそう》
（楽声『中華楽器大典』）

まさしく、語り尽くせぬ梨の園の艶麗、色と芸の兼備といったところ。そのさまは――

薄絹じたての衣はふりつもる雪
宝玉《おうとう》かざった髷《まげ》はうずたかき雲
桜桃の口
杏《あんず》の面《おもて》に桃の頬
楊柳《ようりゅう》の腰
蘭の心と蕙《けい》の性《さが》(13)
歌声はゆらめいて
さながら枝の上の鶯
舞踊はひらめいて
あたかも花の間の鳳
旋律は古調に依り
音色は天然に出ず
舞えば明月は秦楼にめぐり墜ち
歌えば行雲は楚館にとまり漂う（秦楼、楚館は妓楼を指す）
高低疎密は音律にのっとり
唇から珠玉の声こぼれ
軽重緩急は格調にしたがい
喉《のど》より宝石の音ひびく
箏柱《ことじ》は雁のごとく並び楽の音はゆるやかに
拍板《ひょうしぎ》は檀《だん》をもちい作り歌の声はあらたなり(14)

ややあって、酒がみたび巡り、組歌がふたつ吟じられると、三人の歌い女は楽器をおいて進み出て、花の枝が風に揺れ、刺繡帯が舞い漂うかのように額《ぬか》ずいた。西門慶は側仕《そばづか》えの召使の玳安《たいあん》を呼んで、書類袋から褒美の包みを三つとりださせ、各人に二銭ずつ与えれば、礼をのべて引きさがる。そこで主人の花子虚に、

「この姉さんはなんという方ですか。じつに歌えますな」

主人が答えぬ先から、座中の応伯爵が口をはさんだ。

「大旦那は忘れっぽくて、わからなくなっちまいましたか。箏を弾いてたこっちのが、花二の兄貴のお気に入りで、廓の後巷の裏筋《うらすじ》の呉銀児。阮《げん》(15)を鳴らしてたあっちのが、朱毛頭の娘《わかぞう》の朱愛愛。琵琶を奏でてたこっちのは、二条巷《にばんすじ》の李三媽《かあさん》の娘で李桂卿の妹、幼名を桂姐《けいしゃ》といいます。お宅に実のおばさん（李嬌児）を置いてるというのに、大旦那はどうしてとぼけたりなさるんです」

西門慶は笑って、

「六年も会わなかったら、すっかり女らしくなったな」

その後、宴も果てようとするころ、女たちは席までやってきて酌をした。桂姐は懇ろに酒をすすめ、情をこめた言葉で名残《なごり》を惜しむ。西門慶はそこでたずねた。

「お前のとこの三媽《かあさん》や、姉さんの桂卿は家でどうしてるんだい。なんでおばさんを訪ねて家《うち》へ遊びにもこないのかね」

桂姐、

「おっかさんは去年から具合がよくなくて、いまも脚の片側がまるで動かず、肩を借りなきゃ歩けないんです。姉さんの桂卿は、淮河《わいが》の方から来た客商に半年も囲われています。いつもお宿まで連れ出して泊まらせ、二、三日は家にかえさないので、家にはほんとうに人が足りなくって。毎日お座敷に出て歌って、なじみの旦那がた幾人《いくたり》かのお相手をする役目は、ぜんぶ私にまわってくるんです。それがほんとうにたいへんで。お宅にうかがっておばさまにも会いたいのですけど、まるで暇がありません。父様（西門慶）こそ、中《くるわ》にはずいぶんごぶさただし、おばさまをおっかさんに会いに家へよこしてもくださらないのは、どうしてなのかしら」

西門慶は、この娘が全身これ和《なご》みの気で、話しぶりも機転が利いているものだから、いささか後ろ髪を引かれて言うには、

「きょうはふたりの親友を語らって家《みせ》まで送ろうと思うが、どうだい」

桂姐、

「父様、からかわないで。貴い方のおみ足が、私らの賤《いや》しい土地を踏もうというんですか」

西門慶、

「からかっちゃないさ」

そして袖からハンカチをとりだし、金《かね》の楊枝や香茶(16)の箱といっしょに、桂姐にわたして収めさせた。桂姐は、

「いつごろいらっしゃるの。いまのうち、さきに男衆《おとこしゅう》をかえして、支度するよう伝えますから」

西門慶、

「人が捌《は》けるのを待って、いっしょに出よう」

(13) 蘭と蕙は共に香草。「蘭心蕙性」は気高くみやびな女性を形容する語。／(14)『水滸伝』第五十一回の描写文をほぼそのまま用いている。／(15) 正しくは阮咸といい、円い胴をした抱えて弾く撥弦楽器。少し前で三人の楽器は琵琶、箏、篥とされていたが、底本に従う。／(16) 第四回訳注(11)を参照。

しばらくして女たちの酌も終わり、灯《あか》りがともされ客がかえりだす時分になると、西門慶は応伯爵と謝希大を語らい、家へも寄らず馬と騾馬《らば》で桂姐をともに送り、まっすぐ廓に足を踏みいれ、李家へとおもむいた(17)。まさしく、

錦繍《きんしゅう》の巣には手を出すなかれ
紅綿《こうめん》の罠には首を突っこむな

といったところ。その証拠となる歌がある――

人を落とす罠を
穴倉よろしくこっそり掘り
魂を迷わす洞《ほら》を
牢屋みたいにがっちり築き
屍《しかばね》を検《あらた》める場を
肉屋のようにきっちり整え
まことひたすら
死にかけりゃいたわり
生きかえりゃむさぼる
看板にでっかく書かれているには
遊びたければ費《つい》えおしむな
芸をたのしむ銭はおばばに
花のおあしの払いのばせぬ(18)

西門慶たちが桂姐の駕籠を門口まで送ると、李桂卿が出迎えて広間に招き入れた。あいさつが終わると、おっかさんにお出ましいただきお目通りしたいと願い出る。ほどなく遣り手婆が杖《つえ》にすがって出てきた。片方の腕はぴくりとも動かせない。西門慶を見ると辞儀をして言うには、

「これはこれは、旦那はどういう風の吹き回しでこちらにおいでで」

西門慶は笑って、

「ずっと貧乏ひまなしで来られなかったんだ。おっかさん、ご勘弁ご勘弁」

遣り手婆はそこで、

「このおふたりはどちらの旦那で」

西門慶、

「親友の応の二哥《にあにき》と謝子純だ。きょうは花くんの家で茶を飲んでいて桂姐に出くわしたもんで、いっしょに送ってきた。さっさと酒を出してくれ、たのしく三杯

ほどやりたいな」

　遣り手婆は三人を上座《かみざ》に据えると、茶を淹れさせる一方で、奥へ下がってテーブルを拭かせ、酒や料理を整えさせた。ややあって男衆が座敷にやってきて、テーブルをおき灯りをつけて、酒と肴《さかな》をならべた。桂姐も化粧を直し部屋からふたたび出てきて、脇で相手をした。まことに風月《いろこい》の巣、鶯花《きれいどころ》の砦《とりで》。なりゆきとして姉妹ふたりが傍らから、金の樽は縁《ふち》なみなみ、玉の阮は糸ぴったり、歌うたって酒そそぐという仕儀にならざるを得ぬ。その証拠としてこんな詩がある——

瑠璃のさかずき
琥珀はとろりと
ちいさき桶より滴《したた》る酒のしずくは紅《くれない》の真珠
龍を煮て鳳凰を炙《あぶ》れば玉の脂《あぶら》は泣きだして
羅《うすぎぬ》の幃《とばり》と刺繡の幕にて香る風を閉じこめる
龍の笛ふき
鰐《わに》の鼓《つづみ》うち
白い歯ひかる歌い女
細い腰ゆらす踊り子
ましてや今この草茂る春を徒《いたずら》に過す策はなし
銀の灯《ともしび》に浮かんでは消える乙女の声の華やぎ
死んだ酒好き劉伶(19)も墓では呑めるわけでなし(20)

　そのとき桂卿姉妹がふたりで組歌をひとつうたうと、宴席には杯や札《ふだ》が入り乱れて酒もたけなわ。西門慶が桂卿に向かって言うには、

「きょうはおふたりともいるわけだし、前々から桂姐は南曲(21)をうまく歌うと聞いている。ひとつ披露してくれるようたのんでくれないか。そいつをだしにして、おふたりに一献さしあげようと思うが、どうだい」

　応伯爵、

(17) 妓女を妓楼の外に呼んだ場合、客の方もその後、呼ばれれば妓楼に赴くというならわしがあったようである。大木康『中国遊里空間——明清秦淮妓女の世界』(青土社、二〇〇一)第六章参照。／(18) 元・湯式の散曲(旋律名は〔水仙子〕)。『雍熙楽府』巻十八にみえ「子弟を嘲る」と題される。子弟とは妓楼の客のこと(一説にここでは妓女を指す)。／(19) 飲酒で名高い晋の文人。竹林の七賢の一人。／(20) 唐・李賀の詩「将進酒」を用いている。ただし、後ろから二、三句目は文字が異なる。／(21) 宋元以降、南方系の戯曲や歌曲に用いられた楽曲の総称。伝奇と呼ばれる明代の長篇戯曲(下に見える『玉環記』もそのひとつ)は南曲を基調とする。

「お手間でしょうが、耳を洗って美しい声をお聴かせ願いたいものですな」

　桂姐は座ったまま笑うばかりで、なかなか動かない。もともと西門慶には桂姐を水揚げしたいとのもくろみがあって、それでこんなふうな物言いをして、まずは歌をねだったのだ。ところが廓の女たちの眼力ときたら、妖怪だってお見通し。八、九割は見破られていたのだった。李桂卿が脇から先に口を開いて言うには、

「うちの桂姐は、小さいころから甘やかされてきたもので、根っからの恥ずかしがり屋さんでしてね。ひとまえで、やたらには歌いませんのよ」

　そこで西門慶は小者の玳安を呼んで、書類袋から五両の銀塊ひとつをとりだし、テーブルに置いて言った。

「こんなのはなんにもならんが、ひとまず桂姐の化粧品代にしといてくれ。こんど、あらためて金襴《きんらん》の衣裳を幾揃えか贈ろう」

　桂姐はあわてて立ち上がり礼をした。そうしてやっと、銀子を女中に収めさせるかたわらで小さなテーブルが据えられ、桂姐は席を下りて歌うよう請われた。そこで桂姐はあわてずさわがず、羅《うすぎぬ》の袖をそっと払い、襞の裙《スカート》(22)をゆらめかせ、袖口からは桜色で房飾りのついた落花流水のハンカチを垂らし、〔駐雲飛〕の節《ふし》に乗せて一首うたった。

物腰はおっとりと
花街に冠絶して番付は最上
動けば立つ風も香り高く
いつでも皆の尊敬うける
ああ
玉の杵《きね》は泥に落ちたとて
輝きは失わない
ものがなしい歌ひとつうたえば
並み居る聴き手みな目を瞠《みは》る
あたかも襄王《じょうおう》の夢のなか(23)
あたかも襄王の夢のなか(24)

歌い終わると、西門慶のよろこびようは手のつけられないほど。玳安に言いつけ、馬を家にかえさせて、その晩は李桂卿の部屋で休んだ。もとより西門慶はこの娘（桂姐）を水揚げしようとしていたところ、居合わせた応伯爵と謝希大のふたりにもむやみにせっつかれ、乗せられてしまったのだった。

翌日になると、小者を家にやって銀子五十両を持ってこさせ、緞子《どんす》屋で衣裳を四揃え買い求めて、桂姐を水揚げしようとした。李嬌児は、家の姪を水揚げしようというのを聞いて、よろこぶまいことか。いそぎ大きな馬蹄《ばてい》銀をひとつ出し、玳安に廓へ持っていかせた。髪飾りが整えられ、服がこしらえられ、宴席が設けられて、管絃の調べや歌と踊り、花に錦の絢爛《けんらん》ぶりで、三日の祝い(25)をして、めでたい酒を飲んだものである。応伯爵と謝希大は、孫寡嘴、祝日念、常時節をも語らい、各人が銀子五分ずつの祝儀を出して祝い、勢揃いしてほめそやした。掛かりはすべて、布団代にいたるまで西門慶が持ち、来る日も酒だの肉だの盛大に食らって、廓で遊んだことは措く。

揺れる裙《スカート》と拍子木の音に時めき求め
黄金を散じ尽くして残るは身ひとつ
富家の子弟よ無茶な金遣いなさるな
倹約は良薬のごとく貧しさを癒やす(26)

はてさて、この後どうなりますか、まずは次回の解きあかしをお聞きあれ。

(22) 原文「湘裙」。第二回訳注(15)を参照。／(23) 楚の襄王が夢に神女を見たことをいう。第二回訳注(44)を参照。／(24) 明・無名氏の戯曲『玉環記』第六齣で、主人公の韋皋《いこう》がヒロインの妓女・玉簫を讃えて歌う曲を用いている。／(25) 第七回訳注(25)を参照。本来は結婚の三日後におこなわれる祝儀だが、ここでは妓女を水揚げした三日後にその真似事をしたのであろう。／(26) 明・鄭若庸の戯曲『玉玦記』第二十二齣の下場詩にほぼ一致する。本書第七十六回にも同じ詩が見える。

第十二回

潘金蓮が家僕《かぼく》と密通して辱《はずかし》めを受けること
劉理星が報酬を目当てに呪いを掛けること

成り上りの西門慶は笑い種《ぐさ》
金ありゃ誰でもお得意さま
家内はごたごた揉《も》めに揉め
道徳礼義などはどこへやら
廓《くるわ》でなかまと日々を費やし
紅《べに》のおんなと夜々を過ごす
常《とこ》しえ誓う夫婦でなくとも（1）
春風ひと吹き気分はよろし

さて、西門慶は廓で桂姐《けいしゃ》の美しさの虜《とりこ》となり、半月ほども家にもどらなかった。呉月娘《ごげつじょう》はつづけざまに何度も、小者に馬を引かせて迎えにやったが、李家では西門慶の衣服や帽子をどこかにすっかり隠してしまい、行かせようとしない。そんなわけで家の女たちはみな無沙汰《ぶさた》のままに捨ておかれたのだが、ほかの者はまだしも、潘金蓮という女は二十にもならぬ若さにて、抑えがたい欲の炎は一丈にも届くほど。孟玉楼《もうぎょくろう》と毎日ふたりして、白粉《おしろい》した玉の彫刻のよう、白い歯は朱の唇から覗《のぞ》くといった具合に化粧し、表の門口まで出て寄りかかって眺め、黄昏《たそがれ》どきまで待ち通さぬ日とてなかった。夜になって部屋にもどれば、帳《とばり》のなかきれいな枕のうえ独り眠り、鳳凰の台《うてな》（2）も共に上る連れあいはなし。眠れぬままに花園へやってくれば、苔むす花の道を漫《そぞ》ろ歩くに、水底《みなそこ》にたゆたえるは月の影。なおも西門慶《あのひと》の心の捉《とら》えどころなきをおそれて、鼈甲《べっこう》色の猫の番《つが》うさますらもうとまじく、潘金蓮《わたし》の女ごころは惑《まど》いみだされる。

そのかみ玉楼はひとりの小者を連れて嫁いできたのだが、この小者は名を琴童といい、年の頃なら十六で、髪を伸ばしはじめたばかり。生まれつき眉目秀麗、機敏怜悧で、西門慶は鍵をわたし花園の掃除をまかせ、夜には花園の門前にある小さな脇部屋で休ませていた。潘金蓮は昼間、つねづね孟玉楼と花園の亭《ちん》でいっしょに腰かけて、針仕事をしたり碁を打ったりしていたが、この小者はせっせとご機嫌とりに励み、西門慶が来るのが見えるといつも先回りして報《しら》せにきたので、女は気に入り、よく部屋に入れて褒美の酒を飲ませていた。ふたりは朝に夕に顔をあわせ、眉と眼で見かわして、どちらもその気になった。

　はからずも西門慶の誕生日である七月二十八日が近づいてきた。(3)呉月娘は、西門慶が廓で花霞《ぎじょ》に後ろ髪を引かれ家にかえろうとしないので、小者の玳安を遣《や》り、馬を引いて廓へ迎えに行かせようとした。潘金蓮はひそかに書付《かきつけ》をしたためて玳安にわたし、言い含めた。

「こっそり父様におわたししてね。はやくおもどりいただきたいと五娘《ごおくさま》が願っておいでです、と言うんだよ」

　玳安がおろそかにしようことか、馬に乗り、遊里の李家へとまっすぐやってきた。見れば、応伯爵、謝希大、祝日念、孫寡嘴《そんかし》、常時節らが、女郎を抱えた西門慶をかこんでちょうど、花に錦の絢爛《けんらん》ぶりにて、飲めや歌えの真っ最中。西門慶は玳安が来たのを見るとたずねて、

「何をしに来たんだ。家で何かあったか」

玳安、

「何もございません」

西門慶、

「店の表寄りにいろいろ貸《か》し金《がね》の証文が置いてあるから、傅二叔《ふじおじさん》に回収させといてくれ。家にかえったら勘定をつけるから」

玳安、

「ここ数日で傅二叔《おじさん》はずいぶん回収されて、父様がもどられたら記帳しようと待っておいでです」

西門慶、

「桂姨《おば》さまの例の服ひと揃えは、持ってきたか」

玳安、

「ここにお持ちしております」

と、氈《フエルト》の包みから赤の単衣《ひとえ》に藍《あい》の裙《スカート》をとりだして桂姐にさしだした。桂姐と桂卿とは辞儀をして収めると、下《しも》の間で玳安に酒と食事を出すよう、いそぎ言いつけ

---

(1)明・鄭若庸の戯曲『玉玦記』第八齣下場詩(六言絶句)の第二句と第三句の間に、さらに四句を挿んで用いている。第一句「堪笑西門暴富」は、『玉玦記』では「堪笑窮児暴富」に作る。窮児は貧乏人のこと。／(2)原文「鳳台」。秦の穆王の娘・弄玉は、その夫で簫の名手である蕭史に教えられて、鳳凰の鳴き声のように簫を吹けるようになった。それを聞いて鳳凰がやってくるようになったので穆王が鳳台を築くと、夫妻はそこで数年を過ごした後、鳳凰と共に飛び去ったという(『列仙伝』巻上)。／(3)武松が流刑に処されたのが政和三年の中秋(八月)であったから、いつの間にか年が変わっていることになる。

た。かの小者、飲みかつ食らうとふたたび上《かみ》の間に参上して、ひそひそと西門慶の耳元でささやくには、

「家の五娘《ごおくさま》がお持たせになった書付です。父様にはおはやいおもどりを、とおっしゃっていました」

西門慶が手を出して受け取ろうとする間もなく、これを李桂姐が見とがめた。表の棟に住んでいるというばいたのよこした恋文と踏んで、片手でつかみ取り、やぶり開いて見れば、出てきたのはふちどり模様のあるきれいな便箋。数行にわたって墨で文字が書いてある。桂姐は祝日念にわたし、読み聞かせてくれるよう頼んだ。祝日念が見れば、書いてあるのは〔落梅花〕の節による歌一首。皆に向かって読みあげるには――

夕に想い
昼に想い
待ち焦がれても愛しい人は来ず
あなたあなたで痩せさらばえて
きれいなふとんにあわれ独り寝
灯《ともしび》は尽き
人は眠り
窓から明るい月こそ見えるけど
寂しく眠る心は鉄のごと結ぼれ
この悲しさ今宵たえられようか(4)

さいごに「愛妾潘六児拝」と添えてある。

桂姐は聞き終えるや酒の席を捨ておいて部屋にもどり、寝台に横たわると、あちらを向いて寝てしまった。さあ桂姐が怒ったのを見た西門慶は、書付をびりびりに引き裂くと、皆の前で玳安をふたつ足蹴《あしげ》にした。桂姐に二度お出ましを請うてもやってこないので、あわてた西門慶はみずから部屋に入り、かかえて酒席に引きもどした。言うには、

「言いつけだ、馬を連れてかえれ。誰であれ、家の淫婦がお前をよこしてみろ、かえりしだい皆ぎたぎたにしてやるからな」

玳安が涙を浮かべて家にもどったことはこれまでとする。

西門慶、

「桂姐、怒らんでくれな。この書付は他でもない、家の五番目の妾が、相談したいことがあるから家にもどってほしいと言ってよこしたもので、それきりのこ

となんだ」

祝日念が脇からまたまぜかえす。

「桂姐、信じちゃだめだぞ。うそだからな。潘六児ってのは誰あろう、あっちの廓で新しく好《い》い仲《なか》になった女郎でね、なかなかの女ぶりだ。この人を行かせちゃいけないぜ」

西門慶は笑いながら追いかけてぽかりとやり、言うには、

「この罰当たりめ、人を往生させるのがお前の仕事か。李桂姐《こいつ》だけでも手を焼いてるのに、お前までたわごとを言いやがる」

李桂卿、

「旦那、違いますよ。お家《うち》のどなたかに紐をつけられてるんなら、こないだよその家の女郎（桂姐）を水揚げしたなんてのは余計なこと。お家のかたを大事にしていればよろしかったわけでしょ。連れ添ってどれほどにもならないのに、もう離れようとなさるんですか(5)」

応伯爵が口をはさんで、

「もっともだ」

とて続けて、

「大旦那、俺の言うことを聞きなさい。あんたは家にかえらなくていいし、桂姐も怒ることはない。きょうから先、またこんな具合に腹を立てる者がいたなら、ひとり銀子二両の罰金を出して、酒と肉を俺らみんなにおごること」

そうしてこの四、五人の嫖客《ひょうかく》たちは、話す者は話し、笑う者は笑い、酒席で猜枚《さいまい》などの酒令(6)に興じて、遊べや飲めやしているうちに、桂姐をすっかりまるめこんでしまった。西門慶は、愛想笑いする桂姐を懐に抱え、一口ごとに杯をやりとりして酒を飲む。

（4）『雍熙楽府』巻二十に見える二首の〔落梅風〕を組み合わせて用いている。もともとは別々の組曲中の作品で、前半は「相思」と題される四首中の第三首。後半は「夜憶」と題される四首中の第二首で、明末・張栩の編んだ『彩筆情辞』（一六二四序）巻十二には元・盧摯の作として収められ、歌妓の珠簾秀に寄せた作と注される。／（5）この台詞に対する崇禎本と張竹坡の批評。崇禎本「桂卿が面の皮を厚くしてもっともなことを言うのが、たいそう面白い」。張竹坡「まるで似た者同士であるかのように、じわじわと金蓮をおとしめている。桂姐をわざと金蓮とダブらせて描いていることが、そこから知られる」。／（6）酒席でのゲームの総称。一人が進行役の「令官」となり、負けた者は罰杯を飲む。上にみえる「猜枚」はその一種で、瓜・蓮の種や碁石など小さいものを手に握り、その奇数偶数や数、色を当てる。

ややあって運ばれてきたのは、鮮やかな朱の漆で塗られた盆に載せられた七杯の茶。雪のように真白い茶杯に、杏《あんず》の葉をかたどった茶匙が添えられて、塩漬けの筍《たけのこ》、胡麻《ごま》、木犀《もくせい》の入った泡茶《ほうちゃ》は、溢れんばかりの香り高さ。各人の前にひとつずつ杯が置かれると、応伯爵、

「俺は〈朝天子〉（旋律名）の歌を知ってるよ。このお茶のよさを詠んでいるんだ――

　これなる銘茶の
やわらかい芽は
春風の下に生まれ伸びるが
放っておかれりゃご葉散《はさん》に
ちと煮てやれば色香よろし
絶品にして清新
絵にも描き難し
いつも口に味わい
酔って欲しくなり
醒めて愛しくなる
ひとかかえなんと一千金[7]」

謝希大は笑って、

「大旦那は金も物も出して、ひとかかえがご所望でなきゃ何がしたいんだか。こんどはみんな、持ち歌があればうたい、うたえなきゃ笑い話をしよう。桂姐に酒の肴にしてもらうんだ」

　謝希大は先陣を切って話をした。

「ある左官が、廓の地面に煉瓦《れんが》を敷いていたんだ。こいつ、おっかさんに少々軽んじられたもんだから、こっそり暗渠《どぶ》を煉瓦でふさいじまった。そのあとで雨が降ったら、廓じゅうが溢れた水でびしょびしょさ。おっかさんはあわてたね。左官を呼んできて、酒やら飯やらたっぷりもてなしたうえ、銀子まで一銭量《はか》ってやり、水を捌《は》かしてくれとたのみこんだ。左官は酒と飯をいただくと、暗渠にしのんでいって煉瓦をとりだし、水をたちまちぜんぶ流しちまった。おっかさんはたずねた――『親方、どこが調子わるかったんでしょう』。左官がこたえた――『ご老体、こいつはあんたの病気と同じでね。金がありゃすぐ引くが、金がなきゃ引かないんだ[8]』」

　なんと桂姐の家《みせ》を槍玉にあげたのだった。桂姐は、

「私もお返しに、笑い話を皆様にしてさしあげましょう。孫真人という方がいて、宴席を設けて人を招きま

した。ところが、膝元の虎に呼びにいかせたもので、虎が途中でお客をひとりまたひとりと食べてしまい、真人が夕方まで待っても、お客はだれも見えません。人びとは皆、『あんたのあの虎が途中でお客をぜんぶ食っちまったんだ』と言いました。ほどなくして虎がかえってきたので、真人はたずねました――『お前が招いた客人は皆どこへ行ったのか』。虎は人の言葉を口にして言いました――『お師匠様に申しあげます。私はもともと人を招くことは知らず、ごちになる(9)ことしか知りません。それしか能がないのです(10)』」と、ただちに一同をやりこめたのだった。応伯爵、「それじゃ俺たちが、あんたの馴染みのごちになってばかりみたいじゃないか。おごってもらったお返しもできないっていうのかい」

そこで、頭から紛《まが》い銀の耳かきを一本引き抜いた。その重さ一銭（四グラム）。謝希大は金塗りの網巾《ヘアネット》の留め輪を一対。量ってみるとたった九分半（四グラム弱）。祝日念が袖から引っ張りだしたのは一枚のぼろハンカチで、正味二百文。孫寡嘴は白い腰布一枚をほどく。徳利酒で二本半相当。常時節はさしだす物がなく、西門慶にたのんで混ぜ物銀を一銭借りた。みなみな桂卿にわたし、西門慶と桂姐とをもてなすごちそうを調達してもらった。

桂卿は金をすべて男衆にあずけ、蟹を一銭分買わせ、豚肉を一銭分求めさせ、鶏を一羽絞めさせて、さらに自前のつまみを何品か添えた。厨房で支度がととのうと、大皿や小碗で運ばれる。一同が席に着き、いただきますの声を上げるや、こうして述べるのがもどかしい素早さで、どうなったかといえば――

（7）この曲も『雍熙楽府』巻十八に見え、「嘲妓名茶」と題されている。茶を詠むように見せかけて妓女をからかう作。末の句は原文「原来一簍児千金価」。「一簍児（ひと籠）」は「一摟児（ひと抱き）」の意を隠す。／（8）最後の落ちは、原文「有銭便流、無銭不流」で「流」は「留（ひきとめる）」との洒落。訳文では「水が引く」に「客を引く」をかけた。／（9）原文「白嚼」。「白」には「むだに」「ただで」の意味があり、ここでの表の意味は、虎がわけもなく人を食うこと。裏に、人にたかってただ食いするという意を隠す。応伯爵の「伯爵」はこの言葉に掛けている。／（10）孫真人は唐初の医学家・孫思邈のこと。この笑話の類話が、明・嘉靖年間刊（？）の『解慍編』巻五、万暦年間刊と思われる『新鍥天下時尚南北新調』（『堯天楽』）上巻中段の「時尚笑談」に見られる。

口を動かす人に人
頭を下げる者に者
天を遮《さえぎ》り日に照らされ
あたかも一斉に湧きでるイナゴ
目を寄せ肩を聳《そび》やかし
さながら牢屋を出たての腹ペコ
こいつは風を切り腕ふるい
酒と肴《さかな》を目にしたのは数年ぶりみたいで
あいつは遮二無二《しゃにむに》箸をだし
宴の席に呼ばれること幾歳《いくとせ》なかったよう
ある者は顔いちめん汗ながし
鶏の骨に恨みでも抱くかのよう
ある者は唇まわりが油まみれ
豚の毛に皮までも唾とのみこむ
しばらく飲んだら
杯に皿はいりみだれ
ひさしく食らえば
箸もまたちらばって
杯に皿はいりみだれ
洗ったみたいにきれいに食い尽し
箸もまたちらばって
磨いたみたいにつるりと平らげる
こいつは食王《おおぐい》元帥と称し
あいつは浄盤《さらなめ》将軍と号す
徳利の酒を注ぎ干してなお傾け
皿の馳走を食べ尽してまだ探る
まさしく——
珍味百種も片時にて品切れ
果せるかなみな五臓の廟《びょう》へ

たちまち皆で、浄光王仏《きれいさっぱり》と食い尽してしまった。西門慶と桂姐は酒の二杯も飲めず、やっと選びとった料理まで、この連中に食べられてしまった。

その日、宴席では椅子二脚がこわれ、馬に随ってきた小者は表に控えたまま、上がりこんでおこぼれにあずかることもできずに、門前に供養されている土地神の像を引っくりかえし、粘っこい熱々の雲古をそこにひと放《ひ》りするいたずらに及んだものである。引き上げるに際し、孫寡嘴は李家の応接間[11]に供えられている金銅仏をズボンの腰にねじこみ、応伯爵は桂姐の口をたわむれに吸うふりをして頭から金のヘアピンをくすね、謝希大は西門慶から四川の扇をちょろまかし、祝日念は身づくろいにおもむいた桂卿の部屋から水銀塗りの鏡一枚を失敬し、常時節に西門慶が貸した八割銀一銭はとどのつまり遊興費として計上されたのだった。もともとこの面々は単に西門慶にくっついて遊び、たいそう愉快にやっているというだけのこと。その証拠としてこんな詩がある——

廓の妓女《ぎじょ》の媚《こび》を売るさま猱《さる》のよう
興に任せ一時《いっとき》遊ぶにゃいいけれど
とことん飽きるまで貪りたいなら
だれに預けておこうか家の蔵の鍵

　こちらの面々が西門慶を取り巻いて楽しく飲んだのはさておき、小者の玳安が馬をかえし家にもどってからの話をしよう。

　呉月娘は孟玉楼や潘金蓮と部屋にいたが、玳安を見るとたずねた。

「父様はお連れできたかい」

　玳安は両目を真っ赤に泣きはらし、かくかくしかじか、

「わたくし、父様に蹴られて叱られました。このうえ迎えをよこしてみろ、誰であろうが、家にもどったら叱りつけてやると言っておられました」

　月娘はそこで、

「まったく、むちゃくちゃじゃない。かえってこないのはまだしも、小者を叱りつけるなんて。狐に化かされると、ここまで人が変わっちゃうのね」

　孟玉楼、

「小者を蹴るのはともかく、私らのことまでいっしょくたに叱りつけるなんて」

　潘金蓮、

「廓の淫婦の十人中九人までは、客に情《じょう》などかけるものですか。うまい諺《ことわざ》があるでしょ、〝船いっぱいの金銀も、花霞《ぎじょ》の砦《とりで》は埋められぬ〟って」

　金蓮は思ったままを言うことしか念頭になかったが、はからずも、道で話せば草に聞く人ありとやら、玳安が廓より帰宅した時分から、李嬌児《りきょうじ》が窓の下にやってきてこっそり聞いていたのだった。実家のことを月娘に悪しざまに言い、淫婦淫婦と千回も万回も口にする潘金蓮に、ひそかに恨みを抱いた。これよりふたりが仇《かたき》どうしになったことはさておく。まさしく——

（11）原文「明間」。外に通じる出入り口のある部屋をいう。ふつう建物の中央に位置し、脇部屋よりも広く明るい。

甘い囁《ささや》きを耳にすれば冬じゅう暖か
憎まれ口を叩かれりゃ夏だって寒い
金蓮の頭には舌鋒《ぜっぽう》磨くことしかなく
傍《はた》で聞く人が災いの種とは露知らず

李嬌児が金蓮と仇になったことはここまでとし、金蓮の話をしよう。この女、部屋にもどると、一刻が秋三月《みつき》、一時が夏半分であるかに感じながら、夫のかえりを待ち焦がれた。西門慶がもどらないとわかり、ふたりの女中を下げて寝させると、花園へぶらつきにいくふりをして、琴童を部屋に呼びこんで酒を飲ませた。小者を酔いつぶすと、部屋の戸を閉め、服をぬいで帯をほどき、ふたりはひとつになってことに及ぶのだった。まさしく、

色の胆《きも》は天の大きさで何をか恐れん
鴛鴦《えんおう》の帳での雲雨に籠《こも》るは百年の情

といったところ。そのさまは――

ひとりは綱常《みち》も貴賤も顧みず
ひとりは上下も高低も分けず
ひとりは色の胆よこしまに
亭主が厳しかろうとも知ったことか
ひとりは淫の心たゆたって
法令の定めをおかして歯どめきかず
ひとりは息遣いあらく目をみはり
柳の影に牛が鼾《いびき》かくかのよう(12)
ひとりは婀娜《あだ》なことば絶えだえに
花の間に鶯が囀《さえず》るかのごとし
ひとりは耳元に雨と雲との思いかたり
ひとりは枕辺《まくらべ》に山と海への誓いたてる
百花の庭園は快楽の場へと様変わり
女主《おんなあるじ》の居室は歓喜の境《きょう》へと模様がえ
たちまち驢馬《ろば》の精髄《せいずい》一滴が
金蓮の玉の体にそそがれて(13)

このときから毎晩、女はこの小者をおなじように部屋へ呼びこみ、夜が明けぬうちにかえらせるのだった。金飾りのついた簪《かんざし》の二、三本を小者の頭にひそかに挿し、さらに裙《スカート》の腰に下げていた、錦の香袋を二股《ふたまた》

に括《くく》って瓢箪《ひょうたん》にしたものをも与えて、服の下に掛けさせた。

ところがあに図《はか》らんや、この小者は分《ぶん》をわきまえず、いつも仲間の小者たちと街で飲みかつ打っては、ずいぶんとぼろを出していた。ことわざにも〝隠したいことはせぬが一番〟という。ある日、風の噂は孫雪娥《そんせつが》と李嬌児の耳に入り、ふたりは、

「あの淫婦め。これまでの物言いはいい子ぶってたけど、今回はやらかしたもんだ。小者とできていたとはね」

と、揃って月娘へ注進に及んだ。月娘はどれだけ言っても信じず、

「お前たちがあの人といがみ合ったら、孟の三姉さんがいぶかしむじゃないか。お前たちがあの人の小者をつまはじきしてると思われるよ」

言われてふたりは無言で引きさがった。

その後、ある夜のこと女が小者と部屋でことをおこなうのに、厨房の戸を閉めわすれていた。はからずも女中の秋菊が手洗いに出たときに見て、翌日、奥の棟の小玉に伝えた。小玉は雪娥に伝え、雪娥は李嬌児と連れだってふたたび月娘に言いつけた。その日はちょうど七月二十七日、西門慶は誕生日の前祝いのため廓からかえってきていた。ふたりはかくかくしかじか、

「あの人の部屋女中の口から出たんです。私らがあの人を嵌《は》めてるんじゃありません。大奥様がおっしゃらないなら、私らから父様に言います。この淫婦を見逃すなら、サソリを見逃してからにしますよ」

月娘、

「うちの人は家にもどったばかりで、おまけにめでたい日ですよ。私にしたがわないなら勝手に言いにいけばいいけど、あとになって揉め事が起きても知りませんからね」

ふたりは月娘の言うことを聞かず、西門慶が部屋に入ったのを見計らって、金蓮が家で小者と通じている旨を、揃って注進に及んだ。西門慶、聞かなければ何でもなかったところ、聞いてしまったものだから、怒りが心に起こり、悪《にく》しみが胆に生じて、表の棟にやっ

（12）底本「一箇気喑目瞪、好似牛吼柳影」。「喑」「吼」では意味がとりにくいので、この箇所が基づく『水滸伝』の描写文（次注参照）に合わせてそれぞれ「喘」「齁」の誤りとみなした。／（13）この描写文は『水滸伝』第四十五回のものを字句を変えて用いている。

てきて腰を据えると、ひと声あげて琴童を呼んだ。

　早くも潘金蓮に報せた者があったので、金蓮はあわてふためいて春梅を遣り、小者を部屋にいそぎ呼びよせ、くれぐれも話してはならないと言い含めて、頭の簪をすべて取りもどしたが、あせっていたため、香袋の瓢箪を外させるのは忘れてしまった。

　西門慶は琴童を呼びつけ表の広間にひざまずかせる一方、三、四人の小者に言いつけ、大きな竹の笞を選んで控えさせた。西門慶、

「この奴隷め、自分の罪をわかっているのか」

　琴童は長いこと口を開こうとしない。西門慶は左右の者に、

「帽子をとり簪を抜いて、俺に見せろ」

　金飾りのついた銀の簪二本がないのを見て⑭、たずねるには、

「お前の着けてた金飾りの銀簪はどこへやった」

　琴童、

「銀の簪とやら、わたくし持ってなどおりません」

　西門慶、

「奴隷め、まだぺてんをやるか。おい、こいつの服を剝《は》いで、笞で打つんだ」

　すぐさま、小者二、三人がかりで面倒をみて、うちひとりが服を剝ぎズボンを引き抜くと、下に水浅葱《みずあさぎ》の絹の襦袢《じゅばん》を着けており、その帯から錦の香袋の瓢箪がのぞいていた。西門慶はひと目で見つけると叫んだ。

「持ってきて見せろ」

　潘金蓮が裙《スカート》の腰に下げていた物だと認めると、おもわずおおいに怒り、たずねた。

「これはどこから手に入れたんだ。本当のことを言え、誰にもらったんだ」

　小者は震えあがり、長いこと口もきけなかったが、言うには、

「これはわたくしが某日、花園を掃いておりましたときに拾ったもの。どなたかにいただいたなど、めっそうもございません」

　西門慶はますます怒り、歯ぎしりしてひと声命じるには、

「おい、縛りあげろ。しっかり打ってやれ」

　ただちに琴童を荒縄《あらなわ》で縛ると、雨だれのように棒が打ち下ろされた。あっという間に大きな棍棒で三十打ち、皮は裂け肉は綻《ほころ》び、鮮血が腿《もも》に溢れるまでにすると、召使頭の来保に、

「奴隷の両の鬢を毟《むし》って叩き出してくれ。二度と門をくぐらせるな」

　琴童は叩頭《こうとう》して、泣き泣き門を出ていった。この小者がこうなったのも、

　　昨日の夜は玉皇殿で秘書の仙女とお戯れ
　　天の掟《おきて》を犯した廉《かど》で今日は下界へ追放に

というわけ。その証拠としてこんな詩がある――

　　虎は幽霊を使い鳥は囮《おとり》で捕える(15)
　　金蓮は孤閨《こけい》をまもる柄ではなし
　　今日はたまらず奴僕に手を出し
　　これより酷《ひど》い目ごまかす術《すべ》なし

　こうして、西門慶は琴童を打ち終えるや叩き出したのだったが、そのことを部屋で耳にした潘金蓮は、冷や水の桶に放りこまれたかのよう。ほどなく西門慶が部屋に入ってくると、戦々恐々と怯《おび》えて、体じゅう脈という脈が止まってしまった。おずおずと傍らに立って上着を脱ぐのを手伝おうとしたが、西門慶は顔めがけひとつビンタをくらわせ、女を張りたおした。春梅に言いつけて前後の通用門に心張《しんば》りをさせ、誰ひとり入ってこられぬようにすると、小さな椅子をもってきて中庭にある花棚の下に陣取る。馬の鞭をとりだして手にし、ひと声命じた。

「淫婦め、服を脱いでひざまずけ」

　女は自分に理がないのがわかっているので、ひざまずかぬわけにいかない。そうして本当に上下の服を脱ぎさって、目の前にひざまずき、白き面《おもて》をうつむかせ、ひとことも口にしようとしない。そこで西門慶はたずねて、

「この淫婦め、ぐっすり夢を見てる《ぼんやりとしている》ふりなどするんじゃない。奴隷にはさっき、問いただしてはっきりさせた。あいつは一から十まで吐いたぞ。ほんとうのことを言え、俺が家を空けているあいだ、あいつと何回会ったんだ」

　女は泣きだして、

(14) 底本「見撤著両根金裹頭銀簪子」。このままでは読みにくいので、崇禎本が「見没了簪子」(簪がないのを見て) と改めるのに従い、「撤著」を「没了」に置き換えて訳した。／(15) 第五回訳注(4)を参照。

「神様、神様。私を無実の罪で殺そうというの。あなたが家を空けられてからの半月ばかり、昼は孟の三姉さんといっしょに針仕事をして、夜になればさっさと部屋の戸を閉めて寝ていました。用がなければ、そこな通用門から出ようともしませんでしたよ。信じられないなら春梅にお聞きくだされぱいいでしょう。密造《うしろぐらいこと》の塩や酢でもあったなら、あの子が知らぬということがありますか」

　そこで春梅を呼び、

「お姉さん、こっちへきてお前の口から父様に申しあげておくれ」

　西門慶は罵って、

「この淫婦め。頭に着けていた金飾りの簪を、お前が小者に二、三本まとめてこっそり遣《や》ったと言ってる者がいるんだ。それなのになぜ認めない」

　女、

「そんなことで罪科《つみとが》もない私を殺そうというの。ろくな死に方をしない、悪口《わるぐち》言いの淫婦はどいつだろう。自分のお盛んな体でも呪えばいいんだ。あなたがいつもこの部屋にきて休むもんだから、ご両人とも憤懣《ふんまん》やるかたなく、空に太陽がないみたいな嘘八百を持ちだして、私を陥れようとしてるんですよ。あなたがくださった簪だって、ちゃんと気に留めています。一本のこらずあるから、しらべてみてください。わけもないのに何を考えて、私が奴隷にそんなものを遣るんですか。まったくお役立ちな奴隷め。きっちり言わせてもらいますが、出すこともできない[16]ひよっこ奴隷が、私を出汁《だし》にして、根も葉もない舌先話を仕立てたんですよ」

　西門慶、

「簪のあるなしは、もういい」

　と、袖から琴童の香袋をとりだして言う。

「これはお前の物だ。それがどうして小者の服の下からとりあげられることになる。このうえなにを強弁《きょうべん》するんだ」

　言いながらも怒りがむらむらとこみあげ、白く香り立つ柔肌《やわはだ》めがけ、馬の鞭をぴゅうとひとつ入れる。打たれて女は痛さに耐えかね、眼には涙をたたえ、つづけざまに叫び声をあげた。

「どうか父様、私を許して。言わせてくれれば言います。言わせてくれなきゃ打ち殺されたって、この場所が臭くなるだけのこと。この香袋は、ご不在中のある日、孟の三姉さんと花園で縫物をしようと木香《もっこうばら》の棚の下を通ったら、帯の結びがゆるかったもので、引っ掛かって落ちてしまったんです。くまなく探したのですが、まさか奴隷が拾っていたなんて。私、けっしてあいつに遣ったりしていません」

　このせりふこそは、さきほど琴童が広間にて述べた、花園で拾ったという話とぴたり符合していた。おまけに女は一糸まとわぬ花と見まがう体、あまい泣き声でかきくどきながら地面にひざまずいているのを見ると、怒りはとっくにジャワの国へもぐりこんでしまった。すでに八、九割がたは心をもどしたところで、春梅を呼んで懐に抱え、たずねるには、

「じっさいのところ淫婦《こいつ》は、小者となにかあったのかな。お前が淫婦《こいつ》を許せというなら、許してやろうじゃないか」

　春梅は拗《す》ねて甘えて、西門慶の懐に腰をかけたまま言うよう、

「それはね、父様、あなたもまったくねぇ。奥様とは一日じゅう唇と頬《ほ》っぺみたいに寄り添っていましたけど、奥様がどうしてあの奴隷の相手なんてしますか。これはぜんぶ、私ら主従に憤懣やるかたない人が、こういう事をこしらえたんですわ。父様、あなたもちゃんと取りしきってくださらないと、かっこわるい評判がついて回ることになりますよ。こんなことが外に漏れたら、人聞きがいいものかしら」

　これを聞いた西門慶はぐうの音も出ず、馬の鞭を捨て、立ち上がって服を着るよう金蓮に言いつけ、いっぽう、秋菊に言いつけて料理を運ばせ、テーブルを据えて酒を飲んだ。女はすぐさま杯になみなみ注いで両手でさしあげ、花の枝が風を招き、刺繍帯が舞い漂うかのように地面にひざまずき、杯が干されるまで控えている。西門慶が申しわたすには、

「きょうは許してやるが、俺が家を空けている時はいつでも、心は清く正しく、さっさと戸締まりするんだ。莫迦《ばか》なことを考えるんじゃないぞ。俺の知るところとなったら、きっと許さんからな」

　女、

「お言いつけ、承知いたしました」

と、蠟燭を挿しこむかのように西門慶へまたもや四たび叩頭すると、やっと自分も席におちつき、傍らに

(16) 原文「尿不出来」(小便もできない)。ここでは精通前であることをさげすむ。

「父様、あなたもまったくねぇ」

寄り添って酒を飲むのだった。まさしく、

　人となるなら女になるな
　百年の苦楽みな他人次第

といったところ。潘金蓮というこの女は、日ごろ西門慶の寵愛《ちょうあい》をほしいままにしていたのに、きょうはかかる恥辱が身にふりかかったのであった。その証拠としてこんな詩がある――

　金蓮の見目《みめ》はいと麗しきも
　寵《ちょう》を恃《たの》み美を競い恨み買う
　そのかみ春梅お諫《いさ》めせねば
　柔肌《やわはだ》打つ鞭に耐える術なし

　西門慶がちょうど金蓮の部屋で酒を飲んでいると、小者が門扉《もんぴ》を叩く音がとつぜん聞こえた。言うには、表の棟に呉の大舅《おおあに》（月娘の長兄。名は鎧《かい》）、呉の二舅《にばんめ》（月娘の次兄）、番頭の傅銘《ふめい》、娘、娘婿や親戚たちが、贈り物をたずさえ誕生祝いにきたとのこと。そこでやっと金蓮をのこし、服をととのえ表に出てきて来客の相手をした。時を同じくして、応伯爵や謝希大といった面々からもお祝いが届き、廓の李桂姐の家も男衆をよこして品物を贈ってきた。西門慶が表で礼物を受けとり、お返しの招待状を出すのに大わらわとなったことは措く。

　さて、孟玉楼は金蓮が辱《はずかし》めを受けたと聞き、西門慶が家を空けたと見てとるや、李嬌児や孫雪娥の目をあざむき、やってきて金蓮を見舞った。金蓮が寝台に横たわっているのでたずねて、

「六姉さん、いったいどういうわけなの。私に話してよ」

　金蓮は目いっぱいに涙をあふれさせて、泣きながら、

「三姉さん聞いて。チビ淫婦め、きょうは陰で旦那さまにがせねた吹きこんで、私をこんなに打たせやがった。こんどからはふたりの淫婦を、海ほども深く恨んでやるんだから」

　玉楼、

「あの人たち、あんたとは不仲かもしれないけど、なんだって私の小者を追い出そうとなんて仕組んだのかしら。六姉さん、くよくよしないで。私らがひとこと言えば、旦那さまが聞かないことがありますか。あの人が私の部屋に来なければしかたないけど、こんど来

たなら、ゆるゆるとお諫《いさ》めしときますよ」

金蓮、

「お姉さん、お心遣いありがとう」

とて春梅に茶を出させ、座ってしばらく話すと、玉楼は暇《いとま》を告げて部屋へもどっていった。

夜になると西門慶は、母屋に呉の大兄嫁（大舅の妻）が来ていたため、玉楼の部屋へとおもむいて休んだ。そこで玉楼は言うよう、

「六姉さんのお心をわるくとってはいけませんよ。そんなことなさってなどいないのですからね。六姉さんはこないだ、李嬌児、孫雪娥のおふたりと揉めたんです。それだけのことで、私の小者はとばっちりを食ったんですよ。赤も青も白も黒もお構いなしで、あなたに罪を着せられたんです。六姉さんをとがめてはなりません。あんまりひどいじゃないですか。私、あの人のためなら胸を張って誓えます。第一、そんなことがほんとうにあったなら、大姉さま（月娘）が真っ先に言わずにおきますか」

西門慶、

「春梅にたずねたら、あいつもそんなこと言ってたよ」

玉楼、

「あの人いま、部屋でつらくなさっていますよ。見に行ってあげないの」

西門慶、

「わかった。あすはあいつの部屋に行くよ」

この晩のことはここまで。

翌日になると、西門慶の誕生日当日とて、守備（武官）の周秀、提刑（司法官）の夏延齢、団練（軍政官）の張関、それに呉の大舅《おおあに》らおおぜいの男客がやってきて酒を飲んだ。駕籠《かご》を出して李桂姐と歌い女《め》ふたりを迎えにやらせ、その日じゅう歌わせた。李嬌児は、姪が来たというので、引き連れて月娘らに目通りさせ、桂姐は母屋に上がって茶を飲んだ。潘金蓮にもお目にかかりたいというので、続けざまに二度も女中を遣って呼ばせたが、金蓮は出てこず、気分がすぐれぬと言うばかり。

夕方になって、桂姐が去りぎわに月娘にあいさつすると、月娘は雲模様の絹の袖なしを一枚と、ハンカチや髪飾りのたぐいを与え、李嬌児と門口まで送りに出ることにした。桂姐は、こんどは自分から花園の通用門までやってきて、

「どうしても、五娘《ごおくさま》にひと目お会いしたいんです」

金蓮はこの女が来たと聞くと、春梅に通用門を閉じさせた。鉄で鋳《い》った桶のようなもので、たとえ樊噲《はんかい》(17)でも開《あ》けさせることはできない。

「開けませんよ」

と言えばこの白拍子《しらびょうし》、顔じゅうを恥ずかしさに染めてかえっていった。まさしく、

広く親切ほどこせば　この世のどこかでめぐりあい
多く仇敵つくったら　細道でばったり避けようなし

といったところ。

李桂姐がかえっていったことは措いて、夜になり西門慶が金蓮の部屋にやってきた話をしよう。金蓮は、

雲なす黒髪は解《ほつ》るに任せ、花のかんばせ粧《よそお》うに倦《う》み、

といった様子で部屋に迎え入れ、服を脱がせ帯を解いてやると、茶やら脚を洗う湯やら支度して、あれこれ慇懃に世話を焼き、ご機嫌とりをしてすり寄った。夜になると枕辺《まくらべ》にて水魚の愉《たの》しみにふけり、恥を忍んでへりくだり、どんな求めにも応じた。言うには、

「お兄さん、この家《うち》であんたにほの字なのは一体だれかしら。みんなうたかたの夫婦《めおと》、中古品ばかりじゃない。あんたの気持ちが分かるのは私だけだし、あんただけは私の思いを分かってくれる。あんたが私にこんなに惚れてて、私のところにしょっちゅう行くのを傍《はた》から見たら、誰だっておさまらないわ。うらで舌先話をこしらえて、あんたの前でちらつかすのよ。お莫迦《ばか》な憎い人《あんた》、どんな料簡を起こしたのかしら。誰かのたくらみに嵌められて、あんたの愛する人《わたし》にこんなに冷たくして、ひどい目に遭《あ》わすなんて。言うでしょ、〝家禽《かきん》をどやせばおろおろするだけ、野鳥をどやせばお空へ飛んでく〟(18)ってね。あんたが私を打ち殺そうとしたところで、私はこの部屋にとどまりましたよ。どこへも行くものですか。こないだあんたが廊で小者を蹴って叱りつけたときだってね、母屋の大姉さまと孟の三姉さんが目の前で聞いててくれましたけど、私はこんなこと言ったんですよ。いいことを言ったものだ

(17) 漢の高祖・劉邦の武将。劉邦が楚の項羽と鴻門にて会見し暗殺されかけた際、制止を振り切って軍門から突入し、主君の危機を救った。／(18) 家に恋着のない他所者は、些細なことですぐに離れていくということ。明・顧起元『客座贅語』巻一に、南京の巷で聞かれる諺として紹介されている。

わ——きっとあの家《みせ》の女郎、色気であんたをへたばらせちまいますよ。廓の歌い女なんて、好きなのはひたすらお金だけで、あんたに情だの義理だのあるはずもないのに、だれが本気であんたに惚れるもんですかってね。なんとまあ、腹に一物《いちもつ》ある人がそれを聞きつけ、ふたりして陰でぐるになって私を嵌《は》めるとはね。昔から、〝人は人には殺されず、人が死するは天の業《わざ》〟って言うけれど、時が過ぎれば本当のことはわかるんだから、あんたは私のためにしっかり取り計らってくれさえすればいいの」

こんなせりふで西門慶をまるめこんでしまうと、この夜はともに果てもなく淫欲にふけったのだった。

翌日になると(19)西門慶は馬の支度をさせ、玳安と平安のふたりの小者を随えて廓にやってきた。さて李桂姐はちょうど着飾って客の相手をしていたが、西門慶がやってきたと聞くや、あわてて部屋に入り、厚化粧をおとして簪や耳飾りを外し、寝台に横たわって布団にくるまった。西門慶が到着してしばらく座っていても、出てきて相手をする者はひとりもなし。そこにおっかさんが出てきて、辞儀をして西門慶に席をすすめた。遣り手婆はそこでたずねて、

「旦那、どうして何日もお運びにならなかったので」

西門慶、

「誕生日とやらでばたばたしててね。家にはまかせられるのがいないし」

遣り手婆、

「その節《せつ》は娘がおじゃましまして」

西門慶、

「なんであの日、上の桂卿は出向いてこなかったんだい」

遣り手婆、

「桂卿は家にいなかったんですよ。お客さんがお宿に連れていかれて、ここ何日もかえしてくれないんです」

しばらく話していると、見習いの娘が茶を運んできた。客の相手をして遣り手婆が啜《すす》ると、西門慶はたずねた。

「桂姐はなぜ出てこない」

遣り手婆、

「旦那はまだご存じないんですか。娘はどうしたわけかあの日、腹を立てて家にかえってきたきり、起き上がれず寝こんでしまいました。部屋の戸からも出てこないんですよ、いままでずっとね。旦那はひどいお方ですよ、娘を見舞いにもいらっしゃらないんだから」

西門慶、

「ほんとうか。まるで知らなかった」

そこでたずねて、

「どこの部屋だ。見舞いにいこう」

遣り手婆、

「奥の寝室で休んでますよ」

と、いそぎ女中に簾《すだれ》を掲げさせる。西門慶は桂姐の部屋にやってくると、雲なす黒髪はかき乱れ、白き面《おもて》は粧《よそお》うのも億劫《おっくう》といった風情で、布団にくるまって寝台に座り、あちらを向いていた。西門慶に気づいても、ぴくりとも動かない。そこでたずねるには、

「あの日、家《うち》でどんな嫌なことがあったんだい」

それでも答えないので、またたずねた。

「誰のことを怒ってるんだ。教えてくれよ」

長いことたずねた末、桂姐はやっと口を開いて言うのだった。

「とにかくそちらの五番目さまですよ。お宅にあんなすてきな方がいて媚《こび》を売ってくださるのに、そのうえ私らみたいな淫婦を大事にして、どうなさろうというの。私らは色里《いろざと》の生まれですけどね、脚をあげさせれば、そこらの良家のあまちゃん女より、ずいぶん高く持ちあげますよ。こないだだって、歌いにうかがったんじゃありません。お祝いの品を届けにあがったんです。大奥様は、すごく親切にしてくださったし、あのおふたりからも、髪飾りや服をたくさん頂きました。なのにあの人ときたら、あれでお目にかかりたいといってお出まし願わなかったなら、私ら廓の者は礼を知らないなんて言われてたことでしょうよ。お宅に五番目さまがいらっしゃると聞いてはいたから、お出まし願えると思っていたのに、出てこないなんて。かえり際だって、おばといっしょに暇乞《いとまご》いにいったというのに、女中に門を閉じさせやがった。まったく、人の気も知らないで」

西門慶、

「あいつをとがめるのはやめときな。あいつはあの日、もともと心中おだやかでなかったんだ。機嫌さえよければ、出てきてお前に会わないなんてことがあるかい。淫婦め、あいつときたら、内輪と揉めちゃ人を悪しざ

(19) 底本はこうなっているが、下の会話では西門慶の誕生日を「あの日」と言っており、不自然である。崇禎本は「数日が過ぎると」に改める。

まに言ってばかりいるんで、打ってやろうとなんべんおもったことか」

桂姐は後ろ手で西門慶の顔をつるりと撫でて言う。

「恥知らずのお兄さん、あの人を打つですって」

西門慶、

「お前はまだ俺の手並みを知らないな。家内（呉月娘）は別だが、家の女房に女中どもは、打つといったって半端な打ち方じゃない。馬の鞭で二、三十打って、それでもまだこたえないなら、どうでも髪の毛まで切っちまうんだ」

桂姐、

「首切りは知ってるけど、口切りってのが要るわね。三度の辞儀で二度のあいさつってなもんで、ちゃんちゃらおかしいですよ。手並みがおありというなら、ひと房《ふさ》でいいから、家にかえって髪の毛を切り落とし、持ってきて私に見せてよ。そしたら信じてあげますよ、あなたが教坊司管下の三院[20]に名を馳せる、できたお客さんだってね」

西門慶、

「それで俺と手を打つかい」

桂姐、

「百遍でも打ちますよ」

西門慶はその晩、廓で休んだ。次の日の黄昏《たそがれ》どき、桂姐のもとを辞し、馬に乗って帰宅しようとすると、桂姐は、

「私はここで、〝目を凝らして使者の旗を探し、吉報はまだかと耳を澄ませる（首を長くする）〟ことにしますよ。お兄さん、今回かえってぶつを取ってこれなかったら、もう私に会おうとはなさらないことね」

西門慶は、こうしてけしかけられた上、家にかえったころにはすっかりできあがってもいたから、よその部屋には行かず、まっすぐ表の潘金蓮の部屋へとやってきた。女は、酒が入っているのをみると、ことさら心を配って仕え、お酒はお食事はとたずねたが、どちらも要らないとの返事。春梅に言いつけ、寝台に敷いたござをきれいに拭《ふ》かせ、戸を閉めて出ていかせると、寝台に座って女に靴を脱がせた。女は脱がぬわけにいかず、すぐに脱ぐと男を寝台に上げげた。西門慶はすぐには寝ようとせず、片方の枕に腰かけて、女に服を脱がせると、寝台の底板にひざまずかせた。女はこわくなって両手に汗を握ったものの、いったいどうしてこうなったのかわからない。そこで、底板にひざまずく

と声をとろけさせて大泣きし、

「お父様、すっかりはっきり話してくだされば、死んだって本望です。ひと晩じゅう、こんなにおっかなびっくりしながら、千の心を砕いてお仕えしても、まだあなたのお眼鏡にはかなわず、なまくら刀でのこびかれ《ぎちぎちといたぶられ》てばかり。こんなのどうやって耐えろというの」

西門慶、

「この淫婦め。ほんとうに脱がぬというなら、甘い顔は見せんぞ」

とて春梅を呼び、

「戸の後ろに馬の鞭が置いてあるから、取ってこい」

春梅はぐずぐずして部屋に入ってこない。しばらく呼ばわるとやっと、のったらと戸を押しあけて入ってきた。見れば、女は寝台の底板にひざまずいて、灯に照らされつつ、引っくり返ったテーブルから油が垂れるように涙をこぼしている。西門慶がうながしても、春梅はじっと動かない。女が叫ぶには、

「春梅、私のお姉さん、助けてよ。この人はいま私を打とうとしてる」

西門慶、

(20) 第十回訳注(19)を参照。

「ちっちゃなべらべら口、お前はこいつの言うことなど構うな。いいから馬の鞭をよこすんだ。この淫婦めを打つんだからな」

春梅、

「父様、あなたはどうしてこんな恥知らずなの。奥様があなたの何をぶち壊したというの。どこかの淫婦の言ったことを信じ、わけもないのに波風たてて、何かというと奥様を問いつめるの。それで他人《ひと》があなたと心を合わせようとなどするもんですか。そんな見るに堪えぬふるまいをして、他人から目を背けられずに済むものですか」

と、言うこともきかずに部屋の戸をばたりと閉め、表の方へ行ってしまった。

西門慶はどうしようもなくなると、かえってハッハと笑いだして金蓮に、

「打つのはおあずけだ。上がってきな。ひとつ欲しいものがあるんだが、くれるかな」

女、

「かわいい人、私の体は骨から肉まで、ぜんぶあんたのものですよ。ご入り用とあらば、はいと言ってさし

だないものなんてないの。それで、何が欲しいのかしら」

西門慶、

「お前の頭のてっぺんの、きれいな髪の毛をひと房ほしいんだ」

女、

「いとしい人、淫婦《わたし》の体の上なら、どこでも好きなように灸をし尽くして構わないけどね。[21]でも髪を切るというのはだめ。私を震えあがらせようというの。おっかさんのお腹《なか》から出てきて、二十六年すごしてきましたけど、そんな商売はしたこともありませんよ。そもそもてっぺんの毛は近ごろ、そうでなくてもずいぶん薄くなっちまってね。憐れとおもってくださいな」

西門慶、

「お前は俺が腹を立てるといってとがめるだけで、言うことはきいてくれないんだな」

女、

「あんたの言うことをきかずに、誰の言うことをきくというの」

そこでたずねて、

「本当のところを教えて。なんのために髪の毛が要るの」

西門慶、

「網巾《ヘアネット》を作るのさ」

女、

「網巾《ヘアネット》を作るならあげるけど、淫婦《あいつ》に持ってくのはやめて。呪《まじな》いをしろと言ってるようなものだから」

西門慶、

「人にやらなきゃいいんだろ。お前の髪の毛を網巾《ヘアネット》のひもにしたいんだ」

女、

「ひもにしたいというなら、切らせたげますよ」

すぐさま女は髪をかき分け、西門慶は鋏《はさみ》を手に、頭のてっぺんを押さえて、大きくきれいにひと房を切り落とし、紙に包んで巾着《きんちゃく》に入れた。すると女は西門慶の懐にくずれ落ち、色っぽい声で泣きながら、

「あんたの言うことはなんでもきくから、私への思いだけは忘れないで。出先で誰かといい仲になったって構わないから、私のことだけは捨てないで」

この夜の歓びは常ならざるものだった。

翌日になり起きだした西門慶は、女に世話され朝食をとると家を出て、馬でまっすぐ廓へとやってきた。

桂姐はたずねた。

「あの人の髪を切ったのはどこ」

西門慶、

「あるよ。ここだ」

とて、巾着からとりだし桂姐に渡した。紙包みを開けて中身に目を落とすと、まことに黒漆《くろうるし》のような見事な髪の毛なので、すぐ袖にしまった。西門慶、

「見たら返してくれよ。きのうは、この髪を切るのに、えらく手こずったんだ。顔色《かおいろ》を変えた俺に怒られて、やっとこのひと房を切らせてくれたよ。網巾《ヘアネット》のひもにするとだけ言ってあいつをごまかし、まっすぐ持ってきてお前に見せたんだ。どうだ、俺は約束をまもっただろう」

桂姐、

「そんなありがたがるようなものですか、そんなに息せき切っちゃって。お宅にうかがったときにお返ししますよ。そんなにあの人が怖いのなら、切ってくることなんてなかったのに」

西門慶は笑って、

「怖がってなどいるものか。話にもならんね」

桂姐は桂卿に酒の相手をさせておいて裏へまわり、早くも女の髪を靴底に詰めて、それから毎日踏みつけたが、このことは措く。そうして西門慶をからめとり、何日もつづけて過ごさせ、家にかえさなかった。

金蓮は髪の毛を切ってからというもの気分がすぐれず、来る日も部屋の戸から出ず、茶も飯も喉《のど》を通らなくなってしまった。呉月娘は小者を使いにやり、家へよく診立《みた》てにやってくる劉婆さんを呼ばせて診《み》せると、言うには、

「奥様は暗《あん》の気にあてられ、それが心《しん》をさわがせているため、快方に向かわないのです。頭痛に吐き気で、飲食も進まれません」

とて薬入れを開け、黒い丸薬二服を出して、夜に生姜湯で飲むようにさせた。また言うには、

「あす、うちの亭主を来させます。奥方様の今年の運勢がいかがか、災いありやなしやを見させましょう」

金蓮、

「まあ、あんたのところの亭主は占いもできるの」

劉婆さん、

「あの人は目こそ見えませんが、一、二、三できることがあります。第一に、陰陽の術もて占いをして、厄除《やくよ》け

(21) 第八回訳注(31)を参照。

をしてさしあげられます。第二に、鍼灸《しんきゅう》にてできもの、、、を引かせます。第三は、これはないしょなんですが、たのまれて〝裏返し〟をする玄人《くろうと》です」

金蓮、

「〝裏返し〟ってどういうこと」

劉婆さん、

「たとえば父子の不和、兄弟の不仲、妻妾の確執《かくしつ》など、うちの亭主の手にかかれば、鎮めの品をおいて治めたり、鎮めの御符の灰をつかったまじない水を飲ませたりで、三日もかけることなく、父子は親しく、兄弟は仲よく、妻妾は争わずとなります。商売がうまくいかなかったり、家産が傾いたかたがあれば、財門を開き、儲けを出します。加持《かじ》にお祓《はら》い、災い除《よ》けの星祀《ほしまつ》りと、なんでもござれ。そこで人呼んで劉理星と申します。あるお宅でのことですが、新しく娶《めと》ったお嫁さんというのが、貧しい家の娘さんで少々手癖がわるく、いつも嫁ぎ先のものを盗んでは実家に持っていってたんです。それがご主人の知るところとなり、しょっちゅう打って叱られていました。うちの亭主は〝裏返し〟を施しまして、御符を二枚書くと、それを焼いた灰を水甕《みずがめ》の下に埋めました。家じゅう上から下までがその甕の水を飲むと、嫁の盗みを目にしても、見ていないがごとくになりました。それから鎮めの品をひとつ枕に仕込んで、ご主人がその枕で寝たら、まるで手が封じられたみたいになって、二度と打たなくなりました」

潘金蓮は聞いて心に刻むと、女中を呼んで劉婆さんに茶と点心を出させた。去り際には三銭の薬代を包み、ほかに五銭を量って供え物の紙を買わせ、翌日の朝食時に座頭《ざとう》の劉を呼んで、神像の刷られた紙を焚き、祓ってもらうことにした。劉婆さんは暇乞いして家にかえった。

翌日になると、果たせるかな早朝、座頭を引き連れて、表の門からまっすぐ中へ入ろうとした。その日、西門慶はまだ廓におり、もどっていなかった。門番の小者はたずねた。

「座頭さん、どこへ行くんだね」

劉婆さん、

「きょうはこちらの五娘《ごおくさま》のため、紙馬《しば》(第八回訳注(33))を焚きにまいりました」

小者、

「五娘《ごおくさま》に紙馬を焚くというなら劉さん、あんたが連れて入ってくれ。犬に気をつけてな」

婆さん、引き連れてまっすぐ潘金蓮の寝室の応接間へと向かった。長いこと待つと女がやっと出てきたので、座頭はあいさつして腰かけた。女が自分の八字(22)を伝えると、座頭は指でちょっと数えてから言った。

「奥様は庚辰《こうしん》の年、庚寅《こういん》の月、乙亥《おつがい》の日、己丑《きちゅう》(23)の時のお生まれです。この年は正月八日が立春ですから、新年扱いでの算命となります(24)。子平(25)の正統理論に基づきますと、奥様のこの八字は、秀でて非凡ではありますが、ご夫君の星の助けは終生得られず、お子様についても障りがおありです。亥の中に木がひとつありまして(26)、お生まれが正月ということになりますと、御身《おんみ》が旺《さかん》ということでは済まされず(27)、剋《こく》することがなければ自ら燃えあがるでありましょう。さらに庚金の重なり(28)があって羊刃《ようじん》(29)まで犯しており、これは重すぎます。ご夫君の星はたまらず、おふたりを剋されてどうにかというところです」

女、

「すでに剋しました」

座頭、

「奥様の星まわりは——どうか気をわるくなさりませ

---

(22) 第三回訳注(7)を参照。／(23) 金蓮は第三回で辰年生まれの二十五歳と称しており、作品の年代設定からは戊辰すなわち元祐三年（一〇八八）の生まれとするのが自然である。また同じ箇所で正月九日丑の刻の生まれとも述べているが、仮に庚辰の年の生まれとすれば正月は戊寅であり、また仮に乙亥の日の生まれとすれば丑の刻は丁丑となるはずである。／(24) 算命とよばれる、八字を用いたこの種の占い（我が国でいう四柱推命）においては、立春を年の区切りとしており、正月生まれであっても立春より早い生まれの場合には前年の干支が用いられる。／(25) 徐子平のこと。宋の人と伝えられる星命（星占い）の学の大家。後世、術士により宗と仰がれ、「子平」が星命の学を指すようになった。／(26) 生まれた日の干支「乙亥」についていう。「乙」は五行では「木」に属する。算命では生まれ日の干を重視する。／(27) 底本「不亦身旺論」。このままでは読みにくく、ふつう「亦」は「作」の誤りとみなされる。崇禎本は「亦作身旺論」。算命術では季節ごとに五行（木火土金水）が旺相休囚死のいずれかの状態にあるとみなす。春には五行の「木」は「旺」にあたる。／(28) 庚辰の年、庚寅の月の生まれで「庚」が重なっていること。「庚」の五行における配当は「金」。／(29) 凶神の名で、これが八字からみとられると、女性は夫や子に悪運をもたらすとされる。生まれ日の干から出発して、「甲」なら「卯」の支、「乙」なら「辰」の支があるばあい羊刃を犯しているとみなす。ここでは乙亥の日の生まれの潘金蓮が庚辰の年に生まれていることを指す。

劉理星が潘金蓮を占う

ぬよう、子平で煞印《さついん》の格(30)はよろしいのですが、ただ亥は五行では水に属し、丑も水に属します(31)。水が多すぎて、鉄砲水《てっぽうみず》となっています。その水を剋するべき土には己が属しているだけで一重しかありません。官煞《かんさつ》の関係も入り混じっておいでです(32)。理論によれば、男は煞《さつ》おもければ権威を得、女子は煞おもければ夫を刑すと申します。ゆえにそちらさまにおかれては、臨機応変の賢さを持たれ、人から寵愛も恥辱も受けることになりますが、ただ一点、いまは甲辰の年(33)でして、年のめぐりと人の運とが合わさるところ、災いは必ず訪れます。星回りとしても、小耗《しょうこう》と勾絞《こうこう》の星を犯しております。ふたつの凶星がじゃまをしており、害されることこそありませんが、ただしご同輩とは仲よろしからず、つまらぬ人の舌先によって、いつも周囲に雑音がおおく、安らかには過ごせません」

女がこれを聞いて言うには、

「先生、ご面倒でも私に、念入りな〝裏返し〟をひとつお願いいたします。ここに銀子一両がございます。お礼にさしあげますので、お茶代になさってください。ほかのことは求めません。つまらぬ人が寄りつかず、主人が大事にしてくれればそれでよいのです」

とて、奥に引っこみ髪飾りをふたつ抜いて、座頭にさしだした。座頭はうけとり袖に入れて言った。

「〝裏返し〟をお望みでしたら、柳の木片にて男女二体の像を彫り、奥様とご主人のお生まれの八字を書きます。七七《しちしち》四十九本の赤い糸でひとつに括《くく》り、赤の紗の布《きれ》で男の目を覆います。艾《よもぎ》を芯に詰めて、針で手を釘づけにします。下は、膠《にかわ》で足をくっつけます。それをご主人の寝られる枕にこっそり忍ばせるんです。それから、丹砂《たんしゃ》で御符を一枚書きますから、燃やした灰

---

(30) 上の見立てで指摘された「金」は、生まれ日の干である「木」を剋する。八字にみられる五行にこのような関係があるのを「官煞」という。また以下の見立てで指摘される「水」は「木」を生じる。この関係は「印綬」という。「官煞」と「印綬」の関係がみられるので、併せて「煞印」となる。／(31)「水」は原文いずれも「癸水」。ここの「癸」は潘金蓮の八字にみられるわけではなく、「水」に相当する十干の一つを、いわば飾りとして持ち出しているに過ぎないので、訳文では紛らわしいから省いた。「丑」は底本「庚」に誤るが、崇禎本により正した。／(32)「官煞」については(29)を参照。「金」に属する「庚」が年と月の干に見られて、それが二つながら「木」に属する「乙」を剋していることを指す。底本は「官煞」を「関煞」に誤る。／(33) 実際の政和四年（一一一四）の干支は甲午。底本に従う。

を、濃く淹れたお茶にこっそり混ぜてください。もしご主人がお茶を飲まれ、夜になって枕で休まれれば、三日も経たぬうちに、おのずと効き目があらわれます」

女、

「先生、おたずねしますが、この四つを用いるのはどういうわけでしょう」

座頭、

「では奥様にお教えしましょう。紗で目を覆うのは、ご主人にあなたを西施のように色っぽく見せるため。艾を芯に詰めるのは、心からあなたを愛させるため（艾と愛は同音）。針で手を釘づけにするのは、あなたがどんな過ちを犯そうが、二度と打つ気を起こさせないため。それどころかあなたの前にひざまずきさえするでしょう。膠で足をくっつけるのは、もうどこぞへふらふら行けなくするためです」

女はこの言葉を聞いて、そんなふうになるのかとすっかりよろこんだ。すぐさま線香や蠟燭、それに紙馬がととのえられ、女のために焚《た》かれた。

翌日になると、劉婆さんをよこして御符のまじない水や鎮めの品を届けてきたので、言われたとおりにきちんと執り行った。符を焼いて灰にし、いいお茶を沸かすと、西門慶が家にかえるのを待って、春梅に茶を出させる。夜になると枕と寝台とを共にした。一日が二日、二日が三日と過ぎるうちには、水魚のように親しく交わって、いつもの歓びがもどってきた。

皆様お聞きあれ、およそ家の大小を問わず、巫女に尼さん、乳母に口入れといった女たちは、くれぐれも近づけてはならない。裏で何をしでかすか、わかったものではないのだ。昔の人の四句の格言が、うまいことを言っている。

家に三婆(34)を出入りさせるなかれ
裏門とざして往《ゆ》き来《き》をさせるな
庭の井戸では小さな口《うわさばなし》にご用心
さすれば禍《わざわい》すくなく福は豊かに

はてさて、この後どうなりますか、まずは次回の解きあかしをお聞きあれ。

（34）直前にみえる巫女や乳母をはじめ、行商や口入れといった職につき家に出入りする女の総称。奶婆（乳母）、医婆（民間の女医）、穏婆（助産婦）の三者を指す場合もある。

第十三回

李瓶児《りへいじ》が塀《へい》越しに密会すること
迎春が隙間から覗《のぞ》いてみること

人生すべてが足りはしないが
身の処し方はゆったりが一番
善悪は君子の語に従うがよし
是非は小人の言に拠るなかれ
世の習いはしょせん遊びごと
人の心は山のあなた解りかね
賢きご婦人に言葉よせるなら
苦いを甘いと取り違えるなと(1)

さて、八月十四日(2)のこと、西門慶が表の棟から月《げつ》娘《じょう》の部屋へやってくると、月娘は伝えた。

「きょうあなたがいない間に、花さんの家から招待状を持った小者がよこされてきましたよ。あなたをお酒に招きたいんですって。おかえりになったらお越しください、とのことでした」

西門慶がその招待状を見ると、「本日の昼、廓《くるわ》の呉銀児の家《みせ》にて語らいたく、なにとぞ拙宅にお運びくださいますよう」と書いてある。そこで衣服や帽子を選りぬいて身なりをととのえ、ふたりの供の者に駿馬《しゅんめ》を支度させ、まずはまっすぐ花家へとやってきたが、意外にも花子虚は不在だった。その妻の李瓶児は、夏のこととて銀糸の束髪冠をつけ、金の台に紫水晶を嵌《は》めた耳飾り、蓮糸《はすいと》(3)織りの前ボタンの単衣《ひとえ》、刺繍入りで裾を縁《ふち》取った白い紗《しゃ》の裙《スカート》をまとい、その裾にのぞかせる鴛鳳の赤い嘴は尖がってきゅっと反っている。二の門の内側の石台に立ち、まだ靴底をつけていない浅緑の

(1) 第八十六回冒頭にもほぼ同じ詩が見られる。第三句、善悪と訳したところは底本は「好是」、第八十六回では「好事」だが、次の句との対応から「好悪」の誤りとみなした。／(2) 底本は「六月十四日」だが、前後と照らし合わせれば八月であるべきなので改める。／(3) 原文「藕糸」。蓮根の糸ということだが、実際に蓮糸で織ったのではなく、絹糸の上質さを喩えているのであろう。

潞安綾《ろあんあや》の表布《おもてぬの》を片方手にしていた。

西門慶が、そうとはつゆ知らずに門を入ったところ、ふたりは真《ま》っ向《こう》から出くわしてしまった。西門慶はこの女のことがもう長いこと気になっていて、花太監の野辺送《のべおく》りで赴いた墓地のある荘園でいちど見かけてはいたものの、しげしげと眺めたことはなかった。そこに正面から顔を合わせてみると、たいへんな色白で、小柄の瓜実顔《うりざねがお》、両眉は細くしなっている。おもわず魂《こん》は天外へ飛び、魄《はく》は九霄《きゅうしょう》に散じ、いそぎ進み出て深々と拱手《きょうしゅ》の礼をした。女は辞儀を返すと、身を翻して奥へ入っていった。おかっぱ頭の女中の、名を繍春《しゅうしゅん》というのを応対に出し、西門慶を客間に通して座らせ、自身は通用門のところに立って、あで姿を半ばあらわしつつ言うには、

「大旦那、しばらく座っていらしてください。あの人はさきほど、ちょっと用事ができて出かけましたが、じきにもどります」

ややあって、女中に茶を一杯運んでこさせた。西門慶が飲みおえると、女は門のあちらから言うよう、

「きょうはあの人、大旦那を誘ってどこぞへ飲みにいくみたいですが、どうか私のため、早めに家にかえるよう言い聞かせてくださいな。小者までふたりともついていったら、女中ふたりと私だけで、家に人がおりませんから」

西門慶はすかさず、

「兄嫁どののおっしゃるとおり、大兄は家を大事にしないといけません。兄嫁どののお申しつけとあれば、それがし必ずや大兄と行きかえりをごいっしょしましょう。事を誤らせたりするものですか」

話しているところに花子虚がかえってきたので、女は部屋へもどった。花子虚は西門慶を見るとあいさつをして言った。

「兄上のお越しにもかかわらず、弟《わたくし》め、たまたま止むを得ぬ小用にて様子うかがいに出向いており、お迎えできませんでした。お許しください」

そこで主客に分かれて座ると、小者に茶を出させた。すぐに茶が済むと、小者に言いつけて、

「奥様に、料理をお出しするよう申しあげてくれ。西門さんと三杯ほど飲んでから出かけるのでな。きょうは廓の呉の銀姉《ねえ》さんが誕生日なんで、兄上を誘って楽しみにいくんだ」

西門慶、

「大兄、なんで早く言ってくれなかったんだ」

すぐに玳安《たいあん》に、

「いそいで家にかえり、銀子《ぎんす》五銭を包んできてくれ」

花子虚、

「兄上はなんだって気を遣われるんです。それじゃあかえって困ってしまいます」

西門慶は、家の者がテーブルを据えているのを見て言う。

「兄上、もてなしは結構だから、中《くるわ》へ行って飲もうよ」

花子虚、

「長くは引きとめませんから、まあちょっと」

と、それこそ大皿大碗に、鶏の足やら新鮮な豚肉やらでこしらえたごちそうを運んで出させ、葵《あおい》の形をした高足《たかあし》の銀杯でそれぞれ一献かたむけた。さらに捲餅《けんぺい》（巻き蒸しパン）も四つ出たが、食事は切り上げ、取っておいて馬の口取りに食べさせた。

　ややあって、玳安が西門慶の分の祝儀を取ってきたので、いっしょに席を立ち馬に乗った。西門慶には玳安と平安、花子虚には天福と天喜の、計四人の小者がつきしたがい、まっすぐ廓の後巷《うらすじ》にある呉四媽《かあさん》の家《みせ》へとやってくると、呉銀児の誕生祝いをした。そちらへ着くと、花に錦の絢爛《けんらん》ぶりにて、歌に踊りに管絃の調べ。酒の席がやっとお開きになったのは一更（午後七～九時）の時分だった。

　胸に一物《いちもつ》ある西門慶は、子虚をべろべろに泥酔させていた。李瓶児から頼まれてもいたので、すぐにつきそっていっしょにかえらねばならない。小者が呼ばわって表の門を開けさせると、客間まで支えていき座らせた。李瓶児は灯りを手に女中と出てくると、子虚を奥へ引っぱっていった。西門慶は受け渡しが済むと暇乞《いとまご》いしようとしたが、女はすぐ出てきて西門慶に礼を言い、

「うちの甲斐性なしが莫迦《ばか》呑みしまして。こんな私のために家までおつきあいさせ、ご厄介をおかけいたしました。旦那、どうか笑わないでくださいませ」

西門慶はいそぎ腰をかがめてあいさつを返し、言うよう、

「とんでもない。朝がた連れだって出立いたし、帰着まで行軍《こうぐん》を共にせよとの兄嫁どののからのお申しつけ、それがしもとより心に銘じ骨に刻みつけておりますれば、大兄《たいけい》と家までごいっしょせずにおかれましょうか。兄嫁どののもご心配だったでしょうが、それがしではど

うも力不足だったようです。大兄はあちらの家で、そういう女たちにまとわりつかれましてね。しつこくうながして席を立たせたんですが、楽星堂の門口まで来たら——鄭愛香《ていあいこう》という女郎の家《みせ》で、これは幼名を鄭観《ていかん》音《のん》という、ひとかどの器量よしなんですがね——、大兄はその家に入ろうとなさって。私は何度も引き止めて言ったんです。『兄貴、家にかえろう。日を改めてまた来よう。家で兄嫁どのが心配してるから』ってね。それでどうにかまっすぐかえってきた次第で、そうでなければ、鄭の家《みせ》なんぞに行った日には、ひと晩だってもどってこられませんよ。兄嫁どの、私の言うべきことではありませんが、大兄もわからぬお方ですな。兄嫁どのはお若いし、お屋敷もこんなに立派なのに、それを捨ておいてひと晩じゅう家を空けるなんて。そんな話がありますか」

女、

「まったくおっしゃるとおりですよ。あの人がこんな風によそでふらふらして、人の言うことを聞かないものだから、ここで腹を立ててる私の方が、体じゅうを痛くしてしまいました。この先、大旦那があの人を廓で見かけられることがあったら、どうかこんな私のため、さっさとかえるように言ってやってください。お礼はしっかりいたします、きっと忘れたりいたしません」

西門慶というのは頭をひと打ちすれば足の裏まで鳴りわたるような男。風月《いろこい》のなかを長年歩んできたので、何事もよくわかっている。おあつらえ向きにこの日は、女の方からくっきりはっきりと、入港《おたのしみ》の道筋をつけてくれたのだった。そこで満面に笑みを浮かべて、

「兄嫁どの、なにをおっしゃいます。そもそも友だちづきあいとは何ぞやという話ですよ。必ずや心をくだいて大兄をお諫《いさ》めしますから、兄嫁どのもご安心ください」

女はかさねて辞儀をするいっぽう、年下の方の女中を呼んでくだものの核《さね》の入った泡茶《ほうちゃ》を一杯、銀の茶匙を添え彫漆《ちょうしつ》の茶杯に入れて運ばせた。西門慶は茶を飲み終えると言う。

「もうかえります。兄嫁どの、戸締まりにお気をつけて」

そこで暇乞いして家にかえった。

これより西門慶は、たくらみもてこの女をものにしようと狙いを定めるようになった。応伯爵や謝希大といった連中をあてがって、子虚を廓につなぎとめ飲み

明かさせておく。自分は抜け出して自宅にもどり、門口に立ち尽くす――ということを何度も繰り返した。西門慶が見ていると、女は女中ふたりをしたがえて、となりの門口にあらわれる。女が見ていると、西門慶は門の前で咳ばらいをして、ひとしきり東に来たり西へ行ったりしたかと思えば、こちらの門の真向《まむ》かいに立ち止まり、じっと覗きこんでくる。女は門の内側に身をひそめ、西門慶が来ると身をひるがえし中へ入ってしまうものの、行ってしまうとまた首を出して様子をうかがうのだった。ふたりの心は目と目で通い合って、もはや気持ちは確かめるまでもなかった。

ある日、西門慶が門口に立っているところに、女が年下の女中の繡春をよこして、家に招いた。西門慶はわざとたずねて、

「お姉さん、私を招いてどうしようというのかな。あんたの父様（花子虚）は家においでなのかい」

繡春、

「父様はお留守です。奥様は西門さんをお招きして、お聞きしたいことがあるそうです」

西門慶は願ってもないこの言葉に、いそぎ出かけていった。客間に通されて腰を下ろすと、ややあって女が出てきて、辞儀をするなり言うには、

「先日は旦那にたいへん親切にしていただきました。しっかり胸に刻み、申し上げようもないほど感謝いたしております。うちの人は、きのう出ていったきり、二日つづけてもどってきませんが、旦那はあの人にお会いになってませんでしょうか」

西門慶、

「きのう三、四人と連れだって鄭の家《みせ》で飲みました。私はたまたま、ちょっと用ができてかえったんです。きょうはあちらに行けておりませんので、まだおられるかはわかりません。もし私がいたならば、早くかえるようにと大兄を責付《せつ》かないはずがありましょうか。兄嫁どののお嘆き、お察しいたします」

女、

「まさにおっしゃるとおりです。あんなふうに人の話を聞かず、いつも花柳の巷《ちまた》に入りびたって、家のことはほったらかし。とばっちりを食うのは私なんですよ」

西門慶、

「大兄についていえば、仁義に厚くてよろしい方なのですが、その癖だけはどうも」

話しているところに年下の女中が茶を運んできたの

を飲むと、西門慶は子虚がもどってくるとまずいので、長居はせず、すぐに辞去しようとする。女は西門慶に念入りに頼みこんで、

「あすあちらへ行って、どうでもはやく家にもどるよう言ってください。受けたご恩はお返しします。旦那にはきっとしっかりお礼いたしますから」

西門慶、

「兄嫁どのが申されるまでもないこと、大兄とはそういうおつきあいですよ」

言い終えると、西門慶は家にかえった。

翌日になって花子虚が廓から帰宅すると、女はしきりに恨み言をならべて、

「あなたときたら外で酒やら女やらに溺れて。お隣の西門の大旦那には、ひとかたならずお世話になって、あなたがかえってくるようにと何度もお手を煩わせたのよ。感謝のしるしになにかお礼の品でも買わなければ失礼でしょ」

花子虚はあわてて礼物四箱と酒ひと甕《かめ》とを買い、小者の天福をやって西門慶の家に届けさせた。西門慶がうけとって、使いの者にしっかり褒美を出したことは措く。

そこに居合わせた呉月娘は言った。

「花さんところは、どういうわけでお礼なんて届けてきたんですか」

西門慶、

「これはね、花二くんはこないだ俺たちを招いて、廓で呉銀児の誕生日をしたんだが、酔っ払っちまったんで、俺に手を引かれて家へかえったのさ。それにいつも廓で俺は、夜明かししないでさっさとかえれと、あいつに言ってるんでね。奥方は俺の心遣いを知って感に堪えず、花二くんに言って、感謝のしるしに礼物を買わせようと思ったんだな」

呉月娘はこれを聞くと、西門慶に合掌して言うよう、

「お兄さん、自分のことよく考えてみなさいな。〝泥仏《どろぼとけ》が土仏《つちぼとけ》に説教する（目糞鼻糞を笑う）〟ってもんですよ。あなただって一日じゅう家に寄りつかず、外で女を囲ったりからかったりしてるのに、よそさまのご亭主には説教ですか」

さらに、

「このお礼、もらいっぱなしにはなさいませんよね」

とてたずねて、

「礼状には誰の名前が書いてありますか。もし奥様の

お名前ならば、こんどは私の名前で招待状を書いて、奥様をお招きして一席設けます。あのかたもこんなふうに、ずっと我が家にお呼ばれされたがってますからね。もしご主人のお名前なら、お招きするもしないもあなた次第。私は何も申しません」

西門慶、

「花二くんの名前だ。俺があす、あいつを招けばよかろう」

翌日、西門慶は果たして酒席をととのえて花子虚を招いた。一日飲んで家にかえった花子虚に、李瓶児は言う。

「礼儀にもとってはなりません。こちらが礼物を差し上げて、あちらもとにかくあなたをお酒に呼んで返礼されたのですから、あなたも日を改めて別に酒席を設けて、あの方をご招待なさい。お招き返しするのが筋というものですよ」

光陰は速やかに、早くもまた九月重陽《ちょうよう》の節句がめぐってきた。花子虚は時節に名を借りて妓女《ぎじょ》ふたりを呼び、菊を愛《め》でにお越しいただきたくと西門慶に招待状をしたためた。応伯爵、謝希大、祝日念、孫寡嘴《そんかし》の四人も招かれて相伴し、伝花撃鼓《はなわたし》(4)をして楽しく飲んだ。その証拠としてこんな詩がある――

烏《からす》と兎のめぐりは矢の如く（烏と兎は太陽と月の象徴）
再び迎え来《きた》るは重陽の佳節
紅《くれない》の樹は千枝に秋色を粧い
黄の花は園庭の小道に香る
高きに登る烏帽《うぼう》の客おらず(5)
酒をば注《そそ》ぐ綺麗な娘おもう
刺繍の簾《すだれ》した奥深い扉の中
密《ひそか》に見交せば愛情は永久《とわ》に

この日、一同で灯《あか》りをともす時分まで飲んでから、西門慶はふと席を外し、外に手を洗いに出た。思いが

---

(4) 宴席でのゲーム。太鼓を叩く音に合わせて花を次々に渡していき、叩き終えたときに花を持っている者が罰杯となる。

(5) 重陽の節句には、山や丘など高みに登って酒を飲む風習があった。烏帽は黒い帽子のことで、一説に主に官位にある者がつける烏紗帽の略。烏帽の客とは、おそらく晋・孟嘉の故事を指す。武将として名高い桓温が、龍山にて重陽の宴をひらいた際、孟嘉の帽子が風に飛ばされた。桓温は孫盛にこれを嘲る文を作らせたが、孟嘉はたちどころにこれに答える文を仕立て、一座の者を感服させたという。

けず、李瓶児が目隠しの格子戸の外側に立ってこっそり覗いていたので、ふたりは真っ向から出くわしてしまい、西門慶は避ける暇もなかった。女は西の通用門へと下がり、暗がりのなかひそかに女中の繡春を西門慶のところへしのばせ、小声で伝えさせるには、

「奥様から西門さんにご伝言です。お酒は控え目に、さっさと家へおかえりください。もうじき家《うち》の父様を、廓で休むようにといって出ていかせます。夜、奥様はかくかくしかじか、西門さんとお話がなさりたいそうです」

これを聞いた西門慶は、うれしくてしかたない。手洗いから席にもどると、酒も飲まず袖にかくしてごまかし、宴席に侍《はべ》る歌い女《め》が弾き歌いつつ酌しようとしても、酔ったふりをしてもう結構というばかり。見るまに一更(午後七〜九時)の時分となると、李瓶児はたまらず簾の外までやってきて様子をうかがった。見れば、西門慶は上座にいて狸寝入りを決めこみ、応伯爵と謝希大は咬みついた蚤《のみ》みたいに椅子に釘打ちされており、そのできあがりかたときたら、油を浮かせるため湯の底に沈めた擂《す》り胡麻《ごま》みたいなもの。まるで席を立とうとしない。祝日念と孫寡嘴はしびれを切らしてかえったのに、このふたりがまだ動こうとしないので、李瓶児は気が気でない。西門慶はもう脱け出そうとしているのだが、花子虚がどうしても放さず、言うには、

「きょうはまだ、おもてなしもしちゃいませんよ。兄貴、なんだってやたらとかえりたがるんです」

西門慶、

「まったくのところ、酔っちまってもう飲めないんだ」

そこで、わざと東にふらつき西によろめきしながら、小者ふたりに支えさせて家にかえった。応伯爵、

「きょうはあの人、なんだか知らないがやたらと酒を嫌ってたな。たいして飲みもしないうちから酔っちまった。ご主人のお心遣いでもあるし、せっかくふたりの姉さんがいることでもあるから、大杯を持ってきて、あと四、五十遍ほど酒を回してお開きにしようぜ」

簾の外でこれを聞いた李瓶児は、あつかましい牢屋暮らしめとひっきりなしに罵り、こっそり小者の天喜をやって花子虚を呼んでこさせ、言いつけた。

「この人たちと飲みたいのなら、どうか早いところ廓へ飲みにいってください。家で私に迷惑かけないで。夜中にせっせと灯りをつけられたりしたら、たまった

もんじゃない」

花子虚、

「こんな遅くにあの人たちと廓へ行ったりなんてしたら、やっぱりかえってこられないぜ。俺をこのうえとっちめたりしないでおくれよ」

女、

「行きなさい。とっちめなきゃいいんでしょ」

願ってもない言葉に、花子虚はやってきて一同に言う。

「かくかくしかじか、というわけで廓へ行こうや」

応伯爵、

「ほんとうに兄嫁どのがそんなこと言ったのかね。かつぐのはやめとくれ。もいちど行って、兄嫁どのにたずねてきな。出かけるのはそれからだ」

子虚、

「家内はさっき言っていたよ。かえりはあすでいいって」

謝希大、

「無理もないさ、応花子《こじきのおう》にこんなたわごとばっかり聞かされたんじゃな。山の神のお許しなら、兄貴はさっきもらい済みなんだから、心おきなく出かけていいのさ」

そこで、歌い女ふたりと連れだち、みないっせいに席を立って廓へと繰りだした。天福、天喜も花子虚につきしたがう。三人が後巷《うらすじ》の呉銀児の家《みせ》についたときには、すでに二更（九～十一時）の頃合。声をあげて門を開けさせると、呉銀児はもう寝ていたがすぐさま起きてきて、広間に蠟燭をともし、迎え入れて座らせた。応伯爵、

「あんたの家のおなじみさんは、きょう俺たちを招いて菊見酒をしたんだが、飲みが中途半端だってんで、つぎはここへ来ようって誘ってくれたんだ。酒があるなら持ってきてくれ」

花子虚が廓で酒を飲んだことはさておき、西門慶が酔ったふりをして家にかえってからの話をしよう。潘金蓮の部屋へおもむき服を脱ぐとすぐ、表の花園へ行って座りこみ、李瓶児の方から呼ばれるのをじっと待っていた。ずいぶん経ち、あちらで犬を追い門を閉ざす音がしたと思うと、少しして姿を見せたのは女中の迎春。暗闇のなか塀をのぼって猫の鳴きまねをし、西門慶が亭《ちん》に座っているのを見ると声を掛けた。西門慶はテーブルをひとつ抱えてきて踏み台にし、こっそり塀をのぼり越すと、こちら側にはもうはしごが架《か》けられていた。

塀を越してくる西門慶を待つ李瓶児

李瓶児は子虚を追い出すと、すでに束髪冠を外し、雲なす黒髪を無造作に束ね、こってりと粧《よそお》いを凝らして、軒下の廊下に立っていた。西門慶がやってきたのを見ると、うれしくてしかたない。迎え入れた部屋には灯りがともり、早くもテーブルには酒や肴《さかな》、くだものや料理がきっちり並べられ、小さな徳利には美酒がたっぷりと詰まっていた。

女が両手もて玉の杯を高く捧げれば、迎春は徳利をとって酒を注いだ。女は西門慶に深々と辞儀をして言うよう、

「旦那にはかねがね感謝申し上げておりますのに、お心遣いいただいてお礼などくださりましては、私こまってしまいますよ。本日は私みずから薄酒《うすざけ》一杯なりともととのえまして、旦那にお越しねがい、心ばかりのおもてなしをさしあげようといたしましたのに、またもや面の皮の厚いくたばり損ないがふたり割りこんで、延々居座るものですから、気が気ではありませんでした。先ほどまとめて追い出して、廓に行かせたところです」

西門慶、

「花二くんはもうもどってはこないのでしょうか」

女、

「ひと晩過ごすよう申しつけましたから、かえりません。小者もふたりともついていきましたから、家にはもう誰も。ここなふたりの女中と、門の番をしている馮《ふう》のおっかさんだけです。これは私に幼いころから乳母として仕えてきた、腹心の者です。前後の門もすっかり閉めてあります」

西門慶は聞いて、内心おおよろこび。ふたりはそこで、肩を並べ脚を絡め、一つ杯を差し交し、いっしょに酒を飲んだ。迎春は傍らで酒を注ぎ、繡春は行ったり来たりして料理を運ぶ。しっかり飲んだころになると、錦の帳《とばり》のなかには、鴛鴦の布団に香を焚《た》き染《し》め、珊瑚《さんご》の枕が設《しつら》えられていた。ふたりの女中がテーブルを運び出し戸を閉めて立ち去ると、ふたりは寝台に上り歓びを交わした。

もともと、富裕な家の窓《まど》は二層になっていて、外側を窓《そう》、内側を寮《りょう》という。女は女中を出ていかせると、内側の二枚の寮を閉じたので、部屋で灯りをともしても、外からはまったく見えない。ところが、ここなる迎春という女中は今年もう十七で、なかなかの物知り。今夜ふたりが逢《あ》い引《び》きすると見ると、こっそり窓《まど》の下へやってきて、挿していた簪《かんざし》の先で、寮に貼ってある紙を

富裕な家の窓は二層になっていて……

つきやぶり、なかの様子をうかがった。いったいふたりはどのように交接していたかといえば、そのさまは――

灯の光に照らされて
鮫《にんぎょ》の綃《きぬ》の帳のなかで(6)
いちど来てはいちど往き
かたや撞《つ》けばかたや沖《あた》り
こちらは玉の腕《かいな》を忙《せわ》しく揺らし
あちらは金の蓮を高々と挙げる
こちらは鶯の囀《さえず》りころころと
あちらは燕の呟《つぶや》きぶつぶつと
君瑞が鶯娘《おうじょう》に遇ったごとく(7)
宋玉が神女と契ったみたい(8)
山と海への誓いは
ぼんやり耳に響き
蝶と蜂との放埓《ほうらつ》は
すぐには止《や》まれず
戦い久しくなって
布団は乱れて赤い波のよう
犀《さい》の角のひと触れは真白き胸に沁み(9)
争い長きにわたり
寝台の帳には銀の鉤《かぎ》かかり
眉の黛《すみ》のふた曲りは美玉の顔《かんばせ》に垂《しだ》る
それこそまさしく――
三たび唇かわせば情さらに厚く
一たび体しびれる道ならぬ恋に

室内のふたりのこの雲雨、はからずも窓《まど》の外の迎春に〝亦《ま》た楽しからずや〟というほど、すっかり見られかつ聞かれていたのだった。ふたりの話す声が聞こえるには、西門慶が女にたずねて、

「おいくつですか」

李瓶児、

「未年《ひつじどし》で、今年二十三です」

(6)鮫綃は南海の人魚が織るという絹。ここでは薄絹の美称。／(7)張君瑞と崔鶯鶯を指す。元・王実甫の戯曲『西廂記』の主人公。(8)第二回訳注(44)を参照。宋玉は本来、楚の懐王と神女との契りを描いた「高唐賦」の作者。／(9)原文「霊犀一点透酥胸」。「霊犀一点」は唐・李商隠の無題二首（其一）に「身無彩鳳双飛翼、心有霊犀一点通」とあるのに基づく表現。川合康三選訳『李商隠詩集』（岩波文庫、二〇〇八）がこの句を「たとえ二人の身は美麗な鳳凰が翼を連ねて飛ぶように結ばれてはいなくても、その気持ちは霊妙な犀の角《つの》に通る一筋の白い線のように通じ合っていた」と訳すように、本来は感情面での男女の繋がりを喩える。

とてたずねて、

「大奥様のお歳は」

西門慶、

「家内は辰年《たつどし》の二十六です」

女、

「じゃあ三つ上なのですね。こんどあいさつの品を買って、お目にかかりにうかがいたいですけど、どうも近寄りがたそうで」

西門慶、

「家内は昔からいい性格ですよ。そうでなきゃ、どうしてこんなに大勢を家に置かせてくれますか」

女がまたたずねて、

「今しがたこちらにいらしたことは、大奥様はご存じなのかしら。もし聞かれたら、どうやってお答えになるの」

西門慶、

「家内はいつも、奥まった四棟めの部屋にいます。そこな表の花園にいるのは、二階建て一軒にひとりで住んでいる、五番目の妾の潘氏だけですが、あいつは口出しなどしません」

女、

「その五娘《ごおくさま》のお歳はいくつなの」

西門慶、

「本妻と同い年です」

女、

「それはよかった。もし私なんかでもお嫌《いや》じゃなければ、五娘《ごおくさま》のことをお姉さまと仰ぐことにしますね。こんど大奥様と五娘《ごおくさま》の足型をいただいてきてくださいな、手製の靴を二足作っていきます。私の気持ちをお伝えしたいから」

女はそこで頭から髷《まげ》を留める金簪《きんかんざし》を二本抜いて西門慶にわたし、言い含めた。

「廓で過ごすことがあったら、花子虚に見られないようにしてね」

西門慶、

「わかっております」

そしてふたりは膠《にかわ》か漆《うるし》のようにぴったり寄り添って、五更（午前三〜五時）の時分まで名残《なごり》を惜しんだが、窓の外では鶏が鳴き、東の空が白んできた。西門慶は、花子虚がもどってくるのを恐れ、身なりをととのえると起き上がった。女、

「やっぱり塀を越えていきなさい」

ふたりは秘密の合図を取り決めた。子虚が不在のと

きには、こちらで女中に塀をのぼらせ、ひそかに咳《せき》でもって知らせるか、または、まず瓦をひとかけら放って、西門慶の側《がわ》に人がいないのをたしかめてから、塀をのぼって呼ばせる。そこで西門慶がはしごをつかい塀を乗り越えてくれれば、迎える側でもすでに下りられる支度をしてあるという寸法。ふたりは、築地《ついじ》を隔てて応酬し(10)、玉を窃《ぬす》み香を偸《ぬす》んで(11)、表門から出入りもしなかったので、隣近所がこの秘め事に気づくはずもない。その証拠としてこんな詩がある――

　塩とお酢とは摂《と》りすぎに注意
　行かずによい所は行かぬこと
　人に知られたきゃ勉強に励み
　知られて困ることとするなかれ(12)

さて、夜が明けると西門慶は、例によって塀をのぼり、潘金蓮の部屋へとやってきた。金蓮はまだ寝ていたが、たずねるには、

「きのうは全体どこへ行ってたの。ひと晩じゅうもどらず、私になんのことわりもないなんて」

西門慶、

「花二くんがまた小者をよこして、廓に誘ってくれたのさ。夜の半分を飲み通してから、脱けだしてやっとかえってきた」

金蓮は納得こそしたものの、まだいくらかうたがいの念を抱いていた。

ある日、食事のあと孟玉楼《もうぎょくろう》と花園の亭《ちん》で針仕事をしていると、瓦がひとかけら放りよこされて、目の前に落ちた。孟玉楼は下を向いて靴に底を縫いつけており気づかなかったが、ひとり潘金蓮はぐるりを眺め渡し、

(10)原文「隔牆酬和」。『西廂記』に由来する表現で、主人公の男女二人が塀越しに詩を詠み交わした場面(第一本第三折)を指す。

(11)原文「窃玉偸香」。「窃玉」ははっきりしないが、他書の用例から「鄭生」の故事であることが分かる。一説に『列仙伝』巻上に見える、鄭交甫なる者が江妃二女(長江と漢水の女神)から佩《おびだま》をもらい受けたものの数十歩あるいてみると懐中から消えていたという故事を指す。「偸香」は『世説新語』惑溺篇に見える、韓寿が塀を乗り越えて賈充の娘と密通したところ、賈充が晋の武帝から賜った珍らかな香のかおりが韓寿の身体から漂ったという逸話による。二つの故事はしばしば対にされて、男女の密会をいうのに用いられる。／(12)この四句の格言は『明心宝鑑』正己篇に見られる。『清平山堂話本』所収の「合同文字記」冒頭にも同じ四句が置かれている。

ちらりと見えたのは、塀の上からさぐりを入れてすぐに引っこんだ白い顔。金蓮はいそいで玉楼をつつき、指し示して言うには、

「三姉さん見て、そこにいたのは隣の花さん家《ち》の、例の年上の女中でしょ。塀をのぼって、こちらの花でも見ようとしたのかしら、私らがここにいるのに気づいたら、すぐ下りていったけど」

言い終えると、このときはそれでしまいになった。

夜になり、西門慶はよその宴席から家にもどると、金蓮の部屋へ入った。上着を脱ぐのを手伝ってから、食事にしますかお茶にしますかとたずねても、食べも飲みもせずによろよろと表の花園へ行ってしまうので、潘金蓮は気に留めまいことか、こっそり見まもっていた。腰を下ろしてずいぶん経って、さきほどの女中が塀の上から顔を出すのが見えると、西門慶はすぐにはしごで塀を越していった。あちらで李瓶児が部屋に迎え入れ、ふたりが逢い引きをしたことは、細かく述べるまでもない。

潘金蓮は部屋にかえると輾転反側《てんてんはんそく》して、ひと晩じゅう寝つくことがなかった。夜が明け、もどってきた西門慶が部屋の戸を押し開けても、女は寝台に横たわったまま相手にしない。西門慶は早くもいくぶんばつが悪そうに、近寄って寝台のへりに腰かけた。それを見て女はがばと起きなおり、片手を出し相手の耳をつねって罵った。

「この裏切り者の悪党が。きのうはいったいどこに行ってきたの。おっかさん《このわたし》をひと晩じゅういらいらさせやがって」

さらに、

「あんたをがっちりつかまえちゃいなかったけど、なんとまあ、そういうことを仕出かすわけかい。わかりましたよ、うんざりするくらいね。さっさと本当のことを言いなさい。これまで隣の花さん家《ち》のあの淫婦と、何回うまいことやったの。一から話したら勘弁したげる。ちょっとでもごまかしたら、こんど片足でもあっちにまたぎ越してごらんなさい、のこった片足にこっちからわめき立ててやる。あんたという裏切り者の牢屋暮らしが、死んだって葬り先もないようにしてやるんだ。人をあてがい亭主にしがみつかせ、廓で夜を過ごさせといて、こっちじゃ女房どのにご用ですか。食べ残し《もうたくさんという》を持ち帰るくらいの目に遭わせてやらなきゃね。道理できのうの真っ昼間、孟の三姉さんと花園で

縫い物していたら、あの家の年上の女中が塀のあちらから首を出してきょろきょろしてたわけだ。あの淫婦が冥土の使いをよこして、あんたをしょっ引こうとしてたとはね。あんた、まだおつかさん《このわたし》をごまかそうとするの。こないだあの家の忘八《ねとられ》が、夜中にあんたを廓に誘ったそうだけど、あいつの家こそが廓だったわけだ」

西門慶は、聞かなければそれきりだったものを、この言葉を聞いてしまったがために、あわててチビ《ちいさく》を装って《なって》、地団駄ふみながらひざまずき、にこにこ笑いで懇願して言うには、

「けったいでちっちゃなべらべら口さん、もそっとお静かに。掛け値のないところ、あの人はかくかくしかじか、お前さんがたふたりの歳をたずねて、こんど足型をもらっていったら、めいめいに靴を一足作ってくれるそうだ。ふたりを拝して姉となってもらい、じぶんは妹になりたいというのさ」

金蓮、

「あの淫婦の兄貴だの姉貴だのにされたかないね。よその旦那を欲しがったうえ、せっせとご機嫌とりに励むような女のさ。人の亭主をたぶらかしやがって。おつかさん《このわたし》は、目に砂を入れられるようなたまじゃない。鼻先でまやかしなどさせるもんですか」

言いながら、片手で相手のズボンを引き開けてみれば、そいつはだらりとしていて、銀の副え金がついたままなので、たずねるよう、

「じっさいのところ、夜にあの淫婦と何度したの」

西門慶、

「するのにも回数があるのかい。一度きりだよ」

女、

「あんた、そのお盛んな身体にかけて誓いなさい、一度だけでそんなふうに、鼻水たらり味噌どろりってな具合になっちゃうの。まるで中風にでもなったみたい。少しはしゃきっとしてるのが親切ってもんですよ」

言いながら副え金をぐいとむしり取り、罵って、

「恥知らずで黒尻尾《にまいじた》の茶猫の強盗め。道理でどこをさがしても見つからないわけだ、なんとこいつをこっそり持ち出して、あの淫婦と打ち込みにいってたわけかい」

そこで西門慶は満面に追従《ついしょう》笑いを浮かべて言った。

「けったいなチビ淫婦ときたら、まったく手を焼かせるね。あの人は何度も俺に、よろしくお伝えをと言ってたよ。こんどお前にあいさつしにきたい、それから靴も作ってさしあげたいということだ。きのうは呉の

やつ（月娘）の足型をとりに女中をよこしたし、きょうはお前に、壽の字の飾りがついたこの簪一対をお届けくださいとさ」

　そこで帽子を取って頭から抜き、金蓮に渡した。金蓮がうけとって眺めれば、それは西蕃蓮《ダリア》を地紋として隙間に藍銅鉱《らんどうこう》を嵌めた、壽の字があしらわれた透かし細工の金簪二本で、御前にて作られ宮中より出た、たいへんに精巧な品。金蓮はすっかりよろこんで言うには、

「そういうわけなら、なにも言わないことにしましょう。あんたがあっちに行くときはここで見張りして、おふたりさんが存分に打ち込めるようにしてあげる。いかがかしら」

　西門慶はよろこびのあまり両腕で抱きしめて言うよう、

「俺のかわいこちゃん、そう来なくっちゃ。〝金銀ひり出す子どもは要らぬ、人情の機微に聡《さと》いが肝心[13]〟とは、よく言ったもんさ。こんどないしょで、柄物の服をひと揃え買ってきて礼をするよ」

　女、

「そんなベタ甘口に乗りますか、おつかさん《このわたし》にふたりの手助けをしてほしけりゃ、三つ言うことを聞きなさい」

　西門慶、

「いくつだって聞くよ」

　女、

「まず一つめ、廓通いは許しません。二つめ、私の言葉に従うこと。三つめ、あの人と寝にいってかえったら、様子を伝えること。ひとことでもごまかしたら承知しません」

　西門慶、

「そんなのは大したことじゃない、ぜんぶそのとおりにするさ」

　この時から西門慶は、李瓶児と寝てかえってくると女に伝えるのだった。李瓶児が色白であること。からだが綿玉のように柔らかいこと。風月《いろごと》が好きで、よく飲むこと。

「俺たち、寝台の帳のなかにごちそう箱を置いて、カルタで遊びながら飲むのさ。いつもふざけていて、夜中まで眠らないな」

　あるときには、袖から何やらひとつとりだして渡し、金蓮に見せた。

「これはあの家の老太監が生前、宮中から持ち出した絵巻なんだ。灯りをつけて、どんな仕事が描かれているかふたりで見ようじゃないか」

金蓮はうけとると、開いて眺めた。その証拠となる詞(14)があって——

宮中の綾絹に織紋《おりもん》を浮かべ
牙籤《がせん》(15)に錦帯《きんたい》で粧《よそお》いを凝らす
鮮やかな青や緑を細《こま》やかな金線が彩り
一尺四方の画紙はきれいに収まって
女ぶりは巫山《ふざん》の神女にも勝り
男ぶりは美形の宋玉(16)にも並ぶ
ふたりながら帳の内で鋒《ほこ》まじえ
技の手の名は二十四(17)
春意は萌《きざ》し情うごく

はじめからしまいまでひととおり見ると、金蓮は手放そうとせず、春梅に渡して、

「箱のなかに大事に入れといて。朝な夕な見て楽しむから」

西門慶、

「二日も見たら、返してくれよ。人様の大切なものだ。借りてきて家で目を通したら返すんだ」

金蓮、

「あの人の物がどうして私の家にあるのかしら。あの人のところから持ってきてと頼んだわけでもないのに。たとえ頼んでいたとしたところが、もう打《ぶ》たれたって手放しませんけどね」

西門慶、

「お前があの人に頼んでなくても、俺が借りてきたものなんだよ。けったいなチビ奴隷ちゃん、ふざけるのはよしな」

とて、追いかけて巻物を取り上げようとすれば、金蓮は、

「あんたが取り上げようとして力ずくに出るなら、これはビリビリに引き裂いて、誰も見られなくしちまうよ」

西門慶は笑って、

(13)同じ諺が『西遊記』第八十一回に用いられている。本書の第三十二回、第三十五回にも見られる表現。／(14)末二句を除き、詞牌（旋律）は〔西江月〕を用いる。／(15)書巻や画巻の外に下げて標題を書くための、象牙でできた小さな札。／(16)第二回訳注(44)ならびに本回訳注(8)を参照。／(17)明代の春画には実際、『風流絶暢』『花営錦陣』のように二十四点を一組とし、それぞれの姿勢に名をつけるものがある。第六回（一一九頁）にみえた「夜行船」もその一つ。

「俺もお手上げだよ。好きにしていいから、見終わったら返すんだぞ、いいな。これを返したら、あの人はほかにも珍しい物を持ってるから、こんど頼んで持ってきてやるよ」

金蓮、

「坊や、誰があんたをそんなお利口に育てたの。あんたが持ってきたら、それからこの巻物を渡しますよ」

ふたりはひとしきり言い争うのだった。

夜になると金蓮は部屋で、鴛鴦の布団に香を焚《た》き染《し》め、銀の灯をていねいに据えて、艶《あで》やかに化粧し牝を洗った。西門慶と巻物を広げ、錦の帳のなかで、並び飛ぶ鳥たちの楽しみに倣《なら》ったのだった。

皆様お聞きあれ、祈禱師が呪詛するのは昔からあったこと。金蓮を見るなら、座頭の劉に〝裏返し〟させてからいくばくもなくして、たくさんのことが脇から起こった。その結果、西門慶の怒りは寵愛《ちょうあい》へと変じ、辱《はずかし》めは歓びへと化し、二度と金蓮を押さえつけようとしなくなったのだった。〝信じてみるのは三度まで〟というが、まさしく、

お前がどんなにずる賢くとも
俺が脚洗った水を飲まされる

といったところ。その証拠としてこんな詩(18)がある——

思い出すは馴初《なれそ》めのころ書斎でのこと
二人の残した雲雨の跡は知る人もなく
朝が来て鸞鳳《らんぽう》は揃いの枕を棲《す》み処《か》とし
掻立《かきた》て果てた灯火《ともしび》は銀の輝き半ばのみ

あの頃おもえば
夢に魂は彷徨《さまよ》う
この夕べ嬉しさは並び飛ぶ鳥達に似て
鸞《らん》と鳳《ほう》とは組んず解《ほぐ》れつ楽しみ涯《はて》なく
これより永久《とわ》に離れじと念じしものを

はてさて、この後どうなりますか、まずは次回の解きあかしをお聞きあれ。

(18) 実際には〔鷓鴣天《しゃこてん》〕(旋律名)の詞。第十七回、第八十二回の冒頭にもほぼ同じ詞が置かれる。

第十四回

花子虚が腹を立てて命を落すこと
李瓶児が男に貢《みつ》いで宴に赴くこと

目にこもる思い心にかくす望みは止《や》みがたく
玉の搔頭《かんざし》で手なぐさみする日々に堪《こ》えられず(1)
その笑顔に春が再びめぐれば花は媚びを含み
その蛾眉《がび》を僅か顰《ひそ》めるならば柳は愁いを帯ぶ
桃の色の頰辺《ほおべた》に白粉《おしろい》のばし思うは結ばれる事
蘭の香の居室に寒気《かんき》しのび望むは寄りそう事
司馬相如《しばしょうじょ》のように移り気な男心の赴くところ
卓文君がうたわずに済まされようか白頭吟《うらみのうた》(2)を

さてある日、呉月娘《ごげつじょう》は気分がすぐれず、呉の大兄嫁が見舞いにきていた。月娘は引きとめて一泊してもらうことにし、ちょうど部屋で相手をしているところへ、だしぬけに小者の玳安《たいあん》が氈《フェルト》の包みを抱えて進み入り、言った。

「父様のおかえりです」

大兄嫁はすぐに李嬌児《りきょうじ》の部屋へと外した。ややあって西門慶が入ってきて、服を脱ぐと座った。小玉が茶を運んできても飲もうとしない。月娘は、夫の顔がいくらか憂いを帯びているのに気づいてたずねた。

「あなた、きょうはお茶の会だったのに、ずいぶん早いおもどりですね」

西門慶、

「きょうは常時節がもてなす番だったんだが、あいつの家には場所がないんで、城門を出て、五里原《ごりげん》にある永福寺で遊ぼうと招かれたんだ。それから、花二くんが応の二哥《にあにき》や俺ら四、五人を誘ってくれたんで、廓《くるわ》の

(1) 冒頭の二句は、唐・韓偓「青春」詩の第一句、第六句をやや改めて用いている。韓偓の詩は『清平山堂話本』の「刎頸鴛鴦会」に引かれており、本書第一回冒頭に引かれた「男は呉鉤を」の詞とあわせて冒頭に配される。／(2) 卓文君は漢代の人で、富豪・卓王孫の娘。貧しかった司馬相如と駆け落ちし、のちに司馬相如が妾を取ろうとした際には、「白頭吟」を作り夫を責めて思い止まらせたとの逸話がある（『西京雑記』巻三）。

鄭愛香《ていあいこう》の家《みせ》へ飲みにいったんだが、ちょうど盛り上がってるところに、いきなり捕り手が何人か入ってきて、有無をいわせず花二くんを捕まえてったんで、みんなびっくり仰天さ。俺は李桂姐《りけいしゃ》の家へ逃げ込んでしばらく隠れてたんだが、不安なので人をやって事情を探らせてみた。すると、花二くんのところの亡くなった花太監の一族で、花大、花三、花四というのが財産分与のことで訴えを起こし、東京開封府《とうけいかいほう》に訴状を出したというんだ。それが受けつけられたんで、うちの県が本人を捕らえるよう指示がくだったのさ。俺らはそれで安心したんで、各人ばらばらにかえってきた」

月娘は話を聞くと、

「ありそうなことですよ。日がな一日その人たちと連れ立って神様気取り、家のことは頭にあるのかしら。いつも外でむちゃばっかり。きょうはとうとう事をしでかして、これでやっとけりってものね。これでまだあきらめがつかないなら、そのうち喧嘩に巻きこまれずに済みますか。取り囲まれてどこかへ連れていかれ、爛《ち》れ《だ》た羊頭《るま》になるまで殴られなきゃ、足を洗おうって気にはならないとでもいうの。家にいる本当の女房がためになること言っても、あなたは聞こうとしましたか。廓の淫婦が目の前でちょっと何か言えば、耳を驢馬《ろば》みたいにして聞くくせに。まったく、〝家人の言葉はどこ吹く風、他人の言葉は金字の経典〟というものね」

西門慶は笑って、

「誰が七つ頭《だいたん》に八つ胆《ふてきにも》で俺を殴ろうというんだい」

月娘、

「あんたというぶつは、家では口が達者だけど、いざとなったら震えあがって、いったいどんなご面相をさらすものやら」

話しているところにやってきたのは玳安。言うには、

「お隣の花の奥様の所から、天福をおよこしです。父様においでいただき、お話をなさりたいそうです」

願ってもない言葉に、西門慶はよろよろと出かけようとする。月娘、

「こんどはあなたが引っぱられるなんてこと、やめてくださいよ」

西門慶、

「お隣のことだもの、構やしないさ。行ってみて、何を言うか聞いてみよう」

すぐさま花子虚の家にやってきた。李瓶児は小者に言って、相談のため奥の棟へと通させた。見れば女は、

薄絹の単衣《ひとえ》の着こなし乱れて、色白の面《おもて》に化粧するのも億劫という体《てい》で部屋から出てきた。顔は脅えて蠟燭の滓《かす》のように土気《つちけ》ばみ、西門慶にひざまずいて、くりかえし哀願した。

「大旦那、どうしようもございません。〝坊主の顔は立てずとも仏の顔を立てろ〟と申します。諺《ことわざ》にも言うではないですか、〝困ったときは近所がたより〟と。うちの夫は人の言うことを聞かず、大事な家のことはお構いなし、外で人の言いなりになって、一日じゅう家に寄りつきませんでした。それできょうはとうとう人に嵌《は》められて、こういうことになってしまったんです。こんな土壇場《どたんば》になってから小者をよこし、私に伝手《つて》を探して助けろだなんて。女の私は、脚をもがれた蟹みたいなもの、どこで伝手を探せというんですか。腹も立つし、あの人がこんなにも人の話を受けつけなかったのを思えば、東京へ連れていかれてボロボロになるまで打たれたって当然ですけど、亡くなった老太監さまのお名前に申し訳なくて。私にはどうしようもありませんので、大旦那にお越しいただいて、お頼みする次第です。あの人のことはいいんです、どうかこんな私のため、伝手がございましたら、なにとぞひとつお探しいただけませんか。あの人が責め立てられることさえなくしてくだされればよいのです」

頭を下げる女に、西門慶はあわてて、

「兄嫁どの、お立ちください。大丈夫ですから。きょうのことは私、いかなる経緯でこうなったのか、未だ存じておりませんのです。私らが揃って鄭の家で飲んでおりますと、捕り手が何人か現れて、大兄を東京へと連行していったのですが」

女、

「まったく話せば長いのですが、これはうちの亡くなった老太監さまの従兄弟《いとこ》の子で、一番上の花大、それに花三、花四の仕業《しわざ》。どれもうちの人の又従兄弟《またいとこ》です。上は花子由《かしゆう》、三番目は花子光、四番目は花子華といいます。うちの花子虚は、老太監さまの血をわけた兄弟の子なのです。老太監さまはご覧のようにひと財産を築かれたのですが、うちの人が使い物にならないと見て、広南からもどられると、財物《ざいもつ》は私の手元にすっかり預けられたのです。ひどいときはうちの人を棒で打ちましたが、ほかの兄弟たちはなおのこと打たれつけているものですから、進み出て物申そうとはしませんでした。昨年老太監さまが亡くなると、花大、花三、花四も寝台やら帳《とばり》やら分与されて持ってかえりましたが、銀子は一分《いちぶ》も手にしていなかったんです。いくらかやってもいいのではないかと私は申したのですが、うちのは一日じゅう外で莫迦《ばか》をやってばかりで、大事なことにはいっさいお構いなし。それできょうになって、手もと暗く風通らず、逆にしてやられてしまったのです」

言い終わると、大声をあげて泣くのだった。西門慶、

「兄嫁どの、ご安心を。なにごとが起きたかとずっと案じておりましたが、家財分与をめぐるご同族の訴えというわけですか。それなら大丈夫、兄嫁どののお申しつけとあれば、大兄に起きたことは私に起きたも同然、私に起きたことは大兄に起きたも同然、どのようにであれ、私めが謹んで承りましょう」

女はたずねた。

「旦那にお世話いただけるのでしたら助かります。うかがいたいのですが、手づるを探るのに、お礼はいかほど入用《いりよう》でしょうか。支度の都合がございますので」

西門慶、

「それもさほど掛かりません。聞くところでは東京開封府の楊府尹《ようふいん》(府の長官)は蔡《さい》太師の門生(3)。蔡太師も私の遠縁にあたる楊提督《ようていとく》(楊戩《ようせん》)も、朝廷にて天子さまのご面前でお話しになられる方。このおふたりにはたらきかけ、揃って楊府尹に言ってもらったなら、したがわぬはずがありません。どれほどの大事であろうが決着です。いま、蔡太師にはいささかの礼物を献じるとして、提督の楊さまは拙宅の縁者、礼などどうけとりましょうか」

女はそこで自室へおもむくと箱を開け、大きな馬蹄《ばてい》銀を六十、しめて三千両を運び出した。西門慶におさめさせ、伝手を探って上下の役人にお渡しくださいとのこと。西門慶、

「この半分で十分、こんなに掛かるものですか」

女、

「多い分は大旦那がお収めください。私の寝台の奥には、蒔絵《まきえ》で飾った長持が四棹《さお》あって、蟒衣《ぼうい》(4)に玉《ぎょく》の腰帯、帽子の頂や腰帯の留め具、束髪冠や腕輪、高価な宝物や賞玩品《しょうがんひん》などを入れてありますが、ついでにそっくり大旦那にお収めいただけませんか。お宅に置いといてくだされば、入用の際には取りにうかがいます。早いところ身を守る策を考えませんと、あの人にまかせていては、のちのちまともに暮らすこともできなくなっ

てしまいます。〝拳固《げんこ》三つでは腕四本にかなわない（衆寡敵せず）〟のは分かりきったこと。そのうちひそかに謀《たばか》られてまんまと財物を持っていかれたりしたら、私は突き落とされて打つ手なしですから」

西門慶、

「かえってきた花二くんにたずねられたらどうします」

女、

「すべて在りし日の老太監さまがこっそり私に収めさせた品、あの人はなにひとつ知りません。大旦那、構わずお収めください」

西門慶は言った。

「兄嫁どのがそのようにおっしゃるなら、家にもどって人に取りに来させましょう」

そこでまっすぐ家にかえって月娘と相談すると、月娘が言うには、

「銀子は料理箱で小者に運びこませればいいとして、その長持のなかのものは、表門から入れたりしたら、両隣の目につかずに済むものですか。かくかくしかじか、夜中に塀越しに受け渡す必要がありますね、それならまだしも目立たないし」

西門慶は聞いておおよろこび。すぐに来旺《らいおう》、玳安、来興《らいこう》、平安の小者四人に命じ、料理箱ふたつに詰めた三千両の銀を、まず家へ運びこませた。それから夜になり月が上《のぼ》る時分、李瓶児の側《がわ》では女中ふたり――迎春と繡春――と共に、テーブルを踏み台にして、長持を塀のてっぺん近くまで持ち上げた。西門慶の側では月娘、金蓮、春梅だけではしごをかけてうけとる。塀のてっぺんには毛氈《もうせん》を敷き、ひと箱ずつ送り渡されたのを、すべて月娘の部屋へと運びこんだ。そんなことがあるものかとおたずねだろうか。金持ちになるためならば、際《きわ》どい事もせにゃならぬ。その証拠としてこんな詩がある――

富貴は福のもたらすものにて
名利には名利の憂いが伴なう
運命《さだめ》ならいつかは訪れるもの

（3）第十回訳注(8)を参照。／（4）龍をかたどり爪の数だけ減じた蟒《うわばみ》の刺繡がある長衣。蟒袍ともいう。皇帝の着用する龍袍に似るため禁じられたこともあったが、明代中後期には内閣の大学士や最高位の宦官が通例として賜る服となり、また勝手に着用する者も多かった。

然《しか》らずば強いて求むるなかれ

西門慶は多くの貴重な金銀宝物《ほうもつ》を手に入れたが、隣近所はみな知るよしもなかった。その夜のうちに鞍《くら》の荷をすっかり整え、親戚の陳家から紹介状を一通もらうと、家の者を東京へと遣《つか》わした。一路、明けには郊外の道を行き、暮れには繁華の巷《ちまた》を踏むという調子で、やがてある日、東京城内に辿り着くと、使者は楊提督に手紙と礼物とをさしあげた。これを受けて楊提督は内閣の蔡太師に、開封府の楊府尹へ一筆したためてくださるよう願い出た。この府尹は名を楊時(5)、号を亀山《きざん》といい、陝西《せんせい》弘農県の人で癸未《きび》の年(一一〇三)の進士。大理寺(6)の長官に昇任し、いまは開封府尹に抜擢されている。きわめて清廉な役人だったが、なんといっても蔡太師はかつての試験官で、楊戩もまた時の権臣、義理立てせずに済むはずもない。西門慶は、夜に日を継いで花子虚にも手紙を送り、知らせていた——「すっかり手は回した。役人の前で家財がどうなったのか聞かれたら、使ってしまってもうない、家屋敷と荘園だけが残っていると答えること」。

かくてある日、楊府尹が庁堂に出ると、六つの部局に属する官吏たちが勢ぞろいしていた。そのさまは——

官務は公正
施政は廉直
つねに憐れみの心を懐き
いつも慈しみの念を持つ
田地を巡る奪いあい
曲直わきまえ処理をして
殴打し互いに争えば
軽重しらべて判決くだす
閑中に琴《きん》を奏で客と会うのも
また民情を察するためのこと
みやこ司《つかさど》る重臣といえども
まこと民の父母にもひとし(7)

この日、楊府尹は庁堂に出ると、牢から花子虚を召し出し、関係者一同が出頭してひざまずくのを待って、家財のゆくえを審問した。花子虚は口を開けばこう言うばかり。

「老太監さまが亡くなってから、葬儀代やら読経代やらですべて使ってしまいました。屋敷ふたつと荘園ひとつがあるきりです。その他、寝台や帳といった家財道具は、すべて親族が取り合って持っていき、何ひとつ残っていません」

楊府尹、

「お前たち太監の家の財産というのは調査のしようがない。たやすく得たものは、失うのもたやすいというもの。使ってしまい残っていないというなら、清河県《せいが》に指示書を出し、花太監の住宅二棟《ふたむね》と荘園ひとつとを、公的に査定し売却したうえで、花子由ら三名に分け与え、報告書を出させることにしよう」

子由らはなおも庁堂でひざまずいて、子虚をさらに追及し、べつにあるはずの銀のゆくえを突き止めるよう申しあげた。楊府尹はおおいに怒り、一同を叱りつけて言うよう、

「お前らは打たれ足りぬとみえる。そのかみ太監が亡くなった際には、訴えもせずに何をしていたのか。事が済んだ今となってから騒ぎ立て、文書仕事を増やしおって」

そこで花子虚のことはひとつも打たせず、公文書を一通出して、清河県へと身柄を返し、土地屋敷を査定するよう指示したが、このことは措く。

西門慶の家の来保がこの消息を早くも聞きつけ、夜に日を継いでかえり、西門慶に知らせた。楊府尹が義理立てして花子虚を家にもどしたと聞き、西門慶はすっかりよろこんだ。

こちら李瓶児は西門慶を打ち合わせに招き、こう仕向けた。

「何両か銀を出して、私らがいま住んでいる屋敷をお買いなさい。そのうち遠からず、私もあなたのものになりますから」

(5) 楊時（字は中立）は実在した北宋の学者（一〇五三〜一一三五）。『宋史』巻四二八に伝が見える。程顥、程頤に師事し、その学問を朱子らが受け継いだ名だたる大儒であり、蔡京を厳しく批判したことでも知られるが、本書や『勘皮靴単証二郎神』（『醒世恒言』巻十三）においては、蔡京とつながりの深い人物として描かれている。崇禎本の批評者も張竹坡も、楊時の登場について「亀山のように清廉な者にもコネが通用するのであるから、他の者であれば尚更である」という意味のことを述べており、表現の意図はそのあたりに存するのかも知れない。なお本書で以下に紹介される楊時の略歴は史実と大きく異なる。／(6) 第十回訳注(7)を参照。／(7) この描写文は『水滸伝』第十三回のものをほぼそのまま用いている。

「牢屋に入れられたって当然ですよ」

西門慶は家にもどって呉月娘と相談した。月娘、

「役所がいくらと査定するにせよ、あの人の家を買うなんてこと、請《う》け合ってはいけません。ご亭主がひょっとして疑いでも起こしたらどうするの」

西門慶はこの言葉を心に留めた。

幾日も経ずして、花子虚は家にもどり、清河県では楽県丞《がくけんじょう》に測量査定を委ねた。結果、中心街の安慶坊にある太監の大屋敷一棟は銀七百両とされ、王皇親に売り渡された。町の南門の外にある荘園ひとつは銀六百五十五両とされ、守備の周秀に売り渡された。ただ現住の小さな屋敷だけは、銀五百四十両とされたものの、すぐ隣が西門慶の家ということで、買おうとする者がない。花子虚は何度も人をやって頼んだが、西門慶は金がないと言うばかりで、ぐずぐずと手を打とうとしなかった。報告書を仕立てたい県は、いまや遅しと待っている。あせった李瓶児は、ひそかに馮のおっかさんをよこし、預けてある銀から五百四十両を量って買ってくれればよろしい旨、西門慶に伝えさせた。西門慶はやっと承知し、役人の目の前で銀を計量した。花大らもみな書類に署名し、その夜のうちに報告書が作成され上官に回付されると、しめて銀二千八百九十五両を、(8)三人は等分した。

花子虚は、裁判が終わってみれば、自分にはこれっぽっちも分与されることなく、銀子も建物も荘園も取り上げられて、箱ふたつに入っていた三千両の大きな馬蹄銀もまた影も形もないので、内心ひどく狼狽した。そこで李瓶児に言って、西門慶にばらまかせた銀がどうなっているか調べさせ、まだいくらか残っているならかき集めて別に家を買おうとしたのだが、逆に女に罵られることたっぷり四、五日にわたった。罵って言うことには、

「ぺっ、お化けのぼけなすめ。あなたみたいに一日じゅう、大事なことを放ったらかし、花柳の巷に入りびたって家に寄りつかなきゃ、人に謀られ罠を掛けられ、牢屋に入れられたって当然ですよ。人をよこして私に言ったでしょ、伝手を探せって。私は女で、表門のあたりにだって行くことがないんですよ。歩かれども飛べぬ身に、何がわかりますか、どんな知り合いが

(8) 三つの地所の売却額は、合計で一千八百九十五両になるはずで、計算が合わない。崇禎本は「二」を「一」に改めているが、いちおう底本のままに訳出する。

いますか、どこで伝手を探しますか。全身が鉄だったところで、それでどれだけの釘ができますか(9)。あなたのために『旦那さま』『奥方さま』とあっちでもこっちでもお願いして、やっと伝手を得られたのよ。普段そういう種を蒔いてもおかずに、急流に巻き込まれたあなたを、誰が構ってくれますか。ありがたいことに、お隣の西門慶さんが、日ごろの付き合いのよしみで、寒い中、砂まじりのひどい風も吹いているというのに、ご家来を東京へ行かせて、あなたのためにしっかりきっちりと事を捌《さば》いてくださったのよ。こうして裁判が終わって出てきて、両足で平らな地面を踏みしめてみたら、命びろいすりゃ財産が恋しく、傷がよくなりゃ痛みを忘れて、家にかえってこのうえ、帳尻を合わせろと女房に言うの。おまけに金があるかだなんて、あなた、魂《ぬけさく》はお留守ですか。あなたが書いてよこした書付は取ってありますよ。ご親筆でもなけりゃ、あなたの銀子を勝手に持ち出して伝手を探ったか、盗んで人にやったみたいになって、私が迷惑しますからね」

花子虚、

「たしかに俺は書付で頼んだけど、実際のところ、少しは残ると見込んでたのさ。掻《か》き集めて家を買い暮らしを立てて、それから金勘定しようってね」

女、

「ぺっ、脳足りんが。あなたになんて怒鳴りたくもない。もっと早くにちゃんと気づいてよ。囲いに穀物があふれてるときは後先も考えず、まあるい底が見えてきてから勘定するなんて。使いすぎ使いすぎって千遍も万遍もおっしゃいますけど、あなたのあの三千両で何ができますか。蔡太師や楊提督の胃袋は、それはそれは小さいことでしょうよ。あれくらいつかませてお願いしなきゃどうなります。せっかくこの王八《かいしょうなし》をつかまえたというのに、役所ではからだに藁《わら》ひとつ当てられず、のうのうと釈放されて、家で叩くは減らず口なんてことに、なるわけがないでしょ。あのかたはあなたの手下でもなければ、痛みを分かつほど親しい縁者知人というわけでもないのに、わざわざあなたのために東奔西走し、お金を出して助けてくださったんですよ。かえったら酒席をととのえ、感謝のしるしにお招きするのが筋なのに、箒《ほうき》のひと掃きで恩人のことはきれいに忘れて、人には帳尻を直せというの」

とげを含んだ言葉で罵られて、子虚は黙りこんでしまった。

翌日になると、西門慶は玳安を遣《や》って贈り物を届け、災難をいたわった。子虚の方では一席を設け、妓女《ぎじょ》ふたりを呼んで感謝のしるしに西門慶を招き、ついでに銀子の行方を聞きだそうとした。西門慶をたのみにして数百両を取りもどし、かき集めて家を買おうという心積もり。李瓶児には呑めぬ話であり、ひそかに馮のおっかさんをよこして西門慶に伝えさせた。

「お酒を飲みにいらっしゃることはありません。でたらめの帳面を作って夫にとどけ、銀子は上下への付けとどけですべて使い切ったことにしてください」

花子虚は知らぬものだから、さらに小者を遣わして何度も招待したが、西門慶は廓に身を隠したきりで、持ちかえるのは「ご不在です」との返事ばかり。花子虚は腹立ちのあまり目が回り、地団駄を踏むばかりだった。

皆様お聞きあれ、およそ女が心変わりして、良人《おっと》への気持ちがなくなったならば、たとえ釘を咬み切るほどの剛の者であったとしても、その隠しごとをふせぎ見通すことはむずかしい。古《いにしえ》より男は外を治め女は内を治めてきたが、しばしば男の名が女によって傷つけられてきたのはなぜか。すべて、これを御《ぎょ》する要領を心得なかったためなのである。簡単にいえば、夫うたえば妻したがい、容《かたち》と徳《とく》とに惹かれ合い、赤い糸もてむすばれて、男女たがいに慕い合う――ということならば、おおよそ禍《わざわい》から身を遠ざけておけるだろう。だが、少しでも隙間ができたなら、たちまち嫌悪の念があらわとなる。花子虚のように一日じゅうふらふら遊びまわり、気ままにけじめなく過ごしていたならば、妻が他念を生じぬようにと欲したところで、無理な相談ではないか。まさしく、

己《おのれ》の意志がしっかりしていれば
風が吹いたとて揺らぐことなし

といったところ。その証拠としてこんな詩がある――

智恵と力とで勲《いさお》たてられるなら
当年《そのかみ》の盗跖《とうせき》も侯に封《ほう》ぜらるべし（盗跖は古代の盗賊）

（9）一人でできることには限りがあるということ。『西遊記』第三十二回に類似した表現が見られる。

潘金蓮の誕生祝いにやってきた李瓶児

振舞いに義あれば羨むべきだが
好色にして仁無きは恥ずかしい(10)
淫を貪りたるごろつき西門慶と
夫に背いた流されやすい麗人と
子虚は怒りにむせて柔腸《やわなこころ》は裂け
いつかあの世できっと仕返しを

無用なおしゃべりはやめよう。のちに子虚は、やっとかき集めた銀子二百五十両で、住む家を獅子街に買った。怒りの気が結ぼれ、越してすぐ不幸にも傷寒（腸チフス）にかかり、十一月初旬から床に伏すと、もう起き上がることがなかった。はじめ李瓶児は、それでも中心街の胡太医に往診を頼んでいたが、やがて出費を嫌うようになり、あとは先延ばしの一手。一日が二日、二日が三日と、二十日あまり延ばしたところで、ああ哀しいかな、息絶え身罷《みまか》ってしまった。享年二十四。従っていた天喜という年長の小者は、子虚が病に倒れたときから、銀子五両を持ち去り跡白浪《あとしらなみ》を決めこんでいた。

子虚が事切れるや、李瓶児はすぐに馮《ふう》のおっかさんを遣って西門慶に来てもらい相談した。そのうえで、棺を買って子虚の亡骸《なきがら》を納め、経を上げて弔いをし、墓地で埋葬した。花大、花三、花四の面々も、揃って夫婦でお悔やみにやってきたが、野辺送《のべおく》りからもどるとそれぞれかえっていった。西門慶もその日、呉月娘に供え物を祭卓ひとつぶん用意させ、墓前にささげた。

その日、女は駕籠《かご》で帰宅したが、位牌だけは持ちかえって部屋で供養した。御霊《みたま》を守るといっても、心に想うのはひたすら西門慶のことばかり。子虚の在世の折から、女中ふたりは西門慶の欲するがままにさせていたが、子虚の死後、往来はなおさら密になった。

ある日――正月九日のこと。李瓶児は潘金蓮の誕生日と聞き、子虚の五七《ごしち》(11)も過ぎていないのに、贈り物を買って駕籠に乗り、白綸子《りんず》の袷《あわせ》と金襴《きんらん》の藍の裙《スカート》とを纏い、白い苧麻《ちょま》の束髪冠と真珠の箍《ヘアバンド》という出で立ちで、誕生祝いにやってきた。馮のおっかさんが氈《フェルト》の包みを抱え、天福が駕籠につきしたがった。家に上がるとまず月娘に、蠟燭を挿しこむかのように四たび叩頭《こうとう》して

(10) ここまでの四句は『水滸伝』第二十八回冒頭の詩の前半を、やや字句を改めて用いている。／(11) 死後三十五日を指す。頭七（初七日）、二七（十四日）と、七日ごとに七七（四十九日）まで仏事を行う。

言うには、

「過日の墓地にては、大奥様にはわざわざのお出ましにもかかわらず、おもてなしも行き届きませず、さらには立派な供養のお品まで、まことにかたじけなく存じております」

月娘を拝し、さらには李嬌児と孟玉楼《もうぎょくろう》に出てきてもらい目通りをした。その後に潘金蓮がやってきたので、言うには、

「こちらが五娘《ごおくさま》でいらっしゃいますか」

ふたたび叩頭して、しきりに、

「お姉さま、私の一礼をお受けくださいと呼びかけるが、金蓮が受けようとするはずもない。長いこと譲り合って、ふたりで対等に額《ぬか》ずくことに落ち着いた。金蓮はまた、誕生祝いへの礼を述べた。ほかに呉の大兄嫁、潘のおっかさんが来ており、ふたりいっしょにあいさつした。そこで西門慶への目通りを願うと、月娘、

「きょうは城門の外にある玉皇廟《ぎょくこうびょう》へご祈禱に行きました」

とて席をすすめ、もう一杯茶を淹れて出させた。ややあって姿を見せたのは孫雪娥《そんせつが》。李瓶児はその装いがほかの夫人たちにやや劣るのを見てとり、席を立ってたずねた。

「こちらはどなたさまでしょう。存じ上げませんでしたので、お目通りを願い出てもおりませんが」

月娘、

「あの人のお側《そば》ですよ」

李瓶児はあわてて礼を執ろうとしたが、月娘、

「花の奥様、ご面倒には及びません、対等の拝でよろしいでしょう」

そこでふたりが互いを拝すると、月娘は自分の部屋に李瓶児を通して着替えさせ、女中には応接間にテーブルを据えさせ、茶の支度を言いつけた。見るまに、囲んだ火鉢に炭が継がれ、羊羔《ようこう》(12)の美酒は杯に溢れて、宴席がととのえられた。すぐさま、上座に呉の大兄嫁、潘のおっかさん、李瓶児、主人の席に月娘と李嬌児、脇には孟玉楼と潘金蓮が腰を下ろした。孫雪娥は厨房を切り回しにもどり、長居しようとはしなかった。

月娘は、李瓶児が杯に注がれる酒をまったく断らないのを見て、自らひと巡り酒を注いでまわると、李嬌児たちにもおのおのひと巡り注がせた。冗談きつく李瓶児にたずねるには
「花の奥様は遠くに越されたから、私ら姉妹はめった

にお目にかかれなくて、さびしいことですわ。奥様はお冷たくて、顔を見にきますともおっしゃってくださらないんですもの」

孟玉楼がそこで、

「奥様はきょうだって、六姉さんの誕生祝いでもなければいらっしゃらなかったでしょ」

李瓶児、

「大奥様に三娘《さんおくさま》、奥様方にはお引き立ていただき、私もこちらにうかがいたいとは存じておりましたが、一つには喪中の身、二つにはうちの人が死んでから、家には人がおりません。先日やっと五七が過ぎたところなんですが、うかがわなければ五娘《ごおくさま》におとがめを受けるかしらと思いまして。そうでなければ、まだうかがおうとはしなかったところです」

そこでたずねて、

「大奥様のお誕生日はいつなのでしょうか」

月娘、

「私のはまだ先ですね」

潘金蓮が引き取って、

「大奥様の誕生日は八月十五日。奥様、何を措いてもいらしてくださいね」

李瓶児、

「言うまでもないこと、かならずまいります」

孟玉楼、

「奥様、きょうは私ら姉妹とひと晩おつきあいくださいな。家にかえることもないでしょう」

李瓶児、

「私だってそれは奥様方とお話がしたいのですが、包み隠さず申しますと、私はあばら家ぐらしでして、引っ越して間もないし、うちの人が亡くなってから先、家には人がおりません。我が家の裏の塀のすぐあちらは、皇親（皇帝の親族）の喬《きょう》さんの花園でして、ほんとうに人気《ひとけ》がないんです。夜になるといつも、狐が煉瓦《れんが》を放ったり瓦を投げたりするので、それもおっかなくて。もといたふたりの小者のうち、年上の方ときては逃げてしまい、この天福というのが表の門の番をしているだけで、家の奥半分はがら空きなんです。それでも、この古なじみの馮さんが良くしてくれて、いつもやっ

---

(12) 汾州（山西省）の名酒。明・高濂『遵生八牋』巻十二に製法が見られる。杏仁《きょうにん》を羊肉と共に煮た汁を、炊いた糯米《もちごめ》とまぜ、木香《もっこう》で風味づけしつつ醸したものという。

てきては服を洗って糊《のり》づけしたり、女中に靴をつくってくれたりと世話になっています」

月娘はそこでたずねて、

「馮さんはおいくつなんですか。まったく頼りになるおっかさんですこと、大声でしゃべったりも、まるでしないし」

李瓶児、

「ことし五十六で、戌年生まれです。男の子も女の子もなく、口利きだけで暮らしを立てていて、私の方では着るものをいつも世話しています。先日うちの人が死んでからは、話し相手にと呼んで、夜は女中とひとつの炕《オンドル》で寝ているんです」

潘金蓮がずけずけ言うには、

「おやまあ、馮さんが家の番をしてくれるなら、奥様はここでひと晩過ごされても構わないじゃない。どのみち花さんは亡くなったんだから、誰に気兼ねすることもないでしょ」

玉楼、

「奥様、言うとおりになさいよ。馮さんに駕籠をもどさせて、ゆっくりしていきなさいな」

李瓶児はほほえんで受け流した。話している間にも酒は数巡し、潘のおっかさんがまず席を立って表の棟へと下がった。潘金蓮も母親について自室へ辞去する。

李瓶児はくりかえし酒を断って、

「十分いただきました」

李嬌児、

「花の奥様は、大奥様や三娘《さんおくさま》からのお酒は召し上がったのに、私がおすすめしたら飲もうとなさらないなんて、ずいぶん差をつけるじゃないですか」

とて、大杯を手にとって構わず注いでしまった。李瓶児、

「二娘《におくさま》、ほんとうにもう飲めないんです、ふりなんかいたしません」

月娘、

「奥様、その杯を飲まれたら、ちょっとお休みなさいな」

李瓶児はそれでやっと受けたが、目の前に置いたまま、皆と話してばかりいる。孟玉楼は春梅が脇にひかえているのを見てたずねた。

「お前の母様(潘金蓮を指す)は表で何をなさってるの。行って、母様と潘のおっかさんを早くお連れしてきて。大奥様がお呼びですと言うんだよ。花の奥様のお相手をして飲みましょう、とね」

春梅は行くとほどなくもどってきて、

「お婆様はからだが痛むそうで、休まれました。奥様は部屋で化粧を直されたらすぐにいらっしゃいます」

月娘、

「まったく見たこともありませんよ、お招きした側だというのに、お客様をほったらかして、いつの間にか部屋に下がってしまうなんて。うちの姉さんときたら、一日にいったいなんべん化粧を直すのやら。なにかというとすぐ、化粧に行っちまうんだもの。なんでもよくできる人だけど、そういう子どもっぽいところがね」

話しているところに潘金蓮がやってきた。上に着ているのは藤紫の前ボタンの袷《あわせ》で、雁《かり》が蘆花《ろか》を銜《くわ》えた柄の潞安綾《ろあんあや》で仕立てられ、白綸子の立ち襟をつけ、向かい襟には柄が入っており、菊を追う蜂の描かれた金塗りボタンで留めている。下に着けているのは縫い取りのある裙《スカート》で、逆巻く雲をかける天馬をあらわした幅一尺の羊の金革《きんがわ》が裾を飾っている。緋色の繻子《しゅす》の靴に白綸子の高底をつけたのを履き、柄物の膝褲《レギンス》を巻き、青い宝石の耳飾りを垂らし、真珠の箍《ヘアバンド》を嵌めていて、孟玉楼とそっくりの出で立ち。月娘だけは、緋色の緞子《どんす》の袷に、青い無地綸子の長羽織をかさね、浅緑の綾絹の裙《スカート》を纏《まと》う。頭には束髪冠をつけ貂《てん》の臥兎《ひたいあて》(13)をかぶっていた。

金蓮があでやかに化粧し着飾り、壽の字があしらわれた金簪《きんかんざし》一本を鬢《びん》に斜めに挿し、外から悠揚と入ってくるのに宴席から気づいた玉楼は、ふざけて、

「五の女中さん、あなた大した人だわ。きょうはあなたの驢馬畜《たんじょうび》(14)なのに、お客さんをこっちに放っておいて、部屋に隠れちまうなんて。それで人の子といえるの」

金蓮はにこにこ笑いながら玉楼をポンと打つ。玉楼、

「まったくふとい女中だこと。さあ来て一杯お注ぎなさい」

李瓶児、

「三娘《さんおくさま》からずいぶん頂戴しましたので、もう十分です」

金蓮、

「この人からのとは勘定がべつですよ、私も奥様に一献さしあげたく存じます」

そこで袖をまくると、大杯になみなみ注いで李瓶児

(13) 中国東北部に産するクロテンの毛皮は明代後期に都市の富裕層に盛んに求められ、これによりジュシェン（女真）との貂皮貿易が活発化した。臥兎は額をあたためる装身具。詳しくは第六十八回訳注(24)を参照。／(14)「驢馬畜生」の「生」の字を隠した歇後語。「生日」（誕生日）を指す。

にすすめたが、李瓶児は置いたきり飲もうとはしなかった。月娘は、下がっていた自室から呉の大兄嫁に付き添って出てくると、金蓮が李瓶児の相手をしているので、たずねた。

「潘のおっかさんは、どうして花の奥様のお相手をしに出ていらっしゃらないの」

金蓮、

「おっかさんは、からだが痛いからと部屋で横になっていて、呼んでも来ようとしないんです」

月娘は、金蓮が鬢に斜め挿ししている壽字の簪を見て、たずねるには、

「奥様、六姉さんにお上げになったこの壽字簪一対《いっつい》は、どこで打たせたんですか。まったくすてきねえ、こんど私らも真似して、こんなふうに左右に挿しましょう」

李瓶児、

「大奥様がご入用《いりよう》でしたら、まだ幾揃えかございますので、こんど奥様方にもひと揃えずつさしあげます。これは宮中御前の作を亡くなった老太監さまが持ち出したもので、こんな型のがどうして他所《よそ》にあるものですか」

月娘、

「奥様をからかって、おもしろがっているんですよ、私たち姉妹は人数もあるのに、こんなものがどうしていただけますか」

女たちは飲みながら愉快に笑って過ごした。やがて日が西に傾く時分になると、馮のおっかさんは奥の孫雪娥の部屋で供された酒で顔を真っ赤にしてあらわれ、そろそろ出るか、出ないなら駕籠をかえしましょうと李瓶児にうながした。月娘、

「奥様、おかえりになることありませんよ。駕籠をもどさせて、馮さんを家にかえしなさいな」

李瓶児はといえば、

「家に人がおりませんので、日を改めましてまた奥様方にお目にかかれればと存じます。泊めていただく日もございますでしょうから」

と言うばかり。孟玉楼、

「奥様は頑固ですこと、それでは私たちの立場がありませんよ。いま駕籠をもどさなくても、しばらくして父様がおかえりになったら、やっぱり奥様をお引きとめするに決まってますよ」

こう言われて進退きわまった李瓶児は、家の鍵を馮のおっかさんに渡して、言った。

「奥様方の再三のお引きとめですから、無下《むげ》にしては私が礼儀知らずとなってしまいます。駕籠にはもどるよう言いつけ、あす迎えにこさせなさい。あなたは小者と戸締まりに気をつけてね」

さらに、馮のおっかさんを呼んで耳元にささやいた。

「大きい方の女中の迎春に、鍵で寝室の箱を開けさせなさい。蒔絵《まきえ》で飾った小さな髪飾り箱から、金の壽字簪を四揃え取り出し、あすの朝もってきて。四人の奥様にさしあげるから」

馮のおっかさんは承知すると月娘に暇乞いした。月娘、

「飲んでから行きなさいな」

馮のおっかさん、

「さきほど奥のお側さまのお部屋で、お酒も食事もいただきました。あす早くに参りましょう」

とて、何度も礼を言って辞去したことは措く。

ややあって、李瓶児がそれ以上は飲もうとしないので、月娘は母屋に請じて大兄嫁もいっしょに茶を飲むことにした。そこへだしぬけに、小者の玳安が氈《フェルト》の包みを抱えて入ってきた。帰宅した西門慶が簾《すだれ》を掲げて姿をあらわし、言った。

「花の奥様、おいででしたか」

李瓶児はあわてて席から跳び上がり、あいさつを交わして席にもどった。月娘は玉簫《ぎょくしょう》に言って、西門慶が上着を脱ぐのを手伝わせた。西門慶はそこで呉の大兄嫁と李瓶児とに言うには、

「きょうは城門の外にある玉皇廟で、玉皇大帝の誕生日（正月九日）の祈禱に行っておりまして、今年は私が会の頭《かしら》をつとめる番だったんです。そうでなければ昼のお斎《とき》が済みしだいかえってきたんですが、連中と呉道官の部屋で勘定をつけたり、ごちゃごちゃと雑用がありまして、こんな遅くまでつかまっておりました」

そこでたずねて、

「奥様、きょうはかえられずによろしいのですか」

玉楼、

「奥様は泊らずにかえろうと何度もなさったんですけど、私ら姉妹が無理にお引き止めしました」

李瓶児、

「家に人がおりませんので、心配でして」

西門慶、

「莫迦《ばか》言っちゃいけません、ここしばらくはたいそう夜回りも厳しいですから、心配することなどあります

か。草に風《おかしなそぶり》でも吹《でも》いた《あった》なら、私が書付をひとつ周大人に届けましょう。ほかのことは後回しに、言うことを聞いてくれますよ」

さらに、

「奥様はどうしてぽつねんとお座りなのでしょう。お酒は召し上がったのですか」

孟玉楼、

「私らみんなで何度もおすすめしたんですけど、遠慮なさるばかりで、飲もうとなさらないんです」

西門慶、

「お前らじゃだめだ、俺がおすすめしてみよう。奥様はけっこういけるんだ」

李瓶児は、口ではもう飲めませんと言いつつも、じっと動かない。西門慶はそのかたわら、あらためて部屋にテーブルを据えるよう女中に言いつけた。おかずや料理から細々したくだものの核《さね》まで、いずれも西門慶のため取り置いてあった品が、その上にずらりと並べられた。呉の大兄嫁は潮時《しおどき》とみて腰を上げ、お酒はもう結構ですからと、李嬌児の部屋へ下がった。

かくて、李瓶児は上座に、西門慶は椅子を持ってこさせ末席（主人が座る）についた。呉月娘は炕《オンドル》の上で火鉢に足を当て、孟玉楼と潘金蓮は両脇に座った。五人が腰を下ろすと酒が酌まれた。小さな杯など用いず、紋様つきの銀の大杯で、あなたに一献、わたしに一杯という具合。諺にも〝風流は茶が取次ぎ、酒は色事の口利き〟と言う。杯が行き来するにしたがい李瓶児は、眉黛《まゆ》は垂れて横たわり、秋波《ながしめ》で斜めに見あげるようになってきた。まさしく、

両輪の桃の花を頰に浮かべて
眉にも眼にも顕《あら》わな色女ぶり

といったところ。月娘は、ふたりが飴のようにひとつにくっついて飲み、話がどんどんきわどい方へ向かうのを見かねて、自室へ呉の大兄嫁の相手をしにいき、客のもてなしは三人にまかせた。

三更（深夜十一〜一時）の時分まで飲むと、李瓶児は星の眼《まなこ》も朧《おぼろ》となり、身体も支えられず、金蓮と連れだって裏手へはばかりに立った。西門慶は月娘の部屋へとやってきて、これまた東にふらつき西によろめきしながら、李瓶児をどこで休ませようかとたずねた。月娘、

「あの人の誕生祝いに来たんだから、あの人の部屋で休ませなさいな」

西門慶、

「俺はどこで休むんだよ」

月娘、

「どこででもご勝手に。なんなら、あなたもあのかたといっしょに休みなさいな」

西門慶は笑って、

「そんな礼儀があるものかね」

そこで服を脱ぐのを手伝わせようと小玉を呼んで、

「この部屋で寝るよ」

月娘、

「うわごとは熱が出てからにして。私を怒らせて、口汚く罵らせないでくださいな。あなたがここにいたら、大兄嫁さまはどこで休むの」

西門慶、

「わかったわかった、孟の三姉さんの部屋で休むから」

と、玉楼の部屋へ行って休んだ。潘金蓮は李瓶児を連れて手を洗うと、表の棟の自室へ共にやってきて、その夜はおっかさんと皆で寝た。


翌日起きて、李瓶児が鏡に向かい髪を梳《と》かしていると、春梅が顔を洗う水を汲んできて、化粧の世話をしてくれた。春梅が利口なのを見て、これが西門慶がお手つきにした女中かと知れたので、三《み》つ揃《ぞろ》いの金の小物ひと組を遣《や》ると、春梅はいそぎ金蓮に伝えた。金蓮は礼に礼を重ねて言うよう、

「奥様にはこの子にまで褒美をたまわりまして」

李瓶児、

「五娘《ごおくさま》が福をお持ちというのは、だてではないわね、いい娘さんだこと」

その朝、金蓮は李瓶児や潘のおっかさんを連れて、春梅に花園の門を開けさせ、あちこちぐるりと見てまわった。李瓶児は、旧居とを隔てる塀に簡易な門が設けられ、あちらに通じているのを見てたずねた。

「西門さんはいつここに造作なさるんですか」

金蓮、

「こないだ陰陽に見てもらったので、二月《にがつ》にもなれば、着工をして土を掘り、仕上げて屋根を架け、奥様の前のお住まいをこわして、こちらとひとつづきにするんです。表寄りに築山《つきやま》と唐破風《からはふ》造《づく》り(15)をこしらえ、ひとつ

(15) 原文「捲棚」。馬の鞍《くら》状の曲線の棟をいただく建物。

の大きな花園に広げます。奥寄りにも三間の玩花楼《がんかろう》を建てて、私のこの三間の楼と横一列につらねるんです」

　李瓶児は聞いて心に留めた。

　ふたりが話しているところに、月娘が小玉をよこし、奥の棟で茶を飲みましょうと招いた。三人がいっしょに母屋へとやってくると、呉月娘、李嬌児、孟玉楼が呉の大兄嫁の相手をしつつ、茶の支度をととのえて待っていた。一同が点心や茶を口にしているところへ、だしぬけにやってきたのは馮のおっかさん。一同は席をすすめ茶を飲ませた。馮のおっかさんは、袖から使い古しのハンカチ一枚をとりだし、そこに包まれた四揃えの壽字の金簪を李瓶児に渡した。うけとるとまず月娘に一揃え、それから李嬌児、孟玉楼、孫雪娥それぞれに一揃えずつ献上する。月娘、

「奥様にたいへんな物入りをお掛けしました。こんなこと、いけませんよ」

　李瓶児は笑って、

「大奥様、なんの珍しいものでもございません、奥様方が人にやられる褒美にでもしていただければと存じまして」

　月娘はじめ皆は礼を言い、それからめいめい髪に挿した。月娘、

「奥様のお宅は、灯籠《とうろう》市(16)に面していて、それは賑やかなことでしょう。こんど私らが灯籠見物に参りますときには、奥様のお屋敷にうかがいますから、居留守をつかったりなさらないでくださいね」

　李瓶児、

「その日になりましたら、奥様方をつつしんでおもてなしいたします」

　金蓮、

「お姉さまはご存じないでしょうけど、聞くところでは、この十五日は奥様の誕生日だそうですよ」

　月娘、

「決まりですね、奥様のお誕生日だというなら、私ら姉妹、ひとりも欠けずにお祝いに上がりましょう」

　李瓶児は笑って、

「むさ苦しいあばら家ですが、奥様方がお越しくださるとあれば、必ずやつつしんでおもてなしいたします」

　ほどなくして朝食を終えると、酒が出されて飲みはじめ、気がつけば日が西に傾く時分まで、尽きぬ名残《なごり》を惜しむのだった。駕籠が迎えにくると李瓶児は暇を告げ、女たちが懇ろに引き止めても応じない。辞去す

るに及んで西門慶にごあいさつをと願ったが、月娘、「あの人、きょうは早起きして出かけて、県丞さまの見送りに行きました」

女は何度も礼を言うと、やっと駕籠に乗り家へかえるのだった。まさしく、

くっついた胡桃《くるみ》の実はお笑い種《ぐさ》
割ったら中にはもう一つ仁《ひと》あり(17)

といったところ。

はてさて、この後どうなるか、まずは次回の解きあかしをお聞きあれ。

(16) 原文「灯市」。元宵節(旧暦の正月十五日)前後に飾り灯籠が連ねられて賑わう街区のこと。次の第十五回に詳しく描かれる燃灯の風習については、中村喬『中国の年中行事』(平凡社、一九八八)などを参照。/(17) 第四回訳注(3)を参照。

第十五回

美人が玩月楼《ものみ》から見物を面白がること
幇間《ほうかん》が麗春院《くるわ》にて遊興を盛上げること

日が西山《せいざん》に傾けば月は東から出でて
百年の日々すら風に舞う蓬《ほう》(1)のごとし
紅顔の少年の羨ましきは頷《うなず》く間のみ
白髪の老人に変わりゆくのは瞬《またた》く内
老い易きよき日々を虚しくすごすな
天を驚かせる富貴も雲のようなもの
ならばまずは求めるべし紅《あか》き裙《スカート》の趣
廓《くるわ》で寄添う女らは翠《みどり》や紅《くれない》に着飾って

さて、光陰は速やかに、はやくも正月十五日がめぐってきた。西門慶の側では前日のうちに小者の玳安《たいあん》を遣わして、料理を四皿、桃の形の祝い菓子を二皿、酒を一甕《ひとかめ》、祝い麺を一皿、それに金襴《きんらん》の厚絹の衣裳ひと揃えを、呉月娘《ごげつじょう》の名で「西門呉氏、襟をととのえ拝す」と記して届け、李瓶児の誕生祝いとした。李瓶児はやっと起きて化粧をしているところだったが、玳安を寝室へと呼び入れて言うには、

「先日は大奥様のところでご厄介になりましたのに、本日はまたしても大奥様にお気を遣わせ、お品物を頂戴いたしまして」

玳安、

「奥様からはくれぐれもよろしくとのことでした。父様からは花の奥様に、わずかばかりのつまらぬ品ですが、人にやる褒美にでもなさってくださいとのご伝言です」

李瓶児はそこで迎春に言いつけ、表の棟の応接間に小さなテーブルを据え、四つの容れ物に入った茶《ちゃ》請《う》けを並べて、玳安をもてなさせた。辞去するに際しては銀子二銭と、八宝（様々な吉祥図案）の描かれた玉虫織りのハンカチ一枚とを与え、

「かえったら奥様方にくれぐれもよろしくお伝えください。私の方から馮《ふう》さんに招待状を持たせてお招きに上がらせますので、あすはなんとしてもお揃いでご光臨くださいますようにと」

玳安が叩頭《こうとう》して辞去すると、礼物の担ぎ手ふたりにも銭百文が与えられた。李瓶児の側ではただちに馮婆さんを遣《や》って、招待状用の文箱《ふばこ》で書付五通を届けさせ、十五日に月娘と李嬌児《りきょうじ》、孟玉楼《もうぎょくろう》、潘金蓮、孫雪娥《そんせつが》を招いた。べつに西門慶への書付一通を託し、その日の夜、ふたりで宴を張りましょうとこっそり招いたのだった。

翌日になると月娘は、孫雪娥は置いていき家の面倒を見させ、李嬌児、孟玉楼、潘金蓮と駕籠《かご》四挺で家を出た。いずれも柄物の錦繡《きんしゅう》の衣裳を纏い、来興《らいこう》、来安(2)、玳安、画童の小者四人をつきしたがえて、獅子街の灯籠《とうろう》市に面している李瓶児が新しく買った家へとやってきた。間口は四間(3)で、中庭を挟んで建物が奥まで三棟かさなっている。街路に臨んだ建物は楼《たかどの》で、二の門をくぐると両側に脇棟があり、正面には三間の客間と一間の端部屋。通路を抜けると第三棟で、三間の寝室と一間の厨房になっている。その裏の空地は喬《きょう》皇親の花園にすぐさま接していた。

李瓶児は月娘らが灯籠見物に来るということで、街路に面した楼の上に屛風とテーブルを設《しつら》え、飾り灯籠をたくさん掛けておいた。まず客間に迎え入れあいさつを済ませてから、奥の棟の応接間(4)に請じて茶でもてなした。客人が李瓶児の部屋で着替えたことや、茶が供されたことは、いずれもこまごま述べるまでもあるまい。

昼どきになると、李瓶児は客間にテーブルを四つ据え、董嬌児《とうきょうじ》、韓金釧《かんきんせん》というふたりの歌い女《め》に、弾きかつ歌わせて酒を飲んだ。酒が注がれること五巡、料理が出されること三度になると、表の楼の酒席に月娘らをあらためて請じ、二階に上がって灯籠見物に興じた。楼の軒には湘妃竹《しょうひちく》（斑竹《はんちく》）の簾《すだれ》が垂れ、きれいな灯籠が掛かっている。

呉月娘は緋色に柄の入った長袖の袷《あわせ》に、萌葱《もえぎ》の緞子《どんす》の裙《スカート》を履き、貂《てん》皮の上着を纏っていた。李嬌児、孟玉楼、潘金蓮は、いずれも白綸子《りんず》の袷に藍《あい》の緞子の裙。

(1) 蓬は我が国で餅草《もちぐさ》とも呼ばれるヨモギではなく、ムカシヨモギの類。枯れて根から切れた茎や枝が丸まって、風に吹かれ地面を転がるのを「転蓬《てんぽう》」と呼ぶ。／(2) この小者は第二十回で西門慶の家に買い入れられることになっているが、なぜかここに名前が見える。あるいは平安の誤りか。／(3) 第七回訳注(9)を参照。／(4) すぐ前で、奥の棟は李瓶児の寝室とされていたが、実際には応接間と寝室とに分かれている。潘金蓮の住まいも同様の構造になっていたことは第九回に見える。第十二回で潘金蓮は、劉婆さんの夫を「寝室の応接間」へ通していた（二五三頁）。

その上に、李嬌児は沈香《じんこう》色に金襴の袖なし、孟玉楼(5)は緑に金襴の袖なし、潘金蓮は緋色に金襴の袖なしを着ていた。頭の上には真珠や翡翠《ひすい》がうずたかく積まれ、鳳凰の釵《かんざし》が半ば傾《かし》いでいる。鬢《びん》の後ろには色とりどりの灯籠の髪飾りを垂らしていた。

　楼の窓に身をもたせてのぞきこめば、灯籠市には人波が押しよせてたいへんなにぎわい。街路には数十もの灯籠竿が立てられ、あたり一面にさまざまな物売りがずらりと並んでいる。灯籠見物の男たち女たちは、花の赤に柳の緑と着飾って、車や馬の轟音《ごうおん》は雷さながら、鰲山《ごうざん》(6)は天の川までも聳《そび》える。どんなすてきな灯籠市だったかといえば、そのさまは――

山石を穿《うが》って双龍は水に戯れ
雲霞《うんか》に映って独鶴は天に朝《ちょう》す
金蓮灯に玉楼灯は
かがやく珠玉をあらわし
荷花《はす》灯に芙蓉《ふよう》灯は
いちめん錦繍をひろげる(7)
繡球《あじさい》灯は
白く清《さや》かに点《とも》り
雪花灯は
風に吹かれ舞う
秀才《しょせい》灯は
礼義もただしく
孔孟の遺風をとどめ（孔孟は孔子と孟子）
媳婦《かみさん》灯は
温和でやさしく
孟姜の節操にならう(8)
和尚灯は
月明と柳翠とを相い連ねて(9)
通判《やくにん》灯は
鍾馗《しょうき》と小妹《いもうと》とを並び座らす(10)
師婆《みこ》灯は
羽扇ふるい邪神をくだすしぐさ
劉海灯は
金蟾《きんのがま》せおい至宝《ぜに》のんでおどける(11)
駱駝《らくだ》灯に青獅《あおじし》灯は
値のつけようもない珍品を載せ
吼《ほ》えたける
猿猴《えんこう》灯に白象灯は
城いくつもにならぶ秘宝を捧げ(12)

戯れあそぶ
八本の脚をがさごそと
螃蟹《かに》灯は

清波にざぶりと躍り
大口に髭《ひげ》をたくわえて
鮎魚《なまず》灯は

（5）底本では潘金蓮の袖なしには触れられていないが、崇禎本に従って補う。／（6）灯籠を山型に積み重ねた元宵節の巨大な飾り。大海亀（鰲）が海中の仙山を支える様子になぞらえてこの名で呼ばれる。／（7）ここまでの描写は、『水滸伝』第三十三回のものをやや改めて用いている。／（8）孟姜女のこと。民間伝説中の女性。秦の始皇帝のころ、長城建設に徴用された夫を尋ねて冬着を届けに行くが、夫は既に死んでいた。亡夫のために長城の下で哭すると、長城が崩れてその亡骸が現れた――というのが大筋だが、多くのバリエーションが存在する。／（9）元雑劇に『月明和尚度柳翠』があり、『古今小説』巻二十九にも同題の短篇小説が収められるが、話の内容は相互に異なる。後者の筋は――臨安府尹の柳宣教の不興を買った玉通禅師は、柳宣教の命を受けた妓女のたくらみにより破戒に陥れられ円寂する。玉通は転生して柳宣教の娘となったが、父の死後、母とふたり生活に苦しみ、柳翠と名乗り妓女となる。やがて玉通の友人であった月明和尚の導きでこの因縁を知った柳翠は、二首の偈をのこして坐化する――というもの。この話の原型は田汝成『西湖遊覧志』巻十三に見られる（ただし柳翠を導いた僧の名は清了とする）。同じ作者の『西湖遊覧志余』巻二十には、元宵節に「月明度妓」の灯籠が飾られることが記されている。／（10）鍾馗は魔除けの神。唐の玄宗が病に罹った際に夢に現れ、玄宗はその姿を宮廷画家の呉道玄に描かせたといわれる。民間では判官《はんがん》（閻王を補佐する判事役）と同一視されることが多い。その妹については、南宋の臨安（杭州）の賑わいを記録した呉自牧『夢粱録』巻六に「この月（十二月）に入ると、街市には、貧しい人たちが三人、五人と一組になり、神鬼《しんき》や判官、鍾馗、小妹などの形《すがた》に扮装し……門付けをやる」（梅原郁訳、平凡社東洋文庫）との記事がみえ、また元代には「鍾馗嫁妹図」が描かれるようになった。現在も上演される京劇の「鍾馗嫁妹」は、容貌の醜さにより科挙で皇帝から退けられ命を絶った鍾馗が、鬼卒を引き連れて、自らの亡骸を埋葬してくれた同郷の杜平のもとへ妹を嫁がせる話。／（11）劉海は仙人の劉海蟾。もともと五代から北宋頃の道士で、名を操、字を昭遠といい、のちに名を玄英、字を宗成と改め、海蟾子と号したと伝えられる。この号から、三本足の蟾《がま》を手にした姿で描かれるようになった。財神でもあり、年画などでは銭差《ぜにさし》を手にして三足金蟾を釣り上げる図像をとる場合も多い。本回訳注(9)でも引いた『西湖遊覧志余』巻二十では、元宵節の灯籠として「月明度妓」と共に「劉海戯蟾」が挙げられている。／（12）秦の昭王が、十五の城と交換に、趙の恵文王の持っていた和氏《かし》の璧《へき》を手に入れようとした故事を踏まえる（『史記』廉頗藺相如列伝）。

緑藻をぱくりと呑む
銀蛾は彩りを競い
雪柳は輝きを争う(13)
ひらひら追うのは繡帯《ぬいとりおび》に香の毬《たま》
なよなよ払うのは華旛《かざりばた》に翠の幰《とばり》(14)
魚龍は砂に戯れ
七真五老(15)は朱筆の書(16)を献じ
吊掛《つりかざり》に房の飾り
九夷八蛮は来朝し宝を進ず
村の祭の太鼓の音
一団一団にぎわい騒ぎ
百の戯《きょくげい》に物売の声
一点一点たくみさ競う
まわり灯籠は行ったりきたり
つるし灯籠は浮かんでしずむ
瑠璃の瓶には美女や奇花
雲母の障《びょうぶ》には瀛州《えいしゅう》と閬苑《ろうえん》(いずれも仙境)
東を見れば
彫漆《ちょうしつ》の床《しんだい》や螺鈿《らでん》の床が
金碧《きんぺき》のいろ交々《こもごも》に輝き
西を覗けば

羊皮の灯(17)に掠彩《りゃくさい》の灯(18)が
錦繡のごと衆目を奪う
北のほうはすべて骨董に賞玩《しょうがん》の品
南のへんはどこも書画に香炉に瓶
王孫たちは争い見て
小欄《おばしま》の下には蹴鞠《けまり》が雲まで上り
仕女たちは連れ立ち
高楼の上にて嫣然《えんぜん》と色をば誇る
八卦見は雲と集まり
人相見は星と連なる
新春の運勢いかがかと講じ
一世の栄枯しっかりと定む
あちらの坂の上の講釈師
歌に乗せるは楊恭《ようきょう》の故事(19)
こちらで鈸《シンバル》を叩く遊行《ゆぎょう》僧
説き明かすは三蔵の物語(20)
元宵のだんご売りは
菓餡《あん》を積み重ね
梅花のかざり貼りは
枯枝を揃え挿す
切紙の春蛾(21)は

鬢脇に斜め挿しされ東風《こち》に震え
頌春《しょうしゅん》の涼釵《りょうさい》(22)は
頭上を光り輝かせて燦然《さんぜん》と煌《きらめ》く
屏風に描く石崇の錦おりし帳《とばり》(23)
珠簾《たますだれ》を彩る梅月《ばいげつ》は双《ふたつ》ながら清《きよら》
鰲山の有様は見尽くせないが
実り多い楽しき午に違いなし

呉月娘はしばらく眺めていたが、楼の下がごった返していたので、李嬌児とそれぞれの席へもどって酒を飲んだ。潘金蓮と孟玉楼だけは、ふたりの歌い女と共に、楼の窓に身をもたせ、夢中で下を見ていた。

潘金蓮は白綸子の袷の袖をすっかりたくし上げ、金襴の袖なし(24)も顕わに、春の葱のような十指を見せれば、そこには鐙《あぶみ》型の金の指輪が六個嵌《は》まっていた。上半身を乗り出し、口には瓜の種をかじり、かじった種の皮はすべて下なる見物人の頭上に吐き出して、玉楼とふたり、とめどなく笑いさざめくのだった。且《か》つは指さして、

「大姉さま見て、あっちの家の軒下に玉繡毬《あじさい》の灯籠が

---

(13)銀蛾、雪柳とも、薄絹や紙でつくった髪飾り。／(14)「銀蛾」以下の四句も、『水滸伝』第三十三回にほぼ同じ箇所がある（ただし二句目と三句目が入れ替わっている）。／(15)七真は道教における七人の真人で、具体的人名については複数の異なる組合せがある。五老は五星（水星、木星、金星、火星、土星）の精。／(16)原文「丹書」。もともとは赤雀《せきじゃく》が口にくわえてもたらしたとされる瑞書を指す語。／(17)光を透すうすい羊の皮に着色し図案をあらわした灯籠。／(18)「掠」とは奪うことであるから、ここで「掠彩」は「奪彩」つまり他の彩りを失わせるの意であろう。／(19)下の句との対応から、北宋に仕えた楊一族の事績を描く楊家将故事を指すことは疑いないが、楊恭という人名が誰を指すのかは明らかでない。ロイの英訳は、北宋初期に実在した名将にして楊家将故事における楊家の祖である楊業（?～九八六）の誤りとみなす。／(20)玄奘三蔵（六〇二～六六四）のこと。そのインドへの旅は伝説化され、明代後期の小説『西遊記』に結実した。／(21)前出「銀蛾」に同じ。本回注(13)を参照。／(22)底本「綢涼釵」だが、崇禎本が「禱涼釵」と作るのを取る。涼釵は半透明のガラスで作った灰白色の釵という（白維国主編『白話小説語言詞典』商務印書館、二〇一一）。／(23)晋・石崇が王愷と奢侈を競って、五十里ある錦の歩障（塵よけの囲い幕）を作ったとの故事に基づく（『世説新語』汰侈篇）。／(24)原文「掏袖」。はっきりしないが、袖なし（比甲）の別称との説に従った（孫遜主編『金瓶梅鑑賞辞典』）。一説には袖の隠し。本回の後文では李桂姐が「緑遍地金掏袖」を着用している。文字通りには「掏袖」は袖を探ること。

「きっとどこかの高官のお屋敷から来たご家族さ」

ふたつ掛かってますよ。行ったり来たり、浮いたり沈んだり、なかなかの見ものだわ」

且つはまた、

「二姉さま見て、向かいの竿には、大きな魚の灯籠が掲げられてますよ。下には小魚やら鱉《すっぽん》やら蝦《えび》さん蟹さんがたくさんつきしたがっていて、これは面白いわ」

且つはまた、孟玉楼を呼んで、

「三姉さまそこを見て、お婆さん灯籠とお爺さん灯籠が……」

ちょうど見ているところに、とつぜん風がびゅうと吹いて、婆さん灯籠の下腹に大穴をひとつぶち開けた。それを見た女がひっきりなしに笑っていると、楼の下で灯籠見物していた者らは、なんだなんだと押し合い圧《へ》し合いで仰ぎ見て、ぎゅうぎゅうに透き間なく、ごちゃごちゃと積み重なり、あっという間に野次馬がぐるりを取り巻いてしまった。中に遊び人が数名まじっており、会釈なく噂話をする。ひとりが言った。

「きっとどこかの高官のお屋敷から来たご家族さ」

ひとりはまた推量して、

「天子さまのご一族の家から、べっぴんの側室さまが灯籠見物にいらしたのさ。そうでなきゃ、なんで宮中の装束を着てるんだい」

またひとりが言った。

「廓の娘たちじゃないかい。どこぞの御大尽《おだいじん》が呼んできて、灯籠見物しながら歌をやらせようっていうのさ」

もうひとりはやってくるなり、

「俺はわかったぞ。あんたらはみんなはずれだね。あそこのが歌い女だっていうなら、後ろの四人はどう判じつけるんだい。教えてやるよ、そこのふたりは、並みの家の女じゃない。閻魔大王の妻、五道将軍(25)の妾だよ。うちの県の役所前で生薬店を開いて、役人への金貸しもしてる、西門の大旦那のところのご婦人連さ、かかわりあいになってどうするね。さだめし大奥様のお供で、ここまで灯籠見物にきたんだろう。そこの緑の金襴の袖なしを着てるのは、俺は知らん。あっちの、緋色の金襴の袖なしで翠《みどり》の面花《かおかざり》を貼ってるのは、どうも炊餅《すいへい》売りの武大郎のかみさんみたいだな。大郎は王婆さんの茶店で密通の現場を押さえようとして、大旦那に蹴りを当てられ死んじまった。大旦那はかみさんを娶《めと》って家に入れ、妾にしたんだ。あとで義理の弟の

(25) 第二回訳注(23)を参照。

武松が東京からもどってきて訴え出たんだが、まちがって下役の李外伝を殺しちまったんで、大旦那の差し金で流されて、兵営送りになっちまった。ここ一、二年見かけなかったが、こんなにきれいになったんだな」

ちょうど話しているところに、おしゃべりがひとりやってきて言った。

「あんたら、用もないのにあいつのことなんてあげつらってどうなる。ばらけようや」

楼の上の呉月娘は、下で取り巻く見物人が増えてきたのを見ると、金蓮と玉楼に声を掛け、もどって席に座らせて、女郎ふたりが灯籠祭りを寿《ことほ》ぐ曲を弾きかつ歌うのを聴きながら酒を飲んだ。しばらく居ると、月娘は席を立とうとして言うには、

「お酒は十分いただきました。私は二娘《におくさま》とひとあし先に失礼します。妹たちふたりはもう少しのこらせて、奥様のお心づくしに応えさせましょう。きょうは父様が不在なので、家には人がおりません。女中たちばかりが留守番では、安心できませんから」

李瓶児は、かえそうとするはずもない。言うには、

「まあ大奥様、私に不調法でもございましたか。きょうは大奥様に、ろくに料理のひと箸もお取りしていないのに。せっかくのお祭りですのに、灯籠が点《とも》るのも待たずお食事も上がらずに、もうおかえりですか。西門さんがお留守でも、お側《そば》さまがたがいらっしゃるのですから、心配などございますか。月が上ってきた時分には、私がお四方をお送りしますよ」

月娘、

「奥様、そういうことではないんです。私はあまり飲めもしませんから、妹たちふたりを置いていけば、私がいるのと同じですよ」

李瓶児、

「大奥様はお飲みになれない、二娘《におくさま》も一杯も召し上がらないなんて、そんなわけにはまいりませんよ。私が先日、大奥様のお宅にうかがったときは、いただく杯すべて拒まず、あれほどがんばりましたのに、奥様方はどうしても許してはくださいませんでした。きょうはむさ苦しい拙宅にお越しいただいたのですから、おもてなしの品とてございませんが、わずかなりと心づくしをいたしたく存じます」

そこで大きな銀杯を手にし、李嬌児にさしだして言った。

「二娘《におくさま》、どうでも一杯召し上がってください。大奥様には、お飲みになれないのは承知しておりますので、大杯はさしあげません。小杯だけでもお受けください」

と、なみなみ注いでさしだせば、月娘は李嬌児に言う。

「二娘《におくさま》、この杯はあなたがいただいて」

歌い女ふたりに月娘は銀子二銭ずつを与えた。李嬌児が飲み終えるのを待って、月娘は席を立ち、玉楼と金蓮とに言いつけて、

「私らふたりは先に行きます。着いたら小者に、提灯をもたせてお前たちを迎えによこしますから、すぐかえってきなさい。家には人がいませんからね」

玉楼は承知した。李瓶児は、月娘と李嬌児が門口で駕籠に乗りこむのを見送った。楼の上にもどり、玉楼や金蓮と飲んでいると、やがて日は暮れ、玉兎《つき》が東より上った。楼に灯籠が点され、歌い女ふたりが弾きかつ歌うなかで飲みつづけたことは措く。

さて、西門慶はその日、応伯爵と謝希大のふたりと家で食事を済ませると、連れだって灯籠市へ遊びに向かった。獅子街の東の入り口まで来ると西門慶は、月娘らがきょうは揃って李瓶児の家の楼で酒を飲んでいるので、連れのふたりに見られるのではないかと思って、西通りへ大灯籠を見にはいかず、紗《しゃ》の灯籠を商《あきな》っている界隈まで来ると、それで踵《きびす》を返した。回りこんだところで思いがけず、孫寡嘴《そんかし》と祝日念とにぶつかった。ふたりはあいさつして言うには、

「ずいぶんごぶさたしてたんで、ぜひお目にかかりたいと思っておりましたよ」

応伯爵と謝希大に気づくと罵って、

「あんたらふたり、罰当たりの善人め。兄貴と遊びにくるってのに、俺らには声を掛けないのかい」

西門慶、

「祝の兄弟、ふたりをとがめるのはお門《かど》ちがいだよ。俺たちもさっき道で出くわしたのさ」

祝日念、

「灯籠を見終わって、これからどこへ行くんです」

西門慶、

「兄弟がたと、大酒楼の上で三杯ほど飲もうかと思う。家に招きたいところなんだが、家内らがきょうはみな、よそへ酒を飲みに行ってるのでな」

祝日念、

「酒楼に連れてってくださるというなら、中《くるわ》へ行って李桂姐《りけいしゃ》の顔を拝みませんか。せっかくのお祭りなんだ

から、年始のあいさつがてら、ちょいとからかいにいきましょうや。こないだ俺たちふたりであいつの家《みせ》に行ったら、俺たちに向かってまあ泣くこと。年末から今までずっと調子がわるいのに、大旦那は中《くるわ》には影とて踏み入れず、いっこうに顔を見にきてくれない――と、こうですわ。兄貴は用事で忙しいんだろうと返事して、俺たちがごまかしておきました。兄貴はきょうは暇なんだから、お供して出かけたいものですな」

西門慶は、晩に李瓶児に誘われているのが気にかかるものだから、なお断って、

「きょうはまだ野暮用があるもんだから、行けないんだ。あしたにしよう」

だがどうして、この連中が死に物狂いで引っぱるのに敵しようか。そんなわけで、ともに廓の地を踏むことになった次第。まさしく――

柳下花陰《かりゅうのちまた》にては浮世の苦労わすれ
ひとたび遊べばそのつど新たなり
長安の笑いを買い尽す金があれば
どれだけ貧しき民草を救えるやら(26)

西門慶が一同とともに李の家《みせ》に着いてみると、着飾った桂卿がちょうど門口に立っていて、中の間に請《しょう》じ入れるかたわら、向き直っては客それぞれに辞儀をした。祝日念が大きな声で呼ばわるには、

「三媽《かあさん》(27)にさっさと出てきてもらうんだ。どうだい俺らのおかげで、きょうは大旦那にお越しいただけたんだぞ」

ややあって、老いぼれの遣り手婆が杖《つえ》にすがってあらわれ、西門慶にあいさつをすると言った。

「わたしゃ旦那をおろそかにしたこともないのに、なんでずっと、姉さんにちょっとも会いにきてくださらなかったんです。おおかた他所《よそ》でべつの女郎と、あたらしく好《い》い仲《なか》になったんでしょうよ」

祝日念がやってきて口をはさんだ。

「ご老体はお見通しだね。うちの大旦那はさいきん、とびきりの女郎を見初《みそ》めたんだ。毎日そっちばかり行って、お宅の桂姐なんて頭にないのさ。さっき俺らふたりが灯籠市でぶつかって引っぱってこなけりゃ、いまだってここにゃいないよ。おっかさんが信じないんなら、孫天化にきいてみるといい」

とて、応伯爵と謝希大を指さして言うには、

「このふたりの罰当たりも、神様ごっこ《すきほうだい》の仲間さ」

これを聞いた遣り手婆はくっくと笑って、

「まあ応二哥《にいさん》、うらはあんたを怒らしたこともないのに、旦那の前でひとこと取りなしてもくださらないんですか。旦那は中《くるわ》にご係累が多いとはいってもね、諺に言うでしょ、〝できたお客は女郎ひとりと遊ばぬ、できた女郎は馴染みひとりを取らぬ〟とね。天下の銭の穴は同じ形をしてますよ。わたしゃおおげさに言うつもりはないが、うちの桂姐だって器量はわるくないんですからね。旦那にも見る目はおありなんだから、これ以上は言われずともおわかりでしょう」

孫寡嘴、

「実際のところ、兄貴が近ごろ好い仲になった女郎ってのは、ここいらのじゃなくて、婆婆《しゃば》にいる女郎さ。そのうえこっちのとなんてやるもんかね」

こんな言葉を聞かされた西門慶は、孫寡嘴を追いかけまわしぽかぽかとやって、言うのだった。

「おっかさん、この天災的な老いぼれべらべら口の言うことなんか聞いちゃだめだ。こいつめ、人をなぶり者にしやがって」

孫寡嘴と一同はどっと笑いこけた。

西門慶は袖から銀子三両をさぐり出して桂卿にわたし、

「お祭りのあいだ、友人らの掛かりは俺が持つ」

桂卿はからかって、

「お受けするわけにはまいりません」

と、おっかさんにわたせば、おっかさんは言った。

「こりゃどうでしょう。旦那はうちが、お祭りだというのに酒や料理をお出しして皆様がたをもてなすこともできないといって、笑い物になさるので。旦那にふところを痛めさせて銀子を出させたりしたら、私ら廓の人間は金が好きなだけってことになっちまいますよ」

応伯爵がやってきて言うには、

「おっかさん、俺の言うことを聞いて収めときな。おなじ正月でも二十五日だと思いなよ——さっさともて

(26) 明・鄭若庸『玉玦記』第十二齣の下場詩と一致する。第一・三・四句はもともと唐・李山甫の「公子家」(其二)から取られている。／(27) 底本「二媽」に誤る。李三媽の名は第十一回に見える。／(28) 底本「正月裡頭二十五日——快倉」。歇後語であろうが具体的な意味ははっきりしない。いま白維国・卜鍵『金瓶梅詞話校註』(岳麓書社、一九九五)に従い、「正月裡頭二十五日——快填倉」の誤りと見なした。正月二十五日を添倉節(填倉節)といい、倉に蓄えられている食糧を補充し、その日は盛大に飲み食いして、客があれば歓待するしきたりだった。

なすのさ。[28] 早いとこ酒の支度をして飲ませろよ」

　遣り手婆は言う。

「そんなわけにいくものですか」

　口では断りながら、銀子をうけとって袖に入れ、深々と辞儀をして言うのだった。

「旦那さまのお施し、ありがたく存じます」

　応伯爵、

「おっかさん、まあ待ちな。俺がひとつ笑い話を聞かせてやるから。とある若いのが、廓で女遊びをしていた。ある日、冗談で貧乏人の格好をしてやってきたのさ。そこのおっかさんは、服がボロいんで相手にせず、延々座ってたというのに茶も運んでこない。若いのは言った――『おっかさん、腹が減ったよ。飯があったら出して食わせとくれ』。おっかさん――『米囲いも干上がっちまったのに、どこから飯を出してくるね』。若いのはまた――『飯がないなら、水があったら持ってきて、顔をちょいと洗わせとくれよ』。おっかさん――『水を運ばす銭にも事欠いてね、何日も水が届かないのさ』。若いのは、袖から十両の銀塊ひとつをとりだしてテーブルに置き、米を買い水を運ばせるよう言った。おっかさんはあわててこう言うばかりさ――『旦那、お顔を上がってから食事を洗いますか、食事を洗ってからお顔を上がりますか』とね」

　これには一同どっと沸く。遣り手婆、

「いつもながらのお手際ですな。そんなこと、あるわけないでしょう。昔から〝噂あれど例《ためし》なし〟ってやつですよ」

　応伯爵、

「耳を貸しな、教えてやるよ。大旦那はさいきん、花二の兄貴の思い者だった後巷《うらすじ》の呉銀児をお求めでね、お宅の桂姐は用なしになったのさ。きょうだって俺たちがくっついてくることなしには、あんたの家《みせ》になんて来たものかね」

　遣り手婆は笑って、

「だまされませんよ。うちの桂姐は、強がりでなく、呉銀児よりずっといい子ですからね。うちと旦那とは、利刃《りじん》も割けぬ親戚さながらのおつきあいなんです。旦那はたいしたおかたですよ、ものごとがちゃんと目に入ってらっしゃる。いざという時には、金の混じり気だって見抜いちまうんだから」

　言い終えると、客間に四脚の曲彔《きょくろく》[29]が据えられ、応伯爵、謝希大、祝日念、孫天化の四人は上座に、西門慶はその向かいに座った。おっかさんは酒や料理の支度に下がった。

しばらくして、李桂姐が出てきた。普段どおり髪を後ろで団子に編み、杭州の纉《ネット》でまとめ、金線細工の釵《かんざし》で留めている。翡翠をあしらった梅花型の髪飾りを挿し、真珠の箍《ヘアバンド》をつけ、灯籠型の金の耳飾りを垂らす。上は白綸子の前ボタンの袷に柄入りの襟飾りをつけ、緑の金襴の袖なしを着ていた。下は赤い薄絹の裙《スカート》を履き、白粉《おしろい》した玉の彫刻のような化粧ぶり。頭を下げぴたりと辞儀をすると、桂卿と両脇にひとりずつ腰を下ろした。

ややあって、色漆で塗った四角い盆で、若い子が茶杯を七つ運んできた。雪花のごとき杯に、杏《あんず》の葉をかたどった銀の匙が添えられ、玫瑰《まいかい》のエキスと瓜の核《さね》を入れた泡茶《ほうちゃ》は、たいへんに香り高く美味である。桂卿と桂姐は各人に杯をさしだし、相伴して茶を飲み終えると、茶托ごとうけとって下げた。男衆が出てきて食卓を拭き、そろそろつまみをととのえ並べようとするところ、ふと気がつくと簾の外で数人のボロ服が、首を伸ばしこちらの様子をうかがっていた。これは架児《はしわたし》と呼ばれる連中なのだが、入ってきてひざまずくと、瓜の種三、四升（一升は約一リットル）を手に、

「お祭りの間とて、大旦那にさしあげます」

西門慶は、頭《かしら》の于春《うしゅん》（愚蠢《おろか》に通じる）というのだけ知っていたので、たずねるには、

「ここにいるのはお前らのうちの誰と誰だ」

于春、

「あと段綿紗《だんめんさ》、青聶鉞《せいじょうえつ》が外に控えております」

段綿紗が進み入り、応伯爵がいるのを見て言うには、

「応さんもこちらにおいででしたか」

と、あわてて叩頭する。西門慶は立ち上がり、言いつけて瓜の種を収めさせると、銀子入れを開き、一両の塊ひとつをつまんで地面に投げた。于春はうけとると、仲間と地に這《は》いつくばって頭をすりつけ、

---

(29) 原文「校椅」。ふつう「交椅」と表記される。半円形の背もたれがある、折りたたみ式の交脚椅子。

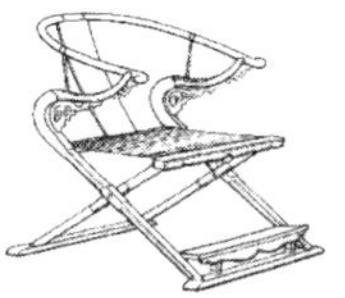

明代の交椅
（『漢語大詞典』）

蹴鞠をする李桂姐と円社のふたり

「ありがたく頂戴いたします」
と、言うなり外へ飛び出して行った。その証拠となる、もっぱらこうした架児の世渡りを述べた〔朝天子〕(旋律名)の歌がある――

こっちの家じゃ挨拶の声揃え
あっちの家じゃ男女の取持ち
能無しだけど
押出しみごと
まずくなったら河岸《かし》を変え
廓のすみずみまで渡り歩く
酒の席では太鼓持ち
口から出るはむだ話
しばらく騒いでやっと散る
金の回りもよからぬくせに
まつわりとりつき何とする
虎口(30)に唾《つばき》を求めているだけ(31)

西門慶は架児どもを追い返すと、酒の支度をさせて飲みはじめた。桂姐は、金杯になみなみ注ぎ、双《そう》なる赤い袖たらし、肴《さかな》は珍品を調理させ、くだものは旬を出す。翠《みどり》や紅《くれない》に着飾る女に寄添えば、花は濃《こま》やかにして酒また艶麗《えんれい》。

酒が二巡すると、桂卿と桂姐は、かたや箏《そう》かたや琵琶を弾き、ふたりは弾きながら「雨あがりの景色うららかに」の組歌(32)をうたった。ちょうど歌が佳境に差しかかったところで、黒い長衣の裾をからげて黄色の腰帯でくくった三人組が現れたが、これを円社《えんしゃ》(蹴鞠の結社)という。両手に捧げた箱のなかには鵞鳥《がちょう》の丸焼きが一羽。老酒《ラオチュウ》の瓶も二本さげて、

「お祭りの間とて、大旦那にさしあげます」

進み出て片膝をついた。西門慶のふだんからの馴染みで、ひとりは白禿子《はげのはく》、ひとりは小張閑《ひまじんのちょう》、もうひとりは羅回子《フィフィのら》。そこで言うには、

「お前たちはひとまず外で待っててくれ。飲んだら三巡《めぐ》りほど蹴りたいから」

(30) 危険な場所という意味のほかに、ここではおそらく女陰を暗示している。/(31) この歌は陳鐸(一四六五頃～一五二一)が多種多様な職業を詠じた曲集『滑稽余韻』の、架児を描いた作に基づいている。/(32)『詞林摘艶』戊集、『雍熙楽府』巻十二にそれぞれ〔錦上花〕(春景)として収められる曲。「雨あがり」云々は冒頭の一節。第七十八回にも同じ曲が歌われる場面がある。

そこでテーブルから、おかずの大皿四つと酒の大徳利一本、点心の小皿一つをとって、円社の面々に食べさせた。蹴鞠の支度がすっかりととのうと、西門慶は外へ出てきて、中庭でまずひと巡り蹴った。つぎに桂姐を送り出し、円社のふたりと蹴らせた。ふたりのうちひとりは査頭《うけて》、ひとりは対障《あいて》となって、(33)桂姐が引っかける、蹴る、撥《は》ね上げる、打つ、とやっている間じゅう、心にもなく褒めそやし、機嫌をとってばかりいる。たとえ少々しくじっても、そのつどすばやく取りにいってやるのだった。もどってくると、西門慶の前で褒美めあてに言うよう、

「桂姐の毬は、昔よりさらにこなれてきました。払うようにポンと打ちこまれますと、私どもにはなす術《すべ》がございません。あと一、二年すると桂の姉妹の毬は、こちらの廓で一、二を争うものになるでしょうな。抜群、断トツ、二条巷《にばんすじ》の董家の娘などより数十倍お上手です」(34)

そのとき桂姐はふた巡り蹴って下がってきたが、眉のほとりに塵がつき、頰のあたりに汗うかび、呼吸は荒くぜいぜいと、疲れ切った身のこなし。袖からとりだした華やかな扇を揺らして涼みながら、西門慶と手を携えて、桂卿が謝希大や小張閑《ひまじんのちょう》と毬を蹴るのをいっしょに眺めるのだった。白禿子《はげのはく》と羅回子《フイフイのら》は脇からむやみにおべんちゃらを言い、毬がこぼれてくれば、あちらへこちらへと拾いにいく。その証拠となる、もっぱらこうした毬蹴りの生きざまを述べた〔朝天子〕の歌が、もう一首ある――

家では手持ち無沙汰《ぶさた》にて
あちこちで人に付き纏う
固い商売はまるでせず
蹴鞠を身から離さない
来る日も街角に立ち
貧乏人は眼中になく
金持ばかりに憧れる
朝早くから夜遅くまで
腹は大して満たされず
金回りもさほどよからず
女房はいつも人に貸出中

廓で盤双六《ばんすごろく》や蹴鞠や酒に興じている一同を西門慶が眺めているところへ、馬に乗った玳安が迎えにやって

きて、こっそり耳に口をつけ、低い声で言った。

「大奥様と二娘《におくさま》は家におもどりです。花の奥様からは父様に、早めにお越しくださいとのご伝言です」

　西門慶はこれを聞いて玳安にひそかに命じ、馬を裏門に引いていって待たせた。そして酒も飲まずに桂姐を閨房《けいぼう》へと引き入れ、しばらくというほどもおらずに、手洗いに行くふりをして出てくると、裏門から馬に乗り、雲を霞と逃げ去った。応伯爵が男衆に引き止めさせようとしたが、西門慶は家に用があるというばかりで、もどろうとするはずもない。玳安には銀子一両五銭を持たせて、円社の三人に与えさせた。李の家《みせ》では、西門慶がまた後巷《うらすじ》の呉銀児の家《みせ》に行くのではないかと恐れ、後を追うように命じられた女中は、廓の門までずっとついてきてから、やっともどっていった。応伯爵たちはさらに飲みつづけ、二更（九〜十一時）になってようやく解散したのだった。まさしく、

わるく言いたきゃご勝手に
楽しみこの手に放しゃせぬ

といったところ。

　はてさて、この後どうなりますか、まずは次回の解きあかしをお聞きあれ。

---

(33) 査頭は底本「揸頭」だが改めた。三人一組で蹴鞠をする場合、それぞれを校尉、茶頭（査頭）、子弟という。『金瓶梅詞典』によれば「対障」は、リーダーである校尉の正面にいて毬を受ける役割。／(34)底本「董官女児」。妓女の名と取る説もあるが（『金瓶梅大辞典』）、ここでは「官」を「家」の誤りと見なした。

第十六回

西門慶が財産をねらって縁談を進めること
応伯爵が祝賀にことよせ歓楽を求めること

傾城《けいせい》に傾国《けいこく》というは大袈裟ならず
巫山《ふざん》(1)の雲雨を夢みれば痴《し》れるもの
紅粉《べにおしろい》の情の濃きは駿才をも蕩《とろ》かし
金蘭《きんらん》(2)の誼《よしみ》も薄れて蛾眉《がび》をば惜しむ
温柔郷《やわはだ》(3)に在ったとて気骨は健やか
窈窕《びじん》風に吹かれても態度は秀でる
そんな野暮天は知らず春の終りを
値《あたい》千金のこの夕べになお躊躇《ためら》って

さてこの日、西門慶は廓《くるわ》の門を出ると、玳安《たいあん》をしたがえ、馬に鞭して獅子街なる李瓶児の家へとまっすぐやってきた。門口で馬を下りてみると、表の門はぴったり閉ざされているので、女客らは駕籠《かご》で家にかえったのだと知れた。そこで、玳安を通じて馮《ふう》のおっかさんに門を開けてくれるよう頼み、西門慶は入ってきた。

蠟燭を点《とも》した広間では李瓶児が、華麗な冠をきっちりと着け、真白な服をふんわりと纏い(白は服喪を示す)、簾《すだれ》をかけた窓に寄りかかり瓜の種をかじっているところだった。西門慶が来たのを見るといそいで、蓮の歩みを軽やかに運び、嫋ゆれる裙《スカート》を徐《おもむろ》につまみ、階《きざはし》を下りて出迎えた。笑いながら、

「ちょっと早く来ていたら、三娘《さんおくさま》や五娘《ごおくさま》がまだこちらにいらしたところですよ。ついさっき、駕籠でお宅にもどっていかれました。きょうは大奥様は早くおかえりで、あなたがお留守だからとおっしゃっていましたけど、どこへ行ってたのかしら」

西門慶、

「きょうは、俺と応の二哥《にあにき》、それに謝子純で朝方に灯《とう》籠《ろう》見物をしたんだがね。ここの門口を通りすぎたところで、思いがけずべつの友達ふたりにぶつかっちまった。廓へ引きずられてって、こんな遅くまで沈没してたのさ。お前がここで待ってるだろうと思ったから、小者が来たところで手洗いのふりをして、裏門から逃がしてもらった。そうでもなきゃ、まちがいなくあい

つらにからめとられたまま、来られなんてするものかい」

李瓶児、

「このほどは多くの礼物をいただき、旦那には篤く感謝もうしあげます。奥様方は長居しようともなさらず、家に人がいませんからとおっしゃるばかり。私、あんまり面白くはありませんでしたよ」

そこで、かさねて美酒を注ぎ、ふたたび佳肴《かこう》を並べ、広間に飾り灯籠をずらり点し、寒さよけの長暖簾《ながのれん》を下ろした。黄金の火鉢には獣形の炭がつがれ、渦巻く線香から龍涎《りゅうぜん》の煙がくゆる。卓《テーブル》にはうずたかく珍味が積まれ、杯にはなみなみと美酒が満ちる。

女は西門慶に酒をさしだすと、叩頭《こうとう》して言うには、

「うちの夫はすでに亡くなり、寄《よ》る辺《べ》なき身となりました。旦那に私の主《あるじ》となっていただきお頼りいたしたく、きょうこの一杯をさしあげます。どうか不束《ふつつか》者とお見捨てにならないでください。旦那のため寝床のお世話をし、奥様方と姉妹《あねいもうと》になれたなら、私は死んでも本望でございます。旦那のお心はいかがでしょうか」

言いつつも、涙は目にあふれて落ちる。西門慶は酒をうけとりながら笑って、

「どうかお立ちに。ご厚情を賜ったからには、この西門慶、おっしゃられたこと心に銘じております。そちらの喪が明けましたら、手だてをとりますので、ご懸念にはおよびません。きょうはあなたのめでたい日だ、さあ飲みましょう」

西門慶はそうして飲み終えると、おなじくなみなみと注《つ》いで恭しく女に返杯し、上座に腰を下ろさせた。馮のおっかさんは厨房で料理の世話にかかりきり、すぐに誕生祝いの麺を運んできた。西門慶はそこで李瓶児にたずねた。

「きょうは誰と誰が歌ったのですか(4)」

李瓶児、

「きょうは董嬌児《とうきょうじ》と韓金釧《かんきんせん》のふたりが来ていました。

(1) 第二回訳注(44)を参照。／(2) 意気投合した深い友情をいう。『易経』繋辞伝上に「二人心を同じくすれば其の利《するど》きこと金をも断ち、同心の言は其の臭ひ蘭の如し」とあるのに由来する。／(3) 美女の魅惑がたちこめる境地ということ。もともと後漢・伶玄の作に擬される「趙飛燕外伝」(遅くとも唐代までに成立)で、皇后たる趙飛燕の妹・合徳の身体に頬ずりした漢の成帝が、そのしなやかさを讃えた言葉。／(4) 底本にはこの西門慶の台詞が脱落しているので、崇禎本によって補った。

杯を交わして飲む西門慶と李瓶児

遅くなると、三娘《さんおくさま》と五娘《ごおくさま》を送って行きましたよ。お宅で髪飾りをもらうんですって」

西門慶は左側に腰かけ、ふたりは座ったまま、杯を交わして飲んだ。迎春と繡春《しゅうしゅん》の女中ふたりは傍らにひかえ、酒を注ぎ料理をとって世話をした。

そこに玳安がやってきた。地べたに這《は》いつくばり李瓶児に誕生祝いを言うので、李瓶児はあわてて立ち上がり、辞儀を返した。迎春に言いつけて、

「馮さんに、厨房で祝いの麺や点心やおかずを支度してもらって。徳利酒といっしょに玳安さんにお出ししなさい」

西門慶は玳安に言いつけて、

「飲み食いしたら、さっさと馬を連れてかえるんだぞ」

李瓶児、

「家に着いてお前の母様（呉月娘）に聞かれても、父様がここにいらっしゃることは言わないでね」

玳安、

「かしこまりました。父様は中《くるわ》で夜を過ごされるので、明朝お迎えにあがる——とだけ申せばよろしいですね」

西門慶がうんうんとうなずけば、李瓶児はたいそうなよろこびよう。言うには、

「まったく賢い子だわ。目端《めはし》が利くのね」

すぐに迎春に銀子《ぎんす》二銭を出させ、お祭りの間なんだから瓜の種でも買ってかじりなさいと言って、

「こんど足型を持ってきなさい。立派な靴を作ってあげますよ」

玳安はあわてて叩頭すると言った。

「めっそうもないことで」

下がって酒や飯をかき込むと、馬を連れて門を出た。馮のおっかさんが表門に閂《かんぬき》をかけた。

李瓶児は西門慶と猜枚《さいまい》(5)をしながらひとしきり飲むと、こんどは三十二枚ひと組の象牙のカルタをとりだし、テーブルに茜色の毛氈《もうせん》を敷いた。ふたりは灯《ともしび》の下で遊びかつ飲んだ。しばらく飲むと、迎春に言いつけて、寝室に蠟燭を点させた。もともと花子虚が死んでから、迎春にも繡春にもすでに西門慶の思し召しがあったので、よろず目を避けることがなくなっていたのである。寝床をととのえさせ、くだもの箱と酒の杯とを持ってこさせると、紫の錦の帳《とばり》に囲われた寝台に、女は粉《おしろい》のように白い肌を晒し、西門慶に匂い立つ肩を

（5）第十二回訳注(6)を参照。

ならべ、玉と紛《まが》う体をよせた。ふたりはカルタ遊びをし、大杯もて飲んだ。そこで西門慶にたずねるには、

「そちらの造作《ぞうさく》は、いつなさるのかしら」

西門慶、

「二月になったら着工するさ。お前のもとの住まいとすっかりつなげて、向かいにあるうちの花園とつりあうように、表側には築山《つきやま》やら唐破風造《からはふづく》りやら、花園の遊び先をこしらえるんだ。ほかに三間の玩花楼《がんかろう》も建てるつもりだ」

女はそこで指さしながら、

「この寝台の奥のお茶箱には、まだ沈香《じんこう》が四十斤（一斤は約六百グラム）、白蠟が二百斤、水銀が二甕《ふたかめ》、胡椒が八十斤あります。こんどみな運び出し、売った銀子を造作の足しに使ってください。もし不束者とお見捨てにならないなら、家にもどられたらどうか大奥様に申しあげてください。私の願いは奥様方と姉妹になることだけ、何番目にしていただいてもかまいませんと。いい人、私、あなたと離れたくないの」

言いながらも、はらはらと涙はこぼれおちた。西門慶はあわててハンカチで拭《ぬぐ》ってやり、言うには、

「お前の気持ちはわかっているさ。だけど、お前の方で喪が明けて、俺の方で造作が終わるのを待たないと。でなければ、娶《めと》ったところで住まいがないからね」

女、

「本気で私を家に迎えてくださるなら、こんどの造作のとき、私の住まいはどうか五娘《ごおくさま》の隣に建ててください。私、あの人と離れたくないの、いい人だから。奥にいらっしゃる孟の三娘《さんおくさま》といっしょに、私にそれは親切にしてくださって。おふたりとも根っからの美人で、着飾った様子も、夫を同じくするだけの姉妹には見えなくて、おなじおっかさんから生まれたみたい。ただ、大奥様だけは心根《こころね》がよろしくないですね。なにかにつけ目端《めはし》で人を値踏みなさって」

西門慶、

「うちの呉のやつは、いい性格なんだがね。そうでなけりゃ、手元にどうして何人も置けるかい。こんど旧居側に、向かいにあるのとおなじように三間の楼《たかどの》を建てて、お前の住まいにしよう。出入りする通用門をふたつつけてね。それでどうだい」

女、

「お兄さん、そう来てくださらなきゃ」

そこでふたりは、鸞鳳《らんぽう》の如く組んず解《ほぐ》れつ、淫欲の

程は果ても知らず、四更（午前一～三時）まで耽《ふけ》って、やっと眠りについた。ひとつ枕で肩をならべ脚をからめ、翌日は朝飯時まで寝たまま起きてこなかった。

女がまだ髪も梳《と》かさぬうちに、迎春が粥を運んで入ってきた。西門慶に相伴して碗に半分だけ食べたところに、また酒が運ばれ、ふたりはまた飲んだ。もともと李瓶児は馬乗りの姿勢が好きで、西門慶を枕に腰かけさせ、花を逆さに挿したまま、行ったり来たり自分から動く。ふたりが佳境へさしかかったところに、馬で迎えにきた玳安が、外で門を叩いた。西門慶は窓の下へと呼びよせて話を聞く。玳安が言うには、

「家に四川、湖広からのお客様が三人いらっしゃり、上がってお待ちです。金目《かねめ》の品をたくさんお持ちで、傅二叔《ふじおじさん》に一括で買い取ってほしいそうで、契約時には銀子百両だけいただければいい、のこりは八月中旬に回収したいとのことでした。大奥様から、父様におかえり願い、この件をさばいていただくよう言いつかってまいりました」

西門慶、

「俺がここにいるとは言っていないな」

玳安、

「父様は中《くるわ》の桂姨《おば》さんのところとだけ申しておりま す。こちらにいらっしゃるとは申しておりません」

西門慶、

「まったくわかっとらんな。傅二叔《おじさん》にあしらわせておけばいいのに、俺を呼びにきてどうなるっていうんだ」

玳安、

「傅二叔《おじさん》もそう言って聞かせたのですが、お客様は納得せず、父様のおかえりを待ってでなければ契約しないというのです」

李瓶児、

「お宅から坊やをよこしてお呼びなのだから、だいじなご商売なんでしょ。行かなかったら、大奥様のご不興を買うんじゃありませんか」

西門慶、

「お前は知らんのだよ。南の連中が荷をさばきに人の家までやってくるのは、売れ行きがわるくて手放す先がなくなったときなんだ。支払いは半年とか三ヵ月とか待つといってね。それを早く払ったりしたら、あいつらを調子づかせるだけなんだ。この清河《せいが》県で、うち

(6) 底本「行市連」。「連」を、崇禎本に従い「遅」に改めた。

くらい店構えが大きくて積み出しの多いところはないんだから、どれだけ待たせようが、俺をたよってこなくなる気づかいはないね」

女、

「商売はね、面倒を嫌がってはいけませんよ。いいから私の言うとおり家にかえって、相手をしてからまたいらしてね。これから先、柳の葉くらいたくさんの日々をいっしょに過ごせるんですから」

西門慶はそこで李瓶児の言葉にしたがって、ゆるゆる起き上がり、髪を梳かし顔を洗い、網巾《ヘアネット》をかぶり服を着た。李瓶児は飯の支度をして食べさせた。西門慶は、面紗《めんしゃ》をつけ馬に乗りまっすぐ家へかえった。店には四、五人の客が待っていたので、商品と支払い銀とを計量し、契約を交わして送り出した。

潘金蓮の部屋へとやってくると、すぐにたずねられた。

「きのうはどこへ行ってたの。正直に言うことね。でなきゃ砂煙が立つくらいおおさわぎしてやるから」

西門慶、

「お前たちは揃って花さんとこで飲んでただろ。俺は連れと灯籠市を見物してきてから、いっしょに中《くるわ》へ行き、飲んでひと晩を過ごしたのさ。きょう小者が迎えにきたんで、やっともどってきたよ」

金蓮、

「小者が迎えに出たのは知ってるけど、あんたの魂がいたのはどこの廓だかね。まったくこの裏切り者が、まだ私を騙そうというの。あの淫婦、きのうは私らを家にかえしてから、ぺてんをやったんだ。夜になってあんたを呼びつけ、ひと晩じゅう打ち込んだって寸法だろ。打ち込みが済んだんで、やっと放してくれたのさ。玳安ときたら、あの牢屋暮らしめ、手練《てだ》れの遣《や》り手《て》だね。大奥様にはああ言い、私にはこう言いして、話しかたを変えやがって。さいしょあいつが馬を連れてかえったとき、大奥様だって聞きましたよ——『お前の父様はなんでもどらないの、誰の家で飲んでるの』とね。あいつは答えました——『応二叔《おじさん》たちと灯籠見物していらしてから、お揃いで廓の李桂姨《おば》さんの家でお飲みです。明朝お迎えに上がるようにとのことでした』。ところが、あとから私が呼んでたずねたら、あいつは笑って何も言いやしない。問いつめたらやっと——『父様は獅子街の花の奥様のところです』だってさ。あの牢屋暮らしめ、どうしてあいつなんかが、私とあんたが一心一計《かくしごとなし》だって知ってるのさ。私にはそう伝えるようにと、あんたが言ったんでしょ」

西門慶はうそぶいて、

「そんなこと言うもんか」

と隠しきれなくなったところで、やっと李瓶児のことを持ち出した。

「夜にあっちへ招かれたんだ。酒をすすめてくれながら、せっかくお前たちが来たのにおもてなしもできませんで、と言ってたよ。それから涙ながらにかきくどくのさ。人手がない、家の裏半分はがら空きだ、夜が怖いとね。俺に娶ってもらいたい一心で、ここの造作はいつするのかと聞いてきた。あいつはまだ、香やら蠟やら金目の品を持っていて、それだけでも銀子数百両相当ときている。仲買人と会って自分の代わりに処分してくれ、と俺に言うんだ。銀子は俺が取っていいから、造作の足しにして、いそいで建ててほしいとね。お前と同じところに住んで、姉妹になりたいそうだよ。お前はいやがるだろうけど」

女、

「私だってここで、影を余分に抱えてる《はらじゅうまっくろ》ってわけじゃないのよ。待ちきれないわ、すてきじゃない。私のところもがらんとしてるから、あの人が来てくれればおっかさん《このわたし》にも話し相手ができるもの。昔から、〝船は多くとも水路は詰まらぬ、車は多くとも道路は塞《ふさ》がらぬ〟と言いますからね。私は、おいでとは言いませんよ。私が来るとき、おいでなんて誰か言ってくれましたか。私の領分やら何やら、横取りされたりしないかしら。人の心根《こころね》はわからないというし、やっぱり心配ね。大姉さまにもたずねてみなさいな」

西門慶、

「そう言うが、まだあいつの喪だって明けてないんだからな」

話し終え、女が西門慶の白綸子《りんず》の袷《あわせ》をすっかり脱がせてやると、カランと音がして、袖から何やらころげおちた。手に拾ってみるとずっしり重くて、弾《はじ》き弓の玉くらいの大きさ。(7)ずいぶん首を捻《ひね》ったが、なんだかさっぱりわからない。そのさまは（以下は〔臨江川《りんこうせん》〕の旋律による詞）——

もともと蛮族の軍隊の出
推挙をうけて京師《けいし》にござる

（7）原文「紹弾子大」（崇禎本は「弾子大」）。「紹」は「約」の誤りか。一説に「紹弾子」は「小蛋子」すなわち方言で睾丸のこと。

痩せのチビだが仕掛けは精巧
そっと力を加えてもらえば
転がり鳴く声まるでセミ

佳人の心を顫《ふる》えあがらせ
精気を補い威風もりたてる
その名もたかき金面《きんめん》の勇先鋒
戦陣にあっての功績は第一
人も知るその名は勉子鈴《べんしれい》

女はなんだろうとずいぶん考えてからたずねた。

「これはどういう物なの。なんで片腕がすっかりしびれちゃったの」

西門慶は笑って、

「こいつのことは知らなかろうよ。勉鈴《べんれい》(8)といって、南方は勉甸《ビルマ》の産さ。上物《じょうもの》は銀子四、五両もするんだ」

女、

「これ、どこに使うの」

西門慶、

「さきにお前の炉のなかに入れておいてからことをいたすと、言いあらわせないほどすてきだよ」

女、

「李瓶児ともしたのね」

西門慶はそこで夜のことを始めからひととおり物語った。話すうち、金蓮の淫心はとみにかきたてられ、ふたりは日の高いうちから部屋の戸を閉め、服を脱いで寝台に上り、歓びを交わすのだった。まさしく、

子晋《ししん》にいかなる訳ありや
簫《しょう》を吹いたらすぐ仙人に(9)

といったところ。

無用なおしゃべりはやめよう。ある日、西門慶は仲買人と会って、李瓶児の寝台の奥の茶箱に積みあげられていた香や蠟などをすべて計量し、合わせて銀子三百八十両で売った。李瓶児は百八十両だけを手元にのこし費えに充て、あとはすべて西門慶に収めさせ、造作の足しにさせた。陰陽(10)に日取りを選ばせて、二月八日に着工と決まると、銀子五百両を使用人頭の来昭と大番頭の賁四《ほんし》にあずけ、煉瓦《れんが》に瓦、木材石材を積み下ろさせ、造作の監督と帳簿づけとをまかせた。

この賁四というのは、名を賁地伝《ほんちでん》といい、若くして

酒落者の口まかせで、すご腕のなんでも屋。もともとはある太監の家の遊蕩児《ゆうとうじ》の出だが、本分を守ることなく、ふらふらと身持ちよからず、ずるくて流水のよう《つかみどころが》だ《ない》というので追い出された。当初は人の稚児《ちご》になり、次には富裕な家の使用人となり、人の家の乳母をかどわかして妻にすると、こんどは古着の仲買をしていた。琵琶やら簫やらなんでもできる。この遣り手ぶりを見た西門慶は、つねづね目を掛けてやり、生薬店で計量をさせては仲立ち銭を稼がせてやっていた。そんなわけで、事の大小を問わず、欠くことのできない人物なのだった。

期日になると賁地伝と来昭は、さまざまな職人たちを監督して着工した。まずかつての花家の側にある古《ふる》家《や》をこわし、塀を取りはらい、土台を築いて、唐破風造りや築山《つきやま》、また各所の亭《ちん》や物見台といった遊び先を造作した。一日で終わる普請《ふしん》でもなし、すべてを語る必要はなかろう。

光陰は速やかに、日月は梭《ひ》の如く、西門慶が家で花園の造作を見守ることひと月あまりとなった。折しも三月上旬、花子虚の百箇日が迫っていた。李瓶児はそれに先立ち西門慶を相談に請じた。花子虚の位牌を焼きたいと切りだして、

「家は売るなら売り、そうでなければ誰かを番によこしてください。はやく私を引きとって、ここに居ないですむようにして。夜になるとがら空きで怖いんです。いつも狐がわるさをしていてぞっとします。もどられたら大奥様に申しあげてください——どうか私の命を憐れむとお思いになって、と。何番目になさろうが構

(8)緬鈴とも書かれ、勉甸《ビルマ》(緬甸とも書く)伝来とされることからこの名がある。性交時に用いる小道具として名高いもので、『金瓶梅』と近い時期の色情小説『繡榻野史』巻下の説明によれば、中空の金属球を何層にも重ね、中に水銀を入れてあるのだという。女性の陰部に挿入すると音を立てて震え、快感をもたらすとされる。R・H・ファン・フーリック『古代中国の性生活——先史から明代まで』(第八回訳注(31)前掲)第六章、邱海濤『中国五千年 性の文化史』第九回(納村公子訳、集英社、二〇〇〇)などを参照。／(9)原文「不知子晋縁何事、纔学吹簫便作仙」。唐・高駢の「河中の王鐸の都統を加へらるるを聞く(聞河中王鐸加都統)」詩の後半二句を用いている(高駢の詩では「纔」を「只」に作る)。子晋とは周の霊王の太子・王子喬のことで、笙を吹いて鳳凰の声を模し、後に鶴に乗って登仙したとされる。下の句で楽器が「簫」となっているのは、蕭史の故事(第十二回訳注(2))と混同したものか。／(10)第六回訳注(5)を参照。

いません、そばにお仕えして、寝床のお世話ができれば、それ以上は望みません」

言いながら、涙を雨のようにこぼす。西門慶、

「くよくよすることはないよ。そのことなら、こないだかえってから家内と潘の五姉さんにも伝えておいた。お前の住む家ができあがるころには、もう忌《い》み明《あ》けも近い。それまで待ってからお前を家に娶っても、おそくはないさ」

李瓶児、

「そう。そうね。本気で娶ってくださるなら、まず私の住まいを仕上げるよう急《せ》かして、私を引きとってちょうだい。あなたの家に一日でも住めたなら、死んでも本望です。ここで一日三秋の思いをせずに済むんだから」

西門慶、

「お前の考えはわかったよ」

李瓶児、

「住まいが建て終わらないなら、位牌を焼いてから五姉さまのところに越してって、二階にしばらく置いてもらうの。新しい住まいが建ってから移っても、遅くはないものね。とにかく、もどられたら五姉さまにお話ししてくださいよ。あなたの返事を待ってるから。この三月十日はあの人の百箇日。お経を上げて位牌を焼かなきゃね」

西門慶は承知して、その晩は女と休んだ。翌日になって、一から十まで潘金蓮に話したところ、金蓮、

「願ってもないことだわ。すぐにでもふた部屋ほど空けてあげたいところだけど、気になるのは他人《ひと》の目ね。大姉さまにもひとつ聞いてみてくださいな。私の方は、川の流れは船を邪魔せず《よけいなことはしない》ってところで、あとは大姉さまがどうおっしゃるかね」

こちら西門慶がまっすぐ月娘の部屋へとおもむけば、月娘は髪を梳かしているところ。李瓶児が嫁ぎたがっている件の一部始終を、西門慶はひととおり語って聞かせた。月娘、

「あの人をもらうのは良くないでしょう。まず第一に、あの人は喪が明けていません。第二に、あなたはそのかみあの人のご主人と付き合いがありました。第三に、あなたは奥さんの方とまでつながりがあって、家を買ったり、あの人の預けものをたくさん引き受けたりしています。諺《ことわざ》にも〝機《はた》は遅いが梭《ひ》は速い(11)〟と言いますよ。聞いたところでは、あの一族の花大とい

うのは、あくどい無頼だそうです。もしかしてわるい評判でも立ったときには、虱《しらみ》を招いて頭を掻《か》かせるようなことになりかねませんよ。あなたのためを思って趙銭孫李《かんでふくめるように》[12]と説きましたが、聞く聞かないはご勝手に」

　言われて西門慶は返す言葉もなく立ち去り、表の広間へとやってくると椅子に座ってひとり考えにふけった。李瓶児に返事もしにくいし、さりとて行かぬわけにもいかない。長いこと考えたあげく、ふたたび金蓮の部屋へと顔を出した。金蓮はたずねて、

「大姉さまの部屋へ行ったんでしょ。大姉さまはなんとおっしゃったの」

　西門慶が月娘の言葉をひととおり伝えると、金蓮は、

「大姉さんが承知しないのも、なるほど道理ね。あんたはあいつの家を買って、あいつのかみさんまでもらおうというんだから。そのかみご亭主と生涯の友だったわけでもなし、具合がよくないわ。私からもひとつ忠告。友達だったのだから、糸《ひみつ》はなくとも寸《ちょっと》ばかりおかしいなと、[13]子どもだって見抜きますよ」

　西門慶、

「そんなのは構わないんだが、花大の奴がな。猿回しの人囲い《しのぎのかねづる》をなくしたところに、このことを知って、喪が明けていないといって脅してきたり、出しゃばってかき回されたりしたら、どうすりゃいいだろう。これはますます返事しにくくなっちまった」

　金蓮、

「ぺっ、なんの難しいことがありますか。おたずねするけど、きょう返事するの、それともあす返事するの」

　西門慶、

「きょうのうちに、何かしら返事を聞かせろって」

　金蓮、

「きょうあっちへ行ったら、あの人にこう言うの――『家で五姉さんに話したんだけど、二階には薬の材料がたくさん積んであって、ここの家財を運んでいっても置き場がない。どうせなら、いましばらく余裕をくれないかい。お前の家も七、八割ができつつあるから、大工を急かして、早めに内装に塗装まで済まさせる。お前にしたってもうすぐ喪が明けるんだから、それから来てもらうことにした方が円満というものじゃ

（11）本人たちの動き以上に、周りには噂が素早く伝わるということ。「梭」は音の近い「説」に掛ける。／（12）初等教育に用いられた『百家姓』冒頭の一句。／（13）糸と寸はどちらも長さの単位。「糸」は「私」（秘密）に通じる。

ないかい。五姉さんのところの二階に越して、なまぐさも精進もなくいっしょくたに詰め込まれてみな、見られたざまじゃないぜ』とね。折れること請け合いよ」

西門慶は聞いておおよろこび。頃合を待つのももどかしく李瓶児の家へおもむいた。女はそこでたずねて、

「家で話してみてどうでしたか」

西門慶、

「五姉さんが言うには、どうせならお前の新居が塗装まで仕上がってから越してきても、遅くはなかろうって。今あそこの二階は物がごちゃごちゃ置いてあって、ここの物を運んでいったとしても置く場所がない。もひとつ悩ましいのは、元の旦那の兄さんが、お前の喪が明けてないと言ってきた場合のことさ」

女、

「あの人が私のことなんて構おうとしますか。衣食《くらし》が別々なのはもちろん、役人の前で遺産分けの証書だって書いたんだから、もうその件だって決着済みです。私がどこに嫁ごうが、〝娘のときは親にしたがい、二度目のときは自分から〟というだけのこと。昔から、〝兄嫁と弟はあいさつせず〟(14)と申します。お兄さんが私の身ひとつのことに関わる義理はありません。現にいま私が日々の暮らしに困っていても、知ったことじゃないって人ですよ。あの人がこのうえ屁のひとつも放《ひ》ってごらんなさい、あの物乞いめには、横にならずに座って死んで《どんなむちゃだってやって》もらいますよ。大旦那、ご安心を。あの人は私のことに手出しなどしません」

そこでたずねて、

「そちらの家は、いつになったら仕上がるの」

西門慶、

「いま大工に言いつけて、三間の楼をお前のためにまず建てさせてるよ。塗装まで終わるとなると、五月の頭になるな」

女、

「お兄さん、もそっと急いでね。そのときまでよろこんで待つとしますよ」

話し終わると、女中が酒を支度し、ふたりはたのしく飲んで夜を過ごした。西門慶はそれからさきも四、五日と置かずに訪れつづけたが、いずれもこまごま述べるまでもあるまい。

光陰は速やかに、西門慶の家の造作も、はや二ヵ月に及んだ。三間の玩花楼はもうすぐ内装も終わるところだったが、唐破風造りだけはまだ礎石も据えていな

かった。

　ある日、五月は端午の節句とて、どの家でも門には艾《よもぎ》葉《ば》を挿し、戸には御符を掛けていた。(15) 李瓶児は酒席をととのえて西門慶を招き、ひとつには粽《ちまき》を食べ、ふたつには輿入《こしい》れの日を相談しようとした。五月十五日にまずは僧を呼んで経を上げ位牌を焼き、それから西門慶の方で日取りを選んで女を娶ることになった。西門慶はそこで李瓶児にたずねて、

「位牌を焼く日には、花大や花三、花四は招くのかい」

女、

「皆さんに案内は出すけれど、来る来ないはあちらの勝手です」

　そこで話もまとまったので、あとは五月十五日を待つばかり。その日、女は報恩寺から十二人の僧を招き、家で経を上げてもらい、位牌を燃やした。

　おなじ日、西門慶は銀子三銭を包んで祝儀とし、応伯爵の誕生祝いをした。朝方には銀子五両を玳安にわたし、鶏や鵞鳥《がちょう》や家鴨《あひる》の肉を調達して酒の支度をさせ、夜には李瓶児の忌み明けにつきあう算段。そこで平安と画童のふたりを馬にしたがわせて、昼下がりの時分、応伯爵の家へとやってきた。その日の出席者は、謝希大、祝日念、孫天化、呉典恩、雲離守、常時節、白来創、それに新顔の賁地伝まで、十人の友がひとりも欠けずに集まった。加えてふたりの若い芸人が呼ばれ、弾きかつ歌った。

　酒が注がれ座について、西門慶がふたりの芸人を呼びよせると、ひとりめは呉銀児の弟の呉恵だと分かった。もうひとりの知らない方がひざまずいて言うには、

「私は鄭愛香《ていあいこう》の兄で、鄭奉《ていほう》と申します」

西門慶は上座からそれぞれに銀子二銭の褒美をやった。日が西に傾く時分まで飲むと、玳安が馬を引いて迎えにきた。上座までやってくると西門慶の耳元でこっそり言うには、

「奥様が父様に、早めにおいでくださいと」

西門慶は玳安に目配せをして、席を外そうとしたところを応伯爵に呼び止められた。たずねるよう、

「この犬の骨め、こっちへ来てほんとうのことを言いな。嘘を言ってみろ、小耳をつねって引きずり出すぞ。

(14) 底本「嫂児不通問」。崇禎本が「児」を「叔」に改めるのに従う。第八回訳注(22)を参照。／(15) 流行り病や毒気の侵入を防ぎ禳《はら》うための端午の習俗。

応《おれ》の父様《さま》の誕生日が、年に何回あると思ってるんだ。お天道《てんと》さまがこんな高いってのに、もう馬を引いて父ちゃんを迎えにきて、どこへ連れていこうってんだい。いったい誰がお前をよこした。家の奥さんの誰かがよこしたのか、それとも中《くるわ》の十八子(李桂姐)のところか。言わないでみろ、犬っころにかみさん《おまえさん》あてがう口添えなんて、百年経ったって父ちゃんにしてやらねえから」

玳安はこう言うばかり。

「ほんとうに、どなたかによこされたわけではないのです。夜回りも厳しいですから、父様も出られるころではないかと思いまして、早めに馬を引いてうかがいました」

応伯爵はしばらくつついてみたが口を割らないので、

「お前が言わないなら、こんど俺の耳に入ってみろ、このちっちゃなべらべら口め、落とし前をつけてもらうからな」

そこで酒をもう一杯注ぎ、点心を皿に半分取ってやり、玳安に下がって食べさせた。ややあって西門慶は席をはなれ、厠《かわや》で用を足すと玳安を呼び、人気のないところへ行ってたずねた。

「きょう、花の家には誰が来たんだ」

玳安、

「花三は田舎に行っており、花四は家で目を患っているそうで、どちらの家からも人は来ませんでした。花大の家だけは夫婦で来て、出ただけのお斎《とき》を食べてしまうと、亭主の方は先に家へもどってしまいました。ひとりのこった女房のかえりぎわ、花の奥様はお部屋へ呼ばれ、銀子十両と服をふた揃えおやりになったので、伏し拝まれておいででした」

西門慶、

「何も言っていなかったか」

玳安、

「ひと言も異を唱えようとはしませんでした。こんど奥様が嫁がれたら、三日の祝いには父様の家へ参上したいそうです」

西門慶、

「ほんとうにそんなことを言ったのか」

玳安、

「どうして偽りなど申しましょうか」

西門慶は聞いて、すっかりよろこんだ。さらにたずねて、

「法事は終わったのか」

玳安、

「和尚たちはとっくにかえって、位牌も燃やされました。奥様は父様に、早めにお越しくださいとのことです」

西門慶、

「わかった。外で馬の支度をしててくれ」

玳安が外へ出ようとするところ、思わぬことに応伯爵が廊下からこの話を聞いており、いきなりひと声叫んだので、玳安はびっくり仰天。伯爵は罵って、

「このチビ犬の骨め。お前が俺に言わんでも、こうして耳に届いたさ。なんと、お前ら父子はいいことしてたってわけだ」

西門慶、

「けったいな犬ころ根性め、大声で触れて回ったりするんじゃないぞ」

伯爵、

「よろしくと俺にひと声かけときゃ、言わずにおいたんですがね」

とて席にもどると、かくかくしかじか、一同にひとわたり話して聞かせた。西門慶をひっぱりながら言うには、

「兄貴、あんたそれでも人かね。こんなめでたいことがあるってのに、兄弟の前ではおくびにも出さないなんて。花大がたとえ何か言ってきたって、兄貴は俺らにひと声言いつけりゃいいだけのこと。俺らがあいつと話をしたなら、従わないなんて気づかいは無用だね。いやだのいの字でも言ってみろ、俺らがあいつの腕をひねりあげてやるんだから。実際のところ、この縁談はもうととのったんですかい。とっくり俺らに聞かせてくれなきゃ。そもそも友だちづきあいとはなんぞやという話ですよ。兄貴が俺らに行けというなら、たとえ火のなか水のなか、よろこんで飛びこみましょう。同じ日に生まれたかったとは思わないが、死ぬのだけは別々に願います。[16] 弟らがこんなにしてお仕えしているのに、兄貴ときたら目論見《もくろみ》ひとつおっしゃらず、このうえだんまりをきめこむおつもりですかい[17]」

謝希大が引き取って言うには、

「兄貴がもしおっしゃらないなら、こんど俺らが吹聴

---

(16)『三国志演義』冒頭に見られる、劉備・関羽・張飛の有名な誓いの言葉のもじり。言うまでもなく本来は、同じ日に死ぬことが願われる。崇禎本はこの一文を省く。／(17) この台詞に対する崇禎本の眉批。「空々しいおべっかばかりなのだが、言い方には胆が座っていて、一言ずつが相手の心に響く。だからこそ西門慶は伯爵とだけ厚く交わっているのだ」。

「いつかその日のお祝いのことより……」

して、中《くるわ》の李桂姐や呉銀児のところにも知れ渡らせますよ。みんな、面白くないでしょうな」

西門慶は笑って、

「皆様にお知らせすることにしよう。縁談はすっかりととのっているんだ」

応伯爵がたずねて、

「式を挙げて娶られる日取りは、まだお決まりでないんでしょうか」

謝希大、

「兄貴がこんど兄嫁どのを娶る日にゃ、俺らはお祝いに行きますぜ。どうでも歌い女《め》を四人は呼んで、祝い酒をふるまってくれなきゃ」

西門慶、

「それについちゃ掛け値なしさ。かならず兄弟がたをお招きするよ」

祝日念、

「いつかその日のお祝いのことより、いますぐ兄貴のために乾杯と行こうぜ。前祝いだ」

そこで伯爵は杯を取り、謝希大は徳利を持ち、祝日念は料理を捧げ、ほかの連中もみなこれに従いひざまずいた。芸人ふたりも近くに呼ばれてひざまずき、〔三十腔《さんじっこう》〕の節にて「めでたや吉日」の組歌(18)ひとつを弾きかつ歌った。西門慶は立て続けに三、四杯の酒を注がれたものである。祝日念、

「兄貴、俺らを飲みに招いてくださる日には、鄭奉と呉恵のふたりも欠かさんでくださいよ」

とて話を決めて、

「お前らふたり、何があろうともうかがうんだぞ」

鄭奉は口を覆って、

「私ども、かならずや早めにお屋敷に上がって控えております」

すぐに酒が行きわたると、おのおの席にもどって座り、またひとしきり飲んだ。やがて日が暮れると、西門慶はじっと座っていられるはずもなく、目を盗んで脱け出そうとした。応伯爵がなおも戸口に立ちはだかって放すまいとするところに、謝希大、

「応の二哥《にあにき》、兄貴を行かせてやんなよ。事を誤らせて、兄嫁どののおとがめを受けさせちゃいけない」

(18) 底本は「十三腔」に作るが改めた。『盛世新声』南曲、『詞林摘艶』乙集、『雍熙楽府』巻十六に収められる組歌で、「めでたや吉日」（喜遇吉日）はその冒頭の一句（『雍熙楽府』は「喜遇吉人」に作る）。

西門慶はやっとのことで馬に乗り、一目散に立ち去った。

　獅子街に着いてみると、李瓶児は喪中を示す白い束髪冠を外し、全身あでやかな服に着替えていた。広間には灯りが煌々と点り、テーブルには酒と肴《さかな》がすっかり整《ととの》えられている。上座に一脚ぽつんと置かれた曲彔《きょくろく》に西門慶を腰かけさせると、さて開けられた甕からは酒が汲まれた。女中が手にしたその徳利から、李瓶児はなみなみ一杯を注いで献じ、蠟燭を挿しこむかのように四たび叩頭するのだった。言うには、

「きょう、うちの人の位牌を焼きました。大旦那さえお見限りでなければ、巾櫛《きんしつ》を奉る歓びを得て、並び飛ぶ鳥のように寄り添いたく存じます」(19)

　拝し終え立ち上がると、西門慶も席を下りて女に返杯を献じた。そうしてやっと席に着いたところでたずねるには、

「きょうは花大の夫婦に何も言われなかったかい」

　李瓶児、

「昼のお斎のあとで部屋に呼んで、そこで大旦那のお宅との縁談について話しました。あの人、それはそれはと言うばかりで、余計なことはひとことも申しませんでした。こんど三日の祝いの時に、奥さんを家《うち》へ上がらせるとは言っていましたね。銀子十両と服をふた揃えやりましたところ、まあ夫婦してよろこぶこと。かえりがけに、何度となくお礼を言われましたよ」

　西門慶、

「あいつがそう言ってるなら、家に上げてやることくらいなんでもないな。ひとことでも余計なことを言ったなら、許してはおかんがね」

　李瓶児、

「あいつが臭い屁《たわごと》でも垂れたなら、私だって放ってはおきません」

　そこにスープからおかずまで、馮婆さんが厨房からまとめて運んできた。李瓶児はみずから手を洗い爪掃除をして、刻みネギと羊肉を詰めた一寸《いっすん》ほどの餃子を作っていた。銀口の杯を満たすのは江南の酒。繡春が両の杯に注いだのを、李瓶児は西門慶に相伴《しょうばん》して飲んだ。西門慶は半杯だけ飲み、残り半杯は李瓶児にやって飲ませる。一度往っては一度来てとするうち、立て続けに飲むこと数杯となった。まことに、情《きもち》わきたてば年少《わか》く、境《ぶたい》とどのえば酒多し、といったところ。

　李瓶児は輿入れの日が近づいてきたので、常にもま

してひとかたならぬ楽しみよう。顔じゅうに笑みを浮かべ、西門慶に、

「さきほど応さん家《ち》で飲まれていたのを、私、もうずいぶん待ちましたよ(19)。あなたが酔ってしまうのが心配だったから、早くもどられるよう、玳安に呼びにいってもらったの。あちらで誰かに感づかれたかしら」

西門慶、

「またしても応花子《こじきのおう》に見破られたよ。小者を責め立てて二言三言引き出すと、派手にひと騒ぎしてくれたもんさ。弟たちは、こんどお祝いしたいから、歌い女を呼んで奢ってくれだと。おまけによってたかって持ちあげて、何杯も酒を注がれたよ。目を盗んで逃げ出そうとした時にもじゃまされたが、そこでまたどうのこうのと意見が出て、放してくれたんだ」

李瓶児はそこで、

「あの人たち、あなたを放してくれるなんて、なかなかわかってるじゃない」

西門慶は、酔いの態《しぐさ》みだれ狂い、情ある眸《ひとみ》すがり付くという李瓶児の様子を見ては、たちまちこらえられなくなった。ふたりは、かたや口から丁子《ちょうじ》の舌を出し、かたや顔をば杏花《きょうか》の面《おもて》に寄す(20)。李瓶児は西門慶を懐に抱きしめ呼びかけた。

「大事なお兄さん、本気であたし(21)を娶るなら、早くしてよね。あなただって行ったり来たりするのは不便でしょ。あたしをここに放っておいて、昼夜《ひるよる》待たせたりしちゃいやよ」

言い終えるとふたりは、何度も裏返しになって、泥々のひと塊りとなった。まことに、

国傾け城傾けた漢の武帝の寵妃
雲や雨になった楚の襄王《じょうおう》の神女(22)

といったところ。その証拠としてこんな詩がある――

(19) 手ぬぐいと櫛もて夫に仕えるの意。妻や妾となることをいう。／(20) 原文「臉偎仙杏」。杏とは杏臉すなわち杏の花のように色白でほのかに赤みを帯びた美しい女性の顔を指す。／(21) この場面の李瓶児はずっと自らを「奴」「奴家」と呼びへりくだっていたが、最後の台詞ではよりくだけた一人称の「我」を用い、遠慮をかなぐり捨てている。／(22) 原文「傾国傾城漢武帝、為雲為雨楚襄王」。唐・劉希夷の詩「公子行」の一節。上の句は傾城・傾国とたたえられ武帝の寵愛を受けた李夫人を指す。下の句については第二回訳注(44)を参照。

情濃《こま》やかに胸は緊《かた》くあわさり
融け合って腕は軽くからまる
銀の灯火《ともしび》もて照らしながらも
夢ではないかとなおも疑って(23)

はてさて、この後どうなりますか、まずは次回の解きあかしをお聞きあれ。

---

(23) 後半二句は原文「賸把銀缸照、猶疑是夢中」。宋・晏幾道の〔鷓鴣天《しゃこてん》〕詞の末尾「今宵賸把銀釭照、猶恐相逢是夢中」に基づく。ほぼ同じ二句が本書第二十回でも用いられている。

第十七回

宇給事が楊提督《ようていとく》の罪を暴《あば》くこと
李瓶児が蔣竹山を婿に招くこと

思い出すは馴初《なれそ》めのころ書斎でのこと
二人の残した雲雨の跡は知る人もなく
夜が来て鸞鳳《らんぽう》は揃《そろ》いの枕を棲《す》み処《か》とし
掻立《かきた》て果てた灯火《ともしび》は銀の輝き半ばのみ

あの頃おもえば
夢に魂は彷徨《さまよ》う
この夕べ嬉しさは並び飛ぶ鳥達に似て
鸞《らん》と鳳《ほう》とは組んず解《ほぐ》れつ楽しみ涯《はて》なく
これより永久《とわ》に離れじと念じしものを（1）

さて、五月二十日は守備府の周守備の誕生日だった。

西門慶はその日、皆で贈る祝儀の割り当て五銭とハンカチ二枚を封に入れ、衣服や帽子を選りぬいて身なりをととのえると、大きな白馬にまたがり、四人の小者をしたがわせ、周守備の家へと誕生祝いに向かった。酒の席には提刑の夏延齢、団練の張関、千戸の荊忠《けいちゅう》、賀金ら武官の面々もつらなり、太鼓や楽《がく》の音が出迎え、芝居が演じられた。酒をすすめるのは四人の歌い女《め》。

玳安《たいあん》は、主人が脱いだ上着をうけとると、馬を家に連れかえり、日が西に傾く時分になると、もういちど馬に乗って迎えにきた。西通りの入口まで来たところで馮《ふう》のおっかさんに出くわしたので、たずねて、

「馮のおっかさん、どちらへ」

　馮のおっかさん、

「花の奥様から、あんたの父様をお招きしにいくよう言われてね。銀職人の顧《こ》さんが、婚礼用の髪飾りをすっかり仕上げ、きょう箱に入れて届けてきたから、父様にお運びいただいてお目にかけたいってさ。ほかにもお話があるそうだよ」

　玳安、

「きょう父様はずっと、守備府で周さまと飲んでるよ。

（1）第十三回末尾に置かれたのとほぼ同じ〔鷓鴣天《しゃこてん》〕の詞。底本は末尾の二句が脱落しているので補った。

いま迎えにいくから、ご老体は家にかえりな。あっちへ行ったら、俺から父様に言っておくさ」

馮のおっかさん、

「すまんけど、かならず申しあげとくれよ。奥様がお待ちだからね」

玳安は馬に鞭してまっすぐ守備府へとやってきた。役人らがにぎやかに飲んでいるなか、玳安は西門慶の席まで進み寄ると、言うには、

「家にもどした馬を連れてまいります道すがら、通りの入口で馮のおっかさんに出くわしました。花の奥様のお使いで、銀職人の顧さんが髪飾りを届けてきたから、父様にお運びいただきお目にかけたいとのこと。ほかにもお話があるそうです」

これを聞いた西門慶は、点心や食事をいくらか玳安に食べさせると、すぐに席を立とうとした。どっこい周守備がかえらせようとするはずもなく、戸口に立ちはだかり、手にした大杯をすすめるので、西門慶、

「かたじけなくも夏大人《たいじん》に賜りましたお酒ですので、この一杯は頂戴することにいたします。このあと野暮用がございまして、心ゆくまでごいっしょしたいところなのですが、ご勘弁を願います」

とて、ひと息に飲み干すと、周守備に別れのあいさつをして馬に乗り、まっすぐ李瓶児の家へとやってきた。女が迎えしなに出した茶を飲みおえた西門慶は、馬を連れてかえりあす迎えにくるように、と玳安に言いつけた。

玳安が行ってしまうと李瓶児は、迎春に華やかな箱から髪飾りを取り出してこさせ、西門慶に見せた。黄金色にきらめき燃えたつような、すてきな髪飾りのひと揃え。それをしまうと、あとは二十四日の結納と翌月四日の輿入《こしい》れを待つばかりなので、女はすっかりうれしくなり、いそぎ酒をととのえ、西門慶と楽しく飲んで打ちとけた。しばらく飲むと、女中を寝室にやってござをきれいに拭かせ、ふたりで紗《しゃ》の帳《とばり》のなか、香は蘭や麝《じゃこう》を焚《た》き、衾《ふすま》は鮫《にんぎょ》の綃《きぬ》を展《ひろ》げ、衣と裳《も》を脱ぎ去り、肩を並べ脚を重ね、酒を飲み笑い戯れた。やがて、春色は眉間にうかび、淫心は揺蕩《たゆた》いさわぐ。西門慶はまず女と雲雨をひとたび起こして、それから酒興のおもむくままに寝台へ腰かけ、女を褥《しとね》に横たわらせて品簫《ふえふき》をさせた。そのさまは（以下は〈西江月〉の詞）——

紗の帳に蘭麝《らんじゃ》の香りは揺れて

眉美《うるわ》しき女は軽やかに笛吹く
雪白の玉体は簾《すだれ》をも透き通って
たまらず魂も魄も飛びさまよう

さくらんぼ一点《ぽつり》のおちょぼ口
やわらかな両手はチガヤの芽
あなた催したら私に知らせてね
犀《さい》の角って案外いいお味ですよ

西門慶はそこで、酔いにまかせ女に戯れたずねた。

「むかし、お前の花子虚が生きてたときにも、あいつとこれをしたのかい」

女、

「あの人は来る日も睡生夢死ってところだったのに、私がこんなことをわざわざするはずがありますか。外を毎日ほっつき回ってむちゃばかりしてたし、家にかえってきたところで、私は普段、あの人に手も出させませんでしたよ。おまけに老太監さまがいらした頃には、あの人とはべつの部屋で寝てたんですからね。あいつのことは、犬の血（魔除けに用いる）を頭に噴きつけるような具合に罵ってやりましたし、ちょっと何かあれば老太監さまに申し上げ、棒で打ってもらったものです。人の数にも入りゃせぬ、とんだ役立たずでしたよ。私があの人とこんな風に楽しむなんて、まったく情けなくて死んじまいますよ。憎い人《あなた》みたいに、私にこんなぴったりの人がいるはずないでしょ。私を治してくれるお薬みたい。明るい昼も、暗い夜も、あなたのことしか考えられないの」

ふたりはしばらく戯れて、またしばらくことをいたした。かたわらに迎春が小さな料理箱を支度してきたが、その中身は、細々したくだものの核《さね》、肉饅頭、鶏や鵞鳥《がちょう》の砂肝、玫瑰餡《まいかい》の菊花餅《きっかへい》といったものばかり。小さな金の徳利は、なみなみと仙液《うまざけ》を湛《たた》えていた。夕暮れから灯りを点し、いたしては飲んで、一更（午後七～九時）の時分までふざけ通したところで、聞こえてきたのは外からドンドンと表門を叩く音。馮のおっかさんをやり、門を開けて見させると、なんと玳安が来たのだった。

西門慶、

「あす迎えに来いと言ったのに、こんな遅くに何をしにきたというんだろう」

とて、部屋に入れて何事かとたずねた。かの小者はあわてふためいて部屋の戸口までやってきたが、西門慶が女と寝ているので入るわけにもいかず、簾の外側で話すしかなかった。言うには、

「お嬢様とお婿様とが、おふたりで移っていらっしゃいました。家にはたくさんの荷物が積まれています。大奥様は、相談のため父様にいそぎおもどり願うようにと、私をおよこしになったのです」

こちら西門慶は聞いてとまどうばかり。

「こんな遅くにいったいどういうわけだろう。家にもどって様子を見るしかあるまい」

あわてて立ち上がると、女は手伝って服を着させ、酒を一杯あたためたのを飲ませてやった。

馬に鞭してまっすぐ帰宅すると、奥の広間には灯りが点《とも》され、娘と娘婿が揃ってやってきており、多くの荷物や、寝台に帳などの家財道具が積み上げられていることに、まずは仰天した。そこでたずねて、

「こんな時間になぜいらしたのですか」

娘婿の陳経済は叩頭《こうとう》し、泣きながら言うには、

「先日の朝廷にて、わが楊閣下は監察官に弾劾され失脚なさいました。聖旨が下り、南の牢へ移されて罪に問われることとなったのです。門下、親族、配下の者らはすべて、取り調べのうえ枷《かせ》を嵌《は》めて晒《さら》され、兵営送りです。きのう事務官の楊盛どのが夜に日を継いで急行されて、この件を父の耳に入れました。父はあわてて、息子である私とお嬢様とに家財道具の一部を持たせ、まずはお義父《とう》さまの家に置いてもらい、しばらく避難しているようにとの指示。自身は東京《とうけい》のおばのところへと、情勢を探りに向かいました。事がおさまりましたら、しっかりとお礼をいたし、決して忘れはいたしません」

西門慶はたずねて、

「父上からの書信はあるのですか」

陳経済、

「ここにございます」

袖から取り出して渡されたのを西門慶が開封してみると、そこにはこう書いてあった。

眷生《けんせい》(2)の陳洪《ちんこう》、頓首《とんしゅ》して大徳の親類西門どのへ文《ふみ》を差し上げます。

前略。目下、北方の蛮夷が辺境を犯し、雄州（いま河北省）の境域へと侵入いたしております。兵部《へいぶ》の尚書《しょうしょ》（長官）たる王どのは人馬をさしむけずに軍

略を誤られ、その累は朝廷なる楊閣下にまで及び、ともに監察官の甚だ厳しい弾劾を受けました。陛下はお怒りになり、おふたりを南牢へと下して監禁の上、三法司(3)の合同審理に付され、門下、親族、配下の者らはすべて、先例に照らし辺境の兵営へと送られることになりました。小生この消息に接するや、家の者みな恐慌をきたし、さりとて頼る先もない有様。まずは息子と御令嬢に荷物と家財を持たせ、暫時貴宅に寄寓させていただきたく存じます。小生は取り急ぎ上京いたし、姉の夫たる張世廉のところに身を寄せ、いかなる処断が下るかを窺うことにいたします。本件落着の際には、家にもどり厚く御礼申しあげ、決して忘れはいたしません。そちらの県内にも何らかの動向あらんことを危惧して、小生、息子に別に銀五百両を持たせましたので、ご迷惑をお掛けしますがお心遣いとご対処とを乞う次第。いずれ拝謝返報《へんぽう》申しあげたく、御恩は終生忘れません。

灯下にて。草々

仲夏（五月）二十日、洪、再拝

西門慶は読むとあわてふためいた。呉月娘《ごげつじょう》に酒食をととのえさせ、娘と娘婿をもてなすと、使用人らに広間前の東の脇棟三間を掃除させ、夫婦の住まいにあてた。箱の貴重品はすべて月娘のいる母屋に運びこんだ。陳経済は銀子《ぎんす》五百両を取り出し、付けとどけに使ってもらうよう西門慶に渡した。西門慶は大番頭の呉典恩(4)を呼んで五両を与え、その夜のうちに県の文書係の部屋へ行かせて、東京からもたらされた公文書や官報の写しを取らせた。そこには一体どのようなことが書いてあったであろうか。

兵科給事中(5)宇文中虚(6)らによる建白

（2）本来は姻戚同士で上の世代が下の世代に対して用いる自称であり、陳洪と西門慶は同世代に当たるため用法としては正しくないが、底本に従う。／（3）中央の三つの司法機関すなわち刑部、都察院、大理寺の総称。／（4）原文は単に「呉主管」だが、後文（第三十回）により呉典恩のこととわかる。呉典恩は十兄弟の一人であるが、大番頭を務めているという説明はここまでなされていない。／（5）給事中は官名。明代には吏・戸・礼・兵・刑・工の六科に分属し、中央行政官庁たる六部の政務監察などを掌った。／（6）実在の人物（一〇七九～一一四六）。宣和年間、蔡攸（蔡京の子）や童貫が金と結び遼を攻めて燕雲十六州を回復しようとした際、参議官として反対の上書をしたが容れられなかった（『宋史』巻二七一）。

楊提督らを弾劾する宇文中虚

聖断を懇請して、国を誤らせる奸臣を速やかに誅し、兵力を振興し胡虜《こりょ》の患《うれ》いを除かんとする

臣《しん》聞くならく、夷狄《いてき》の災いは古《いにしえ》より続くものにて、周の玁狁《けんいん》、漢の匈奴《きょうど》、唐の突厥《とっけつ》のあと、五代に及ぶと契丹《きったん》が勢力を強めてまいりました。わが皇宋の建国以降も、大遼が中原《ちゅうげん》にのさばるのは、もはや昨今のことではございません。とはいえ、内に夷狄が巣食うことなく外に夷狄の害が萌《きざ》したという例《ためし》は、聞いたことがないのであります。諺《ことわざ》にも、「霜おりれば堂の鐘は鳴り、(7)雨降らんとして柱の礎《いしずえ》は潤う」と申します。似た者どうしが感応しあうのは、必定の理《ことわり》なのであります。(8)喩《たと》えるなら、病人がそれまでですでに腹心の疾《やまい》を長くわずらい、内に精気の失せているときに、外から身体に害なす風が吹き込んだならば、手足から体じゅう、病まぬところとてありますまい。これでは盧国《ろこく》の扁鵲《へんじゃく》(戦国時代の名医)でも救えますまいに、どうして長く持ちこたえられましょうか。

いま天下の情勢をみますに、まさしく病人が衰弱を極めたようなものであります。君主は元首《かしら》であり、大臣は腹心であり、百官は手足です。陛下が宮中に端坐して世をしろしめし、その下で百官がおのおの職責どおりに政務を果たしましたなら、精気は内にみなぎり、血気の巡りは外からの病を寄せつけません。しからば胡虜がどうして患いをなしましょうか。

いま夷虜の患いを招いていること、崇政殿大学士の蔡京にならぶ者はございません。よこしまで狡猾な人物であり、そのうえ行いも恥知らずであり、讒言《ざんげん》と阿諛《あゆ》を事としております。上には君主の執政《しっせい》をたすけ統治教化をささえること能わず、下には聖徳を宣揚しつつ施策して民草をいたわること能わず、ただただ名利もて自らを肥やし、君寵《くんちょう》を得て地位を固めんと目論み、私党を結成してたくらみを懐き、君主の目を隠しあざむき、善良なる者たちを中

(7) 原文「霜降而堂鐘鳴」。『山海経《せんがいきょう》』中山経が、豊山に霜に和して鳴る九つの鐘があると述べるのによる。この箇所が基づいている『宣和《せんな》遺事』の該当箇所（次注参照）では「堂」を「豊」に作るが、底本に従った。／(8)「内に夷狄が」以下ここまでの議論は、『宣和遺事』亨集に附載される呂省元（南宋の呂中を指す）の「宣和講篇」とほぼ一致する。

傷するばかりです。このために忠士の心は離れ、国じゅうが恐れおののいておりますのに、朱や紫に着飾った高官たちは続々と、その門下へと寄り集まってくるのです。

近年も河湟《かこう》をめぐって事を誤り(9)、遼への出兵を主張して、三郡を割譲することとなり(10)、郭薬師《かくやくし》(11)に背かれ燕山を失いました(12)。そうしてついには金の虜《えびす》めが盟約に背き、中原を侵犯する事態を招いたのです(13)。これらすべて国を大きく誤らせた失策であり、いずれも蔡京《さいけい》が職務を蔑《ないがし》ろにしたことによる結果です。

王黼《おうふ》(14)は強欲愚昧な無能者で、その行いはまるで道化です。蔡京に引き立てられ、推挙により政府に席を得ると、いくばくもなくして、あろうことか兵権を握りましたが、ただ権勢を欲し安逸を貪るのみで、何ら策を施すことがありませんでした。さきごろ張達が太原にて戦没すると(15)、取り乱して軍の瓦解を招きました。いま胡虜が内地へ侵入すると、妻子を率いて南へと下り、我が身の安全を図っております。その国を誤らせた罪は、誅殺に値します。

楊戩《ようせん》(16)はもともと暖衣飽食の育ちにて、父祖から地位を引き継ぎ、君主の恩寵によって、兵権を掌り、軍を統べる職責を辱《はずかし》めております。大姦の忠に似たる者であり、怯懦《きょうだ》なることは比べる相手とてございません。

この三臣は、ともに徒党を組み結束して、宮中宮外を問わず欺瞞を働き、陛下の腹に巣食う虫となっております。ここ数年来、災異がもたらされ、政治の大本《おおもと》が傷つき、賦役《ふえき》も税も重く、民は散りぢりとなり、盗賊が横行し、夷虜が叛逆しております。天下の実りは尽き、朝廷の綱紀は廃《すた》れ、蔡京らの罪は、髪を抜き数えたとて足りぬほど(17)です。

臣らは現在おります部署に奉職し、諫官《かんかん》の職をかたじけなくいたしております。奸臣が国を誤らせているのを見すごし、陛下に言上せぬようであれば、上には天子の御恩に背き、下には日ごろ学びしことを裏切る行いとなります。

伏してご聖断を乞います。蔡京ら徒党を組んで悪をなす犯人一味を、あるいは司直の手に委ねて寛大なる処置を下され、あるいは極刑を科されて裁きの厳正なるを明らかにされ、あるいは先例に照らし枷を嵌めて晒され、あるいは辺境の地に流罪となさって、魑魅《ちみ》の害を食い止められますよう。さすれば天意も取りもどせ、人心も晴れやかとなり、国法が正されたことにより、胡虜の患いも自ずから消えることでありましょう。天下のこれを願うや切、臣民のこれを願うや切であります。

賜いたる聖旨

蔡京はひとまず留任し政務を輔佐させよ。王黼、楊戩は三法司に送り、合同審理し究明のうえ報告せよ。――畏《かしこ》みて御意に従う。

続報

上記三法司による合同審理の結果。徒党を組んで悪をなす犯人たる王黼、楊戩は兵権を掌《つか》る職務を蔑《ないがし》ろにし、胡虜の深く侵入するに手を束ね、民草をむごたらしく苦しめ、兵士や将軍に損害を出し、敵にわが領土を奪われた。法令の定めとして斬に処すべきである。配下で悪事をはたらく家人や書記、下役、側近たる董昇《とうしょう》、盧虎《ろこ》、楊盛、龐宣《ほうせん》、韓宗仁、陳洪、黄玉、賈廉《かれん》、劉成(18)、趙弘道ら、調査により名の挙がった犯人らは、みな枷を嵌めて一ヵ月晒し、然るのち

(9) 河湟とは黄河と湟水との間の地域。徽宗の崇寧元年(一一〇二)、蔡京はかつて韓忠彦が湟州(いま青海省)を放棄した失策を申し立て、翌二年六月、童貫らが率いた軍により、羌人から湟州を奪還した。「事を誤り」(原文「失議」)とは、奪還後の統治が乱脈を極め、巨額の歳費を朝廷が負担するばかりで、租賦が集まらなかったことを指すか(『宋史』兵志四)。/(10) 宋が金と結び挟撃して遼を破った際、かつて後晋が遼(契丹)に割譲した十七州を宋が得る約束は交わしていたものの、平・営・灤の三州は後晋による割譲地ではないのを見落としていたために、三州を取りもどすことができなかった(一一二二)。『宋史紀事本末』巻十二)。/(11) 郭薬師はもともと遼の将軍だったが、遼が滅ぶと宋に仕え(一一二二)、さらに南進してきた金軍に寝返った(一一二五)。/(12) 底本には「燕山」の二文字が脱落していると思われるので、『三朝北盟会編』巻二十五に基づいて補った。梅節『金瓶梅詞話校読記』(北京図書館出版社、二〇〇四)を参照。/(13) 金軍が南進してくるのは宣和七年(一一二五)のこと。この時点で作品中の年代は政和五年(一一一五)のはずであり、上にみえる事項の多くは、時間的先後を考慮せずに挙げられている。(14) 実在の人物で、『宋史』佞幸列伝に名を連ねる(一〇七九~一一二六)。『宣和遺事』などでも徽宗の奸臣として名が挙げられる。(15) 史実ではこのことは宣和七年(一一二五)に起きている。嘉靖二十九年(一五五〇)に大同を侵したモンゴルを迎撃して戦死した総兵官・張達をも暗示するといわれる。/(16) この時期に楊戩という宦官(?~一一二一)が実在し、『宋史』宦官列伝に伝がみえる。『水滸伝』では蔡京、童貫、高俅とならぶ四賊臣の一人とされる。/(17) 『史記』范雎蔡沢列伝に見える、范雎と須賈のやりとりにもとづく表現。/(18) 底本「劉盛」だが、第十八回にみえる劉成と同一人物と見なして改めた。

辺境の兵営送りにすべきと考量する。

西門慶は、読まなければ万事それきりのことだったが、読んでしまったものだから、耳のあたりにすうっと風の音が聞こえるや、魂魄はいずこへとも知れず抜け去ってしまった。それこそ、驚いて六腑肝肺まで損なわれ、脅えて三毛七孔《しんぞう》まで悪くなる、といったところ。いそぎ付けとどけの金銀宝物を用意し、鞍の荷をまとめさせると、使用人の来保《らいほ》と来旺《らいおう》とを寝室まで呼びよせて、こっそり言いつけた。

「かくかくしかじか、馬を雇って、昼夜兼行で東京へ上り、消息を探るんだ。親戚の陳さまの居所へは回らなくていい。なにかよからぬ兆候でもあったなら、うまいこと付けとどけして事を収め、はやくもどって報告するように」

二十両の路銀を渡されたふたりが、早くも五更（午前三〜五時）には人足《にんそく》を雇って東京への途に就いたことは措く。

西門慶はひと晩じゅう寝つけず、翌朝になると来昭と賁四に言いつけて、花園の築庭を中断させた。さまざまな職人らはみな、ひとまず引きとって作業を止めた。毎日、表門をかたく閉ざし、使用人すらも用がなければ外出しようとしなかった。人が呼んでも放っておいて門を開けさせない。西門慶はずっと自室で過ごし、出てはまた入って、憂いに憂いが加わり、悩みに悩みが重なり、まるで焼けた地面を這う蚰蜒《げじ》のよう。李瓶児を娶ることなど、九天の雲の彼方《かなた》にうちやられてしまった。

呉月娘は、夫が毎日自室にこもり、愁眉は開かず、憂色を浮べるという様子なのを見ると、こう言った。

「親戚の陳さまのところが大事《おおごと》だからといって、おのおの〝怨恨には仇《かたき》あり、借金には主《かして》あり〟ですよ。わけもなく何をいらだってるの」

西門慶、

「女のお前に何が分かる。陳さまは俺の親戚だ。おまけに娘と婿という厄介者ふたりが、うちに転がりこんできたんだ。これはことだよ。普段から隣近所には、俺たちをよく思ってないのが山ほどいるからな。諺に言うだろう、〝機《はた》は遅いが梭《ひ》は速い[19]〟、〝羊が打たれりゃ山羊《やぎ》もびくびく〟って。もしつまらん連中にちくちくやられて、根掘り葉掘りされてみろ、お前も俺も身を保てなくなるんだぞ」

これぞまさしく、

門を閉ざして引きこもりゃ

わざわい天から降ってきた

といったところ。西門慶が家で悶々《もんもん》と過ごしたことは措く。

さて李瓶児は一日二日と待ったが、何も伝わってこないので、馮のおっかさんを続けざまに二度よこした。ところが表門は鉄の桶のように閉ざされ、樊噲《はんかい》(20)だって突き破ることはできない。長いこと待ったが人っ子ひとり出てこず、どうなっているのかはわからずじまい。

やがて二十四日となったので、李瓶児はふたたび馮のおっかさんに結納品の髪飾りを届けに行かせ、ついでに西門慶を請じてきてもらい、話をしようとした。呼んでも門が開かないので、向かいの軒下でしばらく待っていると、玳安が馬の水飼いに出てきた。気づいてたずねるよう、

「馮のおっかさん、何しにきたんだい」

馮のおっかさん、

「花の奥様に言われて、髪飾りを持ってきたんですけどね。何も伝わってこないのは、どういうわけだね。あんたの父様にお越しいただき、お話がなさりたいそうだよ」

玳安、

「父様はここのところ、少々雑用に追われててね、お暇がないのさ。ご老体、やっぱり髪飾りは持ちかえっとくれよ。馬に水をやってもどったら、父様には言っておくさ」

馮のおっかさん、

「お兄さん、ここで待ってるから、髪飾りを持っていって、あんたの父様に申しあげとくれよ。奥様の方じゃ、私にひどくご立腹でね(21)」

玳安は馬を繋いでおいて中に入っていき、しばらくして出てくると、

「父様に申しあげたら、髪飾りはお収めくださったよ。あんたから奥様にお伝え願いたいそうだ。あと何日か経《た》ったら奥様のところに出向いて話をします、とね」

馮のおっかさんは、まっすぐもどってきて女に報せた。女はさらに数日待ったが、やがて五月も終わりを

(19)第十六回訳注(11)を参照。/(20)第十二回訳注(17)を参照。/(21)張竹坡本のみはこの箇所の「私(我)」を「彼(他)」に作り、李瓶児が怒っている相手を西門慶としている。張竹坡が本文を改めたと思われる珍しい例。

迎え、六月の初旬になったというのに、朝な夕な思い慕っても、風の便り一つ訪れない。夢に心を乱し魂つかれ、佳き日は遥か遠ざかる。まさしく――

蛾眉《がび》を掃くのも煩わしい
白粉《おしろい》を塗るのも恥かしい
胸じゅうに恨みは積もり
玉のかんばせ痩せほそる

待てども西門慶が来ないので、女は日々の食がとみに細り、心持ちも朦朧としてきた。夜になってひとり寝の枕で輾転反側《てんてんはんそく》していると、にわかに外で門をたたく音がする。どうやら西門慶が来た様子。女は笑顔で迎えに出て、手を携えて部屋に入る。約束たがえた事情をたずね、各々真心こめて話をする。寄りそい絡みあい、夜どおし歓にふけり、鶏が鳴いて夜が明けると、急に脱け出してかえっていく。女がハッと驚き目覚め、大声あげたその時には、精魂は失われた後。馮のおっかさんがあわてて部屋に来てみると、女は言うのだった。

「西門慶が――あの人がたったいま出ていったけれど、門は閉じましたか」

馮のおっかさん、

「奥様は思いつめて心迷われたのですよ。大旦那がどうしていらっしゃいましょう。影だってございませんでしたよ」

それからというもの、女は夢で身を汚《けが》すようになった。夜な夜な、男の名を騙《かた》った狐があらわれては、精気を奪っていくものだから、徐々に黄ばんで痩せ、食が進まなくなり、寝台から起きられなくなってしまった。

馮のおっかさんは女に、中心街の入口に住む蔣竹山に往診を頼んだと伝えた。この人は年若く三十にもならず、小柄で飄逸《ひょういつ》、きわめて軽薄ないんちき男であった。寝室に通されてみると女は、霧や雲のごとき黒髪ながら、布団にくるまって横たわり、憂いに抗《あらが》えずにいる様子。出た茶をお義理で飲み干すと、女中が腕置きを据えたので、竹山は寝台に近寄り脈を診て、女がきれいなものだから、口を開くとこんなことを言った。[22]

「ただいま病のもとを診察いたしましたところ、奥様は肝臓を司る脈が弓の弦《つる》のように張っており、[23]寸口（手首の脈所）を抜けるとドッと膨れます。厥陰《けついん》脈[24]は寸口を出てから魚際（掌の拇指球《ぼしきゅう》）で長く滞っております。これは六欲七情のもたらした症状であることを示しております。陰と陽とが相い争い、寒《さむけ》の次には熱が出て、内心に結ぼれて遂げられぬ思いがおありのようです。瘧《おこり》のようで瘧でない。寒のようで寒でない。昼間はだるくて眠気がし、元気が出ません。夜になれば心ここにあらずとなり、夢に鬼怪と交わられます。早く治療しませんと、やがて消耗熱（肺結核などの症状）へと進み、おいたわしくも息絶えることは必定。まことに残念です」

女、

「お手数ですが先生に良薬を賜りたく、快方に向かいましたら、お礼は弾ませていただきます」

竹山、

「できる限りのことをいたしましょう。奥様が私の薬を飲まれたなら、きっとお身体は本復いたしますよ」

言い終えると席を立った。李瓶児の方では薬代五銭を出し、馮のおっかさんに薬を取りに行かせた。

女は、出された薬を夜に飲んだところ、眠ることができ、恐れおののくこともなくなった。徐々に食べる量も増えてきて、起き上がり髪を梳かして動けるようになり、数日も経ずしてもとどおり元気になった。

ある日、酒肴《しゅこう》をととのえて一席設け、銀子三両を用意し、馮のおっかさんを遣《や》って竹山を招き、礼をすることにした。蔣竹山は女を診察した時から、あわよくばと思うこと一日や二日ではなかったので、招きを受けるやすぐに身なりを整えておもむいた。通されて中の間へと上がれば、女は盛装してあらわれ辞儀をした。茶を二度代えてから自室に招き入れれば、酒食は並べられ、麝蘭《じゃらん》は匂いたつ。年下の女中の繡春《しゅうしゅん》が傍らに立って、蒔絵《まきえ》の盆から白金《ぎん》三両を捧げた。女は玉の杯を高々もたげ、進み出ると頭を下げて言った。

「先日は気分がすぐれませんでしたところ、おかげさまで良薬を賜り、験《しるし》もてきめんでございました。本日はお粗末ながら薄酒の一杯なりと用意いたし、先生にお越しいただき、いささかお礼を申しあげたく存じまして」

(22) 夫に先立たれた妻の診察に訪れた医者が下心を抱くという筋は、明・趙弼『效顰集』中巻「蓬莱先生伝」を下敷きにしており、以下いくつかの表現が共通する。／(23) 原文「肝脈絃（弦）」。『史記』扁鵲倉公列伝によると、名医・倉公はこの症状をもつ患者の病因を「男子を欲して得べからざる」ことであると見立てた。／(24) 厥陰は陰気が尽き陽気が生じる過程にあたる経脈の総称。『金瓶梅詞話校註』によれば、ここでいう厥陰とは足厥陰肝経（足の内側を流れ肝臓を司る経脈）を指し、厥陰脈とはすなわち直前にみえる肝脈のことであるという。

竹山、

「それは私の職分の内で、つとめを果たしたまでのこと。お心遣いなど過ぎたことでございます」

三両の謝礼を目にすると言うには、

「小生、このようなものを頂戴するわけにはまいりません」

女、

「ほんの気持ちばかりで、失礼かとは存じますが、どうか先生ご笑納くださいませ」

長いこと遠慮してから、竹山はようやくうけとった。女は酒をすすめ、それぞれ席に落ち着いた。酒が三巡《さんじゅん》そそがれたところで、竹山が席から横目で女を盗み見るに、白粉《おしろい》した玉の彫刻のよう、驚くほど艶麗《えんれい》な顔かたち。そこでまずは舌先もてくすぐってみようと言うには、

「おたずねしにくいことですが、奥様はおいくつでいらっしゃいますか」

女、

「二十四になってしまいました」

竹山、

「もうひとつ、奥様はこのように女盛りで、深閨《しんけい》にお育ちになり、めぐまれた暮らしぶりですのに、先日はいったい何がうまくいかずに、思い結ぼれ満たされぬ病になど罹《かか》られたのでしょうか」

女は聞いて微笑んで、

「包み隠さず先生に申しあげますが、うちの人がいなくなってから、暮らしはわびしく、ひとりぼっちの身。憂いに沈んだら、病むも道理です」

竹山、

「なるほど、奥様は御主人を亡くされたのですね。どれくらいになりましたか」

女、

「うちの人は去年の十一月、熱病に罹って死にました。もう八ヵ月ほどになります」

竹山、

「誰の薬を飲まれたのですか」

女、

「中心街の胡《こ》先生です」

竹山、

「東通りの劉太監の家に住んでる、あの胡鬼嘴《でたらめ》ですか。あいつはわれら太医院の出《で》でもないのに、脈のことなどわかるものですか。奥様はどうしてあいつなど頼まれたので」

女、

「近所の人が薦めてくれたので、診にきてもらったのですけどね。やっぱりうちの人に寿命がなかったんです。あの方のせいではありませんよ」

竹山はまた、

「奥様には息子さんか娘さんはおいでなのですか」

女、

「息子も娘もおりません」

竹山、

「もったいない。奥様のようにうら若い女盛りの時分に、ひとり身のやもめ暮らしで、お子さんもいらっしゃらぬとは。次へ進もうというおつもりはないのですか。がまんしてふさぎこんでいらしたら、病気にならぬはずがございましょうか」

女、

「近ごろ縁談がございまして、しばらくのうちに嫁ぎます」

竹山そこで、

「うかがいますが奥様、どなたと縁組なさったので」

女、

「県のお役所前で生薬店を開いていらっしゃる、西門の大旦那です」

竹山は聞くと、

「それはひどい。奥様はなぜあいつになど嫁がれるのですか。私、あいつの家でいつも診察をしておりますから、誰よりもよく存じておりますよ。あの男のお得意は、役所でする口利きの請負と役人ばらへの金貸し、それに家でする人売りってところです。家には、女中を数えずとも正妻側室あわせて五、六人の女房がいましてね、ひどいときは棒で打つんです。ちょっと気に入らないと、すぐに口入れを呼んで連れていかせ、売りとばしちまいます。それこそ女房叩きの組頭《くみがしら》、女泣かせの一番手ですよ。私におっしゃってくださったからよかったものの、そうでなければあいつの家に入って、火に飛んで入った蛾よろしく、にっちもさっちもいかなくなっていたところです。それから悔やんだって、間に合うもんじゃありません。おまけに最近、あいつは親戚のところが大事《おおごと》になったのに巻きこまれて、家に隠れて出てきやしません。家の造作だって、中途半端でべてほったらかしです。東京から府や県に捕縛を指示する通達が下ったなら、あいつが建てている件《くだん》の家も、そのうちみな役所の没収品入りでしょうな。奥様は、むやみにあいつに嫁いでどうなさろうというのです」

李瓶児に哀願する蒋竹山

一座の演説に、女は返す言葉がなかった。ましてや手放した多くの財産が西門慶の家に置いてあるものだから、しばし考えをめぐらすと、心ひそかに地団駄を踏んだ。道理で一度ならず招いたのに来なかったわけだ、何と家が大事になっているとは――。おまけに、竹山の言葉や物腰を見るに謙恭《けんきょう》そのものである。もしこんどこんな人に嫁げるならそれで構いはしない。奥さんはおいでなのかしら――。そこでたずねて、

「先生にご教示たまわり、深く感謝申しあげます。もしどなたか、連れ合いをお探しのお知り合いでもいらっしゃれば、ご紹介ください。私にはお断りする理由はございませんから」

竹山はここぞとばかりにたずねた。

「どのようなかたがよろしいのでしょう。本当のところをお聞かせ願えると、お話も持ってまいりやすいのですが」

女、

「家柄なんて高くても低くても構いません、先生みたいなかたでしたら」

蔣竹山、聞かなければそれきりだったものを、この言葉を聞いたがために、嬉しさのあまりおったまげて(25)しまった。そこで席から歩み下り、両膝で地べたにひざまずくと言上した。

「包み隠さず奥様に申しあげますが、私は、家では伴侶に先立たれ、膳の世話にも人を欠き、男やもめとなり久しく、子供の一人も側《そば》になし。もし奥様が憐れみをお掛けくださり、秦晋の縁《えにし》(26)を結べるならば、平素よりの望みも叶うというもの。啣環結草《がんかんけっそう》(27)してでも、ご恩を忘れなどいたしませぬ」

女は笑いながら手をとって言った。

「まずはお立ちください。先生はお独《ひと》りになられてどれくらいで、お歳はおいくつなのでしょうか。縁組と

(25) 原文「勢不知有無」。舞い上がって「勢」（去勢の「勢」。睾丸）のありかもわからなくなったということ。／(26) 春秋時代、秦と晋の両国が代々婚姻を重ねてきたことから、結婚することを指す。／(27) 啣環、結草ともに有名な報恩の故事。啣環は、漢の楊宝が傷ついた黄雀を救ったところ、それが西王母の使者たる黄衣の童子で、礼として白環四枚を献じたことを指す（『捜神記』巻二十）。結草は春秋時代の晋の大夫魏武子と、その子・顆の話。魏武子は自らの死後、妾は改嫁させるよう言いつけていたが、危篤になると殉死させるようにと言い改めて没した。顆が危篤前の遺言に従って妾を他へと嫁がせたところ、のちに顆が秦の杜回と戦った際、妾であった女の父親が草を結び杜回をつまずかせ、顆に捕えさせて恩に報いたという（『春秋左氏伝』宣公十五年）。

なれば、お仲人に話を持ってきていただかなければ、礼儀にかないませんよ」

竹山はふたたびひざまずいて哀願した。

「私、当年とって二十九歳、正月二十七日卯の刻の生まれです。不幸にも昨年、妻に先立たれました。家財はとぼしく、卑賤の出にございます。いまもったいなくもご承知くださったからには、媒酌の議など無用ではございませんか」

女は聞いて笑い、

「お金がないというなら、ここに馮というおっかさんがいますから、この人を仲立ちにしましょう。結納も必要ありません。吉日を選んでこちらへお招きし、婿入りいただければと存じますが、いかがお考えでしょうか」

蔣竹山はあわててがばとひれ伏し、

「奥様は私の生まれ直しの父母、育ち直しの両親も同じです。前世からのご縁にして、三生にわたる身の幸いにございます」

そのままふたりは部屋にあって互いに交歓の杯を献じ、婚儀を済ませてしまった。竹山は暗くなるまで飲んでから家にかえった。女の方では馮のおっかさんと相談して言うよう、

「西門慶の家はかくかくしかじか、大事となっていて、このさき吉と出るか凶と出るか分かりません。おまけにこの家には人がおらず、からだをこわして、あやうく命を落とすところでした。目下の策としては、さっきの先生を家に招いて暮らすよりほかありません。なんのまずいことがありますか」

翌日には、馮のおっかさんを使者に立て、六月十八日の大吉日を選び、蔣竹山を入り婿に迎えて夫婦となった。三日の祝いを過ぎると、女は銀子三百両を竹山に工面してやった。通りに面した二間をあけはなって開かせた店は、ぴかぴかの真新しさ。かつては往診するにも歩くしかなかったところ、いまでは驢馬を一匹買ってまたがり、街路を悠然と行き来するようになったが、このことは措く。まさしく、
淀《よど》んで平らな水溜《みずたま》りにも
春風かすめるときはあり
といったところ。

はてさて、この後どうなりますか、まずは次回の解きあかしをお聞きあれ。

第十八回

来保が東京《とうけい》に上《のぼ》って事に当たること
陳経済が花園の工事を監督すること

嘆くべし人の心は毒《むご》きこと蛇に似る
人しらず天の眼は転《めぐ》ること車の如し
去年東のお隣からかすめ取った物は
今日北のお宅へとめぐり巡って帰る
不義にて稼ぐ財産は湯を浴びせた雪
苦労せず得る田畑《でんぱた》は水に流される砂
よしんばずるして暮らしを立ててても
移ろい易いそのさまは朝焼雲か夕霞(1)

話はふたてに分かれる。蒋竹山が李瓶児の家に入婿《いりむこ》したことはさておき、来保と来旺《らいおう》のふたりが東京《とうけい》へ付けとどけに上った話をしよう。明けには郊外の道を行き、暮れには繁華の巷《ちまた》を踏み、飢えれば食らい渇けば飲み、月や星に照らされ道を急ぎ、ある日ふたりは、東京にたどり着き万寿門(2)へと進み入った。旅籠《はたご》に落ちついて身を休め、翌日になって通りで耳を立ててみると、聞こえてきたのは道行く人びとのささやき交わす消息。みな顔を近づけ耳を寄せ、通りで路地で噂をし、揃って口にするには――兵部《へいぶ》の王尚書《しょうしょ》の罪状はきのうの合同審理により究明され、聖旨がくだり秋を待って処刑と決した。ただ楊提督《ようていとく》につらなる親族や配下の者らはまだ全員が捕まっておらず、どちらに転ぶかわからない。きょうのうちには見通しがつくだろう、というのだった。

来保たちふたりは、礼物《れいもつ》を身にたずさえて、急ぎ蔡《さい》京《けい》の屋敷の門前へとやってきた。以前に用事で二度来たことがあるので、道筋は先刻承知している。龍徳街の牌楼(3)の下に立って中の様子を窺っていると、やや

(1)『水滸伝』第五十三回冒頭に見られる詩をほぼそのまま用いている。第一句、底本「人生」に作る箇所は『水滸伝』に基づき「人心」に改めた。／(2)宋代の開封には万勝門は実在したが万寿門は記録に見えない。『水滸伝』にも万寿門の名は見えるので、そこから踏襲したものか。／(3)街路に建てられた屋根つきの装飾門のこと。

あって、黒衣の僕《しもべ》があわただしく蔡太師の屋敷から出てきて東へ向かうのが見えた。これが楊提督の家の者で、側仕えの事務官たる楊盛であると見知っていた来保は、呼び止めてどうなっているのかたずねようとしたが、この男にかかわるよう主人に言いつけられてもいなかったから、何も言わずにやりすごした。

　しばらくしてから屋敷の門へと進み出たふたりは、門番の役人に深々と身をかがめあいさつし、

「おうかがいしますが、太師閣下はご在宅でいらっしゃいますか」

　門番の役人、

「閣下はおいでにならぬ。朝議からもどられていない。それを聞いてどうする」

　来保はかさねてたずねた。

「ではご家令の翟《たく》さまにお出ましいただきたく存じます。お目にかかり申しあげたいことがございますので」

　その役人、

「家令の翟おじさまもご不在だ。閣下についてお出かけだ」

　来保は考えた。待てよ、こいつは本当のことを言っていないな。何かよこせというんだろう――。そこで袖から銀子《ぎんす》一両をとりだしてさしだすと、その役人はうけとるやたずねた。

「お前は閣下に会いたいのか、学士の若殿に会いたいのか。閣下への取り次ぎは大家令の翟謙《たくけん》さま、殿への取り次ぎは小家令の高安さまと、おのおの受け持ちが決まっている。それに閣下はまだ朝廷からもどられず、学士の殿のみご在宅だ。なにか用ならば、高さまをお呼びして進ぜよう。用向きによっては、殿にお目通りさせてくださる。そうしたら閣下にお目に掛かるのと同じことさ[4]」

　来保はこの機に乗じて、

「私どもは楊提督の屋敷の者です。お目に掛かりたい用向きがあってまいりました」

　役人は聞くと、おろそかにもせず屋敷へ入って行き、ややあって高安が出てきた。来保はあわてて礼をして、銀子十両を献上すると申しあげた。

「私は提督の楊さまの親戚です。事務官の楊さまと同道して、閣下にお目にかかり動静をうかがうべく参上いたすべきところ、食事をして後からまいりましたため、一歩出おくれました。あの方が先に着いていてお目通りしてしまうとは思わなかったので、追いつこうとし

なかったのです」

　高安は礼物をうけとると言った。

「楊さんはいましがたかえっていかれた。閣下はまだ朝議が終わっていない。しばらく待ちなさい、殿にもういちどご引見いただこう」

　とて、第二棟の大広間脇にもうひとつ設けられた中の門から来保を通した。そこには南に面した開《あ》け放《はな》ちの三間の広間があり、欄干《おばしま》のつやめく緑と、扁額《へんがく》のあでやかな赤にいろどられている。扁額の群青《ぐんじょう》の地のうえに、金字で大書されるは、天子より賜りし宸筆《しんぴつ》の「学士琴堂」という四字。これはなぜかというに、蔡京の子たる蔡攸《さいゆう》もまた寵臣《ちょうしん》で、祥和殿学士に任ぜられ、礼部尚書や太一宮(道観名)の監督官を兼ねていたのだった。

　来保が門の外で控えているあいだに、高安が先に入り、来客を告げて出てきた。それから拝謁のため呼び入れられた来保は、広間にあってひざまずいた。上座には朱の簾《すだれ》[5]が垂らされ、蔡攸が長衣の平服に軟らかな頭巾をつけて座っていた。たずねるよう、

「どこからまいったか」

　来保は申しあげた。

「私は楊さまの親戚にあたる陳洪《ちんこう》の家の者でございます。お屋敷の事務官の楊さまとともに、閣下に拝謁して動静をうかがうべくやってまいりましたが、はからずも楊さまが先にお目通りを済ませてしまい、私は後からおくれてのごあいさつとなりました」

　そこで懐から目録をとりだしてさしあげた。蔡攸が見ればそこには「白米五百石[6]」と書いてあるので、来保を呼びよせて言うよう、

「蔡閣下は諫官《かんかん》からの弾劾を受けたので、ここ何日も身をひそめておられる。内閣の事案についても、きのうの三法司の合同審理についても、詔《みことのり》はすべて右丞相の李さまが起草されているのだ。楊閣下の件については、きのう宮中より消息が伝わってきて、陛下はご寛大なる御心《みこころ》にて格別のご処置をくださるそうだ。その配下に仕える名の挙がった犯人らは、調べがつくのを待って罪に問われることになる。李さまのところへ相

---

(4) 崇禎本の眉批。「蔡太師は明らかに避けているのだが、(門番は) 朝議が終わっていないとのみ言う。ぼかした口ぶりが真に逼っている」。／(5) 原文「朱簾」は「珠簾」(たますだれ) の誤りとも考えられるが、底本に従った。／(6) 白銀五百両をあらわす隠語。

李邦彦に請願する来保と来旺

郵便はがき

料金受取人払郵便

諏訪支店承認

2442

差出有効期間
令和８年６月
４日まで有効

(切手不要)

392-8790

〔受取人〕

長野県諏訪市四賀229-1

鳥影社編集室

愛読者係　行

ご住所　〒□□□-□□□□	
(フリガナ) お名前	
お電話番号　(　　)　-	
ご職業・勤務先・学校名	
eメールアドレス	
お買い上げになった書店名	

鳥影社愛読者カード

このカードは出版の参考とさせていただきます。
皆様のご意見・ご感想をお聞かせください。

書名	

本書をどこで知りましたか。

. 書店で　　iv. 人にすすめられて
. 広告で（　　）v. DM で
. 書評で（　　）vi. その他（　　）

本書・著者・小社へのご意見・ご感想等をお聞かせください。

最近読んでよかったと思う本を
教えてください。

④現在、どんな作家に興味を
お持ちですか。

現在、ご購読されている
新聞・雑誌名

⑥今後、どのような本を
お読みになりたいですか。

購入申込書◇

名　　¥　　（　）部

名　　¥　　（　）部

名　　¥　　（　）部

談にいくのがよろしかろう」

　来保は頭を地に擦りつけて、

「李さまのお屋敷は存じあげません。なにとぞ閣下には憐れと思し召し、わが楊閣下のため、手をさしのべてくださいますよう」

　蔡攸、

「天漢橋から北に向かった高台の、大きな門楼のあるお宅だ。朝廷の右丞相《うじょうしょう》、資政殿大学士にして礼部尚書を兼ねる、その名を邦彦《ほうげん》とおっしゃる李さまといってたずねれば、知らぬ者があろうか。まあよい、こちらからもひとり同行させよう」

　その場で侍従の役人に書簡一通をしたためさせ印章を押すと、家令の高安に、同道して李閣下にお目にかかり、かくかくしかじか口添えするようにと申しつけた。高安は承知して、来保とともに屋敷の門を出た。来旺に声を掛けると、礼物をたずさえ、龍徳街を通り抜けて天漢橋なる李邦彦の屋敷の門前へとまっすぐやってきた。

　邦彦はちょうど朝議が散じて家にもどったところで、緋色の縮緬《ちりめん》の長衣をまとい、腰には玉《ぎょく》の帯を締め、ある高官が駕籠《かご》に乗ってかえるのを見送っていた。広間にもどると、門番が申しあげた。

「学士の蔡どのがご家令をおよこしになりました」

　そこでまず高安を中に入れ、しばらく話してから来保と来旺を引見した。ふたりは広間の高座の下にひざまずいた。高安は脇から蔡攸の封書と礼物の目録とをさしだし、来保は下から礼物を進上する。邦彦はそれを見て言った。

「蔡の若殿のご紹介で、しかも楊閣下の縁者ということなら、この礼物はどうしてうけとれようか。ましてや楊閣下については、きのう陛下がお心をもどされたので、もう大丈夫だ。もっとも配下の者については、監察官がたいへん厳しく糾弾《きゅうだん》しており、数人は流罪に処されることになろうが」

　すぐに広間に控えている役人に、きのう関連部署より送られてきた名簿を取ってこさせて見せた。そこに書いてあったのは——

　　王黼《おうふ》に関わる者。書記官の董昇《とうしょう》、使用人の賈廉《かれん》(7)、
　組頭の黄玉。

（7）底本「王厞」に作るが、第十七回に合わせて改めた。

楊戩《ようせん》に関わる者。悪徳書記官の盧虎《ろこ》、事務官の楊盛、属僚の韓宗仁、趙弘道、組頭の劉成、腹心の陳洪、西門慶、胡四。

以上の者らは、いずれも鷹犬《つかいばしり》の徒にして虎の威を借る狐。現職にのこしたならば、権勢をたのみ人に害を与え、貪欲残忍このうえもなく、弊害は山と積みかさなり、民草は眉をひそめて、市街は混乱をきたすであろう。

乞うらくは司直に勅して、犯人一党を、あるいは辺境の地に流罪として魑魅《ちみ》の害を食い止め、あるいは所定の刑に処して国法を正されんことを。一日として世間に留めおくべきにあらず。

来保たちはこれを見るや、あわてて頭を地に擦りつけて申しあげた。

「私どもはほかでもない西門慶の家の者でございます。どうぞ閣下、天地ほども広いお心を開かれ、命を長らえさせてくださいますよう」

高安もひざまずいて口上を述べてやった。

邦彦は銀子五百両を目の前にして、救ってやるのは名前ひとつだけ。義理立てしてやらぬはずもない。すぐ左右の者に文机《ふづくえ》を運んでこさせ、筆を取ると書類にある西門慶の名を賈慶《かけい》に改め、かたわら礼物を収めた。邦彦は来保らを引き取らせると、蔡学士(8)に受け取りを書き、高安、来保、来旺には銀子五十両の入った包みを褒美に取らせた。

来保は途中で家令の高安と別れ、旅籠にもどって荷作りし宿代を払うと、昼夜兼行で清河《せいが》県へとかえってきた。早くも家に着き西門慶に見《まみ》えると、東京での首尾を始めからひととおり報告した。西門慶は聞くと、冷や水の桶に放りこまれたかのよう。月娘《げつじょう》に言うには、

「人をやって付けとどけしたからよかったが、そうでなければどうなっていたか」

このたびの西門慶の命脈たるや、まさしく、

西の嶺に沈んだ落日が
何と扶桑《ふそう》(9)に呼び出され

といったところ。そこで頭のうえの石がやっと地面に落ちて、二日も経つと、門を閉ざすのもやめ、花園の造作も元どおり再開し、少しずつ街にも出かけるようになった。

ある日、玳安が馬に乗って獅子街を通り過ぎると、李瓶児の家の門口に大きな生薬店が開いていて、中には素材や加工された薬がたくさん積まれている。あでやかな赤の小さな帳場に、つやめく漆塗りの看板、店の外には幟《のぼり》を掛けて、たいへんな繁盛ぶり。もどってきて西門慶に報せたが、竹山を婿に取った一件はまだ知らなかったので、こう言うだけだった。

「花の奥様は新しく番頭を置いて、生薬店を開かれました」

これを聞いた西門慶は半信半疑。ある日、それは七月中旬の、秋の風が吹きとおって、玉の露が涼をもたらす頃だったが、西門慶はちょうど通りを馬で行くところ、応伯爵と謝希大のふたりに出くわした。呼び止められ馬を下りると、ふたりはあいさつしてたずねた。

「兄貴、このごろはどうして姿をお見せにならなかったんです。俺たち、お屋敷に何度もうかがいましたが、表門が閉まっていたし、お呼びするのもご迷惑かと、ここ数日ずっとやきもきしていました。ぜんたい家で何をなさっていたんです。兄嫁どのは娶《めと》られたんですか。俺たち兄弟を祝い酒に招きもしないで」

西門慶、

「言いにくいことなんだが、親戚の陳さんとこが少々面倒なことになったんで、こっちも何日かばたばたしてたんだ。縁談は日を改めたよ」

伯爵、

「大変な目に遭われていたとは存じませんでした。きょう兄貴に出くわしたからには、俺たちふたり、ただで放すもんですか。今からいっしょに中《くるわ》へ行き、呉の銀姉《ねえ》さんとこで三杯ほど引っかけて、まずは憂さ晴らしといきましょう」

と、有無をいわせず西門慶を廓《くるわ》へと連れこんだ。玳安と平安は馬を引いて後ろからついていく。まさしく――

帰路を行けば日の短いことを愁い
故郷を思えば馬の遅いことを恨む
財産と別嬪《べっぴん》さんと歌楼で飲む酒と(10)
この三つに迷わざる者たえて無し

(8) 五十両はあまりにも多いと思ったか、崇禎本はこれを五両に改めている。／(9) 中国の東方の島にあるという神木。日はそこから出るとされた。／(10)『警世通言』巻十六「小夫人金銭贈年少」にほぼ同じ詩が見える。

この日、西門慶はふたりに呉銀児の家《みせ》に連れこまれ、一日じゅう酒を飲んで過ごしたのだった。日の暮れる時分、やっと解放された頃にはもう半ばへべれけ。馬に鞭して家へと向かう道すがら、東通りの入口まで来たところで、馮《ふう》のおっかさんが南から大急ぎでやってきたのに出くわした。西門慶は馬の手綱を引いてたずねた。

「どこへ行くんだい」

馮のおっかさん、

「奥様のお使いで、城門の外の寺へ盂蘭盆会《うらぼんえ》にね。亡くなった花二さんのため、紙でつくった長持や蔵を燃やしにいって、門が閉まらぬうちにと急いでもどってきましたよ」

西門慶は酔ったまま、

「花の奥様は、家でお達者かい。こんどお話をしにいくからな」

馮のおっかさん、

「おや、そちらさまはこのうえお達者かなぞとおたずねかい。すっかりできたほかほか飯《めし》みたいな縁談を、人様に鍋ごとさらわれちまったのに」

西門慶はこれを聞き、びっくりしてたずねた。

「まさか、誰かに嫁いだとでもいうのかい」

馮のおっかさん、

「奥様があれほど私を遣わして髪飾りを届けさせようとしたのに、お宅へ何度うかがってもお目にかかれず、表門は閉ざされたまま。ご家来に取り次いでもらい、早く手を打ってくださるようお願いしても、相手になさらない。それで別のかたに持っていかれた今となって、このうえ何を言おうってんです」

西門慶はたずねた。

「相手は誰だ」

馮のおっかさんはすべてを話した。夜中に女が狐につかれて病となり、今にも死にそうになったこと。中心街に住む蔣竹山にどのように往診を頼んだか。その薬を飲んでどのように快方に向かったか。某日どのように入り婿に迎えて夫婦となったか。今や奥様は銀子三百両を出して生薬店まで開いてやりました――。一部始終をひととおり語ると、聞かなければそれきりだったものを、聞いてしまったがために、カッとなった西門慶は馬上で地団駄を踏むばかり。叫ぶには、

「ひどいぞ。別の誰かに嫁いだなら怒りもしないが、よりによってあんなチビの王八《かいしょうなし》に嫁ぐとは。あいつにどんな見どころがあるんだ」

そこで馬に鞭してまっすぐ家へもどった。馬を下りて二の門をくぐるなり、呉月娘、孟玉楼《もうぎょくろう》、潘金蓮、それに娘の西門大姐《たいしゃ》の四人が、表の棟の広間に面した中庭で、月に照らされながら縄跳びあそびをしていた。西門慶がかえったのを見ると、月娘、玉楼、大姐の三人は揃って奥へ入ってしまったが、金蓮だけは行かずに、柱にもたれて靴を履きなおしていた。酒の入った西門慶は罵りつけて、

「淫婦どもが、暇もてあましてきゃあきゃあ騒ぎやがる。埒《らち》もなく何が縄跳びだ」

金蓮に迫っていき、ふたつ足蹴《あしげ》にした。奥に入っても、月娘の部屋へおもむいて上着を脱ぐでもなく、書斎にしている西の脇棟の端部屋へやってくると、布団を運ばせてそこで休むのだった。女中を打ち、小者を罵り、まったく穏やかでない。

女たちは額を集め、揃ってびくびくしながらも、どういうわけなのかわからない。呉月娘は金蓮をひどく恨んで、

「門を入ってくるとき、お酒が入っているのはお前にもわかったでしょ。大股で脇にさっと二、三歩よけてやればよかったものを、そのまま目の前で延々笑いこけて、おまけに靴なんて履きなおしたりするから、蝗虫《こうちゅう》と螞蚱《いなご》みたいにいっしょくたにされて、みんな罵られちまったじゃない」

玉楼、

「私たちを罵るのはよしとして、どうして大姉さままで淫婦だなんて罵るのでしょう。わきまえを知らないぶつめ」

金蓮が引き取って、

「この家じゃ、私だけがいじめられ役なんですよ。三人いっしょにいたのに、私ひとりを蹴るんだから。誰かだけを贔屓《ひいき》してるってわけでもないでしょうに」

これにかちんときた月娘は言った。

「そんならさっき、あの人に私も蹴らせりゃよかったでしょ。お前が贔屓されてなきゃ、誰が贔屓されてるっていうの。まったくこの身分知らずのぶつめ、こっちは黙ってるのに、口先たくましくぺらぺらと」

金蓮は月娘が腹を立てたと見るや話を転じ、ごまかして言うよう、

「お姉さま、そういうことを言ってるんじゃないんです。あの人、どこでどういうきっかけで腹を立てようが、鬱憤を晴らす相手は私なんです。何かというとす

ぐ、目を剝いて私を怒鳴りつけるんですよ。ぎたぎたにしてやるって、千遍も万遍も」

月娘、

「お前があの人にちょっかい出したのが、誰かのさしがねってわけでもあるまいに。お前を打たなきゃ犬でも打てってていうの」

玉楼、

「大姉さま、まずは小者を呼んでひとつおたずねになったらいかがですか。きょうは誰の家で飲んできたのか、朝方ごきげんで出かけたのに、もどったらあんな調子なのはなぜかって」

ほどなく、じっさいのところをたずねるべく、玳安が呼びつけられた。月娘は罵って、

「この牢屋暮らしめ、本当のことを言わなかったら、小者頭《がしら》に命じて吊し上げるよ。お前と平安、ひとり十ずつ笞《むち》でひっぱたいてやる」

玳安、

「奥様ご勘弁を。ありのままを申しあげますから。父様はきょう、応二叔《おじさん》たちといっしょに、廓の呉家で飲まれました。早めにお開きとなって、東通りの入口まで来たところで、馮のおっかさんに出くわしたんです。言うには、花の奥様は、待てども父様が来ないので、中心街に住む蔣太医と夫婦になったそうなんです。かえる途中ずっと、父様のお腹立ちといったらありませんでした」

月娘、

「なんとまあ、あの恥知らずの拗《ねじ》け淫婦めがふわふわと男に嫁いじまったもんだから、家で人を捕まえて鬱憤を晴らしてるわけかい」

玳安、

「花の奥様は蔣太医に嫁いではおりません。入り婿に迎えたのです。いまや奥様が出してやった元手で大きな薬屋を開き、たいそうな繁盛ぶり。以前、見てかえって父様には申しあげたのですが、その時はお信じになりませんでした」

孟玉楼、

「そもそも、亭主が死んで幾許《いくばく》もなく、喪だって明けてないのにもう再婚なんて、いけないことですよ」

月娘、

「近ごろはいい、いけるだのいけないだの、気にするもんですか。亭主の喪が明けぬうちにふわふわ嫁いじまうなんてのも、ひとりだけのことじゃないでしょう。淫婦

なんてのは一日じゅう男といて、寝るも横たうも酒びたりなんだから、そもそも貞節なんて守るものですか」

皆様お聞きあれ。月娘のこのひとことは、棒一本でふたりを打っているのだ。というのは孟玉楼も潘金蓮も再婚で、どちらも喪の明けぬうちに嫁いできたからだ。この言葉を聞くと、おのおの心ひそかに恥じ入りつつ部屋へもどるほかなかったが、このことは措く。まさしく、

巧《うま》く行かぬがいつも八、九割
人に言えるはよくて二、三割

といったところ。

さて西門慶は、その晩は表の脇棟で休み、翌日になると、娘婿の陳経済を花園の受け持ちとして、賁四《ほんし》とともに造作の監督と帳簿づけとを任せることにし、交代した来昭には表門の番をさせた。西門大姐は、昼間は奥で月娘らといっしょに酒を飲み、夜になると表の脇棟で休んだ。陳経済は、毎日ひたすら花園で監督にあたり、呼ばれなければ中の間に上がろうともせず、飲みもの食べものはすべて小者に屋敷から運んでこさせた。それゆえ西門慶に仕える各部屋の女たちは、誰ひとりこの婿と顔を合わせたことがなかった。

ある日、西門慶は家を空け、提刑所[11]の賀千戸の送別に出かけた。月娘は、越してきてからというもの造作の監督にかかりきりの陳経済へ、食事を用意していささか労苦に報いることもしていなかったので、孟玉楼と李嬌児《りきょうじ》にこう言った。

「関わろうとすれば余計なことをと言われるけど、放っとくのも体裁がわるいからね。人様のお子さんが家にいて、毎日朝早くから夜遅くまで、せっせと骨を折ってくれているんだから、ちょっとねぎらってあげようって気に誰だってなるじゃない」

玉楼、

「お姉さま、あなたが家の頭《かしら》なんですから、ご自分が心を配らずに、誰が配りますか」

(11)架空の役所名。宋代の提刑司（提点刑獄司の略）の名称をもじって用いている。提刑司は路（明清の省に相当する行政区画）に置かれて刑事裁判の審査監察を受け持った機関だが、本作中に描かれる提刑所の役割はこれと異なり、明代の秘密警察というべき錦衣衛を暗示しているといわれる。詳しくは荒木猛『金瓶梅研究』（佛教大学、二〇〇九）第三部第四章「『金瓶梅』における諷刺」を参照。

月娘はそこで厨房に言いつけて、テーブルひとつ分の酒肴《しゅこう》や点心をととのえさせ、昼になると経済を食事に招いた。経済は仕事をそのままにして責四に監督を任せ、まっすぐ奥へやってきて月娘に目通りする。拱手《きょうしゅ》の礼をすると、傍らに腰かけた。小玉が運んできた茶を飲みおえると、テーブルが置かれ、料理やつまみが出された。月娘、

「経済さんには毎日、造作の監督でご苦労をおかけしていますから、一席お招きしたいとは思っていたのですが、いっこうに折がありませんでした。きょうはあなたの義父《とう》さまもおられず、用事もありませんから、薄酒の一杯もご用意して、多少なりとも経済さんのご苦労に報いたく存じます」

経済、

「お義父さまお義母さまには目をかけていただいております。たいしたこともいたしておりませんのに、このようにお気づかいいただきまして」

月娘が酒をすすめると、経済はテーブルの脇に腰かけた。ほどなくごちそうが揃い、月娘は相手をしてひとしきり酒を飲んだ。月娘は小玉に、

「お嬢様にもこっちへ来るよう言っとくれ」

小玉、

「お嬢様はお手が塞がっているので、もう少ししたらいらっしゃいます」

ややあって、部屋からカルタ遊びの音がしたので、経済はたずねた。

「どなたがカルタをなさっているのですか」

月娘、

「大姐が女中の玉簫《ぎょくしょう》としているんですよ」

経済、

「ほれ、道理のわからぬ奴でしょう。奥様がここでお呼びなのにやってもこず、部屋でカルタですからね」

ほどなく大姐は簾を捲《まく》って出てくると、婿と向かい合わせに座り、いっしょに酒を飲んだ。月娘はそこで大姐にたずねた。

「陳さんもカルタができるんですか」

大姐、

「この人も手の良し悪しくらいはわかるんですよ」

このとき月娘は経済が篤実な婿だとばかり思っていて、この若者が詩詞に歌賦《かふ》、盤双六《ばんすごろく》に将棋、文字当て遊びなど、通じぬもの疎《うと》いものとてないとは知らなかったのだ。その証拠となる〔西江月〕の詞がある――

幼いころからずる賢くて
年季の入った軽薄な色男
千歳緑《せんざいみどり》や桜色を好み着て
双六に将棋なら相手する
琵琶に笙《しょう》に箏《しん》に簫もでき
弾き弓に乗馬に蹴鞠《けまり》まで
弱みはたったひとつだけ
美人に出くわすが命取り

月娘はそこで、

「経済さんがカルタをなさるなら、私たちも中でいっしょに遊びませんか」

経済、

「奥様と大姐さんでどうぞ、私は遠慮いたします」

月娘、

「経済さん、水くさいですよ。何がまずいというの」

とて部屋に入ると、孟玉楼が寝台に腰かけ、茜色の毛氈のうえでカルタをしていた。経済が入ってきたので、抜け出して立ち去ろうとするところ、月娘、

「経済さんはほかのかたとはちがいます。ごあいさつなさいな」

経済に向き直って、

「こちらが三娘《さんおくさま》ですよ」

経済はあわてて身をかがめ拱手の礼をし、玉楼は辞儀を返した。そこで月娘は玉楼、大姐と三人で遊び、経済は脇で眺めていた。ひとしきり遊ぶと、大姐は負けて下がり、経済が加わってまた遊んだ。玉楼は「天地分」(12)を出し、経済は「恨点不到頭《てんひとつたりず》」(13)を出し、呉月娘

---

(12) ここで用いられているカルタは、一つから六つまでの点を上下に二つ記したドミノ状のもの。「天地分」は二枚一組からなる役で、六・六と一・一の札の組合せからなる(崇禎本の挿画で、寝台に座る玉楼が出す八枚のカルタの前二枚は、やや不鮮明ながら六・六と一・一に見える)。また六・六、一・六、一・一の三枚一組からなる役を指す場合もある。/(13) 六・六、五・六、六・六の三枚からなる役のこと。あと一点で三枚ともに六・六となるのでこの名がある。ただし六・六の札はもともと二枚しかないはずで、すでに孟玉楼の「天地分」に一枚が含まれているため、経済の手元に六・六が二枚あるのはおかしい。このため英訳者のロイは、経済は五・六、六・六の二枚を玉楼の出した六・六に加えて役を完成させたと解する。

カルタで遊ぶ妻妾らと陳経済

は「四紅沈(14)」で「八不就(15)」だが、双三が両么《りょうよう》と合わないので上がることができず(16)、あれこれやってみるがぴたりと揃わない。

そこへ潘金蓮が簾を捲って入ってきた。銀糸の束髪冠をつけ、頭じゅうに花を飾り、仙人のような体つき(17)に玉のかんばせで、にこにこ笑いながら、

「誰かと思えば、陳さんがいらしてたんですか」

あわてた陳経済、首《こうべ》をめぐらしふりむいて、ぱっとひと目見るなりおもわず、心は蕩《とろ》けて視線さまよい、精も魂もはや飛び去った。まさしく、

五百年の仇敵といま鉢合わせ
三十年の恩愛はこの奇遇から

といったところ。

月娘、

「こちらが五娘《ごおくさま》です。経済さん、普段のあいさつで結構ですよ」

経済はいそぎ進み出て深々と拱手の礼をし、いっぽう金蓮は辞儀を返した。そこで月娘、

「五姉さん、ご覧なさい、ひよっこが老いぼれカラスをやっつけちまったんですよ」

金蓮は進み寄って、片手で炕《オンドル》の手すりにもたれ、もう片方の手で白い紗のうちわをつまみつつ、脇から月娘に教えて言うよう、

「大姉さま、この札はこうやって出すもんじゃありません。双三をこっちにくっつけたら、『天不同(18)』で上がりじゃないの。陳さんや三姉さまにも勝ってますよ」

(14) この役については未詳。この種のカルタはもともと四点のみが赤で記されていたため、「紅」は四点を象徴する（一点も赤で記される場合がある）。「七紅沈酔楊妃」「八紅沈酔西施」といった他の役名から類推するならば、「四紅沈」とは四・四のペアを持っていることを前提に、四点または一点を含む札が更に二枚揃っている役ではないかと思われる。／(15) 八枚の持ち札のうち六枚までがペアとなっている役。／(16) 双三は三・三、両么は一・一の札。／(17) 原文「仙掌体」。仙掌とは漢の武帝が作らせた、天上の露を掌で受ける仙人の像のことだが、ここでの正確な含意はよく分からない。一説に「掌」は「家」の誤り。／(18) 六・一から六・六まで六点を含む札が六枚揃った役だが、実際には上にみた月娘の持ち札からは作れないように思われる。待考。

一同がカルタで盛り上がっているところに、氈《フェルト》の包みを抱えた玳安が入ってきて言った。

「父様のおかえりです」

月娘はあわてて、陳さんを通用門から送り出すようにと小玉をせきたてた。

西門慶は馬を下りて門を入ると、まず表の造作の様子をひととおり眺めてから、取ってかえし潘金蓮の部屋へとやってきた。金蓮はあわてて出迎え、上着を脱がせてやると言うよう、

「きょうはお見送りにいかれたのに、早いおもどりですね」

西門慶、

「提刑所の賀千戸が昇進して新平寨《しんへいさい》(19)の長官になったんで、駐在部隊の知り合いで連れ立って、みんなで郊外まで見送ってきたんだ。招待状までもらって誘われちゃ、行かないわけにいかなかったのさ」

金蓮、

「お酒がまだなら、女中に支度させましょう」

ほどなくテーブルが置かれて酒が出され、料理がすっかり目の前に並べられた。飲みながら話すには、こんど花園の唐破風《からはふ》造《づく》りの棟上《むねあ》げの際には、たくさんの親戚友人が揃って訪れ、くだもの箱や酒、祝いの赤い絹を贈ってくれるだろうから、料理人を呼び宴席を設けてもてなさぬわけにはいかないだろうとのこと。

ひとしきり話すと、あたりはもう暗くなってきた。春梅は灯りを手に自室へもどり、ふたりは寝台に上って休んだ。西門慶は早起きして見送りに行ったのでくたびれており、何杯か飲んだだけで酔ってしまった。ばたりと横になると、雷のような鼾《いびき》をかいて、あとは白河夜船《しらかわよふね》。

折しも七月二十日ばかりの時候だったので、夜になっても暑さが引かず、潘金蓮は寝つくどころではないところ、緑の紗《しゃ》の帳《とばり》を垂らした内側で、出しぬけに蚊の羽音が通りすぎた。しかたがないので裸で起きだすと、蠟燭を手にして帳の隅々を照らし、一匹見つけるごとに焼いていった。振り返ると西門慶は、枕に仰向けになって熟睡中で、揺すぶっても目を覚まさない。腰のそいつは副え金をつけたまま、でんと垂れている(20)ものだから、おもわず淫心にわかにかきたてられ、燭台を置くと、ほっそりした指先で触ってみた。しばらくいじると、しゃがみこんで口で吸う。出し入れしているうちに、西門慶は目を覚まして罵った。

「けったいなチビ淫婦、ととさんがねんねしてるのに、どこまでもじゃましやがる」

言いながら起きあがり枕に座って、それならと下から存分に吸い啜《すす》らせ、かつは首《こうべ》を垂れてその様子を賞《め》で、心地よさを味わい尽くした(21)。まさしく、

佳人の物腰の重々しきも道理
夜ふけ隠れて紫鸞《しらん》の簫を吹く

といったところ。その証拠となる、蚊を詠むとみせかけて表裏の意味をもつ〔踏莎行〕の詞がある——

軽盈《スリム》な身体が魅力的
すらっと細い腰つきも
行く先々で笙の音《ね》起きる
夕方閉め忘れた朱の扉より
密かに紗の帳へお邪魔します
香《かぐわ》しい肌に寄り添い
そっと玉の体を慈《いつく》しむ
口づけした跡に臙脂《えんじ》の印《しるし》
耳元で囁《ささや》くあれこれの声で
夜が更けても寝かせてくれず

女はそうして、一度の食事ほどの時間をかけて弄《もてあそ》んでいたが、西門慶は急にひとつ思い出したことがあり、春梅に酒を汲んで持ってこさせ、寝台の前で徳利を手にして控えさせた。蠟燭を寝台の背板の上に移し、女を目の前で四つ這いにさせ、そいつを「山を隔てて火を取る」の体勢で牝に擡《もた》げ入れると、前後に動くよう言いつけて、自分はその上で酒を飲んで楽しむのだった。女は罵って、

「まったく奇天烈な強盗め。いつから流行りだしたやり方なのさ。けったいにも女中に見せながらなんて、なんてありさまだよ」

西門慶、

「こういうわけなのさ。前に、瓶姨《びんおば》さんといつもこんなふうにして、あの家の迎春に脇で徳利から酒を注が

(19) 新平はいま陝西省。寨は兵を駐留させ険要の地を防護するための軍営。／(20) 原文「累垂偉長」。明代の文言色情小説『如意君伝』に由来する表現。／(21) 原文「垂首玩之、以暢其美」。やはり『如意君伝』の別々の箇所に見られる表現を合わせて用いたもの。

せたんだ。これは面白かったね」

女、

「罵る言葉も出てきやしない。瓶姨《おば》さんだかちん姨《おば》さんだか、そんな淫婦を持ち出して、なんだっていうわけ。私がよかれと思ってしたことの報いがこれなの。あの淫婦は待ちきれなくて、ふわふわと男に嫁いでったんでしょ。こないだ飲んでかえってきたときも、三人いっしょに中庭で縄跳びしてたのに、私にだけ鬱憤晴らしして、私ひとりだけを蹴るんだもの。おまけに、そのことで私は突っかかられてひと揉めしたのよ。つくづく、私っていじめられやすいのね」

西門慶はたずねて、

「誰と揉めたんだい」

女、

「あの日、あんたが入ってきてから、母屋《おもや》のおかたがひどくつらく当たるのよ。私があのかたに口答えしたと言って、身分知らずのぶつと罵られました。思い出したってわけがわからない。ガマを飼ったら《おかどちがい》腹水が溜《もいい》まっ《とこ》たってなもんで、今じゃ人が私に腹を立ててるんですよ」

西門慶、

「俺だって腹に据えかねてたのさ。あの日、応の二哥《にあにき》たちに呉銀児の家《みせ》に引っぱっていかれ、酒を飲んだかえり道に、馮のおっかさんに出くわしたんだ。かくかくしかじかと報せてきたんで、腹を立てるあまり茫然としちまったよ。ほかの男に嫁いだならまだしも、あの蔣太医っていうチビの王八《かいしょうなし》だろう。花大の奴は、なんであいつの下半身《あそこ》を咬み切っちまわなかったたかね。あいつにどんな見どころがあるんだ。あいつを婿に迎えて元手まで出し、俺の目と鼻の先で店びらきして、いけしゃあしゃあと商売などさせやがって」

女、

「どの面さげて、このうえそんなことを言ってるの。はじめから私は言ってたでしょ。米を食うなら先に炊いたもの勝ちだって。それを聞かずに、お姉さま（月娘）にたずねてからだといって譲らないんだから。〝ころっと乗せられ胡盧《ひさご》を失う〟ってのが、世の常でしょ。自分がしくじったのに、誰を恨もうっていうの」

女にこう言われてカッとなった西門慶は、心頭に一点の憤怒の火が燃え、雲山の半壁は溶岩で真っ赤に、という具合。そこで、

「放っとくさ。わからず屋のあの淫婦（月娘）には、

言わせときゃいい。こんどからは、こっちだって相手になどするもんか」

皆様お聞きあれ。昔から謗《そし》りや騙《かた》りは、君臣、父子、夫婦、兄弟の間ですら無くせないもので、友人については言うまでもない。呉月娘ほど賢くしとやかな婦人が正室の座にあってさえ、金蓮が寝室でここぞと吹き込んだ仲を割く言葉を西門慶が聞いたとなれば、夫婦反目に至るのだ。ましてやそうでない者は、身を慎まずにおかれようか。

これより後、西門慶は呉月娘と仲たがいし、互いに顔を合わせても、どちらも口を利かぬようになった。月娘は夫がどの部屋へ行こうが構おうとせず、夜遅くかえり朝早く出ていっても咎めなかった。夫が物を取りに部屋へ入ってきたとしても、女中を出して応対させ、自らは相手をしない。ふたりとも、互いへの心を冷えこませていったのである。まさしく——

前の車がばたばた倒れりゃ
後の車もおなじことになる
平らな道を教えているのに
忠言は悪言と取違えられて

さて潘金蓮は、西門慶が月娘と仲たがいしてからというもの、亭主は自分の言うがままなので、しめたと思って、毎日元気いっぱい。装いを凝《こ》らしては、媚びを振りまいたものである。あの日、奥の棟で鉢合わせした陳経済が機敏怜悧な若者だったので、これともくっつきたいとは思ったが、なにぶん西門慶は恐ろしいので、手を出そうとはしなかった。西門慶がどこかへ出かけて留守にしたときだけ、女中を遣《や》って部屋に呼び入れ、茶を出して飲ませ、いつもふたりで碁を打っていっしょに過ごすのだった。

ある日、西門慶は新たに建てた唐破風造りの棟上げをした。親戚友人が赤い絹布を掛けて祝い、くだもの箱を贈ってくれた者も大勢いた。さまざまな職人にも、ねぎらいの褒美がもれなくふるまわれた。大広間[22]では男客をもてなして、昼時まで飲み食いしてやっとお開きになった。西門慶は片づけが済むのを見届け、奥へ

(22) 西門慶の屋敷の「大広間」(原文は大庁)は初めて本文に現れた名称だが、実際には既にみえた「表の広間」(前庁)と同じものであろう。

昼寝をしにもどった。

陳経済は金蓮の部屋にやってきて茶を所望《しょもう》した。金蓮はちょうど寝台で琵琶を爪弾《つまび》いているところだった。

「表の棟上げで、ずいぶん長いこと酒盛りをしてたようだけど、あなたは何も飲まなかったの。私の部屋にまで来てお茶をくれだなんて」

経済、

「息子め、包み隠さず奥方様に申しあげますが、夜中に起きてからこの半日というもの、ばたばたしどおしで何も食べられやしませんでしたよ」

女はたずねて、

「父様はどちらなの」

経済、

「父様は奥へ休みにいかれました」

女、

「何も食べていないのなら」

と春梅に、

「化粧箱のなかから、餡入りの蒸しパンを持ってきて、経済さんにさしあげて」

若者はそこで、炕《オンドル》に置かれた丈の低いテーブルにつまみ四皿を並べてもらい、点心をつまんでいたが、女が琵琶を弾いているのに気づいたので、ふざけてたずねた。

「五娘《ごおくさま》、それはなんという曲ですか。ひとつ私に歌ってくださいよ」

女は笑って、

「まあ陳さん、私はあなたの思い者でもないのに、なんで歌ってあげなきゃならないの。父様が起きていらしたら、言いつけないかどうか見てなさいよ」

経済はにこにこ笑いながら、あわててひざまずいて頼みこんだ。

「なにとぞ五娘《ごおくさま》にはお憐れみくださいませ。息子め、二度とは申しませぬゆえ」

女は笑い出した。これより若者と女とは日に日に近しくなり、茶を飲み食事を共にして、部屋を横切り私室を訪ね、冗談を言ってふざけ合い、肩を寄せかけ腕は触れて――と、まるで憚《はばか》るところがなくなったのである。

月娘は、子どもだからと思って、こういう無分別な娘婿を家にのさばらせておいたのだった。自分のことはかえって見えぬもので、まさしく、

苦労して花の蜜あつめる蜂は
甘い汁吸うのが誰かを知らず(23)

といったところ。

嘆かわしきは西門の浅慮
桃李の花を春風に咲かす
錦織の布団に泥棒が寝て
三度の馳走で大虎を飼う
惚れた女と夫婦《めおと》を気どり
財をば貪り丈人《しゅうと》を嵌《は》める
も一つ誇れる自慢の種は
部屋に出入りし操る手管《てくだ》(24)

はてさて、この後どうなりますか、まずは次回の解きあかしをお聞きあれ。

---

(23) 唐・羅隠の七言絶句「蜂」の後半二句に由来する。／(24) この詩は本書第八十三回にも再び見える。

第十九回
草裡蛇《くさむらのへび》が蔣竹山に絡んで殴り付けること
李瓶児が西門慶を情もて感じ入らすこと

花は貧家の庭にも咲くし
月は山河の隅まで照らす
世の人が心悪かろうとも
なお天はよろず人を養う
白痴《はくち》に聾唖《ろうあ》は富家《ふうか》に生れ
利発な賢者が貧困に沈む
すべての由来は出生日時
つまり命《さだめ》で人にはよらず(1)

さて、西門慶が屋敷に造作していた花園の唐破風造《からはふづく》りは、半年ほどかかって内装に塗装まですっかり仕上がると、前から後ろまでぴかぴかの真新しさ。落成祝いに何日もぶっ通しで酒を飲んだことなどは、すべて措く。

ある日、八月初旬のこと、夏提刑の誕生祝いがあった。あたらしく買った荘園で酒をふるまうべく、夏提刑は歌い女《め》四人、楽師の一団、曲芸師や芸人を呼んでいた。西門慶は衣服や帽子を選りぬいて身なりをととのえ、四人の小者をしたがえ、巳《み》の刻(午前十時ごろ)には馬で出かけていった。

いっぽう家では呉月娘《ごげつじょう》が酒肴《しゅこう》や細々したおやつを調達し、李嬌児《りきょうじ》、孟玉楼《もうぎょくろう》、孫雪娥《そんせつが》、大姐《たいしゃ》、潘金蓮をさそって、新しい花園の門を開き、そぞろ賞《め》で歩いて見物した。入ってみると、花木《かぼく》や亭台が見渡す限りに広がる、まったくすてきな花園。そのさまは——

正面に聳《そび》えるは高さ一丈五尺
朱の色もあざやかな孝義の顕彰柱
取り囲むのは二十に分かれて
三和土《たたき》の基《もとい》に立つぎざぎざの土壁
まずは一座の門楼があって
四方に数多の台榭《たかどの》ちりばむ
仮山《つきやま》と真水《いけ》と
翠竹と蒼松と
高いけど尖ってないのを台《ものみ》といい

巍《ぎ》なれど峻《けわ》しからざるを樹《うてな》という
四季それぞれに見どころあって――
春に燕遊堂を賞でれば
檜柏《いぶき》はその鮮を争い
夏に臨渓館を賞でれば
荷蓮《はす》はその彩を競い
秋に畳翠《じょうすい》楼を賞でれば
黄菊は霜をむかえて
冬に蔵春閣を賞でれば
白梅に雪がふりつむ
見やったなら――
あでやかな花に籠《こ》もる浅径《せんけい》
やわらかな柳の掠《かす》める彫欄《ちょうらん》
楊柳《ようりゅう》を泳がす風がもちあげる蛾眉《がび》の葉
海棠《かいどう》に帯びる雨がひきたてる温柔の容
燕遊堂の前に
金灯《あまな》の花が開くそぶり
蔵春閣の後に
白銀の杏《あんず》が咲きかけて
平野橋の東に
白梅の数朶《すうだ》は開き落ちて
臥雲亭《がうんてい》の上に
紫荊《はなずおう》の数株は未だ蕾《つぼ》まず
湖山(2)の側《そば》には
金銭花《おぐるま》わずかに綻び
欄干の辺《ほとり》には
石竹《せきちく》(3)がはじめて生ず
簾《すだれ》や幕をぱたぱたと
紫の燕が往来し
緑の陰をちいちいと
黄の鶯が飛渡《とびわた》る
それから――
月窓《まるまど》の雪洞あり
水閣や風亭あり
木香《もっこうばら》と荼蘼《ときんいばら》の棚が相連なり
千葉桃は三春柳と向き合う

(1)『水滸伝』第三十三回に見える詩を用いている。／(2) 太湖石を積み上げてつくった築山。／(3) 底本「石筍」。石筍とは鍾乳洞の天井からしたたる水滴中の炭酸カルシウムが堆積して筍状に成長したものだが、ここに顔を出すのはおかしいので、ロイの英訳を参考にして「石竹」の誤りと見なした。

さらには――
紫丁香《ライラック》、玉馬纓《ねむのき》、金雀藤《えにしだ》、黄薔薇、香茉莉《ジャスミン》、沈丁花《じんちょうげ》
唐破風造りの前後には――
松の垣根に竹の小道
曲水の流れに方《しかく》の池
階《きざはし》に映る芭蕉に棕櫚《しゅろ》
陽光あびる葵に石榴《ざくろ》
藻を泳ぐ魚は人影に驚き
花を飛ぶ蝶は対《つい》成し舞う
まさしく――
芍薬《しゃくやく》は菩薩の面《おもて》をあらわし(4)
荔枝《れいし》は鬼王《きおう》の頭をもたげる

そのとき呉月娘の引き連れた女たちは、手を繋《つな》いで花咲く径《こみち》に遊ぶ者あり、草を競わせ綺麗な茵《しとね》に座る者あり。ひとりが欄《てすり》に臨《のぞ》んで景色を眺め、たわむれに紅豆《あずき》(5)を鱗《うろこ》ひらめかす魚に投げれば、ひとりは檻《おばしま》に凭《もた》れて草花を賞で、笑いつつ薄絹のうちわもて蝶を驚かせる。月娘はそこで、いちばん高くにある臥雲亭という四阿《あずまや》にやってきて、孟玉楼、李嬌児と碁を打った。潘金蓮と西門大姐、孫雪娥は、揃って玩花楼《がんかろう》から眼下を望む。見れば、楼前なる牡丹の花のほとりには芍薬の圃《はたけ》、海棠の軒、薔薇の架《たな》、木香の棚。さらには、寒さに耐える君子の風ある竹、雪にも枯れぬ大夫の品ある松。まこと、

四季つうじて花は凋《しぼ》まず
八節いつでも春の景あり
眺めども尽きず
見てあまりあり(6)

といったところ。

ほどなく酒の支度がととのい、呉月娘が上座、李嬌児がその向かい、両側に孟玉楼、孫雪娥、潘金蓮、西門大姐と、おのおの席次にしたがって腰を下ろした。月娘は、

「陳さんをお招きするのを忘れていました」

とて小玉に、

「表から早くお婿さんを呼んできて」

ほどなくやってきた経済は、頭に空色の薄絹帽をかぶり、身には紫綸子《りんず》の長衣の平服をまとい、足元には白底の黒靴。進み出て拱手《きょうしゅ》の礼をすると、大姐の前に座った。酒を回し杯を交わしてひとしきり飲むと、呉月娘はふたたび李嬌児や西門大姐と碁を打つ。孫雪

娥と孟玉楼はといえば楼《たかどの》の上へ景色を見にいってしまい、金蓮だけが築山の前の花畑のほとり、白い紗《しゃ》のうちわもて蝶を捕らえて遊んでいた。思いがけず経済がこっそりと背中からその遊びを見ており、こう言った。

「五娘《ごおくさま》、あなたは蝶の捕まえかたをご存じない。私が捕らえて進ぜましょう。蝶というのは、やたら浮いたり沈んだり落ち着きがなくて、くるくる向きを変えるものですからね」

金蓮は白い首をめぐらし、横目でひとにらみすると罵って、

「この早死にめ。人の耳があるんだよ、死にたいのかい。あんたは命も要らないと見えるね」

陳経済はにこにこ笑って金蓮の方へまっしぐら、抱きしめて口づけしようとしたところを、女は無造作にひと押しして、若者を引っくり返してしまった。はからずもこれを玩花楼から玉楼が遠目に眺めており、呼びかけた。

「五姉さん、こっちへ来なさいよ。お話をしたいから」

金蓮はそれでやっと、経済を捨てて楼に上っていったのだった。かくて二匹の蝶は捕らえられることがなかったのである。燕の交わり鶯の逢瀬《おうせ》こそ約すれども、蜂の鬚《ひげ》は花の唇にやっと触れただけ。まさしく、

狂った蜂に浮気な蝶は間々見かけるが
梨の花に飛びこんだなら行方も知れず

といったところ。

女が行ってしまったのを見ると、経済は黙って自室にもどったが、内心は快々《おうおう》として楽しまず、〔折桂令〕の歌を口ずさみ、憂いをやりすごしたのだった。

あの人は花の枝を斜めに挿していた
朱の唇に臙脂《べに》を
つけてないよで
つけているよで
こないだ会って
きょうも会って
気がありそうで
気をさとらせず

（4）唐・王璘の対句に基づく。／（5）色が赤いことから愛情の象徴とされた。／（6）この二つの対句はいずれも、『新刊大字魁本全相参増奇妙注釈西廂記』（一四九八）など『西廂記』の一部の版本に附される白話短篇小説「銭塘夢」に見出される。

深い仲にというけれど
深い仲にはしてくれず
断っているようだけど
断っているわけでなし
いつならば約束できて
いつならば逢引できる
会わなければ
あのひと私を思い
会ったならば
私はあのひと思う(7)

呉月娘らが花園で酒を飲んだことはさておき、城門の外にある夏提刑の荘園での宴から西門慶がかえってきた話をしよう。南の盛り場を通りかかったのだが、普段から盛り場や色街には通いつけているので、搗子《あぶれもの》たちとはみな顔なじみだった。かの宋の頃に搗子《あぶれもの》といったのは、いま俗に光棍《ならずもの》と呼ばれる輩《やから》のことだが、そのうち草裡蛇《くさむらのへび》の魯華《ろか》というのと、過街鼠《まちゆくねずみ》の張勝というのと、このふたりはいつでも西門慶に助けてもらっているこそ泥連中だった。ふたりがそこらで博打《ばくち》を打っているのを見かけた西門慶は、馬の手綱を引き、話をしようと近づいた。ふたりはあわてて進み出ると片膝をつき、

「大旦那、こんな遅くにどちらまで」

西門慶、

「きょうは提刑所の夏さまの誕生日でな。俺らはお招きを受けて、城門の外の荘園で飲んできた。ひとつお前らの手を借りたいことがあるんだが、やってくれるか」

ふたりは、

「大旦那、おたずねになるまでもございません。私どもも、平素よりたいへんお世話になっております。いま私どもをお使いとあらば、たとえ火のなか煮え湯のなか、万死をも辞さぬ覚悟でございます」

西門慶、

「そう言ってくれるなら、あす家に来てくれ。申しつけることがあるから」

ふたりは、

「あすなんて待ってられますか。親方、お話しくださいよ。いったいどんなことなんで」

西門慶は耳元でささやいて、蔣竹山が李瓶児をものにしたことをひととおり物語ると、

「あんたら兄弟ふたりは、この鬱憤を晴らしてくれるだけでいいんだ」

とて、馬に乗ったまま服をまくり巾着をさかさにして、四、五両のこっていた小粒銀をすべてふたりにくれてやると、

「ふたりで取っていって酒でも買ってくれ。首尾よくやってくれさえしたら、また礼をするから」

魯華はうけとるはずもなく、言うには、

「私どもが、親方からじゅうぶんな恩義を蒙《こうむ》っていないとでもおっしゃるんですか。てっきり、東の大海原《おおうなばら》で蒼龍《そうりゅう》の角を抜いてこいとか、西岳こと華山で猛虎の牙を取ってこいとかいう話かと思いましたぜ。そいつは無理ってもんでしょうが、こんなちっぽけなご用なら、なんの難しいこともありゃしません。この銀子《ぎんす》は、断じてうけとれませんな」

西門慶、

「うけとらないなら、俺も頼むのはよそう」

玳安《たいあん》に銀子を引き取らせ、馬に鞭して行こうとするところ、こんどは張勝がさえぎって言うよう、

「魯華、お前は親方の性分を知らないんだ。いただかなきゃ、俺らが理由をつけてお断りしてるみたいじゃないか」

とて、銀子をうけとると、地面にへばりつき叩頭《こうとう》して言った。

「親方は家にもどられて、じっとしていなされば結構です。二日も掛けずに、きっと間違いなくひと笑いしていただけることでしょう」

張勝、

「こんど役人様《だんな》には、私が提刑所の夏さまのところでお仕えできるよう取り計らっていただきたいもので。私はそれで十分です」

西門慶、

「そいつはたいしたことじゃない。言われるまでもないことだ」

皆様お聞きあれ。のちに西門慶はじっさい張勝を夏提刑に紹介し、守備府の側仕えとしてやったのだが、後の話なのでこのことは措く。ふたりの搗子《あぶれもの》は銀子を手にすると、博打のつづきをしに行ってしまった。

西門慶が馬に乗って家の門をくぐったのは、すでに日が西に傾いた時分だった。月娘らは、犬が門を入ったと聞くと揃って奥へ引っ込み、金蓮だけが唐破風造り(8)で

(7)『雍熙楽府』巻十七に「題情」の題でおさめられる四首一組の〔折桂令〕第三首に概ね一致する。／(8)底本「捲簾」だが、崇禎本が「捲棚」(唐破風造り)と改めるのに従う。

片づけを見守っていた。西門慶は奥には入らずまっすぐ花園へ来ると、女が四阿にいて片づけ中なので、こうたずねた。

「俺の留守中、ここで何してたんだい」

金蓮は笑って、

「きょうは私ら、大姉さんと花園の門を開けて見物してました。こんなに早くかえってくるなんて思いませんから」

西門慶、

「きょうは夏大人の心尽くしだったんだ。荘園に歌い女を四人と、歌いものをやる坊や[9]を四人呼んで、招かれた客は五人だけ。かえりの道が遠いんで、早くかえってきたよ」

女は上着を脱がせてやると、言った。

「お酒がまだなら、女中に支度してこさせましょう」

西門慶は春梅に言いつけた。

「ほかの料理はぜんぶ下げて、細かいつまみを幾皿かだけのこしてくれ。葡萄酒を徳利に一本酌《く》んできてくれ」

上座の椅子に腰かけて女をみるに、横波織りした沈香《じんこう》色の薄絹で仕立てた前ボタンの単衣《ひとえ》に五色の縮緬《ちりめん》の襟飾りをつけたものを上に着て、艶《つや》出しした白絹の刺繍つき裙《スカート》を下に纏い、その裾からのぞくのは、緋色の光沢ある無地繻子《しゅす》で仕立てて白綸子の高底をつけ、羊の金革《きんがわ》で爪先を雲形に飾った靴。頭の上には銀糸の束髪冠をかぶり、金の台に玉《ぎょく》を嵌めて「蟾宮《せんきゅう》に桂を折る」[10]の図を表した頭飾りを載せ、翡翠《ひすい》をあしらった梅花型の髪飾りと、真黒な鬢《びん》にもたくさんの飾りを挿して、かおりだかい朱の唇、きめこまかな白き面《おもて》が、なおさら引き立てられている。おもわず淫心をにわかにかきたてられ、両手を引いて抱きしめ、一体になって口づけした。ほどなく春梅が酒を酌んできたので、ふたりは一口ごとに杯をやりとりして、酒を飲んでは音もあらわに舌を吸った。女はかたわら裙《スカート》をもたげて男の懐に腰かけ、酒を含んで口移ししたかと思うと、ほっそりした指で新鮮な蓮の実をテーブルからひとつ摘《つま》んで食べさせた。西門慶、

「こんな渋みのつよいもの、食ってなんになるんだ」

女、

「坊や、ありがたくもらっとくものよ。おっかさんが手《て》ずから取ったげたものを、食べないのかしら」

そこで新鮮な胡桃の実をひとつぶ口に含んでから男にやって、ようやくしまいにした。

西門慶がこんどは女の胸をいじろうとするので、女は付け襟の三つ揃いの金飾りを外し、歯で咬んで薄絹の単衣を広げれば、瑕《きず》なき美玉、酥《クリーム》のような匂い立つ胸、かたく締まった香《かぐわ》しい乳房があらわれた。長いことかけて撫でまわし、口もて吸いつき、互いにふざけからかって、並び飛ぶ鳥たちの楽しみを尽くしたのだった。

西門慶は興に乗って、女に、

「ひとつ耳に入れたいことがあってね。近いうちに、ひと笑いさせてやれそうなのさ。生薬店を開いた蔣太医は知ってるだろ。こんどあいつの顔に、くだもの屋を開かせてやるんだ」

どういうわけかと女がたずねるので、西門慶は、きょう城門の外で魯華と張勝のふたりに出くわしての一部始終を、ひととおり話して聞かせた。女は笑って、

「この罰当たりな畜生め、この先どれだけの罪をつくることだか」

さらにたずねて、

「その蔣太医ってのは、いつも家《うち》へ往診にきてる、あの蔣太医のことでしょ。見たところなかなか謙虚で礼儀正しいし、人さえ見れば頭を下げて、かわいそうなもんじゃない。あの人をそんなふうになぶるなんて」

西門慶、

「お前は見えてないな。頭を下げてるというがね、あいつはじっとお前の足を見てるのさ」

女、

「熱に浮かされたべらべら口め。言うに事欠いて、あの人が他人《ひと》様の女房の足を見てるですって」

西門慶、

「お前はわかってないんだよ。このへんのある家で、あいつを診察に呼んだときのことさ。ちょうど街で魚を一匹買ってぶら下げてるところを呼ばれたものだから『魚を家に置いたらすぐ参ります』と答えた。呼びにきた者は『家の者が一刻を争うんです。先生、このままいらしてください』と言うんで、蔣竹山はまっす

（9）原文「搗倒小断」。「搗倒」はおそらく「搗喇（搗剌）」の誤り。歌うことを意味するモンゴル語に由来する表現で、漢語では演芸の名となった。歌いものの一種で、ときに踊りや曲芸をまじえたらしい。本書第六十四回にも「搗喇小子」への言及がみえる。詳しくは方齢貴『元明戯曲中的蒙古語』（漢語大詞典出版社、一九九一）を参照。／（10）蟾宮《せんきゅう》は月の宮殿。月には蟾《がま》が住み、桂が生えているとされた。賢良に推挙された郤詵《げきしん》が自らを「桂林の一枝、崑山の片玉」と誇ったとの故事（『晋書』郤詵列伝）から、「折桂」は科挙及第を示す言葉となり、同じ意味で「蟾宮折桂」ともいうようになった。

ぐ患者の家へと付いていった。病人は二階に寝てたんで、お上がりくださいと通された。思わぬことに、具合がわるいのは女だったんだな。化粧をととのえ、あいつが部屋にやってくると、手を伸ばして脈を取らせた。あいつめ、手では脈を取りながら、魚のことが気になった。簾の鉤《かぎ》にかけてあったもんで、もう脈を診るのも忘れて、泡食っていきなりこう聞いた――『奥様、下にめこがおありですか[11]』。これがなんと部屋にいた亭主の耳に入ったもんだから、やってきて髪を引っつかまれ、ぎたぎたに打ちのめされたうえ、薬代すらもらえず、服もびりびりに裂かれて、やっとこさ逃げてきたそうだよ」

女、

「まったく、その手は食いませんよ。教養ある人がそんなことをするもんですか」

西門慶、

「あいつの表面《おもてづら》に目を取られると、見損なうのさ。外側を立派に飾りたがってるだけで、内心には悪だくみを隠しているからね」

ふたりはしばらく談笑すると、酒を切りあげ、片づけが済むと金蓮の部屋へもどって休んだが、このことは措く。

それはともあれ、さて李瓶児が蔣竹山を婿に招いてから二ヵ月ほどが経っていた。はじめのうち蔣竹山は、女をよろこばそうと媚薬《びやく》のたぐいをいくつか調合したり、景東人事《はりがた》[12]やら美女相思套《おんなごろし》[13]やら門口へ売りにきたのを買ったりしていた。女の心を動かそうとしてのことにほかならなかったが、はからずも女は西門慶の手にあって狂風驟雨《きょうふうしゅうう》をつぶさに味わっていたので、営みが意に満たぬことが多く、だんだん嫌気が募《つの》ってきた。よろこばすどころか、淫具一式を石で木端微塵に砕かれ、まとめてぽいと捨てられたあげく、こんなことまで言われるのだった。

「あんたはもともと海老《えび》か田鰻《たうなぎ》みたいで、腰に力が入らないもんだから、役に立ちもしないこんなぶつを買ってきておっかさん《このわたし》をからかうんだ。あんたのこと、肉のかたまりだと思ってたけど、なんと見た目だけで食べられないとはね。半田の槍先《みせかけだおし》、死にぞこないの王八《かいしょうなし》め」

竹山は、犬の血でも顔に噴きつけるような具合に罵られたものである。夜中になると女はさっさと表の店へ寝にいってしまい、そして西門慶のことだけを一心に想うのだった。部屋に入れてもらえない夫の方は、ぶつぶつ言いながら勘定をつけて、元手がいくらになったか計算する日が続いていた。

　竹山が、ちょうど鬱憤をぶちまけられ、逃げだして店の小さな帳場に座っていたところ、男がふたり入ってきた。飲んでよろよろ、へべれけの体《てい》でやってきて、腰かけに座ると、まずひとりがたずねた。

「この店に狗黄《くおう》はあるかい」

　竹山は笑って、

「おたわむれを。牛黄《ごおう》があるばかりで、狗黄なんてものがありますか」

　またたずねる。

「狗黄がないなら、氷灰《ひょうかい》でもいいんだ。持ってきて見せな、何両か買いたいから」

　竹山、

「生薬屋には氷片ならございますがね。こいつは南海波斯《パサイ》(14)の本場ものです。氷灰なんてものがありますか」

　またひとりが言う。

「たずねるだけ無駄さ。店びらきしてやっと数日なんだぜ。こいつのところに、そのふたつがあるわけもない。西門の大旦那の店へ買いにいくとしようや」

　最初のが、

「来な。こいつとはきちんと話さにゃならん。蔣の二哥《にあにき》、ぐっすり夢を見てる《ぼんやりとしている》ふりなどしないでくれよ。お前さん、三年前にかみさんを亡くしたが、こちらにおられる魯の大哥《おおあにき》にたのんで借りた銀子三十両が、元本と利息でずいぶんな額になってるんで、きょうは返してもらいにきたんだ。さっき入ってきていきなり切り出さなかったのは、お前さんは人の家に婿入りしてこの店を開いたばかりなんだから、立つ瀬をなくしちまうと思ったんだよ。これも俺らの陰徳だな。それで、まずはたわけた話を少々持ち掛けてわきまえさせたわけさ。わきまえなくたって、このかたの銀子を返さぬわけにはいかないがね」

　竹山は聞くと、驚きのあまり茫然として、言うよう、

「銀子とやらをこの人に借りたことなんて、あるもの

(11)直訳すると「下に猫がおありですか」。「猫」は「毛」と音が近い。／(12)景東はいまの雲南省に属する地名。人事は陰茎の隠語。／(13)「套」というので、おそらく陰茎にかぶせて用いる類の道具であろうが不詳。／(14)ここでいう波斯とはスマトラ島北端にあったサムドラ・パサイ王国のことで、鄭和が訪れたことでも知られる。氷片の原料である龍脳樹は東南アジアに分布する。

ですか」

その男、

「お前が借りてなきゃ、返せなんて言うもんか。昔から〝蒼蠅《あおばえ》だってひびの入ってない卵にはもぐり込めぬ〟ってね。ほざくのはもうよしな」

蔣竹山、

「私はそちらさまのお名前も存じませんよ。知り合いでもないのに、借金の取り立てにこられる筋合いがありますか」

その男、

「蔣の二哥《にあにき》、そいつは違うね。昔から、〝役人をして貧乏した者なし、借り倒して富を得た者なし〟ってね。お前さんがその昔、うだつが上がらなかった時のことを考えてみなさいよ。鈴を鳴らして膏薬《こうやく》を売り歩いていたじゃないか。こちらの魯の大哥《おおあにき》がお支えくださったおかげだよ、今日《こんにち》ここまで来られたのもさ」

もうひとりの男、

「私が魯です。魯華と申します。いつぞやの年、細君の葬儀をあげるため、私から三十両お借りになったでしょう。元本に利息で銀子四十八両になります。返してもらわねばなりませんぞ」

竹山はあわてて、

「俺がどうしてあんたに銀子を借りてるんだよ。借りてるとしたところが、証文と保証人があるはずじゃないか」

張勝、

「俺が保証人だよ」

とて、袖から借用書をとりだして突きつけた。竹山は腹立ちのあまり、顔が蠟燭の滓《かす》のように土気《つちけ》ばんで、罵るには、

「この殺され損ないの犬畜生め、どこの搗子《あぶれもの》だ。強請《ゆすり》になぞ来やがって」

魯華は聞くと内心おおいに怒り、小さな帳場ごしにシュッとひとつ拳《こぶし》を振るえば、はや竹山の顔面に飛び、鼻は歪んで片方に曲がってしまった。そのかたわら、棚の薬材を街路じゅうにばら撒くものだから、竹山はおおいに罵って、

「この搗子《あぶれもの》め、なんでうちの商品を奪いにきた」

しきりに天福を呼んで加勢させたものの、魯華のひと蹴りで片隅へ叩きつけられると、天福はもう進み寄ろうともしなかった。張勝は竹山を小さな帳場から引きずり出すと、魯華の手を遮ってなだめた。

「魯の大哥《おおあにき》、あんたはもうずいぶんな日数こらえたんだ、あと二日ほど大目にみてやり、こいつに耳を揃えて返させればいいじゃないか。蔣の二哥《にあにき》はどうだね」

竹山、

「いつこの人の銀子を借りたっていうんだい。あんたに頼んで借りたとしたところが、ゆっくりきっちり話してくれりゃいいだろうに、こんな乱暴を働くなんて」

張勝、

「蔣の二哥《にあにき》、これは、橄欖の灰を食ったら戻り香がつ《いためにあわねばわからない》(15)てもんさ。袋叩きにされて、話が入ったかい(16)。さっさとそんな調子になってくれてりゃ、俺から魯の大哥《おおあにき》に、ちっとは利息をまけてやるよう言ってやったのさ。そしたらお前さんは、二、三度の期限に分けて、耳を揃えて返せばいい。それならわかるってもんよ。お前さん、なんで強気に出てしらを切ったね。それで借金取りが引き下がるとは、よもや思うまいに」

竹山は聞いて、

「頭にきたぞ、こいつと出るとこに出ようじゃないか。誰がこいつの金なんて拝んだよ」

張勝、

「お前さん、朝酒《あさざけ》でも飲んだな」

防ぐ間もなく、魯華の拳がもうひとつ飛んできたものだから、大の字にぶっ倒れ、すんでのところで頭からどぶに転げ落ちるところだった。髪の毛はざんばら、頭巾もすっかり汚れてしまった。竹山は大声を上げた。

「ご覧《ろう》じろ」

やってきた隣組頭は、全員を一本の縄で縛ってしまった。

李瓶児は部屋から外の騒ぎを聞きつけ、簾の下へやってきて様子を窺っていたが、地区頭が竹山を連行したのを見ると、腹立ちあまって茫然自失。馮《ふう》のおっかさんを表に出し、看板や幟《のぼり》をすっかり取りこませて

---

(15) 原文「吃了橄欖灰児、回過味来了」。橄欖は苦いが回香（戻り香）がよいとされるのを踏まえた歇後語だが、橄欖の「灰」という点は未詳。音が「回」に近いからとも、燃やした灰ではなく嚙み砕いた状態を指すともいわれる。痛い目にあうのと引き換えに教訓を得ることを喩える。／(16) 底本「打了你一面口袋、倒過醮来了」。歇後語。「面（麺）口袋」は粉袋で、上の句は粉袋を逆さまにして叩き、底に残った粉を落とすこと。下の句は「倒醮（嚼）」すなわち牛などが食物を反芻することをいい、直前の歇後語が戻り香をいうのに通じて、反芻し納得するの意。上下がどのようにつながるのか必ずしも詳らかでないが、すっかりなくす（飲みこむ）ために逆さまにする点では共通する。

蒋竹山に因縁をつける魯華と張勝

しまった。街路に散らばった薬材は、多くを人に奪われてしまったので、門を閉ざして家に引きこもっていた。早くもこの件を耳に入れた者があったので、西門慶はすぐに人を遣《や》って、夜が明けたら提刑院(17)へと護送するよう地区頭に申しつけた。と同時に、夏大人にも書付を送ってよろしく伝えておく。

翌朝、一同が引き出されると、夏提刑は庁堂に出て、地区頭の調書に目を通すと、竹山を前に出させてたずねた。

「蔣文蕙（竹山の本名）はお前か。魯華に銀子を借りておきながら返しもせず、逆に侮辱を加えたのはどういうわけか。ひどい話ではないか」

竹山、

「私はこの者をいっこうに存じませんし、銀子を借りてなどおりません。私は筋道だてて説明しましたのに、あちらは聞く耳を持つどころか、殴る蹴るの乱暴におよび、商品をことごとく奪ったのです」

夏提刑はそこで魯華を呼び、

「お前の言い分はどうだ」

魯華、

「この人はもともと私の銀子を借りて細君を弔ったのに、三年たった今になっても、ぐずぐずと借金を返しません。今般、この人がよそさまのお宅の婿に取られ、大きな商いをしていると聞きましたので、おだやかに返済を求めましたところ、逆にあれこれと私を侮辱し、商品を奪ったなどと言うのです。この人が銀子を借りた証文はここにございますし、こちらの張勝こそが保証人です。どうかご明察たまわりますよう」

と、懐から契約書をとりだしてさしあげた。夏提刑がひらいてみれば、そこにはこう書いてあった。

借用者蔣文蕙は本県の医師。妻を喪《うしな》ったが葬儀費用を欠くため、保証人に張勝を頼み、魯の所有にかかる白銀三十両を借用した。月利は三分、用途あっての借り入れである。明年までに元本利息とも返済し、不足の場合には、自宅の金目の品によって償還することを約する。後日証拠なきを恐れて、この借用書を作成して証《しるし》とするものである。

夏提刑はこれを読むと、机を叩きおおいに怒って

(17)提刑所（第十八回訳注(11)を参照）と同じ。二つの名称はとくに原則なく混用されているようである。以下すべて原文に従う。

言った。

「なんと、保証人と契約書とがここにあるというのに、まだこのように言い逃れするとは。こいつ、屁理屈ばかりこねるところをみると、どうも踏み倒しのようだ」

左右の者に命じつけて、

「大きな竹の笞《むち》を選び、引き倒してしっかり打ってやれ」

すぐに三、四人が、有無をいわせず竹山を地べたに引っくり返し、大きな竹の笞を三十ひどく打ち下ろすと、皮は裂け肉は綻《ほころ》び、鮮血が滴《したた》り落ちた。そこでふたりの属吏《ぞくり》が遣られて、捕縛命令を示す白札を手に蔣竹山を家まで護送し、銀子三十両を魯華に返させ、さもなくば役所に連れかえり収監するよう判決した。

蔣竹山は打たれた両脚をよろめかせつつ家にもどり、魯華に返す銀子を出してほしいと李瓶児に泣き泣き哀願したところ、女からも顔に唾され、罵声を浴びせられた。

「恥知らずの王八《かいしょうなし》。銀子を出せっていうけど、あんた、私にどんな銀子を渡したことがあるのさ。あんたという王八が、首をちょん切った骸《むくろ》まで借金まみれなのを前から知ってりゃ、たとえ目をつぶされたって、あんたみたいな見かけだおしの王八といっしょになるもんですか」

四人は、女が部屋でわめき罵っているのが聞こえると、ひっきりなしに急《せ》きたて呼ばわった。

「蔣文蕙、銀子がないというなら、ぐずぐず引き延ばすことは許されないぞ。さっさと役所へ報告にいこうじゃないか」

竹山は、そこで出てきて属吏をなだめ、ふたたび奥へ入って女に泣きついた。体を棒杙《ぼうくい》みたいに伸ばして地べたにひざまずき(18)、泣き泣き言うには、

「陰徳を積むとでも思っとくれ。銀子三十両、あちこちの寺で坊さんにお斎《とき》を恵んだりお布施《ふせ》したりして掛かったとでもさ。出してくれずにまた連れていかれたら、こんな爛《ただ》れた尻でどうして笞に耐えられるかい。死ぬしかないじゃないか」

女はやむなく雪花《せっか》の銀子三十両を用立ててやった。竹山は役人の目の前で銀子を魯華に渡して証文を引き裂き、それでやっとけりとなった。

魯華と張勝とは、銀子三十両を得るとその足で西門慶の家まで報告に向かった。西門慶は引きとめて、唐破風造りにてふたりを酒食でもてなした。それまでのことをひととおり伝えると、西門慶はすっかりよろこ

んで、言うには、

「おふたりは俺の憂さを晴らしてくれた。大満足だよ」

魯華は銀子三十両を西門慶に渡そうとしたが、西門慶がうけとるはずもない。

「ふたりで取ってって、酒の一本も買って飲みな。俺からの礼だよ。これからもまた手を借りるだろうしな」

かえりがけ、ふたりは何度も礼を言うと、手にした銀子で博打をしに行ってしまった。まさしく、

善良をいじめる楽しさをもって
雲雨にこがれる心をうめあわす(19)

といったところ。

さて、蒋竹山は提刑院で銀子を払うと家にかえってきたが、女がこの男を住まわせておくはずもない。言うには、

「あんたはやっぱり他人だよ。熱病にかかって、さっきの銀子三十両であんたに薬を出してもらったんだと思うから、さっさと出てってちょうだい。この上ちょっとでも居られたら、この二間の家があったって、あんたの返済にはまだ足りないでしょう」

蒋竹山は身の置きどころがないと悟って、泣き泣き、両の脚の痛みに耐えながら、別に住まいを探しにいった。女は、自分の出した元手で買い入れた品はすべて残し、竹山が前から持っていた薬材、薬研《やげん》、ふるいや長持など一式は、即刻せっついて引き払わせ、ふたりはこうして手を切ったのだった。出ていきがけにも、女は馮のおっかさんに錫《すず》のたらいで水を汲ませ、後ろからぶちまけて言ったものである。

「おかげで憎い奴が目の前から失せるよ」

その日、竹山を追い出してしまうと、女は一心に西門慶のことだけを想い、おまけにその家が無事だったことも聞きつけたので、内心たいそう悔いた。毎日、茶も飯も喉《のど》を通らず、蛾眉を描くのも億劫、戸口にあちこち凭《もた》れ、視線むけるは遠い先、空しく眺めても誰も来はしない。まさしく——

枕辺《まくらべ》の言葉は耳に残るのに

(18) 崇禎本の旁批「これが竹山のお得意である」。／(19)『西廂記』第五本第三折、ヒロインに横恋慕する鄭恒が悪だくみを述べる台詞から取った対句。

今やあの人の恩愛は絶えた
私の部屋に人の姿は見えず
無言のままに打ち拉《ひし》がれて⑳

女が西門慶を想ったことはさておき、ある日、玳安が馬に乗ってその門口を通りかかった話をしよう。表門が閉ざされ、薬屋も開いておらずひっそりしているので、かえって西門慶に伝えると、西門慶、

「きっとあのチビの王八《かいしょうなし》、手ひどく打たれたんで家で寝てるんだろう。半月は、出てきて商売できやしないだろうさ」

とて、この件はそれきりにしてしまった。

ある日——八月十五日、すなわち呉月娘の誕生日のこと。家には大勢の女客がきて大広間に通されたが、西門慶は月娘と口を利かなくなっていたので、その日は廓《くるわ》の李桂姐《りけいしゃ》の家に来たきり、ずっとそこで過ごしていた。玳安に、

「さっさと馬を連れてかえるんだ。夕方になったら迎えにきてくれ」

と言いつけると、すぐに応伯爵と謝希大のふたりを迎えて、盤双六《ばんすごろく》をした。その日は桂卿も家にいて、きれいどころふたりして脇にはべって酒をすすめた。しばらくすると、揃って中庭に出てきて投壺で遊んだ。

玳安は日が西に傾く時分になると、轡《くつわ》をとって迎えにきた。西門慶はちょうど裏の厠《かわや》で大きい方をしていたが、玳安を見るとたずねた。

「家に変わったことはなかったか」

玳安、

「ございません。大広間におられたご婦人がたも、みなさまおかえりになり、道具もすべて片づけました。呉の大兄嫁さまや楊おばさまがただけは、大奥様のお招きで奥においでです。きょうは獅子街の花の奥様のところからも、馮さんをよこして、大奥様に誕生日の贈り物を届けてこられました。料理やくだものが四皿、桃の形の祝い菓子が二皿、祝い麵、反物が一匹、それから大奥様へのお手製の靴が一足です。大奥様は馮さんに銀子一銭を与えられ、父様がご不在である旨をお伝えになりましたが、お返しに花の奥様を招こうとはなさいませんでした」

西門慶は、玳安の顔が真っ赤なのでたずねて、

「どこで酒を飲んできたんだ」

玳安、

「先ほど奥様が馮のおっかさんをよこされて私を呼び、飲ませてくださいました。いただきませんと申しあげたのですが、是非にとおっしゃって二杯飲まされましたので、顔が赤くなってございます。奥様はいま前非を悔いておられ、私に向かってひどく泣いておられました。先日申しあげた際には父様に信じていただけませんでしたが、提刑所から出てきたあの日のうちに、蔣文蕙を追い出したのだそうです。奥様はたいそう後悔されていて、やはり父様に嫁ぎたいと、そればかり念じておいでです。昔に比べてずいぶん痩せられました。私に、どうでも父様をお連れしてほしい、父様のご指示を仰ぎたいからと頼まれるのです。お許しの言葉をひと声いただけたならば、もどってきて知らせてほしいとも言われました」

西門慶、

「あの賤《いや》しい淫婦め。べつの男に嫁いだならそれでよかろうに、またぞろ俺にまとわりついてどうしようってていうんだ。そういうことなら、俺だってあいつのところへ行くほど暇じゃない。言ってやれ、結納もへったくれもないとな。日取りを選んで、あの淫婦を担《かつ》ぎ込んでやろうじゃないか」

玳安、

「かしこまりました。あちらは私が返事を持ちかえるのをお待ちですので、平安と画童にこちらで父様の供《とも》をさせましょう」

西門慶、

「行ってこい。それはわかったから」

玳安は廓の門を出ると、まっすぐ李瓶児のところへとおもむき、女に報告した。女はすっかりよろこんで言うよう、

「すてきなお兄ちゃん、きょうはすっかり苦労をかけたね。父様に言って、奥様《わたし》のこの話をまとめてくれてさ」

そこで、自ら手を洗い爪掃除をして、厨房で料理をととのえ、玳安を酒食でもてなした。言うには、

「奥様《わたし》のところには人がいなくてね。あすはどうでも天福を手伝いにきて、家財道具の運び出しに立ち会っておくれ」[21]

翌日には五、六人の担ぎ手を雇い、まる四、五日をか

(20)『新刊京本通俗演義全像百家公案全伝』(一五九四)の第九十三回公案末尾に、ほぼ同じ詩が見られる。/(21)底本には日が変わったことを示す記述がないが、崇禎本がこの箇所に「次日」の二字を補うのに従う。

けて荷物を運んだ。西門慶は呉月娘にも言わずに、荷物はすべて新築の玩花楼に積んでおいた。

八月二十日を選び、大駕籠《かご》一挺、赤の緞子《どんす》一匹、四対の提灯とともに、玳安、平安、画童、来興《らいこう》の四人が駕籠につきしたがうべく遣《つか》わされた。昼下がりになって、新婦はようやく門をくぐった。というのも、女はまず馮のおっかさんに女中ふたりを連れていかせ、そのかえりを待ってやっと駕籠に乗ったからである。住んでいた家は馮のおっかさんと天福に番をまかせた。

西門慶はその日どこへも行かず家におり、真新しい唐破風造りに、長衣の平服に幅広の頭巾という格好で陣取って、女の輿入《こしい》れを待ち構えていた。女の駕籠は表の門口に下ろされたが、長いこと誰ひとり迎えに出ていかなかった。孟玉楼は母屋におもむいて月娘に、

「お姉さま、あなたはこの家の主《あるじ》でしょう。あの人、いまもう門口にいるっていうのに、迎えに出向きもしなかったら、父様のご不興を買いませんか。旦那様は唐破風造りから動かない、駕籠は門口でこんなに長く待ってるのに誰ひとり出ていかない――これじゃ、どの面《つら》さげて入ってこられます」

呉月娘は迎えに出たいと思えば内心おもしろからず平静にも振る舞えないし、出たくないと思えば西門慶のおだやかならぬ気性が心配でもある。ひとしきり思い悩んだ末に、蓮の歩みを軽やかに運び、襞《ひだ》ゆれる裙《スカート》を徐《おもむろ》につまみ、迎えに出てきたのだった。女は宝瓶《ほうへい》(22)を抱え、建ったばかりの住まいへとまっすぐ向かった。迎春と繡《しゅう》春《しゅん》のふたりの女中が、部屋の設《しつら》えもとっくに済ませており、あとは夜になって西門慶が訪れるのを待つばかり。

だが思わぬことに、西門慶は前の一件が心にくすぶったままだったので、部屋を訪れはしなかった。翌日になると李瓶児に命じて、奥の棟の月娘の部屋へとあいさつに出向かせた。長幼の順が定められ、妻妾の排行《はいこう》では六娘《ろくおくさま》となった。型どおり三日目には盛大な酒宴を催して女客を招き、顔合せの酒を飲んだが、李瓶児の部屋へ行こうとはしなかった。

輿入れした初日の夜、西門慶は潘金蓮の部屋で寝た。

金蓮、

「あの人は新顔で、きょう来たばかりなのに、部屋でひとり寝させていいの」

西門慶、

「分かってないな。あの淫婦、ちょっとばかり眼中《ものぐる》に火を宿して《おしくなって》いるから(23)、二日ほどとっちめてから、ゆる

ゆる足を向けるのさ」

三日目になり、女客が引き取るのを送り出してからも、西門慶はやはり李瓶児の部屋には行かず、奥の孟玉楼の部屋へ行って休んだ。

女は、亭主が三晩つづけて部屋を訪れなかったので、夜半、ふたりの女中を寝にやってしまうと、ひとしきり涙に暮れた末に、憐れにも寝台に上ると、纏足《てんそく》を縛る布で、梁から首を吊った。まさしく、

連理の枝は鴛鴦《えんおう》の帳に連れ添わず
怨恨の魂は九重の泉《よみのくに》へ先に赴いて

といったところ。

ふたりの女中は、ひと眠りして目を覚ますと灯りがうす暗くなっているので、起きて灯心《とうしん》をかきたてたところ、寝台で首吊りしている女がいきなり目に入ったので、おどろきあわてふためいて、隣へ走り春梅を呼んで言った。

「うちの奥様が首を吊ってます」

あわてた金蓮が起き出して様子を見にきたところ、女が緋色の服を身に纏《まと》い、寝台の上に吊り下がった身をこわばらせているので、いそぎ春梅とともに纏足布を切って救い下ろした。しばらく体を曲げ伸ばしすると、口からよだれを吐いてやっと息を吹きかえした。すぐ春梅に命じた。

「早く奥から父様をお呼びして」

西門慶はちょうど玉楼の部屋で飲んでおり、まだ寝ていなかった。これに先立ち、玉楼は西門慶をなだめて、こんなことを言っていた。

「あの人を娶《めと》ったのに、三日もつづけて部屋へ行かなかったでしょう。あの人、それでいい気分がすると思いますか。まるで私たちが、そのことで頭をいっぱいにしていて、しょっぱなからひと晩ゆずってあげる気にもなれないみたいじゃないですか」

西門慶、

「三日の祝いが過ぎるのを待ってから行くさ。お前は知らないだろうが、淫婦め、碗で食いながら鍋を見る《まんぞくすることをしらない》ところがあるんだ。これまでのことを思えば、俺が腹を立てられる筋合いはないね。亭主が死んでからずっとつきあってきて、俺にはどんなことだって打ち明けてきたん

(22) 女性が嫁ぐ際に寝室へ持って入る瓶で、穀物や宝石類を入れてある。富と多産の象徴。／(23) 第九回訳注(4)を参照。

だぜ。なのに、いよいよのところで蔣太医など迎えやがった。俺はあいつ以下かい。それがこんどは、どういう風の吹き回しだか、もういっぺん俺を頼ってきたんだ」

玉楼、

「怒るのは無理もないけど、あの人もうまくちに乗せられたのよ」

話しているところに、とつぜん聴こえたのは中の門(24)を叩く音。玉楼は蘭香を遣《や》ってたずねさせた。その言うことには、

「春梅が父様を呼びにきたのです。六娘《ろくおくさま》が部屋で首を吊られました」

あわてた玉楼は西門慶をしきりにせきたてると、

「あの人の部屋に足を向けるよう言ったのに聞かないから、とうとう騒動が起きましたよ」

そこで提灯をつけて、表の棟へ様子を見にやってきた。後から聞きつけた呉月娘と李嬌児も揃って起き出し、李瓶児の部屋へとやってきた。見れば金蓮が李瓶児を抱えて座っているので、言うよう、

「五姉さん、生姜《しょうが》湯は飲ませましたか」

金蓮、

「救い下ろしたとき、すぐにすこし飲ませました」

女はしばらくむせぶばかりだったが、やっと泣き声が上がったので、月娘らは頭のうえの石がやっと地面に落ち、よくなぐさめて眠らせると、それぞれ部屋にもどり休んだ。翌日の昼ごろになって、李瓶児はようやくすこし粥やスープを口にした。まさしく、

身は夜明け山並に消える月
命は夜中に灯油の尽きた灯《ともしび》

といったところ。

西門慶は李嬌児たちに言った。

「お前ら、あの淫婦が死ぬふりして人をおどかすのを真に受けちゃいかんぞ。見のがしなどするものか。夜になって部屋へ行き、首を吊るところをこの目で見物するまでは、信じないね。それがいやなら、みっちり馬の鞭をくれてやる。あの淫婦め、俺を誰だと思ってやがる」

こんな物言いに、一同はみな、李瓶児のため両手に汗を握ったのだった。

夜になると西門慶は、馬の鞭を袖にして李瓶児の部屋へとおもむいた。玉楼と金蓮は、戸を閉めて誰も入ってこさせぬよう春梅に言いつけると、ふたりで通用門

の外に立ち、こっそり耳を澄まして、中の動きや如何《いかん》とうかがった。

　さて西門慶はといえば、女が寝台で身をうつ伏せにして泣きわめき、自分が入ってきても起き上がろうとしないので、それだけで内心あまり面白くなかった。まず女中をふたりとも、あっちにいろと言って空き部屋に追い出した。西門慶はもどってきて椅子に腰かけ、女を指さし罵った。

「淫婦め、お前がすまないと思ってるなら、なんでわざわざ俺の家まで来て首を吊った。あのチビの王八《かいしょうなし》といっしょにやってけばよかったじゃないか。お前に来てくれなどと誰が頼んだ。俺が陥れたこともないのに、お前がおべべから小便《なみだ》など流しやがるのはどういうわけだ。俺はいままで首吊りを見たことがないんだ。きょうはお前が首を吊るところを見物するとしよう」

　とて一本の縄を相手の目の前に投げだし、女に首を吊るよう迫った。女は蔣竹山が西門慶のことを女房叩きの組頭《くみがしら》、女泣かせの一番手(25)と言っていたのを思い出し、こう考えるのだった。いつの世からついて回った不運なんだろう、目を見開きながらにして、きょうまた地獄に突っ込んでしまったなんて——。思い悩むほどに、ますますひどく泣き立てた。

　西門慶は内心おおいに怒り、寝台から下りて服を脱ぎ、ひざまずくようにと命じた。女はぐずぐずといっこうに脱がなかったが、西門慶に寝台の底板へ裏返しに引きずり下ろされ、袖から鞭をとりだしていくつか振るわれると、やっと上下を脱ぎ去って、戦々兢々としながら底板にひざまずいた。

　西門慶は腰かけて、事の始めから終わりまでを女に問いただした。

「俺はあんなにお前に言ったじゃないか。しばらく待て、家で片づける事があるからとな。どうして言うとおりにせず、泡を食って蔣太医の野郎といっしょになった。嫁いだのがほかの男なら、それでも怒りゃしない。あのチビの王八《かいしょうなし》に、どんな見どころがあるんだ。あいつを入り婿に迎え、元手を出してやり、店を開か

(24)原文「儀門」。ふつう表門の内側にある門を指すが、西門慶の家にはその他に表の棟と奥の棟の境にも「儀門」が置かれる（表の儀門は原文では「二門」とも呼ばれる）。紛らわしいので、訳文では二の門、中の門と呼び分ける。／(25)原文「打老婆的班頭、降婦女的領袖」。第十七回（三五三頁）の蔣竹山の台詞は、正しくは「打老婆的班頭、坑婦女的領袖」。訳文は統一した。

西門慶と李瓶児の噂をする女たち

せただろう。俺の見ている前で店びらきして、俺の商売を蹴落《けお》とそうとしたんだ」

女、

「申しあげたでしょう、悔いても間に合わなくなってしまったと。ぜんぶあなたが行ったきり来なくなってしまったせい。想いすぎて、私は心がおかしくなってしまったの。裏にある皇親の喬《きょう》さんの花園に棲《す》みついている狐が、夜中になると名前を偽ってあなたに化け、私の精気を奪い、夜が明けて鶏が鳴くころになるとかえっていきました。信じられないなら、馮さんと女中ふたりにたずねれば、本当だとわかります。その後、消耗してもう死にそう、すぐにも一巻の終わりというところまで行って、やっと診察に呼んだのが蔣太医です。粉を捏《こ》ねる鉢に落っこちたようなもので、あいつに丸めこまれてしまったの。あなたは家が大事《おおごと》になって東京へ上ったなんて言うんですもの。それで仕方なくて、この道を行くことにしました。そいつが首をちょん切った骸《むくろ》まで借金まみれで、取り立てに門を叩かれ、役所のご厄介になるだなんて、わかるはずもありません。ぐっとこらえて銀子を幾両かくれてやると、あいつはすぐさま私に叩き出されちまいましたよ[26]」

西門慶、

「お前、あいつに訴状を書かせて、俺がお前の物をたくさんしまいこんでいるのを訴えようとしたそうじゃないか。いまさらどの面《つら》さげて俺の家へ来た」

女、

「あなたときたら、まったくごあいさつですね。そんなことがあろうものなら、この身が爛《ただ》れてしまいますよ」

西門慶、

「たとえそんなことがあったとしても、俺は平気だがね。お前は自分には金があると思って、さっさと男を替えたんだろうが、俺の手に掛かっちゃそうはいかない。本当のことを言ってやろうか。こないだ太医を打ちのめしたあのふたりはな、かくかくしかじか、俺の腕前で、ちと謀《はかりごと》をめぐらし、あいつを袋小路に追い込んでやったのさ。いくらかからくりを使えば、お前だって役所沙汰に巻き込んで、同じ目に遭わせられるんだぞ」

女、

---

(26) この台詞に対する崇禎本の眉批。「始終ひとつの巧みな言い逃れもない。瓶児は結局のところまじめ（老実）なのだ。金蓮をこの場に居させたならばきっと、名演説があらたにひとつ生まれていたであろう」。

「あなたの仕掛けた策だったんですね。それでも憐れみをかけてくださいな。人里はなれたところにやられたりしたら、死ぬしかないじゃない」

だんだん話すうちに、西門慶の怒りはやや収まってきた。かさねてたずねるには、

「淫婦め、こっちへ来い。答えるんだ。俺と蔣太医の野郎と、どっちが上だ」

女、

「あいつの何を持ってきて、あなたと比べるんですか。あなたは三十三天の上。あいつは九十九地の下。あなたは、義にのっとり財を疎《うと》んじ、金や玉《ぎょく》を叩くような声で、話せばかしこく弁が立ち、薄絹を纏い錦を身に着け、いつも三人五人を随《したが》える、そういう人の上に立つ人。あなたが毎日食べたり使ったりしている珍しい品だけとっても、あいつが何百年生きたところで、目にすることもありゃしませんよ。あいつの何を持ってきて、あなたと比べるんですか。あなたは私を治してくれるお薬みたい。あなたの腕に抱かれてからは、昼も夜もなく、想うのはあなたのことだけ」

この言葉に有頂天になった西門慶は、すぐに鞭を放りだすと、手をさしのべて女を立たせ、服を着させ、懐に抱きしめて言うには、

「娘や、お前の言うとおりさ。まったく、あいつには小皿か何かだって、天ほどもでかく見えるんだろうな」

すぐに春梅を呼んで、

「さっさとテーブルを据えて、はやいとこ奥から酒と料理を取ってくるんだ」

まさしく、

東にはお日様だが西では雨
ふられそうだがふられない(27)

といったところ。

はてさて、この後どうなりますか、まずは次回の解きあかしをお聞きあれ。

---

(27) 原文「東辺日頭西辺雨、道是無情却有情」。唐・劉禹錫「竹枝詞」(其一)に基づく表現(文字には小差がある)。下の句は「晴」と「情」が同音なのを用いており、情がないようで情がある/晴れていないようで晴れている、という二通りの意味になる。訳文の「ふる」は「(雨が)降る」と「(異性を)振る」に掛けてある。

第二十回

孟玉楼《もうぎょくろう》が義もて呉月娘《ごげつじょう》を諫《いさ》めること
西門慶が大いに麗《く》春《る》院《わ》を鬧《さわ》がすこと

この世にて七十年を過すのに
何のため心を日夜すり減らす
世事はつまりは後悔のみ招き
虚栄はすぎゆき真実には非ず
貧窮富貴は上天の下し給う命
得失栄枯は差込む光に浮ぶ塵
まずは心ひらいて楽しまれよ(1)
鬢《びん》の毛むざと青ざめゆかすな

　さて西門慶は、部屋で李瓶児のほだし文句をいくつか聞かされて感じ入り、怒りは変じて喜びとなって、手をさしのべて立たせ、服を着させると、ふたりで抱き合って、睦まじさの限りを尽くした。そのかたわら、春梅を部屋に呼び入れてテーブルを据えさせ、奥の棟へと酒を取りにいかせるのだった。

　いっぽう金蓮と孟玉楼は、西門慶が部屋に入っていったときから、通用門のところに立ち、様子をうかがっていた。李瓶児のいる部屋の戸も閉ざされており、春梅ひとりだけが中庭に控えている。金蓮は玉楼を引っぱり、ふたりして門の隙間からのぞきこんでみたが、部屋に灯《あか》りのともっているのがわかるばかりで、話し声はまるで聞こえない。金蓮、

「私ら、春梅みたいな娘っ子以下ね。あの子の方がはっきり聞けてるもの」

　その春梅は窓の下で聞き耳を立てていたが、しばらくしてやってきた。金蓮は声をひそめて、部屋の様子はどうかとたずねた。これを耳にした春梅は、門越しにふたりに伝えて言うよう、

「父様は、服を脱いでひざまずけとやらお命じでしたが、脱がないので怒って、いくつか馬の鞭を振るわれました」

　金蓮はたずねた。

(1)『水滸伝』第七回冒頭の詩をやや改めて用いている。

「打ったら脱いだの」

春梅、

「父様が怒ったのを見ると、それであわてて、服を脱ぐと寝台の底板にひざまずきました。いま父様が話を聞いています」

玉楼は西門慶の耳に届くのではと恐れ、

「五姉さん、あっちへ行きましょう」

と、金蓮を引っぱり、西の通用門のところへやってきて佇《たたず》んだ。あたかも八月二十日ばかりとて、月は上《のぼ》ったばかり。暗がりに立って、金蓮は瓜の種をかじりつつ、ふたりして話をしながら、春梅が出てきたら様子をたずねようと待っていた。

潘金蓮は玉楼に、

「お姉さん（李瓶児）は、おいしいつまみでも食べたがるみたいに、ここに来たい一心だったのに、頭も揺すらぬうちから体に何発かあいさつをもらったのね。相手の出方に合わすことを知らない家《うち》のぶつときたら、あんた（李瓶児）がハイハイと言うこと聞いてりゃまだしも、あの人はねじり飴《ひねくれもの》の類で、あんたがことさら拗《こじ》らそうが拗らすまいが、どのみちただじゃ済まないのさ。いつだかあの奴隷側女《そばめ》（孫雪娥）めが、私を陥れようとして噂を流したじゃない。あの商売女（李嬌児）といっしょにね。私は十分すぎるほど気をつけていたのに、それでも痛めつけられて、どれだけ泣いたことか。お姉さん（孟玉楼）、あなたは来てどれだけになるの。まだあの人の性分をわかってないのね」

ふたりが話していると、ややあって聞こえたのは通用門の開く音。春梅が出てきて、まっすぐ奥の棟へおもむこうとしたところ、思いがけず暗がりに立っていた女主人から呼びかけられた。

「娘っ子、どこ行くの」

春梅は笑いながらどんどん行こうとする。金蓮、

「おかしな娘っ子め。こっちへおいで、聞きたいことがあるから。何をあわててるんだい」

春梅はやっと足を止め、かくかくしかじかと話した。

「あのかたは泣きながら、父様にたくさんのことを話しました。話すうちに父様はうれしくなって抱き起こし、服を着させ、私にテーブルを出させて、いまは奥へお酒を取りにいくところです」

金蓮は聞くと玉楼に言った。

「あの恥知らずのぶつめ。最初あれほど雷を鳴らしてたのに、雨はこれっぽっちかい。叩くだの騒ぐだの言っ

といて、いざとなるとたいしたことないんだね。どう見ても、酒を取ってこさせたらこの子にお酌《しゃく》させるに決まってる。この娘っ子め、あの人の部屋には女中がいないとでもいうの。あの人のために酒を取りに行くなんて。奥へ行って、また雪娥って奴隷側女に下の口でいやらしくがなられでもしたら、聞いちゃいられないよ」

春梅、

「父様からのご用なので、そう言われましても」

とて、にこにこ笑いながら行ってしまった。金蓮、

「うちの娘っ子ときたら、まっとうな用をさせると死んだように動くのを億劫がるのに、どういうわけか、猫が首出す《おこぼれにありつける》ようなお使いと聞くと、隙間をさがして首をつっこみ、どうにかして行こうとして、その足の早いことといったら。あの人の部屋には女中がふたりいるのに、代わりに行ってやるなんて、お前の持ち分じゃないっての。娘っ子め、大根売りが塩かつぎについていくってなもんで、塩《しょう》のないことに胃を痛めやがって(2)」

玉楼、

「まったくどういうわけでしょうね。蘭香っていう私のところの上の女中は、まともに仕事をさせるとずるしたがるのに、父様がろくでもないことをさせる時だけは、言うことを聞くんだもの。そういうときの足の早いことといったら」

話していると、だしぬけに玉簫《ぎょくしょう》が奥の棟からやってきて、

「三娘《さんおくさま》はまだこちらでしたか。お迎えにまいりました」

玉楼、

「けったいな犬の肉め、びっくりするじゃないか」

とてたずねて、

「お前の母様（呉月娘を指す）は、お前がここに来てるのをご存じなのかい」

玉簫、

「奥様ならずいぶん前にお寝かせしました。表の様子をのぞきにやってまいりました。先ほど春梅が酒やつまみを取りに奥へ入るのを見かけました」

とてたずねて、

（2）原文「売蘿蔔（葡）的跟著塩担子走、好個閑嘈心」。「咸嘈心」（塩辛いし胃がむかつく）と「閑操心」（むだに気遣いする）とを掛けた歇後語。訳文の後半は別の文脈で洒落にした。

「父様があのかたのお部屋に行かれて、どんなふうになったのでしょうか」

　金蓮が引きとって、

「あのかたの部屋に入ってね、頭の尖った醜女《しこめ》が厠《かわや》の(3)壁につっこんだ——頭ぴったんこめでたしめでたしってところさ」

　玉簫がさらに玉楼にたずねるので、玉楼は順を追って教えてやった。玉簫、

「三娘《さんおくさま》、ほんとうにあのかたの服を脱がせひざまずかせて、馬の鞭で五つも打ったのですか」

　玉楼、

「父様は、あの人がひざまずかないから打ったんだよ」

　玉簫、

「着たまま打ったんでしょうか、脱がせて打ったんでしょうか。真っ白な肌を傷つけられたりしたら、どうしてこらえられます」

　玉楼は笑って、

「おかしな犬の肉め、お前ときたら昔の人を心配《よけいなせわをやく》するもんだね」

　話しているところに、春梅と小玉が酒や料理を取ってきた。春梅は酒、小玉は料理箱を持ち、李瓶児のところへまっしぐら。金蓮、

「この娘っ子、どういうわけか、こういう仕事だと聞きつけると、雲のてっぺんの鼠ってやつで、天生の首ちゅっ込みになっちまう(4)」

　言いつけるには、

「さっさと届けてくるんだよ。あの人のところの女中に世話させて、お前は放っておけばよろしい。お前にさせたい用があるからね」

　春梅はにこにこしながら小玉と入っていったが、酒と料理をテーブルに並べるやすぐに出てきて、部屋では迎春と繡春《しゅうしゅん》がふたりで仕えた。玉楼と金蓮が様子をたずね終えると、玉簫、

「三娘《さんおくさま》、奥へもどりましょう」

　ふたりはいっしょに立ち去った。金蓮が春梅に通用門を閉ざさせ、自室にもどってひとり休んだことは措く。まさしく、

　今晩の月の団欒《まる》さが恨めしい
　光が満たすはすぐそばの他人《ひと》(5)

といったところ。

金蓮がひとり寝したのはさておき、西門慶と李瓶児のふたりは相思相愛で飲んだり話したり、夜更けになってやっと、翡翠《かわせみ》のふとんを敷き、鴛鴦《えんおう》のまくらを置き、寝台に上がり眠った。灯火ゆらめき、鏡うつしの鸞鳳《らんぽう》が鳴き交すかの如く、香気たちこめ、花のはざま胡蝶が連れ舞うにも似る。まさしく、

この夕べ銀の灯《ともしび》もて照らしながらも
見《まみ》えしは夢ではないかとこわくなり⑹

といったところ。その証拠となる詞がある（〈鷓鴣天《しゃこてん》〉の旋律による）――

眉はうっすら挿した櫛《くし》も傾き
刺繍の手を動かしたくもなく
雲霧に鎖された楼《たかどの》の深窓にて
蕙蘭《けいらん》の心もつ娘のなごやかさ
まこと艶麗《えんれい》
さらに秀美
神仙の風格にて世の者に非ず
これより恋の歌はうたうまじ
あふれる恩愛に錦も色褪《あ》せて⑺

ふたりで翌日の朝飯どきまで眠ってから、李瓶児がちょうど起きだし、鏡の前で髪を梳《と》かしているところに、迎春がやってきた。奥から運んできたものはといえば、甘味噌づけの瓜と茄子などの細々した料理が盛りつけられた四つの小皿。ひな鳩のとろ煮がひと碗、黄にらを挟んだ乳餅⑻がひと碗に、酢で炒めた白菜、豚

---

(3) 原文「尖頭醜婦、磞到毛司墻上、斉頭故事」。「斉頭」に、尖った頭が平らになったという意味と、男女が頭を揃えて寝るという表裏の意味を含ませている。／(4) 原文「雲端裡老鼠，天生的耗」。雲端（雲の頂）にいるから「天生」であり、「耗」は方言における鼠の異称。「耗」はまた「好」に通じて、春梅がこの手の用事を好んで務めることをいう。／(5) 第九回訳注⑸を参照。／(6) 第十六回訳注(23)を参照。／(7)『清平山堂話本』所収の白話短篇小説「簡貼和尚」中の〈鷓鴣天〉の詞に基づいて改編しており、本書第八十二回にもほぼ同じ詞が見える。底本には欠落があるので「簡貼和尚」や崇禎本により補い、また文字も適宜あらためた。／(8) 濾して煮沸した牛乳を水で解き、酢を加えて豆腐のように固め、布で包んで石で重しをして貯蔵したもの（『本草綱目』巻五十所引『臞仙神隠書』）。

肉の燻製がひと皿、鯽魚《じぎょ》[9]の紅麹《べにこうじ》漬けがひと皿。[10]真っ白で軟らかく香り高い粳米《うるちまい》がよそわれた銀縁の茶碗ふたつに、象牙の箸が二膳そえられている。女はまず口をすすぎ、西門慶の相手をして杯に半分の酒を飲むと、迎春に、

「きのうあまった銀の徳利の金華酒[11]を注《つ》いできて」

杯を手に西門慶の相手をし、各々二杯を空けてから、やっと顔を洗い化粧をととのえた。かたわら箱を開け、貴重な髪飾りや服を検《あらた》めて西門慶に目通しさせた。百粒の西洋真珠の首飾りをとりだして見せたが、これはもともとかつていた梁《りょう》中書の家から持ってきたもの。またとりだした一点、鴉青《サファイア》を金の台にちりばめた帽子の頂《いただき》飾りは、亡くなった老太監のものだといい、台から外して秤《はかり》にかけると四銭八分（約一八グラム）あった。李瓶児は西門慶に銀職人のところへ持っていかせ、耳飾り一対に仕立てなおしてもらった。さらに金糸の束髪冠、重さ九両（約三三〇グラム）のをひとつとりだすと、西門慶にたずねた。

「母屋の大奥様はじめ皆様は、こんな束髪冠をお持ちでしょうか」

西門慶、

「あいつらは銀糸のなら二つ三つ持ってるが、こんなのは編んでいないね」

女、

「私が着けて出るわけにはいきませんから、銀職人のところへ持っていって鋳《い》つぶし、九羽の鳳凰をあしらった髪飾りをひとつ打たせてください。鳳凰一羽ずつが嘴《くちばし》に真珠の鎖をくわえているやつです。余った分でもうひとつ、大奥様が正面に着けられているような、金の台に玉《ぎょく》の観音像を嵌めて、美しい蓮池の景をあらわした頭飾りを作ってください」

西門慶はうけとるや、すぐに頭を梳かし顔を洗い、服を着て部屋を出た。李瓶児は言い含めて、

「今まで住んでたあちらの家は、人がいないので、どうでものぞきにいってくださいな。番を誰かにまかせて、小者の天福はこちらで使えるようにしてください。馮《ふう》さんって老いぼれのぶつは、もたもたぐずぐずしていて、ひとりであそこに置いといたら、安心するどころじゃありませんから」

西門慶、

「言われたとおりにするよ」

束髪冠と帽子の頂飾りを袖に入れて部屋を後にし、

まっすぐ出かけようとしたところ、思いがけず、ぼさぼさ頭の金蓮が、髪も梳かさず顔も洗わぬまま、東の通用門のところに立っていて、声を掛けられた。

「お兄さん、どこ行くの。こんな時間に出てきて、寝ぼけてちゃ目玉に雀がぶつかるよ」

西門慶、

「用があるのさ」

女、

「けったいなぶつめ、もどってきな。あわてて逃げ出してどうしようというの。お話があります」

しつこく呼ぶので、西門慶は引き返さざるを得なかった。自室へ引っぱりこんだ女は、椅子に腰かけ、西門慶の両手を取って言うのだった。

「罵る言葉も出てきやしない。尻に火がついた三寸ぶつめ、誰かが長い鍋でも持ってきて、あんたを煮て食うというのかい。あわてて飛びだしたりして、何がしたいの。こっちへ来な、聞かせてもらうから」

西門慶、

「勘弁しとくれよ。チビ淫婦め、何を問いつめようというんだい。用があるから、もどったら話そうな」

言いながら出ていこうとしたが、女はその袖の中がずっしりしているのを探り当てて、

「なんなの。出して見せなさい」

西門慶、

「俺の銀子《ぎんす》入れさ」

女は信じずに、手を伸ばして袖の中を探ると、金糸の束髪冠がひとつ出てきたので言うには、

「あの人の束髪冠じゃない。どこへ持ってくの」

西門慶、

「あいつに頼まれたんだよ。お前たちはこういう束髪冠を持ってないから、銀職人のところで鋳つぶして、髪飾りふたつに打ち直してくれって」

(9) ニシン科の回遊魚。太平洋から長江や銭塘江を遡上して産卵する。脂が乗っており中国料理で珍重される。／(10) ロイの英訳はこの箇所の文章を整理し、瓜と茄子、白菜、豚肉、鰣魚の四品を「四つの小皿」の内訳とみなしている。／(11) 浙江・金華で産した名酒。色は黄みがかり味は甘かった。この箇所を初出として本作中で最もよく飲まれる酒で、浙江酒、浙酒、南酒などとも呼ばれている。明代の正徳、嘉靖年間に全国的に流行した。万暦年間にもこの情況は続いたものの、江南では金華酒は徐々にすたれ、代わって蘇州の三白酒が珍重されるようになっていった。詳しくは鄭培凱「《金瓶梅詞話》與明人飲酒風尚」（『中外文学』第十一巻第六期、一九八二）を参照。

金蓮がきく。

「この束髪冠、重さはどれくらいなの。あの人、どんなものを打ってくれというの」

西門慶、

「重さは九両あって、九鳳の髪飾りをひとつ打ってほしいそうだ。もうひとつは、母屋のが正面につけてる、玉の観音さまのおわす蓮池の頭飾りだってさ」

金蓮、

「九鳳の髪飾りひとつなら、どんなにしたって三両五、六銭（約一三〇グラム）も金を使えばできちまうわ。大姉さまの頭飾りだって、量ったら一両六銭（約六〇グラム）しかなかったもの。余った分でどうでも私に、あの人と同じ九鳳の髪飾りをひとつ打ってちょうだい」

西門慶、

「蓮池飾りは、端までぎっしり金を使えというのさ」

金蓮、

「端までぎっしり使ったところで、金は三両（約一一〇グラム）より要りゃしませんよ。どう転んだって金が二、三両は余分になるから、髪飾りひとつ打つには十分でしょ」

西門慶は笑いかつ罵って、

「お前というチビ淫婦ときたら、せこく得するのがとにかく好きで、ところ選ばずがっつきやがる」

金蓮、

「坊や、おっかさん《このわたし》の言ったことを、よくよく覚えといてね。打ってきてくれなかったら、かたはつけさせてもらいますよ」

西門慶は束髪冠を袖に入れて、笑いながら出ていこうとする。金蓮はふざけて、

「お兄さん、あんたやっちまったね」

西門慶、

「俺が何でやっちまったんだよ」

金蓮、

「そうでもなきゃねえ。きのうはあれほど雷を鳴らしてたのに、雨はこれっぽっち。引っぱたいて首を吊らせると言ってたのに、きょうは束髪冠なんて持って出るんだから。あんたっていうべらべら口の犬をつかまえて幽霊に臼挽きさせて《いいようにこきつかって》、行かないわけがないって思われてるんですからね」

西門慶は笑って、

「このチビ淫婦ときたら、でたらめばかり言いやがる」

言いながら出かけていくのだった。

さて、呉月娘は孟玉楼、李嬌児と部屋にいたが、とつぜん外から小者の声が聞こえてきた。来旺《らいおう》を探しているが見つからない様子。そこに平安が簾《すだれ》を捲《まく》って入ってきたので、月娘はたずねた。

「なんの用があって探しているの」

平安、

「父様がじりじりお待ちですので」

月娘はしばらく間をおいてからやっと言う。

「あいつは私の用事で使いに出しました」

月娘はこの朝、来旺に言いつけて、王という尼僧の庵《いおり》に香油と白米を届けにいかせたのだった。平安、

「父様には、奥様がご用事でお使いに出された、とだけ申しておきます」

月娘は罵って、

「けったいな奴隷め。どうにでも好きなように伝えりゃいいだろ」

平安はびっくりしてひとことも返すことなく出ていった。月娘は玉楼たちに言うよう、

「口を開けばお節介だと言われるし、何も言わなきゃこっちが胸苦しい。人だって引っぱりこんじまったんだから、あっちの家は売り払えばいいことでしょう。意味もなく莫迦《ばか》やって、鈴や太鼓でおおさわぎしてまで、どうして番をしなきゃならないの。ともあれあの人には馮のおっかさんがいて、あっちに住まってるんだから、女房のいない小者をあとひとり遣《や》って、夜はいっしょにあっちで泊まり番をさせれば、それっきりじゃない。あの家がどこか行っちまうとでもいうのかい。乳母さんの抱っこみたいに後生大事に、わざわざ来旺を夫婦で行かすなんて。あいつのかみさんは病気がちなのに、あっちで急に倒れた日には、臥《ふ》せったのを世話する者だっていやしない」

この言葉に玉楼、

「お姉さまに私から申しあげるべきことではありませんが――あなたは一家の主ですよ。父様とおふたりで話をなさらなければ、やりにくくなるのは私らです。下の子ら（小者のこと）だって、誰に従えばいいのかわかりません。父様もここ二、三日よそよそしくなさっておいでなのは、さぞ面白くないのでしょう。どうにか私らの言葉に耳をお貸しになり、笑って水に流していただけませんか」

月娘、

「孟の三姉さん、そういうことは考えないで結構です。

あの人とは夫婦げんかしたわけでもありません。あっちがわけもなく腹を立ててるだけなの。ふくれっ面《つら》したからって、ちらっとでもまともになど見てやるもんですか。あの人、陰で私のことをわからず屋の淫婦だ(12)なんて罵って。どうして私がわからず屋なの。いままで六人も七人も家にお入れなさいと勧めてやって、それでわからず屋って気づいたとでもいうの。昔から〝うまくやりたきゃ世辞を言え、本音で話せば嫌われる〟ってね。さいしょあなた（西門慶）のやり方につよく物申したのだって、よかれと思えばこそ。あの人（李瓶児）の持ち物をたくさん我が物にして、もと住んでた家も買ったというのに、こんどは女房まで手に入れようとしたら、役人だってからくりを見抜くでしょうよ。おまけにあの人は喪も明けておらず、娶《めと》るわけにはいかなかったの。なのに、裏ですっかり細工をめぐらして、日々結納だかのうゆいだかして話を進めておきながら、私ひとりをあざむいて、甕をかぶせて《めかくしして》おいたなんて、そんなことわかるもんですか。きょうも廓《くるわ》で休むふり、あすも廓で休むふりじゃ、とどのつまり人ひとり休ませてから家へ連れてきたいんだなんて、誰が思います。まったく結構なことじゃない、廓で休むって。うちの人ときたら、誰かが目の前でぺらぺらたらたら言って、飾りの龍や絵に描いた虎よろしく、表と裏の刃を使い分けてだましにかかったなら、よっしゃよっしゃとすぐに引っかかっちまう。私らみたいにまじめに心配してやったところで、良薬は口に苦し、相手になどするもんですか。それどころか、いまじゃ逆に仇《かたき》あつかいですよ。ほんとうに――

前の車がばたばた倒れりゃ
後の車もおなじことになる
平らな道を教えているのに
忠言は悪言と取違えられて

ってところですよ。あなたが私に取り合わないのに、私があなたを必要とするもんですか。三度の飯さえ食べさせてくれりゃ、亭主はいないものと思って、この部屋で後家を通すことにしましょう。私の好きにしますから、お前たちが構うことはありません(13)」

　この言葉に玉楼たちが気まずくしていると、ややあって、髪を梳かし化粧をした李瓶児があらわれた。緋の金襴で前ボタンの薄絹の単衣《ひとえ》をまとい、御納戸《おなんど》色で裾《すそ》が地を曳《ひ》く柄物の薄絹の裙《スカート》を着けている。銀の湯瓶を抱えた迎春と、茶の箱を手にした繍春とをしたがえて母屋を訪れ、月娘らに茶をさしあげようというわけ。月娘は小玉に命じて、李瓶児の座る席をつくらせた。あとから孫雪娥もやってきて、一同に茶が注がれると、皆そろって席についた。

おしゃべりな潘金蓮はこう呼ばわった。

「李の姉さん、来なさい。大姉さんに頭を下げるんですよ。本当のところね、大姉さまと父様がしばらく夫婦の語らいをしていないのは、あなたのせいなんですよ。私たちさっきから延々、あなたのために口を利いてあげてたの。日を改めて、あなたもひとつ酒席を設けて、大姉さまにお願いするのよ。なじみの連れ合いどうし、笑って水に流していただけるようにね」

李瓶児、

「お姉さまのお申しつけ、承知いたしました」

そこで月娘の前に出て、花の枝が風に揺れ、刺繍帯が舞い漂い、蠟燭を挿しこむかのように、四たび叩頭《こうとう》した。

月娘、

「李の姉さん、あの人はからかってるんですよ」

とてまた、

「五姉さんにお前たち、せっつくようなことは止《よ》して。私はもう誓いを立てたの。百年経ったとて、あの人と元の鞘《さや》には収まりません」

この言葉に、一同はかさねて意見しようとはしなかった。

金蓮は小さな刷毛《はけ》を手に、脇から李瓶児の頭をなでつけていたが、透かし細工の草虫《きりぎりす》の金飾り一対と、金線細工で歳寒《さいかん》の三友《さんゆう》たる松竹梅を背にあらわした櫛とを髪につけているのが見えたので、言うには、

「李の姉さん、こんなちっぽけな草虫の髪飾りなんて打っちゃだめ、髪の毛に引っかかるだけでしょ。大姉さまが髪につけている、観音さまの金の蓮池飾りの方がいいわ。端までぎっしりなのがね」

李瓶児はまじめなので、こう言うのだった。

「私もまねをして、銀職人にあんなのをひとつ打って

(12) 第十八回（三七四頁）で、西門慶が潘金蓮に言った言葉。／(13) 崇禎本の眉批。「月娘は西門慶と仲良くしていたときにはあんなに賢くやさしかったのに、いまやや落ちぶれると、たちまち多くの不平不満を口にする。敗局、冷局に身を処する難しさがわかるというものだ」。

もらうんです」

　それから小玉と玉簫が進みでて、茶を注ぐついでにふたりで好き勝手にからかった。まず玉簫がたずねた。

「六娘《ろくおくさま》、もとのお宅の老太監さまは、そのかみ皇城のどちらの部署にいらしたのですか」

　李瓶児、

「あのかたは惜薪司《せきしんし》(14)の倉庫係から、御前につかえる近侍《きんじ》を経て、後に広南の鎮守(15)へと昇られました」

　玉簫は笑って、

「道理で奥方様はきのう、たいそうおこられておいででしたね(16)」

　小玉も、

「去年、近郊が水びたしになったとき、たくさんの里長やら長老やらが、あなたを血眼《ちまなこ》で探していましたよ。東京《とうけい》に行ってもらうんだといって」

　女はなんのことやら分からぬので、

「私を探してどうするのでしょう」

　と言えば、小玉は笑って、

「奥方様は憐れみ乞いがお上手だから、とのことでした」

　玉簫はさらに、

「奥方様は、田舎のおっかさんが千体仏を拝むってなもので、きのうは十二分に頭を下げられましたね」

　小玉もかさねて言うよう、

「朝廷からきのう四人の斥候《せっこう》が遣《つか》わされて、異民族との講和のため、奥方様に長城のあちらがわへ嫁いでいただきたいと請うたそうですが、ほんとうにそんなことがありましたか」

　李瓶児、

「存じません」

　小玉は笑って、

「奥方様のハン、ハン、ハン(17)というお声がすてきなんだそうですよ」

　これには玉楼も金蓮も笑いが収まらない。月娘は、

「けったいなばっちい娘ども、自分の仕事をしなさい。この人を延々ひやかしてどうするの」

　こういう具合なので、李瓶児は恥ずかしさに顔を赤くしたり白くしたり。立つにも立てず、座るにも座れず、しばらくすると部屋にもどってしまった。ややあって西門慶が部屋に入ってきて、顧《こ》という銀職人のところで品物を打たせることを報告しがてら、相談を持ちかけるには、

「あす招待状を出し、二十五日に男客を招いて顔合わ

せの酒を飲むつもりなんだ。花の兄さんにもいちおう、招待状を出さないわけにはいくまい」

李瓶児、

「あの人のかみさんが三日の祝いに来て、何度もそのことを言っていました。まあいいでしょう、ひと声おかけなさいな」

李瓶児はまた、

「あっちの家は、どのみち馮さんは番をしてくれるので、あなたの方で誰かあとひとり使って、天福とかわるがわる夜の泊まり番をさせてくれれば大丈夫。旺さんを行かせることはありません。母屋のお姉さまがおっしゃるには、かみさんが病気で行けないんですって(18)」

西門慶、

「それは知らなかった」

すぐに平安を呼びよせて、

「天福と一日ずつ交代で、獅子街の家に泊まるんだ」

と言いつけたことはここまでとする。

無用なおしゃべりはやめよう。早くも二十五日になると、西門慶は家で顔合わせの酒を飲んだ。出入り自由の宴席(19)で、歌い女《め》四人と曲芸師や芸人の一団が呼ばれた。上座には花の大舅《おおあに》（花大）と呉の大舅《おおあに》（月娘の長兄）が座り、第二席には呉の二舅《にばんめ》（月娘の次兄）と沈《しん》の姨夫《ぎけい》（月娘の長姉の夫）、第三席には応伯爵と謝希大、第四席には祝日念と孫天化、第五席には常時節と呉典恩、第六席には雲離守と白来創。西門慶は主人の席につき、ほかに傅自新《ふじしん》、賁地伝《ほんちでん》、娘婿の陳経済が両脇に座った。これに先立って昼ごろには、李桂姐《りけいしゃ》、呉銀児、董玉仙《とうぎょくせん》、韓金釧《かんきんせん》が駕籠に乗ってやってきて、月娘のいる母屋を訪れていた。

男客は新築の唐破風《からはふ》造《づく》りに通されて茶を飲み、それ

(14) 宮中で用いる薪や炭の管理をする部署。／(15) 第十回訳注(18)を参照。／(16) 原文「挨的好柴」。「柴」は薪のことで、太監が惜薪司にいたのに引っかける。また、罰として受ける棒や鞭を「柴」と称することがあり、李瓶児が西門慶に鞭を振るわれたことを当てこすっている。訳文では「熾る」「怒る」の洒落に置き換えた。／(17) 原文「達達」。本訳書ではふつう「とさん」と訳している語で、韃靼をも意味する。第八回訳注(30)を参照。／(18) 月娘がこのことを話した場に李瓶児はいなかったはずだが、誰かが伝えたのであろう。／(19) 原文「挿花筵席」。流水席の別称で、一同が揃って席につくのではなく、客が随時来て帰る形式の宴会をいい、テーブルの席が埋まると新しいテーブルを追加するので「挿花」の名があるという（『金瓶梅詞話校註』ほか）。ただしこの解釈は、以下に描かれる宴会の様子とはあまり合致しないようである。

から皆が揃うと大広間に上がった。どの席にも祝いのごちそうが並んでいて、上座に着く者あり、下座に着く者あり。まず前菜として青海苔の巻き物と具だくさんのスープが出てから、最初のメインとして鵞鳥《がちょう》の丸焼きが切り分けられた。楽人が手並みを披露し、曲芸がいくつか演じられると、おつぎは笑楽院本《こっけいしばい》[20]。それが下がると、李銘と呉恵のふたりの若い芸人が登場して弾きかつ歌い、風流に吹き奏でる。それも終わると四人の歌い女が出てきて、宴席をまわって酒をすすめた。

宴席からまず口を開いたのは応伯爵。

「きょうは兄貴の祝い酒だ。弟分が大それたお願いをしちゃいけないが、新しい兄嫁どのにお出まし願い、ひと目拝ませてもらえたなら、皆さんに親愛の情もお示しできようというもの。俺らは構いやしないが、ご親戚の花さま、ならびにおふたりの義理のお兄上に、沈さままでいらっしゃるんですぜ。きょうは皆さん、なんのためにお越しだとお思いで」

西門慶、

「うちのは不美人で、お目通りするに値《あたい》いたしませんので、ご勘弁を願います」

謝希大、

「兄貴、そりゃ通らないね。こないだ約束ずみですぜ。兄嫁どののためでなきゃ、俺らはどうして来たのかね。おまけに兄嫁どののために、われらが親戚でいらっしゃる花の兄さんがおいでなんだ。はじめは友達、いまでは縁者ってなもんで、ほかの人とはわけがちがう。お出ましいただくのに、なにかまずいことがありますか」

西門慶は笑うだけで動こうとしない。応伯爵、

「兄貴、笑ってる場合じゃない。俺ら皆、こうして目通り銭を持ってきたんだ。ただでお出ましいただこうってわけじゃないぞ」

西門慶、

「この犬ころ根性め、でたらめばかり並べやがる」

何度も迫られて仕方なく、玳安《たいあん》を呼んで奥へ言いにやった。しばらくして玳安が出てきて報告するには、

「六娘《ろくおくさま》より、ご勘弁を願いますとのことでした」

応伯爵、

「このチビの犬の骨、お前まやかしをやっただろ。いつ奥へ行ったというんだ。もどってきたふりをして、俺をかつぎやがる。幾重《いくえ》にも誓ってそう言い張るなら、嘘じゃないぜ、俺が奥まで呼びにいってやる」

玳安、

「まさか応二さんをかついだりいたしましょうか。お入りになってたずねられたらいかがですか」

伯爵、

「お前、俺が入っていきゃしないと踏んでるだろ。どのみち勝手知ったたる花園さ、どうであれ入っていって、奥様連中も何人かいっしょに引っぱりだしてやろう」

玳安、

「うちの大きな狆《ちん》は手に負えぬ奴でして、応二さんのちんを咬み切ったりしないといいですが」

伯爵はわざと席から下り、玳安を追いかけまわしてふたつ蹴り、笑いながら、

「まったくチビの犬の骨め、俺をしっかりいたぶりやがって。さっさと奥へお願いにいっとくれ。お出まし願えなかったら、棍棒を二十だからな」

これには一同も歌い女四人も揃って打ち笑う。玳安は主人の席のある下手へとふたたびまわり、立ったまま身じろぎもせず主人の方を見た。西門慶はしかたなく、玳安を呼びよせて申しつけるのだった。

「六娘《ろくおくさま》に申しあげるんだ。支度を終えたらお出ましくださいとな」

玳安は行ってしばらくすると出てきて復命し、奥へお越しいただきたいと西門慶に願い出た。それからやっと使用人を追い出して、中の門を閉じた。四人の歌い女は揃って奥へとおもむき、楽器を奏でつつ女があいさつに出てくるのを取り囲む。孟玉楼と潘金蓮はあの手この手でせきたて、髪をなでたり飾りをつけたりしてやり、お披露目に送り出した。

広間には早くも錦繡《きんしゅう》の絨毯が敷かれ、麝蘭《じゃらん》の香り立ち籠《こ》め、管絃の調べ響き合うなかを、四人の歌い女が先導して進み行く。女は、緋色に五色をちりばめた長袖の薄絹の長衣を身にまとい、下には金の枝に緑の葉をあしらい百花を縫い取った浅緑の裙《スカート》を着けていた。腰には碧玉《へきぎょく》の女帯を締め、腕には金の袖留めを嵌める。胸には瓔珞《ようらく》から御符《ごふ》を垂らし、裙《スカート》の裾をかこむ珮《おびだま》はカラコロ。頭をかざる真珠や翡翠《ひすい》は堆《うずたか》く積まれ、鬢のかたわらの華やかな釵《かんざし》はなかば傾《かし》ぐ。紫瑛《アメジスト》のひかる金の環が、

(20) 院本は金元代の演劇形式で、その多くは笑劇であった。「笑楽(的)院本」の名は、本書にあと二箇所(第三十一、五十八回)現れるほか『水滸伝』第五十一回にも見える(百二十回本では第百四回にも)。「笑楽」が院本の類型の一つであるのか、院本全般の性格を形容する語なのかは議論が分かれる。

四人の歌い女に囲まれてお目見えする李瓶児

耳元ひくくぶら下がり、真珠銜《くわ》える鳳凰の釵《かんざし》(21)は、二本ながらに髷《まげ》へ挿す。白粉《おしろい》した顔は翠の飾りを貼るのによろしく、襞《ひだ》ゆれる裙《スカート》は鴛鴦の赤靴の小ささ引き立て、ちょうど嫦娥《じょうが》が月の宮殿を離れるかのよう、あたかも神女が宴の席を訪れたかのごとし。四人の歌い女が琵琶に箏《そう》に三弦(22)を奏でて取り囲むなか、女は花の枝が風に揺れ、刺繡帯が舞い漂うかのように、上座に向かって跪拝した。一同はあわてて席を下り、しきりに礼を返す。

さて、孟玉楼、潘金蓮と李嬌児は月娘を取り囲み、大広間の屏風の後ろでみな耳を立てていたが、聞こえてきたのは「めでたく功名とげられて(23)」と歌う声。「天の配剤か好一対、鸞鳳の如き夫と妻」から「朗《ほが》らかに笑い慶《よろこ》んで、鳳凰の杯たかく掲《かか》ぐ。奏でるは象板(24)に銀箏に玉笛。杯と皿とを列《つら》ねたる、水と陸《おか》との馳走の宴」、さらに進んで「とこしえまでも円満な、生まれ変わっても夫婦《めおと》のふたり」と歌われたところで、月娘の脇から金蓮は言った。

「大姉さま、あの歌をお聴き下さいな。あの人は側室だというのに、こういう日に歌うような組歌ですか。あの人と水魚の円満さで、生まれ変わっても夫婦なら、お姉さまの立場はどうなります」

月娘は人が好いとはいえ、この言葉を聞くと、気持ちが動揺し、内心いらいらするのは抑えようもなかった。そのうえ応伯爵や謝希大といった連中は、李瓶児があいさつに出てきたのをみて、もういくつか口がほしいといわんばかりに褒めそやし諂《へつら》って、

「我らが兄嫁どのは、まことと天下に稀《まれ》にみる、世に並ぶ者なきおかたですな。人柄よろしく、お優しく、振る舞いに落ち着きがあるのをさて措いても、こんな器量よしは地の果てまで探したって見つかるもんじゃありません。兄貴みたいな幸せ者がまたとありますか。俺ら、きょう兄嫁どのをひと目拝んだからには、あす死んだって往生できるってもんだ」

---

(21) 西門慶に頼んで銀職人へ注文させた品がさりげなく描き込まれている。／(22) 原文「琵琶箏絃」。もっとも箏は持ち運んで演奏する楽器ではない。この場面を描いた崇禎本の挿絵でも、弦楽器としては琵琶のみが描かれている。／(23) 以下、『詞林摘艶』癸集、『雍熙楽府』巻十六ほかに収められる〔合笙〕の旋律から始まる組曲の断片を引用している。『詞林摘艶』は出典を『綵(彩)楼記』と注記し、この戯曲の明刊本は伝わらないものの、清代の写本ではこの曲は第二十齣に見出される。／(24) 象牙でできた拍板。拍板は本訳書では拍子木と訳しているが、実際には紐で繋いだ三枚の板を片手に持って打ち鳴らすリズム楽器。

そこで玳安を呼び、

「さっさと奥様に部屋へお引き取り願うんだ。ご迷惑となってはつまらないからな」

呉月娘らはこれを聞いて、口から出まかせの牢屋暮らしめ、とさんざん罵るのだった。ややあって李瓶児は引き下がった。四人の歌い女は、この女が物持ちと見てこぞって持ち上げ、それ奥様やれ奥様と、髪飾りを拾ったり服を畳んだり、してやらぬ事とてなかった。

月娘は自室にもどったが、ひどく鬱々として心穏やかではなかった。そこに玳安と平安が、たくさんの目通り銭、反物や服、それに礼物など、いただきものを盆いっぱいに載せて、月娘の部屋へと運んできた。月娘はまともに見ようともせず、罵った。

「この牢屋暮らしめ、表へ持っていけばいいじゃないか。わざわざ私の部屋に運びこむなんて、どういうつもりだい」

玳安、

「父様が、奥様のお部屋に運べとお申しつけでしたので」

月娘は玉簫にうけとるよう命じ、寝台の上に放らせておく。ほどなくして、二巡目の食事をすませた呉の大舅《おおあに》が、月娘に会いに奥へと入ってきた。月娘は兄が部屋へやってきたのであわてて、花の枝が風に揺れるように兄へ礼を執ってから腰を下ろした。呉の大舅《おおあに》、

「きのうはうちのがご厄介かけたね。ご主人が祝いのごちそうをお送りくださったことにも、感謝しているよ。かえったあいつに話を聞いたんだが、お前、ご主人と話をしないそうじゃないか。お前を諫《いさ》めにこねばならんと腹を固めていたところ、はからずもきょう、ご主人のお招きを受けたわけだ。妹よ、そんなふうでは、いままで仲良くやってきたのが台無しだぞ。昔から、痴《し》れ男は妻を恐れ、賢い女は夫を恐れるという。三従四徳(25)こそは婦道のよりどころだ。これから先は、妹よ、あの人がすることをじゃましてはならんぞ。思うにご主人だって、わざわざ間違いをおかそうとはしまいよ。何でもハイハイ言う妻になってやらなきゃ。それでこそお前の賢さも光ろうというものさ」

月娘、

「もっと先《せん》から賢ければ、こんなに嫌われることもありませんでしたとも。あの人にはお金持ちの姉さまがいますからね、こんな貧乏役人の家の小娘は、死んじまった勘定になってるんです。お気づかいは無用、どのみち私だけのことです。私のことは、あの人にどう

にでもさせましょう。あの強盗め、いつからこんなに心変わりしたんだろ」

　言いながら月娘は泣きだした。呉の大舅《おおあに》、

「妹よ、それはちがうぞ。お前や俺はそんな人間じゃないはずだ。さっさとこんなことはやめな。夫婦ふたり仲良くなれば、俺らが行き来するにも格好がいいってもんだ」

　月娘をしばらく諫《いさ》めていると、小玉が茶を運んできた。茶を飲み終えると、月娘は小玉にテーブルを据えるよう言いつけ、呉の大舅《おおあに》を引きとめ、部屋で酒を飲んでいくようすすめた。呉の大舅《おおあに》、

「妹よ、気づかいはいらないさ。さっき宴席で酒も飯もたらふく食ってから会いにきたのでな」

　しばらく座っていると、表から小者が呼びによこされたので、呉の大舅《おおあに》は月娘に暇《いとま》を告げて出てきた。そうして一同、灯りが点されるまで飲んでから、席を立ちお開きとなった。その日、四人の歌い女は、李瓶児からそれぞれ金摺箔《すりはく》のハンカチ一枚と銀子五銭をもらい、よろこんでかえっていった。

　これから西門慶は李瓶児の部屋で立てつづけに数晩やすんだ。ほかの者はともかく、ひとりたいそう腹を立てたのは潘金蓮。かげで呉月娘を焚きつけ、怒りの矛先を李瓶児に向けさせる一方で、李瓶児にも月娘の悪口を多く吹きこみ、月娘は心の狭い人であると説いた。李瓶児はそれでも術中に嵌《はま》ったと気づくことなく、いつもお姉さまと呼んで金蓮ともっとも親密に交わったのだった。まさしく、

　出会ってまず話すは三分《さんぶ》に留めよ
　開《あ》け広《ひろ》げに本心ぶちまけるなかれ

といったところ。

　西門慶は李瓶児を娶り、それにともなって二、三度にわたり不義の財が転がりこんできた結果、家は富み栄え、荘園も自宅も、ぴかぴかの真新しさ。米や麦は倉に溢れ、騾《らば》に馬は群を成し、奴僕また列を成すという具合だった。李瓶児の連れてきた小者の天福は琴童と名を改めさせ、さらにふたりの小者を買い入れた。ひとりは来安といい、ひとりは棋童《きどう》という。

　金蓮の部屋の春梅、母屋の玉簫、李瓶児の部屋の迎

(25) 三従とは、嫁ぐ前は父に、嫁いでは夫に、夫の死後は子に従うこと。四徳とは婦人の励むべき婦徳、婦言、婦容、婦功の四つの徳目。

春、玉楼の部屋の蘭香、この四人の女中はひと組にして服や髪飾りで装わせ、李嬌児の弟で楽師の李銘《りめい》を家に呼んで、表の西の脇棟で楽器や歌を教えさせることにした。春梅は琵琶、玉簫は箏、迎春は三弦、蘭香は胡琴《こきん》(26)を習う。李銘のことは茶やら食事やらで日々もてなし、ひと月に銀子五両を与えるのだった。

さらに、通りに面した二間をあけはなち、銀子二千両を量って番頭の賁地伝にゆだね、質屋を店びらきした。娘婿の陳経済は、店の鍵を持ち、出納《すいとう》と取りたてをつかさどるだけで、薬材や質草(27)にはかかわらない。賁地伝は帳簿をつけ、商品を量って送り出すのだけが仕事。番頭の傅銘《ふめい》が、生薬店と質屋の両店舗を取りしきり、支払い銀の質を見定め、商売にたずさわっていた。潘金蓮の住むこちらの楼には生薬が積まれ、李瓶児の住むあちらの楼には棚が作りこまれて、質草の倉庫として服、髪飾り、骨董品、書画、賞玩品《しょうがんひん》が置かれた。一日だけでも多くの銀子が出ていったものである。

陳経済は来る日も早く起き遅く寝て、鍵をもって番頭と銀銭の出納を点検し、金の出し入れに読み書きそろばん、なんでもきちんとこなした。この様子を目にした西門慶はうれしくてしかたない。ある日、表の広間でテーブルを共にして食事しながら言うよう、

「婿くん、君が俺の家でこんなに上手に商売してるなら、東京のお父上の耳に入ったとしても、あちらも安心なさるね。俺も頼りにしてるよ。諺《ことわざ》にも言うだろう、〝子のある者は子をたのむ、子のない者は婿だのみ〟とね。婿くんは何者で、うちの娘は何者かって話さ。俺にさいごまで子どもができなかったなら、ここの家産はぜんぶ君ら夫婦のものだよ」

陳経済は言う。

「息子《わたくし》め、不幸にして生家が官界の騒動に巻きこまれ、実の父母のもとを遠く離れ、義父《とう》さま義母《かあ》さまのご推挙を賜りましたこと、このうえもなき大恩にて、一命もてなお報いがたきほどにございます。息子め、若輩者にてものごとの良し悪しすらわきまえませぬ。義父さま義母さまが寛容に接してくだされればそれで十分、どうして大それた望みなど抱きましょうか」

西門慶は、この婿が口上手でかしこく気が利いているので、ますます有頂天になり、およそ家の大小の書き物、手紙や礼物の目録のやりとりがあるとすべて経済に書かせ、またおよそ客人が来たならば必ず呼ん

で、かたわらに同席させた。茶だろうが食事だろうが、片時《かたとき》も経済ぬきではすまされない。この若者が綿のなかの針、肉のなかの刺《とげ》で、つねに刺繡の簾から賈玉《かぎょく》を窺い、いつも綺麗な閨《ねや》より韓香を覗《のぞ》(28)くような輩であるとは、知る由もなかったのである。その証拠としてこんな詩がある——

婿さんまことに可愛らしい
若い盛りなればなおのこと
来客時にはいつも同席させ
勝手口からつねに出入《でいり》さす
家でも庭でもふざけて見せ
痴《し》れた戯《おど》けにたくらみ隠す
半子《ぎりのこ》と称しても空しいこと
骨肉のつながり有りはせず

光陰は矢にも似て、日月は梭のごとく、ふたたび中秋の月を賞すれば、まもなく東籬《とうり》に菊が綻《ほころ》んだ。空には雁が南へと飛び、いつしか雪花《せっか》は地を満たした。

ある日、十一月下旬の候、西門慶は友人の常時節の家で茶と酒の集まりに出た。散会になったのが早く、まだ灯りも点《とも》らぬ時分に席を立つと、応伯爵、謝希大、祝日念の三人と連れだち、馬を並べて道を行った。常時節の家の門を出るとすぐに、天には雪雲がみっしり立ちこめ、早くもちらちらひらひらと雪の花がいちめんに舞い降りた。(29) 応伯爵がそこで言うよう、

「兄貴、こんな早くにかえったりしたら、家の者だって迷惑がります。ずいぶん長いこと、中《くるわ》で桂姐の顔を見ていないでしょう。(30) きょうは雪に乗じて、孟浩然が雪を踏んで梅を尋ねたのに倣《なら》い、あいつを拝みにいきましょう」

---

(26) モンゴル由来の二弦で長円型の胴をもつ擦弦楽器。底部を脚に挟んで弾く。元代以降、宮廷や民間で広く用いられた。

(27) 底本には質草を表す文字がないが、梅節『金瓶梅詞話校読記』の指摘に従って補った。／(28) 原文「常向繡簾窺賈玉、毎従綺閣窃韓香」。第十三回訳注(11)に紹介した賈充の娘と韓寿との故事に、男女の私通をあらわす「窃玉偸香（玉を窃《ぬす》み香を偸《ぬす》む）」という表現を取り込んで、二人を賈玉、韓香と呼んでいる。／(29) 第一回にみられた『水滸伝』に由来する雪の描写（四一頁）を、やや改めて再度用いている。／(30) 孟浩然は唐代の詩人。明・朱有燉に雑劇『孟浩然踏雪尋梅』があり、第二折で孟浩然は大雪を冒し谷川をたどって梅の花を探しにゆき、その清高さをほめたたえる。この話は元代には成立していたらしく、伝存しないものの馬致遠にも同じ題材の雑劇があったことが知られる。

祝日念、

「応の二哥《あにき》の言うとおりだ。毎月、風にも負けず雨にも負けず、銀子二十両を出してあいつを囲ってるんだ、これで行かなきゃ、甘やかしすぎますぜ」

西門慶はこんな風に三人から、お前がひとこと、俺が一席という調子で言いくるめられ、東通りの盛り場の路地へと、馬でまっすぐ向かった。

李桂姐の家《みせ》に着いたころには、すでに暗くなりかけており、客間には灯りが点され、女中がせわしなく床を掃いていた。おっかさんが李桂卿と出てきてあいさつすると、座敷に四脚の曲彔《きょくろく》が並べられ、四人は腰を下ろした。そこで遣り手婆、

「いつぞやは桂姐がお宅で遅くまで、たいへんご厄介になりました。六娘《ろくおくさま》にもハンカチと髪飾りとを頂戴いたしまして、まことにありがとうございました」

西門慶、

「あの日はあいつに何もしてやれなくてな。遅くさせてはいけないから、お客らが捌《は》けたところで、あいつもかえしてしまったんだ」

話しながら、遣り手婆は茶を出して飲ませ、次いで女中がテーブルを据えるとつまみを並べた。西門慶、

「桂姐の姿が見えないが」

遣り手婆、

「桂姐は来る日も家で旦那のことを待っていたのに、お越しくださらなかったでしょう。間のわるいことにきょうは、あの子からみて母方の五番目のおばさんが誕生日で、迎えの駕籠をよこしたんで、おばさんの誕生祝いに行っちまいましてね」

皆様お聞きあれ、もともと世の中で、和尚に道士に歌い女、この三つを生業《なりわい》とする者は、銭を見ずんば眼《まなこ》ひらかず、貧乏人を見くだし金持ちに取りいり、嘘とでたらめなくしては立ちゆかない。もともと李桂姐も、五番目のおばさんの家へ誕生祝いになど行ってはいなかった。このところ西門慶が来ないので、杭州から綾絹を売りにきた丁《てい》という商人の息子の丁二《ていじ》、号を丁双《ていそう》橋《きょう》という旦那を客に取っていたのだ。この男、銀子千両分の綾絹を売って旅籠に逗留していたのだが、父親の目をくらまし廓にやってきて、女郎遊びに乗りだしたというわけ。まずは銀子十両と、杭州の厚絹で仕立てた服をふた揃え持ってきて李桂姐を呼ぶと、立て続けにふた晩休んだものである。ちょうど桂姐と部屋で飲んでいたところへ思いがけず西門慶がやってきたの

で、遣り手婆は桂姐を、奥の第三棟の片隅にある小部屋へと客連れでいそぎ移らせたのだった。

そのとき西門慶は遣り手婆の言うことを信じこんで、「桂姐がいないというなら、おっかさん、さっさと酒の支度をしてくれ。俺らはゆるゆるかえりを待つから」

遣り手婆は下がると精いっぱいせかして、酒に肴《さかな》に料理を揃え、あっという間にテーブルを埋め尽くした。李桂卿も、箏柱《ことじ》は雁の如く並び、歌は新たな節《ふし》なぞる、という具合にもてなさぬわけにはいかない。一同は宴席で猜枚《さいまい》などの酒令に興じた。

ちょうど酒もたけなわのところで、出しぬけに西門慶が奥へと手洗いに立った。これも起こるべくして起こったことなのであろう、ふと聞こえたのは東の脇部屋で人の笑う声。西門慶は用を足すと窓の下におもむき、こっそり覗きこんだ。ちょうど目に入ったのは、四角帽をかぶった南方出《なんぽうで》の相手をして、部屋で酒を飲んでいる李桂姐の姿。心に燃えたつ焔《ほむら》を抑えるすべもなく、表にやってくると、ひとつかみに酒のテーブルを引っくり返し、皿も杯も木端微塵《こっぱみじん》にしてしまった。馬についてきた平安、玳安、画童、琴童の小者四人にひと声命じて上がりこませ、有無をいわせず、李家の門、窓、戸、壁、寝台、帳をすべてぶち壊させた。応伯爵や謝希大や祝日念が寄っていき押し止めても、聞くものではない。西門慶はのべつ、南の野郎を引きずり出し、女郎と一本の縄で縛って門番部屋に押しこめろ、と繰りかえした。丁二の旦那というのがまた肝っ玉の小さな男で、外にさわぎが起こると、おどろいて奥部屋の寝台の底へかくれ、桂姐の名を呼び助けを求めるばかり。桂姐、

「ぺっ。どう転んだところで、うちにはおっかさんがいるからね、心配ご無用さ。あいつが腹立ちまぎれにどんなことをわめこうが、出てっちゃいけないよ」

さて遣り手婆は、西門慶が沙汰《さた》の限りを尽くすのを見て、あわてず騒がず、杖《つえ》をついて出てくると、いくつか余計なことを言った。西門慶は心中ますますいきりたち、遣り手婆を指さして罵った。その証拠となる〔満庭芳〕（旋律名）の歌がある——

「遣り手婆めけしからぬ
ご新規とったら古株さらば
美女に売らせて食っている
言葉たくみに俺らをだまし

遣り手婆を指さして罵る西門慶

意《こころ》ないとて私ら責めるが
胸に手をおき考えなされ
仲人たてたる妻じゃなし」

西門慶はこれを聞いてますます怒り、もう少しで李のおっかさんを殴りつけるところだったが、さいわい応伯爵、謝希大、祝日念の三人が必死でなだめ、無理やり手を引き離した。西門慶はおおさわぎを繰り広げた末、二度と門をくぐらぬと誓いを立てて、大雪のなか馬に乗り、家へかえっていったのだった。まさしく――

千万の行きずりの花と宿るより
かえって眠るべしおのが妻の隣
枕辺《まくらべ》の情趣には欠けるとしても
朝までぐっすりお金も掛からぬ(31)

また言うには――

悪口叩いちゃおべっか使う
お前のところで使った銭は
優に黄金《こがね》で千両になろうに
それでもやめない羊頭狗肉
言わせてもらえばまったくずるい
人に媚《こび》を売る狐の仲間
まことに心腸《こころね》すべて嘘」

遣り手婆も答えて、

「旦那、ご承知おきを――

あんたが来なきゃ
代わりを取ります
家はあの子で持っています
食べるものから着ている服
薪に米まであの子が頼り
わけもわからず雷おとし

(31) ロイは英訳の訳注で、ともに万暦年間刊と推定される散齣集(戯曲のハイライト集)『楽府菁華』『大明春』に収められる『繡襦記』の一段にこの詩が引かれており、かつこの詩が『繡襦記』の現行本には見られないことを指摘している。鄭元和が名妓・李亜仙を訪れる一段(六十種曲本『繡襦記』では第九齣)の後にもともと置かれていた、かつて李亜仙に入れあげて元手をなくした劉員外なる人物が元和をたしなめる場面に、この詩は置かれていたようである。

女は機《はた》を織らず男は畑を耕さず
嬌態《しな》もて誘うのだけが生活の糧
斗《と》で量り車に積むほどの財産も
満たせぬは遣り手婆の底なし穴

また言うには――

うその気持ちが真に迫って
言葉たくみに腕ひけらかす
数多の賢い男をその餌食に
死んだら舌抜きは決定ずみ(32)

はてさて、この後どうなりますか、まずは次回の解きあかしをお聞きあれ。

---

(32)『水滸伝』第二十一回に見られる詩を用いている。

第二十一回

呉月娘《ごげつじょう》が雪を掃き茶を沸かすこと
応伯爵が花《ぎじょ》のため迎えに立つこと

心の傷の疼《うず》きかかえて独《ひと》り言《ご》つ
好姻縁が悪姻縁になったのねと
振りかえり章台《しょうだい》の柳(1)を恨んでは
顔あからめ玉井《ぎょくせい》の蓮(2)に恥じいる
春の光を容易《たやす》く漏らしたがため
鸞《らん》と鳳《ほう》は端《はし》無く飛びわかれゆく
だれか天の川の水をひきこんで
往時の過ち流し去ってくれぬか(3)

さて、西門慶が廓《くるわ》より帰宅すると、既に一更（午後七～九時）となっていた。家の門口に着いて小者が門を開けるよう呼ばわると、西門慶は馬を下り、砕けた白玉を踏みしめるようにして、中の門のところまでやってきた。見ると中の門はなかば閉じなかば開いており、中庭は静まりかえり人の声もしない。西門慶は口には出さねど心ひそかに考えた――「こいつはきっとわけがあるぞ」。そこで、中の門の内側の白い目隠し塀のこちら側に身を潜めて立ち、こっそり様子をうかがっていると、小玉が出てきて軒下の廊下にテーブルを置いた。

もともと呉月娘は、西門慶と仲たがいして話さなくなってから、毎月三度精進を食べ、七の日（七日、十七日、二十七日）には北斗を拝んで香を焚き、主人が早く回心して家のことをきちんとしてくれるように、早く子が生まれ終生の安心が得られるようにと、夜の暗がりから天に祈りをささげていたのだが、西門慶はまだそれを知らなかった。下女の小玉が香机を置いてしばら

（1）唐・許堯佐の伝奇小説「柳氏伝」に由来する表現。章台はもともと長安の街区名で、のち広く色街を指すようになった。安史の乱によって妓女の柳氏と引き離された韓翃は、柳氏に寄せた詩で「章台の柳《やなぎ》よ」と呼びかけた。ここでは単に妓女を指す。／（2）華山の山頂の池に生えるとされる千葉の蓮の花で、服用すると羽化できるといわれた。ここでは「章台の柳」と対になって貞潔な婦人を指す。／（3）明代中期の文言小説「鍾情麗集」や『新刊京本通俗演義全像百家公案全伝』（一五九四）の第五十六回に、ほぼ同じ詩が見えることが知られる。

くすると、月娘が身なりを整えて部屋から出てきた。中庭の方を向いて、炉に満遍なく香を焚き、空を仰ぎ深々と拝礼して祈るには、

「私、呉氏は西門にめあわされましたが、主人は花霞《ぎじょ》に惑わされ、ために中年を迎えても跡取りのないこと、いかんともしようがございません。私ども妻妾六名、いずれも子がなく、墓参りにきてくれる者すらも欠くありさま。頼る者もないまま後にのこされはしまいかと、日夜うれえております。そのようなわけで夫に隠れて発心《ほっしん》し、夜ごと星月の下にて三光（日、月、星）にご祈禱し、夫が早く回心し、派手な暮らしをやめ、心を合わせて家のことに当たってくれますようにと、ご加護を祈っております。私ども六人のいずれであれ、早く跡取りをもうけて終生の安心が得られますように。これこそ平素よりのわが願いでございます」

まさしく――

ひそかに閨《ねや》を出づれば夜気は清し
中庭みたす香霧に照る月の仄明《ほのあか》り
天に額《ぬか》ずき心懸かりをすべて訴え
傍らの壁に耳ありとは知る由なく

西門慶は聞かなければそれきりだったものを、月娘のこのせりふを聞いてしまったがために、口には出さねど内心ひそかに、「なんと俺はずっと、かんちがいで腹を立てていたわけか。あいつの言ったことすべて、俺を思う気持ちばかりじゃないか。とどのつまりはまことの夫婦ってわけか」とて、白壁のこちらから大股で歩み寄り、月娘を抱きしめようとした。月娘はちょうど香を焚き終えたところに、思いがけず大雪のなかを夫がやってきたものだから、逆にびっくりしてしまった。すぐさま部屋へ逃げこもうとしたところを、西門慶は両腕で抱きしめ、言うには、

「俺のお姉さん、この西門慶、これっぽっちもお前をわかっていなかったよ。お前の胸にあるのは、俺への思いばかりなんだな。ずっと見誤って、お前の気持ちに取り合ってこなかったね。いまとなっては悔いても間に合わないよ」

月娘、

「大雪で入口をお間違えですよ。この部屋ではないのでしょ。私みたいなわからず屋の淫婦が、あなたに情も義理もあるものですか。どうしてあなたを思ってい

ることになるの。あなただって、用もないのに私の相手などしにきて、どういう了見ですか。私たちふたりは、永久《とわ》に千年だって、顔を合わせずに結構ですよ」

西門慶は月娘の手をとり部屋に引き入れた。灯《ともしび》に浮かぶその姿を見れば、普段の装いで、緋色の潞安綾《ろあんあや》の前ボタンの袷《あわせ》に、おちついた黄色の裙《スカート》。頭につけた貂《てん》の臥兎《ひたいあて》と金の蓮池飾りとがいっそう引き立てるのは、白粉《おしろい》した玉の彫刻のようにすきとおった銀の盆の顔立ち、それに蟬の羽《はね》の鬢《びん》と鴉《からす》の翼の鬢《わげ》にととのえた巫山《ふざん》の雲なす黒髪。西門慶、どうして見とれずにいられようか。いそぎ月娘の前で深々と拱手《きょうしゅ》の礼をして言うには、

「西門慶はここしばらく目がくらんでいたのさ。お前の良言も聞かず、好意に背いて、まこと〝眼《まなこ》あれど荊山《けいざん》の玉を識《し》らず、石くれとひとしなみに見る〟(4)、〝あとで君子と気づき、やっと善人と分かる〟というもの。後生だから、勘弁しておくれよ」

月娘、

「私はあなたのお気に入りでもありませんし、よろずご期待に添いませんのに、あなたを諌《いさ》める良言など何か申しましたか。この部屋で勝手気儘《きまま》に過ごしますから、お構いいただくことはございません。この部屋にあなたをお上げもいたしかねます。早々に出ていって下さるなら、女中に追いださせもいたしませんが」

西門慶、

「きょうは俺、莫迦《ばか》なことですっかり腹を立てさせられてさ。大雪のなかもどってきて、そのことをお前に言おうと、まっすぐに来たんだ」

月娘、

「腹を立てようと立てまいと、私におっしゃることはございません。私の知ったことではありませんから、構ってくれる人に話しにいらしてください」

西門慶は、月娘が顔すらまともに見ようとしないので、膝を折り侏儒《しゅじゅ》の態《てい》で床にひざまずき、殺《ひ》っ死《し》でされる鶏《あ》みたいに首を突き出し、それ姉様やれ姉様と囃《はや》したてた。月娘は見るに堪《た》えず、

「まったく面の皮が厚いこと。女中を呼びます」

と言って、小玉を呼んだ。西門慶は小玉が入ってきたのであわてて立ち上がり、ほかに出て行かせる口実

---

(4) 春秋時代、楚の卞和《べんか》は楚山(荊山)で玉の原石を見つけ厲《れい》王に献じたが、ただの石であると鑑定され、罰として右足を断たれた。武王に献じた際にも同様に左足を断たれたが、文王がこれを磨かせ宝を得て、和氏《かし》の璧《へき》と名付けた(『韓非子』和氏篇)。

もないので、

「外は雪だぞ。香机をまだ片づけてないだろう」

と言えば、小玉、

「香机なら、さきほどもう片づけてございます」

月娘はこらえきれず笑って、

「恥知らずのぶつめ。女中の前でも口から出まかせですか」

小玉が出ていくと、西門慶はまたひざまずいて頼みこむ。月娘、

「世間さまの手前がなければ、百年は相手にしないところですよ」

と言ってからやっといっしょに座り、玉簫《ぎょくしょう》を呼んで茶を出させた。西門慶はそこで、きょうは常《じょう》の家での茶の会がお開きになった後、伯爵を語らってともに李家へとおもむいたところ、かくかくしかじかで立ち回りになって——と、ひととおり語って聞かせ、

「小者を李家でひと暴れさせたんだが、皆に引き止められちまった。誓って言うよ、二度と廓になんて足を踏み入れるものか」

月娘、

「踏もうが踏むまいが、私の知ったことではありません。あなたみたいな莫迦な御仁《ごじん》など、どうなったって構いませんから。混じり気なしの金や銀で囲ってたって、行かなくなったら、そりゃ別の男を客に取るでしょうよ。浮気女房みたいな商売なんだから、体は縛れたって心は縛れませんよ。封じ札でずっと押さえとこうとでもいうの」

西門慶、

「お前の言うとおりだ」

そこで服を脱ぎ、女中を出ていかせて、月娘に寝台で休み楽しもうと求める。月娘、

「あなたはオンドルに上げると《あまいかおをすれば》豆に手を出す《つけあがる》のね。きょうは寝台に上げたげるところまで。ほかのことを考えたって、そうはいきませんよ」

西門慶はそいつを剥《む》き出しにして月娘にふざけかかり、

「ぜんぶお前がこいつを怒らしたせいだぜ、中風で言葉が出なくなっちまった」

月娘、

「中風で言葉が出ないって、どういうこと」

西門慶、

「中風で言葉が出ないんでなきゃ、なんで目ばかり大きく見開いて、何も言えないのさ」

月娘、

「この熱に浮かされたぶつめ。あなたなんて、片目の半分でだって見る気になりませんよ」

　西門慶は有無をいわせず、月娘の白く匂やかな両の脚を肩に担ぎあげ、そいつを牝に挿し入れると、鶯の放埒《ほうらつ》と蝶の没頭を思うがままにし、雨におぼれ雲にまよい、にわかには止めようともしない。まさしく何羽もの、

海棠《かいどう》の枝を梭《ひ》のごといそぎ飛び渡る鶯
翡翠《ひすい》の梁《はり》で頻《しき》りにさえずり交し合う燕

といったところ。いつの間にか、犀《さい》の角のひと触れにて、睦まじさここに極まり、蘭麝《らんじゃ》の舌先なかば露わにし、口紅の香りは唇いっぱいに、ということに相成った。西門慶は情《じょう》ここに極まり、月娘に「ととさん」と呼ぶようささやき求め、月娘もまた、帳《とばり》を下ろし枕になじみ、つやめき溢れんばかり、口では「いい人」とひっきりなしに呼ぶ。この夜、ふたりは垂《た》れ絹《ぎぬ》のなか、雨と雲との情意をおこし、頭よりそい首からませたのだった。まさしく、

意《こころ》とろければ刺繍帯の解けるも忘れ
興くるおしく金の釵《かんざし》も落ちるに任す

といったところ。その証拠としてこんな詩がある――

鬢はみだれ釵かたむき興趣《きょうしゅ》すでに満ち
情濃《こま》やかながら夜明かしはうとまじく
夕暮れどきにひとり化粧台の前に立ち
うっすらと春山《まゆ》を描くこともなくなり

その晩、夫婦がこっそりと歓びを交わしたことは措く。

さて、翌日の朝まだき、孟玉楼《もうぎょくろう》は潘金蓮の部屋へとおもむき、戸もくぐらぬ先から呼ばわった。

「六の姉や、起きてるかい」

春梅が、

「奥様は今しがた起きられ、髪を梳《と》かしておいでです。三娘《さんおくさま》、上がってお掛けください」

玉楼が進み入ると、金蓮はちょうど化粧台の前で香《かぐわ》しい雲のごとき髪をなでつけているところだったので、言うには、

「ひとつあんたに教えたげようと思って来たんだけど、もう知ってるかしら」

金蓮、

「こんな隅っこ住まいじゃ、知るわけないでしょ」

とてたずねて、

「いったい何があったの」

玉楼、

「父様はきのうの二更（九〜十一時）にもどると、母屋に行って呉家の御仁と仲直りしたの。部屋でひと晩休んだんですって」

金蓮、

「私らがあんなに説いて、それでも『百年でも二百年でも』なんて言ってたのが、どうしてそうなったの。わざわざいやらしく尻尾を振って、自分から仲直りしたというの。誰の忠告を聞いてというのでもなく」

玉楼、

「今朝になって知ったのよ。うちの上の女中の蘭香が、厨房で小者たちの話を聞いたんですって。きのう、父様が応二と廓の李桂姐《りけいしゃ》の家で飲んでたら、淫婦めが何やらボロを出したようで、あいつらの門、窓、戸、壁すべてぶち壊してきたんだって。大雪のなかおかんむりで家にかえって、中の門を入ったら、母屋のおかたが夜香を焚いてるのを見たんだそうよ。あらかた、何やら祈ってる文句が聞こえたんでしょうね、おふたりさんはそれでいっしょになったわけ。女中が真似してたけど、おふたりさんはひと晩、語り明かしたらしくて、なんでも父様は母屋のおかたにひざまずいて、『おっかさん』と呼んだんだって。母屋のおかたも、声を上《うわ》ずらせてしゃべっていたとかなんとか。ぶざまったらありゃしない。あのかたならこんなことしたってなにも言われないけど、これが他の女だったら、いやらしいってどれだけおっしゃったことか」

金蓮が引きとって言うよう、

「とっくに人の女房頭《がしら》となっているのに、どれだけ手練《てだ》れの遣《や》り手《て》なんでしょう。夜に香を焚くなら、黙ってお祈りすりすりゃいいのよ。むやみに声を張りあげて、亭主へ知らせる人がありますか。そんな理屈あるわけもない。人の忠告を聞いてというのでもなく、自分でこっそり亭主とよりをもどしちまうとはね。最後まで突っぱり通しゃいいのに、まったく澄ましたふりしやがって」

玉楼、

「澄ましたふりをしてたわけじゃなく、やっぱり仲直りしたい気持ちはあったんだけど、言いだしにくかっただけなのよ。瘋癲《ふうてん》女房の強情っぱりだって、あのかた自分のことを言ってたけど、私らの面倒を見てやるはずが、逆に世話になって、ずっと後までああだこうだ言われるのが嫌だったのね。おふたりが揉《も》めていらしたとき取り成したのは私らです——なんて言われるかもしれないって。あっちが廓で腹を立ててかえってきたら、こっちはちょうど夜香を焚いていたなんて、できすぎた話ね。まったく、

　縁談に仲人証人いりません
　秘かに同心の帯を結びます

ってところですよ。さあ、こんな風にあげつらっていたら、いい子を演《や》られっぱなしになっちまう。さっさと髪を梳かしなさい、李瓶児に話しにいきますよ。私らふたりは銀子《ぎんす》五銭（約一八グラム）ずつ、李瓶児には一両（約三七グラム）を出させましょう。もとはといえば、あの人がごたごたの種だったんですから。きょうは酒席をととのえますよ。ひとつにはおふたりに一献さしあげるため、ふたつには家《うち》のみんなで雪見にかこつけて、一日たのしく遊ぶため。わるくないでしょ」

金蓮、

「そりゃそうだけど、父様はきょう用事ではないのかしら」

玉楼、

「大雪のなか、どんな用事があるというの。私がここに来るときには、まだおふたりが起きたふうではなかったですね。母屋の扉がちょうど開いたところで、小玉が水を運び入れてましたよ」

金蓮はあわただしく髪を梳かしおえると、玉楼とともに李瓶児のところへやってきた。まだ寝台に横になっている李瓶児に、迎春が言った。

「三娘《さんおくさま》と五娘《ごおくさま》がおいでです」

玉楼と金蓮が入ってきて言うには、

「李の姉さん、まったく呑気ねえ。こんな時分にまだ横になってるなんて。横着な龍が、やっとお目覚めの伸びをしてるってところね」

金蓮が布団のなかに手を伸ばし入れると、香を焚《た》き染《し》める銀の香球(5)を探りあてたので、

（5）球形の香炉。透かし彫りした金属球内部の、仕掛けで水平を保つ碗形の容器で香を焚く。布団や袖に香を焚き染めるのに用いる。第十五回の描写文にも「香毬」として既に見えた（三〇四頁）。

「李の姉さんがここに卵を産んでる」

と言って布団を捲《まく》ると、全身色白の肌があらわになり、李瓶児はあわてて服を着ようとしたが間に合わない。玉楼、

「五姉さん、この人をからかうのはよして。李の姉さん、早く起きてちょうだい。ひとつ伝えることがあって来ました。かくかくしかじかで、父様はきのう大姉さまとよりをもどしたの。私ら、ひとり銀子五銭ずつ出して――あんたはちょっと多く出しなさいよ、もともとあんたのせいなんだから――、きょうは大雪だし、雪見にかこつけ酒席をととのえて、父様と大姉さまをお招きするの。どうかしら」

李瓶児、

「姉さまが出せとおっしゃる分だけ、お出しいたしましょう」

金蓮、

「どうにか一両だけ出してちょうだい。それだけ量ってくれたら、奥へ行って李嬌児《りきょうじ》や孫雪娥《そんせつが》にも頼みやすくなるから」

李瓶児は服を着て纏足《てんそく》の布を巻きながら、迎春に箱を開けて銀子を出させた。李瓶児が手にとったひと塊りを金蓮が秤《はかり》にかけると、一両二銭五分あった。玉楼は金蓮を李瓶児の髪梳《かみす》きにつきあわせておき、

「奥へ行って、李嬌児や孫雪娥に銀子を出すよう頼んできますね」

金蓮は李瓶児が髪を梳かし顔を洗うのを見守っていた。二時間ほどすると、玉楼が奥からもどってきて言うよう、

「こうなるとわかっていれば、こんな仕事はしませんでしたよ。皆のことに使うのに、まるでただ取りするみたいに言うんだもの。チビ淫婦（孫雪娥）ときたら、『私は時の運に見放された女で、亭主だって部屋に寄りつかないのに、どこから銀子がもらえるの』と言って、求めても一銭だって出しゃしないんだから。長いことねばったあげく、出してきたのはこの銀の釵一本だけ。どれだけあるか量ってみて」

金蓮が秤を引きよせて量ると、たった三銭七分。そこで、

「李嬌児はどうだったの」

とたずねると、玉楼、

「李嬌児は初め、ないの一点ばり。『日々のお金は私のとこから出ていくけど、ぜんぶぴったり使うだけ渡さ

れるんで、遊び金なんてどこにもない』って言ってました。私は長いことかけて説得しましたよ。『あんたは家のお金を任されていて、それでもないって言うなら、私らの誰にあるってんですか。六月《まなつ》のお日様があんたの門の前だけは通らなかったとでもいうの。そんなら、皆のことに使うお金だけど、あんたは出さなくて結構です』ってね。腹を立てて出てきたら、あわてて女中に呼びもどさせて、この銀子をやっと出したの。なんでこんなにいらいらさせられなきゃならないの」

金蓮が李嬌児の銀子を取って秤にかけると四銭八分しかないので、罵って、

「まったくぐずるがしこい淫婦め、とにかくどう転ぼうが、きっちり払いはしないのさ。なんとしてでもけちりやがる」

玉楼、

「あの人、自分は黄色い竿《さお》の天秤(6)で他人の銀を量ってもお構いなし、そのくせ他人があの人に払わせようとすると、骨から絞り出すみたいに物惜しみするんだから。どれだけ罵ったって足りゃしませんよ(7)」

そこで、玉楼と金蓮の五銭ずつと合わせて三両一銭にすると、すぐに繡春《しゅうしゅん》をやり玳安《たいあん》を呼んでこさせた。金蓮はまずたずねた。

「お前はきのう父様のお供をしてたけど、李家ではどうして腹を立てたの」

玳安はすべてを話した。常時節の家で茶の集まりがあったことから、早くお開きになり、応二さんと謝さんを語らっていっしょに李家へおもむいたこと。遣り手婆が、李桂姐は母方の五番目のおばさんの家に誕生祝いに行っており不在ですと答えたこと。はからずもその後、父様が手を洗いに奥へ立ったところ、女郎が南方出《なんぽうで》と酒を飲んでいて、それで出てこなかったのだとわかったこと。父様が腹を立てて、有無をいわせず私らに(8)、淫婦の家の門、窓、戸、壁を、おもいきりぶち壊させたこと。南方出と女郎は門番小屋に押しこめ

(6) 原文「黄稈(桿)等子」。第五十回には「黄桿大等子」と見え、私娼街で用いられている。おそらく客から余計に銀を取るための不正確な天秤で、李嬌児が妓女出身なのを嘲っているのであろう。/(7) 崇禎本の眉批。「銀子の軽重だけで一体どれだけ波瀾を作れるのであろうか。奇想、妙筆である」。/(8) この玳安の語りは、直接話法とも間接話法ともつかぬ書かれ方になっており、訳文は間接話法を採ったので「彼ら」とするのが自然であるが、原文の特徴を残すため、敢えて「私ら」と訳した。

ろといって聞かなかったこと。応二さんたちが何度も引き止めたおかげで、父様は怒りながら馬で雪道をそろそろかえったこと。こんどまた淫婦めに思い知らせてやると、道中も息巻いていたこと――。

金蓮、

「あの淫婦め、蜜《かねづる》がめは後生大事に抱えこんでるのかと思いきや、なんだってこんどはぶち壊しちまったんだろ」

かさねて玳安にたずねて、

「父様はほんとうにそんなこと言ったのかい」

玳安、

「私が奥様をかつぎなどいたしましょうか」

金蓮、

「この牢屋暮らしが。見向きされなくなったところで、かりにも父様の思い者だよ。お前が罵っていいのかい。そのかみを思えば、私らがお前に用をさせようとしても、暇がないふりをして、『桂姨《おば》さまの家に銀子を届けにいけと、父様から言われておりまして』なんてさ――桂姨《おば》さまって呼ぶ声の甘ったるさといったらなかったよ。いまあの人が落ち目になって、主人が腹を立てたら、お前まであの人を淫婦と呼びはじめるんだね。こんど父様に言いつけないかどうか、見てなさいよ」

玳安、

「うへぇ。五娘《ごおくさま》、こんどはお日様が西から出るみたいに、宗旨替えしてあの人の肩を持たれるんですか。父様が道すがらあの人を淫婦と罵らなければ、私がまさかあの人を罵ろうとしたものですか」

金蓮、

「父様があの人を罵るのは、それはそれ。お前まで罵っていいとはねえ」

玳安、

「五娘《ごおくさま》が私にからまれるのだと前もって知っておりましたら、私とて申しませんでしたのに」

そこで玉楼、

「チビの囚人さん、口答えはおやめ。ここに銀子が三両一銭あるから、来興《らいこう》とふたりでさっさと買い物に行ってきてちょうだい。かくかくしかじか、きょうは私ら、父様と大奥様をお招きして、雪見酒を飲みます。上前をはねるのは、ほどほどにしときなさいよ。五娘《ごおくさま》には私から、父様に告げ口せぬよう言っておくから」

玳安、

「奥様のお使いとあらば、どうして上前などはねましょうか」

そこで銀子を手に、来興と買い物に出ていった。

さて、西門慶が起きて母屋で身づくろいしていると、大雪のなか鶏やら鵞鳥《がちょう》やらのおかずを買ってまっすぐ厨房へ向かう来興と、こちらは金華酒をひと甕《かめ》ぶら下げて入ってきた玳安の姿が目に入った。そこで玉簫にたずねるよう、

「小者の運んでいるものは、どの部屋で飲み食いするんだ」

玉簫は答えて、

「きょうは奥様方が宴を設けられて、父様母様を雪見に招かれるんです」

西門慶、

「金華酒はどこから持ってきた」

玳安、

「三娘《さんおくさま》からいただいた銀子で買いました」

西門慶、

「ありゃ、家に酒があるのに、そのうえ買いにいったのか」

とて玳安に言いつけるよう、

「鍵を持って、香り倍増しの茉莉《ジャスミン》酒(9)が表の脇棟にあるのを、ふた甕提《さ》げてきてくれ。さっきの酒と取りまぜて飲むから」

そして奥の広間(10)の応接間に、石崇(11)ばりの錦の帳《とばり》と屏風をめぐらし、梅花うかべる紙の長暖簾《ながのれん》を垂らし、火鉢に獣形の炭がおかれ、酒席の道具が並べられた。ほどなく厨房ではすっかり用意ができ、李嬌児、孟玉楼、潘金蓮、李瓶児がやってきて西門慶と月娘におでましを願った。そこで李嬌児は杯を取り、孟玉楼は徳利を持ち、潘金蓮は料理を捧げ、李瓶児は傍らに跪《ひざまず》く。はじめの一杯をまず西門慶にさしだすと、西門慶はうけとって笑い、

「娘《むすめ》や、そんなに大さわぎをして、この老いぼれに孝

(9) 甕に上から二三寸まで酒を張り、甕の口に十の字または井の字に竹をかぶせる。摘みたてのジャスミンの花数十朶を糸につなぎ、酒に浸からぬようにして竹から逆さに垂らす。紙で封をして十日で香りが行き渡るという(明・馮夢禎『快雪堂漫録』)。
(10) 原文「後庁」。ここで初めて現れる名称だが、呉月娘の居室のある母屋(原文「上房」)と同じ建物を指すと思われる。
(11) 第十五回訳注(23)を参照。

行してくれずとも、普段のあいさつでいいんだよ」

潘金蓮は達者な口をはさんで、

「まったく分別くさい坊やだこと。ここにいる誰があんたに額《ぬか》ずきなどしますか。私らが平伏してるのに、あんたは立ってるの。羊角葱《やぐらねぎ》が南の塀にもたれてるってもので、ますます陳《ひ》ねてしっかりする《ずぶとくなる》のね。これでも膝をつかないようなら、飼葉《おまんま》を一万年分さっ引《ぴ》きますよ。大姉さまのお引き立てでもなければ、私らがこうしてあんたに額ずくものですか」

そうして西門慶に杯をさしだし、飲み余したのをこぼすとあらためてなみなみ一杯注ぎ、月娘に上座へ移ってもらって、こんどは月娘に献じた。月娘、

「お前たち、私にも黙ってるんだもの。わざわざこんな気遣いをしてくれるなんて、思いもよりませんでしたよ」

玉楼が笑って、

「たいしたことじゃありません。私らはまずまず薄酒一杯なりと調えて、大雪のなか、なじみの夫婦《めおと》おふたりの気晴らしになればと考えただけです。お姉さま、お掛けになって私らの一礼をお受けください」

月娘は承知せず、同じく礼を返そうとする。玉楼、

「お姉さまがお掛けにならないなら、私らも立ち上がりませんよ」

しばらく譲り合って、月娘はやっと半礼を受けた。

金蓮はふざけて、

「お姉さまに申しあげておきます。きょうお姉さまは、私らの顔に免じてこの人を許されましたけど、こんどまたこの人がお姉さまに無礼をはたらくことがあっても、もう私らの知ったことではございませんから(12)」

また西門慶に向きなおって言うには、

「あんたは阿呆を装って、まだ上座で澄ましてるの。さっさと下りてきて、お姉さまに杯をさしあげ、過ちをわびなさい」

西門慶は笑うばかりで動かない。

ややあって、献杯がすむと月娘は下手へまわり、玉簫に徳利を持たせ、姉妹らに酒を注がせてお返しをする。孫雪娥だけはひざまずいて酒を受け、他の者らはみな姉妹どうしとしてふるまった。そうして、西門慶と月娘が上座につき、そのほか李嬌児、孟玉楼、潘金蓮、李瓶児、孫雪娥、それに西門大姐《たいしゃ》は、揃ってテーブルの両脇に腰かけた。すると金蓮、

「李の姉さん、あんたも手づから大姉さまに一杯さし

あげなきゃ。もともとあんたのことが発端なんだから、林《りん》さんを決めこんでちゃ——そんなに木木《ぼけぼけ》っとしたままじゃ——だめでしょ」

李瓶児が本当にすぐ席から下りて酒をすすめようとするところ、西門慶がさえぎって言った。

「あのチビ淫婦の言うことなんて聞いちゃだめだ。お前をからかってるんだよ。酒はひと回り行きわたったから、もういいのさ。なんべん注ぎ回そうというんだい」

李瓶児はそれでやっと浮かせた腰を下ろした。おすぐさま春梅、迎春、玉簫、蘭香、つごう四人の抱え歌手が、琵琶、箏《そう》、三弦、月琴《げっきん》を手に、宴席のかたわら弾きかつ歌いだし、〔南石榴花《なんせきりゅうか》〕の節で始まる「よき日に再びしのび会い」(13)云々という組歌ひとつを披露した。西門慶は聴き終えるとすぐにたずねた。

「この組歌を歌わせたのは誰だ」

玉簫、

「五娘《ごおくさま》のお言いつけで歌いました」

西門慶はそこで潘金蓮を見ながら言うには、

「このチビ淫婦め、とにかくでたらめに枝葉を引っぱ《やたらめったらからんで》り《き》やがる」

金蓮、

「誰が歌わせたですって。言いがかりはもうやめてくださいな」

月娘はそこで、

「陳さんをご招待しませんか」

とて、小者に表へ招きにいかせた。ほどなくして経済はやってきて、座のひとりずつに拱手の礼をしてから、大姐の下手に腰を下ろした。月娘は小玉に杯や箸を出させた。一家うち揃っての宴は、金炉に獣炭は継がれ、美酒は羊羔《ようこう》(14)が溢れるといった調子。飲んでいるところで西門慶が巻き上げられた簾《すだれ》のあちらに目をやると、雪は、千々に裂かれた綿のごとく、梨の花が乱れ舞うかのように降りしきっている。まことにすてきな雪、そのさまは——

(12) 崇禎本の眉批。「戯れの語でありながら本題である。金蓮でなければ敢えて言おうとしないし、言い出せもしない。思いを致すべき妙舌である」。／(13)『南宮詞紀』巻一ほか幾つかの曲選に収められる組歌。約束の夜にやってこない恋人を嘆き、心変わりしたものかと恨む女の心情を歌う。最後は「また会えたとて／いかで許せよう／ひとことあの人を罵れぬが恨めしい／会えたなら変わらず仲良くできるのに」と終わる。旋律名の〔南石榴花〕は「南曲の石榴花」の意で、〔北石榴花〕と区別する。
(14) 第十四回訳注(12)を参照。

自ら雪を掃き集める呉月娘

はじめは柳の綿毛の様に
やがては鵞鳥の羽《はね》に似て
さあさあと砂地をゆく蟹らの足音
もうもうと石段うめる砕けた白玉
些《いささ》か動いたなら
服のうえには六角のかけらまとわりつき
少し経ったなら
はたけば蜂の鬚《ひげ》みたす花粉のごと落ちる
飛ぶかとみれば止み
龍王は身を躍らせて腕試し
春の力はまだ及ばず(15)
仙女は旋風《つむじかぜ》に当たって喜ぶ
瑶《はくぎょく》なる台《うてな》に降りつもり
玉龍の鱗は空をめぐり飛ぶ
粉《おしろい》した額に吹きかかり
白鶴の羽は地にふわり落つ
まさしく――

玉楼《かた》を氷づけにし寒さは肌を粟《あわ》だて
銀海《まなこ》に光たゆたい眩《まぶ》しさ花《めまい》を起さす(16)

呉月娘は、白い目隠し塀の前の太湖石に雪が分厚く積もっているのを見るや席を下り、小玉に茶甕を持たせて自ら雪を掃きあつめ、新芽を用いた江南産の鳳団茶(17)を沸かすと一同にふるまった。まさしく、

白玉の碗に碧《あお》き浪《なみ》は翻り
紫金の徳利から清香《せいこう》たつ

といったところ。

ちょうど茶を飲んでいるところに玳安がやってきて知らせた。

「李銘《りめい》がまいりました。表に控えております」

西門慶、

「入ってこさせろ」

ほどなく現れた李銘は一同に叩頭《こうとう》し、さらに片膝を

(15) 底本「新陽力」。この句は対句の関係から四文字であるべきだが、一文字脱落しており意味が通らない。訳文は当て推量で補った。／(16) 原文「凍合玉楼寒起粟、光揺銀海燭生花」(燭は眩が正しい)。この対句は宋・蘇軾の詩「雪後、北台の壁に書す(雪後書北台壁)」(其二)に基づいている。道教において、玉楼は肩、銀海は目をそれぞれ意味する。／(17) 鳳団茶については第十回訳注(12)を参照。江南は具体的には福建を指す。

つき一礼すると、座のかたわらにまわりこみ両足を揃えて立った。そこで西門慶、

「ちょうどよいところへ来た。どこへ行ってたんだい」

李銘、

「どこへもまいりません。町の北側、酒醋門《しゅさく》の劉太監のところで、子どもを教えていました。ちょっと顔を出したところで、父様のお宅の姉さまがたの歌が、まだ何段か拍に合っていなかったのを思い出し、気になってうかがいました」

西門慶はひとまず、木犀《もくせい》と金柑の入った飲みかけの茶杯をやって飲ませ、言うには、

「飲んだらかえらずに、ひとつ組歌でもうたってくれ」

李銘、

「承知いたしました」

とて、下手で茶を飲むと、前に出て箏の弦を調え、にわかに声も朗々と、膝を揃えて客を向き、〔絳都《こうと》春《しゅん》〕の節で「寒風は野に吹き渡り」云々と始まる、冬景色を詠む組歌(18)をうたった。

歌い終わると、西門慶は李銘を呼びよせて、褒美の酒をやった。小玉に命じ、円《まる》い取っ手と鉤形の注ぎ口がついた鶏の嗉嚢《そのう》の形の徳利から、銀琺瑯《ほうろう》の桃型杯に窩児酒《かじしゅ》をなみなみ注がせると(19)、李銘は床にひざまずいてたっぷり三杯をいただくのだった。西門慶はさらにテーブルから、ぽっこりふくれた白い蒸しパンの小皿ひとつ、韮《にら》と酸筍《さんじゅん》(20)と蛤《はまぐり》のスープの碗ひとつ、水晶の煮凝《にこご》りをまとう脂の乗った水煮《みずに》鵞鳥の厚切肉の皿ひとつ、香りぷんと漂うカラカラの干し肉の小皿、ヒラの干物の柳蒸しの小皿、甕に貯えた発酵乳をからめた雛鳩の小皿ひとつずつを取って、盆に乗せて李銘に与えた。李銘は下がって、三《み》掻《か》き二《ふた》呑みで腹につめこみ、皿まできれいさっぱり舐めると、ハンカチで口をぬぐって上座にもどり、格子の仕切りに身を寄せ、背筋をぴんと伸ばして立った。西門慶はそこできのうの桂姐の家《みせ》での一件を、ひととおり話して聞かせた。李銘、

「まったく存じませんでした。しばらくあちらへ行ってもおりませんので。思うに桂姐とはかかわりのないことで、すべてうちの三媽《かあさん》の仕業《しわざ》でしょう。父様もお怒りになることはございません。会ったら私から言っておきますから」

その日は一更（午後七〜九時）まで酒を飲み、妻妾そろって楽しんだ。まず陳経済と大姐が表へと下がり、それから宴も終わりに近づくと、西門慶は李銘にふた

たび褒美の酒を与えて引き取らせた。

「あちらへ行ったら、きょう俺のところへ来たことは言うんじゃないぞ」

と申しつけると、李銘、

「父様のお申しつけ、承知いたしました」

西門慶は左右の者に命じ、李銘のかえりを見送ってから表門を閉じさせた。そこで妻妾たちもそれぞれ部屋に引きとり、西門慶はこの夜も月娘のいる母屋で休んだのだった。その証拠としてこんな詩がある——

運命の赤い糸を疑うなかれ
閂《かんぬき》を燃やす夫婦の心は一つ(21)
魚と水とは今こそ出会って
相思相愛は百年《ももとせ》もつづかん(22)

さて、翌日は雪も上がった。応伯爵と謝希大は、李の家《みせ》から鵞鳥の丸焼きと瓶酒《びんざけ》とで頼まれ、よからぬ考えを起こした西門慶が李の家をとっちめたりせぬよう、中《くるわ》へと招いて詫びを受けてもらうべく参上した。朝の化粧を済ませた月娘が、西門慶と部屋で餅《ビン》を食べていると、そこに小者の玳安がやってきて言った。

「応二さんと謝さんがいらっしゃいました。表の広間にお上がりです」

西門慶は餅《ビン》を置いて、すぐにも表へ行こうとする。月娘、

「冥土の使いがふたりして、何しにきたんでしょう。この際、出ていくのは食べ終わってからにして、外で待ちぼうけ食わせてやりなさいよ。そんな命がけみたいにあわてて飛び出してどうするの。大雪のなか、どこへ連れてかれるか分かったもんじゃありませんよ」

西門慶、

「小者に言って、餅《ビン》を表に運ばせてくれ。あのふたり

(18)『詞林摘艶』庚集、『雍煕楽府』巻十六に見える組歌で、いずれにおいても「冬景」と題される。／(19)原文「満斟窩児酒」。「窩児酒」はいちおう酒の名と解したが未詳。崇禎本はこの三文字を省いている。／(20)酸筍は南方に産する筍で、水煮を千切りにして、酸味のきいたスープに仕立てるという(明・李時珍『本草綱目』巻二十七「酸筍」に明・顧岕『海槎余録』を引く)。／(21)春秋時代、後に秦の大臣となる百里奚は貧しい暮らしをしていたが、家を離れるとき妻は門の閂を焚き、卵を産む母鶏を調理して餞《はなむけ》とした。／(22)この詩は、明・李昌祺『剪灯余話』巻四「江廟泥神記」に見える作に基づいている。もとは律詩なのを四句に切り詰め、字句も改めている。

と食べよう」

　言いながら席を立ち出ていくところに、月娘は釘を刺した。

「食べ終わっても、また言われるがままにどこぞへ引っぱられちゃいけませんよ。大雪なんだから、家にいなさいね。今夜は孟の三姉さんの誕生日の前祝いですから」

　西門慶、

「わかった」

　そこで応、謝のふたりに会うと、あいさつをして言うことには、

「兄貴がきのう腹を立てておかえりになった後、俺らはあの家《みせ》をこっぴどく叱りつけてやりましたよ――『かねがね兄貴は、お前らの家で金も遣《つか》えば物だって貢《みつ》いできたんだ。ちょっと来なかったからといって、掌を返していいはずがないだろう。かくれてこっそり、女郎に南方出の相手をさせるなんてな。ただでさえ仇《かたき》どうしってのは狭い道を行くみたいにぶつかっちまうもんなのに、ましてやご本人に見られちまったんだ、あのかたを怒らせずに済むものかい。兄貴のお腹立ちは言うまでもないこと、俺らだって大目に見ようとは思わんよ』とね。おっかさんにも娘にも、存分に言ってやりました。あっちもたいそう悄気《しょげ》てましてね、今朝がた俺らふたりを招き、母娘《おやこ》で泣き泣きひざまずいて、あんた（西門慶）のお怒りがおそろしい、薄酒の一杯もご用意するので、どうでもお運びいただいて過ちをつぐないたいと、こう言うんです」

　西門慶、

「怒りもしないが、二度と行かないね」

　伯爵、

「兄貴のお怒りはごもっともですが、聞いてみると桂姐とは関わりのないことなんです。例の丁二官《ていじかん》ってのは、もともとあいつの姉さんの桂卿の馴染みで、桂姐と遊びたいとも言ってなかったんです。ただ父親の荷船が、同郷の陳という監生(23)の船の隣に停泊したんですな。つい二日ほど前に着いたばかりだそうです。この陳監生ってのは、号を両淮《りょうわい》とおっしゃって、誰あろう秘書省の参政(24)たる陳さまのご子息。丁二官は銀子十両を持たされて、あの家《みせ》で一席設けて陳監生をもてなそうとしていたわけです。ちょうど銀子を届けにきたところに、思いがけず我々があの家《みせ》に着いちまったもんで、あっちもあわてたが逃がす暇もない。南方出を奥に隠したところを、あんたに見つかったってわけだ。

じっさい、桂姐の身には触れていないんです。きょうあの母娘は、この身に賭けてと誓い、頭をすりつけ伏し拝み、俺らふたりに頼むんです。どうにか兄貴をあちらへお招きしてほしい、そしたらこの入り組んだ経緯《いきさつ》も兄貴に申しあげられるし、お怒りだって半ばは解けるだろうからって」

西門慶、

「もう家内に誓ったんだ。二度と行かないのに、何を怒るんだい。よろしく伝えといてくれ、気を遣うことはないとな。俺は家《うち》に野暮用がいくつかあって、ほんとうに行けないんだ」

あわてたふたりは揃ってひざまずき、言うには、

「兄貴、何をおっしゃてるんですか。あんたが行かないのは構わないが、あちらが俺らふたりにきちんと頼んできた以上は、これじゃ兄貴をお招きできなかったことになっちまう。兄貴はあっちへ行って、ちょっと座ったらすぐかえるのでもいいから」

かくてふたりは死に物ぐるいで頼みこみ、西門慶にうんと言わせてしまった。ほどなくしてテーブルが置かれると、西門慶はふたりを引き止めていっしょに餅《ピン》を食べた。すぐに食べ終えると、玳安に服を取りにいかせた。月娘はちょうど孟玉楼といるところだったが、入ってきた玳安にたずねた。

「お前の父様はどこへ行くの」

玳安、

「存じあげません。服を取るよう申しつかっただけでして」

月娘は罵って、

「この牢屋暮らしめ、まだ隠しだてするのかい。お前の父様が遅くかえってきたりしたら、ぜんぶお前のせいだよ。私とお話をすることになるからね。きょうは三娘《さんおくさま》の誕生日の前祝いなんだから、早めにかえらせとくれ。真っ暗になるまで待ってたりしたら、この牢屋暮らしめ、私がこの手で引っぱたいてやるから」

玳安、

「お打ちになるとおっしゃいますが、私と何のかかわ

---

(23) 国子監の学生。国子監は官僚を養成するため都に置かれた最高学府。／(24) 秘書省は経籍図書、国史実録を掌る役所で、宋代まで置かれた。参政は宋代では参知政事（宰相の副官）の略称、明代では各省の布政使（長官）の下に置かれた役職だが、何れも秘書省とは関係がない。

西門慶に詫びる遣り手婆

りがございますので」

月娘、

「どういうわけか、あの爺さんらが来たと聞くと、命でも懸かってるみたいに、ご飯を食べていても茶碗を捨てて、あたふたと飛び出しちまうんだ。引っぱられてって、軍営巡って死骸にぶつかる《ふらふらとほっつきまわる》なんてことしてたら、いつまでかえってこないか、わかったもんじゃない」

そのとき十一月二十六日で、孟玉楼の誕生日の前祝いとて、(25)家では酒の支度をして待ったことは措く。

さて、西門慶はふたりの招きで廓へおもむいてみると、李家では早くも広間に設けた宴席に酒肴《しゅこう》をずらりと並べ、歌や楽器をうけもたせる妓女《ぎじょ》をふたり呼んでいた。李桂姐と桂卿のふたりは装いを凝らして出迎え、遣り手婆も出てきてひざまずき詫びを入れた。きれいどころふたりが酒をすすめると、応伯爵と謝希大は脇からおどけふざけて軽口を叩き、桂姐に向かって、(26)

「これも俺が唇の皮を半分すりへらしたおかげだってのに、お前の旦那をお招きしてきたら、とたんに俺は用済みで、酒の一杯もすすめちゃくれず、旦那のことしか見えないんだな。この人がさっき、もし突っぱねてやってこなかったら、お前さん泣きはらして目をつぶし、門付歌《かどづけうた》をうたう破目になってたぜ。それどころか、このさき誰ひとりお前に取り合わなかっただろうな。俺の口が達者だったからこそ、どうにかなったんだぞ」

桂姐は罵って、

「けったいな応花子《こじきのおう》め、うわごと言ってろ。罵る言葉も出てきやしないね。なんだって私が門付歌をうたわなきゃならないのさ」

応伯爵、

「このチビ淫婦めを見ろよ。読経が済んだら和尚を殴る——喉元《のどもと》すぎれば恩人も忘れるってやつだ。この人が来ないとなると、泡食ってどんな調子だったかね。それが今や、翼の毛も乾い《いつものちょうし》たってわけだ。来いよ、冷えた唇をちと温めておくんな」

とて、有無をいわせず首を抱き寄せると、ひとつ口

---

(25) 孟玉楼の誕生日が十一月二十七日であることは、第四十六、八十六回に見える。／(26) 以下のやりとりに対する崇禎本の眉批。「ここは最も申し開きしにくいところなので、桂姐にはまったく（西門慶に対して）口を開かせず、伯爵の戯れの言葉を借りてさりげなく情を伝えるのみとする。これが文章家の回避術である」。

づけをした。桂姐は笑って、

「けったいな刀の錆《さび》め。お酒を父様に浴びせちまうじゃない」

伯爵、

「チビ淫婦、お芝居が上手だな。こんどは旦那が大事ってかい。『お酒を父様に浴びせちまうじゃない』——父様って呼ぶ声の甘ったるさといったら。俺は継母に育てられ《つめたくされるうんめい》てるのかよ。なんで俺にはひとことも声を掛けないいんだ」

桂姐、

「あんたに声を掛けるなら、私の坊やってところね」

伯爵、

「来いよ、ひとつ笑い話を聞かせてやる。一匹の蟹が、蛙と義兄弟になるにあたって、溝を飛び越したのが兄貴となる賭けをしたんだ。蛙は幾跳《いくは》ねかして飛び越した。蟹が跳ねようとしたとき、たまたまそこにふたりの娘が水を汲みにきて、草縄で蟹を縛ってしまった。娘らは、水を汲んだら持ちかえるつもりだったんだが、いざかえる段になると忘れちまって、そのまま置いてったんだ。蛙は、蟹が来ないのでもどってきて、蟹を見ると言った——『どうして行かないんだい』。蟹は答えた——『俺は行けたんだよ、ふたりのチビ淫婦にこんなふうに絡め取られなきゃね[27]』」

　そこでふたりは揃って応伯爵を追いかけまわしてぽかりとやり、西門慶をとめどなく笑わせるのだった。こちらで花に錦の絢爛《けんらん》ぶりにて、からかいふざけたことは措く。

　さて、家では呉月娘が、一つにはお返しの宴席を設け、二つには玉楼の誕生日の前祝いをするとて、呉の大兄嫁と楊姑娘《おばさん》、それにふたりの尼僧が揃って母屋を訪れていた。待つうちにやがて日の暮れる時分となったが、西門慶がもどらないので、月娘は気が気ではない。すると金蓮が李瓶児の手を引き、にこにこ笑いながら月娘に言うには、

「大姉さま、こんな時間になっても来ないんです。私ら門口へ出て、ちょっと覗《のぞ》いてきますよ」

月娘、

「わざわざ覗いてどうするの」

金蓮はさらに玉楼の手も引いて、言うには、

「私ら三人ひと組で行ってみましょ」

玉楼、

「私はここで庵主さまの笑い話を聞きます。ひとつ聞

き終えたらいっしょに行きましょう」

金蓮はやっと足を止めて、ふたりの尼僧をかこむ輪に入り、笑い話を聞こうとして言った。

「私らが好きなのはなまぐさの笑い話ですからね。お精進のを出さないで下さいよ」

月娘、

「庵主さまにおまかせなさい、好き勝手を言ってはいけませんよ」

金蓮、

「大姉さまは、庵主さまが笑い話がお得意なのをご存じないんです。この前いらした時なんて、私らが奥でせがんだら、そりゃたくさんの笑い話をしてくださったんですから」

そこで言うよう、

「庵主さま、ねたをお持ちなら、早くお話しくださいな」

王という尼僧はあわてず騒がず、炕《オンドル》の上に座って話すには、

「ある人が道の途中で一匹の虎に出くわし、食べられそうになりました。この人は言いました――『命ばかりはお助けを。家には八十の老母しかおらず、養う者がありません。それがだめなら、家まで来てください。豚を一匹さしあげますから』。虎は果たして彼を許し、家まで着いていきました。母親に事情を話したのですが、母親はちょうど豆腐を碾《ひ》いているところ。豚をやるには忍びなく、息子に言いました――『豆腐をいくつかやればいいでしょ』。息子は言いました――『母ちゃん母ちゃん、わかってないね、あいつ精進は食いつけないんだ』」

金蓮、

「これはだめね、私らの耳はお精進は受けつけないの。好物はなまぐさだけ」

王尼はまた、

「あるお宅に三人の嫁がいて、夫の父親の長寿を祝いました。まず上の嫁が酒を注ぎ、『お義父《とう》さまはお役人みたいです』と言いました。義父が『どこが役人なのか』とたずねると、その嫁は言いました――『上座にいらして、家じゅう上から下まで誰もが恐れています。お役人みたいでなければなんでしょう』。次に二番目の嫁が進み出て酒を注ぎ、『お義父さまは虎のように勇ましい下役みたいです』と言いました。義父が

(27) 明・余象斗編『三台万用正宗』巻四十三・笑謔門に同じ笑話が見える。

『どこが虎のように勇ましい下役なのか』とたずねると、その嫁は言いました――『ひと声怒鳴《どな》れば、家じゅう上から下まで誰もがびっくりします。下役みたいでなければなんでしょう』。これには義父も『うまいことを言った』と讃えました。三番目の嫁が酒を注ぐ番になり、進み出ると言うには、『お義父さまはお役人みたいでも下役みたいでもありません』。義父が『では何に似ているのか』とたずねると、その嫁は『お義父さまは文書係みたいです』。義父が『どこが文書係なのか』とたずねると、その嫁は言いました――『文書係でなければ、なんで六つの部署《へや》㉘を渡り歩いたりなさるんですか』」

これには一同どっと沸く。金蓮、

「このハゲめ、私らまで話のなかに出しやがった。そんな大それたことする文書係がいるものかい。そいつに部屋を渡り歩かせようものなら、私らはその犬ころのあそこを切り落としてやる」

話が終わると、金蓮と玉楼と李瓶児はいっしょに表門まで出てきて、西門慶がかえってこぬかと覗いたが、見当たらない。玉楼はたずねた。

「きょうは父様、大雪のなか家にもおらずに、どこへ行ったのでしょう」

金蓮、

「私の見るとこじゃ、きっと廓の李桂姐って淫婦の家《みせ》に行ってるね」

玉楼、

「あの人、ひと暴れして腹を立て、もう行かないと誓ったのに、どうしてまた行くというの。何を賭けますか。きっとその家《みせ》にはいませんよ」

金蓮、

「李の姉さんが賭けの証人よ。手を打って誓ってもらえるかしら。きょうあいつの家に行ったと私が見るのは、こういうわけ。おととい淫婦の家《みせ》で暴れたと思ったら、きのうはまず李銘ってあの王八《かいしょうなし》が探りを入れにきたでしょ。きょうはきょうで、応二と謝《しゃ》ってのが朝いちばんに冥土の使いよろしくやってきて、あの人を連れてきましたね。これはたぶん、遣り手婆と淫婦とで謀《はかりごと》をめぐらして、あの人を呼びもどしたのよ。どういう手品を使うのか知らないけど、過ちを詫びて、炉に戻し帳面をつけ直そう《もういちどなかよくしよう》としてるんだ。恥知らずにも、いったいいつまでまとわりつくんだか。こんなことであの人、かえってこられるものかしらね。大姉さまはまだじっとお待ちだけれど」

玉楼、

「かえらないにしたって、小者が家にもどって、ひとこと伝えるべきよ」

話しているところに、瓜の種の行商がやってきた。ふたりが門口で買ったのを咬んで暇《ひま》をつぶしていると、急に西門慶が東からかえってきたものだから、三人は奥へ引っこむ暇もなかった。馬上の西門慶は玳安を先に行かせて、

「誰が表門のところにいるのか、見てくれ」

玳安はたたっと進んで言うよう、

「三娘《さんおくさま》、五娘《ごおくさま》、六娘《ろくおくさま》が、門口で瓜の種をお買いです」

ややあって、西門慶は家に着いて馬を下り、中の門を入った。玉楼と李瓶児は月娘に知らせるため先に母屋へもどったが、金蓮だけは白い目隠し塀の後ろの暗がりに隠れていた。これに出くわした西門慶はびっくりして、言うには、(29)

「けったいなチビ淫婦め、いきなりびっくりさせやがって。お前ら門のところで何をしてたんだい」

金蓮、

「そんなことよく言えたもんだ。あんたこそどこにいたの。こんな時間までかえりもせず、おっかさん《このわたし》らを門口で延々待たせといてさ」

またややあって西門慶が部屋にあらわれると、月娘は酒と肴《さかな》を支度してきっちりとテーブルに並べた。玉簫に持たせた徳利から大姐に注《つ》がせて、まず西門慶に酒をすすめた。それから姉妹らすべてに酒が行きわたると、席を決めて腰を下ろした。春梅と迎春は下手で弾きかつ歌う。ひとしきり飲み食いすると、酒も肴も下げられ、誕生日を迎える孟玉楼の祝い酒と、それぞれに手の込んだ四十の甘味の皿とが、新たに供された。呉の徳利から吟醸が注がれ、酒杯には彩雲が浮かぶ。呉大兄嫁を上座に据えて一更(午後七〜九時)まで飲むと、さほどいける口ではない大兄嫁は奥へともどっていっ

---

(28) 原文「六房」。明代の州や県の役所には吏、戸、礼、兵、刑、工の六房が置かれた。ここではまた西門慶の妻妾六人の部屋を暗示する。／(29) 張竹坡は夾批で、目隠し塀に隠れるというモチーフが夜香を焚く月娘を見つけた際の西門慶と共通すること、また二年後の孟玉楼の誕生日前夜にも潘金蓮が目隠し塀に隠れる場面があること(第七十三回)を指摘し、この箇所とそれらの場面とが「遥照(離れた照応)」の関係にある旨を説いている。

た。のこった呉月娘と姉妹らは、西門慶の相手をして賽《さい》を振り、猜枚《さいまい》などの酒令[30]に興じた。

令官となる順が回ってくると、月娘は、

「私の仕切る酒令では、お酒は牌譜《はいふ》[31]に従って飲むことにします。歌の節《ふし》の名前をひとつと、カルタの役名をふたつ、それに『西廂記』[32]から取った句をひとつ組み合わせること[33]」

まず月娘が、

「〔六娘子《ろくおくさま》〕は「酔楊妃《よいどれようきひ》」のごと、「八珠環《やつたまのうでわ》」を落としたり。〝蜘蛛の糸はかかれり荼蘼《ときんいばら》の棚[34]〟」

賽の目とは重ならなかった。西門慶の番となり、

「〔虞美人〕は見たり、「楚漢争鋒《あらそい》」して「正馬軍《きばたい》」のそこなわれるを。耳に聞こえるはただ〝天を揺るがす鐘また太鼓[35]〟」

出た目はまさしく「正馬軍」に合致したので、一杯飲んだ。李嬌児の番となり、

「〔水仙子《みずのせんにょ》〕は「二士入桃源《とうげんきょうにきたふたり》」に驚き逃げ、「花開蝶満枝《はなさくえだにちょうむらがる》」のさまは変じて、〝落ちた花びら地を満たし、臙脂《えんじ》の色は冷《さ》めたり[36]〟」

賽の目とは重ならなかった。次は金蓮の番で、

「〔鮑老児《ひょっとこ》〕が「臨老入花叢《おいてはなまちにふみこ》」んで、「三綱五常《ひとのみち》」をも踏み外し、〝姦通でなければ泥棒の罪で捕らえらる[37]〟」

出た目はまさしく「三綱五常」に合致したので、一杯飲んだ。李瓶児の番となり、

「〔端正好《かおだちきれい》〕な娘さん、「搭梯望月《はしごのぼってつきなが》」め、春分まで待ったら「昼夜停《ちゅうやおなじながさ》」となる。その時には〝壁を隔てて危うく望夫山ということになりかけた[38]〟」

賽の目とは重ならない。孫雪娥の番となり、

「〔麻郎児《あばたおとこ》〕が「群鴉打鳳《ほうおうをいじめるからすのむれ》」を見つけ、「折脚雁《あしのおれたかり》」を縛りあげたが、〝あちら立てればこちら立たずの板ばさみ[39]〟」

賽の目とは重ならない。さいごは玉楼が締める番で、

「〔念奴嬌《なまめくねんど》〕[40]は「四紅沈《まっか》」に酔った我が身を支え、「錦裙襴《にしきのスカートのすそ》」を引きずり、いくたび楽しむのか〝春の風と月の夜を、金摺箔《すりはく》の帳にて[41]〟」

ちょうど「四紅沈」の目を出したところで、月娘の酒令はここまでとなり、小玉に、

「三娘《さんおくさま》にお酒を注いで」

と命じると、玉楼に言うには、

「大きな杯で三杯は飲んでもらわなきゃ。今夜はあなたが新郎と休む番ですよ」

そこで李嬌児や金蓮らに言った。

「お酒を飲み終えたら、ふたりのお床入りをみんなで見送りますよ」

金蓮、

「お姉さまのご沙汰とあれば、従わぬはずもございません」

これには玉楼、穴があったら入りたいくらい。

ややあって宴も果て、月娘らは、西門慶を玉楼の部屋の戸口まで送って引きあげようとした。玉楼は皆に寄っていくようすすめたが、誰もそうしない。金蓮はここぞと玉楼をからかって、

「娘や、夫婦ふたり、いい子にして眠るんだよ。おっかさんはあした、お前たちを見にくるからね。わるさしちゃだめだよ」

そこで月娘に向きなおり、

「奥様、娘はまだ子どもですので、私の顔に免じて、よろずご寛容にお願いいたしますね」

玉楼、

「六の姉や、あんたは米酢《こめす》を作ってるみたいね——甕《あ》から《いて》甕《をかえて》へ次々仕込《から》んで。こんどかたはつけさせてもらいますよ」

金蓮、

「口利き婆さんが楼《たかどの》に上るってなもの——おつかさん《このわたし》はちっとも恐くないさ(42)」

玉楼、

(30) 第十二回訳注(6)を参照。／(31) カルタの役とその名称を記した書。代表的なものに明・瞿佑の編にかかる『宣和牌譜』がある。／(32) 唐・元稹の文言小説「鶯鶯伝」を原案とする元・王実甫の雑劇。雑劇は四折（幕）構成が原則だが、『西廂記』は雑劇を五つ連ねた体裁を取る長篇である。張生と崔鶯鶯との恋を描く。／(33) ロイの英訳がこの台詞を補って、月娘に引き続きルールを説明させているのを以下に引く。「それから賽を投げて、もし賽の目が自分の口にした役と合致したら、罰杯を飲まなければなりません」。以下、旋律名は〔 〕、役名は「 」、『西廂記』からの引用は〝 〟で示す。／(34)『西廂記』第三本第三折。「蜘蛛の糸」にあたる箇所は『西廂記』では「玉の簪」となっている。／(35)『西廂記』第二本第一折。／(36)『西廂記』第二本第三折。／(37)『西廂記』第三本第三折。／(38)『西廂記』第三本第二折。望夫山とは夫の帰りを待ちつづけた妻がついに石に変じたという伝説のある山。／(39)『西廂記』第三本第二折。／(40)〔念奴嬌〕は歌をよくした唐代の妓女・念奴にちなむ旋律名。／(41)『西廂記』第二本第三折。以上、各人が作った句は、それぞれの境遇や命運を暗示していることに注意。／(42) 口利きは嫁入り前の娘が住む部屋（繡楼）に頻繁に出入りするので、楼に上るのは少しも恐くないということ。

「娘や、もう少しゆっくりしていかないかい」

金蓮、

「私らは、母方の遠縁の一門からきた余所者《よそ》ですから」とて、李瓶児や西門大姐といっしょに行ってしまった。ちょうど中の門のあたりまで来たところで、思いがけず李瓶児が地面に足をすべらせつまづいた。金蓮は素っ頓狂な叫び声をあげて言うよう、

「李の姉さんったら、まったく座頭さんみたいね。どうかすると、よろめいてすぐ引っくりかえっちまう。支えようとしたら、私まで片足が雪に埋もれて、靴が泥だらけになっちまいましたよ」

これを聞きつけた月娘が言うには。

「中の門のあたりに積もった雪のこと、小者に二度も言いつけたというのに、あの奴隷め、ちっともどかそうとしないんだから。案の定、人がすべって転んじまったじゃないか」

そこで小玉に、

「提灯《とも》を点して、五娘《ごおくさま》と六娘《ろくおくさま》をお送りしなさい」

と命じたのだった。

西門慶は玉楼の部屋で、

「あのチビ淫婦ときたら、ぬかるみを踏んづけて人をこけさせといて、靴を泥だらけにされたなんて言ってやがる。相手が口下手なのをいいことにな。チビ淫婦めはあんなだから、きのう女中たちが出しぬけに『よき日に再びしのび会い』を歌いだしたときも、すぐにあいつの仕業だと思ったよ」

玉楼、

「『よき日に再びしのび会い』ってどういうわけなの」

西門慶、

「呉のやつ(呉月娘)は手順を踏んで俺と会ったんじゃなく、こっそり会った——と、あいつは言いたいのさ。夜香を焚いて、俺を待ちかまえていたみたいなものだとな」

玉楼、

「六姉さんはいろんな曲をなんでも知ってるんですね。私らにはわかりませんでしたよ」

西門慶、

「お前は知らんだろうが、淫婦め、とにかく内輪と揉めるのさ」

西門慶が玉楼の部屋で休んだことはさておき、潘金蓮と李瓶児が歩きながらおしゃべりをした話をしよう。李の姉さんとか花の姉さんとか道々呼びながら、

いっしょに中の門まで来ると、大姐は表の脇棟へともどっていき、小玉は提灯を点してふたりを花園まで送った。

金蓮は半ばできあがっていて、李瓶児の手を引きながら、

「花の奥様、私、きょうは酔ってるの。どうでも部屋まで送ってちょうだいな」

李瓶児、

「お姉さま、しっかりしてるじゃない」

まもなく金蓮の部屋まで送りとどけると、小玉を奥の棟へかえし、李瓶児を引きとめて茶をすすめた。金蓮はさらに、

「ねえ、あんたが嫁いでこられなかったころ、うまくやってくれたのは誰かしら。いま私ら姉妹が、おなじ一枚の渡し板のうえを歩いてることなんて、思いもよらなかったでしょう。あんたのために、しなくてもいい面倒をどれだけ引き受けて、人から後ろ指をさされたことか。私は良心に従っただけだから、お天道さまさえわかってくれてれば、それでいいんだけどね」

李瓶児、

「お姉さまのお心遣いは承知しております。お礼はしっかりいたします、きっと忘れたりいたしません」

金蓮、

「わかってくれたのなら、これからはお話もできようってものですよ」

ほどなく春梅が茶を運んできたのを飲むと、李瓶児は暇乞《いとまご》いして部屋へもどり、金蓮はひとり休んだが、このことは措く。まさしく、

日頃より悔いなく過ごしても
枝葉《めんどう》は一度《ひとたび》生じればすぐ茂る(43)

といったところ。

はてさて、この後どうなりますか、まずは次回の解きあかしをお聞きあれ。

(43) 南宋・戴復古「処世」詩の末二句を取る。この詩は、若干の文字の異同を伴って『明心宝鑑』存心篇にも見える（作者名、篇名は記されない）。本書第二十八回冒頭には同じ詩の全体が引かれており、その文字は『明心宝鑑』によく一致する。

第二十二回

西門慶がひそかに来旺《らいおう》の妻と淫すること
春梅が色を正して李銘《りめい》を叱り付けること

器用なら多忙に苦しみ　ぐずは無為に苦しみ
善良なら軟弱と嫌われ　わるは勝手と嫌われ
富者なら嫉妬を受けて　貧者は屈辱を受けて
勤勉なら強欲と思われ　倹約は吝嗇《りんしょく》と思われ
事の軽重しらなければ　皆に愚かと笑われて
機に敏感にうごいても　狡《ずる》い奴かと疑われる
何をどうすりゃ満足か　人の見かたを慮《おもんぱか》れば
人であることは困難で　人の世すぎは難しい(1)

さて翌日、呉の大兄嫁、楊姑娘《おばさん》、潘のおっかさんといった女客が揃ってやってきて、孟玉楼《もうぎょくろう》の誕生祝いをした。月娘《げつじょう》が奥の広間で客らと酒を飲んだことはよしとして、そこからひとつの事件が持ちあがった。

かの来旺《らいおう》は、もとのかみさんが肺病で死んでしまったので、さきごろ月娘はこの男に、代わりをひとり娶《めと》ってやった。実家の姓を宋という、棺桶屋の宋仁《そうじん》の娘である。はじめ蔡《さい》という通判（州や府の副長官）の家に売られて部屋仕えをしていたが、へまをしでかし、料理人の蔣聡に嫁《か》して妻となった。蔣聡はつねづね西門慶の家の仕事を請け負っていたので、来旺は朝な夕な蔣聡を家まで呼びにいくことがあって、この女房を見かけると、いっしょに酒を飲んで鎌を掛けあうや、すぐさまものにしてしまった。

ある日、思いがけぬことに蔣聡は、取り分の不平等がもとで料理人仲間と酒に酔っての喧嘩となり、刃傷《にんじょう》沙汰《ざた》となった末、刺し殺されて地に倒れ、相手は壁を越えて逃げた。西門慶に事情を話してくれるよう女房に頼まれた来旺は、主人からの書付を役所へ持っていってやり、県丞《けんじょう》（県の副長官）に申しあげた。県丞は捕り手をさしむけ、下手人をつかまえさせて死罪に問い、蔣聡の命をつぐなわせたのだった。

来旺はその後、貧しい家のかみさんだった女で針仕事がうまいから——とだけ月娘に言い、だまされた月娘は銀子《ぎんす》五両と服をふた揃え、青や赤の布を四匹、それに簪《かんざし》や耳飾りのたぐいを与え、来旺に娶ってやったのだった。月娘は、この女が金蓮というのがまぎらわしいので、名を恵蓮に改めさせた。この女房は午年生まれで金蓮よりふたつ若く、当年とって二十四。(2)鳥の子色の顔立ちで、体つきは太ってても痩せてもおらず、背丈は低くも高くもなく、足は金蓮と比べてもなお小さい。明敏な性格で、機転が利き、化粧が巧く、龍虎のように波風《いざこざ》を起こす。つまりは男をからかう組頭《くみがしら》、家風をみだす領袖《みちびきて》。その腕前を述べるなら、そのかみ——

　門に斜めに寄りかかり
　来る人ごとに目配せし
　頬に手を当て指を咬み
　訳もないのに服なおす
　立って座って足ゆらし
　誰にともなく低く歌う
　窓を開いて戸を押して
　針の手を止めもの思い
　話しもせぬに早や笑い(3)
　きっと誰かと秘密あり

来たばかりの頃は、使用人のかみさん連中といっしょに厨房で炊事をして、まだ何の装いもしておらず、さりとて気にする風でもなかった。そののちひと月あまり経つと、玉楼や金蓮たちが化粧しているのを見て、束髪冠を高々とかさ上げし、ふんわりした髪型に梳《と》かし、光沢ある鬢《びん》を切れ長に掃くようになり、座敷で茶や水を出す姿が西門慶の横目に入った。ある日、西門慶は一計を案じ、来旺に銀子五百両を護送して杭州へ行かせ、蔡太師の誕生祝いにする錦繡《きんしゅう》の蟒衣《ぼうい》(4)と、自宅で着るための四季の服を、それぞれ仕立てさせることにした。往復で半年はかかる旅程である。十一月半ばごろに陸路を車で発つと、西門慶はそのうちこの女房をからかってやろうと狙いを定めたのだった。

　はからずも時いまに至り、ちょうど孟玉楼の誕生日とて、月娘は女客らと奥の広間で酒を飲んでいた。西

---

(1)『明心宝鑑』省心篇にほぼ同じ詩が見える。本書第七十三回冒頭でも再び用いられている。／(2) 金蓮より二つ年下ならばこのとき二十六であるべきだが、底本に従う。／(3)『神相全編』巻九にみえる「婦人十賤歌」と概ね一致する。／(4) 第十四回注(4)を参照。

門慶はその日は家にいて、どこへも出かけなかった。月娘は玉簫《ぎょくしょう》に言いつけた。

「部屋にもうひとつテーブルを据えて、お酒や料理、スープにご飯、点心を父様にお出ししなさい」

西門慶が簾《すだれ》のこちらからうかがってみると、赤い綾の前ボタンの袷《あわせ》に紫の絹の裙《スカート》という出で立ちの恵蓮が、宴席にて酒を注《つ》いでいるので、わざと玉簫にたずねた。

「あの赤の袷を着ているのは誰だい」

玉簫は答えて、

「新しく娶った来旺のかみさんで、恵蓮といいます」

西門慶、

「どうして赤の袷に紫の裙《スカート》なんて合わせてるんだね、みっともない。こんどお前の母様(月娘)に言っときな。上着に合わせて履けるように、ちがう色の裙《スカート》を一枚やるようにって」

玉簫、

「その紫の裙《スカート》だって、頼まれて私が貸したんです」

と言って、その場はしまいになった。

まもなく、玉楼の誕生日も過ぎたある日のこと、月娘は向かいの喬《きょう》という大戸《かねもち》の家に、誕生祝いの酒を飲みにいっていた。昼過ぎごろ、西門慶は外から家にもどってきたが、もう酒が入っていた。中の門まで来たところで、ちょうど外に出ようとしていた恵蓮と、真っ向から出くわしてしまった。西門慶は片腕で首を抱きよせると、ひとつ口づけをして、もごもごと口のなかで言った。

「娘や、言うとおりにすれば、髪飾りから着る服までよりどりみどりだぞ」

女房はひとことも発さずに西門慶の腕を押しひらき、まっすぐ行ってしまった。西門慶は母屋にかえりつくと玉簫に、恵蓮の部屋へ藍《あい》の緞子《どんす》を一匹届け、かくかくしかじかと伝えるよう命じた。

「父様がこないだあんたが宴席でお酌《しゃく》してるのをご覧になって、赤い袷を紫の裙《スカート》に合わせているのが、みっともなくて見苦しいとおっしゃったの。『その紫の裙《スカート》だって、頼まれて私が貸したんです』と申しあげたところ、父様はたんすを開いてこの緞子をお出しになりました。私からあんたに届け、裙《スカート》を仕立てて履かせるようにとのことです」

恵蓮が開いてみれば、中身はなんと、四季の団花文《だんかもん》に連れ舞う瑞鳥をあしらった御納戸色《おなんどいろ》の緞子一匹だったので、言うよう、

「仕立てたとしても、奥様がもしご覧になってたずねられたらどうしましょう」

玉簫、

「父様がこんど奥様にも言ってくださるそうなので、安心なさい。この件で言うとおりにしたなら、欲しいものをなんでも買ってやるとのことでした。きょう奥様がお留守のあいだに、あんたにちょっと会いたいそうですが、その気はありますか」

女房は聞いても微笑《ほほえ》むだけで、返事をせずにたずねた。

「父様はいつ来られるのですか。部屋でお待ちするなら好都合ですが」

玉簫、

「父様がおっしゃるには、小者たちの目があるので、あんたのこの部屋に入るのはまずい。こっそり築山《つきやま》の下の洞窟へ来てほしいそうです。あそこなら人もいないし、会うのにちょうどいいから」

女房、

「五娘《ごおくさま》、六娘《ろくおくさま》に知られるのではと思うと、気が進みませんが」

玉簫、

「三娘《さんおくさま》と五娘《ごおくさま》が、六娘《ろくおくさま》のお部屋で揃って碁を打っていらっしゃるから、行っても大丈夫ですよ」

その場で約束を取りつけると、玉簫はもどってきて西門慶に伝え、ふたりが築山の下で落ちあいことを成す間、玉簫は門口で様子をうかがうことになった。

ところが、金蓮と玉楼が李瓶児の部屋で揃って碁を打っているところに、はからずも小鸞《しょうらん》が玉楼を呼びにきて言った。

「父様がおかえりです」

三人はそれで解散し、玉楼は奥へもどっていった。金蓮は自室へおもむき化粧を直すと、おなじく奥へとやってきた。中の門を入ると、小玉が母屋の門口に立っているのが見えたので、金蓮はたずねた。

「父様はお部屋かい」

小玉は手をひらひらさせて表の方を指さした。金蓮はそれだけで察しをつけ、表の築山の通用門まで行くと、玉簫が門で通せん坊をしている。玉簫が西門慶とここで密通するのだと思い込んだ金蓮は、そのまま押し入ろうとした。あわてた玉簫が、

「五娘《ごおくさま》、お入りにはなれません。父様が中でご用事ですから」

と言えば、金蓮は罵って、

「私がお前の父様を怖がるとでもいうのかい」

「けったいな犬の肉め、私がお前の父様を怖がるとでもいうのかい」

有無をいわせず花園に入ると、あちこちぐるりと探しまわった。蔵春塢《ぞうしゅんお》(5)と名づけられた築山の洞窟までやってくると目に入ったのは、中でし終えたばかりのふたり。女房は誰かがやってきたのを聞きつけると、いそぎ裙《スカート》の紐を締めて外へ逃げだし、金蓮を見ると顔を真っ赤にさせた。金蓮はたずねて、

「このばっちい娘め。ここで何してた」

女房、

「画童を呼びにまいりました」

言いながら、雲を霞《かすみ》と逃げ去った。金蓮は入ってきて、西門慶が中でズボンの紐を締めているのを見ると罵るには、

「この恥知らずのぶつめ、奴隷の淫婦と真っ昼間からここで本当にことをしてたの。さっき、あの淫婦にビンタのふたつも食らわせてやるんだったのに、まさか逃げちまうなんてさ。なんと、あんたが画童だったとはねえ。あいつはあんたを探しにきたんですよ。——ありていに言いなさい、淫婦となんべんかくれて会ったの。うそをついたら、しばらくして大姉さまがもどったときに、言いつけないかどうか見てなさいよ。奴隷の淫婦の顔を引っぱたいて、ふくらました豚みたいにしてやらなきゃ、私だって気が済みません。私らはここで退屈しのぎにきゃあきゃあ騒いだりしたもんだけど、あんた(恵蓮《このわたし》)も片腕つっこみにきてたんだね。どっこい、おっかさんの目はごまかせませんよ」

西門慶は笑って、

「けったいなチビ淫婦め、静かにしろよ、大声だしたら人に聞かれるだろう。本当のことを言うよ、かくかくしかじか、きょうでやっと一度めなんだ」

金蓮、

「一度とか二度とか、そんなの信じないね。あんたが奴隷の淫婦を欲しがって、ふたりで神鬼もあざむいて《こそこそかくれて》わるさするなら、私の耳に入りしだい、あんたらとかたをつけることになるけど、わるく思わないでね」

西門慶は笑って出ていった。

金蓮が奥の棟へもどると、女中たちが話しているの

(5) 塢は山あいの窪地のことで、花木の生い茂る奥まった場所をいうこともある。ここでは「隠れ家」というくらいのニュアンスか。

が聞こえた。

「かえられた父様が玉簫に、手ぬぐいでくるんだ藍の緞子一匹を、表へ持っていかせたけど、誰にやったんでしょう」

来旺のかみさんにやったことはすぐにわかったものの、金蓮は玉楼にもこの話は持ちださなかった。この女房は毎日、金蓮について食事を作ったり針仕事や靴縫いをしたりし、また李瓶児と碁を打つところに控えては、いつもずるをして金蓮の機嫌を取った。金蓮も、西門慶にどこかで出くわして周りに人がいないと、ふたりを引きあわせてやり亭主の歓心を買おうとするのだった。

恵蓮は西門慶と私通してから後、服にハンカチに髪飾りに香茶(6)といった品をこっそり渡されたのはもちろん、銀子に限っても両もて量れるだけを手元におき、門口で髪飾りや紅白粉《べにおしろい》を買ったので、装いが以前と異なるのがだんだん目につくようになってきた。西門慶の方でも月娘に、あいつはスープを作るのがうまいからといって、家全体の賄《まかな》いをする主厨房から外させた。玉簫とふたりして月娘の部屋に仕えさせ、その裏手の小厨房でもっぱら茶を沸かし料理をととのえ、月娘の部屋へ食事を出したり、月娘のために裁縫したりするのを役目としたが、こまごま述べるまでもあるまい。皆様お聞きあれ。およそ家の主《あるじ》たるもの、くれぐれも奴僕や使用人の妻とかりそめに秘密の関係をむすんではいけない。後でかならず、上下の分《ぶん》が乱れ、欺瞞《ぎまん》をたくらみ、家風をそこない、ほとんど手に負えなくなるからだ。その証拠としてこんな詩がある——

西門が色を貪り身分忘れれば
群妾《ぐんしょう》は妍《けん》を争うこと疑いなし
月娘をあざむいて埒外《らちがい》におき
奴僕の妻と通じ倫《みち》乱すは何故

ある日、十二月八日のこと、西門慶は早起きし、応伯爵と示し合わせて、中心街に住む尚《しょう》判事の家の野辺《のべ》送《おく》りにおもむくことにしていた。小者に命じて馬も二匹支度させ、伯爵を待ったがいっかな現れない。そのうちに李銘が春梅ら四人に楽器と歌を教えにやってきた。西門慶は大広間で火鉢のそばに座ったまま、春梅、玉簫、蘭香、迎春のつごう四人にみな化粧して出てこさせ、演奏や歌唱を教える李銘の稽古ぶりを見ていた。

娘婿の陳経済も、かたわらで話し相手になった。

ちょうど「梅の花えがく三節《みふし》(7)」を歌っているさなか、曲がまだ終わらぬうちに伯爵がやってきた。応宝（応伯爵の長男）も氈《フエルト》の包みを脇にかかえ後から入ってくる。春梅ら四人はすぐに奥へ下がろうとしたが、西門慶に呼び止められた。言うには、

「なんのことはない、応二さんじゃないか。皆であいさつにきな。引っこむことがあるかい」

伯爵とふたりで向き合って拱手《きょうしゅ》の礼を交わし、さて座ろうとするところで、西門慶は四人をこちらに来させ、応二さんに叩頭《こうとう》するようにと命じた。春梅らが上座に向かい叩頭すれば、泡を食った伯爵はあたふたとあいさつを返し、褒めそやして、

「兄貴ほどの幸せ者はおりませんな。四人の娘さんがた、いやはやきれいになったもんだ。水葱《ふとい》のようにすらりとして、いずれ引けを取らぬ美しさ。こいつはどうしたらよかろう。応二さんはきょう手ぶら、ばたばたしていて、なにひとつ身に携えてきていやしない。日を改めて、べにおしろいの御銭《おあし》をさしあげやしょう」

しばらくすると春梅ら四人はあいさつして奥へ入った。陳経済が進み出て拱手の礼をし、いっしょに座った。西門慶、

「きょうはどうしてこんな時間まで来なかったんだい」

応伯爵、

「申しあげにくいんですが、上の娘がしばらく病気をしていまして、さいきんやっとすこし良くなったんです。家内は心配して、きょうから娘を家にむかえ、二日ほどくつろがせてやることにしました。応宝にいそぎ駕籠《かご》を手配させたり、入用《いりよう》の品を家に買ってきたりとごたつきまして、それからやっと来たんで、一歩出おくれてしまいました」

西門慶、

「ずっと待ってたぞ。粥を食べてから行くことにしよう」

とて、すぐ小者に、奥から粥を運んでくるよう言い

（6）第四回訳注(11)を参照。／（7）原文「三弄梅花」。『詞林摘艶』丙集、『雍熙楽府』巻六などに収められる明・陳鐸の組歌。〔粉蝶児〕の旋律に乗せて「三弄梅花の曲を、辺境の見張台の角笛が吹き終えて」と歌い出され、雪の夜に遠く離れた恋人を思う女を描く。「三弄梅花（梅花三弄）」は梅の花の気高さを表す古曲で、晋・桓伊の笛曲から改編されたとされる。主題が三度あらわれるのでこの名がある（「弄」は楽曲の演奏回数を数える語）。

「お前、なんだって私の手をつねってからかってんのさ」

つけた。そこに李銘が伯爵にあいさつしようと片膝をついたので、伯爵、

「李日新、しばらくぶりだな」

李銘、

「ははっ。ここ二日つづけて、町の北側にお住まいの徐太監のところでお勤めをしてから、旦那のお宅へうかがいました」

話すうちにもふたりの小者がテーブルを据え、粥を運んできた。漬物が四つ、つまみが十種、とろ煮が四碗――豚足が一碗、ひな鳩が一碗、雪裏紅《セリホン》の蒸し乳餅(8)が一碗、鶏肉のワンタンが一碗。銀縁の茶碗に装《よそ》われている粥は、榛《はしばみ》、松の実、栗、くだものの核《さね》、玫瑰《まいかい》の花、白砂糖の各具材を粳米《うるちまい》にくわえたもの。

西門慶は応伯爵と陳経済に相伴して食べ終えると、小さな銀の杯をとって金華酒を注ぎ、めいめいが三杯を飲んだ。徳利にはまだ半分以上の酒がのこっていたので、テーブルごと運び下げて脇棟で李銘に飲ませるよう、小者の画童に言いつけた。それから服を着て席を立ち、応伯爵と轡《くつわ》を並べて、共に尚判事の家の野辺送りにおもむいたのだった。ひとりのこされた李銘は、西の脇棟で酒食をすませた。

月娘の部屋の玉簫や蘭香らは、西門慶を門から送り出してしまうと、脇棟でだんごになってはしゃいでいたが、しばらくすると皆、中庭を挟んで対面する東の脇棟にある西門大姐《たいしゃ》の部屋を騒がしにいってしまった。あとには春梅ひとりがのこって、こちらで李銘と琵琶の稽古をしていた。

李銘も酒が入っており、広い袖口に埋もれている春梅の手を表に出してやるのに、いささか押さえかたが強くなった(9)。春梅は頓狂に叫びたてた。

「まったくこの王八《かいしょうなし》め。お前、なんだって私の手をつねってからかってんのさ。この死にたりない王八め。私が誰だか、まだわかってないのかい。きょうはいい酒にうまい肉で、王八の霊験《れいげん》をますますあらたかにさせちまったわけかい。いけしゃあしゃあと私の手をつねってきやがった。この王八め、鋤で掘りかえす《ちょっかいだす》場所《あいて》をまちがったね。私にちょっかい出してただですむものか、誰かに聞いてみるんだね。父様がもどられたら

(8)第二十回訳注(8)を参照。／(9)崇禎本の眉批。「そのつもりがあったようななかったような書き方であり、それによって(以後の展開が)半ばは春梅のカッとなりやすい気性によることがあらわされている」。

申しあげて、お前というろくでなしの王八を棍棒で追っ払い、出入り禁止にしてもらうからね。お前という王八がいなかったら、歌はものにならないのかい。教坊司管下の三院[10]で、王八の代わりが見つからぬ気づかいなぞあるものか。臭《くさ》いの臭くないのって、この王八が」

千回も万回も王八と罵られて、李銘は服をつかみ〝金の命でも水の命でも、[11]逃げて命を守る宛《あて》なし〟とばかり外へ逃げ出した。まさしく、

両の手で生死の道を切り開き
身を翻し是非の門を飛び出す

といったところ。

おびえた李銘が逃げ去ると、春梅はすごい剣幕で罵り声を上げながら、まっすぐ奥へと入ってきた。金蓮はちょうど孟玉楼、李瓶児、それに宋恵蓮と部屋で碁を打っていたが、春梅が誰かを罵りながら入ってきたのを聞きつけるとたずねた。

「この娘っ子め、誰を罵ってるの。誰がお前を怒らせたの」

カッとなった春梅は、

「誰だかよくご存じでしょう。まったく、李銘ってあの王八め。父様は出られるときに、よかれと思って小者に言いつけ、テーブルの料理と粳米の粥をそのままのこされ、あいつに食べさせてやったんです。玉簫たちもおりましたが、押されてみたり打《ぶ》ってみたり、ふざけてだんごになっては、王八に向かい歯を見せてにっこりするという浮かれぶり。折り目もなにもあったものじゃありませんでした。しばらく遊んでから、お嬢様のいらっしゃる方の脇棟へと皆が行ってしまうと、王八め、人がいないと見て、力まかせに私の手をひとつつねったんです。へべれけになって、私を見ながらにやにやと笑わんばかり。そんなことされて大目になんて見てやるもんですか。王八め、私が大声で罵りだしたと見るや、服を脇にかかえて逃げていきましたよ。さっきあの王八にビンタのふたつも食らわせてやりゃよかった。あの王八め、お前も相手を見て動けってんだ、私はそんな三でも四でもない《ろくなものでない》不良品じゃないんだから、お前みたいな王八にちょっかい出させたりするもんか。王八の顔を、青あざになるまで引っぱたいてやる」

金蓮、

「おかしな娘っ子ったら、楽器なんて続けても止《や》めても構やしないのに、顔を真っ黄色にして怒ってさ。父様がかえってきたら言いつけて、あの王八を追い出せばそれっきりじゃないか。なんでまた、歌うたい風情《ふぜい》を待ちこがれるみたいにしてまで、王八に私の女中をからかわせるのかね。さてはあの王八、悪業《あくごう》が甕いっぱいに溜《た》まっちまったんだね」

春梅、

「あいつはついていないんですよ、二娘《におくさま》の兄弟だからと思ってるんでしょうが、誰が二娘《におくさま》なんて怖がりますか。まさか恨みを抱いて私に指締め棒をはめたりもしないでしょうに」

宋恵蓮、

「そもそもお前（李銘）は楽師なんだから、人さまの家で歌を教えるにしても、良家の娘をからかうなどもってのほかでしょう。銭ひとつくださったなら、育ての親も同じこと。ましてや来るたびに、やれお茶だやれ食事だと、手あつく世話してもらってるのに」

金蓮、

「世話してもらって、しまいにゃ金までもらっていくからね。ひと月に銀子五両の月謝を、あいつには払ってるんだ。あの王八も詣でる墓《えらぶあいて》をまちがえたね。家の小者連中にちょっとたずねてみりゃいい、誰がわざわざこの子に歯を見せて笑いかけたり、へらず口をたたいたりするものかい。上機嫌にぶつかっても二言三言は罵られるだろうし、機嫌がわるけりゃ主人のところへ引きずられてって、すぐにお仕置きさ。たとえ父様だろうと食ってかかって目を丸くさせちまう子だってのに、それが見抜けないとはね。あの王八も運のわるいことだよ、この生姜っ子を怒らすなんてさ――辣腕にやられたことがまだないんだね」

そこで春梅に、

「お前は何がしたかったんだい。父様が行っちまったら、お前は入ってくればいいのに、わけもなくずっとあいつと、あっちの脇棟にいたって仕方ないだろう。あの王八にからかってくれと言ってるようなもんさ」

春梅、

---

(10) 第十回訳注(19)を参照。／(11) 金と水はともに五行の一。星命学では生年の干支によって人の命運が五行のいずれに属するかを決める。

「玉簫やあの連中がぜんぶわるいんです。ふざけ笑ってだんごになるばかりで、入ろうとしないんですから」

玉楼、

「あの三人は、いまもまだあの部屋にいるの」

春梅、

「揃って向かいのお嬢様の部屋へまいりました」

玉楼、

「ちょっと見にいってきましょう」

玉楼は席を立ち、行ってしまった。ややあって、李瓶児も部屋へもどり、繡春に迎春を呼びにやらせた。

夜になって西門慶が帰宅すると、金蓮は一から十までを西門慶に告げた。西門慶は来興《らいこう》に言いつけて、今後は李銘を家に出入りさせぬことにした。これより道も断たれて、参上しようともしなくなったのであるが、その李銘たるやまさしく、

　かつての過ち
　悪果は一遍《いっぺん》に

といったところ。その証拠としてこんな詩がある――

歌い女をおしえて威勢を誇り
日々静かな庭で糸竹《しちく》にふれる
李銘は思いがけず追放に遭い
春梅の声価は高まり天を衝く

はてさて、この後どうなりますか、まずは次回の解きあかしをお聞きあれ。

第二十三回

玉簫《ぎょくしょう》が月娘《げつじょう》の部屋で見張りに立つこと
金蓮がひそかに蔵春塢《ぞうしゅんお》で盗み聞くこと

おこなうに天の掟《おきて》を思わずに
ふるまいが規《のり》に沿う筈もなし
思うがままにして嘘もつき放題
威を借りて人は見下し己《おのれ》を尊ぶ
あそびに行く時や錦衣に駿馬《しゅんめ》
かえって来た時や越女に呉姫
金玉に拠って安心はすべからず
逃れる術なき盛衰の理《ことわり》を恐れよ(1)

さてある日、暮れから年明けを迎えた新春の佳節のこと、西門慶は年始で家を空けており、呉月娘も呉の大兄嫁の家へ出かけていた。昼どき、孟玉楼《もうぎょくろう》と潘金蓮は揃って李瓶児の部屋で碁を打っていた。玉楼、

「きょうは何を賭けたらいいでしょうね」

潘金蓮、

「三番打って、負けたら銀子《ぎんす》五銭おごることにしましょう。三銭で金華酒を買ったら、あと二銭で豚の頭を買ってこさせ、来旺《らいおう》のかみさんに煮させて食べるんです。あいつは豚の頭をうまく煮るらしくて、薪《まき》を一本しか使わず、とろとろに仕立てるそうですよ」

玉楼、

「大姉さまはお留守ですけど、さしあげる分はどうしましょう」

金蓮、

「ひとり分とっておいて部屋に届ければ、同じことでしょ」

話がつくと、三人は石を並べ三番の碁を打ち、李瓶児が負けて銀子五銭を出すことになった。金蓮は繡春《しゅうしゅん》に来興《らいこう》を呼んでこさせ銀子を渡して、金華酒ひと甕《かめ》、豚の頭ひとつと、ついでに豚足四本を買ってくるよう命じた。言いつけるには、

(1) 以上は〔西江月〕の旋律による詞。

「三番打って、負けたら銀子五銭おごることにしましょう」

「奥の厨房へ届けて、来旺のかみさんの恵蓮に言いなさい。早いとこ煮たら、三娘《さんおくさま》のお部屋へ運んで待ちなさいとね。私たちすぐ行くから」

玉楼は、

「六姉さん、煮させたら、料理箱をここまで運んでこさせて食べましょうよ。奥だと李嬌児《りきょうじ》や孫雪娥《そんせつが》のおふたりさんに見られるでしょう。呼ぶ呼ばないって話になりますよ」

金蓮は玉楼の言うことにしたがった。ほどなくして来興が酒と豚の頭を買ってかえり、厨房に届けた。恵蓮はちょうど奥で玉簫と、石台に座って手玉遊び(2)をしているところだった。来興はそこで呼びかけて、

「恵蓮姐《ねえ》さん、五娘《ごおくさま》と三娘《さんおくさま》が、おふたりしてあんたにご所望だよ。俺がおつかいに出て買ってきた酒と豚の頭、それに足がぜんぶ厨房に置いてあるから、あんたに煮させて、表の六娘《ろくおくさま》の部屋へ届けさせろって」

恵蓮、

「私いそがしいのよ、奥様の靴底を縫わなければならなくてね。そのへんの誰かに煮させときゃいいのに、わざわざご指名で私にさせようというの」

来興、

「するしないは勝手さ。まかせたからな、俺は用があるんで行くよ」

言いながら大手を振って立ち去った。玉簫、

「ひとまずそっちは放っておいて、煮てさしあげなさいな。五娘《ごおくさま》の口のわるさはわかっているのに、このうえ怒らせてああだこうだ言われたいの」

恵蓮は笑って、

「私が豚の頭をうまく煮るなんてこと、五娘《ごおくさま》はどうしてご存じなんでしょう。私に煮させろなんて、わざわざ名指しで押しつけるとはね」

そこで立ちあがって主厨房にやってくると、鍋に水を汲んで、豚の頭や足をきれいに毛剃《けぞ》りし、長い薪を一本だけ竈《かまど》に焼《く》べると、油、醤油を大碗一杯分、それに茴香《ういきょう》や八角《はっかく》をほどよく混ぜて、錫《すず》の深鍋にぴたりと揃いの蓋をした。二時間も掛からずに豚の頭は煮こま

(2) 底本「搊瓜了児」に作るが「搊瓜子児」の誤り。ふつう「搊子児」と呼ばれる遊びで、杏や李《すもも》の種、石ころといった小物を台にばら撒き、まず布袋を放り上げ、同じ手で台の小物を拾い上げてから、落ちてくる布袋を受けるのを繰り返す。あるいは、種などをまとめて摑んで放り上げて手の甲で受け、手の甲でまた放り上げたのをふたたび掌で受けて遊ぶ。

れて、皮はがれ肉とろけ、香りぷんと漂い、五味こもごも調った。氷水を入れるのにつかう大きな深皿に盛りつけ、生姜や大蒜《にんにく》の小皿といっしょに箱に入れたのを、表の李瓶児の部屋へと小者に運びこませると、すぐに甕を開けて金華酒を酌《く》んだ。

玉楼はいい部分をきれいに取り分けて大皿に取り、金華酒の徳利一本とともに月娘へ献上すべく、女中に母屋へと届けさせた。のこった分を女三人でとりかこみ、酒が注《つ》がれた。

ちょうど食べているところに、恵蓮がにここにこしながらやってきて言った。

「奥様方、この豚の頭を召しあがってみてください。きょうはうまく煮られましたかどうか」

金蓮、

「三娘《さんおくさま》がさっき、なかなかの腕前だって褒めてたのよ。この豚の頭、たしかにとろとろに煮えてるもの」

李瓶児がたずねた。

「ほんとうにお前は、薪を一本しか使わないの」

恵蓮、

「包み隠さず奥様方に申しあげますが、薪は一本だって多すぎるんです。まる一本使ったりしたら、煮えすぎて骨が外れちまいますから」

玉楼は繡春に声をかけた。

「大きな杯を持ってきて、お姐さんに一杯注いであげなさい」

李瓶児はあわてて繡春に酒を注ぐよう命じ、自分は小皿を手に豚の頭肉を取り分け、恵蓮にさしだして言うには、

「自分で作ったものでしょう、味を見てごらんなさいな」

恵蓮、

「奥様方はしょっぱいものは苦手とばかり思っておりましたので、醤油をしっかりは入れず、ほどほどにしておいたんです。こんどまた煮るときには気をつけます」

それから蠟燭を挿しこむかのように三つ叩頭《こうとう》すると、やっとテーブルの傍らに立ち、いっしょになって酒を飲んだのだった。

夕方になって月娘がかえり、女たちが月娘にあいさつすると、小玉は届けられた豚の頭の取り分けをそっくり運んできて月娘の目に入れた。玉楼は笑って、

「きょう、私らは李の姉さんのところで碁を打っていたんですけど、負けた李の姉さんから豚の頭をせしめたんで、お姉さまにも取っておいたんです」

月娘、

「それはちょっと不公平ですね。賭けに勝った面々が、損をひとりに押しつけるのでは、よろしくありません。こんな風にしませんか。お正月なんですから、私ら姉妹数人、まわり持ちで一席設け、郁大姐《いくねえさん》を呼んで夜に楽しんだって、構やしないでしょう。賭けで勝ち負けをつけてひとりに痛い目みせるより、その方がいいですよ。名案だと思いませんか」

皆そろって、

「姉さまのお考え、ごもっともです」

月娘、

「あすが正月五日だから、私から始めましょう。小者に郁大姐を呼ばせてきます」

そして李嬌児が六日、玉楼が七日、金蓮が八日を受け持った。金蓮、

「これは好都合。その日は私の誕生日の前祝いだから、どのみち酒をふるまうんで、一挙両得というものです」

孫雪娥にも水を向けたが、孫雪娥は黙りこんでしまった。月娘、

「構やしません、お前たち、この人に無理強いしないように。李の姉さんのふるまう番にしましょう」

玉楼、

「九日はちょうど六姉さんの誕生日だから、潘のおっかさんや呉の兄嫁さまが見えるのではないですか」

月娘、

「九日がふさがっているということなら、李の姉さんには十日に移ってもらえばいいでしょう」

と、皆の相談がまとまった。

無用なおしゃべりはやめよう。まず正月五日、西門慶は家を空け、隣家の宴席へ出向いていた。月娘は母屋で酒をふるまい、郁大姐が弾きかつ歌い、招かれた姉妹らは一日ゆかいに飲んでからお開きとなった。二日目になると李嬌児の番、そして玉楼、金蓮と続いたが、いずれもこまごま述べるまでもあるまい。すぐに金蓮の誕生日になると、潘のおっかさん、呉の大兄嫁が揃ってやってきて、たのしく過ごした。

やがて正月十日、李瓶児がふるまう番となった。繡春を奥にやり雪娥を招いたものの、続けざまに二度招きに行かせたのに、参りますとの返事だけで、いっかな来ようとしない。玉楼、

「あの人は来ませんよと言ったのに、李の姉さんたら、お招きするといって聞かないんだから。いかにもあの

人らしいけど、こんなことを言ってたそうよ――『あんたらお金持ちは、みんなで十周だってまわり持ちして飲んだらいいさ。私らに裸足で驢馬の供をさせる《むりなつきあいをしいる》のはよしとくれ』って。こんな風に言ったら、私らはよくても、大姉さままで驢馬《ろば》あつかいしてることになるじゃない」

月娘、

「あいつはそういう、役立たずで内弁慶のぶつなのさ。相手にだってしなくていいのに、招いたりしてどうするの」

そこで酒席がととのうと、皆そろって表の李瓶児の部屋へやってきて飲んだ。郁大姐は傍らで弾きかつ歌う。そこに呉の大兄嫁と西門大姐《たいしゃ》も加えて、計八名の酒盛り。その日、西門慶はある人の家へ出向いており留守だったので、月娘は玉簫に言いつけた。

「お前の父様がもどってきてお酒をご所望なら、奥の部屋でお前がお出しするんですよ」

玉簫は承知した。

思わぬことに、西門慶は昼下がりにはかえってきて、玉簫が進み寄って上着を脱がせるなり、月娘はどこへ行ったのかとたずねるのだった。玉簫は答えて、

「みなさま表の六娘《ろくおくさま》のお部屋で、大兄嫁さま、潘のお母さまと飲まれておいでです」

西門慶、

「飲んでいるのはどんな酒だ」

玉簫、

「金華酒です」

西門慶、

「応二さんが年賀に届けてくれた茉莉花酒《ジャスミン》(3)の甕もひとつあるから、開けて飲んだらいい」

とて、玉簫にすぐさま茉莉花酒を開けさせた。西門慶はちょっと味見して言うよう、

「お前の母様がたが飲むにはちょうどいい」

そこで玉簫と小玉のふたりに提げさせて、表の李瓶児の部屋へと届けさせた。恵蓮はちょうど月娘の脇に控えて酒を注いでいたが、玉簫が酒を届けにきたのを見るや、目端の利く恵蓮は、いそぎ宴席をはなれて酒を受けとりにきた。すかさず玉簫が目配せをしてみせ、手をちょっとつねったところ、この女房はそれだけで意を察した。

月娘は玉簫にたずねた。

「誰からのお酒なの」

玉簫、

「父様からです」

月娘、

「お前の父様は、家にもどってどれくらいになるの」

玉簫、

「おかえりになったばかりです。奥様方がどんなお酒を飲まれているのかおたずねだったので、金華酒ですとお答えしたところ、応二さんからいただいたこの甕の茉莉花酒を、奥様方へお出しするようにとのことでした」

月娘、

「お前の父様にうかがって、もし飲まれるようなら部屋にテーブルを置き、できあいのおかずがあれば食べさせてあげなさい」

玉簫は承知して奥へと下がった。恵蓮は宴席にしばらく控えていたが、口実を設けて、

「奥から奥様方のお茶を持ってまいります」

月娘は言いつけた。

「お前の姉さん（玉簫）に、母屋の化粧箱に六安茶[4]があると伝えて。それを急須に淹れてきなさい」

女房がそそくさと奥へやってくると、母屋の門口に玉簫が立っていた。言われて茶を取ってきた玉簫は唇で合図をし、女房は簾《すだれ》を掲げて月娘の部屋へ入っていった。すると西門慶が椅子に座って酒を飲んでいたので、進み寄ってぺたんと懐に腰を下ろすや、ふたりはすぐに口づけし舌を吸っていっしょになった。女房は手でそいつを握りしめる一方、上では酒をふくみ口移しで飲ませる。女房はそこで、

「父様、香茶があったらまたすこしくださいな。こないだくださったのはすっかりなくなりました」

また、

「薛嫂児《せつおばさん》から、飾りのお代を何銭かつけてもらってるの。銀子がありましたらすこし下さいな、あの人に払いますから」

西門慶、

「俺の巾着にまだ一、二両あるから、持ってきな」

言いながら、西門慶は女房のズボンの紐を解こうとする。女房、

「いけません、人が来て見られるとまずいから」

西門慶、

「きょうはもう仕事にもどることないさ。奥で夜じゅ

（3）底本「茉梨花酒」。第二十一回訳注(9)を参照。／（4）六安郡の霍山（いま安徽省）を産地とする名茶。

うしっかり楽しもうじゃないか」

　女房は頭《かぶり》を振って言うよう、

「奥は、惜薪司《せきしんし》が通せん坊――火遊びした日にゃ炎上します(5)。やっぱり五娘《ごおくさま》のところの方がいいでしょう。あちらなら色糸に女の子（絶好）ですよ」

　このとき、部屋でふたりして気ままに楽しめるよう、玉簫は母屋の門口で見張りをしていたのだが、諺《ことわざ》にも“道で話せば草に聞く人あり〟という。思いがけず、孫雪娥がちょうど奥からやってきて、部屋の笑い声を聞きつけた。てっきり玉簫が部屋で西門慶と話しているのだろうと思ったが、それにしては当の玉簫が軒下の廊下に腰かけているので、つと足を止めた。部屋に踏み込まれるのを恐れた玉簫は、立ち去らせようと躍《やっ》起《き》になり、

「表で六娘《ろくおくさま》がお妾さまを招かれていましたけど、あちらでお酒を召し上がらないんですか」

　雪娥は鼻で冷たく笑って、

「時の運に見放された私らみたいな女は、手当たり次第に植えた桑の木ってなもんで、列をなさない《なかまにはいれない》のさ。あっちは駿馬《しゅんめ》に乗ってるんだから、お近づきになろうとも思わないね。持ち出すものもないのに、十日間まわり持ちの酒盛りになんてつきあえるかい。しがない下っ端で、下穿きもつけてないのにさ」

　話していると、西門慶が部屋でひとつ咳をしたので、雪娥は厨房へ行ってしまった。玉簫が簾を掲げると、女房は人がいないのをたしかめるや、大股の二、三歩で捷《はしこ》く抜け出し、奥へ茶の支度をしに行った。すぐに小玉が表からやってきて呼ばわった。

「恵蓮姐さん、奥様が、あんたはなんで茶を取りに行ったきりかえってこないのかって」

　女房、

「お茶はあったんだけど、姉さんにくだものの核《さね》を持ってきてもらったの」

　ほどなく、小玉は茶杯と茶托を運び、恵蓮は急須を提げて、まっすぐ表へとやってきた。月娘はたずねた。

「なんでお茶がこんなに遅くなったの」

　恵蓮、

「父様がお部屋で飲まれていたので、入りにくかったのです。姉さんが奥様のお部屋から茶葉を取ってきたり、くだものの核《さね》を剝《む》いたりするのを待っておりました」

　そこで一同に茶が供され、飲み終えると小玉が茶杯と茶托を下げていった。宴席の恵蓮はテーブルに斜め

にもたれて立ち、月娘らがサイコロを転がすのを見ながら、わざとらしい大声で言うには、(6)

「奥様、一のぞろ目を六のぞろ目と合わせたら『天地分(7)』で、五娘《ごおくさま》にも勝っているじゃありませんか」

また、

「六娘《ろくおくさま》のこの目は『錦屏風(8)』ですね。ええと三娘《さんおくさま》は、こちらは一と三に五のぞろ目で、十四点にしかならないから、負けですね」

玉楼が怒って言った。

「このかみさんときたら、私らがサイコロ転がしてるところに横から口出しして。お前の知ったことじゃないよ」

これを聞いた女房は恥ずかしさのあまり、しっかりとも立てず、立っても落ち着かず、顔をさっと赤らめて下がっていった。まさしく、

西江《せいこう》の水を汲み尽したとて
洗いながせぬただいまの恥

といったところ。

こちらで女たちが飲んでいたところ、灯《あか》りを点《とも》す時分になると、西門慶が簾を掲げて入ってきた。笑いながら、

「愉快にやってるかい」

呉の大兄嫁は跳び上がって、

「ご主人のお見えでしたか」

と言うと、あわてて席をゆずった。月娘、

「あなたは奥で飲まれていればよろしいのに、女ばかりのところへ殿方がいらっしゃるなんて、どういうおつもり」

西門慶、

「そう言うなら、俺は行くよ」

そこで金蓮のところへやってくると、金蓮はすぐに

（5）原文「惜薪司擋住路児——柴衆」。第二十回（四一四頁）にも見えた惜薪司は宮中の薪や炭を管理する部署なので、その役人が道をふさいだら薪がたくさんであるというのが表の意味。「柴」はまた「胡柴」（でたらめを言う）のように「話す」の意で用いられることがあるので、「柴衆」はあれこれ言う人が多い、すぐ噂になるという意味にもなる。／（6）潘金蓮が呉月娘にカルタの手を教える場面（三七一〜二頁）の再現となっている。／（7）カルタの役名にも同じものがみえたこと、第十八回訳注(12)を参照。他人の勝負事に口を出す宋恵蓮の振る舞いも、同回の潘金蓮と二重写しになっている。／（8）四のぞろ目と六のぞろ目の組合せ。

ついてきた。見れば西門慶は半ばできあがっていて、金蓮を引き寄せると言うには、

「ちっちゃなべらべら口さん、お前に頼みたいことがあるんだ。恵蓮を奥にひと晩とどめたかったんだが、奥には場所がない。なんとか目をつぶって、お前のところでひと晩休ませてほしいんだが、どうだい」

金蓮、

「あんたは罵るだけ無駄だね。うわごとほざくのは熱が出てからにしとくれ。あいつとどこへでも打ち込みに行きゃいいだろ。甘ったれやがって、あいつをここに居させろってかい。あいつを置いとく場所なんてないよ。たとえ私があんたの言いなりになったとしても、春梅ってあの娘っ子だって、あいつをここに居さすなんてこと認めやしないね。信じないなら、娘っ子を呼んでたずねてみたらいい。あの子が承知したなら、この部屋にあいつを入れたって目をつぶるよ」

西門慶、

「お前たち母子《しゅじゅう》が承知しないんなら仕方ない。あいつとは築山《つきやま》の洞窟で一夜を過ごすことにするよ。お前から女中に言いつけてくれ。布団一式と火を入れた火鉢をあっちへ運ぶようにとな。でなけりゃ、この寒さじゃかなわんからな」

金蓮はこらえ切れず笑って、

「罵る言葉も出てきやしない。あの奴隷の淫婦は、あんたを育てた母ちゃんなんだね。あんたは王祥(9)で、師走の寒いなか親孝行ってわけだ。あの石の寝台の上で、氷に寝そべろうというんだね」

西門慶は笑って、

「けったいでちっちゃなべらべら口さん、俺をなぶるのはやめとくれ。いいな、とにかく女中に火を入れさせとくんだぞ」

金蓮、

「行きな、わかったから」

その晩、女たちの宴がお開きになると、金蓮は秋菊に言いつけ、果たして布団を抱え火を熾《おこ》させて、築山の下にある蔵春塢という雪洞(10)で支度をさせた。恵蓮は月娘、李嬌児、玉楼を中の門のところまで送っていくと、わざわざ言うのだった。

「奥様、わたくしはこちらで失礼します。表へもどらせていただきましょう」

月娘、

「まあいいさ、表へ寝にいきなさい」

この女房、月娘を中の門のあちらへ送り出すと、そのまま門口にしばらくたたずんでいたが、人がいないと見るや雲を霞《かすみ》と、築山の下へ立ち去った。まさしく、

襄王《じょうおう》は遠目を凝らさずともよし
巫山《ふざん》の雲雨は自ずともたらされ(11)

といったところ。

宋恵蓮は花園の門までやってきたが、西門慶はまだ入っていないとばかり思って、通用門に掛金《かけがね》をせず、形だけ閉じておいた。蔵春塢の洞内まで来てみたところ、西門慶の方もとっくに中におり、蠟燭を手に座っていた。洞内へと進んだ女房に感じられたのは、沁《し》み入ってくる冷気と、寝椅子の埃《ほこり》っぽさだった。そこで袖から線香を二本とりだすと、灯にかざし火を点《つ》けて地面に挿した。床《ゆか》には火鉢がひとつ置かれ、炭が熾《おこ》っていたが、まだ震えるほどに寒かった。女房は寝台にまず布団を敷き、その上から貂《しん》皮のマント(12)をかぶせた。両の扉を閉ざすと、ふたりは寝台に上がった。西門慶は服を脱ぎ去り、白綸子《りんず》の長上着姿で寝台に腰かけ、女房のズボンを脱がせて懐にかかえた。両の脚を左右にかかげ、そいつを牝《ぴん》に突っ込み、ふたりは抱きあった。

調子よくやっているところ、思いがけず、ふたりの港入りは間違いなしと当たりをつけた潘金蓮が、自室で束髪冠を外し、蓮の歩みを軽やかに運んで、ふたりが陰でどんな話をするのかうかがうべく、こっそり花園へやってきた。通用門まで来てひと押しすると開いていたので、身を潜めそろそろと入ってくると、蒼苔《あおごけ》が水面《みなも》の歩み(13)を凍えさせるのも、花の刺《とげ》が襞《ひだ》なす裙《スカート》に

(9) 後漢末から西晋にかけての人で、二十四孝の一人。継母が冬に魚を食べたがったとき、服を脱いで水面の氷を割り魚を捕らえようとしたところ、氷が自然に溶けて二匹の鯉が跳び出たという（『捜神記』巻十一）。服を脱ぎ氷の上に横たわり氷を溶かしたとの別伝もあった。／(10) 白い紙を貼って一面を白く内装した洞窟状の部屋のこと。／(11) 襄王と巫山の神女については第二回訳注(44)を参照。／(12) 原文「禅衣」。文字通りには禅僧の衣ということだが、明代には特に毛織で厚手のものを指し、毛布のようにして座りながらくるまるのにも用いられたらしい。詳しくは文震亨（荒井健ほか訳注）『長物志——明代文人の生活と意見』（平凡社東洋文庫、一九九九〜二〇〇〇）巻八「禅衣」を参照。／(13) 原文「凌波」。美しい女性の歩みを喩える。曹植「洛神賦」（『文選』巻十九）に基づく表現。第二回訳注(17)を参照。

「このうえ何を言うか、もうちょっと聞いてやることにしよう」

引っかかるのも気にせず、蔵春塢の月窓《まるまど》の下におそるおそる身を隠し、立ち聞きをしていた。

ややあって、洞内に灯りがなお輝くなか、女房が笑いながら西門慶に言った。

「寒い物乞い小屋で氷を施された老いぼれ乞食ってとこね——つらい目に遭わずにはいられないのかしら、あんたって人は。ほかに場所をみつける才覚もなくて、こんな寒氷地獄に来ちゃったのね。口に縄をくわえとくから、凍え死んだら引っぱり出してよ」

さらに、

「冷え冷えするから、寝ましょうよ。私の足ばかりじいっと見つめて、どうしようというの。あんただって纏足《てんそく》くらい見たことあるでしょ。私なんかが両の靴の表布《おもてぬの》を持ってないからといって、買ってくれる人がいるとでもいうの。人様が靴を作るのは見ていても、自分は作れないんですよ」

西門慶、

「娘や、大したことじゃないさ。こんど何銭か分、とりどりの表布を買ってやろう。お前の足が五娘《ごおくさま》と比べてもなお小さいとはなあ」

女房、

「比べものになりませんよ。こないだ私、あのかたの靴をちょっと試してみたんですけど、靴を履いた上からも入りましたっけ。といっても、靴は大きさが大事なわけじゃなく、見てくれが決まっていてこそなんですけどね」

金蓮は外で聞いていて、

「この奴隷の淫婦め。このうえ何を言うか、もうちょっと聞いてやることにしよう」

そこでさらにずいぶん長いこと聞いていると、女房が西門慶にたずねて言うよう、

「お宅の五番目の秋胡戯《おくさん》(14)は、娶《めと》ってどれくらいになるの。生娘《きむすめ》で嫁いできたの、それとも再婚なの」

西門慶、

「あれも出もどりさ」

女房、

(14)「秋胡戯妻（秋胡 妻に戯る）」という故事の「妻」を伏せた表現。秋胡は春秋・魯の人。妻を迎えて五日後には仕官のため陳へと赴任し、五年ぶりにもどった際、路傍で桑を摘む婦人に声を掛けたが相手にされず、帰宅してみるとその婦人こそが妻だった（『列女伝』巻五）。元雑劇に石君宝『魯大夫秋胡戯妻』がある。

「道理であんな手練《てだ》れの遣《や》り手《て》ななわけね。もともとはやっぱり思い人で、うたかたの夫婦《めおと》ってわけね」

外の金蓮、聞かなければそれきりだったものを、聞いてしまったがために、腹立ちのあまり両腕はへなへなと、しばらく足を動かすこともできなくなってしまった。言うには、

「この奴隷の淫婦を抱えていたら、私らみんなあいつに押しのけられちまう」

とはいえ、その場ですぐに声を上げて罵ろうとすれば、西門慶の機嫌を損ねて淫婦に大きな顔をさせてしまうのが心配だし、かといって目をつぶってやろうとすれば、後になってしらを切られるのが心配でもある。

「よしよし、印《しるし》をのこしていってわからせよう。こんどあいつとは話をするさ」

そこで通用門まで行くと、頭から銀の簪《かんざし》を一本抜いて挿しこみ、門を外から閉ざしておいた。恨みを飲んで部屋にもどり休んだが、その晩のことはここまで。

翌日の早朝、女房が先に起き、服を着てみだれ髪のまま出てきたが、通用門が閂《かんぬき》されていないのにハッと胸を衝かれた。おまけに門を揺すってみたが、ずいぶん揺すっても開かない。西門慶のところへもどると、塀ごしに迎春を呼んで開けてくれたが、門に挿しこんであった簪を見て、それが金蓮の簪であること、夜なか盗み聞きにきていたことはすぐにわかった。女房は気味わるさを腹に宿して表の棟へとおもむいた。自室の戸を開けようとしたところに、平安が厠《かわや》から出てきた。こちらに気づくとにやつくばかりなので、恵蓮、

「けったいな牢屋暮らしめ。そんなに歯を見せて、誰のことを笑ってるんだよ」

平安、

「お姐《ねえ》は、俺らがちょっと笑っても面白くないんだね」

恵蓮、

「朝っぱらからわけもなく、何を笑ってるのさ」

平安、

「姐さんが三日も飯を食っていないのを——目がくらんでるのを——笑ってるのさ。あんた、きのうはひと晩もどらなかっただろ」

女房はこの言葉を聞くと、顔を赤らめて罵った。

「このでたらめ言いふらす、寝ぼけた牢屋暮らしめ。いつの晩、私が部屋を空けたよ。なんでもどってこないのさ。瓦を放るにしたって、落ち着き先が必要だろう（四九頁）」

平安、

「さっきまで姐さんは戸を閉ざしてたってのに、ごまかされるもんかい」

恵蓮、

「早起きして五娘《ごおくさま》の部屋へ行き、たったいま出てきたのさ。あんたって囚人は、どこにいたもんだか」

平安、

「俺は、五娘《ごおくさま》があんたに蟹《かに》を塩漬けにするよう命じられたと聞いたけどな——あんたは脚を開くのが得意だからって。五娘《ごおくさま》があんたに、門口で職人が箕《み》を編むのを見守らせたのだって、もっともな話さ——藤のつるを唾で湿らすとき、舌妙に吸いつくって話だからな」

この言葉にいきりたった女房は、戸の閂を振りかざし、中庭をぐるり追いかけながら平安を罵った。

「この熱に浮かされた牢屋暮らしめ。こんどあの人に言いつけないかどうか、見てなさいよ。お前ときたら、報いがくだされるまでは慎《つつし》もうともしないんだね。いかれやがって、けじめもへったくれもないってかい」

平安、

「うへぇ。姐さん、お手やわらかにたのみますよ。誰に言おうというんですか。あんたが高い枝に登ったんだってことはわかってますから」

恵蓮はカッとしていたたまれなくなり、追いかけ打ちのめそうとするばかり。思いがけず玳安《だいあん》がちょうど高利貸（質屋）の店舗にいて、簾をくぐって出てくると片手で閂を取りあげた。言うには、

「姐さんは、どうしてこいつを打とうというので」

恵蓮、

「そこで歯を見せて笑ってる牢屋暮らしの幽霊に聞きなさいよ。口をひらけば出まかせ放題、私は怒りのあまり腕がへなへなになっちまった」

平安はしめたとばかり外へ逃げだした。玳安は恵蓮を押しとどめながら言うよう、

「姐さん、あまりお怒りにならず、お部屋で髪でも梳《と》かされなさいな」

女はそこで腰の瓢簞《ひょうたん》形の巾着から銀子三、四分をとりだして玳安にわたし、

「わるいけど、葛湯《くずゆ》(15)をふたつ分あたためてきてほ

（15）原文「合汁」。『老乞大集覧』上に「粉羹」の別名として挙げられる「飲汁」と同じものか。「粉羹」は宋・孟元老『東京夢華録』巻二「飲食果子」にもみえる名で、葛粉を溶いた濃いスープのこと（一説に春雨のスープ）。元・忽思慧『飲膳正要』巻二にも「葛粉羹」が見える。

しいの。小鍋に入れてきてね」

玳安、

「おやすいご用さ、待ってな」

片手で銀子をうけとると、いそいで顔を洗い、葛湯をあたためてきてやった。女は玳安にひと碗を飲ませ、自分もひと碗を飲むと、やっと髪を梳かして戸を閉ざし、まず月娘の部屋に顔を出したあと、金蓮の部屋へとやってきた。

金蓮はちょうど鏡に向かって身づくろいしていたので、恵蓮はご機嫌をとるべく、髪を撫でつけるための鏡を掲げてやったり、手を洗う水を運んできたりと、かたわらでまめまめしく仕えた。金蓮はまともに見ようともせず、相手にもしない。恵蓮、

「奥様の寝台靴⑯と纏足布、巻いて片づけておきますね」

金蓮、

「いいから放っといて。女中を呼んで片づけさせます」

そこで秋菊を呼ぶが、

「あの奴隷め、どこへ行ったんだか」

恵蓮、

「秋菊はお庭を掃いています。春梅姉さんは、あちらで髪を梳かされてますよ」

金蓮、

「お前の知ったことじゃないよ。そのままにしときな、あいつらが来たらまとめて片づけさせるから。ゆがんだ蹄《ひづめ》、ぶざまな足の履いてたものさ、姐さんの手を汚すには及ばないよ。お前の父様（西門慶）をお世話しにいきな。父様だって、ほかでもないお前の世話でなきゃ、気に入らないのさ。私らはみんな、うたかたの夫婦で中古品だからね。姐さんだけが正々堂々、駕籠《かご》もて娶られてきた、あの人の正式な女房にして秋胡戯《おくさん》ですよ」

女房は聞いて、昨夜の痛いところをずばり突かれているので、進み寄り両膝をついて言うよう、

「奥様はわたくしのただひとりの主《あるじ》、奥様がご高配くださらなければ、片時とて身の置き場はございません。そもそも、奥様がお目こぼしくださらなければ、父様につきしたがおうとなど思いもいたしませんでした。奥の大奥様にしても元締めというだけのこと。私はなんといっても奥様がお引き立てくださっているのですから、奥様の目の前で後ろぐらいことなど、しようといたしましょうか。奥様にお調べいただいて、顔むけできぬことをひとことでも申しておりましたなら、将

来ろくな死に方をせず、毛穴のひとつずつに腫れ物ができるでありましょう」

金蓮、

「そういうことではないの。私はね、目ん玉に砂を入れられるようなたまじゃありませんよ。旦那さまがお前をご所望というなら、私らだってお前と争いなどするものですか。許せないのは、お前が旦那さまの前でぺいてんをやって、あれこれぺらぺら吹き込むことなの。私らを蹴落とし、お前が出しゃばって飛んだり跳ねたりしようと思ってるならば――お姉さまに言っときますけど、まあそんな腹の内は吐き捨てて、あまり期待しないことですよ」

恵蓮、

「奥様がどれほど探られても、顔むけできぬことなど決して申してはおりません。きのうの晩、奥様は何かお聞きまちがいをなさったのではないですか」

金蓮、

「たわけた姐さんだこと。私が暇を持てあまして、お前の話を盗み聞いたとでもいうの。お前に教えてやるけどね、十人の女房がいたって、一人の亭主の心を買い切ることはできないの。お前の父様には、家に何人も女房がいるけど、外で店の女郎を呼ぶようなことがあれば、かえってくるとすこしも包み隠さずに、一から十まで私に話すんだ。ひとつたずねてみるがいい、六娘《ろくおくさま》と同じ鼻の孔で息をしてた《いきがぴったんこだった》あの頃だって、かえってきて私には隠し事なんてまるでしなかったもんさ。お前はそこまでも行かないんだからね」

言われて女房は返す言葉もなく、部屋にしばらく立ちつくしてから出ていった。中の門のところの狭い通路で西門慶に出くわしたので、言うには、

「あんたもいい人だこと。食えないでかぶつだったとはね。きのう人があんたに言ったことを、もうべつの人に伝えるなんて。きょう、たっぷり嫌味を言われましたよ。私が言ったことは、朽ちるまであんたの胸ひとつにおさめといてくれなきゃ困ります。人に言うなんて、何を考えついてのことですか。まったくあんたの口は、水漏れする飼葉桶《かいばおけ》みたいなもんだ。何かあっても、こんどからあんたには言わないことにしますよ」

西門慶、

「なんの話だい。まるでわからないよ」

(16) 原文「睡鞋」。寝るときに纏足布がほどけぬように履く、底のやわらかい靴。

女房は横目でひとにらみして、表へ行ってしまった。

ふだんからこの女は口が達者で、いつも門の前に立ってあれこれ買い物し、番頭の傅銘《ふめい》をつかまえて傅大郎《にいさん》と呼び、陳経済はお婿さん、賁四《ほんし》は四さんと呼んでいたが、このまえ西門慶と関係をもってからは、いっそうひけらかしをやるようになり、いつでも皆と冗談を言ってふざけ合い、まるで憚《はばか》ることがなかった。あるときには、

「傅大郎《にいさん》、ちょっとお願いしたいんだけど、白粉《おしろい》売りが来ないか、門口で見ててくれない」

傅銘は人ができているので、門口でしっかり見ていてやり、やってくると呼び止め、恵蓮にお出ましねがい買わせてやるのだった。

玳安がわざとからかって言うには、

「姐さん、白粉売りは朝がた通り過ぎちまいましたぜ。さっさと出てきて、天秤で量り買いしときゃよかったのに」

女房は罵って、

「このサルが。奥の五娘《ごおくさま》や六娘《ろくおくさま》がつけられる白粉を頼まれたのに、何が天秤で量り買いだよ。口紅を三斤、白粉を二斤ってな買い方して、どこの淫婦に塗っちゃまた塗りさせるんだい。奥へ行って言いつけないかどうか、見てなさいよ」

玳安、

「うへぇ、姐さん。何かというと五娘《ごおくさま》ばかり持ちだして脅すんですな(17)」

しばらくすると出てきてまた、

「賁の四さん、門口で梅や菊の飾り売りを見ていてちょうだい。ふた揃え買って頭につけたいから」

賁四は商売そっちのけで、とにかくかかりきりで見ていてやり、梅飾り売りがやってくると呼び止め、恵蓮にお出ましねがい買わせてやった。女は二の門の内側に立ち、箱を開けさせて選び、鬢《びん》に挿す大きな翡翠《ひすい》の花飾りをふた揃えと、玉虫織りの紫綸子に金摺箔《すりはく》を施したハンカチ二枚、しめて銀子七銭五分の買い物をした。女は腰から半塊の銀子を探り出し、賁四に頼んで鏨《たがね》で切りとってもらい、七銭五分を量って与えようとした。賁四はちょうど帳簿をつけていたが、それを放りだしやってくると、膝をかがめて鏨に槌《つち》を下ろそうとする。そこへ玳安がやってきて言うには、

「私が姐さんにお切りしましょう」

とて銀子をうけとったものの、すぐには切らずに

じっと銀子を見つめている。女は、

「このサルめ、切りもせずにじろじろと、何を眺めまわしているんだよ。夜中に犬が人に咬みつく音が聞こえなかったかい。これはね、盗んできた銀子だよ」

玳安、

「盗んだものじゃないにせよ、この銀子には少々見覚えがありますな。どうも父様の銀子入れにあったものみたいだ。こないだ父様が灯籠《とうろう》市で、四角帽を売ってた南方出に切ってやり、半分のこったのが他でもないこの銀子だ。千万《せんばん》まちがいなく覚えてますぜ」

女、

「この囚人め。天《あめ》が下《した》には、人だってそっくりなのがいるじゃないか。父様の銀子がなんで私の手にわたるんだい」

玳安は笑って、

「どういう取引があったかなんて、俺が知るもんか」

女は追いかけて引っぱたく。小者は銀子を七銭五分切って髪飾り売りにわたしたが、のこった銀子は手にしたまま返そうとしなかった。女、

「この牢屋暮らしが。持ち去る度胸があるなら、男ぶりは認めてやるよ」

玳安、

「あんたのものを持っていきはしないさ。あまった分をすこし俺にくれよ。なにか買って食うからさ」

女、

「このサルが。よこしな、やるからさ」

その気になった玳安が銀子をわたすと、四分か五分の塊ひとつだけを放ってよこし、あとはもとどおり腰にねじこんで、まっすぐ屋敷に入っていくのだった。

それからというもの、いつも門口で両からの銀子を手に、端切《はぎ》れや髪飾りやハンカチのたぐいを買い、甚《はなは》だしくは瓜の種を四、五升（一升は約一リットル）も量り買いして入り、各部屋の女中やら何やらに食べさせたりした。頭には真珠の箍《ヘアバンド》をつけ、灯籠の形をした金の耳飾りは黄金《こがね》色にきらめく。上着の下には赤の潞《ろ》安綾《あんあや》のズボンを履き、糸で膝当てを縫いつける。広い袖には香茶を入れ、木犀《もくせい》の入った筒形の香袋を三つ四つ身に帯びる。一日で銀子二、三銭を使うようになっ

（17）崇禎本の眉批。「小さな器はすぐ一杯になる。この一段を描くことで、のちに非業の死を遂げる前兆としているのである。春梅とあわせて見るならば、おおかた作者の意を読み損なうまい」。

たが、すべて西門慶が陰でわたしたものだった。こうしたことはこまごま述べるまでもあるまい。

　女房は金蓮にからくりを見破られてからというもの、毎日ずっと金蓮の部屋にいて、ご機嫌とりをしてすり寄り、茶やら湯やらを沸かし、靴をつくり針仕事をし、言わなくとも取ってきたし、呼ばれなくとも気を利かした(18)。毎日、持ち場である奥の月娘のところへは顔を見せるだけ。すぐに表の金蓮の住まいへやってきては、金蓮、瓶児のふたりと碁を打ったりカルタをしたりしてつるむようになった。西門慶が来るのに出くわしでもすると、金蓮はわざと傍らで酌《しゃく》をさせ、いっしょに居させてやる。来る日も酒だの肉だの盛大に食らって楽しく過ごしたが、金蓮はひたすらに亭主の歓心を買おうとしていたのであり、こちら女はといえば、いまでは金蓮にすがりつくようになっていた。まさしく、

　奔放なる柳の綿は風に随《したが》ってただよい

　軽薄なる桃の花は水に流されるがまま(19)

といったところ。その証拠としてこんな詩がある——

　金蓮は寵愛《ちょうあい》を得ようと胸にたくらみ抱き
　宋氏が主人の部屋に忍ぶのもまずは我慢
　大威張りの女はそれと知らず禍《わざわい》の種まき
　やがて転落を迎えても取り戻す術《すべ》はなし

　はてさて、この後どうなりますか、まずは次回の解きあかしをお聞きあれ。

---

(18) 第九回（一八〇頁）に見える、嫁いだばかりの潘金蓮が月娘に仕える様子を描いた表現が再度用いられている。／(19) 原文「顛狂柳絮随風舞、軽薄桃花順水流」。唐・杜甫の「絶句漫興」（其五）に基づく。杜甫の原作は「順」を「逐」に作る。

第二十四回

陳経済が元宵《げんしょう》に麗人と戯れること
恵祥が来旺《らいおう》の妻を怒って罵ること

銀の灯たかく酒はたちまち沁《し》みて
宴は賑やかに笑い声はあちこちで
章台の柳(1)のごと丹念に舞う細い腰
御苑の春のうた(2)軽快に歌う赤い唇
漂う香りは衣をゆらめかし意《おもい》あり
翠《みどり》の飾りの落ちてひろうに音なし
風流なる趣きいささかなかりせば
韓生(3)も酔ってのち醒めることなし

さてある日、天上では元宵の夜、下界では灯籠《とうろう》の祭りであったが、西門慶は家の広間に飾り灯籠を掛けて、盛大な宴席をととのえた。正月十六日には家をあげてたのしく飲んだ。正面には石崇(4)ばりに錦の帳《とばり》と屏風をしつらえ、真珠の紐に吊られた灯籠を三つ掛け、その両側には趣向を凝らした多くの灯籠がテーブルに並べられた。西門慶と呉月娘《ごげつじょう》が上座を占め、そのほか李嬌児《りきょうじ》、孟玉楼、潘金蓮、李瓶児、孫雪娥《そんせつが》、西門大姐《たいしゃ》は、みな両側に並んで座る。誰もが錦繡《きんしゅう》の衣裳に白綸子《りんず》の袷《あわせ》、藍《あい》の裙《スカート》を身に着けるなか、呉月娘だけは緋色の金《きん》襴《らん》で仕立てた長袖の長衣に貂《てん》皮の上着をまとい、下には百花を縫い取った裙《スカート》、頭の上には真珠や翡翠《ひすい》がうずたかく積まれ、鳳凰の簪《かんざし》が半ば傾《かし》いでいる。春梅、玉《ぎょく》簫《しょう》、迎春、蘭香のつごう四人のお抱え歌手が、傍らで箏《そう》を奏で拍子木を鳴らし、灯籠祭りを寿《ことほ》ぐ曲を弾きかつ歌った。東側に離して設けられた一席は娘婿である陳経済のためのもの。どちらにも同じように、スープも主菜も品数豊富に供された。珍味が調理され、果物は旬が出る。小玉、元宵、小鸞《しょうらん》、繡春《しゅうしゅん》はみな座敷を行

(1) 第二十一回訳注(1)を参照。／(2) 原文「上苑春」。曲名であろうが未詳。／(3) 未詳。第五句の「漂う香り」(原文「香気」)云々から連想されるのは韓寿と賈充の娘との故事であるが(第十三回訳注(11)を参照)、「酔ってのち醒める」(「酔後醒」)というのには合わないようである。／(4) 第十五回訳注(23)を参照。

き来して酒を注《つ》いだ。

来旺のかみさんの宋恵蓮は、座敷へ上がるわけにもいかず、軒下の廊下の椅子に腰かけ、口では瓜の種をかじっていた。座敷で酒を求める声があがるのを待ちかまえて、声高に呼ばわるには、

「来安、画童、奥様がお座敷で燗酒《かんざけ》をご所望だよ。さっさとお持ちしな――この牢屋暮らしどもが、ひとりもここに控えていやしない。全体どこへ行っちまったんだか」

画童が燗をつけて運んでくると、西門慶は叱りつけた。

「この奴隷め、ひとりもここに控えてないじゃないか。どこへ行ってやがった、この打たれ足りない奴隷が」

小者は恵蓮のところにやってきて言った。

「姐《ねえ》さん、誰もどこへも行ってなどないのに、父様にぎゃあぎゃあ言いたてたりするから、俺が叱られたじゃないか」

恵蓮、

「お座敷で酒をご所望なのに、控えてなくていいわけがないだろ。自分のせいじゃないか。あんたを叱らずに誰を叱るんだ」

画童、

「ここいらの床はぴかぴかに掃除してあるのに、姐さんが種の皮をこんなにかじり散らしたら、父様のお目に入ってまた叱られちまう」

恵蓮、

「この牢屋暮らしめ。あつい六月《てのやける》の借金ってなもんで、すぐにお返ししたって(5)わけかい。掃いてくれるくらい、たいしたことじゃないだろう。あんたに仏像の目を《むりなんだいを》彫れといってる《ふっかけてる》わけじゃないんだ。たとえあんたが掃かないにせよ、放っといてくれりゃ、べつの小者に掃かせるまでさ。あの人にたずねられたら、ちらりと申しあげはするけどね」

画童、

「うへぇ。姐さん、お手やわらかに願いますよ。なんで俺に当たるんですか」

そこで、ほうきを取ってきて種の皮を掃いてやった。宋恵蓮がなおも外で瓜の種をかじったことは措く。

さて西門慶は宴席にあって、娘婿の陳経済が酒を切らしているのに気づいた。言いつけられた潘金蓮は、いそぎ自分の席からやってきてなみなみと一杯注ぎ、にこにこしながら経済にすすめて言うよう、

「経済さん、あなたの父様のお申しつけです。どうか

私のこの杯を召されてください」

経済は酒をうけとるかたわら絶えずちらちら女を盗み見て、言うには、

「五娘《ごおくさま》、どうかおかまいなく。息子め、ゆっくりと頂戴しますゆえ」

女は身体で灯りをさえぎるいっぽう、左手にした酒へ経済が手をのばすのを待ちかまえて、右手で手の甲をひとつつねった。経済は、目では一同を見やりながら、下では金蓮の小さな足をたわむれにひとつ蹴った。女はほほえみ、声をひくくして、

「けったいなべらべら口さん、あんたの義父《とう》さまが見てるのに、何をしようっていうの」

皆様お聞きあれ。ふたりは人知れずふざけて楽しんだつもりでいたが、もうひとり宋恵蓮という女房がいて、外から格子窓の目ごしに、〝亦た楽しからずや〟というほど、すっかり覗《のぞ》かれていたとは思わなかったのである。まさしく、〝当事者は迷う、傍観者は見抜く（岡目八目）〟、といったところ。宴席の一同にこそ気づかれなかったものの、窓の隙間から、灯《あか》りに浮かぶ姿をしっかり見られていたのだった。恵蓮、口には出さねど心のなかで、

「ふだん私らの前では用心ぶかく澄ましていやがるくせに、陰ではこの若いのとできてるとはね。いましっぽをつかんだからには、こんどまた粗《あら》さがししてきた日には、物申してやるんだから」

まさしく――

　だれかの庭の白い薔薇
　こっそり頂《いただ》く枝の数本
　薄絹の袖にかくしても
　香りで蝶がまず気づく

長いこと飲んでから西門慶は、応伯爵のよこした使いの急な誘いで、灯籠見物と酒盛りに出かけていった。月娘に申しつけるよう、

「好きに楽しんでてくれ。俺は応の二哥《にあにき》の家へ飲みにいってくる」

玳安《たいあん》と平安のふたりの小者がつきしたがった。

月娘と姉妹らがさらにしばらく飲むうち、見れば、銀河の清く浅く、北斗の輝き煌《きらめ》くなか、一輪の円《まど》かな

（5）農民が（旧暦の）六月に借金をしても、さほど時を経ずに秋の収穫後には返せる。これに掛けて、報復の速やかなことをいう。

宴のさなか、ひそかにたわむれる潘金蓮と陳経済

る明月が東より出て、中庭を白昼さながらに照らしだした。女たちは、部屋で衣《ころも》を替える者あり、月下に粧《よそお》いを整える者あり、灯前に髪飾りする者あり。ただ玉楼、金蓮、李瓶児の三人と恵蓮だけが、広間の前で経済が花火を上げげるのを見ていた。李嬌児、孫雪娥、西門大姐は、みな月娘について奥の棟へ行ってしまった。

金蓮はふたりに言った。

「きょうは父様もお留守のことだし、大姉さまに申しあげて街あるきに出ましょうよ」

恵蓮は傍らから、

「奥様方が行かれるなら、私もお連れください」

金蓮、

「行きたいんなら、奥へ行って大奥様におうかがいを立てなさい。二娘《におくさま》にも、行かれるかどうか確かめてね。私らはここでお前を待ってるから」

恵蓮はいそぎ奥へと向かった。玉楼、

「あいつでは用に立たないから、行くかどうか私からたずねますよ」

李瓶児、

「私も部屋で服を着てきます。かえりが寒いですから。夜おそくなるでしょうし」

金蓮、

「李の姉さん、長羽織があったら、一枚もってきて着させてよ。そしたら部屋まで取りにいかずに済むから」

李瓶児が承知して立ち去ると、あとにのこって経済の上げる花火を見ているのは、金蓮ひとりだけ。人がいないと見るや、経済に寄っていって体をひとつつねり、笑って、

「経済さん、まあこんな薄っぺらの服だけで、寒くはないの」

そこに使用人頭の来昭の息子である小鉄棍があらわれ、にこにこしながら目の前でくるくる回り、経済を引っぱりながら、お婿さん爆竹を鳴らしてよとたのんだ。経済はじゃまをされてはかなわぬので、待ってましたとばかり元宵節に鳴らす爆竹をふたつやり、追いはらって外へ遊びにいかせた。そうして金蓮と冗談を言ってふざけ合い、からかって言うには、

「奥方様は、私の服が薄っぺらなので、衣裳を一枚くださろうとでもいうのでありましょうか」

金蓮、

「この早死にめ、つけあがりやがって。さっき私の足を踏んづけたのを見のがしてやったら、こんどはぬけ

ぬけと着る服をくれときたもんだ。私はあんたの思い者でもないのに、なんで服をやらなきゃならんのさ」

経済、

「奥方様がくださらぬというならそれまでのこと。どうしてあれこれ持ちだして私をおどすのですか」

女、

「この早死にめ。あんたは物見やぐらに住む雀ってとこで、小鳥のくせに度胸だけは据わっているんだね」

話しているところに玉楼が恵蓮と出てきて、金蓮に言った。

「大奥様は体調がすぐれないし、お嬢様は気分が乗らないとのことで、行かれないそうです。すこし出歩いたら早めにかえりなさい、とのことでした。李嬌児は脚が痛いそうで、やはり行きません。雪娥は、大姉さまが行かないのに出かけたら、そのあいだに父様がおかえりになってご不興《ふきょう》を買いかねないと、これまた家にのこるそうです」

金蓮、

「誰も行かないんだね。構やしないさ、私らと李の姉さんの三人で行きましょう。父様がかえってきたところで、勝手に息巻かせとけばいいこと。なんなら春梅って娘っ子や、母屋の玉簫、あんたの部屋の蘭香、李の姉さんの部屋の迎春もみんな連れてって、もどった父様のおたずねには、あいつ（雪娥）に応対してもらいましょう」

小玉がやってきて、

「うちの奥様も行かれないわけですし、私も奥様方と出かけます」

玉楼、

「お前の母様に申しあげに行きなさい、表で待ってるから」

ややあって、小玉は月娘の許しを得て、にこにこしながら出てきた。

かくて三人の女が一群の男女を引き連れ、来安と画童のふたりの小者が、紗《しゃ》の提灯一対をさげて供をすることになった。娘婿の陳経済は馬に乗るための踏み台に立ち、花火を上げたり爆竹を鳴らしたりして女たちの目を引く。宋恵蓮は、

「お婿さん、どうでもしばらく待ってくださいな。奥様方が私をお出かけに連れていってくださるの。部屋で頭をくるんだら、すぐに来ます」

経済、

「俺たちも行くところだよ」

恵蓮、

「待たないってことは、一生恨まれるってことですよ」

そこで部屋へおもむき、緑と赤の玉虫織り緞子で仕立てた前ボタンの袷《あわせ》と縫い取りのある白の裙《スカート》に着がえ、さらに赤の金摺箔《すりはく》のハンカチで頭をくるみ、こめかみには金箔と面花《かおかざり》を貼りつけ、灯籠型の金の耳飾りを垂らしてあらわれ、一同にくっついて〝百病よけ〟の夜歩き(6)に出かけたのだった。

　月明かりの下、まるで仙女のように、そろって白綸子の袷と金襴の袖なしを身に着け、頭の上には真珠や翡翠をうずたかく積みあげ、白き面《おもて》には朱の唇が映える。経済と来興は道中、左右でひとつずつ、〝蓮の緩咲《ゆるざき》〟、〝金糸の菊〟、〝一丈の蘭〟、〝明月勝《まさ》り〟といった花火を上げていった。中心街へと出てみれば、香《かぐわ》しい塵たえもせず、物見の衆は蟻のよう、爆竹の音は雷と轟《とどろ》き、灯籠の光いり混じり、笛や太鼓も高らかに、たいへんな賑やかさ。あたりの者らは、紗の提灯の一対に導かれた男女の一群が、みな赤や緑に着飾ってやってきたのを見ると、高官の家から来たものと思い、顔を上げて見ようとせず、誰もが避けて通るのだった(7)。

　宋恵蓮は、且《か》つは、

「お婿さん、筒花火を見せてよ」

と呼ばわり、且つはまた、

「お婿さん、元宵の爆竹を聞かせてよ」

と言い、且つはまた髪飾りを落として拾い、且つはまた靴が脱げ、人にもたれて履きなおした(8)。ぐずぐずしながらずっと経済とふざけているので、見かねた玉楼はひとことふたことたしなめた。

「なんでお前だけ靴が脱げるの」

(6)原文「走百媚児」。後文に「走百病児」とみえるのに従う（張竹坡本はこの箇所も「走百病児」に改める）。女性たちが元宵の夜、災厄を祓うために連れだって外出する風習があり、これを「走百病」といった（児は接尾語）。／(7)「紗の提灯の」以下は、「懐春雅集」（『燕居筆記』巻九～十）冒頭にみえる元宵節の描写に類似している。／(8)街の人びとが一行を高官の家の女たちだと思い込み、宋恵蓮があれこれはしゃぐ様子は、一年前の元宵の夜、李瓶児の家の楼での灯籠見物を想起させる（第十五回、三〇五～七頁。はしゃいでいたのは潘金蓮）。この点は清・張竹坡が本回の総評や夾批で既に指摘しており、「高官（原文「公侯」）」、「且つは……且つはまた……（「一回……一回……」）」という表現が一致する点に着目して、二つの場面が「遥照」「遥対」（距離をおいての照応、対応）の関係にある旨を述べている。

玉簫、

「あの人は足元がぬかるんでいるのではと思って、五娘《ごおくさま》の靴を重ね履きしているんですよ」

玉楼、

「こっちへ来させて私に見せなさい。五娘《ごおくさま》の靴を履いているって、それ本当なの」

金蓮、

「あいつ、きのう私の靴を一足ほしがっていたけど、化け物じみた犬の肉め、重ね履きするためだなんて、思うもんですか」

恵蓮はそこで裙《スカート》をたくし上げて玉楼に見せた。赤い靴を二足履いて、浅緑の紐帯《ひもおび》で褌腿《レギンス》(9)を縛りつけてあるのを見た玉楼は、ひとことも発そうとしなかった。

すぐに中心街を通りぬけ灯籠市まで来たところで、金蓮は玉楼に、

「これから獅子街にある李の姉さんの家へ顔を出しましょうよ」

そこで画童と来安に言いつけ、提灯をさげて先に行かせておき、ゆるゆる獅子街へ向かった。

先に行った小者が門扉を叩いたところ、馮《ふう》婆さんはもう休んでいた。部屋には人が売りに出した女中がふたりいたが、やはり炕《オンドル》の上で眠っていた。あわてた馮婆さんはいそぎ門を開けて女たちを請じ入れ、すぐに炉をかき立てて茶を沸かし、徳利をさげて酒の調達に街へ出ようとした。孟玉楼、

「馮さん、ちょっと止《よ》して。お酒を買いにいくことはありませんよ。私ら家で、お酒も食事もしっかり済ませてきましたから。お茶があれば二杯ほど淹れてくださいな」

金蓮、

「人を引き止めて酒を出そうっていうなら、まずつまみを装《よそ》わないとね」

李瓶児、

「おっかさん、酒の一瓶や二瓶もってきたって、汲《ほ》んで濁らぬ程の《のわずかばかり》水ってやつで、誰も飲み足りゃしませんよ。甕《かめ》をひとつふたつお願いしますね(10)」

玉楼、

「この人、あんたをからかってるんですよ。要りゃしません。お茶だけ出してくださいな」

婆さんはそこでやっと行くのをやめた。李瓶児、

「おっかさん、何であっちへ遊びにこないの。いったい一日じゅう家で何をしてるんですか」

婆さん、

「奥方様、ここなふたりの罰当たりを部屋に置いていきましたら、誰が面倒をみるんで」

玉楼がそこでたずねた。

「女中のふたりは、どこの家が売りに出したの」

婆さん、

「ひとりは町の北側にお住まいのかたが部屋でつかっていた小間使いで十三歳。五両でいいそうです。もうひとりは汪《おう》という序班《じょはん》(11)の家にいた使用人のかみさんでして、連れが逃げたんで、主人が束髪冠を外させて売りに出したんです。こちらは銀子十両です」

玉楼、

「おっかさん、お話があるんですけどね、そういう子を欲しがってる人がいるから、小遣い銭を少々稼げますよ」

婆さん、

「三娘《さんおくさま》、いったいどなたがご所望で。お教えくださいな」

玉楼、

「いま二娘《におくさま》の部屋には元宵がひとりいるだけで手が足りないから、少し年長の女中をべつに探して使いたがってるの。年上の方は、あの人に売ればいいじゃない」

そこでたずねて、

「この女中は十いくつなの」

婆さん、

「丑年生まれですから、今年で十七です」

話すうちに運ばれてきた茶を一同は飲んだ。春梅、玉簫、それに恵蓮は、いずれも屋敷を前に後ろに見てまわり、さらには街路に面した楼に上り、窓を押しあけて眺めわたした。陳経済がうながして言った。

「夜も更けてきましたから、見たらさっさとかえりますよ」

金蓮、

「けったいな早死にめ。手足を休めるひまもないほど急《せ》かして、何をあわててるのさ」

それから春梅たちを呼んで下りてこさせ、やっと席を立った。馮のおっかさんが門まで見送りにきたので、

(9) 第二回訳注(16)を参照。／(10) 崇禎本の眉批。「瓶児も馮のおっかさんを前にすれば冗談を言えるわけだが、口舌の妙では自ずから金蓮、玉楼に一枚上を行かれている」。／(11) 明清の官職名。鴻臚寺（官庁名）に属し、宮廷の儀式における百官の序列を掌った。

李瓶児はたずねた。

「平安はどこへ行ったの」

婆さん、

「こんなに遅くなったのに、きょうはまだもどらないんです。門の開け閉めのために、わたしゃ夜中まで待たなくてはなりません」

来安、

「平安なら、きょうは父様について応二さんのお宅へ行ったよ」

李瓶児は言いつけた。

「おっかさん、早いとこ門を閉ざしてお休みなさいな。あいつはおおかた来ないでしょうから、あんたが眠いのに無理しなくても大丈夫。あすの朝、お屋敷に参上なさいな。あんたは石仏寺の長老ってなもんで、お招きしようとするともったいぶるからね」

婆さん、

「私の主《あるじ》はどなたでございましょう。もったいぶりなどいたしましょうか」

李瓶児、

「おっかさん、余計なおしゃべりはやめて、あすの朝、二娘《におくさま》のところへ女中を連れてくるのよ」


言い終えると、婆さんが表門を閉ざすのを横目に、男女の一群はやっと帰路についたのだった。

家の門口まで来ると、間借り人の韓という回回《フイフイ》の女房、韓嫂児《ねえさん》の声が聞こえた。亭主は宮中の厩《うまや》をつかさどる宦官に召し出されており、この女は家にのこり人にくっついて〝百病よけ〟に出たのだが、酔ってかえってみると、誰かが夜にまぎれて部屋の戸をこじあけ犬を盗み、さらに物もいくつか無くなっていた。ために往来に座りこみ、酔った勢いで当たり散らしていたのだという。そこで女たちは足を止め、金蓮が来安に、

「韓嫂児《ねえさん》を呼んできて。詳しいことをきくから」

ほどなく、韓嫂児《ねえさん》が一同の前に呼ばれてきた。

「どうしたんだい」

韓嫂児《ねえさん》はあわてず騒がず、拱手し進み出て二拝すると言うよう、

「奥様お三方に、わたくしめ一から申しあげます」

と、〔耍孩児《さがいじ》〕の節に乗せ、歌を証拠とするには——

「太平のよき日この元宵の夜に……(12)」

玉楼ら一同は、聞くとそれぞれに小銭やつまみを袖

からさぐりだして与えた。来安を呼んで、

「陳さんに、この人を家まで送らせなさい」

陳経済はといえば恵蓮とふたりでふざけるのに忙しく、手を貸そうとはしない。金蓮は来安に家まで支えていかせることにし、明朝この人を屋敷に来させ、服を洗い張りさせるようにと言いつけた。

「私から父様に言って、鬱憤を晴らしてやりますよ」

韓嫂児《ねえさん》は何度も礼を言うとかえっていった。

この女の戸口を通りすぎたばかりの玉楼らの目に入ったのは、賁四《ほんし》のかみさん。赤い袷《あわせ》に黒鳶《くろとび》の緞子の袖なし、水浅葱《みずあさぎ》の裙《スカー卜》という出で立ちで、金摺箔《すりはく》のハンカチが頭をくるんでいた。戸口からにこにこしながら進み寄って辞儀をし、言うには、

「お三方はどちらへおでかけでしたか。茶などさしあげたく存じますから、お見限りにならず拙宅へお越しくださいませ」

玉楼、

「さっき韓嫂児《ねえさん》が(13)泣いていたので、立ち止まってどうしたのかたずねていてね。せっかくの姐さんのお心づかいだけど、遅くなったからやめときますよ」

賁四のかみさんは、

「あれまっ、お三方は、お呼ばれされといて言い掛りですか。うちみたいなつまらない使用人の家じゃ、茶の一杯もお出しできないと莫迦《ばか》にしていらっしゃるんでしょう」

と、有無をいわせず家へと引っぱりあげた。見れば、外には八難(14)を解く観音や関聖賢(関羽)を供養し、戸口の上には雪花《せっか》の灯籠がひとつ吊るされている。戸の簾を掲げると、十四歳の娘、長姐《ちょうしゃ》が家にいた。テーブルには紗の灯籠がふたつ置かれ、食卓にはつまみや酒が並べられている。三人に席を勧めると、いそぎ長姐を呼びつけ、

「お三方に額《ぬか》づいて、茶をお出ししなさい」

玉楼、金蓮はそれぞれ花飾りを二本ずつやり、李瓶

(12) 原文「太平佳節元宵夜云云」。冒頭の一句のみ掲げて、後に続くはずの歌を省略している。この箇所を、『金瓶梅』が元来の形態から「説唱的要素をかなり削られて今日の形となった」痕跡と見なす説もある。小松謙『中国歴史小説研究』(汲古書院、二〇〇一)第七章を参照。/(13) 底本は「小児」(こども)に作るが、崇禎本が「韓嫂児」と改めるのに従う。/(14) 仏を見たり、仏法を聞いたりすることを妨げる八種の境遇のこと。

児は袖からハンカチを取り出し、瓜の種でも買うようにと銀子一銭を合わせて与えた。よろこんだ賁四のかみさんは、何度も伏し拝んで感謝した。

懇ろに引き止められても応じずに、玉楼たちが席を立ち表門までやってくると、小者の来興が門口で出迎えた。金蓮はすかさずたずねた。

「お前の父様はおもどりかい」

来興、

「まだおもどりではありません」

三人の女たちはなおも、陳経済が門口で〝一丈の菊〟を二筒、〝煙吐く蘭〟を一筒、〝金杯いただく銀の台〟をひとつ仕掛けるのを見て、やっと奥へ入っていった。西門慶は延々、四更（午前一～三時）になるまでかえらなかった。まさしく、

酔ったなら日が暮れようと知らぬこと
明月が西の楼にかくれても放っておけ⑮

といったところ。

さて、陳経済は〝百病よけ〟をいいことに金蓮ら女たちと道中ふざけ、来旺のかみさんの宋恵蓮ともふたりで言葉を交わして、たがいにその気になっていた。

翌日の朝、身づくろいを終えると、店へも行かずにまっすぐ奥の呉月娘の部屋へとやってきた。見れば李嬌児と金蓮が呉の大兄嫁の相手をして座っている。炕《オンドル》には丈の低いテーブルが置かれ、今しがた茶が出されたところ。月娘はといえば仏堂へ焼香に行っていた。若者は進み出て拱手《きょうしゅ》の礼をすると座った。金蓮はそこで言うよう、

「陳さん、あんたは人がいいこと。きのうはあんたに韓嫂児《ねえさん》を送らせようとしたのに、動こうとしないんだもの。もいちど小者に言って送らせなきゃならなかったでしょ。おまけにかみさんと冗談を言ってふざけ合ったりして、いったいなんの真似ですか。大奥様が焼香からもどられたら、言いつけないかどうか見てなさいよ」

経済、

「奥方様、またそんなことを。息子め、きのうはすんでのところで、腰をやられて背中が曲がっちまうところでしたよ。奥方様に道中つきしたがって、獅子街の家にまで行ったんです。往復いったい何里の道とお思いで。人が疲れているのに、回回《フィフィ》の韓の女房まで送ら

せようというんですか。小者にでも送らせとけば十分でしょう。寝てからどれほども経たぬうちに空が明るくなったから、今朝だって寝床を這《は》い出すのがつらくって」

話しているところに呉月娘が焼香からもどったので、経済は拱手の礼をした。月娘はそこでたずねた。

「きのうは韓嫂児《ねえさん》、酔った勢いで当たり散らしてたのはどうしてなの」

経済は話した。〝百病よけ〟で留守にしているあいだに門をこじあけられたこと。犬がいなくなっていたので、往来で泣きさけび八つ当たりをしていたこと。けさがたもどった亭主にしっかり打たれて、こんな時間なのにまだ起きてこないんです――。

金蓮、

「私らがもどってきて、なだめて家に入れたからよかったけど、ひょっとしてあんたの父様がかえってきて出くわしでもしていたら、どれだけご機嫌を損ねていたことか」

言い終えると、玉楼、李瓶児、大姐が揃って月娘の部屋へ茶を飲みにきたので、経済も相伴《しょうばん》をした。その後、大姐は自室にもどって経済を叱った。

「死んでもへいちゃらの牢屋暮らしめ。わけもないのに、来旺のかみさんと冗談を言ってふざけ合ったんですって。ひょっとして父様の耳にでも入ったら、あの淫婦はおとがめなしで済んでも、あんたは死ぬにも死に場所がなくなりますよ(16)」

その日、李瓶児の部屋で休んでいた西門慶は、起きるのが遅くなった。そこに、このほど某地の兵馬都監(17)に昇進した千戸(18)の荊忠《けいちゅう》があいさつに来た。西門慶はやっと起き上がると、すぐに髪を梳かし網巾《ヘアネット》で包み、服装をととのえて出てきた。荊都監の相手をして広間で話をするいっぽう、平安を奥にやって茶を所望させた。

宋恵蓮は玉簫、小玉と奥の棟の中庭で手玉遊びの真っ最中。負けた者にはしっぺを食らわし、ふざけて

(15) 原文「任他明月下西楼」。唐・李益の詩「写情」に由来する表現。/(16) 底本では「この言葉に経済は」(幾句説経済)と地の文が続くが、後に続くべき文言が脱落しているため省略した。/(17) 都監は宋代に路、州、府などに置かれた武官名。兵馬都監とは、南宋建炎初年に金軍に対抗するため各路に帥府、要郡、次要郡を置いた際、次要郡の長官に与えられた称号。

(18) 第二回訳注(22)を参照。

だんごになっていた。小玉は玉簫に馬乗りになり、笑いながら罵って、

「この淫婦め、負けたらしっぺなのに、打たせないんだから」

そこで恵蓮に、

「こっちへ来て、この淫婦の片脚を引っぱってて。この淫婦に入れてやるんだから」

ふざけているところに平安がやってきて呼ばわった。

「玉簫のお姐《ねえ》、表に荊さまがいらしていて、奥で茶をたのむよう言いつかったんだが」

玉簫は相手にするどころか、小玉と取っ組みあってふざけている。平安はかまわず急《せ》きたてて言った。

「お客さんが腰を下ろして、もうずいぶんになるんだ」

宋恵蓮、

「けったいな牢屋暮らしめ。父様がお茶をご所望なら、厨房の飯炊き女にたのみにいきゃいいだろ。どうしてこんなところで粘ってるんだい。私らは奥仕えで、父様母様がお部屋で飲まれるお茶だけを支度するんだ。表《そと》棟のやりくりになんて、かまってられないよ」

平安が厨房へとおもむくと、その日は来保の妻の恵《けい》祥《しょう》が当番だった。恵祥、

「けったいな囚人め。こっちは食事づくりで手がふさがってるんだ。奥で茶を二杯くれと言って、持ってきゃいいじゃないか。わざわざ私に茶をたのみにくるなんて」

平安、

「奥には行ってきたさ。奥じゃ茶は出さんのだよ。恵蓮姐さんは、飯炊き女の受け持ちだからそっちにたのんでくれと言って、知らん顔なのさ」

恵祥はそこで罵って、

「あのきかんぼ女め。あいつ、自分は父様母様のお部屋づきで、私らは生まれついての飯炊き女だとでも思ってるのさ。ここじゃ、家じゅうの飯だって作れば、大奥様のお精進だって炒めてるんだ。手が何本あると思ってるんだい。要はちょっと茶を淹れてやりゃ済む話じゃないか。それをわざわざご指名で、飯炊き女にやらせろってかい。飯炊き女はあんたが使えるのかね。座敷に茶が出なかろうが、構やしないさ。淹れる気は一切ないからね」

平安、

「荊さまがおいでになって、もうずいぶんになる。姐さん、早いとこ淹れとくれよ。座敷へは俺が運ぶからさ。おくれたらまた父様に怒られちまう」

かくて、こちらではあちらに押しつけ、あちらではこちらに押しつけ、ながく手間取ってしまった。それからさらに玉簫が茶請けと茶匙を出してくるのを待ち、平安が茶を運んでいった頃には、荊都監は長居のすえ何度も辞去しようとして、西門慶に引き止められていた。茶が冷めていて不味《まず》いので平安を叱りつけ、替えさせた茶が出されたのを飲むと、荊都監はようやく席を立ち、かえっていった。

西門慶は見送りからもどるとたずねた。

「きょうの茶は誰が淹れたんだ」

平安、

「厨房で淹れた茶です」

西門慶は月娘のいる母屋にとってかえすと、月娘に文句を言った。

「きょうはこんな茶を入れて人様に出しやがった。お前が厨房に行って、どの奴隷の女房が炊事しているか見てくれ。引きずり出してとっちめ、いくつか打ってやらねば」

小玉、

「きょうは恵祥が炊事する日です」

あわてた月娘は言った。

「拗《ねじ》け女め、死にたいと見える。あろうことかこんな茶をお出しするなんて」

すぐに小玉を遣って恵祥を呼びつけ、中庭にひざまずかせ、いくつ打たれたいのかと問いつめた。恵祥は答えて、

「食事を作ったり大奥様のお精進を炒めたりで、手がふさがっておりまして、お茶が少々冷めてしまいました」

月娘はひとしきりあげつらってから、許して立たせた。言いつけるには、

「これから父様が表でお客様を迎える際は、玉簫と恵蓮に奥で茶を淹れさせること。厨房では皆の茶と食事だけを受け持ちなさい」

厨房にもどった恵祥は憤《いきどお》りおさえがたく、西門慶が立ち去るや否や、かっかしながら奥へやってきて恵蓮をさがし、指さしておおいに罵った。

「この淫婦め。お望みどおりになったろう。あんたは生まれつきのお時めきで、父様母様のお部屋づき、私らは飯炊きの女房だってかい。わざわざ小者をよこして、ご指名で飯炊き女に茶をたのませやがって。飯炊き女はあんたが使えるのかね。あんたと私は、米を炊いたら飯になる――あんたも私も知っている、お互《たが》い様《しったもの》同士《どうし》

口争いをする宋恵蓮と恵祥

コオロギはガマの肉を食らわず――どちらもひと鍬の土の中《おなじあなのむじな》、ってやつさ。どのみちあんたが父様の慰《なぐさ》み者でなけりゃそれで終《しま》いなんだ。慰み者だったところで、あんたなんてこわかないよ」

恵蓮、

「見当はずれもいいとこだね。あんたが淹れた茶が不味くて、父様があんたに腹を立てたんだ。私になんの関わりがあるのさ。よくもまあ八つ当たりに来たもんだ」

恵祥はこの言葉を聞いてますます怒り、罵った。

「この淫婦め。あんたはさっき唆《そそのか》しただろう、私を棍棒でいくつか打ったらいいってね。なのに私をお打たせにならなかったのは、どうしたものかね。あんたは蔡の家でも数えきれないほど男をくわえこんでたが、こっちへ来てまでぺてんをやるのかい」

恵蓮、

「私が男をくわえこんだって、あんた見てたのかい。莫迦《ばか》ほざきやがって。姐さん、あんただって清らかな尼さんってわけじゃないでしょうが」

恵祥、

「私が清らかな尼さんじゃないとはどういうことさ。脚をあげさせたって、あんたみたいな淫婦より、なんぼかましだよ。あんたのことは言わずにおいたけど、粟《あわ》つぶひと掬《すく》いほどの数も、男がいるんだからね。表棟《そと》で、あんたにからかわれたことのない者がいるかい。あんた、かくれてしている商売は知られてないとばかり思ってるんだろう。奥様方のことすらお留守になってるあんたが、下の者に気がまわるもんかね」

恵蓮、

「私がかくれて何を言ったというの。お留守になってるってどういうこと。威丈高なのは結構だけど、あんたなんてこわくないさ」

恵祥、

「あんたのために取り計らってくれる人がいるんだから、そりゃこわくないでしょうよ」

ふたりが口争いしているところに、小玉に呼ばれた月娘がやってきて、ふたりまとめて叱りつけ引き離した。

「このばっちい娘ども、自分の仕事もせずに、何を延々と口げんかしてるの。お前たちの主人の耳に入ったら、またひと悶着じゃないの。さっきは打つところまでいかなかったけれど、そのうち打たれることになりますよ」

恵蓮、

「もしひとつでも打たれたなら、淫婦の口から腸を引きずり出さなきゃ割に合いませんよ。この命を捨ててあんたと刺しちがえたって本望だ。私らふたりしてこの屋敷を出ようじゃないか」

言いながら表の棟へと行ってしまった。

これより先、宋恵蓮はますます手がつけられなくなり、西門慶と陰でできているのをたのみ、家じゅう上から下までまるで眼中にも置かず、来る日も玉楼、金蓮、李瓶児、西門大姐、春梅といっしょに遊んでいた。

その日、(19)馮のおっかさんが女中を連れてきた。年の頃は十三。まず李瓶児の部屋へ見せにきてから、李嬌児の部屋へと送り届けた。李嬌児が銀子五両を出して買い、部屋で仕えさせたことは措く。

まさしく、

梅花は気ままに春情をひけらかし
封夷《ほうい》の厳命をもおそれることなし(20)

といったところ。その証拠としてこんな詩がある——

外では狩におぼれ内では色三昧(21)
かぶれるくらい構いはしまいと
朝には彫刻つきの鞍に跨《またが》り行き
夕に帰って漂わすは紅白粉《べにおしろい》の香《か》(22)

はてさて、この後どうなりますか、まずは次回の解きあかしをお聞きあれ。

---

(19) この一段は前後との接続が悪く、また第三十回とも筋立てが重複するが、底本にしたがい訳出する。／(20) 原文「梅花恣逞春情性、不怕封夷号令厳」。南宋の女性詩人・朱淑真の「雪」(其一)に基づく。封夷は風神の名。／(21) 原文「外作禽荒、内作色荒」。『書経』五子之歌に「内作色荒、外作禽荒」とあるのに基づく。／(22) 『警世通言』巻十九「崔衙内白鷂招妖」にほぼ同じ詩が見られる。

第二十五回

雪娥《せつが》が秘めごとを暴露すること
来旺《らいおう》が酔って西門慶を謗《そし》ること

名家の物見にはとりどりの花綻《ほころ》び
鞦韆《ぶらんこ》ゆらして娘らは艶《あで》やかさ競う
おろしたての錦の服を朝日が暖め
ふるめかしい門と垣は春風に和む
玉の階《きざはし》に数多《あまた》芽ぶく蘭の双葉から
紅の垂れ幕に囲い込むはただ一枝
笑うべきは禍《わざわい》ひきおこす家の雌鹿《めじか》
閨房《ねや》ではこれより綱常《みち》ふみやぶる

さて、灯籠《とうろう》祭りも過ぎ、早くも清明節(1)が近づいてきた。西門慶は、朝早く応伯爵が誘いにきて、(2)孫寡嘴《そんかし》の持ちで郊外へ遊びに出かけた。

これに先立ち呉月娘《ごげつじょう》は花園にブランコを一台組んでおり、西門慶が留守のこの折、つれづれなるままに姉妹らをひきいてひと遊びし、春の日のけだるさをやりすごすことにした。まず月娘と孟玉楼《もうぎょくろう》とがひと漕ぎして下り、李嬌児《りきょうじ》に潘金蓮と漕がせようとしたが、李嬌児は体が重たいからできませんと断ったので、李瓶児に金蓮と漕がせた。ひと漕ぎしたところで、玉楼が声をかけた。

「六姉さん来て、私とふたりで立ち漕ぎをしましょうよ」

それから一同に申しつけるには、

「笑ってはいけませんよ、どんな具合かご覧なさい」

かくてふたりの女は、玉のように白い手で五色の縄をつかみ、絵模様のある踏み板に立った。そこで月娘は宋恵蓮に下で押させ、春梅も加勢した。まさしくい

（1）二十四節気の一つで、春分から十五日目。もともとは三日のあいだ火を使わぬ寒食節の明ける日を指したが、明代には火を禁じることはなくなっていた。寒食清明には墓参りをしたり、郊外や名園に出て遊んだりする風習があり、以下で描かれる女性たちのブランコ（鞦韆）もこの時期の遊びの一つ。／（2）底本にはここに「先に花園の唐破風造りで食事をふるまわれていた常時節ともども、おおぜいの銀職人が目の前で品物を打っているのを見物した」と訳せる二十五文字があるが、衍文とみなし、崇禎本に倣って省略した。

くたびも、

紅白粉《べにおしろい》の顔と顔とは向き合って
乳液色の肩と肩とは並び接する
二双の真白い腕が縋《すが》っては離れ
四つの小さい足が揺れまた傾《かし》ぐ(3)

といったところ。金蓮はブランコの上で笑いこける。月娘、

「六姉さん、上で笑ったって構わないけど、ひょっとして滑り落ちたら、洒落《しゃれ》では済みませんよ」

言うあいだにも、思いがけず踏み板がすべり、底の高い靴では踏み支えることもできず、ガタンという音とともに金蓮はずり落ちてしまった。さいわい支柱につかまったのでまともに転びはしなかったが、すんでのところで玉楼まで巻きこむところだった。月娘、

「六姉さん、そんなに笑っちゃだめだって言ったでしょ。落ちて当然よ」

そこで李嬌児ら一同に向かって言うには、

「ブランコ漕ぎというのは、笑うのが一番よくないの。大笑いして得《とく》なことなどありはしません。脚に力が入らなくなって、落ちるに決まってるんです。私がむかし実家にいた娘のころ、お隣は台官(4)の周さまのお宅でしたが、花園があって、そこにブランコが一台組んでありました。あれも三月の節句でしたが、ある日そちらの周のお嬢様が、私ら三、四人の女の子仲間と、みんなでブランコを漕いで遊んだの。やっぱりいまみたいに笑いころげていたんだけど、周のお嬢様はすべり落ちて、踏み板にまたがった拍子に、おめでたいところが破れてしまったの。あとでよその家に嫁いだら、生娘ではないと言われて実家に追いかえされたのよ。これからブランコを漕ぐときには、何よりまず笑わないことを心がけなさい」

金蓮、

「孟の三姉さんじゃ埒《らち》が明かないから、李の姉さんと立ち漕ぎしましょう」

月娘、

「ふたりとも気をつけて漕ぐのよ」

言いながらも、玉簫《ぎょくしょう》と春梅に脇から押させる。ちょうど漕ごうとしたところに、陳経済がやってきて言うには、

「奥様方はこちらでブランコでしたか」

月娘、

「経済さん、ちょうどいいところに来ましたね。ちょっと来て、奥様ふたりを押してやって下さいな。女中たちじゃ力が足りなくて、しっかり押せないのよ」

経済は、鐘を撞かない老和尚——願っても得られぬ妙音といったところ。そこで衣をからげ大股で進み出て言った。

「お二方をお押しいたしましょう」

しっかりと潘金蓮の裙《スカート》をつかむと、声を掛けた。

「五娘《ごおくさま》、しっかりお立ちください。息子め、押しますぞ」

ブランコは中空へ舞い上がり、そのさまはさながら飛仙のよう。李瓶児はブランコが浮き上がったのを見ると、おびえてブランコの上から頓狂《とんきょう》に叫んだ。

「だめ、経済さん、私の方も押して」

陳経済はあわてて言うよう、

「奥方様は少々せっかちでいらっしゃる。ゆるゆる送り出してさしあげますから。いまみたいにこっちで呼びあっちで呼びして、息子めを肺病にして《ゼイゼイいわせて》でも使ってやろうというのでは、体力がもちません」

そこで李瓶児の裙《スカート》を捲《まく》りあげ、緋色の下穿きを露わにして、持ちあげた裾をつかんだ。李瓶児、

「経済さん、ゆっくりね。脚に力が入らないから」

経済、

「奥方様は、急な酒にやられちまったってところですな。先程きゃあきゃあ叫ばれたので、息子めの頭もくらくらですよ」

金蓮も言った。

「李の姉さん、私の裙《スカート》をまた引っ掛けてますよ。よかった、落っことされたりしないで(5)」

ふたりはほどほどの高さまで漕ぐと、揃って下りてきた。こんどは春梅と西門大姐《たいしゃ》のふたりがしばらく漕いだ。お次は玉簫と恵蓮がふたりで立ち漕ぎをする番。恵蓮は手に五色の縄をつかみ、体をぴんとまっすぐ立て、足で板を踏みしめた(6)。人に押してもらうこともな

(3) 原文「紅粉面対紅紛面、玉酥肩並玉酥肩。両双玉腕挽復挽、四隻金蓮顛倒顛」(底本は「復」を「腹」に誤る)。明・解縉の律詩「二女踏鞦韆(二女 鞦韆を踏む)」の頷聯と頸聯に基づき、二つの聯の順を逆にしている。欣欣子の序への訳注(15)をも参照。/(4) 監察を役目とする役所である御史台の官員の通称。/(5)「よかった」以下の文言は、底本では下の「こんどは春梅と西門大姐の二人がしばらく漕いだ」という文の途中に混入している。/(6)「手には五色の」以下の文言も、前注と同じ箇所に続けて混入している。崇禎本が位置を移し文字を一部改めるのに従った。

ブランコ遊びをする妻妾たち

く、ブランコは中天たかく雲までも飛びあがり、それから地面めがけて舞いおりる。まこと、さながら飛仙のごとく、なんとも惚れぼれさせる漕ぎっぷり。月娘はこれを見て玉楼と李瓶児に、

「ごらんなさい、かみさんはなかなかやりますね」

言っているところに一陣の風が通りすぎ、裙《スカート》を捲りあげた。露《あら》わになったのは、緋色の潞安綾《ろあんあや》のズボンに上で結ぶ(7)浅緑の褌腿《レギンス》を縛りつけ、彩り鮮やかな納紗《のうしゃ》(8)をほどこした膝当てが桜色の紐帯《ひもおび》で括《くく》られている様子。玉楼が月娘に指さして見せると、月娘は笑いながらひとこと、

「まったく化け物じみてるね」

と罵ってそれまでにする。こちらで月娘らがブランコを漕いだことは措く。

話は二手に分かれる。さて来旺は杭州で蔡《さい》太師の誕生祝いの服を織らせてもどってきた。運んできた多くの積み荷の箱を船にのこし、先に家へかえってくると、門口で鞍を下りて中に入り、土ぼこりを払い荷物を下ろして、奥の棟へとやってきた。すると雪娥がちょうど母屋の戸口に立っていたので、拱手《きょうしゅ》の礼をした。雪娥は満面にほほえみを浮かべて言うよう、

「よかった、かえってきたのね。道中の雨風には苦労したでしょう。しばらく見ないうちに、色黒に太ったね」

来旺はそこでたずねた。

「父様母様はどこだい」

雪娥、

「あんたの父様は、応二たちに誘われて、きょうは城門の外へ遊びにいかれたよ。大奥様とお嬢様は、ふたりとも花園でブランコを漕がれてるさ」

来旺、

「おや、なんでそんなことをなさるんだか。ブランコは北方の戎《えびす》の遊びだが(9)、南の人は漕ぎやしない。ご婦人らが春三月にするのは、草合わせばかりさ」

雪娥はすぐに厨房へ行き、茶を一杯注《つ》いでやった。そこでたずねるには、

「食事は済ませたの」

(7) 原文「臓頭」。第二回訳注(16)を参照。／(8) 無地の紗の布目に規則的に刺した色糸により、色彩ゆたかな図案を浮かびあがらせる刺繍の技法。／(9) 原文「北方戎戯」。梁・宗懍《そうりん》『荊楚歳時記』への隋・杜公瞻《とこうせん》の注に引かれる「古今芸術図」は、ブランコがもともと「北方山戎之戯」であったとする。これを「北方戎戯」と略する先行例としては、元・高明の戯曲『琵琶記』第三齣が挙げられる。

来旺、

「ひとまず食べずにおくよ。奥様にお目にかかったら、部屋へ顔を洗いにいく」

とてたずねるよう、

「かみさんは炊事場のはずだが、なんで妻が見えないのかな」

雪娥は冷たくひとつ笑って言った。

「あんたのかみさんが、いまも昔のままかね。まったくご立派になられたよ。毎日、奥様仲間にくっついて、いっしょに碁やら手玉やらカルタで遊んでばかり。炊事場の仕事なんてしようとするものかい」

話しているあいだに小玉が花園へとおもむき、月娘に知らせて言った。

「来旺がかえりました」

月娘が表からもどってきて腰を下ろすと、来旺は進み出て叩頭《こうとう》し、傍らに立った。行きかえりの道中についてすこしたずねてから、月娘は酒ふた瓶を褒美に与えた。しばらくすると、かみさんの宋恵蓮がやってきたので、月娘、

「もういいでしょう。つかれているだろうし、まずは部屋で顔でも洗ってひと休みなさい。お前の父様がもどられたら、お目にかかってご報告しなければならないしね」

来旺はそこで部屋にもどった。恵蓮はまず鍵をわたし、来旺が戸を開けると、水を汲んでやって顔を洗い土埃《つちぼこり》を払わせ、打飼袋《うちがいぶくろ》をしまいこんだ。言うには、

「この黒っぽの囚人め。しばらく見ないあいだに、こんなにまるまる太ってかえってきやがった」

服を着替えさせてやると、食事の支度をしてやった。来旺がひと眠りして起きたころには、すでに日が西に傾く時分となっていた。

西門慶がもどると、来旺は進み出て目通りし、すべてを話した。杭州で蔡太師の誕生祝いの服や家で着る衣料を織らせ、ともにすっかりととのったこと。荷づくりして四箱に詰め、官用船に積んでかえってきたこと。あとは人足を雇って通過税を納めるだけであること——。西門慶はすっかりよろこび、人足に支払う運び賃を与えて、翌朝には積み荷を町へ運び入れ、引きとりを済ませて、清算をすることにした。また、普段の掛かりにと褒美五両を与え、以前と同じく家でつかう品物の買いつけを受け持たせることにした。

こちら来旺は、ひそかにみやげものをたずさえてお

り、綸子《りんず》のハンカチを二枚、柄物の膝褲《レギンス》を二組、杭州の白粉《おしろい》の小箱を四つ、紅《べに》を二十個、こっそりと孫雪娥に贈った。孫雪娥は来旺に陰で告げた。

「あんたが行ってから四ヵ月のあいだに、あんたのかみさんはこうこうで西門慶とできたの。玉簫はこうこうで手引きをしたの。緞子《どんす》を贈ったのが手始めでね。金蓮の部屋がこうこうで巣穴《ねぐら》になったの。まず築山の下、次には部屋で杭打ちをやって、一日じゅう、朝寝りゃ夜まで、夜寝りゃ朝までという調子。もらった服や髪飾り、装身具や銀子《ぎんす》は、大きな袋に入れて手元に置いています。小者に門口で買い物させててね、一日で銀子二、三銭も使ってるみたい」

来旺、

「道理で箱のなかに服や髪飾りが入れてあったわけだ。たずねたら母様《おくさま》がくださったのだと言ってたが」

雪娥、

「どこのおかあがくださるものかね。くださったのはおとうの方さ」

来旺はこれを聞いて心にとどめたのだった。

夜になると奥の棟へおもむき、何杯か酒を飲んで部屋にもどった。諺《ことわざ》にも〝酒は秘めたる思いをあばく〟という。箱を開けると藍の緞子が一匹あり、たいそう珍しい柄なので、女房にたずねて、

「これはどこからきた緞子だい。誰がお前にくれたんだ。さっさと本当のことを言いな」

女房は裏の事情を知らないので、つくり笑いをしながら答えた。

「けったいな盗人め、聞いてどうするのさ。奥方様が、私に袷《あわせ》がないのをご覧になって、この緞子一匹をくださったんだけど、箱に入れたまま仕立てる暇がなかったんだよ。いったい誰がくれようってんだい」

来旺は罵って、

「この淫婦め、まだぺてんをやって俺をだまそうとするのか。いったいどいつがお前にくれたんだ」

またたずねて、

「こういう髪飾りはどこからきた」

女、

「ぺっ、けったいな牢屋暮らしが。誰にだっておっかさんはいるだろ。岩の罅《ひび》から飛びだしてきたのにも巣穴《ねぐら》はあるし、棗《なつめ》の種から生まれたのにも仁《さね》はある(10)。

(10)「仁」は「人」に通じる。どんな親を持ったところで人(親戚)づきあいはあるということ。

泥人形に仕込まれたのも精気を受け継いでいるし、石ころに育てられたのにも親子の絆はある。人に生まれて親類縁者のないことがあるかい。これはね、母方のおばの家から借りてきた釵《かんざし》と櫛《くし》さ。誰が私にくれるってんだい。与太を飛ばしやがって、死ぬまで幽霊でも見てろ、牢屋暮らしめ」

そこに来旺の拳固《げんこ》がひとつ飛んできたので、あやうく引っくりかえりそうになった。

「この淫婦め、まだ口ごたえするのか。見ていた人がいるんだよ。お前が、人の道をわきまえないあの犬豚野郎とつるんでいるのをな。女中の玉簫がなにやら手引きして緞子を届けてきたことも、表の花園でふたりしてやったこともな。それから潘って淫婦のところへ連れこまれて、おおっぴらにやったんだろ。一日じゅう飽きるほど打ちこんだのさ。この淫婦め、まだ俺の鼻先で御託《ごたく》を並べるのか」

女は大泣きして言った。

「このろくな死に方をしない牢屋暮らしめ。なんだってかえってきて私を打つんだよ。私があんたの何をだめにしたっていうんだ。そんなんじゃ、言葉が体《てい》をなしちゃいない。煉瓦《れんが》でも瓦でも、放るなら落ち着き先ってものが必要だろう。どこの悪口《わるぐち》言いが、ありもせぬことでっちあげ、でたらめ言いふらし、あんたを唆《そそのか》しておっかさん《このわたし》をいじめによこしたんだ。おっかさんは、どこかの馬の骨とはわけがちがう。いじめられて死ぬにしたって、きれいな場所をえらぶよ。誰が言ったのさ。私のことが信じられないなら、ひとつたずねてみるがいい。宋って女中がもしちょっとでも足をよろめかせていたなら、宋の字を引っくりかえしてやるから。こっちだって大口を開けて噂してやろうか。いまいましい淫婦だか王八《かいしょうなし》だかが、陰口《かげぐち》たたきやがって。あんたもあんただ、この牢屋暮らし。風も吹かぬうちからもう雨支度かい。よろずものごとはじっさいに合っていてこそでしょう。人があいつを殺せといったら、あんたはそいつを殺すのかい」

言われて来旺はだまりこんでしまった。しばらくして言うには、

「打とうっていうつもりじゃなかったのさ。さっきはあいつにだまされてたんだ」

女はまた、

「この藍の緞子は——いっそあんたにすっかり話しちまいましょうね。去年の十一月のことだけど、三娘《さんおくさま》の

お誕生日に、奥様が私の格好をご覧になったの。上には紫の袷《あわせ》、下には借りものの玉簫の裙《スカート》を履いてたら、『かみさんたらみっともない。なんて格好ですか、ぶざまな』とおっしゃり、それでこの緞子一匹をくださいました。そんなもの、服に仕立てる暇なんてありゃしません。誰でも知ってる話ですよ。だのに、そんな舌先話をこしらえやがって。あんたは見くびってるようだけど、おっかさんはやられてだまってるたまじゃないよ。こんどそいつに、罵るってのはこうするもんだって教えてやるんだ。私の命にかけても、このまま話の出どころを突きとめずにはおくものか」

来旺、

「やましいことをしてないなら、それでいいじゃないか。わけもなく何をいがみ合うんだい。さっさと寝床を敷いて寝かせとくれ」

女は布団を広げてやりながら言った。

「野垂れ死にがお似合いの、けったいな牢屋暮らしめ。気違い水をがぶ飲みしたら、体を伸ばしてすやすや寝ちまえばよかったのさ。わざわざおっかさんを怒らせて、くそみたいなご面相のあんたを罵らせるんじゃないよ」

そこで来旺を炕《オンドル》の上にばたり横にならせたところ、あちらを向いて雷のようないびきをかき寝てしまうのだった。

皆様お聞きあれ。およそ世の中の間男するかみさんの手にかかれば、その良人《おっと》が十二分に気をつけており、鉄をも咬み切る男であったところで、左を右と少々言いつのられたなら、十人中九人までは引っかかってしまうものなのだ。まさしく、厠《かわや》の煉瓦——臭うが崩れぬ、といったところ。その証拠としてこんな詩がある——

宋氏は浮気して主《あるじ》を一人じめ
来旺は泥酔して妻を罵倒する
誰の手引きかを雪娥が洩らし
一家の膝元に争い巻きおこる

宋恵蓮は来旺をまるめこんでひと晩をやり過ごした。翌日、奥の棟へとおもむいて、誰がこのことを漏らしたのか玉簫にたずねたが、けっきょく出どころはつかめず、めくらめっぽう罵るしか手がなかった。雪娥も自分が言ったとは認めなかった。

ある日、災いとはこうして起きるものであるが、小

来旺は酔って主人を誹謗する

玉は月娘に命じられ雪娥を呼んでこようとして、どこにも見つけられずにいた。来旺の部屋の戸口までやってくると、雪娥が部屋の中から出てきた。来旺のかみさんと話していたのだろうとばかり思っていたが、はからずも厨房へ行くと恵蓮がいて肉を切っていた。

　このすこし後のこと、西門慶は表の棟で喬《きょう》大戸の相手をしていた。揚州の塩商で王四峰というのが、安撫《あんぶ》使《し》(11)によって獄にとらわれたのだが、銀子二千両を出すと約束しているので、西門慶の力で蔡太師の伝手をさぐって釈放してほしいとの頼みだった。大戸を送り出してすぐ、家に入った西門慶が来旺を呼んだところ、来旺は自分の部屋から飛び出してきたのだった。まさしく、

　雪にかくれた鷺鷥《さぎ》は飛ばねば見えぬ
　柳にこもった鸚鵡《おうむ》は喋《しゃべ》らねば判らぬ

といったところ。これで、雪娥が来旺とわけありなのが、すっかり知れてしまった。

（11）官名。宋代の安撫使が念頭におかれているとすれば、路（いまの省にあたる行政区画）の治安維持や軍務をつかさどった軍政長官。

　ある日、酒に酔った来旺は、使用人や小者たちを前にして、表の棟で西門慶をこき下ろした。自分の留守中に、どんな風に女房をからかったか。女中の玉簫に藍の緞子一匹を持たせ、部屋によこしてあいつをだまし、花園へと出向かせてもてあそんだこと。それからどんな風にひと晩じゅう共寝して、潘金蓮がどうやってかくまったか——。

「好きにすりゃいい。だが俺の手に掛からぬように用心することだな。あいつめ、〝入る刃《やいば》は白く光り、出る刃は赤く染む〟ってことにしてやる。どうあっても、潘って淫婦も殺しちまうんだ。どのみち俺の命はひとつきりさ。見てなよ、俺は有言実行の男だぜ。潘って淫婦め、考えてもみやがれ、家で最初の亭主の武大を死なせて、義理の弟の武松が訴え出たとき、東京《とうけい》まで付けとどけに行って、武松が兵営送りにされるよう手回ししてくれた恩人は、誰だったかね。それがいま両足で平らな地面を踏みしめて、いい日を見てるってのに、こんどは俺の女房をそそのかして間男させるとはな。あいつへの恨みは天ほどもでかいんだ。諺にも言

うだろう、〝毒を食らわば皿まで〟となる。そのうちまた話をしようじゃないか。切り裂きの刑は覚悟の上さ、帝《みかど》だってぶん殴ってやるんだ」

来旺は、道で話せば草に聞く人ありとは知るよしもなかったが、思わぬことに仲間の使用人である来興《らいこう》に、この言葉を聞かれていたのだった。来興はもとの姓を因といい、甘州（いま甘粛省）で生まれ育ったのだが、西門慶の父の西門達が甘州へ羊毛の買いつけにおもむいた際、家に連れかえって使うようになり、そこで名を甘来興と改めたのだった。それから十二、三年が過ぎて、妻を娶《めと》り子が生まれた。西門慶は日ごろ、家の食料や日用品の買いつけをまかせ、稼がせてやっていたが、ここのところ来旺のかみさんの宋氏と関係を持ったので、買いつけの仕事は取りあげて来旺に受けもたせていた。来興はそれで来旺と不仲となり、殺してやりたいほど相手を恨んでいたのだった。その相手がこんな言葉を吐くのを聞いては、恨みつらみに火がつかぬはずもない。そこで潘金蓮の部屋におもむき、金蓮へ注進に及んだ。

金蓮はちょうど孟玉楼といっしょに座っていた。そこに来興が簾《すだれ》を掲げて入ってきたので、金蓮はたずねた。

「来興、何の用だい。お前の父様は、きょうはどなたのお宅へ飲みにいかれたの」

来興、

「きょう父様は、応二さんと城門の外まで野辺送《のべおく》りにいらっしゃいました。さきほど、ひとつ奥方様に申しあげたいことがございまして。お心ひとつにおさめて、わたくしの注進とはおっしゃらずにいただきたいのですが」

金蓮、

「なんなの。構わず言いなさい、大丈夫だから」

来興、

「ほかでもない来旺のことです。ふざけたことに、あいつはきのう、どこで飲んだものやらべろべろに酔っ払い、表の棟であれこれわめきたてて、豚を指して犬を罵るようなお門《かど》ちがいを言うのです。たっぷり罵ってから、難癖をつけて殴りかかってきましたが、わたくしは脇へよけて相手にしませんでした。家じゅう上から下まで、さらには父様や五娘《ごおくさま》まで罵っていたのです」

そこで潘金蓮はたずねた。

「あの牢屋暮らしめ、なんだって私を罵ったんだ」

来興、

「申しあげにくいことながら――もうひとりおいでとはいえ、ほかでもない三娘《さんおくさま》ですし――、あいつめこう言ったのです。なんでも、父様はあいつを出張《でば》らせた留守中に、あいつの女房をもてあそんだのだとか。なんでも玉簫に緞子一匹を部屋に持っていかせたそうで、ねたも上がっているのだとか。なんでも五娘《ごおくさま》がかくまって、あいつの女房を部屋にさそいこみ、父様とふたり、朝寝りゃ夜まで、夜寝りゃ朝まで過ごさせたのだとか。あいつは刀を打って父様と五娘《ごおくさま》を殺そうとしており、〝入る刃は白く光り、出る刃は赤く染む〟だろうとも。それにこんなことも言っていました――五娘《ごおくさま》はそのかみ家で自分の夫を毒薬もて亡き者にし、あいつが東京《とうけい》へ付けとどけにいったおかげで命びろいしたのに、あいつが言うには、いまや恩を仇《あだ》で返し、女房をそそのかして間男させている、と。わたくしは〝僕《しもべ》の黒服を纏《まと》うからには、大黒柱にしがみつく[12]〟所存でございますれば、先んじて五娘《ごおくさま》にご一報さしあげねば、早晩あいつめのたくらみにやられてしまいかねないと念じたのです」

玉楼は聞くと、冷や水の桶に放りこまれたかのように、まずもって仰天した。金蓮はといえば、聞かなければそれきりだったものを、この言葉を聞いてしまったがために、色白の面を怒りで真っ赤にして、銀色の歯を砕ける程に食い縛り、罵るには、

「この死罪ものの奴隷が。あいつとは、昔の怨《うらみ》もなければ、今の仇だってありゃしない。あいつの主人が女房をもてあそんだからって、何だって私にからむんだ。この奴隷を西門慶の家に置いとく限り、私は女房とはいえないってもんさ。あいつのおかげで命を救われたなんてことがあるものか」

そこで来興に言いつけて、

「ひとまず行きなさい。お前の父様がかえってきてたずねられたら、そっくりそのまま申しあげるんだよ」

来興は言う。

「五娘《ごおくさま》、何をご心配ですか。わたくしはあいつを讒《ざん》しているわけではありません。一言一句ありのまま、父様からどのようにたずねられようと、このように申しあげるだけです」

---

(12) 原文「穿青衣、抱黒柱」。青衣（使用人の黒衣）を着たならば黒い柱を抱くということで、「柱」は「主」に掛けている。禄を食む以上は主人に忠勤を尽くす、の意。

言い終えると、来興は表の棟へもどっていった。

玉楼はそこで金蓮にたずねた。

「ほんとうに父様は、そのかみさんとあったりなんてするのかしら」

金蓮、

「あの恥知らずのぶつのことかい。まったくすてきな女房につかまったもんだ。奴隷にこんな風におどされるだけの値打ちはあるね。よその家で使われてたときから、主《あるじ》を相手に九度も十八度も煮焼《ひあそび》きしていた奴隷の淫婦が。前にいた蔡通判のところでは大奥様の間男の片棒をかつぎ、へまをして追い出されて料理人の蔣聡に嫁いだんだ。男のひとりでも目に入ったなら、手招きせずにいられるもんか。粟《あわ》つぶひと掬《すく》いほどの数を相手にしてきたんだから、知らないことなんてありゃしない。あの強盗めは神鬼の裏をかいて《こそこそかくれて》玉簫を行かせ、袷《あわせ》をつくるようにと緞子を届けさせたんだ。あいつの胆っ玉はどれほどのものかね。その服を着て出てこられたなら、豪気《ごうぎ》な女房と思ってやるさ。冬のことだけど——あんたには言おうと思いながら言ってなかったけどね——、大姉さまが喬大戸の家へお酒を飲みにいってお留守で、私らはみんな表で碁を打っていた日があったでしょ。父様のおかえりだと女中が言うので、お開きにしたじゃない。あの後、私が中の門あたりまで行ったら、小玉が軒下の廊下に立ってました。たずねると私に向かって手をひらひらさせるので、花園の手前まで行ったら、玉簫ってあの犬の肉めが、通用門のところに立っていたの。ふたりのために様子をうかがってたのね。そうとは知らないから、そのまま花園へ向かおうとしたら、玉簫がさえぎって入れようとせず、『父様が中においでです』と言うので、二言三言罵ってやりましたよ。『この犬の肉め、私が思い直して、お前の父様をもいちど怖がりだしたとでもいうのかい』とね。てっきりこいつと何やら裏取引があるものと疑ったんだけど、中に入ってみたら、なんとあいつはかみさんと築山の洞窟で仕事をしてたの。あの女房、私が入ってきたのを見ると、顔をさっと赤らめて出ていきました。父様は私を見てきまりわるそうにしてたんで、二言三言『恥知らず』って罵ってやりましたよ。それからかみさんは部屋にやってくると、すがりつきひざまずいて、奥様には言わないでほしいと頼んできました。正月には、父様は淫婦めを私の部屋に置いてひと晩過ごそうとしたけど、私と春梅でいくつか咬みついてやりましたよ。それからどれだけ経とうが、あいつの影だって近寄らせたものですか。あの万死に値する奴隷め、私を仲間に引っぱりこんで、私が手引きしたなんて言わないでおくれ。まったく甘ったれた奴隷の淫婦め、あいつを部屋に入れて、けがらわしいことをさせたりなんてするもんですか。私が目をつぶったとしても、うちの春梅って娘っ子だって、そんなこと許しやしませんよ」

玉楼、

「あのばっちい娘め、どこかの部屋に上がりこんでるときに私たちを見かけても、もたもたと腰を上げそうで上げないのは、そういうわけ。裏にそんな取引があったなんて、わかるものですか。そもそも、父様もあいつを欲しがったりすべきではなかったんですよ。女房なんてどこからでも見つけてこられるでしょうに。表で奴隷に言いたてられるなんて、みっともない。うわさが漏れたら、目も当てられませんよ」

金蓮、

「左右の皮長靴ってなもので、どっちもどっちなのよ。[13] あんた（西門慶）が奴隷の女房を欲しがれば、奴隷はこっそりあんたの妾を盗んで、あっちとこっちで入れ替わりにわるさしてるのね。奴隷も同然の妾め、千回も万回もでたらめ言いふらしやがって。きょうその口をぶっ叩いてやったら、しゃべることもできないでしょうよ」

玉楼は金蓮に、

「このことは父様に申しあげた方がいいかしら、申しあげない方がいいかしら。大姉さまはどうせ頬《ほ》っかぶりでしょうし、もしあいつが本気で、私らが言わずに父様もご存じないまま、ひょっとしてあいつの手に掛かったらどうします。それこそ、〝片や積《つも》りあり片や備えなし、備えなければ防ぐに術《すべ》なし〟ってことになりませんか。六姉さん、やっぱりお耳に入れるべきですよ。〝驢《ろ》馬《ば》の横木にするために、花《はな》蘇《ず》芳《おう》の樹をだめにする[14]〟ってことにならないために」

金蓮、

(13) かつての皮長靴には左右の別がなかった。／(14) 原文「為驢扭棍傷了紫荊樹」。驢扭棍は驢馬の後ろにつけて鞍をつなぎとめる横木。紫荊は花蘇芳。梁・呉均『続斉諧記』に、三人兄弟が家財を等分し、堂前の紫荊の樹をも三分しようとしたところたちまち樹が枯れ、これを悲しんで分けるのをやめたところ樹も蘇ったとの話が見える。

「奴隷を許しなどするものですか、あいつが仕込んで生まれたのが私というのでもないかぎりね」

まさしく、

日ごろ人が眉ひそめる事せざれば
世には己《おのれ》に歯がみする人なからん(15)

といったところ。その証拠としてこんな詩がある——

来旺は酔って妄《みだ》りに主《あるじ》を罵り(16)
甘興は恨みを抱き波風たてる
内情明かすその言葉に金蓮は
銀色の歯を軋《きし》らせ大いに怒る

夕方になって西門慶が家にもどると、金蓮は部屋で、雲なす黒髪は解《ほつ》るに任せ、美しい頬は寝疲れて翳《かげ》り、泣きはらして目もかすむほど。理由をたずねると、来旺が酔って暴言を吐き、主人を殺そうとしていることをひととおり話して聞かせた。

「あいつがあんたを罵ってそんなこと言ってたのを、ある日(17)この耳で聞いたと、来興が言ってるんです。考えてみれば、あんたが陰であいつの女房をものにしようとすれば、あいつの方も陰であんたの妾を欲しがるわけですよ。あんたは皮長靴——どっちもどっち——ってとこで、あいつに殺されたって当然だけど、なんのかかわりもない私までひとしなみに殺そうとするなんて。さっさと手を打たなけりゃ、夜ふけ朝がた、人は後ろに目がありゃしないんだから、暗がりであいつの毒手に掛かるんじゃないかと、それが心配で」

西門慶はそこでたずねて、

「誰があいつとわけありなんだ」

金蓮、

「私にきかないでください。母屋の小玉にたずねればわかりますよ」

さらに言うよう、

「奴隷が私を侮《あなど》ったのは、これがはじめてではありません。あいつに言わせれば、なんでも私はそのかみ亭主を薬で亡き者にして、あんたに娶られてくるについては、あいつのおかげで伝手をさぐってもらい命を救われたんだそうで、それを外で人に言いふらすんです。息子も娘もいないでよかったですよ、もしいてごらんなさい、あの奴隷に言いふらされたりして、見られたもんですか。言いかねませんよ、『お前のところの母ちゃんは、家に来たばかりでぺいぺいの時には、俺が伝手をさぐってやったおかげで命びろいしたんだ』ってね。そんな風に言われたら、あんたの面子《めんつ》だってまるつぶれでしょう。あんたは恥知らずだから気にしなくても、私はまったく耐えられない。命があったって仕方ないですよ」

西門慶は女の言葉(18)を聞くと、表の棟へおもむき来興を呼んで、人のいない場所で一部始終をたずねた。この小者は一から十までをひととおり話した。こんどは奥の棟へ行き、小玉から口書きを取ったところ、金蓮のさきほどの話と違《たが》わない。たしかに某日、雪娥が来旺の部屋から出てきたのをこの目で見ましたし、そのときあいつのかみさんは部屋におりませんでした。たしかにあったことですよ——。

西門慶はおおいに怒り、孫雪娥を打擲《ちょうちゃく》し、月娘に何度もなだめられた末に、髪飾りと衣裳を取りあげ、使用人のかみさんといっしょにもっぱら炊事をさせ、人前に出ることを禁じたが、このことは措く。

西門慶は奥の棟から玉簫をやり、宋恵蓮を呼んでこっそり自ら事情をたずねた。するとこの女房、

「あら、父様みたいな立派なかたが、そんなことおっしゃらないで。あいつがそんなこと言うわけないでしょ。あいつに替わって堂々誓いますよ。あいつ、酒の二、三杯を飲んでいたところで、どうしてそんな七つ頭に八つ胆《だいたんふてき》で、かくれて父様を罵ったりするもんですか。それでは〝紂王《ちゅうおう》(19)の国土の恵みを受けながら、紂王の非道な行いを言いふらす〟というもの。あいつが日々暮らせているのは、どちらさまのおかげですか。父様、人の言葉を当てにしないでください。うかがい

(15) 原文「平生不作皺眉事、世上応無切歯人」。北宋・邵雍の詩「詔三たび下り、郷人に起こらざるの意を答ふ（詔三下答郷人不起之意）」の冒頭二句。もとの詩は「世上」を「天下」に作る。／(16) 来興が姓を甘と改めたことは本回に見えた。／(17) 原文「某日」とあるが、来興が来旺の放言を聞いたのは同じ日のことのはずであり、金蓮がここで日にちをぼかす理由も考えにくい。崇禎本はこの二文字を削る。／(18) 原文「婦人之言」。本作中ここにしか見られない表現。英訳者のロイは、「婦人之言」ないし「婦人言」を用い暴政を布いているとして、周の武王が殷の紂王《ちゅうおう》をとがめる箇所が『史記』周本紀にあることを指摘する（「婦人」とは紂王の寵妃・妲己《だっき》のこと）。直後の宋恵蓮の台詞が紂王に触れることに、おそらく呼応する。／(19) 殷の最後の天子で、暴君として知られる。周の武王に滅ぼされた。前注をも参照。

ますが、誰がそんなことを言っていたのですか」

西門慶は女房の一席の弁舌に返す言葉もなく、問い詰められて言うには、

「来興が言ってきたことなんだ。あいつが毎日、酒に酔っては根も葉もないことを言って、俺を罵っているとな」

恵蓮、

「来興は、父様がうちの人に買いつけを任せたのを、私らが自分の仕事を奪ったせいで儲けを失ったと思ってるんです。それを根に持って、ありもしないことをでっち上げ、まじないよろしく血を噴きつけてきたのを、父様はお信じになったんです。あいつがこんな悪だくみをするなら、私だって許しません。父様、どうか私の言うとおりになさって、あの人を家には置かないでください。家にいたら、あいつといがみ合いになります。銀子何両かの元手をやって、きれいさっぱり、遠くの土地へ商売に出すことです。家に置いて、体を持てあまさせたりしたら——昔から言うでしょ、〝くちくて温《ぬく》けりゃ余計なことをし、ひもじく寒けりゃ泥棒したくなる〟ってね——、いたずらしないでいられますか。あの人が家におらず旅の空となれば、朝な夕な父様と私がお話をするにも、都合がいいでしょう」

西門慶はこれを聞いてすっかりよろこび、言うには、

「娘や、お前の言うとおりだよ。あいつには蔡太師への誕生祝いの品を護送させ、さっさと東京《とうけい》へ上《のぼ》らせるつもりだったんだ。とはいえ杭州からもどったばかりで、もいちど使いに出すわけにもいかないから、来保に行かせようかってさ。お前がそう言うなら、近々あいつを遣《や》ることにしようじゃないか。もどったなら、あいつには銀子一千両をあずけ、大番頭といっしょに杭州へ行かせ、綾絹や絹糸を仕入れて商売をさせる。お前はどう思うかい」

女房は内心おおいによろこび、言うには、

「父様、そう来てくださらなくちゃ。あの人を家に置いといてはだめ。こきつかって、蹄《ひづめ》を休めぬ馬みたいにしといてなんぼですよ」

話しながら西門慶は、人がいないのを見て、この女を抱きしめて口づけをした。女房はまず舌を相手の口にさしいれ、ふたりはひとつになって唇を吸った。女は、

「父様、私に束髪冠をつくってやるとおっしゃっていたけど、なんでまだつくってくださらないの。こんなに待っても着けられないんじゃ、着けるのはいつにな

ることだか。髪でつくったこのかぶせを、来る日も着けさせとくおつもりなの」

西門慶、

「心配するな、こんど銀子八両（約三〇〇グラム）を銀職人のところへ持っていき、伸ばして銀線にしてやるから」

西門慶はまた、

「大奥様から聞かれたりしたら、どう答えるんだい」

女房、

「大丈夫、持ちだす答はできてますから。母方のおばの家から借りてきたのを着けていると申し上げるまでのこと。心配なんてありますか」

そうしてふたりは、しばらく話してからおのおの引き取った。

翌日になると、西門慶は広間に座り、来旺を呼びつけた。

「服と荷物をまとめ、あさって三月二十八日には出立し、蔡太師の誕生祝いを東京へ護送するように。もどったら、こんどは杭州へ商売をしにいってもらう」

来旺は内心おおいによろこび、承知して下がると、部屋にもどって荷物をまとめ、みやげものを買いに出た。来興はこれを聞きつけるや、金蓮のところへやってきて報告する。金蓮は、西門慶が花園の唐破風造《からはふづく》りにいると聞いて出向いたが、西門慶の姿は見えず、陳経済が蟒衣《ぼうい》[20]や反物を荷づくりさせているばかり。

これに先立って銀職人が家に呼ばれ、壽の字を捧げ持つ四体ひと組の銀人形を打っていた。どれも高さが一尺余りあって、たいへん巧妙につくられている。誕生祝いはほかに、壽の字をあしらった金の徳利がふたつ、玉製の桃型杯がふた揃え、杭州で織らせた緋色に五色をちりばめた羅紋《らもん》うかぶ緞子の蟒衣。ただ黒鳶《くろとび》の蕉布《しょうふ》[21]が二匹と緋色の紗《しゃ》の蟒衣とだけは欠けていて、銀子を手に駆けまわらせても求められずにいたところ、李瓶児が、

「私のところの二階に、裁断していない蟒衣がまだ何着かありますから、見てきましょう」

時をおかず西門慶がいっしょに探しに上がり、四品を選びだした。緋色の紗の蟒衣が二着に、黒鳶の蕉布が二匹。蟒衣はどちらも金糸織りの縁《へり》があって五色がちりばめられており、杭州で織らせてきたものに比べ

（20）第十四回訳注（4）を参照。／（21）蕉麻（マニラアサ）の繊維で織った布。

て紋様や品物がさらに十倍はすぐれているので、西門慶は手放しでよろこんだものである。そうしていま、唐破風造りで陳経済に衣裳の荷づくりをさせているところなのだった。

金蓮はそこでたずねて、

「あんたの父様はどちら。何を詰めてるの」

経済、

「父様はさっきこちらにいらして、六娘《ろくおくさま》のところの二階へ行かれましたよ。私が詰めているのは、東京へ運んで蔡太師の誕生祝いにする衣裳です」

金蓮、

「誰を遣るの」

経済、

「きのう父様は、来旺に行くよう言いつけてましたから、来旺を遣るんでしょう」(22)

金蓮が石台を下りて、花園へ向かう道を行こうとしたところで、ちょうど西門慶に出くわした。部屋まで来させてたずねるには、

「あすは誰を東京に遣るの」

西門慶、

「来旺と大番頭の呉典恩のふたりさ。塩商の王四峰の請願をする銀子一千両もあるので、ひとり増やしてふたりで行かせるんだ」

女、

「好きにすりゃいいさ。私の話には耳を貸さないのに、奴隷の淫婦のかたよった言い分なら聞くんだね。あいつは、とにもかくにも亭主を庇《かば》うことしか頭にないんですよ。あの奴隷は、前からあんなこと言ってたんで、きのうきょうに始まったことじゃありません。どのみち、女房は惜しまずあんたにくれちまい、あんたの銀子を騙《かた》り取りどこぞへ持ち逃げして、ちゃっかり消えちまおうってんですよ。お兄《あん》さん《た》のことなんて、ふた目と気にするものですか。自分のものをむざむざくれてやるのはともかく、人様の銀子一千両をぱあにして、償《つぐな》わずにすむとでも思ってるの。心の中でそう思うだけなら、どうぞご勝手に。あの女房のしてることはぜんぶ、お前（来旺）のためなのさ。奴隷め、あいつの暴言はきのうきょうに始まったことじゃないんだ。

——あんたが女房に横恋慕してる以上、あいつを家に置いておくのはまずいし、さりとてどこかへ商売に遣るのも、これまたまずい。家に置いたならそのうち用心の目が行きとどかなくなるだろうし、よそへ遣って

あんたの元手を使いこんでも、そもそもあんたは、まずもってあいつのことを言えない立場だ。もしあの奴隷の女房が欲しいなら、とっとと奴隷めを屋敷から出ていかせるに越したことはないの。諺にも言うでしょ、〝根を絶たなければ芽はまた出てくる、根を絶やしたなら芽はもう出やせぬ〟とね。そうすりゃあんただって心配せずにすむし、女房だって思いきりが付こうってもんですよ」

この一席の弁舌に、西門慶は酔いから醒めたかのよう。まさしく、

片言《へんげん》もて切り開いたる君子の路《みち》
隻語《せきご》にて呼び起したる夢中の人

といったところ。

はてさて、この後どうなりますか、まずは次回の解きあかしをお聞きあれ。

(22) 西門慶が来旺に翌々日の出発を命じてから、いつの間にか一日が経過しているようである（直後の金蓮の台詞でも、出発がこの翌日とされている）。

第二十六回

来旺《らいおう》が徐州へと護送されること
宋恵蓮が恥じて首吊りすること

大丈夫と在《あ》りの遊《すさ》びに言うなかれ
言ったそばから大丈夫でなくなる
我先と急ぐ道には悪しきからくり
後から発する言葉ほど味わい長し
口によい食べ物はいつか病を齎《もたら》し
心喜ばす出来事はきっと禍《わざわい》に変ず
病んでから後に薬を求めるよりも
病むよりも前に自ら防ぐに如《し》かず(1)

　さて、西門慶は金蓮の言葉を聞いてがらりと心変わりをした。翌日になると、荷物をまとめた来旺は、鞍に荷を積み東京《とうけい》に出立しようとひかえていたが、昼まで待ってもまだ音沙汰がない。すると西門慶が出てきて、来旺を呼びよせ言うよう、

「夜のあいだに考えたんだが、お前は杭州からもどっていくらも経たないのに、また東京へ向かわせては苦労を掛けすぎる。ここは代わりに来保に行かせることにしよう。お前は、まずは家で何日か休みなさい。こんど、家《うち》の門前でする商売をひとつ見つけて、お前に任せるから」

　昔から、物の処分は持ち主の裁量、品の選択は買い手の都合という。来旺が口を出せるはずもなく、かしこまって引き下がるより仕方がなかった。西門慶は誕生祝いの品とあわせて金目《かねめ》の品や銀子《ぎんす》、鞍の荷や手紙を来保と大番頭の呉典恩に託し、三月二十八日に東京へと発たせたが、このことは措く。

　来旺は部屋にもどったが、誕生祝いの護送を自分でなく来保に任せたことに内心おおいに怒り、酒に酔って部屋にぶっ倒れると、出まかせに宋恵蓮に当たりはじめ、西門慶を殺してやると口走った。そこを宋恵蓮がいくつかどやしつけ、

「人を咬む犬は牙を隠すって言うじゃないか。言葉が体《てい》をなしちゃいないよ。塀に罅《ひび》あり、壁に耳ありさ。気違い水をがぶ飲みしたら、体を伸ばしてふた眠りほ

どするんだね」

と、寝台へ追いやって眠らせた。

次の日になると奥の棟へおもむき、玉簫《ぎょくしょう》に話をつけ、部屋から西門慶を呼び出してもらった。ふたりが厨房の後ろの塀の下の、人気のないところで話をする間、玉簫は裏門のところであたりの様子をうかがっていた。女房はひどく西門慶を恨んで、言うには、

「父様はそれでも人ですか。もともとあの人に行かせると言ってたのに、なんで的を引繰り返して《こころがわりして》、こんどは他人を遣《や》ることにしたの。あんたの心はまったく毬《まり》みたいだね――撥《は》ね上がったり転がり落ちたりして。藺草《いぐさ》を杖《つえ》にするってなもんで、そもそも頼りがいがないのさ。こんどあんたを廟《びょう》に据えて幟《のぼり》を立てたなら、出鱈目《でたらめ》大明神のできあがりだね。まったく、尻から垂れ流すみたいにうそをつくんだから。もうあんたの言葉なんて信じないね。あれほど言っておいたのに、なんの義理立てもしてくれないなんて」

西門慶は笑って、

「そんなことじゃない。こんな事情でもなきゃあいつをやはり行かせたところなんだが、あいつ、東京の蔡《さい》太師のお屋敷には不案内だろうと思ったんで、来保に行かせたのさ。あいつを残したのは、家《うち》の門前でする商いをなにか見つけて任せるつもりなのさ」

女、

「教えて。どんな商いを見つけて任せるつもりなの」

西門慶、

「大番頭と組ませて、門前で酒屋をひらかせるつもりだ」

女はこの言葉を聞いてすっかりよろこび、部屋へもどると一から十まで来旺に話し、西門慶の指示をじっと待った。

ある日、西門慶は表の広間に座り、人を遣って来旺を呼びよせ、机に銀子六包みを置いて言うには、

「息子よ、先ごろは杭州への行きかえり、さぞや大変だったろう。東京に行かせるつもりだったが、蔡さまのお屋敷にはそれほど通じておるまいと思い、来保に命じて大番頭の呉典恩といっしょに行かせたのだ。い

（1）北宋・邵雍の詩「仁者吟」に基づく。『明心宝鑑』省心篇には、首聯が異文で且つ頷聯と頸聯が入れ替わった形で同詩が引かれる。本書のこの箇所は、首聯は『明心宝鑑』に、頷聯と頸聯の順は原作に一致する。第七十九回冒頭には、原作とほぼ同じ形で再度この詩が引かれる。

まこの銀子六包み三百両はお前が持っていき、大番頭と組んで、門前で酒屋を開きなさい。月づき利息分を俺に上納するとしても、わるい話ではあるまい」

来旺はあわてて地に這《は》いつくばり叩頭《こうとう》して、銀子六包みをうけとった。部屋にもどると女房に伝えるには、

「あいつも考えなおしたんだな、商売を持ちだしてまるめこんできたよ。きょうは俺にこの銀子三百両をくれて、大番頭と組み、酒屋をひらいて商売しろだとさ」

女房、

「このけったいな黒っぽの囚人め、これでもまだおっかさんの言うことに腹を立てるかい。鍬《くわ》のひと振りで井戸が掘れるかね。ものごとはじっくり待つことさ。なんでまたきょうは商売できることになったのかね。あんたも分《ぶん》をわきまえて、飲んだくれてむちゃくちゃ言うのは、もうよしとくれよ」

来旺は女房に銀子を箱へしまわせて、

「俺は街で番頭を探すとしよう」

とて、街へ出て大番頭になる者を探したが、日暮れまで探しても見つからず、またも深酔いして家にもどったのを、女房は寝かしつけた。

これも起こるべくして起こったことなのであろう、眠りについたばかりでいくらも経たぬ、一更（午後七〜九時）を過ぎたくらいの、人びとがやっと落ち着きだす時分に、奥の棟からひと声、泥棒を追えと叫ぶのが聞こえた。[2] 女房はいそぎ来旺を揺すって起こした。来旺は、酒もまだ醒めずにぼんやりきょとんとしつつも、這い起きるや寝台脇の護身の棍棒を手に取り、奥へ泥棒をつかまえに行こうとした。女は、

「夜も遅いから、様子を見てからになさい。むやみに入ってっちゃだめ」

来旺、

「千日養った軍隊も、使うのは一時さ。お屋敷に泥棒と聞いちゃ、追いかけないでいいものかい」

とて、棍棒を引きずり、大股で中の門を入っていった。すると広間の石台に玉簫が立っており、大声で叫んだ。

「泥棒がひとり、花園へ入っていきました」

来旺はまっすぐ花園へと追ってきた。脇棟の通用門まで追ったところで、思いがけず物陰から腰掛けがひとつ放られ、足元をすくわれた来旺はばったり倒れた。すると、カランという音と共に、ひと振りの刀が地に落ちた。左右から四、五人の小者が飛び出し、大声で

叫んだ。

「泥棒をつかまえろ」

いっせいに近寄り、来旺をぐいと取り押さえてしまった。来旺は、

「俺は来旺だ。泥棒を追ってきたんだ。なんであべこべに俺をつかまえるんだよ」

皆は有無をいわせず、一歩ごとに棒をふたつ食らわせながら、広間に連れてきてぶったおした。見れば大広間には灯《あか》りが煌々《こうこう》とかがやき、奥には西門慶が座っていて、すぐさま叫んだ。

「連れてこい」

来旺は地べたにひざまずいて言うよう、

「私は泥棒だと聞いて、とらえにまいったのです。どうしてその私をつかまえるのですか」

そこで来興が刀を西門慶の目の前に置いて見せれば、西門慶はおおいに怒って罵った。

「生類《しょうるい》は度し易《やす》く人は度し難《がた》し、だな。こいつめ、まことの人殺しだ。俺の方では、お前が杭州からもどってきたというので、銀子三百両をあずけて商売させてやろうとしたのに、どうして夜更けに奥へ入りこんで俺を殺そうとした。そうでなければ、この刀を手にして何をしようというんだ。——こっちへよこせ、灯りの下で見るから」

その刀は、背が厚く刃の薄い、先の尖った刀で、切れ味するどきこと霜のごとし。見るほどにますます腹を立て、左右にひと声命じた。

「部屋に連れていけ。三百両を取りかえしてこい」

小者たちがすぐさま部屋へと連行すれば、これを見た恵蓮は、声を上げ大泣きして言った。

「この人は奥へ泥棒をつかまえに行ったのに、どうしてこの人をつかまえて、泥棒あつかいするの」

来旺に向かって、

「私が行くなと言ったのに聞かないもんだから、とうとう暗がりで人の騙し打ちを食っちまったんだよ」

言いながら箱を開けて、銀子六包みをとりだした。広間へと運び、西門慶が灯りの下で開けて検《あらた》めると、そのうち銀子の包みはひとつだけで、あとはすべて錫《すず》か鉛の鋳塊《ちゅうかい》。西門慶はおおいに怒った。そこでたずねるには、

「どうして俺の銀子をすり替えた。どこへやったんだ、

（2）以下、来旺が捕らえられるまでの一段は『水滸伝』第三十回の、武松が張都監に捕らえられる場面を踏襲している。

さっさと白状しろ」

来旺は泣きながら、

「父様のお引き立てで商売をさせていただきますのに、どうしてわたくしがやましい考えを起こし、銀子をすり替えたりいたしましょうか」

西門慶、

「お前は刀を打って、おまけに俺を殺そうとした。刀がここにあるのに、このうえ何をつべこべ言うのか」

そこで甘来興を呼び、目の前でひざまずかせ対決させた。言うには、

「お前はある日を境に、表でおおっぴらに、父様を殺してやると暴言を吐きはじめたじゃないか。父様がお前に商売させてくれないのに腹を立ててな」

来旺はため息をつき眉を吊り上げるばかりで、開いた口がふさがらない。西門慶は小者たちに、

「盗品と凶器が上がっているからには、縛って枷《かせ》や鎖をつけ、門番小屋に放りこんでくれ。あす、訴状を書いて提刑所(3)に連れていくから」

すると宋恵蓮が、真黒な鬢《びん》を解《ほつ》れさせ、服も裙《スカート》も整えぬまま、広間へとやってきた。西門慶の方をぴたりと向いてひざまずき言うには、

「父様、これはあなたの仕業《しわざ》ですね。あの人はよかれと思って泥棒を追いに入ってきたのに、それを泥棒あつかいしてつかまえるんですか。銀子六包みは、私がしまって、封も開けぬままでしたのに、いきなりすり替わるはずがありますか。こんな風に人を生き埋めにするなんて、天の理《ことわり》ってものがあるでしょうに。あの人が何をしたの。何がいけなくてあの人を打たせたの。これから引っぱって、どこへ連れていこうというの」

西門慶はその姿を見ると、怒りを喜びに変じて、

「かみさんや、お前には関係ないことだよ。お立ち。あいつめ、道理をわきまえず向こう見ずなのは、きのうきょうに始まったことではないんだ。刀をかくし持って俺を殺そうとしていたなんて、お前は知るよしもなかったんだから、安心しなさい。お前をとがめやしないさ」

とて、小者の来安に、

「早いところ、お前の姐《ねえ》さんに手を貸して部屋へかえすんだ。おびえさせてはならないぞ」

恵蓮はじっとひざまずいたまま立ち上がらず、言うには、

「父様はまったくひどい。坊主の顔は立てずとも仏の

顔を立てろと言います。こんなに言ってるのに、それでも耳ひとつ貸してくださらないの。あの人、お酒は飲みますけど、こんなことはしませんよ」

まとわりつかれてうっとうしくなった西門慶は、来安に命じ、恵蓮を支えて立ち上がらせ、なだめて部屋へともどらせた。

夜が明けると西門慶は一筆をしたため、来興に証人となるよう命じ、訴状を懐《ふところ》にして、提刑院へと来旺を護送させようとした。某日、酒に酔って刀を携《たずさ》え、夜更けに家の主《あるじ》を殺害せんとし、さらには銀子をすり替えた――と訴え出ようというのである。もうすぐ出発というところで呉月娘《ごげつじょう》が、蓮の歩みを軽やかに運び、表の広間へとやってきて、再三にわたり西門慶を説得した。言うには、

「奴隷の無礼は、家内で処断すればいいこと。やたら引っぱっていかせ、お役所をさわがせてどうしようというのですか」

西門慶は聞くと、両の眼をまるく見ひらいて叱りつけた。

「お前のような女に道理はわからんのだ。奴隷が狙いさだめて俺を殺そうとしたのに、まだ許してやれなどと言うのか」

とて、月娘の言葉を聞きいれず、左右の者にひと声命じて、来旺を提刑院に護送していかせたのだった。

月娘は顔を赤らめてすぐさま引きさがり、奥へもどって玉楼《ぎょくろう》たちに言うには、

「いまやこの家じゃ無茶がまかり通り、九尾《きゅうび》の狐の妖精が世にあらわれた(4)というもの。いったい誰の言いなりになっているのやら、むりやり小者を追い出しちまいましたよ。泥棒を働いたと濡れ衣を着せたところで、よろずものごとはじっさいに合っていてこそでしょう。紙の棺桶を持ってくる――糊塗《のりづけ》して葬り去るなんてことが、あっていいものですか。道理のどの字もわきまえぬ、うすのろ君主も同然のぶつめ」

宋恵蓮が目の前にひざまずき泣いているので、月娘は、

「娘や、起きなさい。泣かなくても大丈夫。お前の亭

（3）第十八回訳注(11)を参照。／（4）これも西門慶を殷の紂王になぞらえた表現。その寵妃である妲己《だっき》は九尾の狐の化身であったという伝承が、遅くとも六朝の頃からあった。

主はどのみち、死罪になんて問われようがないから。人を殺《あや》めたって、けりがついて出てくる時があるんだからね。あの強盗は迷魂湯《めいこんとう》(5)を飲んだとみえて、私らの言うことは耳に入りやしない。女房が兵隊になる――数合わせってだけなのさ、私らは」

玉楼は恵蓮に、

「お前の父様は頭に血がのぼってるところだから、後でゆるゆる、もういちど私らからお諌《いさ》めしておきます。安心して部屋へおもどりなさい」

と言うのだった。この話はさて措く。

いっぽう来旺は提刑院まで護送されてきた。西門慶は前もって玳安をつかわし、夏提刑と賀千戸に「白米一百石」(6)をつかませておいた。ふたりは礼物をうけとり、それから庁堂に出た。来興が提出した訴状をざっと読めば、来旺が先だって商売のため銀子を預かったところ、財貨に目がくらみ、銀子をすり替えて、主人の調べを恐れ、夜ふけに帯刀して、奥広間に押し入り、その殺害を図った――といった犯情なのでおおいに怒り、来旺を庁堂に引き出し、本件について訊問した。

来旺が申し述べるには、

「お役人さま、ご賢察のほどを。わたくしめ、お許しあれば口を開きますし、お許しなければ口を開きませぬ」

夏提刑、

「こいつめ、盗品あがって証拠は明らか、言いのがれはできぬぞ。ありていに申して、わしに締め上げられぬようにすることだな」

来旺はすべてを話した。西門慶がまず某《なにがし》に藍《あい》の緞子《どんす》を持っていかせて、どんな具合に自分のかみさんである宋氏をからかって通姦したか。いまや悪意もてこの罪を着せ、自分を陥れて妻を我が物にせんとしていること――。ひととおり訴えると夏提刑は大喝一声し、左右の者に頬を張らせて言うには、

「この奴隷め、悪心を起こし主人に背きおって。お前のかみさんとて、娶《めと》ったのは家の主人で、それを妻としてお前にあてがってくれたのだろうが。おまけに元手を托して商売させてやろうとしたのに、恩に報いようとせぬどころか事を起こし、酔いにまかせ夜ふけに寝室へ押し入り、刀もて殺人に及ぶとは。天下の人がみなお前という奴隷のようであったなら、おそろしくて人など使えぬわ」

来旺は口ではまだ冤罪を叫ぶものの、夏提刑に呼び出された甘来興が目の前で裏書きをするに至っては、

口あれど何も言えなくなってしまった。まさしく、

　天の計略の使い手も
　目下の災い免れ得ず

といったところ。

　夏提刑はすぐさま左右の者に命じ、大きな脚締め棒をえらんで持ってこさせ、来旺を締め上げ、大きな棍棒で二十打つと、皮は裂け肉は綻《ほころ》び、鮮血があふれた。獄卒に言いつけ、引っ立てて収監させる。

　来興と玳安[7]は家にかえり、西門慶に復命した。西門慶はすっかりよろこんで、家の小者たちに言いつけた。

「布団に食事、なんであれいっさい、あいつに送りとどけることまかりならぬ。あいつが打たれようが、家にもどってお前らの姐《ねえ》さん（恵蓮）には言わぬように。役所ではひとつも打たれていません、何日か牢に入ったらすぐに釈放されますとだけ言うんだ」

　小者たちは諾《うべな》って、

「わたくしども承知いたしました」

　宋恵蓮はといえば、来旺が連行されてからというもの、髪も梳《と》かさず、顔すら洗わず、土気《つちけ》ばんだ顔で、裙《スカート》の締めかたもだらしなく、踵《かかと》をつぶして左右さかさの靴を履き、部屋に閉じこもって泣くばかりにて、茶も飯も喉《のど》を通らない。あわてた西門慶は、玉簫や賁四《ほんし》のかみさんを何度も部屋へさしむけ、なだめつけてこんなことを言わせた。

「安心なさい。父様は、あいつが飲んで莫迦《ばか》なこと言ったもんだから、何日か牢屋に入れて、あいつに堪《こら》え性《しょう》をつけてるの。ほどなく出してくださいますよ」

　恵蓮は信じず、小者の来安に牢へと食事を届けさせ、もどってきてからたずねると、やはりこんなことを言った。

「兄貴はお役人にひとつも打たれていません。一両日で家にもどるから、姐さんには家で安心して待つよう

（5）冥府で亡魂に生前のことを忘れさせるため飲ませる薬湯。転じて人を惑わす甘い言葉を指す。／（6）第十八回訳注(6)を参照。／（7）底本「鉞安」（崇禎本も同じ）。この人物名はここまで見えず、以下第二十八回まで現れて、再び消えてしまう。この場面で審理に先立ち玳安が銀子を届けにきていること、且つ「鉞安」が姿を消すまで玳安は一度も現れないことを考えると、二人は同一人物とみてよい。混乱の生じた理由は定かでないが、訳文では玳安に統一した。

にとのことでした」

　恵蓮はこの言葉を聞くと、やっと泣くのをやめて、毎日ほのかに蛾眉《がび》を掃き、うっすら脂粉《べにおしろい》を施し、出てきて歩きまわるようになった。

　暇さえあれば部屋の戸の前を行ったり来たりしていた西門慶に、女房は簾《すだれ》の下から声をかけた。

「部屋には誰もいません。父様、上がっていかれませんか」

　西門慶は部屋へすべりこみ、女房といっしょに話をした。西門慶はうそをついた。

「娘や、安心しなさい。お前の顔に免じ、書付をしたためて役人に言い含めたから、あいつはひとつも打たれちゃいない。何日か牢屋で過ごし、すこし堪え性がついて、一両日でまた出てきたら、やっぱり商売をさせることにするよ」

　女は西門慶の首を抱きしめて言った。

「私の大事なととさん[8]、どうでも私の顔に免じて、二日もとっちめたら出してやって。お心があるなら商売させたげてください。させてくださらなくたって、かまやしないから。こんど出てきたら、酒はやめさせます。お心のまま、近くだろうが遠くだろうが、どこかに遣るとなれば、あの人が行かないことがありますか。そうでなきゃ、もしやりづらいのがお嫌《いや》でしたら、あの人にべつの女房をさがしてやれば、あの人もおさまるでしょう。私がとこしえにあの人のものってわけじゃないんだから」

　西門慶、

「いとしい人、お前の言うとおりだ。こんど向かいの喬さんのところを買って、三間の家を造作してお前と住もう。あっちへ移ったら、俺たちふたりで好きに楽しめるぞ」

　女房、

「いいですとも、かわいい人。お考えどおりにしましょう」

　話し終えると、ふたりは戸を閉めた。もともと女は夏のあいだズボンは履かぬのが常で、裙《スカート》一枚を垂らしているきりだったので、西門慶がそこにいるとなれば、裙をまくりあげるやすぐ事に及べるのだった。香茶のつぶはいつでも口に含んでいる。そこでふたりは、佩玉《おびだま》を解き甄妃《しんひ》の玉《ぎょく》を露わにし[9]、朱の唇から漢の役所の香りを漂わせ[10]、二羽の野鴨[11]を肩に飛ばし、雲雨をひとたび巻き起こした。女がその身から垂らしていた匂い袋は、白と銀とが縞なす紗《しゃ》に十字縫いの刺繍が施されたもので、房飾り四本を垂らし、中には松柏の香――これに合わせ「冬夏長青《とこしえにあおく》」と刺繍されている――と玫瑰《まいかい》のつぼみ、それに交趾《こうし》の排草《はいそう》(12)――これらに合わせ「嬌香美愛《あでやかにかぐわしく》」と刺繍されている――が詰められていた。この八文字に当てられた西門慶は、内心うれしくてたまらず、この女と生死を共にと誓えぬのが恨めしく、にわかには思いきれそうもない。袖からまた銀子一、二両をさぐり、つまみ代や普段の掛かりとさせた。何度となく慰めて、

「くよくよすることはない。お前が身体を壊してしまうよ。こんど夏大人に宛てて一筆したためて、あいつを出してやるからな」

しばらく話すと西門慶は、人が来るのを恐れてそそくさと立ち去った。

西門慶のこのせりふに接してからというもの、奥で女中やかみさん連中の相手をするとき、女の言葉や態度にはどうしても、そのことがうっかりあらわれてしまうのだった。早くも孟玉楼が聞きつけ、そこから潘金蓮に伝わる。なんでも父様は近いうちに来旺を出してやり、あいつにはべつにひとり娶ってやるらしい。なんでも向かいの喬《きょう》さんの家を買ってかみさんをそこ

---

(8) 宋恵蓮はここで初めて西門慶を「ととさん(達達)」と呼ぶ。以下の台詞に対する崇禎本の眉批――「言葉が親密であればあるほど情は疎遠なものであるが、人はたいてい気付かない」。また同じ台詞への張竹坡の夾批――「(恵蓮は)つねに金蓮を(対照例として)引き立てる役回りとなっている。金蓮が武大に耐えられなかったことを(反面から)照らし出しているのである」。/(9) 底本「解佩露騒妃之玉」。崇禎本が「騒妃」を「甄妃」と改めるのに従った。甄妃とは甄神すなわち洛神(洛水の女神)のこと。魏・曹植がかつて慕った甄氏(兄の文帝・曹丕の妃となった)を思い「洛神賦」(『文選』巻十九)を作ったとの伝説から、洛神はときに甄神と称される。この句はその「洛神賦」に「(真心を伝えるべく)佩玉《おびだま》を解いて恭順を誓う。……(すると女神は)美しい玉(原文「瓊琚」)をかかげて私に応え」云々とあるのに基づく。ここでは服を脱ぎ玉のように白い肌を見せたということ。/(10) 漢代、皇帝の側近は丁子を口に含んで仕えたとされる。ここではよい香りの口で接吻したということ。/(11) 原文「双鳧」。鳧は野生の鴨のことで、ここでは靴を指す。後漢・王喬が靴を二羽の野鴨に変じて任地から洛陽へと参内したとの逸話(『後漢書』方術列伝)に基づく。/(12) 交趾(底本「跤趾」)は地名で、現在の広東、広西およびベトナム北部。排草については第二回訳注(13)を参照。

へ移し、三間の家に住まわせるらしい。側仕えの女中まで買ってやり、あいつには銀糸の束髪冠を編んでやり、髪飾りをさせるらしい――。一から十までひととおり話して、

「それじゃあんたや私なんかと同じあつかいでしょう。どういうありさまですか。大姉さまはこれでも放っておくおつもりかしら」

潘金蓮は、聞かなければそれきりだったものを、聞いてしまったがために、こみあげる怒りのぶつけ先もなく、もともと赤い両の頬をさらに赤らめ、言うには、

「本当にあいつの言いなりになるの。私は信じませんよ。ここであんたにはっきり言っとくけど、もしあの奴隷の淫婦が西門慶の七番目の女房になるなら、大袈裟じゃなく、潘の字を引っくりかえしてやりますよ」

玉楼、

「旦那さまにけじめがなくて、奥方様も構わないんじゃ、歩かれども飛べぬ身の私らはどこへ行ったらいいものでしょう」

金蓮、

「あんたもからきし意気地《いくじ》がないね。命を長らえてどうするのさ。百まで生きて、殺されて肉を食われるってかい。あの人が言うとおりにしないなら、この命をなげうって、あの女の手にかかり刺しちがえたって本望だ」

玉楼は笑って、

「私は臆病者だから、あの人の気にさわるようなことは、ちょっとね。あんたがあの人にからむお手並みを拝見しますよ」

まだるっこしい話はやめよう。夕方になると、西門慶は花園にある翡翠軒《ひすいけん》の書斎に座り、陳経済を呼んで書付をしたためさせ、夏提刑に来旺の釈放を求めようとしていた。そこへ金蓮がだしぬけに目の前に現れ、文机《ふづくえ》に身を乗り出してたずねた。

「陳さんにどんな書付を書かせて、誰にとどけようっていうの」

西門慶は隠しおおせず、来旺をいくつか打ってこらしめたら、あいつを出してやろうと思う――ということを、ひととおり話して聞かせた。女は小者を足どめし、

「ひとまず陳さんを呼んでくることはありません」

西門慶の傍らに座ると言うには、

「あんた、男を気取ってはいるけど、その実は、風まかせに舵《かじ》を取り、水まかせに船を漕ぐだけのぶつなん

だね。私があれだけ話をしても耳を貸さないのに、奴隷の淫婦の言うことなら聞くんだね。あんたがどんなに毎日、蜜に砂糖を混ぜてあいつに食わせたって、あいつはやっぱり亭主だけが恋しいのさ。そうやっていま奴隷を出してやったとしたら、あんたもあいつの女房を手に入れにくくなるよ。あの奴隷にしてみりゃ、あんたに文句を言う恰好《かっこう》のネタになるんだからね。あいつを家に置いといたら、なまぐさでもなければ精進でもないってなもんで、どういうあつかいをすればいいのやら。あの女を慰《なぐさ》み者にしようとすれば、奴隷もやっぱりそこにいる。奴隷の女房にしておこうとすれば、あんたが勝手気ままにのさばらせたもんだから、あの女は人前でもそっくりかえって、見られたざまじゃありませんよ。たとえあの奴隷に、あらためてひとり娶ってやったところで、例の女房をあんたに譲ったなら、それから先、もしあんたらふたりがいっしょにいるところへ、あの奴隷が報告か何かしにきてみなさい。腹を立てずにいられますか。女房だってあいつを見て、立って迎えりゃいいのやら、立たずに迎えりゃいいのやら。まずもってそれだけでもぶざまな上に、噂が広まったら、近所や親戚の笑い者になるのはもちろん、家でも上から下まで、あんたを気にも留《と》めなくなりますよ。まったく〝上の梁《はり》がまっすぐでないと下の梁が歪む〟ってものです。この商売をすると決めたなら、〝泥鰌《どじょう》になると誓いつつ、目が汚れるのを忌み嫌う〟なんてやりかたじゃだめ。〝一にも二にも冷徹に〟ですよ。奴隷を始末したなら、あいつの女房を抱いたって安心でしょうが」

　この言葉に、西門慶はまたも考えを翻したのだった。書付をしたため終えると提刑院に届けさせ、三日以内に裁きをつけるようにと夏提刑に言い送れば、来旺は拷問に掛けられ、指締めされ打擲《ちょうちゃく》されて、変わり果てた姿になってしまった。提刑所のふたりの長官をはじめ、並みいる捕り手、岡っ引き、兵卒、監獄の刑吏、上から下までみな西門慶の財物を受けていたから、罰を重くしようとするばかりで軽くしようとはしない。

　その中に、書類を受け持つ文書係の陰先生、名を陰騭《いんしつ》（陰徳の意）というのがいた。山西は孝義県の人で、きわめつきの仁慈正直《じんじせいちょく》の士。提刑所の官吏の上から下までが、この男をおとしいれ妻を我が物にせんとする西門慶の賄賂を受け、金銭目的で刀を手に家長の殺害を企てたとの重罪を、その奴婢に着せようとしているので、「さりとて天の理というものがあるだろう。役人とて〝息子や娘を育てれば大きくなってほしいもの〟だ」と考え、来旺を上級での審理に送る文書の作成を再三拒み、提刑官とさしむかいで議論をした。ところがふたりの提刑官は上役も下役も西門慶に買収されていたので、押しとどめるのは容易ではない。ましてや来旺は獄中で金も持たぬため、ひどいあつかいを受けていたが、さいわい、冤罪を着せられ家産もなき身をあわれんだ陰先生は、かえってその肩を持ち、よろず大目に見るようにと牢づとめの獄卒に言いつけてくれたのだった。

かくて審理は数日も滞り、義理と人情のせめぎ合いの末、庁堂にて四十の罰棒を与えた上で、護送して原籍地の徐州（いま江蘇省）へもどすと評定される他はなかった。もとの盗品を調べたところ、十七両は使われていたと見なされ、その残りと鉛や錫の包み五つとは、西門慶の使用人の来興に命じて持ちかえらせた。下役が書付をしたためて、西門慶に報告がなされるや、即日出立が命じられた。かくて提刑官は庁堂にて公文書一通に署名をし、属吏《ぞくり》ふたりをやって来旺を引き出してこさせた。来旺はすでに打たれてぼろぼろのところ、すぐに手枷《てかせ》が嵌《は》められ封印が貼られ、その日のうちに出発し、まっすぐ徐州管内へとおもむいて引き渡されることになったのである。

あわれ来旺は、獄中に半月のあいだとじこめられ、出す金もなかったので、身体はがたがた、衣服はずたずたで、たよる先とてない。ふたりの属吏に哀願し、泣きの涙で言うには、

「お二方の兄貴どの、私は濡れ衣で裁判沙汰となり、この身に銭一文、布一寸も持ち合わせてはおりません。お二方のため手間賃をかきあつめようにも、その先がない体《てい》たらく。どうかあわれと思し召し、主《あるじ》の家へとお連れくださいい。あそこには私のかみさんがいて、それに服の入った長持もある。持ちだして売りはらったなら、お二方にお礼をし、かつ道中の掛かりにも多少のゆとりができるはずです」

ふたりの属吏は、

「まったく血の巡りがわるいな。お前をいたぶった主の西門慶が、かみさんや長持を手放してくれなどするものか。他に親戚知人はいないのか。陰先生の顔もあるし、〝上をだまして下とはつるむ〟というやつで、お前をそこに連れていってやるよ。銭や米をそこそこ

出してもらい、お前の道中の掛かりに足りればそれでいいんだ。誰がお前に手間賃とやらを期待するかい」

来旺、

「お二方の兄上、何とぞあわれとお思いになって、まず私を主家の門口までお連れください。二、三の隣人にお願いし、うまくとりなしてもらえば、多くは無理でも少しは得られるはずです」

ふたりの属吏は、

「いいだろう、門口まで連れてってやる」

来旺はまず応伯爵の家の門口にやってきたが、伯爵は居留守を使った。それから近所の賈仁清《にせのやさしさ》、伊面慈《おもてづらだけ》のふたりに頼んで、西門慶の家に行き、かみさんや長持を出してもらえるようとりなしてもらった。西門慶は出てきもせず、五、六人の小者をよこして棍棒ふるわせ追いだし、門口に寄りつかせないものだから、賈、伊のふたりはとんだ赤っ恥をかいてしまった。かみさんの宋恵蓮は部屋にいたが、このことは伏せられて、鉄の桶に入れられたように何ひとつ知らずにいた。西門慶は、消息を漏らした小者がいたなら、必ずや笞《むち》で二十打つと申しつけた。

ふたりの属吏はさらに、義父である棺桶屋の宋仁の家へと連れていった。来旺がかくかくしかじかと、宋仁に泣いて事情を訴えると、銀子一両を出してくれ、ふたりの属吏には銅銭ひと緡《さし》と米一斗を、道中の掛かりに用立ててくれた。

泣く泣く四月初旬に清河《せいが》県を発ち、徐州へと向かう大道を進んだ来旺であったが、棒で打たれた傷も開けば、携えた路銀も足りず、たいへんに苦しんだのであった。まさしく、

つまらぬ命ながら永らえ得れば
これから死ぬまで飢えて構わず

といったところ。その証拠としてこんな詩がある——

文書係の取り調べまことに公正
来旺は濡れ衣着つつも牢を出る
護送され徐州へ赴く身とはいえ

---

(13) 親ならば必ず我が子の成長を願うというような、誰もがひとしく従うべき決まりがあり、それは守らなければならないということ。人の道を踏み外してはいけないの意。第九十二、九十四回にも類似した表現がみられる。

門口で追いかえされる来旺

萎《しお》れた草が暖風に再び茂るよう

来旺が徐州へと護送されていったことはここまでとし、家の宋恵蓮が来る日も夫の釈放を待ちわびていた話をしよう。小者は相変わらず食事の差し入れを頼まれてやっていたが、外に出ると皆で平らげてしまい、もどって恵蓮にたずねられると、こう言うばかりなのだった。

「兄貴は平らげましたよ。牢屋に変わったことはありません。もう出されてきてもいい頃なんですが、ここ何日も提刑の旦那が役所へお取り調べにいらっしゃらないんですな。それでもあと一日か二日で家にもどれるはずです」

西門慶もだまして、

「使いを出して言っておいたから、遠からず出てくるさ」

と言うので、女は本当のことだと思っていた。

ある日、風に乗って、誰かがこんなことを言っているのが聞こえた。

「来旺が護送されてきて、門口で衣裳箱を欲しがっていたけど、いつの間にか行っちまったね」

女は何度も小者たちにたずねたが、みな口を割らない。そこにたまたま玳安が西門慶の馬にしたがいかえってきたので、呼び止めて聞いた。

「あんたの兄貴の旺さんは、牢屋で元気にしてるの。いつ出てくるの」

玳安、

「姐《ねえ》さん、教えてあげますよ。兄貴はおっつけ流沙河《るさが》に着くころです」(14)

恵蓮がどういうことかとたずねると、まったくもってまずかったことに、玳安はかくかくしかじか、

「笞で四十打たれて、原籍の徐州の家へと護送されていきました。胸ひとつにおさめて、私が教えたとは言わないでくださいよ」

女は、聞かなければ万事それきりのことだったが、この言葉が本当だと聞くと、部屋の戸を閉じて声を上げ大泣きし、

「私のあんた、あいつのこの家で何をしでかして、紙の棺桶《でっちあげ》(15)に嵌められちまったの。ずいぶん奴隷をやっ

(14)『西遊記』で沙悟浄が住んでいた河の名。タクラマカン砂漠の東端にあたる莫賀延磧《ばくがえんせき》を古く沙河といったことに由来する。

(15)この回の前文に「紙の棺桶を持ってくる――糊塗《のりづけ》して葬り去る」との表現が見えた(五三五頁)。

て、きれいな服の一枚だって部屋にたくわえることがなかったのに、今やとうとうあんたをおとしいれて、遠いよその土地へと追い出しちまった。のこされた私の身にもなってごらん。あんたが道中にあって、生死も知れず安否も不確かだなんて、ここのところ甕《かめ》を被《かぶ》せられていたも同然の私には、わかるはずもありませんよ」

　ひとしきり泣くと、長い手ぬぐいをとりだし、寝室の鴨居に縛りつけて首を吊った。思いがけず、住まいの隣り合った来昭の妻の一丈青が、奥の棟からもどって、部屋の泣き声を聞きつけた。ひとしきり泣いてから物音が途絶え、あえぐ声ばかりがしばらく続き、部屋の戸を叩いて呼んでも応《こた》えないから、泡を食い、小者の平安に窓をこじ開けて潜りこませた。女が普段着のまま鴨居でがっちり首をくくっているのを見るや、平安はすぐに救い下ろして部屋の戸を開け、手にした生姜湯を、体を曲げ伸ばししながら注ぎこんだ。

　すぐに騒ぎは奥の棟へと知れわたり、呉月娘に連れられて李嬌児《りきょうじ》、孟玉楼、西門大姐《たいしゃ》、李瓶児、玉簫、小玉が、揃って様子を見にきた。賁四のかみさんも覗《のぞ》きにやってきた。一丈青に抱えられた恵蓮は地べたに座って咽《むせ》ぶばかり。涙を流すだけで声はともなわない。月娘が呼びかけても、うなだれて口から涎《よだれ》や痰を吐くばかりで返事をしないので、月娘は、

「なんともお莫迦さんの嬢やだこと。言いたいことがあるなら、ともかく言えばよかったのに。どうしてこんな行き方を取ったものだか」

　そこで一丈青にたずねて、

「生姜湯は飲ませたの」

　一丈青、

「さっきすこし飲ませたところです」

月娘は、玉簫に抱き起こさせて、みずから呼びかけた。

「恵蓮の嬢や、なにか心掛かりがあるなら、おもいきって正直に声を上げるんだよ。構やしないから」

　しばらくたずねるうち、女はひとしきり咽んでから大声を立て、両の手を打ち鳴らして泣きはじめた。月娘が玉簫に炕《オンドル》へ抱え上げさせようとしても、上がろうとしない。月娘たちは長いことなだめてから奥へともどっていき、賁四のかみさんと玉簫だけが部屋にのこりつきそった。

　そこに西門慶が簾を掲げて入ってくると、冷たい地面で泣いている恵蓮を見て、やはり玉簫に、

「抱えて炕《オンドル》へ上げておやり」

玉簫、

「さきほど奥様が上がるようおっしゃったのですが、上がろうとしないのです」

西門慶、

「まったく意地っ張りな娘だ。冷たい地べたじゃ身体を冷やしちまう。話があるなら俺に言いな、どうしてこんな莫迦な了見を起こした」

恵蓮は頭《かぶり》を振って言った。

「父様、あんたって善人は、私をあざむいて巧《うま》いことやっておいて、娘だなんだって、そんなことまだ言ってるんですか。あんたは人をおちょくる首斬り役人だったんですね。人を生き埋めにするのは慣れっこで、殺した相手の野辺送《のべおく》りを見物するような手合いなんだ。来る口も私をだまし通して、きょうもあしたも出てくる出てくるというから、ほんとうに出てこられるとばかり思ってましたよ。あいつを流すにしたって、私にひと声あるべきでしょう。暗《こっそり》がりに風も通さずに、ずっと遠くへ送っちまうなんて。あんただって天の理にはしたがわなければならないでしょうに、それを人の言いなりになって、こんな根絶やしの計に出るんですからね。謀《はかりごと》を仕上げて、それでもまだ私をだましていたなんて。追い出すにしたって、ふたりいっしょに追い出せばいいでしょ。私だけのこしてどうしようっていうの」

西門慶は笑って、

「娘や、お前にはかかわりのないことさ。あいつがまちがいを犯したからって、お前を追い出すわけにはいくまいよ。落ち着きなさい、俺に考えがあるから」

そこで玉簫に、

「お前は賁四のかみさんと、ひと晩そばにいてやるんだ。小者に酒を届けさせよう」

言い終えると出ていった。賁四のかみさんは、長いことかけて恵蓮を炕《オンドル》に抱え上げ座らせると、玉簫とともに言葉を掛けてなだめた。三人がいっしょに座っているところへ西門慶が、表の店で番頭の傅銘《ふめい》に出させた銭ひと緡《さし》にてクッキー一銭分を買い、それを箱に詰めたのと酒ひと瓶とを、来安に命じて恵蓮の部屋に送り届けてきた。来安が言うには、

「父様から、これを姐さんにお持ちするよう言いつかりました」

恵蓮は目にするなり罵って、

「この牢屋暮らしが、さっさとぜんぶ持ち去っとくれ。地面にぶちまける手間が省けるからね。でかい拳固《げんこ》で殴っておいて、こんどは傷を撫でまわすだなんて」

来安、

「姐さん、収めてくれよ。持ちかえったりしてみな、俺まで父様に打たれちまう」

とて、テーブルに置くと行ってしまった。恵蓮は炕《オンドル》から跳び下りて酒を引っつかみ、後ろから投げつけてやろうとするところを、一丈青に遮られた。

賁四のかみさんは、指を咬む一丈青を眺めつつ、恵蓮につきそい座っていたが、そこへ賁四の家の長姐《ちょうしゃ》がやってきて母親を呼んだ。城門の外からかえった父親が飯を食いたがっているという。賁四のかみさんは一丈青と出ていき、一丈青の戸口までやってくると、そこには西門大姐がいた。来保のかみさんの恵祥と話をしており、

「賁四のおかみさん、どこ行くの」

とたずねるので、賁四のかみさんは、

「この子の父親が城門の外からかえって飯が食いたいというのでね。家をちらりと覗いたら、すぐもどりますよ。ちょっと様子を見にきたら、つきそっていてくれと大旦那に何度も頼まれちまってね。足止めをくって抜け出せなくなるなんて、思いもしませんでしたよ」

そこでたずねるよう、

「あの人、何を考えてこんなふるまいに出たの」

一丈青が引き取って、

「たまたま私が奥からもどるときに、部屋からあの人の泣き声が聞こえたの。それきり物音がしなくなったんで、あわてて戸を押しても開かない。すぐに平安を呼んで、窓から跳び込ませ、どうにか救い下ろしてもらいましたよ。もし一歩おそかったら、ひげの爺さんが灯りを吹き消す――やけでお陀仏[16]ってところでしたよ」

恵祥、

「さっき父様が部屋までいらしたけど、何をおっしゃったの」

賁四のかみさん、ひっきりなしに笑いながら言うには、

「旺どのの奥様を見そこなってましたよ。なんとあれもネガラシ《あばずれ》でしたか。大旦那を相手にとげとげしく咬みついて、ためでやりあってましたよ。どこのかみさんに、そんな出方ができますか」

恵祥、

「例のかみさんは、並みのかみさん連中とはだいぶ違って、父親の腕から息子がもぎ取ってきたみたいな扱いだからね。家じゅう上から下まで、かなうものなんていますか」

話し終えると家にかえっていった。一丈青は、

「四姉さん、家のことをしたら早くもどってね」

賁四のかみさん、

「もちろんさ、もどらずに大旦那のご不興でも買ったら、大目玉を食うからね」

西門慶は、昼間は賁四のかみさんと一丈青に相手をさせ、夜は玉簫に添い寝させた。玉簫はゆるゆると話しかけ、恵蓮に説き聞かせた。言うには、

「宋の姉さん、あんたは賢い人でしょう。ちょうどこんな女盛りの、花の吹き初《ぞ》めってときに、主人があんたに惚れたのも、ご縁があったってもんですよ。いまや、上を見たならかなわぬが、下に比べりゃあまりあるってなもの。主人に仕える方が、奴隷に仕えるよりましですよ。行ったものは行ったんで、どんなに気を揉んだってしかたないこと。泣きとおしで、ひょっとして良くないことになったら、せっかくの命をむだにするってものじゃない。諺《ことわざ》にも言うでしょう、〝一日和尚をすれば一日鐘を撞く《なりゆきまかせでやりすごす》〟ってね。どのみち、二夫《にふ》にまみえぬ貞節の誉れは、あんたの頭の上に巡《めぐ》ってはこないのよ」

恵蓮はこれを聞いてもひたすら泣くばかりで、来る日も飯や粥すら食べようとしなかった。玉簫がその旨を伝えると、西門慶はこんどは潘金蓮その人をさしむけて説得に当たらせたが、やはり耳を貸さない。腹を立てた金蓮は西門慶に、

「あの淫婦め、あいつときたら一心にひたすら亭主を想って、〝一夜ちぎれば恩愛は百夜〟だの〝百歩をつれそえば別るるに忍びず〟だのと、千遍も万遍も言いやがるんだから。ああいう貞節な女の心をしばりつけるには、何を持ち出せばいいのやら」

西門慶は笑って、

「あいつの上《うわ》っ面《つら》の言葉を真に受けるんじゃない。あいつに前から貞節の心があったなら、そもそもが料理人の蒋聡への操《みさお》を守って、来旺に嫁ぎやしないさ」

---

(16) 歇後語。原文「胡子老児吹燈、把人了了」。一つ目の「了」(おしまいにする)は「燎」(燃やす)に掛けている。ひげの老人が灯りを吹き消すと、(燃え移って)人が燃える＝(死んで)人がおしまいになる、ということ。

かたわら、表の広間に陣取り、小者や使用人一同を目の前に呼び出して問いただした。

「数日前、来旺が護送されていった折に、いったい誰があいつに話したのか。さっさと名を挙げた者については、ひとつも叩きはしない。逆に、知っていて言わないでみろ、俺の耳に入りしだい笞でひとり三十ずつ打ち、即刻この家から出ていってもらう」

とつぜん画童がひざまずいて言うよう、

「申しあげにくいことですが」

西門慶、

「言え、構わん」

画童、

「あの日、わたくしは聞いておりました。玳安が父様の馬についてもどりましたとき、狭い通路のところで姐さんにたずねられ、口をすべらせてしまったのです」

西門慶は聞かなければそれきりだったが、聞いてしまったがためおおいに怒り、号令をかけて玳安を探させた。玳安はといえば、早くもそれを聞きつけ、潘金蓮の部屋に雲隠れを決め込むのだった。金蓮が顔を洗っていると、この小者が部屋にやってきて、ひざまずいて泣き、

「五娘《ごおくさま》、わたくしをお助け下さいませ」

金蓮は罵って、

「この囚人め、いきなりやってきてびっくりさせやがって。いったい何をしでかしたの」

玳安、

「父様は、旺の兄貴が行ってしまったことを姐さんにしゃべったとて、わたくしを打とうというのです。奥様、なにとぞ父様をおなだめください。父様がとさかに来ているところへ出ていったりしたら、わたくしは死ぬしかございません」

金蓮、

「牢屋暮らしめが、幽霊みたいにびくびくしやがって。驚天動地のどんなおおごとが起こったのかと思えば、あの奴隷の淫婦のせいとはね」

そこで言いつけて、

「私の部屋にいなさい、出てはだめ」

と、戸の裏側に隠れさせた。

西門慶は、呼べども玳安が来ないので、表の広間で雷のようにわめきちらし、立て続けに小者を二度やって金蓮の部屋を探させようとしたが、いずれも金蓮に罵られ追い払われた。あげく、西門慶は一陣の風のよ

うにみずからやってきて、馬の鞭を手にたずねた。

「奴隷めはどこだ」

金蓮は取り合わない。西門慶は部屋をぐるりと巡り、戸の裏側から玳安を引っぱりだして打とうとしたが、進み寄った金蓮は馬の鞭を奪い、寝台の天蓋へ放り上げて言った。

「恥知らずのぶつめが、主人面《づら》しやがって。あの奴隷の淫婦が亭主を想って首を吊ったもんだから、恥ずかしさでのぼせあがり、小者をつかまえて鬱憤ばらしか。小者の知ったこっちゃないだろ」

西門慶は怒りのあまり目をカッと見ひらいている。

金蓮は小者に、

「お前は表に行って、自分の仕事をなさい。この人に構うことはありません。またお前を打とうとしたら、私が控えてますよ」

玳安はこれさいわいと、まっすぐ表へ行ってしまった。まさしく、

両の手で生死の道を切り開き
身を翻し是非の門を飛び出す

といったところ。

潘金蓮は、西門慶が宋恵蓮に心を奪われているところを何度も目にして、一計を案じ、奥へおもむいて孫《そん》雪娥《せつが》を焚きつけた。言うには、

「来旺のかみさんが言ってたよ。あんたがあいつの亭主を欲しがって、あいつと父様とのわるい噂を亭主に吹き込んだもんだから、父様は腹を立てて亭主を追い出したんだ——とかなんとか。こないだあんたが笞打ちされて、髪飾りや衣裳を取りあげられたのだって、全部あいつの告げ口のせいさ」

孫雪娥の耳と胸に恨みをたっぷり注ぎこむと、こんどは雪娥の口ぶりを真似し、表の棟へおもむいて恵蓮にも同じように告げ口をした。言うには、

「孫雪娥が奥であんたを罵ってたよ。あんたは蔡家でこき使われてた奴隷で、主人を転がして間男するにかけては年季入りだ。あんたが陰で主人をくわえこんでるのでなければ、どうして亭主が家から出されたりするものか——とかなんとか。あんたは泣いていてもかかと《よりどころ》は押さえてるんだってさ」

口ひとつでふたりを、恨みつらみをいだきあう仲にしてしまったのである。

ある日、これも起こるべくして起こったことなのであろう、四月十八日は李嬌児の誕生日で、廓《くるわ》の李のおっかさんと李桂姐《りけいしゃ》とが、揃って誕生祝いにやってきた。呉月娘は引き止めて、奥の広間で女客たちといっしょに酒を飲ませた。西門慶はよその宴席におもむいて家を空けていた。

宋恵蓮は朝食後、朝がた奥に顔を出すと、さっと部屋に取ってかえし、日が西に沈むまで眠り通した。奥から一再ならず女中が呼びによこされてもどこ吹く風、一向に出てこようとしない。難癖をつける糸口を探しあぐねていた雪娥は、恵蓮の部屋にやってきて呼ばわった。言うには、

「姐さんは、王美人(17)を決め込んでるのかしら。なんでこんなにお招きしづらいの」

恵蓮は相手にせず、じっとあちら向きに横たわっていた。雪娥はかさねて、

「姐さんは、旺さんのことを慕ってるんでしょ。もっと早く慕ってあげたらよかったのにね。あんたがいなけりゃ、あの人だって死ぬこともなく、いまも西門慶の家にいたでしょうに」

恵蓮は、このせりふを聞いて、潘金蓮の言っていたことに思い当たり、身を翻して跳び起きると、雪娥に向かって言った。

「よがり声だのあえぎ声《きくにたえないことば》を聞かせにやってくるのはよしとくれ。あの人が私のせいで出されたとして、あんたはどうして笞打ちされて追っ払われ、人前に出られないはめになったのさ。人に言いたてられずに済んでるなら、みんながちょっとずつ我慢すればそれきりなのに、どうして首を突っこんで人のあら探しをしなきゃならないの」

雪娥はおおいに怒り、罵って、

「まったくこの奴隷め。男をくわえこむ淫婦め。向こう見ずにも私を罵るとはどういうわけだ」

恵蓮、

「私が奴隷の淫婦なら、あんたは奴隷の側女《そばめ》だろうが。私が主人をくわえこんだのも、あんたが奴隷をくわえこんだよりましさ。あんたはこっそり私の亭主を盗んどいて、自分の方から騒ぎたてにくるんだね」

この言葉に痛いところをずばり突かれた雪娥が、カッとならぬはずもない。宋恵蓮は、ふせぐ間もなく歩み寄られ、横面をひとつ張られて、顔が真っ赤になってしまった。

「なんで打つのさ」

言いざま頭から突っ込んでいき、ふたりはつかみもつれて一緒くたになり叩き合った。来昭の妻の一丈青が飛んできてなだめ、雪娥を奥へ引っぱっていったものの、ふたりはそれでもひっきりなしに相手を罵り続けていた。やってきた呉月娘は二言三言叱りつけた。

「お前たちふたりとも、少しは行儀ってものを知らないのかね。家にどなたがいらしていようがお構いなく、こんな風に家じゅう上を下にの大さわぎ。お前たちの主人がかえったら、言いつけないか見ていなさいよ」

ただちに雪娥は奥へ引きさがった。つかまれて乱れた恵蓮の髪を見て月娘は、

「さっさと頭を梳かして、奥へ来るんですよ」

恵蓮はひとことも答えず、月娘を奥へと送り出すと、部屋へ入り内側から戸に閂《かんぬき》をして、とめどもなく泣いた。灯りを点《とも》す時分まで泣くと、皆が奥の女客の酒盛りにとりまぎれている間に、あわれ女は憤り抑えがたく、纏足布《てんそくぬの》を二枚出して戸柱の横木に縛りつけ、首をくくり身罷《みまか》った。享年二十五。まさしく、

世の中は素敵な物ほど丈夫ならず
彩雲は散じやすく玻璃《はり》もまた脆《もろ》し(18)

といったところ。

このとき、まことに不思議なことだが、はからずも月娘は李のおっかさんと桂姐の見送りに出ざま、恵蓮の戸口を通り、戸が閉まっていて物音もしないので、ひどく胸さわぎがした。李の母娘《おやこ》ふたりが乗った駕籠《かご》を送り出してもどってきたが、押せども呼べども戸は開かぬので、すっかり泡を食ってしまった。こんども小者を窓から跳び込ませたが、まさしく、かめで井戸汲《く》みゃいつかは割れるといったところ。纏足布を断ってほどき下ろし、生きかえらそうと長いこと身体を曲げ伸ばししてやったが、いつ何時《なんどき》とも知れぬ間に、あ哀しいかな、死んでしまったのだった。そのさまは

四肢は氷のごとく冷えきり

(17)「美人」は妃の称号のひとつで、身分が高いゆえに招待しにくい、と後の句に繋がる。ただし「王美人」が具体的に誰を指しているのかは定かでない。／(18)原文「世間好物不堅牢、彩雲易散琉璃脆」。唐・白居易の詩「簡簡吟」に由来する表現。

宋恵蓮を救おうと小者が窓から跳び込む

息はさながら燃えさしの灯《ともしび》
佳人の魂は遥か望郷台(19)へと赴けり
星の双眼を閉じて御霊《みたま》は飛び去り
亡骸《なきがら》が地面に横たわってはや長し
その魂魄《こんぱく》の行き着きし先はいずこ
よもや流れる雲か秋の水面《みなも》の裡《うち》か(20)

助け下ろしても生きかえらないのにあわてた月娘は、いそぎ小者の来興を馬に乗せて城門の外に遣り、西門慶を呼びもどさせた。雪娥は、かえってきた西門慶が根掘り葉掘りして、自分に罪を着せることをおそれた。母屋で月娘にすがりつきひざまずいて、あいつと口論したことは持ち出さないでくださいとたのめば、月娘は雪娥のあまりのおびえように、心を鬼にもしかねたが、

「そんなにこわがるくらいなら、最初からみんな、もうすこし口をつつしめばよかったのに」

　夕方になり、西門慶がもどるのを待って、ただこう伝えるのだった――恵蓮は亭主を慕って一日じゅう泣いて過ごし、奥で皆がとりまぎれている隙に、いつの間にかみずから命を断ちました、と。西門慶は、

「もともと莫迦な女さ。福がなかったんだな」

とて使用人をつかわし、申し立て一枚を提出して、李知県には以下のようにのみ報告させた――この女は、当家が女客を招いて酒宴を催すに際し、銀器の管理を任されていたが、銀杯一点を紛失し、主人より訊《じん》問譴責《もんけんせき》されるのを恐れて、首をくくり身罷ったものである、と。この使用人は、ついでに知県に銀三十両を付け届けしてもどってきた。知県はすべからく義理立てせねばと、いい加減に司吏(21)を一名派遣し、検屍《けんし》役人を何人か連れていかせた。

　棺桶も買って火葬の許可も得ると、賁四と来興がいっしょに城門の外の地蔵寺へと運んだ。葬儀人夫に銀子五銭をわたし、薪《まき》を多めに積んで、いよいよ火をつけて焼こうというところに、はからずも恵蓮のおやじである棺桶屋の宋仁が知らせを聞きつけ、やってきてさえぎり、不平を訴えた。娘はうたがわしい死に方をしたとて、言い立てるには、

(19) 第五回訳注(9)を参照。／(20) 最後の二句は、唐・李群玉の詩「二妃廟に題す（題二妃廟）」に由来する。本書第九十二回にも、やや文字を変えて同じ二句が用いられている。／(21) 第十回訳注(5)を参照。

「西門慶はきっと、立場に物言わせてあの子を犯そうとして、貞節でしたがわぬ娘にむりやり迫り、死なせてしまったのだ。これから巡撫《じゅんぶ》さまや巡按さま(22)に申しあげて、訴状を提出しようというのに、誰が遺体を焼かせるものか」

葬儀人夫たちはみな散り散りに逃げてしまい、焼こうとしない。責四と来興はやむを得ず、棺を寺にとどめ、家にもどって報告した。まさしく、

青龍と白虎(23)が連れだって
吉やら凶やら分からない

といったところ。
はてさて、この後どうなりますか、まずは次回の解きあかしをお聞きあれ。

(22)原文「撫按」は巡撫と巡按の併称。巡撫は地方長官。巡按は巡按御史の略で、地方を巡視する監察官。／(23)青龍と白虎はそれぞれ東方と西方をつかさどる四神の一。青龍は吉兆、白虎は凶兆とされた。

第二十七回

李瓶児が翡翠軒《ひすいけん》でそっと話すこと
潘金蓮が葡萄棚《ぶどうだな》で酔って騒ぐこと

頭の上のお天道《てんと》様を斯《か》くも欺《あざむ》き
人をあやめてその妻は我が物に
知るべしくさぐさの姦計の果て
危うくさせたるは人の命なりと
淫乱と驕慢は不正の蓄財により
貪欲と短気を翻せば慈悲となる
我慢づよくなお生かし育《はぐく》む天と(1)
あまりに無分別な心を抱《いだ》く人と

さて、来保はちょうど東京《とうけい》からかえってきたところで、鞍を下りると唐破風造《からはふづく》りで西門慶に復命した。物語るには、

「東京に着き、まず取り次ぎのご家令にお目にかかって書信をわたし、それから太師閣下にお目通りいたしました。閣下は目録をご覧になり、礼物をお納めになりました。引きわたしがつつがなく済むと、閣下は側《そば》の者にお申しつけになりました――ちかく書信をしたため、すぐに山東巡撫《じゅんぶ》の侯さま(2)のところへ人を遣わして、山東滄《そう》州に収監されている塩商の王霽雲《おうせいうん》(四峰の本名)ら十二名を、全員釈放させるように、と。翟《たく》おじさまからは父様に、くれぐれもよろしくとのことでございました。閣下のお誕生日の六月十五日には、ぜひとも父様に上京してお訪ねいただきたいとのこと。父様とお話があるそうでございます」

　西門慶はこれを聞いてすっかりよろこんだ。来保はこのたびの道行きに際して、塩商の王四峰から銀子《ぎんす》五十両を得ていた。西門慶は来保を喬《きょう》大戸のところへ報告に行かせることにした。そこへやってきたのは賁《ほん》

(1)『水滸伝』第八回冒頭の詩に基づき改編している。/(2)第七十回によれば名は蒙。侯蒙(一〇五四～一一二一)は北宋末に中書侍郎などを務めた実在の高官だが、蔡京とは距離を置いていた人物で、名前以外の共通点は乏しい。『宋史』巻三五一に伝が見える。

四《し》と来興《らいこう》。西門慶が唐破風造りで来保と話しているのを見て、脇にひかえていた。来保が喬大戸の家へと向かうと、西門慶は賁四にたずねた。

「焼いてきたか」

賁四が何も言えずにいると、来興が進み寄り、西門慶の耳元でかくかくしかじかとささやいた。

「宋仁《そうじん》が火葬場にやってきまして、遺体に触れさせず、焼かせようとしません。声高にたいそう無礼なことを言うのですが、申しあげるのは控えます」

西門慶は、聞かなければ万事それきりだったが、聞くとおおいに怒り、罵って、

「死にたりないならず者め、まったく胸糞がわるい」

その場で小者に命じて、

「婿さまを呼んでこい。書付を書いてもらう」

できるとすぐに来興を遣《や》って、県の長官たる李知県へと届けさせる。すぐさまふたりの属吏《ぞくり》が遣わされ、縄もて宋仁を役所へと連行し、あべこべにこの男をゆすりの詐欺、屍《しかばね》による騙《かた》りの罪に問うた。庁堂において締め上げて大きな竹の笞で二十打ち、脚から血がぽたぽた滴《したた》るまでにすると、口書き一枚を取り、このうえ西門慶の家に迷惑をかけることを禁じた。あわせて地区頭や隣組頭には、西門慶の使用人とともにすみやかに遺体を焼き、すっかり見届けたうえで報告するよう命じた。打たれた宋仁は両脚じゅう棒の傷だらけとなって帰宅したが、怒りの気が結ぼれて流行《はや》り病《やまい》にかかり、幾日《いくにち》も経たぬうちに、ああ哀しいかな死んでしまった。まさしく、

朝寝坊《おちめ》の人が五道将軍(3)にでくわし
寒冷地獄の餓鬼が鍾馗《しょうき》(4)にぶつかる

といったところ。その証拠としてこんな詩がある——

県の貪官《たんかん》は嘆かわしさ極まれり
人より金帛《きんぱく》を受けて奸邪《かんじゃ》を売る
宋仁は娘のために黄泉《よみ》へ旅立ち
冥府は怨みを飲んだ魂で溢れる

西門慶は宋恵蓮の件にけりをつけるや、すぐに金銀三百両を用意して、銀職人の顧《こ》におおぜいの同業を率いさせ、自宅の唐破風造りで、蔡《さい》太師の誕生祝いとすべく(5)、壽の字を捧げ持つ四体ひと組の銀人形を打たせ

た。どの一体も高さが一尺余りある。さらに、壽の字をあしらった金の徳利をふたつ打たせ、玉製の桃型杯をふた揃え求めて、半月も経たぬうちに、いそぎすっかり仕上げさせた。西門慶は来旺《らいおう》を杭州に遣って織らせた蟒衣《ぼうい》を取り出し、蕉布《しょうふ》と紗《しゃ》の蟒衣の二点が欠けているのは、銀子を手にあちこち探させても上物《じょうもの》が調達できなかったので、それなりの品を買って間に合わせた。ある日、荷造りがととのうと来保に命じ、大番頭の呉典恩とともに五月二十八日に清河《せいが》県を発たせ、東京へと上らせたが、このことは措く。

　二日が過ぎるともう六月の一日、時まさに三伏(6)となった。まさしく、

暑さは水無月《みなづき》文月《ふづき》を過ぎず
寒さは師走《しわす》と睦月《むつき》を過ぎず

といったところ。たいへんな暑さで、八咫烏《やたがらす》が空のてっぺんにいる頃ともなれば、一輪の火の傘が空にかかり、わずかばかりの雲もなく、まことと金石《きんせき》も溶け流れる時分というもの。人びとの口にのぼる一首の歌が、もっぱらこの暑さについて述べている。

祝融《しゅくゆう》は火の龍を鞭うちつつ南より来たり（祝融は火の神）
火の雲は焔々《えんえん》として空じゅう赤く燃やす
日輪は空の頂《いただ》きにあって身じろぎもせず
四方《よも》の国みな燃えさかる炉に入ったよう
五岳の緑は乾ききって彩雲も消え失せた
陽侯《ようこう》は海底で波が干上がらぬかと心配に（陽侯は波の神）
いつの夕べのことになろうか秋風吹いて
国じゅうの暑さを取り除いてくれるのは(7)

（3）第二回訳注(23)を参照。／（4）第十五回訳注(10)を参照。／（5）以下の品々は、第二十五回（五二七頁）でやはり蔡京の誕生祝いのため用意した贈り物と重なる。同じ品を二度誕生祝いに持っていくはずはないので、崇禎本では前回の来保らの上京は王四峰の釈放を求めることだけが目的だったことに話を改めている。／（6）夏至から数えて第三、四番目の庚の日を初伏、中伏、立秋を過ぎて最初の庚の日を末伏と呼び、あわせて三伏と称する。夏の盛りのこと。／（7）唐・王轂の詩「苦熱行」にもとづく。おそらく『水滸伝』第十六回から孫引きしたもの。

講釈師よ、世の中には暑さをおそれる三種の人びとと、暑さをおそれぬ三種の人びとがいるというが、いかなる三種の人びとが暑さをおそれるのか。

されば暑さをおそれる第一は田舎《でんしゃ》の農夫。日々田を耕し畝《うね》を跨《また》ぎ、牛の引く鋤《すき》を支え馬鍬《まぐわ》を振るい、春秋《はるあき》ふたつの税に追われては、倉庫の備蓄まで納めざるを得ない。三伏の時節ともなって耕地に雨が降らなければ、心のうちは火に焼かれるようである。

第二は道中の客商。年じゅうよその土地にいて、売るものといえば紅花《べにばな》に紫草《むらさきそう》、蜜蠟《みつろう》に香茶。肩には荷が食い込み、手に引く車はずしりと重い。旅路を行けば、腹はぺこぺこ、喉《のど》はからから。満面これ汗に涎《よだれ》だらけで、着ている服も濡れねずみ。わずかな日陰も得られずに、まこと難儀な道行きとなる。

第三は辺境の兵士。頭には重い兜《かぶと》をかぶり、身には鉄の鎧《よろい》をまとい、渇けば刀を伝《つた》う血を飲み、疲れれば鞍の頂きに休む。来る年も出征つづきで、かえることもできず、衣《ころも》には虱《しらみ》が卵を産み、傷は破れ爛《ただ》れて、体じゅう完膚《かんぷ》なきありさま。

この三種の人びとは暑さをおそれる。ではいかなる三種の人びとが暑さをおそれぬというのか。

されば第一は皇宮の奥の院、水際の宮殿に風とおる亭《ちん》の住人たち。そこでは曲水が池に注ぎ、流泉は沼をなす。大粒小粒の玉《ぎょく》が、倒透《とうとう》の犀角《さいかく》(8)の置き物に合わせて配される。碧玉《へきぎょく》の欄干のほとりには、珍《めずら》かなる果実や花が植えられている。水晶の盆のなかには、瑪瑙《めのう》や珊瑚《さんご》がうずたかく積まれる。さらに水晶を嵌めたテーブルには、端渓《たんけい》の硯、象牙の筆、蒼頡《そうけつ》(9)の墨、蔡琰《さいえん》の箋《せん》(10)が並べられている。おまけに水晶の筆置きや白玉の文鎮まであるのだから、暑さで気だるい折には賦をつくり詩を吟じ、酔った後は南から吹く薫風のなかひと眠りすればよろしい。

ついでは王侯に皇族、金持ちに名家の人びと。来る日も雪洞(11)や涼やかな亭《ちん》で過ごし、朝から晩まで風そよぐ小部屋や水辺の楼閣に身を置く。海老の鬚《ひげ》で編んだかのような簾《すだれ》、鮫《にんぎょ》の綃《きぬ》(12)で織ったかのような帳《とばり》。茉莉《ジャスミン》の茎で結ばれた香毬《こうきゅう》(13)が垂れ下がる。雲母の寝台には、さざ波なす涼やかなござが敷かれ、鴛鴦《つがい》なす珊瑚の枕が置かれている。四方から回り団扇《うちわ》(14)の風が立ち、傍らの水盤には李《すもも》をしずめ瓜をうかべ(15)、赤い菱や雪白の蓮根、山桃や橄欖《かんらん》、林檎や白い鬼蓮《おにばす》の実をひたす。くわえて花のような佳人までかしずき、かたわらで扇いでくれるのである。

そして道観仏閣の道士に僧侶。雲をしのぐ経堂、天の川にとどく鐘楼に住み、徒然《つれづれ》なる折にはいつも方丈へやってきて仏法や黄庭経を講じ、時には仙境のごとき庭へとおもむいて仙桃や珍しいくだものを摘む。暑さで気だるくなったなら童子を呼び、松陰《まつかげ》で膝に横たえた琴《きん》を奏でる。酔った後には碁盤を携え、柳の陰にて友人と談笑する。

もともとこの三種の人びとは暑さをおそれぬのである。その証拠としてこんな詩がある——

赤くたぎる太陽は火のごと燃えて
田畑の稲と麦はなかば枯れ焦げた
農夫の心のなかは湯の煮えるよう
楼閣の貴族さまは扇をぱたぱたと(16)

西門慶は起き出したものの、暑い日なので外出はせず、ばらけ髪のまま襟をひらき、家で避暑をきめこむ。花園の翡翠軒なる唐破風造りで、小者らが汲んだ水を草花にやるのを眺めていた。翡翠軒の正面には、沈丁花の鉢植えがひとつあって、爛漫《らんまん》と咲き誇っていた。西門慶は小者の来安に小さなじょうろを持たせ、水を注ぐところを見ていた。

そこに潘金蓮と李瓶児があらわれた。ふたりとも、白と銀とが縞なす紗の単衣《ひとえ》に、金糸の刺繍入りの裾《すそ》が地を

（8）犀の角のうち、黒地に黄色の紋様があるものを正透、黄色地に黒の紋様があるものを倒透と呼び、ともに上等品とされた（『本草綱目』巻五十一）。／（9）蒼頡は鳥や獣の足あとを見て文字を作ったとされる伝説上の人物だが、墨との関わりは未詳。／（10）蔡琰は後漢の人。蔡邕《さいよう》の娘で才女として名高いが、箋（詩や手紙を書くための小幅で模様のある紙）を作ったという話は伝わらない。薛濤箋《せっとうせん》と呼ばれる箋を自製した唐の才女・薛濤と混同したものか。／（11）第二十三回訳注(10)を参照。／（12）第十三回訳注(6)を参照。／（13）第二十一回訳注(5)を参照。／（14）原文「風車」。明・宋応星『天工開物』粋精には「風車」の名で、我が国でいう唐箕《とうみ》についての記載が見える。ここでも同様に、箱形の胴のなかに軸を据え、ハンドルで羽根を回して風を起こす器械を指すのであろう。／（15）原文「沈李浮瓜」。『水滸伝』第十六回にも「公子王孫」の避暑法として挙げられている。魏の文帝・曹丕の「朝歌令呉質《ごしつ》に与ふるの書」（『文選』巻四十二）に、「甘瓜を清泉に浮かべ、朱李を寒水に沈む」とあるのに由来する表現。／（16）『水滸伝』第十六回に同じ詩が見られる。

曳《ひ》く、花をわたる鳳凰を縫いとった蜂蜜色の紗の裙《スカート》という普段の出で立ち。李瓶児は緋色の蕉布の袖なし、金蓮は桜色の袖なしで、いずれも羊の金革《きんがわ》でふちどられ、左右の襟には柄入りの縁飾りがつけられている。金蓮は束髪冠をつけておらず、髪を後ろで団子にして垂らし、それをまとめる杭州の纉《ネット》には、翡翠の雲形かざりがついている。両耳の前後にあらわした鬢《びん》には金箔をあしらい、色白の額には翠《みどり》の面花《かおかざり》が三つ貼られ、顔の白さと髪のつやめき、唇の赤さと歯のかがやきを、いっそうきわだたせていた。

ふたりは手を取り合いにこにこしながらだしぬけにやってきて、花の水やりを眺めている西門慶を見ると言うには、

「ここで水やりの見物をしてたんですか。なんでまだ髪も梳《と》かしていないんです」

西門慶、

「女中に水を持ってこさせてくれ。ここで梳かそう」

金蓮は来安に、

「じょうろはひとまず置いて、私の部屋へ行き、女中に水や櫛《くし》をいそぎ持ってこさせなさい。お前の父様が、ここで髪を梳かすから」

来安は承知して向かった。

金蓮はくだんの沈丁花を見るや、摘《つ》んで髪に飾ろうとした。西門慶はさえぎって、

「けったいなチビのべらべら口さん、とっととやめるんだ。俺から皆に一輪ずつ進呈するから」

もともと西門慶は、脇の方に咲いている開きかけのを、すでに何輪か摘みとって、下蕪《しもかぶら》の青磁花瓶に挿していたのである。金蓮は笑って、

「坊や、なんとまあ、これだけ摘んでいたのに、そこにつっこんだままおっかさん《このわたし》の髪に飾らせてはくれないのかい」

そこで、いち早くひと枝をひったくり、頭に挿した。西門慶はまた一輪を李瓶児に与えた。そこに春梅が鏡と櫛を届けにきた。秋菊は顔を洗う水を携えている。西門慶は花の枝を三本わたし、月娘《げつじょう》、李嬌児《りきょうじ》、孟玉楼《もうぎょくろう》に届けてつけさせるように言い、

「ついでに三娘《さんおくさま》をお呼びしてくれ。月琴《げっきん》を弾いてもらいたいんだ」

金蓮、

「孟の三姐《ねえ》さんの分をちょうだい。私が届けますから。春梅には大奥様と李嬌児の分を届けさせましょう。も

どってきたらもう一輪、私にくださいね。歌い女を呼んであげるんだもの、花一輪くらいくださらなくちゃね」

西門慶、

「行ってきな。もどってきたらやるから」

金蓮、

「坊や、誰に育てられてそんなお利口さんになったの。うまいこと言って、孟の三姐さんを呼んできてあげたら、頬かむりするんでしょう。先にくれなきゃ、呼びにはいきませんよ」

西門慶は笑って、

「このチビ淫婦め。こんなことまでがっつきやがる」

そこでもう一輪与えたのを真黒な鬢のかたわらに挿して、金蓮はやっと奥の棟へと向かった。あとには李瓶児が西門慶とただふたり、翡翠軒にのこされた。

西門慶が見れば、李瓶児は紗の裙《スカート》の内側に緋色の紗のズボンをまとっており、それが陽射《ひざ》しのなかで玲瓏《れいろう》と透き通って、玉のごとき骨、氷のような肌を露《あら》わにしている。はからずも淫心にわかにかきたてられ、左右に人なしと見るや、髪を梳かすのは後まわしにして、李瓶児を涼み椅子に押さえつけ、襞《ひだ》ゆれる裙《スカート》を捲《まく》り、赤いズボンを引き下ろし、うつ伏せになり「山を隔てて火を取る」体勢でしばらく事を致したが、精はなお洩れず、ふたりは並び飛ぶ鳥たちの楽しみを味わい尽くしたのだった。

思わぬことに、潘金蓮は奥へ玉楼を呼びにいってはおらず、花園の通用門のところまで来ると、花は春梅に渡して届けさせ、ひと思案ののち引きかえし、こっそり忍び足で翡翠軒にもどって、格子戸の外から盗み聞きをしていたのだった。長いこと耳を立てていると、ふたりが中でよろしくやっているのが聞こえた。西門慶が李瓶児に言う声がする。

「いとしい人、お前のとこは、他はともかくお前の見事に白い尻が好きなんだ。きょうはととを存分に楽しませとくれ」

ややあってこんどは、李瓶児が低い声で呼ぶのが聞こえた。

「大事なととさん、打ちつけるのはおよしになって。からだの具合がよくないの。こないだあなたがちょっと無茶したもんだから、下腹が痛くなって、ここ二日ほどでやっとすこしよくなったところなんです」

西門慶はそこでたずねて、

「どういうわけでからだの具合がよくないんだい」

翡翠軒での睦言を盗み聞く潘金蓮

李瓶児、

「包み隠さず言うと、もう臨月になる赤ちゃんがお腹にいるの。ちょっと手加減してくださいね」

西門慶はこの言葉を聞いてすっかりよろこび、言うには、

「いとしい人、どうして早く言わなかったんだい。そういうことなら、父さんはほどほどに遊んですませるさ」

そこで楽しみ極まって情は濃《こま》やかに、悦楽に身をゆだね、(17)両手で太腿《ふともも》を抱えると、一泄《いっせつ》そそぐが如く、下にいる女は腿をしならせて精を受けた。

それからしばらく耳に届いたのは、ぜいぜいと荒い西門慶の息の音と、女のやわらかな囀《さえず》り声ばかり。どちらも外にいる金蓮に〝亦た楽しからずや〟というほど、すっかり聞かれていたのだった。

聞いているところへ、玉楼が奥からだしぬけにやってきてたずねた。

「五の女中さん、ここで何をしてるの」

金蓮は手をひらひらさせて合図をし、ふたりは揃って中へと入っていった。西門慶はあわてたが、どうしようもない。西門慶にたずねるには、

「私が行ってからずいぶんになるけど、何をしてたの。まだ髪も梳かさず顔も洗っていないなんてねえ」

西門慶、

「女中が茉莉花《ジャスミン》の石鹸を持ってきてから顔を洗うつもりさ」

金蓮、

「あきれて物も言えない。顔を洗うのにわざわざあの石鹸をご所望ですか。道理であんたの顔はぴっかぴか、誰かの尻よりまだ白いわけだ」

西門慶はこれを聞いても意に介さない。やがて身づくろいを終えると、玉楼といっしょに座った。そこでたずねるには、

「奥で何をしてたんだい。月琴は持ってきたかな」

玉楼、

「お部屋で大姉さまのため、真珠を糸に通して飾りを作っていました。こんど呉舜臣（呉の大舅《おおあに》の子）とその妻になる鄭三姐《ていさんしゃ》とが結納をするときに着けられるものです。月琴は春梅が持ってきます」

(17) 原文「怡然感之」。明代の文言色情小説『如意君伝』に由来する表現。同作品から取った表現は以下にも多く見られるが、煩瑣になるため注記は主な箇所にとどめる。

時をおかず春梅がやってきた。言うには、

「お花はどちらも大奥様と二娘《におくさま》におわたしいたしました」

西門慶は春梅に命じて酒の支度をさせた。ほどなく、氷いりの水盤に李《すもも》をしずめ瓜をうかべ、涼やかな四阿《あずまや》で紅や翠《いろとりどり》の美女に寄添い、としているところで玉楼は、

「春梅を遣られて、大姉さまをお招きになりませんか」

西門慶、

「あいつは酒を飲むでもなし、呼ぶにはおよばんさ」

そこで側室らと四人きり、西門慶が上座を占め、女三人は両脇に腰かけた。徳利何本もの吟醸が注がれ、何皿もの珍味が並べられた。潘金蓮は置かれた椅子にも座らず、青豆色をした磁器のひんやりした腰掛けに腰を下ろしたきりなので、孟玉楼は声をかけた。

「五姉さん、こっちの椅子におうつりなさいな。その腰かけじゃ冷えるでしょうに」

金蓮、

「構やしないさ。この婆さまなら、お腹の子を冷やしちまう気づかいもないからね、へいちゃらですよ」

やがて酒がみたび巡ると、西門慶は春梅に月琴と琵琶を持ってこさせ、それぞれ玉楼と金蓮に弾かせた。

「ふたりで『いまを盛りと大空てらす夏の神[18]』の組歌をうたってくれ」

金蓮は承知せずに言う。

「坊や、誰に育てられてそんなお利口さんになったの。私らが歌えば、聴いてるおふたりさんは楽しいでしょうけどね。いやですよ、李の姉さんにも、何か楽器を持たせてくださいな」

西門慶、

「こいつは何も弾けないよ」

金蓮、

「弾けないなら、脇でかちこちさせとけば[19]いいでしょ」

西門慶は笑って、

「このチビ淫婦め、減らず口ばかり叩きやがる」

とて、春梅に紫檀の拍子木をいそぎ取ってこさせ、李瓶児に持たせた。ふたりはそこでやっと、玉のように白い指先をそっと広げ、薄絹のごと光る弦を緩々《ゆるゆる》と爪弾き、声を合わせ〔雁過声〕の節《ふし》で歌い出した。女中の繍春《しゅうしゅん》はふたりを脇から扇いでやった。

「いまを盛りと大空てらす夏の神」を歌い終えると、西門慶は各々に酒一杯をすすめて飲ませた。

潘金蓮が席上、ひっきりなしに氷水を啜《すす》ったり生の

くだものを食べたりしているので、玉楼は、

「五姉さん、どうしてきょうは生ものや冷たいものばかり食べてるの」

金蓮は笑って、

「この婆さまは、腹にいちもつあったりしないからね。冷や菓子(20)だってへいちゃらさ」

かたわらの李瓶児は恥ずかしさのあまり、顔を赤くしたり白くしたり。西門慶は横目でひとにらみして言うよう、

「このチビ淫婦め、でたらめばかり言いやがる」

金蓮、

「お兄さん、口数が多すぎますよ。婆さんが寝そべって干し肉をかじるってなもんで、ちびちびにしときなさいな。(21) 何を気にしてるんだか」

飲んでいると急に、雲が東南に生じ、霧が西北を隠し、遠くに雷が鳴り、一陣の大雨が降って軒先の草花を水びたしにしてしまった。まさしく、

江河淮済《こうがわいさい》に新たな水をくわえ
翠《みどり》の竹や紅《くれない》の榴《ざくろ》を洗い清める(22)

といったところ。

しばらくすると雨は止《や》み、はるか彼方に虹が消えかけ、西から陽《ひ》が射してきた。どれだけの小糠雨《こぬかあめ》が碧《みどり》の水際《みぎわ》をうるおし、夕べの涼風《りょうふう》が中庭をきよめたのだろう——。

---

(18) 原文「赤帝当権耀太虚」。もともと失われた宋～元代の戯曲『唐伯亨因禍致福』のなかの歌で、『詞林摘艶』乙集、『雍熙楽府』巻三は共に「納涼」と題して収める。夏の厳しい暑さと夕涼みの心地よさとを描く。赤帝は炎帝と同じで夏の神。／(19) 原文「代板」。表の意味は拍板（拍子木）の役になって拍子を取ること。発音の近い「呆板」（型どおりで融通が利かない）に掛けている。
(20) 原文「冷糕」。糕は米粉や小麦粉などを加工してかためた菓子の類。『西遊記』第五十五回に「水高」との食品名が見られ、これは同音の「水糕」の意で、糕は睾に通じ精液を暗示するとされる（中野美代子訳『西遊記』岩波文庫の訳注を参照）。この「冷糕」にも同様の性的な含みがあり、李瓶児が西門慶に手加減してほしいと頼んだことを当てこすっているのであろう。
(21)「ちびちび」は原文「一糸児一糸児」（児は接尾語）。歯が弱って干し肉をひと筋ずつしか食べられないというのが表の意味。いっぽうで「意思意思」（きもちばかり）に掛かり、西門慶が李瓶児に「ほどほどに遊んですませるさ」と言っていたのを暗に皮肉る。／(22) ほぼ同じ対句が第六回（一二七頁）に見えた。この箇所は「済」を底本「海」に誤る。

そこへ、奥から小玉が玉楼を呼びにきた。玉楼、

「大姉さまがお呼びです。糸を通してない真珠の飾りがいくつかあるので、私は行きますね。ご不興《ふきょう》を買ってしまいますから」

李瓶児、

「ふたりでいっしょに行きましょう。私も姉さまの飾りづくりを見たいですし」

西門慶、

「それじゃひとつ送別させとくれ」

そこで西門慶は月琴を取り、玉楼にそれを弾かせて、自らは手拍子を打った。皆で声を揃えてうたったのは〔梁州序《りょうしゅうじょ》〕の節《ふし》。

夕暮れどき雨は南の離《はな》れを過ぎゆき
池の水面《みなも》を粧《よそお》う赤い花は零《こぼ》れ乱れる
かすかにとどろく雷の音
雨は収まり雲は散じた
蓮の香りは十里にも広がりわたり
三日月は鉤《かぎ》のごと懸かる
この景色よろしきこと限りなし
蘭の湯を浴び終えたばかり
寝化粧はくずれ
奥まった中庭のたそがれは眠るに物憂し
（唱和）
金縷《きんる》の曲を歌い(23)
碧筒《へきとう》の杯(24)を勧め
氷の山、雪の欄干の内に佳き宴しつらえる
かくも太平なる世は目にできる者も少なし

柳の陰よりにわかに蝉が鳴きはじめ
流れる蛍は中庭へと飛び来たる
いずこからともなく聞こえる菱《ひし》摘み歌
飾り船にて帰ればはや日暮れ
見れば玉縄《ぎょくじょう》ひくく浮かび(25)
丹《に》塗りの戸口には音も無し
かかる風情こそ羨むに堪えたり
起き上がり白い手をとって
雲なす黒髪を整えれば
月は寝台の紗の帳を照らして人いまだ眠らず
（唱和。同前）

〔節節高〕
さざ波に鴛鴦《おしどり》が戯れ
緑の蓮の葉を翻す
清らな香り迸《ほとばし》り玉のしずくこぼれ
薫風はそよぐ
かぐわしい沼辺
のどけき亭《ちん》のほとりに
座ればいつしか心も爽やかに奮い立ち
蓬莱《ほうらい》や閬苑《ろうえん》も羨《うらや》むに足りず（蓬莱、閬苑はともに仙境の名）
〔唱和〕
ただ疎《うと》ましきは秋きたりぬと人を驚かす西の風

知らぬ間にいつか年月《としつき》は流れ移ろうものなれば(26)

一同は歌ううちに、いつしか通用門のところまでやってきた。玉楼は月琴を春梅にわたし、李瓶児と共に奥へもどっていった。潘金蓮は呼びかけた。

「孟の三姉さん、ちょっと待って。私も行きます」

西門慶を打ち捨てて行こうとしたところを、片手で引き止められた。言うには、

「ちっちゃなべらべら口さん、怠けようったって、俺が放さないぜ」

引っぱってちょっと振りまわしただけで、あやうく転びそうになった。女は、

「けったいなぶつめ。こっちはおべべを着てるんだよ。私の腕なんて見飽きたでしょうに。坊やはつまらない

(23)金縷は金糸で縫った衣服。唐・杜牧「杜秋娘詩」に、杜秋娘がよく歌った曲として「金縷衣」を挙げ、原注に以下の歌詞を引く。「君に勧む惜しむ莫《な》かれ金縷の衣／君に勧む須らく惜しむべし少年の時／花開きて折るに堪へなば直《まさ》に須らく折るべし／花無きを待ちて空しく枝を折る莫かれ」。歌詞の作者は不明。／(24)魏・鄭愨《ていかく》は参謀らと避暑に出掛けた折、大きな蓮の葉に酒を注ぎ、簪で葉に孔をあけて柄と通じさせ、屈曲させ象の鼻のようにもたげた茎から酒を吸って回し飲み、これを「碧筩杯」と称した（唐・段成式『酉陽雑俎』巻七）。／(25)原文「玉繩低度」。玉繩は星の名で、玉衡すなわち北斗第五星（大熊座イプシロン）の北にある二つの小さな星を指す。この句と下に見える「起き上がり白い手をとって」の句、また「ただ疎ましきは」以下の二句は、宋・蘇軾による〔洞仙歌〕の詞に基づく。／(26)以上は元・高明『琵琶記』第二十一齣にみえる曲。強いられて宰相・牛僧孺の娘婿となった蔡伯喈《さいはくかい》が、故郷に残した妻への思いに苦しみつつも、牛氏にすすめられて酒を飲み、ともに蓮池の景色をめでる。

のね、ふたりとも行ってしまったから。私をとどめて何をしようというのかしら」

　西門慶、

「ふたりしてこの太湖石の下で、酒を持ってこさせ投《と》壺《うこ》（壺に矢を投げ入れる遊び）をしながら、三杯ほど飲むのさ」

　女、

「けったいなぶつめ。亭《ちん》へ行って投げればいいでしょ。わけもなくこんなところですることじゃありませんよ。ちがうと思うなら、春梅って娘っ子に言ってみなさいな。あの子だって酒を持ってきやしないから」

　そこで西門慶が春梅に行かせようとすると、春梅はあっさり月琴を女に託し、大手を振って行ってしまった。女は月琴をうけとると、手のなかでひとしきり弾いてから言うには、

「孟の三姉さんに教えてもらって、私もいく節《ふし》かは弾けるようになりました」

　弾きつづけるいっぽう、太湖石のほとりの石榴《ざくろ》の花が、雨に濡れて元気に咲いているのを見て、たわむれにひと枝を折り、真黒な鬢のかたわらに挿して[27]言うよう、

「おっかさんは、三日も飯を食ってない――目の前が花霞《はながすみ》[28]ってやつさ」

　これを聞いた西門慶は、進み寄るとふたつの小さな金蓮《あし》を持ち上げ、ふざけて、

「このチビ淫婦め、世間様の目がなければやり死にさせちまうところだ」

　女はそこで、

「けったいなぶつめ。ひとまずおふざけはやめて、この月琴を置かせてちょうだい」

とて、月琴を花壇のかたわらへ無造作に立てかけ、そこで言うよう、

「坊や、もいちどしようとするほどに、どんどんしけてくるものよ。さっき李瓶児と打ち込んでたでしょう。恥ずかしげもなく、私につきまとって何をしようというの」

　西門慶、

「けったいな奴隷め。とにかくでたらめばかり言いやがる。あいつと何かあったりするもんか」

　女、

「坊や、することなすこと、ご当地の神様にはお見通しですよ。おっかさん《このわたし》を誰だと思って、ごまかそうとしてるの。私が奥へ花を届けにいってるあいだ、おふ

たりはいい商売してたでしょ」

　西門慶、

「けったいなチビ淫婦め、でたらめ言うな」

　そこで花壇の下に押さえつけるや口づけすると、女は気ぜわしく舌を相手の口に挿し入れる。西門慶、

「俺のことを『大事なととさん』と呼びな。許して立たせてやるから」

　女は意地を張っていられなくなり、ひと声呼んだ。

「大事なととさん、私はあんたが気に入ってるあの人じゃないのよ。なんだってまとわりつくの」

　ふたりの様子はまさしく、

　　空が晴れて巧みな歌を披露する鶯の舌
　　雨に濡れて色めく姿が格別なる花の枝(29)

といったところ。

　ともにしばらく戯れてから、女は、

「葡萄棚のところで、投壺をして遊びましょう。来てちょうだい」

　そこで月琴を腕にかかえ、〔梁州序〕のつづき、曲の後半を歌いながら歩いていった。

　清らかな夕べに心も晴れて
　この涼しき佳日
　玉の台《うてな》は月に照らされ清虚殿のように（清虚殿は月の宮殿）
　神仙の輩《ともがら》は
　玳瑁《たいまい》のむしろ広げて（豪華な宴席をいう）
　幾度《いくたび》も宴《うたげ》して楽しむ
　水時計の銀の目盛りが進むのは放っておき
　水晶宮にて歌い奏でよ
〔唱和。同前〕
　ただ疎ましきは秋きたりぬと人を驚かす西の風
　知らぬ間にいつか年月は流れ移ろうものなれば
〔尾声（終曲）〕
　光陰は速やかなること稲妻のごとし

(27) この嬌態の描写もまた、『如意君伝』で武則天が海棠の花を鬢に挿す場面に倣っている。／(28) 原文「三日不吃飯、眼前花」。鬢に挿した石榴の花と、眼花（眼がかすむ）とを掛ける。／(29) 宋・朱淑真の詩「春霽」に基づく。

よき夕べも惜しむらくはいつしか果てる
かまわず浮かれ楽しんで賑やかに歌い笑うべし[30]

来る日も宴を開くは花の園
来る宵も隣に侍《はべ》るは玉の顔《かんばせ》
果して人生どれだけありや
楽しまなければ徒然《むだ》なこと

ふたりが肩を並べて行くと、やがて碧《みどり》の池を過ぎ、木香《もっこうばら》の亭の脇をすり抜け、翡翠軒の前を通り越して、葡萄棚へとやってきた。目を見ひらいて眺めれば、まことにすてきな葡萄棚。そのさまは――

四面は彫刻つきの欄干に石壁
周囲は緑の葉が深々としげる
瞳に映るは霜の色
紫の弾《ゆみだま》は千の房飾りのごと下がり
鼻に漂うは秋の香
緑の雲は万の刺繍帯を垂らすよう
馬乳は数珠つなぎ（馬乳は葡萄の品種）
水晶の粒に籠《こ》もる美玉の露
緑珠はごろごろと
金色《こんじき》の棚に潜んだ翡翠の帳
これすなわち西域よりもたらされた種にて
甘泉《かんせん》にてこっそり珍重された芳《かお》りよき果実[31]
まこと
四季の花木はかそけき野花を隠し
明月と清風は値《あたい》のつけようも無し[32]

ふたりが葡萄棚の下まで行くと、そこには磁器の腰掛けが四つ据えられ、投壺につかう壺がひとつ、かたわらに置かれているのだった。金蓮は月琴を立てかけ、西門慶と投壺をした。遠く見やれば、春梅が酒を持ち、秋菊がごちそう箱を運んできた。箱の上には氷で冷やしたくだものの碗がひとつ乗せてある。女は、

「娘っ子、さっきは腹を立てて行っちまったのに、どうしてこんどはこんなもの届けにきたんだい」

春梅、

「このうえ探すところもないほど探しましたよ。いきなりこんな所にいらしているなんて、わかるものですか」

秋菊は運んできたものを下ろすと行ってしまった。西門慶がそこで箱のふたを開けると、八つの仕切り

に、細々した果実や料理が詰め合わされている。ひとつは粕漬けにした鵞鳥《がちょう》の砂肝と足。ひとつは刻んだ塩漬け肉の奉書焼き。ひとつは木犀《もくせい》で香りをつけた白魚《しらうお》の塩漬け。ひとつは割いて干したひな鶏の手羽。ひとつは新鮮な蓮の実。ひとつは出はじめの胡桃《くるみ》の実。ひとつは新鮮な菱《ひし》の実。ひとつは新鮮な慈姑《くわい》。小さな銀白色の酒差しには葡萄酒が入っていて、蓮の花托の形をした小さな金の杯がふたつと、象牙の箸が二膳そえられていた。

それらを小さな涼み台に置くと、西門慶と女は向き合って座り、投壺をして遊んだ。やがて、「過橋《はしわたし》」(33)、「翎花倒入《やばねのさかさいり》」(34)、「双飛雁《つれとぶかり》」(35)、「登科及第《しけんごうかく》」(36)、「二喬観書《びじょふたりほんをよむ》」(37)、「楊妃春睡《ようきひはるにまどろむ》」(38)、「烏龍入洞《こくりゅうのほらいり》」(39)、「珍珠倒捲簾《たますだれのまきあげ》」(40)など十数回も投げると、女は注がれた酒に酔わされ、いつしか桃の花が頰に差し、秋波《ながしめ》を斜めに使う。西門慶は薬効のある五香酒(41)を飲もうと思い、こんども春梅に取りに

(30)原文は切れ目なく以下の詩に続くが、『琵琶記』からの引用はここまで。／(31)甘泉とは甘泉宮のこと。甘泉山（いま陝西省にあり、もと秦の離宮で漢の武帝により大幅に増築された。西域の葡萄は、武帝の使節として張騫《ちょうけん》が西域へ派遣されたことを契機として中国にもたらされ、「離宮別館の旁ら《かたはら》」（『史記』大宛列伝）などで栽培されるようになった。明・馮埼の詩「葡萄架」（其一）に「博望仙（張騫）の槎《いかだ》に随ひてより後、詔して甘泉別殿に栽《う》うるを許さる」とある。／(32)以上の描写文は『水滸伝』第十九回に見えるもの（梁山泊の水亭を描く）を部分的に踏襲している。／(33)投壺の決まり手の名称。投壺は、壺の口とその両脇の「耳」とよばれる環に、投げた矢がどのような形で入る（接する）かによって競う。『礼記』にも記載のある由緒正しい遊戯だが、明末ともなると「淫巧百出し、略《ほ》ぼ古意無し」（陸容『菽園雑記』巻十一）という有様で、さまざまな新手が考案されていたようである。以下に挙げられる決まり手は、いずれも『事林広記』戊集巻二、『三才図会』人事巻十などの図解にそのままの形では見えず、はっきりと分からないが、以下『金瓶梅詞話校註』の推定に従って注する。「過橋」は矢が壺の口と二つの耳との上に横たわった形。／(34)矢が、矢羽から逆さに口に入った形。／(35)二本の矢が左右の耳に、同じ向きで斜めに入った形。／(36)一度地面に落ちた矢が跳ねて壺に入ること。／(37)両耳に斜めに入った二本の矢が、口の上で交叉する形。二喬は三国・呉の喬公の美しい娘たちで、姉は孫策、妹は周瑜の妻となった。／(38)矢が壺の口と片方の耳とに斜めに乗った形。明・馮夢龍『山歌』巻六「投壺」第二首にも「楊妃睡」という決まり手が見え、性交時の体位ないし性技を暗示している。／(39)矢を捻り込んで壺に投げ入れる技。／(40)矢を壺と逆の向きに投げ、壁などに跳ね返して壺に入れる技。／(41)薬種や香料を用いて醸造した酒。明・高濂『遵生八牋』巻十二に「五香焼酒」の製法が紹介されている。

いかせようとした。金蓮は言うよう、

「ちっちゃなべらべら口、私からもお願いだけど、部屋からござと枕を取ってきて。ひどく眠いんで、ここでちょっと横になるから」

春梅はわざとだだをこねて、

「いいかげんになさって。そんなことにばかり人を使うんですから。誰がこのうえ取りにいってさしあげるもんですか」

西門慶、

「お前が持ってこないなら、秋菊に抱えてこさせよう。お前は酒だけ取ってくれればいいさ」

春梅は頭《かぶり》を振りつつ立ち去った。

ずいぶん遅くなって、まず秋菊がござや枕、布団を抱えてきた。女は言いつけた。

「布団を置いたら、花園の門を閉め、部屋番をしてなさい。呼んだらすぐ来るんですよ」

秋菊は承知して、布団と枕を置くとまっすぐかえっていった。

西門慶はそこで立ち上がり、水浅葱《みずあさぎ》の紗の襦袢《じゅばん》を脱ぎ去って欄干に掛けると、牡丹畑の西のほとりへとまっしぐら、松の垣根の脇なる花棚の下にて小用を足した。もどると女の方も、早くも葡萄棚の下にござや枕、布団をきっちり敷き、上も下も一糸まとわず脱ぎ去って、褥《しとね》の上にあおむけに横たわっていた。足には緋色の靴を履き、手には白い紗の扇を揺らして涼んでいる。やってきた西門慶、これを見て淫心をかきたてられぬはずもない。そこで、酒興に乗じておなじく上下の服を脱ぎすて、磁器の腰掛けに座った。まず足の指で花心をいじくったところ、淫らな唾《つばき》が流れ出るさまは、まるで涎《よだれ》を吐くかたつむり。そのかたわら、女の履いている刺繍つきの赤い靴を取り去り、たわむれに二本の纏足布《てんそくぬの》を解くとそれを両脚に結びつけ、葡萄棚の両側から吊り下げれば、さながら「金龍探爪《きんりゅうのつめかかげ》」のごとし。牝《ひん》の戸を大きく広げて、赤い鉤を剝《む》き出しにし、鶏の舌を突き出させる。西門慶はまずうつ伏せに覆いかぶさり、麈柄《しゅへい》(42)を牝の口に当てて「翎花倒入《やばねのさかさいり》」(43)としゃれこんだ。片手を枕について、力の限り押し上げれば、陰中の淫気はとめどもなく、あたかも何匹もの泥鰌《どじょう》が泥を這うかのよう(44)。女は下から途切れなく「ととさん」と呼ぶ。

ちょうどよろしくやっているところに、春梅が酒を燗《かん》して持ってきたが、ひと目みると酒差しを置いて、まっすぐに築山《つきやま》のてっぺんの最も高いところにある亭《ちん》、その名を臥雲亭《がうんてい》というところへ逃げ去ってしまう。碁盤に顔を伏せ、石をいじって遊んでいるのだった。西門慶は頭をもたげ、春梅が上にいるのを見ると手招きして呼んだが、下りてこないので言うには、

「ちっちゃなべらべら口め。連れ下ろしにいくぞ。逃げられたらそのときさ」

そこで女を打ち捨て、大股で石段からてっぺんの亭へと上りついたころには、春梅はとっくに右側の羊《まが》の腸《りくねった》のような小道から下りた後だった。蔵春塢なる雪洞を通り抜けて中腹に到り、緑したたる花木の茂みの奥で、さて身をかくそうとしたところ、はからずも西門慶にぶつかり、暗がりで腰に抱きつかれた。言うには、

「ちっちゃなべらべら口め、どうだ見つけたぞ」

葡萄棚の下に軽々と抱えていき、笑って、

「まあ一杯飲みな」

言いながら、抱きかかえて脚の上に座らせ、ふたりは一口ごとに杯をやりとりして酒を飲んだ。女が両脚を葡萄棚から吊り下げられているのを見ると、春梅は言った。

「おふたりして何をなさっていることやら。真っ昼間なんだし、ひょっとして人が来て出くわしたら、みっともないでしょうに」

西門慶はたずねた。

「通用門は閉じたか」

春梅、

「来るときに掛け金をしました」

西門慶、

「ちっちゃなべらべら口、ごらん、肉の壺に矢を投げるぞ。『金弾打銀鵞(45)』っていうんだ、よく見てな。ひ

---

(42) 麈尾《しゅび》（払子《ほっす》）の柄のことで、ここでは陰茎の隠語。『世説新語』容止篇に、王衍が白玉の柄のついた麈尾を持っていたが、色白のため手と見分けがつかなかったとの逸話が見られる。『如意君伝』では、薛敖曹の立派な持ち物に感激した武則天が、上の逸話を引いてそれを「麈柄」と名付けている。／(43) 原文「倒入翎花」（底本は入を人に誤る）。語順を変えて、前出の投壺の決まり手を踏まえていることを明示した。『山歌』巻六「投壺」第一首には「斜挿花」との決まり手が見え、やはり性的な暗示がこめられている。／(44) これも『如意君伝』に由来する表現であるが、『如意君伝』では「数鰍」（何匹もの泥鰌）が「数夫」（何人もの人夫）となっている。／(45) 直訳するなら「（弾き弓の）金の玉で銀の鵞鳥を打つ」の意。実際に投壺の決まり手としてあったものか、西門慶が即興でそれらしき名称をこしらえたのか、定かではない。

「ごらん、肉の壺に矢を投げるぞ」

とつ命中するごとに、俺が一杯飲むからな」

そこで水をいれた碗から山吹色の李《すもも》(46)をひとつ取って、女の牝に立てつづけに三つ放れば、すべて花心に当たった。西門慶はつづけざまに五香の薬酒を三杯飲み、さらに春梅に一杯を注がせ、女にさしださせて飲ませた。さらに李ひとつを牝のなかに入れたものの、取り出すでもなく、事をおこなうでもない。気が気ではない女の春心はみだれ迷い、淫水はだらり流れ、声を上げるわけにもいかぬので、ただ星の眼《まなこ》を朧《おぼろ》にさせ、枕とござに寝そべったまま、腕も脚もぐったりさせるばかり。口では、

「憎い人《あなた》ったら、まったくおかしなことをして。私をいたぶって死なせる気なの」

と呼ばわるものの、その鶯のような声は震えていた。

西門慶は春梅に脇から扇がせ、ひたすら酒を飲むばかりで金蓮を顧《かえり》みない。飲んでいるうちに、安楽椅子にあおむけになってうとうとしたかと思うと、寝入ってしまった。春梅は主人が酔って寝てしまったのを見ると、近寄って撫でてみてから、雪洞を抜けて奥の棟へ、雲を霞と逃げ去ってしまった。誰かが通用門で呼ばわっているので門を開けてみると、それは李瓶児なのだった。

西門慶は心ゆくまで二時間ほど眠り、目を開けて起きると、見れば女はまだ葡萄棚に吊り下がっており、二本の白く匂やかな脚が両側に持ち上げられているので、感興おさえがたく、春梅がそばにいないと見るや女に、

「淫婦め、やってやるぞ」

そこでまず牝中の李をほじくり出して、女に食べさせた。枕に腰を下ろすと、紗の長上着につけた巾着からとりだしたのは淫具の袋。まず銀の副《そ》え金《がね》をかぶせ、次に硫黄の環《わ》(47)をつけた。はじめのうちは牝の口を行ったり来たり、磨いたりなぶったりして、深く挿しこもうとしない。じらされた女はのけぞって迎え入れよう

---

(46) 原文「玉黄李子」。実在する李の品種であると同時に、『金水橋陳琳抱粧盒』雑劇第二折においては「玉皇立子（皇帝が太子を立てる）」を暗示する役回りを担う。この箇所にも同じく裏の意味をとって、懐妊した李瓶児ではなく身ごもっていない潘金蓮がこの果物を受けているところに、皮肉を読み取る解釈もある。第三十一回訳注(29)、第三十二回訳注(1)をも参照。／

(47) 明・高濂『遵生八牋』巻十三「高子論房中薬物之害」にも、陰茎に縛りつけて用いる「硫黄箍」なる道具の名が見える。

とし、口ではひっきりなしに呼ばわった。

「ととさん、さっさと入ってきて。淫婦《あたし》、じらされておかしくなっちゃう。わかってますよ、李瓶児にわざと意地悪したのが癇《かん》にさわったんで、とっちめてやろうというんでしょう。あんたの腕前は思い知りましたから、きょうから先は、もう怒らせたりしませんよ」

西門慶は笑って、

「チビ淫婦め、わかってるなら話がはやいな」

とて、花心をなぶらせているそいつを引っぱり出し、巾着に入った袋を開けて閨艶声嬌《よがらせ》という薬をひとつまみ蛙口《あこう》に塗り、牝にねじこむといくたびか出し入れした。すぐにそいつは昂《たか》ぶり勇ましく、堂々角《かく》ばり頭を跳ねあげ、憤激に駆られ起立した。西門慶は首《こうべ》を垂れて、往《ゆ》き来《き》し押し引くところをながめ、出入りの模様を賞でた。

女は枕辺《まくらべ》で、星の眼《まなこ》も朧《おぼろ》となり、うめいて止まない。途切れなく呼ばわるには、

「でかまらのととさん、どんなぶつを使ったのか知らないけど、入《い》れるんなら入れてよ。淫婦《あたし》のあそこの心《しん》は、骨の髄までむずむずしてるの。あわれと思って、許してくださいな」

淫婦の口からは、下品きわまる言葉もお構いなしに叫びたてられるのだった。西門慶は、一たび始めたならば三、四百回は保《も》つ男。うつぶせで両手を床《とこ》にしっかりつくと、身を反らして力いっぱい、迎えるところに持ち上げていたし、脛《すね》まで引き抜くとまた根元まで送り込むのを、さらに百遍あまりも繰りかえした。下にいる女はひっきりなしに、牝中の唾《つばき》をハンカチで拭ったが、拭うほどに溢れるため、褥《しとね》はすっかり湿ってしまった。西門慶のぶつは、稜《かど》まで埋もれては頭を出し、往き来したり留まったりとせわしなくしていたが、そこで女に言うには、

「老和尚の鐘つきってのをしてみるぞ」

とつぜん身を反らして前にただ一送《いっそう》すれば、差しこまれたそいつはまっすぐ牝屋《ひんおく》に達した。牝屋とは、婦人の牝中もっとも深い場所にある室《むろ》のことで、花の蕊《しべ》をつぼみがおおったような肉のつくりになっている。ここに到ると、男子の茎の首《こうべ》は押し曲げられもせず、やすらぎに包まれ、心地よさは言葉にならないほどである(48)。

痛みをおぼえた女があせって身体をくねらせたので、かちゃっと音がして、硫黄の環が中で割れてしまった。女はといえば、目を閉じ息は細くかすれ、舌は冷

え四肢は縮《ちぢ》こまり、褥のうえでぐったりとしている。あわてた西門慶はいそぎ布を解き、牝中から硫黄の環を勉鈴(49)といっしょにはじくり出して、ふたつに割ってしまった。それから女を抱えて座らせると、ずいぶん経ってから、星の瞳を驚きにひらめかせて息を吹き返した。そこで色っぽい泣き声をあげて西門慶に言うには、

「私のととさん、どうしてきょうはこんなにひどいの。もうすこしで私、命を落とすところだったのよ。これからはこんなことしてはだめ。笑いごとじゃないわ。今だって頭がくらくらして、どこにいるのかもわからないんだから(50)」

西門慶は、日がもう西に傾いているのを見ると、いそいで服を羽織らせてやり、春梅と秋菊を呼んで布団や枕をかたづけさせ、ともに金蓮を支えて部屋へとかえした。春梅はそれからまたもどってきて、秋菊が酒の道具をかたづけるのを見守っていたが、ちょうど花園の門を閉ざそうとしたところ、来昭の息子の小鉄棍が、花棚の下から這《は》い出してきて春梅を追いかけ、御《お》側《そば》さんくだものをおくれとねだった。春梅、

「チビの囚人め、どこから入ったんだい」

李や桃をいくつか取って与え、言うには、

「お前の父様《だんな》は酔っぱらってるんだ。まだ表にもどらないのかい。見つかったら打たれるんじゃないのかね」

かのサルは、くだものをうけとるとまっすぐ行ってしまった。春梅は花園の門を閉ざすと部屋にもどり、西門慶と女の世話をして寝台で休ませたが、このことは措く。まさしく――

朝には金谷《きんこく》の園で酒宴に加わり（金谷は晋・石崇の庭園）
暮には綺麗な楼《たかどの》に美女を侍《はべ》らす
歓び浮かれていると言うなかれ
光陰は夕霞を追って移ろいゆく

はてさて、この後どうなりますか、まずは次回の解きあかしをお聞きあれ。

---

(48)「牝屋」についての説明も『如意君伝』に基づいたもの。『如意君伝』と『金瓶梅』で文字に差があり、『金瓶梅』には誤りがあるらしく読みにくいが、底本を尊重し、できるだけ忠実に訳出した。／(49) 第十六回訳注(8)を参照。／(50) この台詞も『如意君伝』の武則天の台詞をつぎはぎして改編を加えたもの。

第二十八回

陳経済が靴をだしに金蓮をからかうこと
西門慶があたまに来て小鉄棍を殴ること

波風に身を立てるのは難しい
世の渡り方はゆったりが一番
よろず過ちは焦りのなかから
静けさの中に安らぎを求めよ
平らな道ならば行くのも安穏《あんのん》
恒心《こうしん》があるならば耐えられる
日頃より悔いなく過ごしても
枝葉《めんどう》は一度《ひとたび》生じればすぐ茂る(1)

さて、西門慶は女を支えて部屋まで連れていくと、上下の服を脱ぎ、薄い綿の半袖だけの丸裸となった。女は赤い紗《しゃ》の胸当てしか着けていなかった。ふたりは肩を並べ脚を絡めて座り、かさねて杯に酒を注《つ》いで、もいちど美酒を楽しんだ。西門慶は片手で色白のうなじを抱き寄せ、一口ごとに杯をやりとりして共に酒を飲み、懇《ねんご》ろさはここに極まった。横目で女を見れば、雲なす黒髪はしなだれ傾《かし》ぎ、酥《クリーム》のような胸をなかばのぞかせ、色っぽい目つきも朧《おぼろ》となって、あたかも深酔いした楊貴妃のよう。ほっそりした指でたえず、男の腰のそいつをいじくるものだから、そいつはびっくりしてしまったが、銀の副《そ》え金《がね》をなおつけたまま、ぐんにゃりだらりとし、でんと垂れている。西門慶はふざけて、

「お前、まだこいつをいじるのかい。お前がさっきどやしたせいで、こいつは中風になっちまったよ」

女がたずねる。

「なんだって中風になったの」

西門慶、

「中風でもなかったら、どうしてこんなふうにぐったりどろんとしちまって、起き上がれなくなるものかい。早いとこ下手《したて》に出て、ひとつお願いしてみたらどうだい」

女は笑って横目でひとにらみしがてら、うずくまって男の片方の太腿《ふともも》に頭を乗せ、ズボンの紐を取ってそいつを縛りつけ、手で引っぱり上げながら言うには、

「お前って奴は、さっきはあんなに頭から付け根までぱんぱんで、人を苦しめてくらくらさせたのに、こんどは中風病みを装って死んだふりかい」

ひとしきり紐でもてあそぶと、色白の面《おもて》に乗せて、しばらく頬擦《ほおず》りしつつ揺さぶり、それから口もて吸いつき、舌先で蛙口《あこう》を舐めた。そいつはたちまち憤激に駆られ起立し、裂けた瓜の頭に凹《へこ》んだ目をまるく見ひらき、頬ひげをかきわけ奮起直立した。西門慶もそれならと枕に座り、紗の帳《とばり》のなか女を四《よ》つ這《ば》いにさせ、思うまま吸いつかせて、その心地よさを味わった。すぐに淫欲の念ますます燃え立ち、ふたたび女と交接をした。女は哀れっぽく、

「私のととさん、お許しになって。また私をなぶるおつもりかしら」

この夜のふたりは果てもなく淫楽にふけるのだった。その証拠としてこんな詩がある――

戦の果てに楽しみ極まり雲雨とぎれ
色っぽい目つきは朧
手に玉茎《ぎょくけい》を握ればなおまだかちこち
少しは手加減してねと才郎《おとこ》にたのむ
金杯を満たす酒を頻りに応酬して
二人の心は酔ったよう痴《し》れたよう
雪白の玉体は御簾《みす》を透かして輝き
唇は桜桃にまさり手は荑《つばな》にまさる
一脈の泉は流れて垂れる雫は滴滴《ぽとぽと》
二人の思い重なり溢れる色に迷迷《おぼれて》
翻りまた裏返って魚は藻をつまみ
緩《ゆる》り進み軽く引き猫は鶏をかじる
霊亀が甘い泉の水を吐かない限り
嫦娥《じょうが》は腕のなか片時も離れられず(嫦娥は月の女神)

その晩のことはこれまで。翌日になると西門慶は外出した。朝食の時分になって起きた女は、寝台靴から替えようとして、きのう足に履いていた赤い靴を探したが、あちこち探しても片方が見当たらない。たずねると春梅が言うには、

「きのう、私と父様は奥様をお支えして部屋に入り、秋菊が奥様の布団を抱えてきました」

(1) 第二十一回訳注(43)を参照。

女は秋菊を呼んでたずねた。秋菊、

「きのう奥様は、靴を履いておもどりではありませんでした」

女、

「ほら、でたらめを言う。靴を履いてもどらなきゃ、まさか裸足《はだし》だったわけかい」

秋菊、

「奥様、履かれていたのなら、どうして部屋にないのでしょう」

女は罵って、

「この奴隷め、まだとぼけるのかい。この部屋にないわけないいんだから、まじめに探してちょうだい」

秋菊は三間の部屋から寝台の上下まで、ひととおりくまなく探したが、靴はどこからも見つかるものではない。女は、

「まったく部屋に幽霊でもいて、靴を取りこんじまったのかね。足に履いてた靴すらも無くなっちまうんじゃ、お前って奴隷を部屋に置いといて何になるんだい」

秋菊、

「やはり奥様の覚えちがいで、花園に落としたまま、履いていらっしゃらなかったのではないでしょうか」

女、

「やりすぎてぼけちまったんじゃないのかい。足に靴を履いているかどうかも、自分でわからなかったというのかい」

春梅を呼んで、

「この奴隷めに花園を探させるから、ついていきなさい。靴が出てくればそれでよし、もし見つけられなかったら、頭に石を乗せて中庭にひざまずかせときなさい」

春梅はほんとうに秋菊を連れていき、花園の隅々から葡萄棚のところまでひととおり探させたが、どこからも出てはこなかった。靴の片方がもうひとつ、べつにあったとしても消え失せていただろうほどに、影も形もない。まさしく、
六丁《りくてい》の神に持ち去られすっからかん
月は蘆花《ろか》を照らすとも見つけがたし(2)

といったところ。ひととおりさがしてからもどると、春梅は罵った。

「奴隷め。口利きの婆さんが道に迷ったってなもんで、うまいこと言うこともできなくなっただろ。王のおっ

かさんが臼《うす》を売っちまったってところで、ひくにひけなくなっただろ(3)」

秋菊、

「まったく薄気味がわるい。いったい誰が奥様の靴を盗んだんでしょう。奥様が部屋に履いて入ったのは見てないから、きっときのう、あんたが開けた花園の門から誰か入ってきて、奥様の靴を拾ってったんですよ」

春梅はべっとりした唾をひとつ吐きかけて、罵るには、

「この寝ぼけた奴隷め、私まで巻きこむのか。六娘《ろくおくさま》がお呼びだったのに、門を開けてさしあげるなというの。言うに事欠いて、人を入れたってかい。奥様の布団を抱えていながら、しっかり見てもいなかったくせに、まだ口答えしようっていうの」

とて、部屋に連れもどし、靴がなかった旨を女に報告した。女は秋菊を中庭へ引っぱり出させ、ひざまずかせた。秋菊は顔を歪めよだれを流して言うには、

「もう一度、花園へ行ってひとめぐり探させてください。見つからなければ打っていただいて結構ですから」

春梅、

「奥様、真に受けてはなりません。花園の中だって、ぴかぴかに掃き清められていて、針だって見つけ出せそうだというのに、どこから靴が出てくるんですか」

秋菊、

「見つけられなかったら、奥様に打っていただけばいいでしょ。あんたが脇からあれこれ言い立ててどうなるというの」

女は春梅に、

「まあいいでしょう。お前、この奴隷についていって、どこを探すか見てごらん」

春梅はふたたび秋菊を連れて、花園の築山《つきやま》の下の雪洞いくつか、花壇の付近、松の垣根の下とひととおり探したが、見つからない。さすがの秋菊もあわてたところで、春梅にふたつ横面《よこつら》を張られた。すぐにも女のところへ引きずりもどそうとするので、秋菊は、

---

(2) 底本「都被六十収拾去、蘆花明月竟難尋」(十は丁の誤り)。元・宋遠の文言小説「嬌紅記」(『艶異編』巻十九)の中で見当たらなくなった靴をめぐって詠まれる詞に「早被六丁收拾、蘆花明月難尋」とあるのに基づく。六丁は道教の神将。／

(3) 原文「王媽媽売了磨、推不的了」。歇後語で、下の句は「〝推〟できなくなった」ということ。推には「押す」と「なすりつける」の両義がある。「王媽媽」は汎称で、特定の人物を指すわけではない。

「まだあの雪洞のなかをさがしてないでしょ」

春梅、

「あの蔵春塢《ぞうしゅんお》は父様が暖を取られる部屋で、奥様はずっと行ったこともない場所。さがすのは見ていてやるけど、見つからなかったら言うことは言わせてもらうよ」

そこで蔵春塢なる雪洞へと連れてきた。正面にある榻《とう》から脇の香机までみなさがしたが見つからない。さらには文箱《ふばこ》の中までさがそうとするので、春梅、

「この文箱の中身はどれも名刺(4)で、奥様の靴がここに入りこむわけがないでしょ。苦しまぎれの引きのばしはおやめ。そんなにごちゃごちゃに引っくりかえして、お目に入ったらまたひと悶着《もんちゃく》だよ。お前って拗《ねじ》け女は、きっちり死ぬようにできてるんだね」

ややあって、口を開いたのは秋菊。

「これ、奥様の靴じゃないの」

紙包みに、線香や排草《はいそう》(5)といっしょにくるまれているのを取りだすと、春梅に見せて、

「どう、奥様の靴があったじゃない。さっきは、私が打たれるように仕向けてたけどさ」

春梅が見れば、たしかに緋色の平底《ひらぞこ》靴の片方なので、言うには、

「奥様のだ。なんでこんな文箱に入ったんだろ。まったくおかしなこと」

そこでもどって女の前に出ると、女はたずねた。

「靴が見つかったって。いったいどこにあったんだい」

春梅、

「父様が暖を取られる蔵春塢の文箱から出てきました。名刺や排草、安息香《あんそくこう》といっしょに包まれていたんです」

女が手に取り、手元にあった片方を持ってきて比べてみると、どちらも緋の繻子《しゅす》に四季の花や八宝をちりばめ白綸子《りんず》の平底をつけた刺繍靴で、踵《かかと》に緑のつまみ布があり、口には藍の縁取りがある。ただかがり糸だけがすこし違っていて、かたや浅緑の糸、かたや御納戸色《おなんどいろ》の糸だが、よく見なければ区別がつかない。女がその場で履いてみたところ、見つかった片方は元の靴にくらべて少々きついので、やっとこれが来旺《らいおう》のかみさんの靴だとわかった(6)。一体いつの間にあの強盗にわたしたんだろう。部屋に持ってくるわけにもいかず、こっそりあちらにかくしておいたのを、はからずも奴隷なんぞに突《つ》き出されたわけか――。しばらく見

てから言うには、

「この靴は、私の靴じゃない。奴隷め、さっさとひざまずいてもらおうか」

春梅に言いつけて、

「石を持ってきてあいつの頭に乗せなさい」

秋菊は泣きだして言うよう、

「奥様の靴でなければ、誰の靴なんですか。せっかく奥様に靴を見つけてさしあげたのに、それでも私を打つだなんて。もしこれで見つけられていなかったら、どれだけ余計に打たれたことか」

女は罵って、

「この奴隷め、言い逃れはよしなさい」

春梅はそこで大きな石をひとつ持ち上げて、秋菊の頭に乗せた。女はすぐにべつの靴に履き替えると、部屋が暑いのをいやがり、化粧台を玩花楼《がんかろう》の上に運ぶよう春梅に言いつけて、そちらへと髪を梳《と》かしに向かった。梳かしたら秋菊を打とうという心づもりであったが、このことは措く。


さて、陳経済はこの朝早く、店舗から服をさがしに屋敷へ入り、花園の通用門のところまでやってきたところ、ちょうどそこで小鉄棍が遊んでいた。陳経済が銀でできた網巾《ヘアネット》の留め輪をひと揃え手にしているのを見ると、たずねるには、

「お婿さん、何を持ってるんだい。おもちゃにさせとくれよ」

経済、

「こいつは人様の質草の留め輪だ。請《う》け出しにきたんで、さがし出してきたのさ」

子ザルはにこにこしながら、

「お婿さん、おもちゃにさせとくれよ。代わりにいいものやるから」

経済、

「お利口さん、こいつは人様の質草なのさ。欲しけりゃ別にひと揃えさがして、おもちゃにさせてやるよ。い

(4) 原文「拝帖紙」。明代の中期から明末にかけて名刺は大型化、華美化していったことが知られる。岸本美緒「名刺の効用——明清時代における士大夫の交際——」(『風俗と時代観——明清史論集1』研文出版、二〇一二所収)を参照。当時の名刺の用いられ方や書き方についても同論文に詳しい。/(5) 第二回訳注(13)を参照。/(6) 張竹坡の眉批。「元宵に蕙蓮が金蓮の靴を重ね履きしていた妙味が知られる(四九八頁)。その運筆の何と入り組んだことであろうか」(崇禎本や張竹坡本で恵蓮は蕙蓮と表記される)。

いものって何を持ってるんだい。取り出して見せとくれ」

サルは腰から赤い刺繍靴の片方を探り出し、経済に見せた。そこで経済はたずねた。

「どこで手に入れたんだい」

サルはにこにこしながら、

「お婿さん、教えたげるよ。きのう花園で遊んでたら、父様が五娘《ごおくさま》の両脚を葡萄棚の下に吊り下げててね、いい風に吹かれてゆらゆらしてたのさ。そのあと父様が中へ入っちまってから、春梅の姉やにくだものをねだっていたら、葡萄棚の下でこの靴を拾ったのさ」

経済がうけとってみるとそれは、反《そ》ること空の彼方の三日月に似て、赤きこと落ちた蓮の花びらの如し。掌に乗せてみればぴったり三寸なので、金蓮が足につけていたものに違いなかった。そこで、

「俺におくれよ。あす、すてきな留め輪をべつに一対さがして、おもちゃにさせてやるから」

サル、

「お婿さん、かつぐのはよしとくれよ。あすにはもらいうけるからね」

経済、

「かつぎやしないさ」

サルはそこで、笑いながら遊びにいってしまった。

陳経済は靴を袖にしまいこむと、ひとり考えた。あの人に何度かちょっかいを出してみたが、口ではまずまず脈のありそうなことを言うのに、途中までくるとやっぱり翻弄《ほんろう》されてしまう。なんと天のお力添えで、この靴が俺の手に入ったからには、きょうはひとつ、本腰いれて煽《あお》ってやろう。乗ってこないなんてことがあるもんか——。まさしく、

針に糸など通さず結構
手芸さずける暇はなし(7)

といったところ。

経済は靴を袖に、まっすぐ潘金蓮の部屋へとやってきた。目隠し塀をまわりこむと、秋菊が中庭でひざまずいているので、ふざけて、

「小間使いさん、どうしたんだい。兵営に送られてきた新入りってわけかい、石を持ち上げたりしてさ」

金蓮は楼の上から聞きつけ、春梅を呼んでたずねた。

「あいつが石を持ち上げてると言ったのは誰だい。なんと奴隷め、頭に乗せちゃいなかったんだ」

春梅、

「お婿さんがいらしたんです。秋菊なら石を頭に乗せております」

　すぐに女は呼びかけた。

「陳さん、楼には誰もいませんから、上がってきませんか」

　この若者、そこで衣をからげのしのしと、楼に上がってきた。すると楼上の女は、前の二枚の窓を開けて湘《しょう》妃竹《ひちく》の簾《すだれ》を掛け、そこで鏡に向かい髪を梳かしていた。経済が脇の小さな腰掛けに座って見ていると、黒漆のような女の髪は、引っぱって梳かしてもなお床《ゆか》に垂れていた。それを赤い紐もて後ろで団子に結い、纉《ネット》の上に銀糸の束髪冠をかぶせ、いっそうかさ上げされたさまは、まるで香《かぐわ》しい雲の立つよう。束髪冠の内側には玫瑰《まいかい》の花弁をたくさん詰めてあり、両耳の前後に鬢《びん》をあらわして、装い凝らした出で立ちはこれぞ生き観音。

　ほどなく、経済に見られつつ女は髪を梳かし終え、化粧台を片づけさせ、手水鉢《ちょうずばち》で手を洗い、上着を着ると春梅を呼んだ。

「経済さんにお茶をお出しして」

　経済が笑うばかりで何も言わないので、女はたずねて、

「何を笑っているの」

　経済、

「きっとなにか無くされたと思いましてね」

　女、

「この早死にめ、私が物を無くしたのがなんなのさ。どうしてそれがわかったの」

　経済、

「ほら、人の好意を驢馬《はなつまみ》の内臓あつかいにして、逆につついてくるんだから。そんな風に言うなら、どこか行きますよ」

　身をひるがえして階下へと向かうところを、女に片手で引き止められた。言うには、

「けったいな早死にめ、はったりを覚えたね。来旺のかみさんが死んで、思う相手がいなくなったからって、こんどはおっかさん《このわたし》にごあいさつとはね」

（7）原文「時人不用穿針線、那得工夫送巧来」。唐・羅隠の詩「七夕」に由来する。七夕には女性たちが針の孔に色糸を通し、牽牛織女をまつって裁縫の上達を願った。これを乞巧というが、この句は短い逢瀬をたのしむ牽牛織女の側に立って、とても手芸を授ける（送巧）どころではないと詠う。自らの色恋が懸かっていては、他人の都合など構っていられないということ。

「どうして私の手に入ったものでしょうね」

そこでたずねるには、

「どんな物を無くしたか、当てられるの」

経済は靴を袖からとりだし、つまみ布でぶら下げながら笑って、

「ほら、いいものでしょう。誰のでしょうね」

女、

「この早死にめ、なんとあんたが私の靴を盗んでったのか。女中を引っぱたいてあちこち探させちまったじゃないか」

経済、

「どうして私の手に入ったものでしょうね」

女、

「この部屋にほかの誰が来るってのさ。さだめしあんたが、盗人《ぬすっと》かネズミよろしくこっそりと、靴の片方を盗んでったのさ」

経済、

「奥方様は恥ずかしくないのですか。私がこの二日、こちらの部屋にうかがったりしましたか。どうやってあなたの物を盗みます」

女、

「この早死にめ。あんたの父様に言ってやるからね。靴を盗んだのはあんたの方だってのに、私を恥知らず呼ばわりするのかい」

経済、

「父様を持ち出して脅すだけが能なんですな」

女、

「まったく、小心者のくせに。あの人が来旺のかみさんとごにょごにょしてたのをよく知ってるのに、それでもちょっかい出して、あの淫婦があんたに遊ばせてくれるとでも思ったのかね。あんたが私の靴を盗んだんでなきゃ、この靴はどうやってあんたの手に入ったのさ。さっさとありていに白状して靴を返した方が、身のためにもなるよ。昔から、物が持ち主にぶつかれば、求められずとも返すもんだ。いやのいの字でもこぼしてみな、死んだって葬られる先もないようにしてやるから」

経済、

「奥方様は女の同心ってなもんですな。すごむのがまあお上手で。ここには人もいないから話がしやすい。靴が欲しいなら、持ち物をひとつ出せば、交換してあげましょう。そうでなければ、雷に打たれたって手放すものですか」

女、

「この早死にめ。私の靴は返すのが当然でしょう。引き換えに何を出させようというの」

経済は笑って、

「五娘《ごおくさま》、お袖のハンカチをお与え下されば、息子め、靴をお返しいたしましょう」

女、

「こんどべつに一枚、いいハンカチを探しておきましょう。これは毎日あんたの父様の目に入っていたものだから、あげるにはまずいの」

経済、

「いやです。別のならたとえ百枚もらっても、もらった数に入りゃしない。心の底から欲しいのは、奥方様のこのハンカチただ一枚なのです」

女は笑って、

「この手練《てだ》れで遣《や》り手《て》の早死にめ。あんたとふたりで遣り合おうって気力は、さすがの私にもないよ」(8)

そこで、房飾りが細やかで、鴛鴦《おうおう》が夜香を焚く図柄の縫い取られた白綸子のハンカチ一枚を袖からとりだし、ハンカチに縫いつけてある銀の三つ揃いの小物もろとも放ってよこした。経済はあたふたと手にうけとり、深々とひとつ辞儀をする。女は言いつけるよう、

「しっかり隠しとくのよ。大姐《たいしゃ》には見られないようにね。あの人の口は厄介だから」

経済、

「わかりました」

言いながら靴をわたし、かくかくしかじか、これは小鉄棍がきのう花園で拾ったもので、こいつと引き換えに留め輪をおもちゃにほしいと今朝がた言われた――との一段を、ひととおり話して聞かせた。女は聞くと、色白の面を怒りで真っ赤にして、銀色の歯をひそかに食いしばり、言うには、

「見てよ、あのチビ奴隷め、べとべとの手でもって靴をこんな真っ黒にしちまいやがった。父様に言いつけてあいつを打ってもらわないか、見てなさいよ」

経済、

「私をいたぶろうってんですか。あいつが打たれたって知ったこっちゃないが、そうなったらこっちのせいにされて、持ちかけたのは私だってことになる。ぜったいに言わんで下さいな」

女、

「チビ奴隷を見逃すなら、サソリを見逃してからにす

るさ」

ちょうどふたりがにぎやかに話しているところへ、とつぜん小者の来安が経済を探しにやってきて告げる声がした。

「父様が表の広間で、婿さまに礼物の目録を書いていただきたいとおっしゃっています」

女はあわただしく急きたてて出ていかせると、楼を下り、春梅に竹の笞を取ってこさせて秋菊を打とうとした。秋菊はひざまずいたまま横たわろうとせず、言うには、

「奥様の靴を見つけてきましたのに、それでも打とうとなさるんですか」

女は、先ほど陳経済が持ってきた靴をわたして見せ、罵った。

「この奴隷が。あれが私の靴だというなら、これはどうなるんだい」

秋菊は見るとしばらく目をまるくしていたが、認めようとはせず、言うには、

「まったく不思議なこと。なんで奥様の靴が三つも出てきてしまったことやら」

女、

「まったくふとい奴隷だ。おおかた誰かの靴を間に合わせに持ってきたんだろうに、私のことを三本足のガ(9)マ呼ばわりするだなんて。お前の見つけたのが本物なら、こっちの靴の出てきようがないだろ」

有無を言わさず、春梅に引き倒させて十回打たせた。打たれて秋菊は腿を抱えて泣き、春梅に向かい、

「門を開けたのも、人を入れて奥様の靴を持ってかれたのもあんたなのに、こんどは奥様に私を打たせるの」

春梅は罵って、

「自分が奥様の布団をしまって靴をなくしたんじゃないか。奥様にいくつか打たれても、まだ人を恨もうというのか。履き古した靴の片方でよかったけど、もし御髪《おぐし》につける簪《かんざし》や耳環《みみわ》がなくなっても、あんたは誰かのせいにしておしまいさ。奥様は手心くわえて、それでも少なくお打たせなんだ。私なら、外から小者を呼んで、びしばしと二、三十も叩いてもらい、この奴隷めがどんなざまになるか見てやるところだ」

(8) 鶯鶯は戯曲『西廂記』(第二十一回訳注(32))のヒロイン崔鶯鶯。『西廂記』第一本第三折に、鶯鶯が夜香を焚いて恋の成就を祈る場面がある。／(9) 月には三本足のガマが住んでいるという伝承がある。

小鉄棍を折檻する西門慶

罵られて秋菊は、ぐっとこらえて黙りこんでしまった。

そのころ西門慶は、経済を表の広間に呼び、反物などの礼物に封をして、提刑所の賀千戸への贈り物としていた。この人は最近、淮安《わいあん》提刑所の掌刑正千戸に昇進したので、本衛の親しい知人一同、永福寺で送別をすることになっていたが(10)、このことはこまごま述べるまでもあるまい。

西門慶は玳安《たいあん》を遣わして品を送らせると、広間で経済が食事をするのにつきあってから、金蓮の部屋へともどってきた。金蓮は、まったくもってまずかったことに、小鉄棍が靴を拾った一件の始終を語って聞かせたものである。言うには、

「ぜんぶあんたというろくでなしのぶつが、わけもわからずにしたことのせいさ。あの一万回殺されりゃいいチビ奴隷めに、私の靴が拾われたのはね。外に持ち出されでもしていたら、どれだけ大勢に見られたことだか。私の耳に入ったから、取りもどせもしましたけどね。ふたつほど殴ってやらなきゃ、そのうちつけ上がらせますよ」

西門慶は、誰が知らせてきたのかともたずねず、怒りに駆られて表へやってきた。小ザルが何も知らずに石台で遊んでいるところを、西門慶は揚巻《あげまき》を引っつかんで殴り蹴り、豚が殺されるかのような叫びを上げるまでにして、やっと手を止めた。

小ザルは地面に伸びて、長いことくたばっていたが、あわてた来昭夫妻がやってきて介抱すると、ずいぶんしてから目を覚ました。見れば子どもは鼻と口から血を流しているので、部屋へと抱えていき、ゆるゆるたずねると、そこではじめて靴を拾ったせいだとわかった。金蓮の靴の片方を拾い、陳経済の留め輪と交換したために事が起きたのだ、と。

一丈青はかんかんに怒り、奥の厨房へおもむくと、東を指して西を罵るという調子で、ひとしきりめくらめっぽう罵った。

「あのろくな死に方をしない淫婦め。王八《かいしょうなし》のひよっこめ。うちの子になんの恨みがあるっていうんだ。やっと十一、二歳だってのに、何がわかる。下の口がどのへんについてるかだって知らないのに。理不尽にも、あいつがそそのかしたせいでうちの子はひどく殴られて、鼻からも口からも血がだらだらさ。もし死なせで

(10) 提刑所については第十八回訳注(11)、千戸と衛については第二回訳注(22)を参照。

もしてたら、淫婦や王八にだってまずいことになっていたろうに。何やらお望みの件が、果たせなくなっちまうんだから」

　そうして厨房で罵ると、表の棟へおもむいてふたたび罵るという調子で、まる一日か二日も罵ってまだやめなかったが、金蓮は部屋で西門慶の相手をして酒を飲んでいたので、なお知らずにいた。

　夜、寝台に上がって休もうとしたところで西門慶が見ると、女は両足に緑の綾の寝台靴を履き、緋色のつまみ布をつけているので、言うには、

「うへぇ。なんでそんな靴を履いてるんだい。けったいでみっともない」

　女、

「赤の寝台靴は一足しか持ってないのに、チビ奴隷に片方拾われてべとべとにされちゃったのよ。どこからもう一足持ってこいというの」

　西門慶、

「娘や、こんど一足つくって履かせてやるさ。お前は知らんだろうが、ととさんが心の底から好きなのは、赤い靴ばかりなんだ。見てるとうっとりしちまう」

　女、

「けったいな奴隷ときたら、いい加減なことを言って。それでひとつ思い出しました。言おうとして忘れていたの」

　そこで春梅に、

「あの靴を持ってきて、この人に見せておやり——あんた、この靴が誰のものかわかりますか」

　西門慶、

「わからないな、誰の靴だろう」

　女、

「ほら、まだすっとぼけるんだから。私にかくれて、黒尻尾《にまい》の茶《じた》猫でうまいことやりやがって。こないだ死んだ来旺のかみさんの臭いひづめを、宝物にくっついてる真珠みたいに、築山の下の蔵春塢って雪洞にしまいこんでたでしょう。名刺箱の中に、人の名刺やお香なんかといっしょに混ぜてさ。世にも稀なる逸品ってわけでもあるまいし、ふざけてるったらありゃしない。あの淫婦が死んで阿鼻地獄へ堕ちたのも当然だね」

　秋菊を指さして罵るには、

「そこの奴隷は、これを私の靴だと思って突《つっ》き出したりしたもんだから、私にいくつか打たれたんだ」

　春梅に言いつけて、

「さっさと放り出してちょうだい」

春梅は靴を地面に放り投げ、秋菊を見やって言うには、

「褒美に履かせてやるよ」

秋菊は手に拾って言う。

「娘《おくさま》のこの靴、私の足の指が一本おさまるきりです」

女は罵って、

「この奴隷め。このうえ何が娘《おくさま》だ、ほとほとにしな。あいつはお前の家の主人の、前世での娘《おっかさん》だったのさ。そうでもなきゃ、どうしてあいつの靴をこんな大事にしまいこんで、孫《まご》子《こ》の代まで伝わるようになどするもんかい。恥知らずのぶつが」

秋菊は靴を手に出ていったが、女は呼びもどして言いつけた。

「小刀を取ってきなさい。淫婦めを切り刻んで、厠《かわや》に捨ててやるんだから。あの淫婦めが、地獄の陰山《いんざん》のかげから、永遠に生まれ変われないようにしてやる」

とて西門慶に、

「見てるあんたが心を痛めれば痛めるほど、ますますきっちり切り刻んでやるんだ。ご覧よ」

西門慶は笑って、

「けったいな奴隷め、もういいだろう。そんな気持ちがあるもんかい」

女、

「そんな気持ちがないのなら、誓いを立てなさい。淫婦めは死んで、魂はどこへやら行っちまったのに、まだあいつの靴を取っておいてどうしようというの。朝晩、思い出すよすがになるとでもいうの。まともな連れ合いの私らはあんたとこんな具合だし、あんたの方にもそんな気持ちはないのに、それでいて人には、あんたと一心一計《かくしごとなし》にふるまえというんですか」

西門慶は笑って、

「もういいよ。けったいなチビ淫婦め、お前にかかるといつもこうだからな。あいつがいた頃だって、お前の目の届くところじゃ不作法をはたらかなかったものさ」

そこで色白の項《うなじ》を抱き寄せて口づけし、ふたりは雲雨を交わしひとつとなった。まさしく、

人をさそう春の色はあでやかに媚《こ》びて
蝶をまねく花の蕊《しべ》はやわらかく濃《こま》やか

といったところ。その証拠としてこんな詩がある——

徒《いたずら》に女心をさらけだしても聞く人なく
この思いをいったい何処《どこ》に寄せようか
思いに果てであろうとも情には果てなし
一日十二刻ひたすらさいなまれ続けて(11)

はてさて、この後どうなりますか、まずは次回の解きあかしをお聞きあれ。

---

(11)『新刊京本通俗演義全像百家公案全伝』第九十三回公案に同じ詩が見られる。

第二十九回

呉神仙が貴賤みなの人相を見ること
潘金蓮が湯浴みして昼間に戦うこと

秋の月や春の花を愛でられるは百年
ため息つくのはやめて眉を開くべし
詩を何首か吟じて世間の悩みを忘れ
酒の二杯を注いで青春の盛りを過《すご》せ
無聊《ぶりょう》なら碁を打てば心はうきたつし
憂鬱でも琴を弾けば趣きはたかぶる
世の出来事も時の移ろいも煩かむり
詩と酒で送る人生それもまたよろし（1）

さて翌日、早起きして西門慶を送り出した潘金蓮は、赤い靴を作らねばと思い、裁縫箱を手に花園なる翡翠《ひすい》軒《けん》へおもむいた。石台に腰かけ、靴の表布に刺繡模様を下書きしていると、春梅に呼びにいかせた李瓶児がやってきてたずねた。

「お姉さま、下書きしてどんなのを作るの」

金蓮、

「緋色でつやのある無地繻子《しゅす》に白綸子《りんず》の平底をつけて、爪先には鸚鵡《おうむ》が桃をついばむところを鎖繡《くさりぬい》するつもり」

李瓶児、

「めでたい模様づくしの緋色の繻子が一枚あるから、私もお姉さまみたいなのを下書きしましょう。私は高底のを作りますよ」

とて裁縫箱を取ってくると、ふたりはいっしょに作業をした。金蓮は片方を描き終えると仕事を置いて言うよう、

「李の姉さん、もう片方を描いてくださらない。奥から孟の三姉さんを呼んでくるから。きのう私に、自分も靴を作りたいって言ってたのよ」

まっすぐ奥の棟へとおもむくと、玉楼《ぎょくろう》は部屋で炕《オンドル》の手すりによりかかり、手ではやはり靴の片方を縫っていた。金蓮が入ってくると玉楼は、

（1）明代中期の文言小説「鍾情麗集」（『燕居筆記』巻六、七）冒頭に同じ発想の詩がみられる。

「お早いのね」

金蓮、

「早起きして、父様が城門の外へ賀千戸の送別に行くのを見送ったの。李の姉さんを誘って、朝の涼しいうちに花園で針仕事してました。しばらくしたら日が照って、暑くてそれどころじゃなくなるから。やっと片方を下書きしたんだけど、つづきを李の姉さんに描いてもらってる間に、あんたも誘おうと思ってぱっと来ました。三人いっしょなら、はかどるでしょ」

そこでたずねて、

「いま縫ってるのはどんな靴なの」

玉楼、

「私がとりかかったところをあんたもきのう見てた、黒鳶《くろとび》の繻子の靴よ」

金蓮、

「あんた豪気《ごうぎ》だね、片方はもう縫いあげちゃったの」

玉楼、

「あっちはきのうのうちに縫い終えて、こっちもだいぶ縫いましたよ」

金蓮は手に取ってちょっと見ると言うには、

「これ、このあと爪先にどんな雲形かざりをつけるの」

玉楼、

「あんたら若い子みたいにきらびやかにするわけにはいかないから、年寄りらしく、羊の金革《きんがわ》を裁《た》った金糸で縫いとったのにしておきますよ。周りは浅緑の糸で白のぎざぎざ模様をかがりつけて、白綸子の高底に乗せて履くの。どうかしら」

金蓮、

「いいんじゃない。さっさと支度して向かいますよ、李瓶児があっちで待ってるから」

玉楼、

「お座んなさいな、お茶を飲んでから行きましょう」

金蓮、

「飲まないでおきましょ。運ばせて、あっちで飲みますよ」

玉楼は蘭香に、茶を沸かして届けるよう言いつけた。ふたりの女は手に手をとって、靴の表布を袖に、そのまま表へ出た。母屋の軒下の廊下に出て座っていた呉《ご》月娘《げつじょう》がたずねるには、

「どこへ行くの」

金蓮、

「李の姉さんから、孟の三姉さんを呼んでくるように

とお使いに出されたんです。靴の下書きをしてほしいからって」

言いながらまっすぐ花園へとやってきた。三人でいっしょに座ると表皮を手にとり、自分のを見せては相手のを見るという具合に、ひととおり見くらべた。まず春梅が運んできた茶を飲むと、つぎに李瓶児のところからの茶がやってきた。孟玉楼の部屋の蘭香は、それからやっと茶を持ってきた。それを三人で飲みおえると、玉楼、

「六姉さん、わざわざ平底の赤い靴なんて作ってどうするの。高底の靴の方が見映えがいいのに。木の靴底だと足音が響いて嫌《いや》なら、私みたいに氈《フェルト》の底にしたらいいじゃない。歩くにも音が立たないし」

金蓮、

「履いて歩く靴じゃなくて、寝台靴なの。これも父様のお言いつけなのよ。私が寝台靴の片方をなくしたもんだから——チビ奴隷に盗まれてべとべとにされちゃったんだけど——、新しくもう一足つくれって」

玉楼、

「靴っていえばね——これが陰口じゃないことは、李の姉さんが聞いててくれますからね——、あんたが靴を片方なくしたのを、きのう来昭のとこの小鉄棍が、どういうわけか花園で拾ったでしょう。それから、どうやってだか知らないけど聞きつけたあんたが、そのことを父様に言いつけたんで、小鉄棍は拳固《げんこ》を食らって、あのサルめ鼻と口から血を流し、地面に伸びて、長いことくたばっていたというじゃない。腹を立てた一丈青の、まあ奥でめくらめっぽう罵ること。淫婦だの王八《かいしょうなし》のひよっこだのが告げ口して。あいつの子どもを殴らせやがったって罵倒してましたよ。言うことには、うちの子は出すこともまるで知らない(2)のに何がわかるというんだ。それなのにそそのかしてこんなに殴らせやがって。生きてたからよかったものの、もし死んでたら淫婦も王八のひよっこも、知らぬ存ぜぬでは済まされなかった——と、こうですよ。私はそれでも淫婦だの王八のひよっこだのと罵られてるのが誰だかわからなかったんですけど、あとで小鉄棍が奥に入ってきたところに大姉さまがおたずねになったの。『お前の父様は、なんでお前を殴ったの』とね。子どもがそれで言ったことには、『花園で遊んでいて拾っ

(2) 原文「一点尿不暁」。第十二回訳注(16)を参照。

た靴の片方を、お婿さんにたのんで留め輪と換えてもらったら、誰かに父様へ言いつけられて、おかげで拳固をもらったのです。これからお婿さんをさがして、留め輪をもらいにいきます』だって。言い終えると表にまっすぐ駆けていっちまった。なんと王八のひよっこと罵られていたのは陳さんだったわけ。さいわい脇に座ってたのは李嬌児《りきょうじ》だけで、大姐《たいしゃ》はその場にいなかったけど、もし耳に入っていたなら、またひと悶着でしたよ」

金蓮はたずねて、

「大姉さまは何もおっしゃってなかったの」

玉楼、

「なに言ってるのよ、大姉さまはあんたのことを、それはそれはおっしゃっていましたよ。『いまやこの家じゃ無茶がまかり通り、九尾《きゅうび》の狐の妖精が世にあらわれたというもの。うすのろ君主がたぶらかされて、息子を追いやり妻を放りだすみたいなありさまです。いなくなってしまった小者の来旺《らいおう》のことを考えても、首尾よく南からもどったところを、あの女が東へ西へといい商売して回り、片方ではあいつの女房が主人をくわえこんでると吹き込み、片方ではあいつが得物《えもの》を手に襲ってくるなんて言い立てて。泥棒だの間男だのの常習犯に仕立て上げ、むやみに引っかき回してあいつを出ていかせ、かみさんの方も首吊りに追いこんだのよ。こんどだって靴片方のことで、驚天動地のこの騒ぎ。お前（金蓮）がしっかり足に靴を履いてたなら、小者に拾われるわけがないでしょ。きっと酔っぱらって、どういう風にか知らないけど、花園で亭主と飴のようにひとつにくっついてたものだから、それで靴が脱げたに決まってます。いまさら取りつくろうこともできず、子どもをだしに使って、こうして殴らせたんですよ。一大事ってわけでもあるまいに』ですって」

金蓮は聞くと、

「下の口で莫迦《ばか》言うのはやめとくれ。どういうのが一大事なの。人殺しは一大事じゃない。奴隷が刀をとって主を殺そうとしたんですよ」

とて玉楼に、

「孟の三姉さん、あなたが真に受けないでよかったですよ。私らふたり、来興《らいこう》の注進に、どんなに驚いたことか。あんた（月娘）はあの人の正妻だっていうのに、そんな言い草なんだから。あんたもお構いなし、私もお構いなしで、奴隷が主人を殺すまで放っときゃよかったというわけ。例の女房は一日じゅう、あんたのいる奥で仕えていたってのに、あんたは好き勝手にさせてしつけようともせず、上をだまして下をいたぶり、こいつとやりあったらお次はあいつって具合にさせてたじゃない。おのおの〝怨恨には仇《かたき》あり、借金には主《かして》あり〟ですよ。あんたが私にケチをつけるなら、私だってあんたにケチをつけるさ。首吊りがあった後だって、あんたは亭主にありのままを話そうとはしなかっただろう。さいわい金をつぎこみ、うまい伝手を探って話はつけたけど、そうでもなければどうなっていたことか。あんたはこんな具合に、いい子ぶって聞こえのいいせりふばかり吐くんだ。こうなりゃしかたない、私が亭主をそそのかしたってことで結構ですよ。奴隷の女房と亭主をひとまとめに屋敷から出て行かせるよう、あの人に言わずにはいられなかったんだ。どのみち私は、井戸に抱えられてって突き落とされるようなたまじゃありませんよ」

玉楼は、金蓮が色白の面を怒りで真っ赤にしているのを見ると、ふたたびなだめて、

「六姉さん、私ら姉妹はふたりでひとり。私が聞いた話はひとつのこらずあんたに伝えますけど、伝えたことはあんたの胸ひとつにしまって、表に出したりはしないでね」

金蓮はしたがわず、夜になって西門慶が自室に入ってくるのを待って、一から十まで西門慶に告げた。なんでも奥で、来昭のかみさんの一丈青が、あんたに悪態をついていたらしい。あいつの子どもを殴ったとか、因縁をつけちゃ人と揉《も》めるとか——。

西門慶は、聞かなければそれきりだったものを、聞いてしまったがために心に刻みこみ、翌日になると来昭ら家族三人を家から追い出そうとした。さいわい月娘が何度もさえぎってなだめたので、家には置かず獅子街の家へ移らせて番をさせ、それと入れ替わりに平安を家にもどして表門の見張りをさせることにした。後からいきさつを知った月娘が、金蓮にたいへん腹を立てたことは措く。まさしく、

再三考えずにおこなえば後悔が待つ
得意のときこそすぐ振りかえるべし

といったところ。

さて西門慶は表の広間で、来昭ら家族三人を家から

出し、獅子街へと越して家の番をするよう差配したのだったが、ある日、やはり表の広間に座っていると、表門を見張っていた平安がとつぜんやってきて知らせた。

「守備府の周さまからのお使いが、人相見の先生をおひとり送っておいでです。呉神仙とおっしゃるかたで、父様にお目に掛かるべく門口で控えておられます」

西門慶が使いの者を引見すると、守備からの書付を呈上した。さてそれから、お入りいただくようにと指示をすれば、すぐに呉神仙が飄然《ひょうぜん》と外から入ってきた。頭にかぶるは黒布の道士帽、身につけるは綿布の長衣、足にはわらじ、腰に締める黄色い絹糸編みの帯からは房飾りが二本垂れ、手には亀甲紋様の扇を執る。年の頃なら四十過ぎにて、その澄みきった心は長江を照らす月の如く、古めく姿形は華山の松の喬木《きょうぼく》にも似て、凛々たる立派な振舞い、堂々たる道者《どうしゃ》の面立ち。もともと神仙には四つの尋常ならざる点がある。すなわち身は松の如く、声は鐘の如く、座れば弓の如く、歩めば風の如し。そのさまは——

　人相鑑別(3)に精通し
子平の術に熟達す
天の現象みて陰陽を察し
地の気脈みて風水を知る
五星(4)をしっかり研究し
三命(5)をこっそり談論す
天の配置を調べ一生の栄枯を決し
人の風貌を見て本年の吉凶を定む
華岳の修行者にあらざれば
成都の八卦見《はっけみ》にちがいなし(6)

西門慶は神仙が入ってきたのを見ると、急ぎ階《きざはし》を降り、広間へと迎えた。神仙は西門慶に見《まみ》えると、組み合わせた手を大きく上げ下げし、片手で拝む道士の敬礼をして、あいさつが済むと席に着いた。しばらくして茶が済むと、西門慶は神仙に、ご高名はなんとおっしゃり、どちらのご出身で、周大人とはどのようなお知り合いですかと問いかけた。呉神仙は座ったまま会釈をして、

「貧道《それがし》、姓を呉、名を奭《せき》、道号を守真と申します。原籍は浙江の仙遊にて、幼き頃より師に従い、天台山なる紫虚観にて出家いたしました。国じゅうを雲遊するうち、泰山に道を訪ねるため御地《おんち》を通りかかったので

すが、周将軍閣下より招かれて御夫人の眼病を拝診いたしましたところ、こちらのお屋敷にて観相をいたすようにと、特におよこしくださいました」

西門慶、

「道士様は、どのような陰陽の術を解し、どのような観相法に通じておられるのでしょうか」

神仙、

「貧道《それがし》、十三流派の子平の術を粗々《あらあら》わきまえ、麻衣相法(7)に明るいほか、六壬《りくじん》神課(8)にも通じております。つねづね薬を施して人を救い、世俗の財には頓著《とんちゃく》せぬものの、時に応じて俗世に身を置いております」

西門慶はこの言葉を聞いてますます敬服し、

「まこと、これぞ神仙というべきかたですな」

とて、左右の者にテーブルを据えて斎《とき》を並べさせ、神仙をもてなすよう命じた。神仙、

「周将軍閣下が貧道《それがし》をおよこしくださいましたのに、いまだ観相も四柱推命もさしあげぬうちから、お斎をいただくという法がございましょうか」

西門慶は笑って、

「道士様は遠方よりお越しで、きっと朝のお斎もとられていらっしゃらないことでしょう。召し上がってから占っていただいても、遅くはありますまい」

とて、神仙の相手をして精進料理を少々食べた。テーブルの上が片づけられ、きれいに拭かれると、筆と硯とが取り寄せられた。神仙、

「まずそちらさまのお生まれの八字(9)をうかがって、それからご尊容を拝見したく存じます」

西門慶はそこで八字を伝えて、

「寅年の二十九歳(10)、七月二十八日の子の刻に生まれました」

---

(3)第十二回訳注(25)を参照。／(4)木火土金水の五惑星。これらを生誕の日時に配当して命運を占う。／(5)受命(与えられた寿命)、遭命(自らに咎のない悲運)、随命(善悪の応報)という命運の三つの範疇。／(6)「華岳の修行者(華岳修真客)」は宋初の道士・陳摶《たん》、「成都の八卦見(成都売卜人)」は漢の術士・厳君平を指す。共に占術で名高い。／(7)麻衣道者と呼ばれる人物の創始にかかるとされる観相術。前注の陳摶は麻衣に師事したとされる。明代には麻衣の名を冠した観相術の解説書が出版されていた。／(8)干支と陰陽五行による占術の一。円形で回転する天盤と方形の地盤とを組み合わせた「式盤」と呼ばれるものを用いて占う。／(9)第三回訳注(7)を参照。／(10)西門慶の年齢設定の不統一については第四回訳注(9)を参照。

神仙は静かに親指をほかの指の節に当てて勘定していたが、ややあって言うよう、

「旦那さまの八字は、丙寅《へいいん》の年、辛酉《しんゆう》の月、壬午《じんご》の日、丙子《へいし》の時(11)となります。七月二十三日が白露ですので、八月扱いでの算命となります(12)。お生まれの月が辛酉となりますと、傷官の格に当たる道理(13)。子平いわく『官を傷つけ尽くせば(14)また財を生じ、財が旺《さか》んなれば官を生じ福うたた来たる(15)』と。命宮は申となり(16)、城頭土の命に当たります(17)。大運は七歳に始まり、その周期を司る干支は辛酉(18)。十七歳からの周期は壬戌《じんじゅつ》、二十七歳からは癸亥《きがい》、三十七歳からは甲子、四十七歳からは乙《いっ》丑《ちゅう》となります。旦那さまの八字は、貧道《それがし》の見るところ、命運は貴く盛《さか》んで、八字は秀でて非凡、富貴を得られるかさもなくば栄達なさいます。ただ五行の土に配当される十干の戊が傷官でして(19)、生まれが七八月の間となりますと、お身体が盛んに過ぎます。幸い、壬午のお生まれゆえ日干は壬で、これは癸とともに五行では水に属します。水と火とが補い合って、大器を成すでしょう。丙子の時のお生まれで、丙と辛とが合わされば、やがては権威ある職につかれます。一生ずっとお盛んで、楽しく安穏に過ごされ、福運をつかみ役人となり、お子様が誕生なさるでしょう。お人柄は一生を通じて頑強率直で、事をなすに脇目も振りません。嬉しいときには春風駘蕩《しゅんぷうたいとう》、怒れるときには迅雷烈火。多くの妻と財とを得て、少なからぬ紗《しゃ》の官帽をつけられます(20)。死に際してはふたりのご子息に見送られます(21)。今年は丁未《ていび》の年で(22)、丁と日干の壬とは相性がよろしく(23)、ただいま丁の属する五行の火が、壬の水によって剋されております。おのれの五行を剋するものは官鬼(24)と申しますから、必ずや昇天の勢いにてめでたく出世なさり、官職につき俸禄をいただく誉れにあずかることでしょう。大運はいま癸亥にあたり、戊の属する土が(25)、癸の属する水を得てうるおされますので、必ずや芽が出ます。ただいま紅鸞天喜《こうらんてんき》(26)、熊羆《ゆうひ》の兆(27)が浮かんでおり、

(11) 西門慶は丙寅すなわち元祐元年（一〇八六）に生まれているはずだが、そのばあい七月二十八日の子の刻は丙寅の年、丁酉の月、癸未の日、壬子の時となるべきである。仮に日をあらわす干支が壬午だとしても、それなら子の刻は庚子となるはずで、いずれにせよ呉神仙の導き出した八字には矛盾がある。崇禎本は生年をあらわす丙寅を戊寅に、生時をあらわす丙子を丙午に改めて、矛盾を部分的に解消するいっぽう、その眉批は四柱が合わぬ点を指摘してもいる。／(12) この種の占いでは

月の区切りを節気においており、八月の節気である白露を過ぎていれば、七月生まれでも八月生まれの扱いとなる（前注で西門慶の生月の干支を丁酉としたのも、元祐元年八月の干支による）。第十二回訳注(24)も参照。／(13)まず日干（たとえば甲）の配当される五行（木）から五行相生説において生じる五行を割り出す（「木生火」ゆえ火）。その五行に配当される干（丙と丁）のうち、日干の陰陽――甲丙戊庚壬が陽、乙丁己辛癸が陰――と異なるもの（丁）との関係が傷官となる。日干（甲）の配当される五行（木）を剋する五行（金）に属する、陰陽が異なる十干（辛）を正官と呼ぶが、丁（五行では火）は辛（金）を剋する関係になるので傷官と呼ぶ。ただし西門慶の場合、日干が壬であれば、傷官となるのは乙であるはずだが。／(14)ここでは、西門慶の八字に日干の正官（前注参照）にあたる己が見られないことを指す。／(15)『三命通会』巻五「論傷官」に引かれる「古歌」の中に、これに近い二句が見られる。／(16)十二支の子を正月として、逆回りに生月（七月）まで数える（この場合は巳）。その支を時支（この場合は子）とみなしたときに、卯に該当するのが命宮で、西門慶の命宮は申となる。／(17)六十の干支それぞれを音に配当して五行に分類したものを納音《なっちん》といい、その性質を象徴する納音象により表されて、たとえば甲子・乙丑の納音象は「海中金」となる。ただし「城頭土」は正しくは戊寅（および己卯）の納音象。／(18)大運は十年からなる運気の周期。その起点となる年齢は、陽年（甲丙戊庚壬）生まれの男性である西門慶の場合、「八月」の誕生から九月の節気である寒露までの日数を三で除した数となる。ただし西門慶は白露の五日後に生まれているので、寒露までは約二十五日あり、大運の起点は八歳の時となるはずで、計算は合わない。最初の大運を司る干支には生月の干支が適用される。／(19)日干の壬からみて戊は、正しくは「偏官」の関係にある。底本の誤刻かもしれないが改めずに従った。西門慶の八字には戊が見られず、前出の「城頭土」の場合と同様、ここで西門慶の生年は丙寅ではなく戊寅として占われている。／(20)崇禎本の眉批『少なからぬ』というのは皮肉であり、まともに得るのでないことを示している」。また張竹坡による夾批「『少なからぬ（不少）』の二字は巧みである」。／(21)二人の息子は睾丸を暗示している。第四回の詩にも「二人の息子を後にしたがえ／佳人と幾たび矛を交えたか」とあった（九十六頁）。この西門慶の人柄の見立ては、全体を通じて陰茎の描写とも読めるように書かれている。(22)史実上の政和六年（一一一六）は丙申で、小説上の設定とは合わない。／(23)原文「丁壬相合」。『三命通会』巻二によれば、丁と壬の組合せは「淫慝之合」（淫慝は邪悪の意）で、激しやすく、行いが低きに流れ、女色に溺れ、吝嗇かつ強欲といった性格をもたらすという。／(24)官煞と同じ。第十二回訳注(30)を参照。／(25)西門慶の八字に見えない戊がここに現れる理由については前注(19)を参照。／(26)もともと紅鸞と天喜という二つの吉星の名で、しばしば連ねられて婚姻の吉祥をいう。／(27)男子の生まれる前兆。『詩経』小雅・斯干に「大人これを占う／維《こ》れ熊 維《こ》れ羆／男子の祥」とあるのに由来する。

また命宮と駅馬(28)とがどちらも申におりますからには、七月を越さずに必ずや験《しるし》があらわれるでありましょう」

西門慶はたずねて、

「今後の命運はいかがでありましょうか。災いがありますか」

神仙、

「旦那さま、どうか気をわるくなさりませぬよう。八字のなかに陰水が多すぎる(29)のはよろしくありません。のち、大運が甲子となりますと、常に陰人（女性）をしたがえなさりはするものの、ただ太歳《たいさい》の星に妨げられるのが余計で、かつはお生まれの日の干支たる壬午によってでも損なわれるため、六六（三十六）の年までに、血を吐き膿を流す災い、骨やせ形おとろえる病に遭われるでしょう」

西門慶はたずねて、

「いまのところはいかがでしょう」

神仙、

「本年の運気は、お生まれの日の干支が損なわれているのだけは余計で、五鬼(30)が家内をさわがし、不愉快なこともいくらか起こりましょうが、災いをもたらすほどではありません。すべてよろこびの神の訪れによって蹴散らされてしまいます」

西門慶、

「命運にそのほか、よからぬ点がありますか」

神仙、

「年は月を追い、月は日を追う。なんとも難しいところでございます」

西門慶は聞いてすっかりよろこび、そこで、

「先生、私の面相はいかがでしょうか」

神仙、

「どうかご尊顔をまっすぐ向けてくだされ。拝見いたしますゆえ」

西門慶が席の向きを直すと、神仙は占って、

「相というのは、心あって相なければ、相は心にそって生じ、相あって心なければ、相は心とともに去る、と言われております。私の見るところ旦那さまは、頭まるく首みじかく、幸運を享受します。体たくましく筋つよく、英雄豪傑の輩《ともがら》です。天庭（額の中央）が高くそびえておりますれば、生涯つうじて衣食に事欠きません。地閣（下顎）が角ばり豊かなれば、晩年の栄華はまちがいなし。こうした所はすぐれておりますものの、いくつか不足の所もあって、申しあげにくいのですが」

西門慶、

「道士様、どうか構わずおっしゃってください」

神仙、

「旦那さま、どうか二、三歩あるいてみてください」

西門慶がじっさいに数歩あるくと、神仙、

「歩きかたが揺れる柳のようで、必ずや妻を傷《やぶ》ります。魚尾（目尻）に皺が多く、いつまでもあくせくと忙しく過ごします。泣いてもいないのに眼に涙をたたえ、心に憂いもないのに眉が畏縮しているのは、刑し剋することがなければ、必ずや自らの身を損ないます。妻宮(31)が剋されずには済まぬでしょう」

西門慶、

「すでに刑しました」

神仙、

「手を出してお見せください」

西門慶は手を伸ばして神仙に見せた。神仙、

「智慧は皮毛に現《あらわ》る、苦楽は手足で観る(32)、と申します。肌理《きめ》こまかで軟らかく豊潤なのは、福を享受し高禄を食《は》む人。両目の大きさが違うのは、富めども詐《いつわ》り多きあかし。眉の両端が尾を引いており、一生みちたりて歓びます。山根（鼻筋の上部）に皺が三本あり、消耗することが多くあります(33)。奸門《かんもん》(目尻)が赤紫ですので、

(28) 底本「騆馬」だが崇禎本に従い「駅馬」に改める。五行それぞれが十二支においていかなる盛衰の段階にあるかを示す「十二長生」という考え方があり、いずれかの五行を「病」の段階におく支として巳申亥寅がある。これらの支がそれぞれ属する五行（火金水木）について、五行相生説でその五行を生じる親たる五行（木土金水）を割り出したとき、そこに「支元三合」として配当される支（たとえば木なら亥卯未）は、起点となった支（巳）と「駅馬」の関係にあるという。なお土には支元三合がないとされ、申と駅馬の関係になる支は、火の支元三合たる寅午戌になる。西門慶の日支は午なので駅馬は申となる。／(29) 干支を陰陽五行に分類すると、癸と子とは「陰水」となる。西門慶の八字には「子」が一つあるだけだが、大運が甲子になると子が二つ重なる。／(30) 二十八宿の鬼宿の第五星で、厄神のひとつ。西門慶の家の五人の妾らを暗示してもいる。／(31) 妻妾宮の略。命理十二宮と呼ばれるものの一。妻妾のことを司る。観相術では顔面に十二宮を配当し、妻妾宮は目尻に位置する。／(32) 原文「智慧生於皮毛、苦楽観乎手足」。陳摶の作とされる「神異賦」（『神相全編』巻五）に同じ対句がみられる。この前後の見立ての文句も多くが「神異賦」から取られているが、注記は主な箇所にとどめる。／(33)「眉の両端が」「鼻筋に」の文言はともに「神異賦」に見え、この箇所とおなじく連続して述べられている。

妻がもたらす財産に恵まれる生涯です。高広（両目の上あたりの生えぎわ）から黄気が立ちのぼっており、十日のうちに必ずや官位がもたらされます。三陽（左目の下）に赤色が浮かんでおり、今年じゅうに必ずやご子息が生まれます。もう一つは申しあげにくいのですが、涙堂《るいどう》（下瞼）が厚いので、花《いろ》を貪られます。谷道（肛門）が毛だらけなのは、淫の末端(34)と呼ばれます。さりながら幸いにも、鼻すなわち財星は、中年の運気の験《しるし》であり、承漿《しょうしょう》（唇の下のくぼみ）と地閣とが、終身の栄枯をつかさどります。

　承漿に地閣は豊かで厚きを要し
　準は財星にして真ん中に位置す（準は準頭すなわち鼻の頂）
　人生行路の幸不幸はすべて運命
　観相の深奥なる道理は免れ難し」

神仙が占い終えると、西門慶は、

「道士様、家内らを見てやってください」

とて小者に命じて、

「奥の棟から大奥様にお越しいただくように」


すると李嬌児、孟玉楼、潘金蓮、李瓶児、孫雪娥《そんせつが》といった面々が揃ってついてきて、衝立《ついたて》のうしろからこっそり耳を傾けた。神仙は月娘があらわれたのであわてて片手で拝み、腰掛けようともせずに傍らから観相し、

「奥様、どうかご尊顔をまっすぐ向けてくだされ」

呉月娘が面《おもて》を広間の外へ向けると、神仙はしばらく仔細に見定めてから言うよう、

「奥様は、お顔立ち満月のごとくなれば、ご家道は興隆なさいます。お唇が紅《あか》い蓮のようなれば、衣食は豊かに足ります。目鼻立ちが均整ですので、身分は高くご子息を生まれます(35)。お声が清らかですので、夫を益《えき》して福運をもたらします。手をお出しください」

月娘は袖口から春の葱のような十指をあらわす。神仙、

「手が乾いた生姜のようであれば、その女性《にょしょう》は必ず切り盛りにすぐれます。鬢《びん》に光沢があれば、その婦人は定めて気性が秀《ひい》でています。こうした所はすぐれておりますものの、いくつか不足の所もございまして、無遠慮な物言いとは思っていただきたくないのですが」

　西門慶、

「道士様、どうか構わずおっしゃってください」

　神仙、

「涙堂にほくろがあるので、持病がおありでなければ夫を刑します。目の下にも皺があるので、近親と氷炭《ひょうたん》のごとく相容《あいい》れません。

婦人が姿ととのい容貌よろしく
水から出た亀の如くそっと歩き
振舞って埃《ほこり》たたず言《げん》に節度あり
撫で肩ならば貴人の妻とならん(36)」

占い終えると月娘は下がった。西門慶、

「ほかに妾らがおりますので、見てやってください」

そこで李嬌児がやってくると、神仙は長いこと観察して、

「こちらの奥様は、額が突き出て鼻が小さいので、側室となるか三たび嫁ぐことになります。肉おもく身は太っており、衣食に恵まれ、華やいで安らかに暮らします。肩そびえ声は泣くようにかすれ、身分を賤しくするかひとり身となります。鼻梁が低いのは、貧しいか若死にする相です。何歩かあるいてみせていただけますか」

李嬌児が数歩あるくと、神仙、

「額でて臀《しり》つきだしくねくね歩き
往時苦界《くがい》に落ちたこと疑いなし
たとえ娼門《しょうもん》の女にはあらずとも
屏風の後ろに立つ側室なるべし」

占い終えると李嬌児は下がった。呉月娘が呼んで、

「孟の三姉さん、あんたも来て占ってもらいなさい」

神仙は観察して、

「こちらの奥様は三停(37)が均等(38)ですので、生涯つうじて衣食に事欠きません。六府が豊かに盛り上がっておら

---

(34) 底本「淫抄」につくるが「神異賦」の該当箇所が「淫秒」とするのに従う。その注釈に「糞門に毛多きは、皆膀胱の気の盛んなるによりて生ず。此の人必ず多淫を主《つかさど》る」とある。秒は末端、先端の意。／(35) この一文の原文「必得貴而生子」。上の句が欠落しているので、ロイの英訳に倣って「神異賦」の「部位停匀、応招貴子」から補った。／(36)『神相全編』巻九「女人歌」の冒頭四句に基づく。／(37) 観相学では顔を三つに分けて、生えぎわから眉間までを上停、眉間から鼻の頂までを中停、鼻の下から下顎までを下停と呼ぶ。／(38) 額、頬、下顎の左右の骨の総称。

れますので、晩年は華やいだものとなります。ふだん病にかかることの少ないのは、すべて月孛《げっはい》(39)が輝いているからです。老年まで災いがないのは、みな年宮（鼻筋の中ほど）がうるおい秀でているためです。奥様、二、三歩あるいていただけますか」
玉楼が二、三歩あるくと、神仙、

「口は四の字にて精神は澄みきり
温厚なること掌の上の珠《たま》の如し
威儀と媚態《びたい》とを兼ねて財運あり
夫を刑することついに二人以上」

玉楼を占い終えると、潘金蓮が呼び出された。潘金蓮はにこにこ笑うばかりで来ようとしなかったが、月娘が再三うながすと、やっと姿を見せた。神仙は頭をもたげてこの女を観察し、長いこと黙考していたが、やっと言うには、
「こちらの奥様は髪が色濃く鬢が重たげ、横目づかいにして多淫です。顔がなまめき眉が曲がっていて、揺すりもせぬのに体が震えます。顔にほくろがあるので、必ずや夫を刑します。人中（唇の上のくぼみ）が短いので、きっと若死になさいます。

おこない浮つきひたすら淫を好み
目は漆を点じた如く人倫をやぶる
月や星に誓った縁《えにし》にも満足はせず
立派な建物にいても心は安らがぬ」

金蓮を占い終えると、西門慶はこんどは李瓶児を呼び、神仙に占わせた。神仙はこの婦人を観察して、
「皮膚が香りだかく細やかなのは、富家の女子に違いありません。容貌が整って立派なのは、豪族の徳ある婦人というものです(40)。ただ余計なのは、眼光が酔ったかのようなので、桑中の約（密会）をなさいます。なまめく笑窪《えくぼ》がうかがわれるので、月下の期（婚期）は定めがたくございます。臥蚕《がさん》（下瞼）が明るくうるおって紫色なので、必ずや御子息を産まれます。色白で肩が円いので、必ずや夫の寵愛《ちょうあい》を受けられます。つねに病や苦しみにつきまとわれるのは、ひとえに山根の色がどんより暗いことによります。しばしば吉祥に恵まれますのは、けだし福堂（両眉の外側の上）が明るくうるおっているからです。こうしたところはすぐれて

おりますものの、いくつか不足の所もございますのでお気をつけください。山根が青黒いので、三九二十七歳の前後には定めて泣き声をあげることになります。法令線がぴんと張りついていますので、鶏犬《けいけん》の年を越せはしますまい(41)。ご用心、ご用心。

花に月のかんばせで大事にするは飾り羽根
鳳《ほう》と鸞《らん》とを終生のよき友人としてまじわる
名士の家の豊かなる財と禄にこそ支えられ
有象《うぞう》無象《むぞう》の鳥たちと等し並みには見る勿《なか》れ(42)」

占い終えると、李瓶児は下がった。月娘は孫雪娥に出てこさせ占ってもらう。神仙は見ると言うよう、
「こちらの奥様は、背は低く声は高く、額は突き出て鼻は小さく、谷底から喬木へと成り上がったとはいえ、一生のあいだ冷笑して情を知らず、事をなすにあたり謀《はかりごと》を深くめぐらします。ただし、今から申しあげる四反（四つの凶兆）がわるさをし、のちのち必ずや横死をとげることになります。唇の反とはへりなきこと、耳の反とは耳輪《じりん》なきこと、眼の反とは眼差しなきこと、鼻の反とは歪んでいることで、ここから四反というのです。

燕の身体に蜂の腰はこれ賤しき人
目が流水の如くなれば貞潔ならず
門に斜めに寄りかかるのを常とし
婢妾でなければきっと水商売の女

雪娥が下がると、月娘は大姐をやってこさせ占ってもらった。神仙、
「こちらのご婦人は、鼻筋があおむいてあらわなので、財産を食い破り家を刑します。声が破れた銅鑼《どら》のよう

(39) 山根（鼻筋の上部）に配当される星名。／(40) 底本「容貌端荘、乃素門之徳婦」。「素門」は貧しい家ということだが文脈に合わない。「神異賦」に「面色端厳、必豪門之徳婦」とあることから「豪門」の誤りと見なした。／(41) 底本「法令細纏、鶏犬之年焉可過」。「神異賦」に「法令綳纏、七七之数焉可過」とあることから「細纏」は「綳纏」の誤りと見なした。「鶏犬之年」は李瓶児が丁酉の年、戊戌の月に死ぬことを暗示する。／(42)『神相全編』巻九「人像禽名類」において「孔雀形」の人を描く詩に基づく。

呉神仙が一家の運勢を占う

なので、家財は消え散ります。顔の皮膚がぴんと張りすぎており、溝洫《こうきょく》（唇の上のくぼみ）が長いとはいってもやはり若死にをなさいます。足どりが雀躍《じゃくやく》するかのようなので、家では暮らせても衣食に事欠かれます。三九二十七歳を過ぎずして、きっと酷い目に遭われます。

　夫と反目ばかりしている小利口者
　父母からの衣食で僅かに身を養う
　すがた見ばえせず栄達の望み薄く
　非業の死を遂げずとも苦難の人生(43)」

大姐を占い終えると、春梅にもやってこさせ神仙に占わせた。神仙が目を見開くに、春梅は年の頃は十八にも満たず、頭には髪で編み銀糸をまぜた束髪冠をつけ、刺繍入りの白の単衣《ひとえ》、桃色の裙《スカート》、藍《あい》の紗の袖なしで着飾って出てくると辞儀をした。神仙は長いこと観察して占うには、

「こちらのお嬢さまは、五官（耳眉眼鼻口）は端正にして、骨格は秀麗非凡。髪が細く眉が濃いので、生まれついての勝気《かちき》な性分。まなざしすばやく目が円いので、せっかちなお人柄です。山根が途切れていないので、必ずや地位あるご夫君を得られて御子を産まれます。額の左右が並び立っているので、若くして真珠の冠をつけられます。歩みが飛仙のようで、声が清らかなので、必ずや夫を益して俸禄を得られ、三九二十七歳には定めて恩典を与えられるでしょう。ただし、この左目が大きいせいで、若くして父を剋され、右目が小さいせいで、それから一年のうちに母を剋されます。左の口角下にぽつりとほくろがあり、常に周囲の雑音に悩まされます。右の頬にひとつほくろがあり、終生ご夫君の敬愛を受けます。

　天庭は端正にして五官も平らかに（天庭は額の中央）
　口は丹《に》を塗ったようで歩みは軽し
　倉庫は豊かに満ちて財も禄も厚く（倉庫は頬）
　終生かわらず貴人の寵愛を受ける」

神仙が占い終えると、女たちはみな見事な占いであると感じ入って指を咬んだ。西門慶は白銀五両を包ん

(43)『神相全編』巻九「人像獣名類」において「鼠形」の人を描く詩に基づく。

で神仙に与え、また守備府からの使いには褒美の銀五銭を授けて、礼を記した名刺を持ちかえらせることにした。呉神仙は何度も辞退して言うには、

「貧道《それがし》は四方を雲遊し、風を食らい露を宿とし、衆生を教化救済する身。周将軍閣下によこされてまいったのも、一時の気まぐれにすぎませぬ。このような財貨をいただいたとてなんになりましょうか。けっしてお受けできませぬ」

西門慶はやむをえず、幅広の布一匹を持ちだして、

「道士様にさしあげて外套をお作りいただければと存じますが、いかがでしょう」

神仙はやっと収めることにして、童子にうけとらせ経の包みにしまわせると、片手を挙げて拝謝した。西門慶に表門まで見送られ、悠揚飄然と立ち去ったそのさまは、まさしく、

突く杖の両側に日月を担《かつ》ぎ(44)
ふくべひとつに山川《さんせん》を隠す

といったところ。

西門慶は神仙を送り出すと奥の広間へもどり、見立てはどうだったかと月娘らにたずねた。月娘、

「皆よく占われていましたが、三人だけは的はずれでしたね」

西門慶、

「どの三人が的はずれだったんだい」

月娘、

「李の姉さんが身重で、やがて御子息を産まれるってことでしたけど、現に身籠《みごも》っているのを見ていたでしょう。これはまあよしとして、うちの大姐がやがて酷い目に遭うって、どんな酷い目なんですか。春梅が将来やはり御子息を産まれるってことでしたけど、あなたのお手付きではないかと思ったのかもしれませんね。子孫のことは、これも見通せませんよ。ただ、春梅がのちのち真珠の冠をつけて夫人(高官の妻の爵号)に封《ほう》じられる目《め》があると言っていたのだけは信じられません。まったく、うちは官職についてもいないのに、どこから真珠の冠をもらってくるんですか。よしんばあったところで、あいつの頭の上には回っちゃきませんよ」

西門慶は笑って、

「俺を占って、いまから『昇天の勢いにてめでたく出

世なさり、官職につき俸禄をいただく誉れにあずかる』とも言っていたな。俺がどこから官職を得るというんだい。あいつ、春梅がお前たちといっしょに立っていて、装いも他の皆と違い、銀糸まじりの髪の束髪冠なんてつけてるもんだから、俺らの実の娘か養女くらいに思ったのさ。ひょっとして将来、名家と縁組みしたり、立派な婿を取ったりするかもしれんというので、真珠の冠の目があるなんて言ったんだよ。昔から、〝運勢は占えても、行いは占えない。人相は心に伴い、生じてまた滅す〟ってね。周大人がよこしたんだから、顔をつぶすわけにもいかんだろう。ひとつ占わせてやって、失敬と思われなけりゃそれでいいのさ」

　言い終えると、月娘は部屋に食事の支度をして、夫に昼を出した。

　西門慶は芭蕉扇（ジロウの葉のうちわ）を手に、足まかせにぶらついて、聚景堂《しゅうけいどう》と名づけられた花園の大きい方の唐破風造《からはふづく》りへとやってきた。ぐるりの窓に簾《すだれ》が下ろされ、四方を花木に蔽《おお》われている。ちょうど正午の時分で、緑の陰の深みから蟬の声が聞こえ、風の運ぶ花の香りがふと鼻をつく。その証拠としてこんな詩がある――

　緑の木陰は濃く夏の日は長く
　楼台の影は逆さに池へ伸びる
　水晶の簾うごけば微風《そよかぜ》は立ち
　薔薇のひと棚の香り庭に満つ(45)
　別邸に深々と夏草あおく茂り
　咲誇《さきほこ》る石榴《ざくろ》は簾ごしに明るし
　槐《えんじゅ》の陰が地を蔽う正午のころ
　時おり聞えるは初蟬《はつぜみ》の鳴き声(46)

　西門慶は椅子に座り、手にした扇を揺らして涼んでいた。そこへ来安と画童という小者ふたりが、井戸の水を汲みに来た。西門慶、

「ひとり来てくれ。氷を持ってきて鉢にあけてほしいんだ」

　来安がいそぎ進み出ると、西門慶は言いつけて、

（44）原文「拄杖両頭挑日月、葫蘆一個隠山川」。唐・呂嵒《りょがん》（字は洞賓）の七言詩中の対句に基づく。／（45）唐・高駢の詩「山亭夏日」に基づく。／（46）宋・蘇舜欽の詩「夏意」に基づく。

「奥へ行って、春梅姉さんに言うんだ。梅湯[47]があったら徳利に一本さげてきて、その氷鉢に浸けて冷やすようにとな」

来安は承知して立ち去った。しばらくして春梅が、普段どおり頭を日にさらし、銀糸まじりの髪の束髪冠をつけ、毛青布[48]の上着に桃色の上布《じょうふ》の裙《スカート》をまとい、手には蜜で煎じた梅湯をさげ、にこにこしながらやってきてたずねた。

「お食事は済ませたんですか」

西門慶、

「奥の母屋で食べたよ」

春梅、

「道理で部屋にみえなかったわけですね。この梅湯は氷に入れて、冷やして召し上がるんですね」

西門慶はうなずいた。春梅は梅湯を冷やすと、主人のそばに寄って椅子にもたれ、西門慶の手にしていた芭蕉扇をうけとり扇いでやった。たずねるには、

「さっき大奥様とは何をお話しされていたんですか」

西門慶、

「呉神仙の人相占いのことさ」

春梅、

「あの道士、真珠の冠をつけるとか出まかせ言うもんだから、大奥様に『真珠の冠があったところで、あいつの頭の上には回っちゃきませんよ』なんて言われてしまったみたいですね。諺《ことわざ》にも、〝世の人は顔で分らぬ、海の水は升《ます》で量れぬ〟と申します。〝回してまるくならざるに、叩き切ったらまんまるに（意外なことが起こる）〟というのが世の習い。結婚してどんな暮らし向きを手に入れるかは人それぞれで、どうして見通せますか。私がとこしえにこちらで奴隷の身と決まったわけでもないでしょうに」

西門慶は笑って、

「ちっちゃなべらべら口さん、ありゃ出まかせ言ってるだけさ。ひょっとしてそのうち赤ん坊ができたなら、すぐに髪を結わせて（正式に妾として）やるさ」

とて懐に抱き入れ、手を引っぱってふざけた。たずねるには、

「お前の母様（金蓮）は奥にいるのかい、部屋にいるのかい。どうして姿が見えないんだ」

春梅、

「奥様はお部屋で、秋菊に湯を沸かさせ湯浴みしようとして、待ち切れず寝台で寝てしまわれました」

西門慶、

「梅湯を飲み終えたら、ちょっとからかいにいこう」

そこで春梅は氷鉢の方へ向きなおって、西門慶に梅湯一杯を注いだ。ひと口すすれば、涼しさ骨まで冷やし、胸に沁み歯はしびれ、甘露が心に注がれたかのよう。やがて飲み終わると、春梅の肩にもたれて通用門に回り込み、金蓮の寝室へとやってきた。

簾を捲《まく》って入ると、あたらしく買った螺鈿《らでん》の寝台に女が寝ているのが正面に見えた。もともと李瓶児が部屋に広間式の螺鈿の寝台(49)を置いていたので、女は西門慶に銀子六十両を費やさせ、自分にも欄干のある螺鈿の寝台をすぐ買わせたのである。入口両脇の格子の仕切りはどちらも螺鈿細工でこしらえられ、寝台の内側から見える面には楼台殿閣、花草禽鳥があらわされている。中にある櫛状の縦格子が入った三面（左右と後ろ）の欄干にはすべて、歳寒《さいかん》の三友《さんゆう》たる松竹梅があしらわれている。紫の紗の帳を掛けたのを、錦の帯に銀の鉤《かぎ》もて留め、両脇には香毬を吊り下げていた。

女は玉の身体をさらけだし、赤い生絹《きぎぬ》の胸当てだけという格好で赤い紗の布団をかけ、鴛鴦《えんおう》の枕を当ててござに横たわり、ぐっすり寝ているところ。部屋には珍《めずら》かな香りが漂って鼻をうつ。西門慶は見るなり、おもわず淫心にわかにかきたてられ、春梅に戸を閉めてよそへ行かせると、こっそり上着やズボンを脱いで寝台に上った。紗の掛け布団を捲れば、赤い布団と色白の身体とが互いを引き立てている。たわむれに両股をかるく開いて、麈柄《しゅへい》(50)をそろそろと牝《ひん》のなかへ押し込み、星の瞳が驚きにひらめくまで、押し引きすることすでに数十度に及んだ(51)。女は目を見開いて笑い、

「けったいな強盗め。いったいいつ入ってきたのさ。寝入ってたんで気づかなかったよ。人がすやすや寝てるところに、むちゃなからかい方をしやがって」

西門慶、

「俺ならそれで構わんが、もし見知らぬ男が入ってき

(47) 第二回訳注(25)を参照。／(48) 第二回訳注(14)を参照。／(49) 原文「螺鈿廠庁牀」。廠庁（敞庁）は開け放ちの（または開け放つことのできる）広間のことだが、具体的にどのような形状の寝台であるかは不明。一説に前後（寝る人からみて両脇）が開いている寝台。／(50) 第二十七回訳注(42)を参照。／(51) 眠っている武則天をみて薛敖曹が事に及ぶ『如意君伝』中の場面と、表現の細部に至るまで近似している。

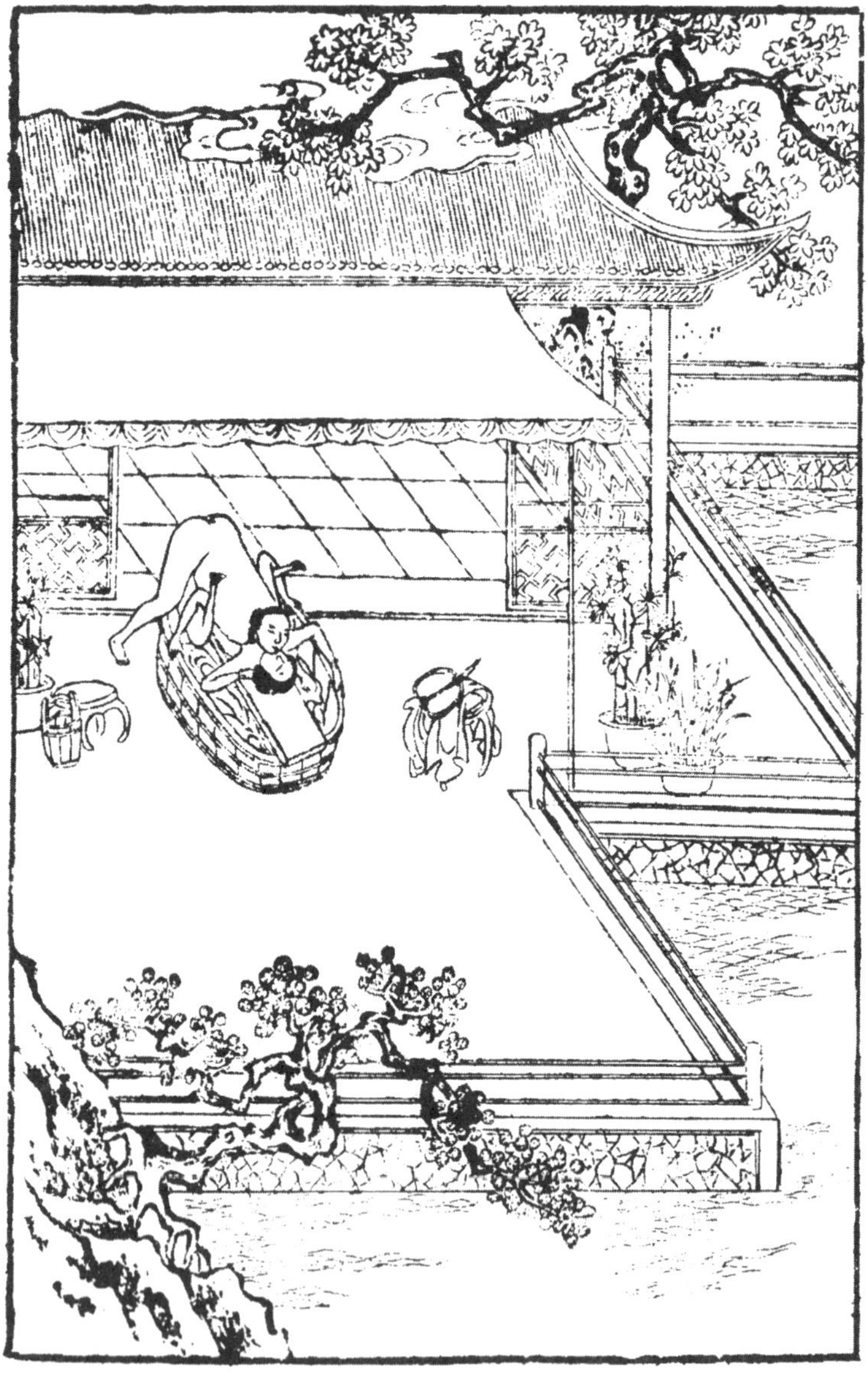

女を浴板の上にあおむけにし……

ても、気づかないふりをするのかい」

女、

「あんたは罵るだけ無駄だね。誰が七つ頭に八つ胆《だいたんふてきにも》で、私の部屋に入ってこようとするのさ。けじめも弁《わきま》えぬこんなことをさせてやるのは、あんただけですよ」

もともと女は先日、西門慶が翡翠軒で李瓶児の色の白さを褒めていたので、ひそかに茉莉花《ジャスミン》の蕊《しべ》をクリームと白粉《おしろい》に混ぜて体じゅうに塗りつけ、白くつるりとなめらかに、珍かな香り溢れんばかりにして、西門慶の好みとなりその寵愛を奪おうとしていたのだった。西門慶はそんなわけで、雪のように白い身体にあたらしく作った緋色の寝台靴を履いているこの女を見て、寝台の上でしゃがみ、両手で腿をかかえて力の限り押し上げ、首《こうべ》を垂れて出入りの模様を眺めた。女は、

「けったいなぶつめ、じろじろと何を眺めまわしてるのさ。私は色黒で、李瓶児みたいに色白じゃないですとも。あの人はお腹に子どもがいるから懇ろに慈しむけれど、私らは拾い子みたいなものだから、こんな風に気ままにもてあそぼうっていうんでしょ」

西門慶はたずねた。

「俺を待って湯浴みしようとしていたそうじゃないか」

女がたずねる。

「どうして知ってるの」

春梅から聞いた話をひととおり伝えると、女は、

「あんたもお入りなさいな。春梅にお湯を運んでこさせるから」

ほどなくして湯浴み盥《だらい》が部屋に運ばれて湯が注がれると、ふたりは寝台を下りていっしょに蘭の湯を浴び、共に水魚の歓びに倣《なら》った。そうして、注ぎ足して湯を換えつつ入浴をひととおり終えると、興に乗った西門慶は女を浴板の上にあおむけにした。両手で相手の両足を取り、またがって押し上げ、さかまくように打ちつけること、二、三百回ではとても済まない。蟹が泥を這うかのようなその音は、鳴り止みもしなかった。女は香しい雲のごとき髪が垂れ落ちぬよう、片手を真黒な鬢に当て、片手で盥のふちにつかまる。口にした燕の呟きに鶯の囀《さえず》りは、描き尽くせるものではない。このたびの戦《いくさ》はいかなるものだったか。そのさまは——

華の池は掻き乱され波紋は乱れ
翠の幃《とばり》は高く捲かれ秋雲は暗し

才子は情たかぶり争そう構え
美人は心せわしく手だて顕《あらわ》す
かたや　がたがた震えて槍を突き出し
かたや　ぐらぐら揺れて剣を振り回す
かたや　死を捨て生を忘れて中へ潜入し
かたや　雲に迷い雨に溺れて功を目指す
ぼんぼんどんどん　皮の鼓は駆り立て
きんきんかんかん　槍と剣は相い打つ
ぱっぱかたったか　物音をたてて
ぽんぽんぱんぱん　一塊りになる
低くまた高く　水は逆さに流れ
溢れまた湧き　清き流れは満つ
ぬるっと滑って　止めどなく
ぎちっと埋まり　踏んばれぬ
行ったり来たりで　南北を駆け
衝いたり叩いたり　東西を探る(52)
ふつふつと熱く妖雲は生じ
ふくよかに濃く香気は立つ
かたや河流に逆らい棹さして玉股を揺らし
かたや船頭が舵とる様にして金蓮を握って
かたや紫騮《しりゅう》が猛狂《たけくる》い威風あたりを払い（紫騮は古代の駿馬）
かたや白面の妖婦が騎兵をむかえ戦う
たのしみよろこぶ美女の思い
いさましくたける男児の願い
引っくり返って歓び求め
賑やかに騒いで思い乱る
生と死を賭したる闘争は続き
千の戦に勝っても心胆は戦《おのの》く
口々に死ぬだの殺すだの声たて
気概は昂《たか》ぶって情いまだ飽かず
昔から今まで闘いは数多《あまた》あれども
このたびの水の戦に及ぶものなし

かくてふたりは水中でひとしきり戦い、西門慶が精を洩らすまで続けた。身体をきれいに拭い、盥を片づけさせると、薄い綿の半袖だけという格好で寝台に上り、丈の低いテーブルを置いて、つまみで酒を飲んだ。秋菊に命じて、

「白酒《パイチュウ》を取ってきて父様にさしあげなさい」

さらに寝台の棚においた四角い箱から餡入りの焼菓子を取って西門慶に食べさせた。腹が減ってはいまい

かと思ったのである。すると秋菊が、ずいぶんかかって銀の酒差しに入れた酒を運んできた。女が杯に注ごうとしてちょっと触れてみると氷の冷たさなので、秋菊の顔めがけて中身をぶちまけ、頭も顔もびしょ濡れにしてしまった。罵るには、

「まったくこの死にたりない奴隷め。温めて持ってこいと言いつけたんだ。どうして冷酒なんて父様に出すんだい。どういう了見なのさ」

と春梅を呼んで、

「この奴隷を中庭に引っぱっていき、ひざまずかせといておくれ」

春梅、

「奥へ奥様の纏足布を巻きに行って、私がちょっと目を離したら、もうへまをするんだね」

秋菊は唇をとがらせ、口の中でぶつぶつと言うには、

「父様母様は毎日、氷で冷やした酒を飲まれてるのに、きょうは宗旨替えするだなんて、そんなのわかるもんですか」

女は聞きつけて罵った。

「まったくこの奴隷め。何を言ってるんだい。こっちに引っぱってきとくれ」

春梅に命じて、

「両の頰を、十ずつビンタしてやりなさい」

春梅、

「こいつの厚い面の皮なんか打ったら手が汚れちまいます。奥様、頭に石を乗せてひざまずかせておくことにしましょう」

とて、有無を言わさず中庭に引っぱっていき、大きな石を頭に乗せてひざまずかせたことは措く。

女は改めて春梅に酒を温めてこさせ、西門慶の相手をして何杯か飲むと、酒のテーブルを片づけて紗の帳を下ろし、部屋の戸を閉めるよう言いつけた。ふたりは首に抱きつき脚を絡ませあい、疲れて眠りに落ちたのだった。まさしく、

群玉山の頂《いただき》に求めるのでなければ

---

(52)原文「一来一往、一衝一撞東西探」。対句であるべきなので、上の句には三文字が脱落していると思われる。訳文では仮に「南北を駆け」と補った。

陽台の夢の内で探すことになろう(53)
といったところ。
はてさて、この後どうなりますか、まずは次回の解きあかしをお聞きあれ。

---

(53) 原文「若非群玉山頭覓、多是陽台夢裡尋」。唐・李白「清平調詞」(其一)に基づく。この詩は楊貴妃の美しさを歌った作と伝えられる。群玉山は西王母の居所。陽台は、楚の懐王が高唐の観(物見台)で夢をみて巫山の神女と契った故事(第二回訳注(44)を参照)に由来する表現。神女は去り際に自らの居場所を告げ、朝には雲、夕には雨となって「朝朝暮暮、陽台(高唐の観を指す)の下《もと》にあり」と述べたという(宋玉「高唐賦」序)。李白の原作は上の句の「覓」を「見」に作り、下の句は「会向瑤台月下逢(会《かなら》ず瑤台の月下に向《お》いて逢はん)」となっている。

第三十回

来保が誕生祝いを護送すること
西門慶に子が生れ官につくこと

栄枯得失みな仮初《かりそ》めのものにて
手段を尽くそうともむだなこと
象を呑む蛇の如く心いつも飢え
蟬を捕る蟷《かまきり》を実は雀がつけ狙う
大臣の寿命を延ばす薬はないし
財産も子孫の賢さを買えやせぬ
普段通り本分守ってご縁に随う
悠々《ゆうゆう》気儘《きまま》に暮すにはそれが一番(1)

さて、西門慶は潘金蓮とふたりで湯浴みをし終えると部屋で眠った。春梅は軒下の廊下に置かれた涼み椅子に腰かけ靴底を縫っていたが、するうちに通用門の
ところから首を伸ばして様子をうかがっている琴童が目に入った。春梅はたずねた。

「なにか話があるの」

琴童は、石を頭に乗せて中庭にひざまずいた秋菊に気づき、あちこちを指さすばかり。春梅は罵って、

「けったいな牢屋暮らしめ。話があるなら言やいいだろ。身ぶり手ぶりしてなんなのさ」

琴童はしばらく笑ってやっと言うよう、

「墓守《はかもり》の張安が来ていて、父様と話したいと外で待ってるんだ」

春梅、

「けったいな牢屋暮らしめ。張安なんだろ。何を大袈裟に驚いてるんだい、まるで幽霊でも見たみたいにさ。静かにしな、父様は奥様と部屋でお眠りさ。急に起こしたりしたら殺されるよ。張安はひとまず外で待たせときな」

琴童は外に出て、たっぷり長いこと待つとふたたびやってきた。通用門のところをうろつき、のぞきこんでたずねるよう、

「姉さん、父様は起きられたかい」
(1) ほぼ同じ詩が、作者不明の元雑劇『崔府君断冤家債主』の楔子に見られる他、『明心宝鑑』省心篇にも引かれる。

春梅、

「けったいな囚人め。やたら泡を食いやがって、ずいぶんびっくりさせるじゃないか。急ぎの用でもないのに行ったり来たり、浮かばれずさまよってるわけかい」

琴童、

「張安は父様のお出ましを待ってるんだ。話をしたら、また急いで城門を出ないといけないんで、遅くなるのを気にしてるのさ」

春梅、

「父様母様はぐっすりお休みちゅうなのに、じゃまなどできますか。張安にはしばらく待たせときなさい。いよいよ遅くなったなら、あすかえらせればいいでしょ」

話しているところを、思いがけず部屋の西門慶が聞きつけ、春梅を呼び入れてたずねた。

「誰が話してるんだ」

春梅、

「小者の琴童が入ってきて申しますには、墓守の張安が外まで来ていて、父様にお目にかかりお話をしたいそうです」

西門慶、

「着る服を取ってくれ。起きていくから」

春梅がそこで西門慶に服を着させてやると、金蓮がたずねた。

「張安はなんの話をしにきたの」

西門慶、

「張安はこないだ相談にきたんだが、うちの墓地の隣にある、趙という後家の屋敷と荘園が土地ごと売りに出ていて、値段は銀子《ぎんす》三百両だというんだ。俺は二百五十両でならということで、張安を交渉に行かせた。もし話がまとまったなら、賁四《ほんし》と陳くんとを銀の支払いに行かせる。中には井戸がひとつあって、四つの井筒から水が汲める。この荘園を買ったなら、広げてひとつづきの土地にして、三間の唐破風《からはふ》造りや三間の広間を建て、築山《つきやま》をきずくんだ。花園、松の垣根、槐《えんじゅ》の棚、井戸の亭《ちん》、矢場《やば》、鞠壺《まりつぼ》なんて遊び場を、いくらか銀子をつかってこしらえてもいいだろう」

女、

「いいんじゃない、買いましょうよ。こんどから奥さん連中でお墓参りしたとき、遊んで楽しむのにもってこいだから」

話し終えると、西門慶は表へ張安と話をしに行った。

金蓮は起き上がり鏡台に向かって、白粉顔《おしろい》をふたたびととのえ、雲なす黒髪を結いなおすと、中庭に出てきて秋菊を打とうとした。春梅は琴童に竹の笞《むち》で打たせるべく、すぐさま出ていき呼んできた。金蓮はそこでたずねて、

「お前に酒を運べと命じたとき、どうして冷酒なんて父様にお出ししたんだ。お前の家に目上の者はいないとみえるね。言って聞かせたところで、鉄でできてるみたいに口が減らないんだから」

大声で、

「琴童にこの奴隷を笞で二十、しっかりと打たせておくれ」

琴童がやっと十まで打ったところで、さいわい李瓶児がにこにこしながらやってきてなだめたので、のこりの十回は許してやった。李瓶児へ叩頭《こうとう》させてから放して立たせてやると、秋菊は厨房へと行ってしまった。

李瓶児、

「馮《ふう》さんが十五歳の女中を連れてきたの。(2)奥の二姉さまが買われて部屋で使う子で、銀子七両五銭。ちらっと見にきてくれませんか。そしたら二姉さまのところへ送り届けますから」

金蓮はそこで李瓶児といっしょに奥へとおもむいた。李嬌児《りきょうじ》は果たして西門慶にたのみ、銀子七両で女中を買い、夏花と名を改めて部屋で使ったが、このことは措く。

こちらは放っておいて、べつの話をしよう。さて来保は大番頭の呉典恩と誕生祝いを護送していたが、清河《せいが》県を離れてより一路、明けには郊外の道を行き、暮れには繁華の巷《ちまた》を踏むという調子で、飢えては食らい渇いては飲んで、夜は休み明け方には道を急いだ。ちょうどうだるように暑い季節、金石《きんせき》も溶け流れる時候にて、道中の苦労は大変なものだった。そこはすっ飛ばすことにして、ある日、東京《とうけい》は万寿門外に到着し、旅籠《はたご》を探して落ち着いた。翌日になると積み荷の礼物をふたりで担ぎ、天漢橋なる蔡《さい》太師の屋敷の門前へとまっすぐ参上した。来保は呉典恩に礼物の番をさせて、黒衣を着ると、そのまま進み出て門番の役人にあいさつをした。門番の役人はたずねた。

「お前はどこから来たのだ」

来保、

---

(2) 以下の一段は第二十四回末と重複する。「馮さん(老馮)」は詞話本・崇禎本とも「潘さん(老潘)」に誤る。

「私は山東は清河県なる西門員外の家の者にございます。閣下に誕生祝いの礼物をさしあげにまいりました」

役人は罵って、

「この死にたりない兵営送りめ。お前のとこじゃ東門員外だか西門員外だかを奉ってるんだろうが、われらが閣下は当今、一人の下、万人の上にあらせられるのだ。三台八位の高官であろうが、やんごとなき家の子弟であろうが、閣下のお屋敷の前でそんな風に呼ばわろうとする者があろうか。さっさと下がれ」

中に来保を見知った者があり、とりなしてやって言うには、

「これは新参者の門番役人で、ここに来て幾日《いくにち》も経たず、お前を知らなかったのだ。わるく思われるな。閣下にお目にかかりたいなら、翟《たく》おじさまをお呼びしてこよう」

来保はそこで袖から重さ一両の銀子をひと包みとりだし、その者にさしだした。その者は、

「私は要らないから、もうひとつ出して、そこなふたりの役人にやりなさい。この者らをなおざりにしてはいかんぞ」

来保はいそぎ銀子を三包み出して、一両ずつ三人に配った。かの役人はやっとすこし相好《そうごう》を崩して言うには、

「清河県から来たというなら、まあしばらく待つんだ。まず家令の翟謙《たくけん》さまに引き合わせてやろう。閣下はさきほど上清宝籙宮《じょうせいほうろくきゅう》(3)にて香を上げてもどられ、書斎で眠っておられる」

ややあって、翟謙が呼び出されてきた。涼鞋《サンダル》に白い靴下、黒い絹の長上着という出で立ちである。来保は見《まみ》えるとまず叩頭した。翟謙は礼を返して言うよう、

「先ごろはご苦労だった。閣下へ誕生祝いの礼物を進上に参ったとな」

来保はまず一通の目録を差し上げ、使用人が南京の反物一対と白金《ぎん》三十両を捧げる傍らで言うには、

「主人の西門慶が、翟さまにくれぐれもよろしくと申しておりました。印《しるし》の品とてございませんが、わずかなりともお礼をさしあげ、人にやる褒美にでもなさっていただければと存じます。先日は塩商の王四峰の件で、翟さまにはたいへんなお心づかいを賜りました」

翟謙、

「この礼物はお受けするわけにいかないが、まあよい、ひとまず収めておこう」

来保がさらに太師への祝いの品の目録をさしあげる

と、見てから来保に返し、言いつけるよう、

「礼物を運び入れて、二の門の内側で控えているように」

もともと二の門の西側には、奥の母屋と向き合った三間の建物があり、屋敷に出入りする有象無象《うぞうむぞう》には皆、そこで茶を出すのだった。しばらくするとひとりの小《しょう》童《どう》が茶を二杯運んできて、来保と呉典恩に出した。ややあって太師が広間に出てくると、翟謙がまず用向きを伝えた。それから太師は来保と呉典恩を呼び入れ、ふたりは階《きざはし》の下にひざまずいた。

翟謙がまず祝いの品の目録を太師に呈上してお目にかけると、来保と呉典恩はおのおの礼物を捧げた。そのさまは——

黄に燃える金の徳利に玉杯
白く煌《きら》めく銀の象嵌《ぞうがん》の仙人
名工が手間をかけた手作り
職人の錐鑿《きりのみ》のわざは得難し
錦繍《きんしゅう》の蟒衣《ぼうい》は　目を奪う五色の彩り
南京の緞子《どんす》は　金と碧《みどり》と交々《こもごも》に輝く
羊羔《ようこう》の旨い酒(4)は　すべて封を貼られたまま
珍果に旬の味は　たかく皿や箱につまれる

といった具合なのだから、よろこばぬはずもない。そこで、

「この礼物はまったくお受けできるものではないな。持ってかえりなさい」

これにあわてた来保たち、下手から叩頭して申し上げるには、

「わたくしめの主人たる西門慶は、恭順の意とて満足に示せませぬが、寸志なりとも閣下に献上し、人にやる褒美にでもなさっていただければ幸いに存じます」

太師は、

「そういうことであれば、左右の者に収めさせよう」

傍らに控えた左右の小吏らが、礼物をすべて収めて持ち去ると、太師はかさねて、

「先日の、滄《そう》州の客商王四峰らの件については、すで

(3) 徽宗の詔により建てられた道観。政和六年（一一一六）に完成し、宮城の北東に位置した。／(4) 底本は「湯羊美酒」に作り、崇禎本も改めない。湯羊とは皮を剥がず熱湯につけて毛だけを毟った羊のことだが、文脈からみてここでは「湯羊と美酒」ではなく、全体として羊羔《ようこう》酒を指すものと解した。第十四回訳注(12)を参照。

蔡京に祝いの品を献上する来保と呉典恩

に人をやって文《ふみ》を下し、巡撫《じゅんぶ》の侯どのに伝えておいた。義理立てしてくれたかな」

来保、

「閣下に賜りました天恩にて、御文《おふみ》が届きますと、塩商らは揃って塩運使[5]に呼び出され、割符《わりふ》の返却を受けたうえで、全員釈放されてございます」

太師はそこで来保に、

「礼物はそれゆえ受けたのだ。お前の主人にはたびたび心づかいをさせているのに、お返しもできずにいるが、どうしたらよいかな。お前の主人は、なにか官職を帯びているのか」

来保、

「わたくしめの主人は一介の田舎者でして、官職などございましょうか」

太師、

「官職がないということなら、きのう朝廷で陛下より、名前の入っていない任官通達を何枚か賜ったから、お前の主人を山東提刑所の理刑副千戸[6]として、千戸の賀金の欠員を埋めようと思うが、どうかな」

あわてた来保は叩頭して礼を述べた。

「閣下よりこの上なき御恩を賜りまして、わたくしめの主人は、一家揃って粉骨砕身いたしましても報いることできませぬ程にございます」

そこで広間に控えている役人を呼んで文机《ふづくえ》を運ばせ、名の空いた任官通達一枚にその場で署名し、西門慶の名を上に書き入れ、金吾衛衣左所副千戸[7]、山東等処提刑所理刑の位につけた。来保に向かって、

「お前たちふたりも、誕生祝いの礼物を届けにまいったこと、大儀であった」

そこでたずねて、

---

(5)都転運塩使司のこと。塩の産地に置かれて塩税にかかわる業務を掌った。／(6)「提刑所」については第十八回訳注(11)を参照。「理刑」もまた提刑所が暗示するといわれる錦衣衛の役人の呼称であった。「千戸」については第二回訳注(??)を参照。ただし任官後の西門慶は軍務につくわけではなく裁判官のような役目を担っており、もともと親軍衛（近衛）の一つでありすなわち禁軍の組織でありながら、秘密警察としての機能を果たした錦衣衛の千戸の職務が、やはり暗示されている。以上のこと、詳しくは荒木猛『金瓶梅研究』第三部第四章を参照。／（7）金吾衛とは宮城の警護などを任務とする近衛のことで、明代には金吾前衛、金吾後衛、金吾左衛、金吾右衛が設けられた。ただし金吾衛衣左所なるものは実在せず、同じく親軍衛である錦衣衛を連想させる名称として用いられている。荒木猛前掲書を参照。

「後ろにひざまずいているのは何者か」

番頭ですと来保が答えようとしたところ、呉典恩は進み出て、

「私めは西門慶の妻の兄弟にて、名を呉典恩と申します」

太師、

「西門慶の奥方の兄弟であったか。なかなかの風采であるな」

広間に控えている役人を呼んで、通達一枚を持ってこさせ、

「お前を地元の清河県で駅丞《えきじょう》の任につかせよう。なかなかわるくあるまい」

呉典恩はあわてて、にんにくでも搗《つ》くみたいに、しきりに叩頭する。太師は、さらに一枚の通達を取り寄せ、来保の名を書き込んで、山東鄆王府《うんおうふ》(8)の校尉とした。ともに叩頭して拝謝し、通達をうけとったところに申しつけるよう、

「あすの早朝、吏部と兵部で登記をし、割り符をうけとったら期限内に着任して、役目につきなさい」

かさねて翟謙に申しつけて、

「西の脇棟で、酒や食事を出してやりなさい。銀子十両を出させ、このふたりに路銀として与えるように」


このことは措く。

皆様お聞きあれ。このとき徽宗《きそう》の御代は、天下に政《まつりごと》が失われ、奸臣《かんしん》が権勢を得て、謗《そし》り諂《へつら》いが朝廷に満ちていた。高俅《こうきゅう》、楊戩《ようせん》、童貫、蔡京《さいけい》の四奸が党をなし、朝廷にて官位を売り裁きを枉《ま》げ、賄賂がまかり通っていた。銀子を秤《はかり》にかけて任官が決められ、この地方ならいくらと見返りが支払われる。伝手をたよって取り入る者はたちまち高位に上り、才徳ある正直者は何年も任用されない。そんな調子だから風俗は頽廃《たいはい》し、官吏の収賄汚職は天下に満ち、賦役は重くのしかかり、民は窮乏して盗賊が跋扈《ばっこ》し、天下は騒然となった。奸佞《かんねい》が位人臣を極めたならば、中原で血が人を染めるも当然(9)、というものである。

そこで翟謙は、来保と呉典恩を脇棟に請じてもてなした。厨房からは大皿大碗もて、花糕《かこう》(10)まさりの肉、琥珀みたいな酒、スープに飯に点心がいっせいに運ばれ、腹いっぱいに飲み食いしたところで、翟謙が来保に言った。

「ひとつお前の父様に、わしのため取り計らっていただきたいことがあるんだが、お引き受けくださることだろうか」

来保、

「翟さま、何をおっしゃいますか。閣下の御前で親方さまにはこれほどお引き立ていただいたのですから、どのような事柄であれ、お申しつけくだされば、承《うけたまわ》らぬことはございませぬ」

翟謙、

「包み隠さず申せば、わしは閣下にお仕えしているが、家内ひとりだけを相手に日々を過ごしておる。わしももうすぐ四十に手が届き、いつも病気がちなのに、傍らに一粒種すらおらんのだ。お前の父様にお願いして、貴所に容《かたち》めでたき女子があれば、十五、六前後なら歳にこだわらないので、ひとり見繕《みつくろ》って送っていただけないだろうか。結納金がどれほど掛かろうとも、きっちりお納めしよう」

とて、封をした返礼を返書とともに来保に預け、さらにふたりへ五両の路銀を内々に贈った。来保は何度も辞退して言うよう、

「さきほど閣下からすでに賜りました。翟さま、お収めください」

翟謙、

「あれは閣下から、これはわしからだ。断ることはあるまい」

そうして酒と食事が済むと、翟謙、

「さて、わしの所から事務官をひとり出して、宿まで同道させよう。あすの朝、吏部と兵部へ行くのに都合がいい。登記したら割り符をうけとって出立できよう。あすまたここに寄るために取ってかえす手間も省ける。わしが申しつけておけば、部では遅滞なく書類を出してくれるはずだ」

すぐに李中友という事務官をひとり呼び、

「あす、おふたりと部まで行き、登記をして割り符をうけとったら、もどって報告するように」

その役人と来保、呉典恩は辞去して屋敷の門を出ると、天漢橋街の白酒の店へとやってきて話をした。酒や食事でもてなし、さらに李中友に銀子三両をわたした。約束して、翌日は早朝に起き出すとまず吏部へ、

（8）鄆王とは徽宗の第三子、趙楷のこと。／（9）原文「不因奸佞居台輔、合是中原血染人」。第七十回では「不因奸佞居台鼎、那得中原血染衣」となっている。ほぼ同じ対句が『宣和遺事』元集に見られる。／（10）旧暦九月九日の重陽節に食べる菓子の一種。蒸し餅に棗や栗を飾りつけたもの。

それから兵部へとおもむき、揃って登記を済ませ割り符をうけとった。太師閣下の屋敷から来たと聞いては、処理を滞らせる者がいるはずもなく、ほかのことを後回しにして命が奉じられたものである。金吾衛の太尉たる朱勔《しゅべん》がすぐさま判をついて証明書類に署名し、各部の筆頭官署へと通達を出して、来保を地元山東の鄆王府での用務につかせた。さらには名刺にあいさつを記し、家令の翟謙にも返事をした。

　二日も掛からずに一切を済ませると、ある日、馬を雇って出発し、吉報を伝えるべく昼夜兼行で清河県へとかえっていった。まさしく、

　富貴の出元はずるとたくらみ
　功名は鄧通《とうつう》(11)の財によって成る

といったところ。

　さてある日のこと、三伏(12)の日和《ひより》にてたいへんな暑さだったが、家では聚景堂と名づけられた大きい方の唐破風造りで、蓮の花を愛でつつ、避暑の酒を飲んでいた。呉月娘《ごげつじょう》と西門慶とが上座につき、妾たちや大姐《たいしゃ》はみな両側に並んで座っていた。春梅、迎春、玉簫《ぎょくしょう》、蘭香のつごう四人のお抱え歌手が、傍らで弾きかつ歌う。その日の酒席はどのようであったか。そのさまは――

盆栽《う》えの緑の草(13)
瓶挿しの紅《あか》い花
水晶の簾《すだれ》は海老の鬚《ひげ》を巻き
雲母の屏《びょうぶ》は孔雀が羽を開く
皿には麒麟の干し肉が堆《うずたか》く
佳人は笑顔で紫霞《しか》の猪口を捧げる
盆には氷漬の桃の実が沈む
美女は高々と碧玉《へきぎょく》の酒杯を掲げる
料理は珍《めずら》かにして
果実は旬さしだす
管絃に歌声ひびき
清冽《せいれつ》で美妙なる響きを奏で
着飾り宝石まとい
舞妓《ぶぎ》に歌童たち二すじ並ぶ
檀《まゆみ》の木うって拍を取り
錦の裙《スカート》まとい舞い踊る
壺中に入って日を遣り過ごし(14)
身外に遊んで酒の世に住まう

妻妾らが酒を飲んでいるところ、席に李瓶児の姿が見えなくなった。月娘は繡春《しゅうしゅん》に言うよう、

「お前の母様は部屋へ何をしに行ったの。どうしてもどって飲まないの」

繡春、

「奥様はお腹が痛いそうで、部屋で横になっておりますが、すぐにいらっしゃいます」

月娘、

「さっさと伝えに行って。横になっていないで、こっちへ来て座って、歌のひとくさりも聴きましょうって」

西門慶が月娘にどうしたのかとたずねると、月娘、

「李の姉さんが急にお腹を痛くして、部屋で寝ているんです。さっき年下の方の女中に呼びにいかせました」

とて玉楼に向かい、

「李の姉さんはそろそろ臨月でしょう。下りてきたんじゃないかしら」

潘金蓮、

「大姉さま、あの人が今月なんてことありますか。おおかた八月の子どもで、まだ早いですよ」

西門慶、

「まだ早いというなら、女中に六娘《ろくおくさま》を呼んでこさせて歌を聴こう」

ほどなくして李瓶児がやってきた。月娘、

「きっと冷気に当たったんですよ。温かいお酒を一杯飲めば、きっとすぐよくなりますよ」

すぐに各人の前に酒がなみなみ注がれると、西門慶は春梅に言いつけた。

「お前たち、『人みな夏をおそれるけれど』(15)を歌って聴かせてくれ」

春梅ら四人はそこでやっと、箏《そう》の琴柱《ことじ》を雁のごとくに連ねて、薄絹のごと光る阮《げん》(16)の弦を爪弾き、朱の唇を

---

(11) 第三回訳注(2)を参照。／(12) 第二十七回訳注(6)を参照。／(13) 以下、『水滸伝』第十三回で梁中書の端午の家宴をえがく描写文に基づき改編している。／(14) 費長房が市場でみかけた薬売りの老人の壺の中で酒肴のもてなしを受けた故事を踏まえる（『後漢書』方術列伝下）。／(15) 『詞林摘艶』乙集、『雍熙楽府』巻四、巻十六に収められる、〔一封書〕の旋律から始まる組曲。「人皆夏日を畏るれども、我は炎天暑気の嘉《よ》きを愛す」と始まって、夏の風景と納涼の宴の様子とを描く。／(16) 第十一回訳注(15)を参照。

開いて、白い歯を覗《のぞ》かせ、「人みな夏をおそれるけれど」云々と歌い出した。李瓶児は酒の席にあって眉にしわを寄せるばかりで、歌が終わるのも待たずに部屋へもどってしまった。月娘は曲を聴き終えると、心配して小玉を部屋へ見にいかせた。もどってきて報告するには、

「六娘《ろくおくさま》は腹痛に苦しまれ、炕《オンドル》の上でのたうっておられます」

月娘はあわてて、

「生まれるんじゃないかと私が言ったのに、六姉さんときたらそれでも、まだ早いなんて言い張ったんだからね。――さっさと小者を呼んで、産婆をたのんでこさせて」

西門慶はすぐさま来安に、ぴゅうとひとっ走りして産婆の蔡さんを呼びにいくよう命じた。それから、酒も飲むどころではなく、みなで李瓶児の部屋へやってきて具合を問うた。月娘がたずねて、

「李の姉さん、気分はどう」

李瓶児、

「大奥様、みぞおちから下腹まで、底へ向かってぐいぐい張って、ただもう痛いんです」

月娘、

「起きなさい、寝ていてはだめ。のたうってお腹の子を傷《いた》めてはいけないから。産婆は呼びにやりました。すぐに来ますよ」

ややあって、だんだん李瓶児の痛みがきつくなってきたので、月娘がふたたびたずねた。

「産婆を呼びに誰を行かせたの。こんなになってもまだ姿を見せないだなんて」

玳安《たいあん》、

「父様は来安を遣られました」

月娘は罵った。

「この牢屋暮らしめ、お前がさっさと迎えにいかないか。訳もわからず出たとこ勝負で、あのチビ奴隷に行かせるなんて。待ったなしなんだよ」

西門慶は玳安に、はやく騾馬《らば》に乗って追いかけるよう命じた。月娘、

「ここ一番というときにまで、普段とおなじにのったらしやがって」

潘金蓮は、李瓶児が子どもを生もうとしているのを見て、心中いくらか苛《いら》立たずにはいられなかった。部屋でしばらく見舞うと孟玉楼《もうぎょくろう》を引っぱり出し、ふたりして西の端部屋の軒柱の下で涼みながら、いっしょに

立ち話をした。言うには、
「まったくねえ。ただでさえくそ暑いのに、部屋いっぱいに人が詰めかけて。子どもが生まれるんじゃなくて、象の胆《きも》が出てくるのをみんなで見てるのさ」
しばらくして、産婆の蔡が門を入ってきて一同に向かい、
「女主人さまはどなたで」
李嬌児、
「こちらが大奥様ですよ」
産婆の蔡はひれ伏して叩頭する。月娘、
「お婆さん、ご苦労さま。どうしてこんなに遅くなりましたか」
産婆の蔡は、
「奥方様、私の申すことをお聞きください――
わたしゃ産婆で姓は蔡という
両の脚ならすばやく動きます
身にまとうのは派手な緑に赤
いろんな束髪冠を斜《はす》にかぶる
金線細工の耳飾りはきらきら
黄色まだらの手帕《ハンカチ》を縫付ける
門を入れば慶事の祝儀を貰い
席に着けば接待をしてもらう
貴顕の屋敷のお嬢様だろうが
皇族や陛下のお母上だろうが
勝手に詳しく診させてもらい
服を脱がせて処置いたします
横子《よこご》だったらお腹を切り開き
難産だったら手を突込みます
臍の緒も胞衣《えな》も構うことなく
急ぐ場合にゃ引きちぎります
活きて生まれりゃ三日の産湯(17)
死んでりゃ逃げ足の速いこと
そんなわけゆえ引く手は数多
呼ばれたときにはいつも留守」

---

(17) 原文「洗三朝」。赤ん坊が生まれて三日目に、その子を取り上げた産婆を招いてもてなし、赤ん坊に産湯を使わせる「洗三」という風習があった。二十世紀初頭の北京における「洗三」の様子が、羅信耀（藤井省三ほか訳）『北京風俗大全――城壁と胡同の市民生活誌』（平凡社、一九八八）に詳しく描かれている。

月娘、

「くだらないこと言ってないで、こちらの奥様を診てください。もうすぐ生まれそうなんです」

産婆の蔡は寝台に進み寄ると、李瓶児の身体をさすってみて言うには、

「頃合です」

たずねるよう、

「大奥様、産着《うぶぎ》や藁紙《わらがみ》は用意されましたか」

月娘、

「用意しました」

そこで小玉に、

「私の部屋へ早く取りに行って(18)」

さて、玉楼は産婆が門を入ってきたのを見ると金蓮に、

「蔡さんが来ましたよ。部屋へ見にいきませんか」

金蓮は表情をがらりと変えて言った。

「見たかったら行けば。私は見ませんけどね。あの人は子どものいる姉様で、お時《とき》めきなんだから、見ない方が不思議ですものね。さっき、出過ぎたこととはいえひとこと言いましたよね。今月に生まれる子どもではない、八月じゃないのかって。大姉様から剣突《けんつく》を食ったけど、考えてみたらそんな筋合ありゃしませんよ。なのに、私に腹を立てどおしなんだから」

玉楼、

「私も六月の子とばかり思ってたけど」

金蓮、

「今回はあんたまでたわごとかい。勘定してあげましょうね。去年の八月からやってきて、黄花《わすれぐさ》の乙女(19)だったわけでもないんだから、そのときにはできてて、嫁いでから生むわけさ。再婚の女房が、どれだけの男と会ってたかもわからないし、お腹の子が形になるにも一ヵ月か二ヵ月はかかるのに、それをうちの子と認めるっていうの。私の言ってること、間違ってますか。もし八月の子だったら、まだしもうちの子らしい感じがするけど、六月じゃあね。小さな腰掛けにのって険道神(20)を糊づけする——帽子ひとつぶん届かないってなもんですよ。お里をさまよい《でもとのわからない》出た仔牛は、探すだけ無駄でしょう」

ちょうど話しているところへ、小玉が藁紙と産着、それに小さな敷布団を抱えてきた。孟玉楼、

「これは大姉様が用意なさっていたもので、そのうち臨月になったら使おうとしていた品なの。きょうはひとまず急場しのぎに当てようというのね」

金蓮、

「ひとりは正妻、ひとりは側室《なぐさみもの》が、そのうちふたり揃ってご出産かい。満足には生めなくたって、かけらでも出てきたらそれでいいわけさ。私らは、買ってはきたけど卵を生まない母鶏ってなもんで、まさか殺されずには済みそうもないね」

さらに、

「どう転ぶにせよ、犬がふくらました膀胱に咬みつくみたいに、ぬかよろこびなさいませんように」

玉楼、

「五姉さん、何を言ってるのよ」

金蓮の物言いがいささか不用意なものだから、それから先、玉楼はうつむいて裙《スカート》をいじるばかり。いっさい口を開いて応じようとはしなかった。潘金蓮は片手で柱につかまり、片足で敷居を踏みながら、口には瓜の種をかじっていた。そこに現れたのは孫雪娥《そんせつが》。李瓶児が表の棟で出産すると聞きつけ、奥の棟からあわてふためきこけつまろびつ、見にやってきたのだった。物陰で不意に石台につまづき、あやうく引っくりかえりそうになったところを見て、金蓮は玉楼に、

「ご覧なさいな、おべっか使いの奴隷側女《てばめ》め、ゆっくり行きな。何をあわててるんだい、まるで命懸けだね。物陰で引っくりかえって歯が欠けたら、それだって物入りだよ。大根売りが塩かつぎを連れていくってなもんで、塩《しょう》のないことに胃を痛めやがって(21)。子どもが生まれたら、こんど側女のお前にも、紗《しゃ》の官帽を褒美につけさせてやろうね」

ややあって、部屋からおぎゃあと声がして、赤ん坊が生まれおちた。産婆の蔡は、

「ご当主の旦那様にお伝えいただき、ご祝儀をちょうだいいたしたく存じます。お坊ちゃまをご出産です」

呉月娘が西門慶に知らせると、西門慶はあわてていそぎ手を洗い、天地祖先の位牌のもとで、香を炉いっぱいに焚いて、一百二十分にあたる道士の祈禱をあげることを誓って、母子とも無事に、出産がめでたく、分娩に恙《つつが》なかれと願った。

---

(18)張竹坡の夾批。「李瓶児が子どもを生むところで、月娘が懐妊していることを差しはさんでいる。絶妙である」／(19)原文「黄花女児」。処女をいう。黄花は別名を金針といい、針は貞に通じる。／(20)第四回訳注(13)を参照。／(21)原文「売蘿蔔的拉塩担子、攘鹹嘈心」。第二十回にも同じ発想の歇後語が見えた。同回訳注(2)を参照。

子どもが生まれおちて、家じゅうがよろこびに沸き、だんごになってはしゃいでいるのを耳にするにつけ、潘金蓮はますます怒気をたかぶらせ、部屋へかえりみずから戸を閉めると、寝台に上って泣いた[22]。時に政和六年丙申[23]六月二十一日であった。まさしく、

意に満たぬことが十中八九で
人に言えるのはその二三だけ

といったところ。

産婆の蔡は子どもを取り上げ、臍の緒を咬み切って胞衣《えな》を埋め終えると、定心湯《ていしんとう》[24]を沸かし李瓶児に飲ませ、子どもの処置をきっちりと済ませた。月娘は産婆を奥の棟に通し、酒食でもてなした。かえりがけ、西門慶は五両の銀塊ひとつを与え、三日の産湯のときにはさらに緞子一匹を与えようと約束した。産婆の蔡は千恩万謝してかえっていった。

この日、西門慶は部屋に入ると、まるまるとした我が子がたいそう色白に生まれついていたので、胸のよろこびはたいへんなもので、家の誰もがうかれたのしんだ。夜になると西門慶は李瓶児の寝室で休み、しきりと子どもの様子を覗きにくるのだった。

翌日は夜明けを待たずに早起きし、十組の重箱に盛りつけた祝い麺を、親戚、近隣、友人らの所へとそれぞれ小者に届けさせた。応伯爵と謝希大は西門慶に男児が生まれて祝い麺が届いたと聞くや、二歩を一歩としてあたふたと祝賀に駆けつけた。西門慶は唐破風造りに引き止めて麺を食べさせた。

ふたりをかえすや、広間でてんてこまいしつつ小者を使いに出した。口入れを呼んでこさせ、子どもの面倒をみたり乳をやったりする子守女を探させようというのである。そこへとつぜん薛嫂児《せつおばさん》が乳母を連れてあらわれた。貧しい家のかみさんだった女で、歳は三十。さいきん子どもを亡くして一ヵ月にもならない。亭主は兵隊暮らしで日が送れず、出征したら養う者もいなくなってしまうからと、銀子わずか六両で妻を売りに出したのだという。月娘が見れば小ぎれいな女なので、西門慶に言って、銀子六両を支払って家に置き、如意と名づけて、朝な夕な坊やの面倒をみて乳をやらせることにした。さらに馮婆さんを呼んで産室での用に使うことにし、月に銀子五銭を与えて洗い物をまかせた。

にぎやかな一日のさなか、とつぜん平安が知らせた。

「来保と大番頭の呉典恩が東京よりもどり、門口で馬を下りてございます」

時をおかずふたりは入ってきて、西門慶に見《まみ》えるなり、慶事でございますと報告した。西門慶はたずねた。

「慶事って、なんの話だい」

ふたりは、東京にて蔡太師にお目にかかり礼物を進上いたしまして云々という話の一部始終を、ひととおり物語った。

「閣下は礼物をご覧になるとたいへんよろこばれ、こうおっしゃいました。『お前の主人にはたびたびありあまる礼物をいただいているのに、返礼もできずにいる』と。そこで、父様なにか世襲の役目についているのかとのおたずねがありましたゆえ、わたくしめ、『一介の田舎者でして、とるにたらぬ役職ひとつ身に帯びておりません』とお答えいたしました。太師閣下がおっしゃるには、朝廷で名前の入っていない任官通達を何枚か賜ったとのことで、父様に一枚をお当てくださり、父様のお名前を金吾衛副千戸の職に書き入れてくださいました。そうして当地の提刑所の理刑に任命し、賀さまの欠員を埋められたのです。私めも鉄鈴衛《てつれいえい》（架空の衛名）の校尉にしてくださり、鄆王府の用務につけてくださいました。呉典恩は本県の駅丞に昇りましてございます」

とて、どれもおなじように印章のおされた通達を三枚、それに吏部と兵部の割り符、さらには任官証をすべてとりだしてテーブルに置き、西門慶に示した。西門慶が見れば、たくさんの印章が連なっており、朝廷から型どおりに勅許され、果たして我が身は副千戸の職にあるのだった。これにはおもわず、よろこび額と両眉にあふれ、うれしさ頰と笑顔にみちる、といったありさま。すぐに朝廷の決定を奥の棟へと持っていき、呉月娘らに見せて言った。

「太師閣下が俺を推挙して、金吾衛副千戸の、五品の

---

(22) 崇禎本の眉批「まったく味気ない書き方のようでいて、かえって情の至りである。表現の工夫がここまでに至るとは」。張竹坡の夾批「つまるところ、嫉妬する婦人になりきって描いている箇所である。線描にて絶妙の境地に達したというものである」。／(23) 底本「宣和四年戊申」に誤る。第五十九回に合わせて改めた。／(24) 後世の資料ではあるが、羅信耀前掲書によれば白砂糖を溶かし干しエビで香りをつけたお湯だという。産婦の情緒安定に用いられた。

李瓶児は官哥を産む

大夫《たいふ》(25)の職に上げてくださったんだ。お前も五色の綾紙に書かれた詔をいただいたんだぞ。香袋で飾られた車に乗る夫人さまにしてくださったんだ。それに、大番頭の呉典恩にもお目を掛けて駅丞にしてくださったし、来保は鄆王府の校尉になったんだ。呉神仙が俺の人相を見て、少なからぬ紗の官帽をつけることになり、昇天の勢いにてめでたく出世すると占っていたが、果たして半月にもならない内に、いい話の両方がほんとうになったな」

また月娘に、

「李の姉さんの生んだ子は、たいそうな足どりの強さだよ。三日の産湯を済ませたら、官哥《かんか》と名づけることにしようや」

月娘に書類を見せ終わると、来保が入ってきて月娘らに叩頭するので、しばらく話してから言いつけた。

「あすの朝、書類を提刑所へ届け、夏提刑にお知らせするように。呉典恩にはあすの朝、書類を県の役所へ届けさせるんだ」

そこで来保は西門慶のもとを辞去し、家にかえっていった。

翌日になり三日の産湯が終わると、親戚、近隣、友人らの誰も彼もに知れわたったのだった。——西門慶の六番目の奥様がこのほど男の子をお生みになり、それから三日も経たぬうちにこんな良い事まで起こって、官位と俸禄とが舞い込み、だしぬけに千戸の職に就いたのだ、と。これでご機嫌とりにこない者がいるはずもない。祝いの品が届けられ、人は行ったり来たり、一日じゅう途切れることがない。諺《ことわざ》にも〝時に遇ったら来ぬ者なし、時に遇わねば来る者なし〟という。まさしく、

無愛想な鉄も時に遇えば光輝あり

純無垢の金も運が去れば色褪せる

といったところ。

はてさて、この後どうなりますか、まずは次回の解きあかしをお聞きあれ。

(25) 明代の正千戸は正五品、副千戸は従五品の官員であった。大夫は秦漢代の第五級の爵位。

第三十一回

琴童が徳利を隠して玉簫《ぎょくしょう》をさぐること
西門慶が宴を開いて祝杯をあげること

家が豊かならおのずと身は栄えて
人に逢ったらかならず先を譲らる
貧寒の身が上役に可愛がられようか
お互いに気にかかるのは金のこと

娘を嫁がせるなら権勢の家と決め
財をやりとりして大物と手を結ぶ
栄えるも滅びるも心一つとは知らず(1)
目の前に見えるものに頼るばかり

さて西門慶は翌日、提刑所と県の役所に来保を送って書類を届けさせるいっぽう、人を遣《や》って官帽を作らせ、仕立屋の趙も呼んでこさせた。四、五人の同業を率いて家にやってきた趙は、反物を裁断し、衣裳をいそいでこしらえた。さらに多くの職人を呼んで帯を七、八本作らせたが、すべて指四本の幅で、雲母、犀《さい》の角、鶴頂紅(2)、玳瑁《たいまい》、魚の頭骨、香木の透かし彫りを飾ったものばかり。西門慶の家の大さわぎについてはこれまでとする。

さて呉典恩はその日、応伯爵の家におもむき、駅《えき》丞《じょう》となったことを持ち出して、上下に付けとどけする銀子《ぎんす》を西門慶に借りられるよう口を利いてほしいと、伯爵に何度も懇願した。伯爵に約束するには、

「銀子が借り出せたなら、銀子十両で兄上に礼物を買いますゆえ」

言いながら地べたにひざまずくので、あわてた伯爵は片手で引き起こして言うよう、

「これは善行のお手伝い(3)というもの。大旦那があんたを引き立ててこのたび東京《とうけい》に行かせ、そのお目掛けでこうやって前途が開けたというのも、並み大抵のことじゃあない」

そこでたずねて、

「どれだけあれば、いま使う分に足りるかね」

呉典恩、

「包み隠さず兄上に申しあげるが、家財身代かき集めたところで、俺にはびた一文ありゃしないのさ。こんど着任したら、上役におめみえするときの礼物やら、ふるまい酒やら、服だの鞍だの馬だのの支度やらで、少なく見積もっても銀子七、八十両はかかる勘定だが、そんなものどうやって工面するね。いまここに借用書を作ってきたんだが、それにも額が書けてないんだ。兄上、どうでもこんな俺を助けて、脇からうまいこと言ってもらえないか。事が成った暁には、礼ならしっかりするさ、忘れたりなんてしないよ」

　伯爵、借用書を見てうながすには、

「呉の二哥《にあにき》、銀子七、八十両を借り出したところで、それでも足りゃしないよ。俺の言う通り、筆を取って一百両って書いときな。どのみち俺の顔を立てて、あんたから利息を取りゃしないから、まあ使うにも好都合ってもんさ。そのうちえらくなったら、ゆるゆるちびちびと返したって遅くはない。世間の諺《ことわざ》にも言うだろ、〝借りた米なら平気で炊くが、もらった米なら炊けやせぬ〟って。一日ごまかすなんてのは、半日を二回やりすごすだけのこと。おまけにあんたはあの家で商売だってしてたんだ、あっちじゃあんたの銀子何両かのことなんて、気にも留めるものかい」

　呉典恩はこれを聞いて礼に礼を重ねると、借用書に一百両という数を書き込んだ。それからふたりは、茶を飲み終えると揃って席を立ち、西門慶の家の門口までやってきた。伯爵は門番の平安に、

「お前の父様はもう起きられたか」

平安、

「父様は起きられて、唐破風造《からはふづく》りで職人が帯を作るのを見ておいでです。お取り次ぎいたしましょう」

　そこでまっすぐやってくると、西門慶に知らせて言うには、

「応二さんと呉二叔《おじさん》がおいでです」

西門慶、

「お入りいただけ」

　ほどなくふたりが中に入ると、たくさんの仕立屋や

（1）〔西江月〕の旋律による詞の形式を取っている。／（2）東南アジアに分布するオナガサイチョウの、嘴の上にある赤い板状突起のことで、帯飾りの材料として珍重された。／（3）原文「成人之美」。『論語』顔淵篇に「君子は人の美を成す」とあるのに基づく。

職人がばたばたと仕事をしている。西門慶は普段用の円帽(4)に錦の衣という姿で軒下の廊下にいた。上官に拝謁するときに用いる名刺や礼品目録をかたわらで陳経済が書くのを見守っていたが、ふたりを見ると拱手《きょうしゅ》の礼をして席を勧めた。伯爵はたずねた。

「兄貴の名刺と通達は、もう届けられたんですか」

西門慶、

「けさ、下男を提刑府へやって通達は届けさせた。東平府と県の役所へ届ける名刺は、もうできているんだがまだ行かせていない」

話し終わると、小者の画童が茶を運んできた。茶を飲み終えても、応伯爵は呉典恩の件は持ちだそうとせず、下りてきてしばらく職人の帯づくりを見物していた。帯を手に取り眺める応伯爵の姿を目にした西門慶は、ますます得意げに言った。

「俺が作らせてるこういう帯、お前はどう思う」

伯爵は口をきわめ褒めちぎって言うよう、

「さすがは兄貴だ。どこで求められたのやら、どれを取ってもそれが一番に見えるすてきな帯ばかりだ。こんなに幅広なのはなかなかないね。他のはまだしも、この犀の角のと鶴頂紅のとは、銀子を手にして都じゅうさがしたところで見つかりゃしない。お世辞じゃなく、東京にいらっしゃる金吾衛の衛主閣下（朱勔）にしたところが、玉の帯、金の帯はむだにお持ちでも、こんな犀の角の帯は持っておられませんな。これは水に住む犀の角で、陸《おか》の犀の角じゃない。陸の犀ならたいした値段じゃないが、水の犀の角は通天犀なんて呼ばれるんです。うそだと思うなら水をひと碗くんで、角を水に漬けてごらんなさい。水がふたつにわかれます。こいつは値のつけようもない宝物なんだ。おまけに、夜中に火を点したら千里を照らして、ひと晩じゅう消えないときてる」

そこでたずねて、

「兄貴、いかほどの銀子を出して求められたんで」

西門慶、

「いくらしたか当ててみな」

伯爵、

「こいつに相場なんてあるもんですか。俺らにどうして当てられます」

西門慶、

「教えてやるよ。この帯は中心街の王招宣(5)のお屋敷から出たものさ。きのうの晩、俺のところで帯を探していると聞きつけた人が、わざわざ伝えにきてくれてな。賁四《ほんし》に銀子七十両を持たせ、この帯を買ってこさせようと何度も行かせたんだが、あっちの家はそれでももったいぶって承知せず、百両でなきゃだめだって言うのさ」

伯爵、

「こんなに幅があって格好いいのはなかなか手に入らんですよ。兄貴、こんどこいつを締めていったら、まったく豪儀ですな。ご同僚だって、こいつを見たら自分も欲しくなりますよ」

そうしてひとしきり褒めそやしてから腰を下ろした。西門慶はそこで呉典恩にたずねた。

「お前の書類はもう届けたのかい」

伯爵、

「呉の二哥《にあにき》の書類は、まだ届けてないんですよ。あんたに恐れながらと頼みにきてほしいって、きょうわざわざお願いされたんですがね。あんたの引き立てあって誕生祝いを東京へ護送していったんだから、太師さまのおかげでこんなふうに前途が開けたとはいっても、これはあんたが推挙したのと同じことだし、こいつ自身の運もよかったわけだ。こんなこと言うのもなんだが、一品から九品までみな朝廷の臣下さ。ところがいかんせん、こいつはいま家に金がない。こいつが俺に言うには、これから着任するとしたところが、上役にあいさつしたりふるまい酒をしたり、それに服なんかを支度するのにだって、銀子をずいぶん使わないといけない。〝一客は二主を煩わさず〟ってやつで、融通のきく先といったら他にどこがあるかね。しかたのないことだから、兄貴も俺の顔に免じて、銀子があるなら何両か貸して支えてやり、ここんところを助けておやりなさいよ。いつかこいつがえらくなったら、啣環結草《がんかんけっそう》[6]したって兄貴という大恩人のことを忘れやしないさ。こいつがもともとこちらのお屋敷の番頭で、兄貴の門に出入りしていたのを差しおいても、これまでずっと、よその土地の官吏にしたところが、兄貴に救われたのが何人いるか知れないんだ。兄貴が貸してくれるんでなきゃ、こいつにどこで工面しろっていうんですか」

（4）原文「小帽」。六枚の皮を縫い合わせてつくった普段用の半円型帽子。瓜皮帽ともいう。／（5）第一回訳注(34)を参照。

（6）第十七回訳注(27)を参照。

そこで言うには、

「呉の二哥《にあにき》、例の証文を出して、お前の大旦那にお見せしな(7)」

呉典恩はあわてて懐から取りだし、西門慶にさしだして検《あらた》めさせた。見れば銀子一百両を借用するとあって、保証人は応伯爵その人、毎月の利息は五分となっている。西門慶は筆を取って利息のところを塗りつぶし、言うには、

「応の二哥《にあにき》が間に立ってくれるんなら、お前はさきざき百両の元金だけ返してくれればいいさ。上役にも下役にも、こういう銀子を注《つ》ぎこまないとなるまいから」

そこで借用書をうけとり、さて奥へ銀子を取りにいこうとしたところ、とつぜんひとりの書吏がおとずれた。提刑所の夏提刑が、書付を持たせて遣わしたのである。また、十二名の兵卒も側仕えのためにやってきたが、こちらは三班(8)の小役人らが自らの名刺を持たせてよこしたのだった。着任の日取りはいつになさり、字《あざな》と号は何とおっしゃるのでしょうかと伺《うかが》いを立て、役所の同僚らがおおやけに礼物を準備して表慶に参りますからという。西門慶が陰陽(9)の徐先生に日取りを選ばせたところ、七月二日は黄道吉日《こうどうきちにち》であり、辰の刻に着任するがよろしいというので、その旨を記した名刺もて夏提刑に返事をし、書吏には銀子五銭を褒美に与えたが、いずれもこまごま述べるまでもあるまい。

応伯爵と呉典恩がちょうど唐破風造りに座っていると、陳経済が銀子百両を手に出てきた。西門慶は呉典恩にわたすよう指示して、それから言うには、

「呉の二哥《にあにき》、お前はさきざき元金だけ返してくれればいいからな」

呉典恩は銀をわが手に受けとりつつ、叩頭《こうとう》して拝謝した。西門慶、

「これ以上は引きとめないから、家で自分のことをするんだ。応の二哥《にあにき》はのこってくれ、まだちょっと話があるんだ」

呉典恩は銀子を手に、ほくほく顔で門を出ていった。皆様お聞きあれ。のちに西門慶が死んで、家運が衰廃にかたむくと、呉月娘《ごげつじょう》は独り身を守り、小玉を玳安《たいあん》にめあわせてその妻とすることになる。家では小者の平安が質倉の髪飾りを盗みだす騒ぎも起こり、南の盛り場の娼家にしけこんでいるところを駅丞の呉典恩に捕まって、手ひどい指締めと打擲《ちょうちゃく》を受けた。呉典恩は、月娘が玳安と道ならぬ仲である旨を平安に供述させて

巻き添えにし、でっちあげの罪状で月娘を役所に引き出そうとして恩に仇《あだ》で報いたのであるが、後の話なのでこのことは措く。まさしく、

実を結ばぬ花は植えるなかれ
義を弁えぬ人と交わるなかれ

といったところ。

このとき賁四が、東平府と県の役所に名刺を届けてかえり復命した。西門慶は引きとめて、応伯爵とともに陰陽の徐先生の食事の相手をさせた。そのさなか、西門慶の義兄たる呉の大舅《おおあに》があいさつに訪れたので、徐先生は席を立った。しばらくすると応伯爵も暇《いとま》を告げ、門を出ると呉典恩の家へとやってきた。呉典恩の方でもとっくに十両の保証人代を包んでおり、両手で伯爵にさしだして叩頭した。伯爵、

「もし俺があんな風にうまく取り入らなかったら、きっとお前にゃ貸そうとしなかったところだ。お前にくださったこの銀子百両は、上役下役にばら撒いたって使いきれないだろうから、のこった分は家の掛かりにあてるんだな」

呉典恩は伯爵への礼を済ませると、官帯や衣裳を調え、吉日を選んで上官にあいさつし着任したが、このことは措く。

このとき県の長官たる李知県が、行政の長《おさ》たる同僚四人（知県、県丞、主簿、典史）で語らって、人をよこして羊や酒といった祝賀の品を送らせてきた。さらに、李知県の書付を持った若者がひとり側仕えによこされたが、歳はやっと十八、原籍は蘇州府常熟県で、小張松(10)と呼ばれていた。もともと県の役所で稚児《ちご》をしており、容姿はすずやかにして、顔は白粉《おしろい》を塗ったよう、白い歯を赤い唇が囲む。読み書きもでき、南曲も上手に歌い、黒い薄絹の直綴《じきとつ》に涼鞋《サンダル》に白い靴下という出で立ち。西門慶は若者が利口なのを見るやすっかりよろこび、名刺にあいさつを書いて李知県に返事をし、若者は家に側仕えとしてとどめ、名を改めて書童と呼ぶ

（7）張竹坡の旁批。「『お前の（你）』の一文字がうまい」。／（8）州や県の役所の壮班、皂《そう》班、快班を指す。それぞれ捕縛、看守、捜査を任務とした。／（9）第六回訳注(5)を参照。／（10）張松は『三国志演義』にも登場する後漢末の政治家。ここで引き合いに出される理由は判然としないが、小柄で有能、記憶力もよかったが節操がなかったと伝えられる人物像と関係するか。

ことにした。身につける衣裳一式を仕立ててやり、靴や帽子まで新調し、馬の供はさせずにもっぱら書斎の世話をさせ、礼物の目録を管理させたり花園の鍵をまかせたりした。加えて祝日念も十四歳の小者をひとり側仕えに推挙してきたので、これも棋童《きどう》と名を改め(11)、日々琴童とふたりして書類袋をせおい名刺箱をかかえて、馬の供をする役目とした。

着任の日には、役所にて盛大な祝宴を張り、召喚状もて呼び出された三院(12)の楽師、芸人や歌舞の頭《かしら》が参上して、吹き打ち弾き歌われる調べのなか、奥の広間で酒を飲み、日の暮れる時分になって散会した。

西門慶は毎日、大きな白馬にまたがり、頭には烏紗《うさ》帽《ぼう》（官帽）をかぶり、身には鬣《たてがみ》さかまく獅子の補子《ほし》(13)を五色の洒線《しゃせん》(14)で縫い取った丸襟礼服を纏うようになった。指四本の幅がある帯には伽南《きゃなん》（沈香《じんこう》の一種）の香木に金をかぶせた飾りがつけられ、白底の黒靴を履く。兵卒が先払いするなか、日覆いの大きな黒い扇を掲げさせて、前後を取り巻く十数人を下らぬ供の者をしたがえつつ、街を悠然と進んでいくのだった。

着任してもどると、まずは府や県の役人たち、守備に都監(15)、清河《せいが》左右衛(16)の同僚のところへ、それから親類友人や隣近所へとあいさつに上がり、その華やかなふるまいは大したもの。家では礼物をうけとったり祝い状が届いたりということが、一日じゅう絶え間なくつづいた。まさしく、

白馬の胸繋《むながい》には血の赤色が新しく
疎遠な親戚も交わり求めて押寄す
無愛想な鉄も時に遇えば光彩あり
純無垢の金も運が去れば色褪せる

西門慶は着任以来、日々提刑院の役所にて庁堂に出て点呼をとり、案件を審理するのだった。

光陰は速やかに、いつしか李瓶児が産褥《さんじょく》に就いてひと月になろうとしていた。呉の大兄嫁、二兄嫁、楊姑娘《おばさん》、潘のおっかさん、呉の大姨《おおあね》、喬《きょう》大戸の奥方ら、親戚や近隣の多くの婦人らが、みな礼物を贈って官哥《かんか》の満一ヵ月を祝った。廓《くるわ》の李桂姐《りけいしゃ》や呉銀児も、西門慶が提刑所の千戸となり、家に子どもまで生まれたというので、立派な礼物を贈り、駕籠《かご》に乗って祝いにやってきた。西門慶はその日、表の棟の大広間に宴席をもうけ、女客を招いて酒をふるまった。春梅、迎春、玉

簫、蘭香はいずれも着飾って席前で月娘の指示に従い、徳利を手にし酒を注いで、女客にすすめた。

もともと西門慶は毎日役所からもどると、表の棟の広間でもう上着を脱いでしまうのだった。書童に畳んで書斎に置いておかせ、冠帽だけはつけたまま奥へと入っていき、翌日起きるとすぐ女中を遣って、書斎へ上着を取りにいかせるのである。近ごろ大広間の西の脇棟にある一室を書斎に直し、そこに寝台や小机、テーブルや椅子、帳《とばり》、筆や硯、琴《きん》や書物のたぐいをしつらえたので、書童は夜になると、寝台の踏み板に布団を敷いて寝ればよかった。西門慶が起き出してこぬうちに、こまかい片づけをし、書斎をきれいに掃除して、側仕えにそなえる。主人がどの部屋で休んだにしても、朝にはその部屋の女中が、上着を取りに表へとよこされるのだった。取りにきては持っていきとしていたが、この若者はもとが稚児だけに利口で聡《さと》くて容姿もすずやか。それが各部屋の女中らと冗談を言ってふざけ合い、馴染みになったものだから、はからずも母屋の玉簫とこっそりたわむれるうち、ふたりはできあがってしまったのだった。

その日、これも起こるべくして起こったことなのであろう、この若者がちょうど起きて、書斎の寝台の底板で線香を焚きつつ、窓枠に鏡を置いて髪を梳《と》かし、赤い紐で髪を結っているところに、はからずも母屋の玉簫が戸を押し開けて入ってきた。書童の様子を目にして言うには、

「この囚人め、こんな時間にまだ眉や目元のお作りかい。父様はお粥を召し上がったらすぐいらっしゃるよ」

書童はそれでも構わず、布でくるんだ髷《まげ》をくるのにかかりきりなので、玉簫、

「父様の上着は、畳んでどこに置いたの」

書童、

「寝台の南側に置いといたよ」

玉簫、

(11) 第二十回にも棋童を買ったことが見え、前後で重複している。／(12) 第十回訳注(19)を参照。／(13) 第七回訳注(14)を参照。武官で獅子の補子をつけられるのは本来なら一品、二品の官のみで、五品の西門慶は熊羆の補子をつけなくてはならない。

(14) 明代の北京で始まった刺繍の技法で、擬紗の地に原色を主とした五色の縒り糸を刺し、コントラストのあざやかな図案をあらわす。／(15) 第二十四回訳注(17)を参照。／(16) 第二回訳注(22)を参照。

「きょうはそれは召されないって。金糸《きんし》で補子を縫いとった、例の黒鳶《くろとび》で交《ま》ぜ織《お》りの丸襟と、水浅葱《みずあさぎ》の内着にしたいから、あんたに出させろとのお申しつけよ」

書童、

「あの上着ならたんすにあるよ。俺がきのうしまったばかりなのに、きょうまた着られるんだな。姉さん、自分で扉を開けて取っとくれ」

玉簫は、すぐには上着を取ろうとせず、近づいて髪結いを見ながらからかって、

「このけったいな囚人め、女房よろしく赤い紐で髪を結って、鬢をそんなふわふわに梳かしつけるのかい」

その瀼水《じょうすい》(17)ざらしの白い苧麻《ちょま》布の肌着に、桃色と緑色の紗の匂い袋がひとつずつ結ばれているのを見て、玉簫はねだった。

「この桃色のをちょうだい」

書童、

「人の気に入ってるものを、くれっていうのかい」

玉簫、

「あんたみたいな小者は、こんな桃色のは持つわけにいかないでしょ。私が持つんでなきゃ」

書童、

「欲しがるのがこいつだからいいが、もし気に入ったのが他人《ひと》の亭主でも、やっぱり欲しがるんだろう」

玉簫はわざと相手の肩をひとつねりして、言うには、

「この囚人め、路地で門神の画を売るってやつで、とんだ傑作を披露してくれたもんだ」

と、有無を言わせずふたつの匂い袋を、解《ほど》く手間もかけずに結んだ紐から引きちぎり、袖に入れてしまった。書童は、

「まったく慎みのないやつだ、人の帯まで引きちぎりやがった」

玉簫は照れかくしに拳固《げんこ》と掌でひとつずつ、たわむれに書童の体を打《ぶ》った。打たれた書童はあせって言うよう、

「姉さん、おいたはやめとくれ。髪を結いあげてからにしてくれよ」

玉簫、

「ちょっとたずねるけど、父様がきょうどちらへおいでになるか、聞いてないかしら」

書童、

「父様はきょう、県の第三役たる華主簿さまの送別で、天領の荘園を任されている薛《せつ》太監のところでご宴

会さ。早くかえられて、午後には応二叔《おじさん》に会うと聞いてる。きょうは銀を支払って、向かいの喬大戸の家を買われるんだ。あっちで飲まれることになるよ」

玉簫、

「ちょっと待ってて、どこへも行かないでよ。もどってきてあんたと話がしたいから」

書童、

「わかった」

玉簫はこうして約束を取りつけると、上着を手にまっすぐ奥の棟へと行ってしまった。

ややあって西門慶が出てくると、すぐに書童を呼んで言いつけた。

「家にいるんだ。どこへも行ってはいけない。まず招待状を十二通書いてほしい。すべて緋色の封筒に入れてな。二十二日に男客を招いて官哥の祝い酒を飲む。買い出しと、料理人や給仕の増員をするよう来興《らいこう》に言って、宴席の支度を整えさせておけ。玳安と兵卒ふたりは、招待状を届け、歌い女《め》を呼ぶ係。琴童は家にのこせ。女客のところで酒の差配をさせる」

言いつけ終わると、西門慶は馬に乗って送別におもむいた。

呉月娘や側室たちが招いた女客が揃うと、まず唐破風造りで茶席を設け、それから屏風は孔雀を開き、敷物は芙蓉《ふよう》を隠すという具合に飾られた大広間にて席についた。宴には四人の妓女《ぎじょ》が呼ばれ、弾きかつ歌った。

果たせるかな、西門慶は昼下がりの時分には帰宅した。料理箱ひとつ分の酒肴《しゅこう》を用意して応伯爵と陳経済を迎え、銀子七百両を向かいの喬大戸の家へと運んで、家屋の売買を成立させに行った。

女客がちょうど酒を飲んでいるところに、玉簫がふと現れ、銀の徳利酒一本と梨四つ、蜜柑一つを持ち去り、脇棟にまっすぐやってきて書童に届け、食べさせてやろうとした。戸を押し開けると、はからずも書童は中にいないので、人に見られるのをおそれ、徳利ごと置いてすぐ出てきてしまった。

まことに不思議なことだが、琴童は座敷で酒の世話をしながら、玉簫が書斎に入っていきしばらくして出てきたのを、冷たい目でちらりと見ていたのだった。

---

(17) 襄河のこと。漢水のうち湖北省襄陽より下流を指す。底本は「瀼」を「滾」に誤るが、第六十二回にみえる類似表現に基づいて改めた。

玉簫は酒とくだものを書童に届ける

書童が中にいるものとばかり思った琴童は、覗《のぞ》いてやろうと大股でいきなり踏みこんだ。だが意外にも書童はよそへ行ったままもどっておらず、燗酒《かんざけ》の徳利一本とくだものとが寝台の底に置いたままになっている。琴童はいそぎくだものを袖にしまい、徳利の酒を身体でかくすようにして、まっすぐ李瓶児の部屋まで提《さ》げていった。迎春と女主人はふたりとも座敷に出ておりもどっておらず、乳母の如意《にょい》と繍春《しゅうしゅん》だけが部屋にいて坊やの子守りをしていた。琴童は戸を入るとたずねた。

「姉さん（迎春）はどこだい」

繍春、

「お座敷で奥様にお酒を注いでいますよ。そんなこと聞いてどうするの」

琴童、

「いいもの持ってるんで、預かっててもらいたくてさ」

繍春がなにかとたずねても、とりだそうとはしない。話している最中、迎春が座敷から乳母に食べ物を運んできた。鵞鳥《がちょう》の丸焼きから切り分けた肉をひと皿と、とうもろこし粉《こ》の皮に玫瑰《まいかい》の餡を挟んだ蒸しパンの小皿ひとつ。琴童の姿を見るなり、

「この囚人め、ここで何をへらへらしてるんだよ。座敷でお酒の世話をしないでいいの」

琴童はやっと徳利を服の下から取りだし、迎春に、

「姉さん、預かっておくれよ」

迎春、

「これ、座敷でお酒を注ぐ徳利でしょう。そんなもの、用もないのに取ってきてどうするの」

琴童、

「姉さんは気にしなくていいさ。これはね、母屋の玉簫が小者の書童とごにょごにょあるもんだから、こんな徳利と、ついでに蜜柑や梨までくすねて、書斎に届けてあいつに食わせようとしたものなんだ。人の目がない隙に、俺があいつの取り前をちょろまかしてきてやった。お前はしっかり預かっといてくれればいい。誰が探しにきても、出しちゃいけないよ。まずはたなぼたをいただいておくさ」

とて、梨と蜜柑を袖から探り出して迎春に見せた。言うには、

「酒を出し終わったら、きょうは獅子街の家の番に当たってるんで、宿直に行ってくるよ」

迎春、

「しばらくして、徳利はどこだって騒ぎになっても、

あんたが責任とるのよ」

琴童、

「俺があの人らの徳利を盗んだわけでもないんだ。おのおの当事者は騒ぐ、部外者は寛《くつろ》ぐってわけで、俺の知ったこっちゃないね」

言い終えると、大手を振って立ち去った。迎春が徳利を奥部屋のテーブルに置いたことは措く。

夜になって宴席がお開きになり、食器を片づけてみると、徳利がひとつなくなっている。玉簫は書斎へ取りにいくが、あるはずもなし。徳利がもう一本、べつにあったとしても消え失せていただろうほどに、影も形もない。書童にたずねると言うには、

「俺は用事でよそに出てたから知らないよ」

これには玉簫も泡を食い、小玉のせいだとまくし立てた。小玉は罵った。

「やりすぎてぼけちまったのかい、この淫婦が。私は奥の棟で茶の面倒みてたんだ。徳利かかえて宴席で奥様にお酒を注いでたのはあんただろう。いま徳利がなくなったとなると、私になすりつけるのかい」

あちこちくまなく探したが見つからず、ずいぶんしてから李瓶児が部屋にもどったところで、迎春はかくかくしかじか、

「琴童が一本持ってきたのを、預かっておくように言われました」

と告げるのだった。李瓶児、

「あの牢屋暮らしめ。なんだってこんな徳利を持ちこんだりしたんだ。奥ではこれ一本のために、上を下へのおおさわぎだよ。玉簫は小玉のせいに、小玉は玉簫のせいにして、あの年上の女中（小玉）なんて焦って、この身に賭けてと誓っては泣くばかりさ。はやいところ、さっさと届けにいってやりなさい。このうえ遅くなったらきっと、お前ってチビ淫婦がわるかったんだってことにされちまうよ」

迎春はそこでやっと徳利を出し、奥へ届けにいくことにした。

奥では玉簫と小玉のふたりが、消えた徳利をめぐり揉《も》めている最中だった。ふたりが言い争いつつ月娘の前に出ると、月娘は、

「このばっちい娘ども。このうえ何を争おうっていうの。お前たちはどこを受け持っていて、徳利をなくしちまったの」

玉簫、

「私は座敷で奥様についてお酒を注いでおりました。この人は銀の食器を見張ってたのに、それがなくなったとなると、私のせいにするんです」

小玉、

「大兄嫁さまがお茶をご所望で、私はお茶を取ってさしあげに奥へ行ってたじゃないか。あんたが徳利を抱えてたのに、なんで見えなくなるの。きっと、でかすぎる尻の穴から心臓が落っこちて、心ここにあらずってとこだったんでしょ」

月娘、

「きょうの宴席には、まぎれこんだ者だってなかったと思うのに、どうして物がなくなるの。しばらく待って、徳利がどこから出てくるか見ましょう。後になって、騒ぎを聞きつけた主人がやってきて、それでも徳利がなかったなら、さだめてひとりひと打ちってことになりますよ」

玉簫、

「父様がもし私を打つなら、私がこの淫婦を許してやるなんざ丸損《まるぞん》じゃないですか」

揉めている最中に現れたのは西門慶。外から入ってきて、なんの騒ぎかとたずねるので、月娘は徳利がなくなった一段をひととおり話して聞かせた。西門慶、

「ゆっくり探せばいいだろう。むやみに何を騒いでるんだ」

潘金蓮、

「いちどお酒を飲むと銀徳利が一本なくなって、それでも騒動にならないなんて、お宅は王十万《おおがねもち》ですか。一番酢がもし酸っぱくなけりゃ、あとは底まで薄いまってね」

皆様お聞きあれ。金蓮のこのせりふは、李瓶児が真っ先に男児を生んだのを当てこすり、満ヵ月というときに物がなくなったのも幸先《さいさき》がわるいというのだった。西門慶はこれをはっきり聞きとったが、口に出して応じはしなかったのである。

そこに迎春が徳利を届けに入ってきたので、玉簫は、

「ほら、徳利ならあったじゃないですか」

月娘は迎春にたずねた。

「この徳利、いったいどこから出てきたんだい」

迎春はすべてを話した。琴童がよそからうちの奥様の部屋へ持ってきたのを預かっていたこと。どこから持ってきたのかは知らないこと——。月娘はそこでたずねるよう、

「琴童ってあの奴隷は、いまどこなの」

玳安、

「きょうは獅子街の家の番が当たっており、宿直に参りました」

金蓮は脇からおもわず鼻でくすっと笑った。西門慶はたずねた。

「何がおかしいんだ」

金蓮、

「琴童はあの人の使用人で、徳利を置いたのもあの人の部屋の中。きっとこの徳利は、つもりがあって隠したんですよ。もし私だったら、小者を遣ってあの奴隷をいますぐ呼びかえし、しっかり打ちすえてとことん質《ただ》しますね。そうでもしなきゃ、さっきまで罪を着せられてたそこのふたりはどうなります。まったく〝立ってる金剛はきりきり舞い、座ってる仏様は尻に根が生える〟ってところですよ」

西門慶はこの言葉におおいに怒り、見ひらいた目を金蓮に据えて言うには、

「お前の口ぶりだと、まさか李の姉さんがこの徳利を欲しがったというのかい。見つかったんだから、もういいだろう。やたら騒ぎたててなんになるんだ」

金蓮は恥ずかしさに顔をさっと赤らめると、

「姉様にお金がないだなんて、誰が言いますか」

言い終えると、腹を立てつつその場を立ち去った。

そこへ陳経済がやってきて、

「宮廷造営用の煉瓦《れんが》工場を監督なさっている劉太監よりのお使いが、礼物を届けにおいでです」

と言って請じるので、西門慶は表へと見にいくことにした。

金蓮は孟玉楼《もうぎょくろう》のかたわらに立って罵った。

「あのろくな死に方をしない、人を三等九級に格付けしてあしらう強盗め。ここしばらくのふるまいは、自分の首を絞めようとでもいうのかね。一粒種《ひとつぶだね》ができてからというもの、あの人は太子さまでも生んだみたいなあつかいなのに、私らを見る目ときたら疫病神の化身だとでも言わんばかり。やさしい言葉なんてとんと口にしないどころか、どうかするとすぐ、ふたつのおべべを見ひらいて人をどなりつけるんだから。姉様がお金持ちだなんてこと、誰だって知ってますよ。そのうち、小者や女中がつけ上がって間男や泥棒に走り、そこら中の相手とやりまくるようになったって、放っときゃいいでしょうよ」

話しているうちに、呼ばれてなおしばらく留まっていた西門慶が表の棟へ向かったので、孟玉楼、

「まだ行かないの。きっとあんたの部屋に行ったのよ」

金蓮、

「でも、あの人は言ってたでしょ。子どものいる部屋はにぎやかだって。子どものない私らの部屋は、さびしいものよ」

話しているところに、春梅が外からやってきた。玉楼、

「あの人はあんたの部屋に行くんだと言ったのに、それでも信じないんだから。ほら、春梅が呼びに来ましたよ」

とて、話を聞こうと春梅を呼びよせた。春梅、

「玉簫からハンカチを取りかえしにきたんです。あいつ、きょう私からハンカチを借りてかぶっていたんです」

玉楼はたずねて、

「父様はどちら」

春梅、

「父様は六娘《ろくおくさま》のお部屋に行かれました」

金蓮はこれを聞いて、心に炎が燃え立つかのよう。罵るには、

「あの強盗め。あんたの脚なんてへし折れたって構やしないから、このさき未来永劫、私の部屋には足を踏み入れないでおくれ。部屋の敷居でもまたごうもんなら、あの死ぬまで娑婆《しゃば》に出られぬ牢屋暮らしめ、くるぶしの骨をねじ折ってやる」

玉楼、

「六姉さん、きょうはどうしてそんな口ぎたなくあの人に毒づくの」

金蓮、

「そうじゃないの。あの三寸ぶつの強盗め、あいつは鼠の腹に鶏の腸《こせこせしている》ってなもんで、心の広さなんて三寸四方がいいとこでしょ。みんなあんたの女房だろうに、わけもなく、ただしいいしいの種がひとつ余計にくっついてるだけのことで、それがどうかしたとでもいうのかい。なんだってそんな風に、ひとりもちあげたらひとりひきずりおろして、人を泥に踏みつけたりするのかね」

まさしく、

大風が梧桐《あおぎり》を吹き倒せば
脇には人がいて云々《うんぬん》する

といったところ。こちらで金蓮が腹を立てたことは措く。

さて西門慶が表の棟におもむくと、劉太監[18]のよこした家の者が、宮中で醸した酒を一甕《ひとかめ》、羊を一匹、金襴《きんらん》緞子《どんす》を二匹、桃の形の祝い菓子を一皿、祝い麺を一皿、ごちそうを四品、届けにきていた。ひとつには誕生祝い、ふたつには慶賀のためである。西門慶は使者に厚く褒美をとらせてかえした。

奥へもどると、李桂姐と呉銀児のふたりが辞去して家にかえろうとしていた。西門慶、

「お前たちふたりはもう一泊していきなさい。二十八日[19]になったら守備府の周さまと提刑の夏さま、都監の荊さま、天領の荘園を任されている薛太監、それに煉瓦工場の劉太監をお招きする。廓から芸人や役者を呼ぶから、ご両名は酒を注ぐのに専念してほしい」

桂姐、

「私らをお引き止めでしたら、若い子を家に遣り、おっかさんにひと声掛けましょう。あまり心配しますから」

そこでふたりの駕籠はどちらも返されたが、このことは措く。

翌日、西門慶は大広間に錦の屏風を並べ、盛大な宴を張り、前もって招待状で招いた男客らと酒を飲むことになっていた。過日、天領の荘園で煉瓦工場の劉太監に会ったところ、薛太監と共に礼物を届けてきたので、西門慶の方からも招待状を送っていた。ほかに応伯爵、謝希大のふたりを相伴《しょうばん》に招いたのだが、おのおの朝飯時から衣服も帽子もきっちりと、例によって真っ先にやってきた。西門慶は唐破風造りに通して座らせ、茶でもてなした。そこで伯爵はたずねた。

「兄貴はきょう、宴席にどんなお客さまをお招きで」

西門慶、

「劉、薛の両太監、守備府の周大人、都監の荊南崗《けいなんこう》（荊忠の号）、同僚の夏提刑、団練の張将軍閣下、衛の范千戸、それに呉の大哥《おおあにき》と二哥《にあにき》だ。喬さんはきょうになって人をよこして、来られないそうだ。ここなご両名と合わせて、お客はそれきりさ」

言い終わると、ちょうど呉の大舅《おおあに》と二舅《にばんめ》がやってきて、拱手の礼をするといっしょに座った。左右の者がテーブルをしつらえて食事を並べる。食べ終えたところで応伯爵がたずねた。

「満一ヵ月のお祝いに、坊やは抱っこでお出ましなさったんですか」

西門慶、

「女客たちも見たがったからな。坊やを表に出すのは今回はやめておけ、風に当たるからと家内は言ったんだが、乳母が構わないと言うんで、乳母に布団でくるませて、あの子の大媽《おおかあさま》(20)の部屋に顔を出させたよ。めでたい日にあわせて格好をつけたら、すぐ部屋にもどした」

伯爵、

「その節は、兄嫁どの（呉月娘）の方からお招きいただき、家内も参上したがっていたのですが、バタバタしているうちに古い病がぶり返しまして。炕《オンドル》から起きられなくなり、心ばかりひどく急《せ》いておりました。ほかのかたがいらしていない今のうちに、どうにかお声掛けいただき、坊やに抱っこでお出まし願って、我ら一同にひとめ拝ませていただけませんか」

西門慶はそこで奥に言いつけた。

「坊やをゆっくり抱いてくるんだ。驚かしてはいかんぞ。お前の母様（月娘）に申しあげるんだ、大舅と二舅がお見えになって、応二さん、謝さんとひとめご覧になりたいそうだとな」

月娘は乳母の如意に、赤い綸子《りんず》の小さな布団でしっかりくるんだ赤ん坊を、唐破風造りの通用門のところまで送り届けさせた。それを玳安がうけとって、中へと抱いて入る。客人一同、目を大きくあけて眺めれば、緋色の産着を着た官哥は、色白の顔に赤い唇をしており、たいそう福々しいので、みな声を上げ褒めそやして止まなかった。伯爵と希大はそれぞれ、袖から錦の緞子の腹掛けを一枚とりだした。小さな銀の垂れ飾りが、ひとつずつついている。応伯爵は五色の糸に十数文《もん》を通した長命銭をも差し出して、しっかりと抱いて部屋へおもどしするように、坊やをびっくりさせてはいけない、と玳安に言い聞かすのだった。そして言うには、

「お顔立ちが端正でいらっしゃる。紗の官帽をつけるべく生まれついたかたは、双葉のころからちがいますな」

西門慶はおおよろこび。拱手してふたりからの丁重な礼物に感謝した。伯爵、

(18) 底本「薛太監」に作るが、六五六頁の陳経済の台詞に合わせて改めた。／(19) 七月二十八日は西門慶の誕生日であり、すぐあとに、この台詞が述べられた翌日のこととして、誕生日を祝う宴の様子が描かれている。ところが、この台詞が述べられている時点は六月二十一日生まれの官哥の満一ヵ月を女客が祝った日であり、前後で矛盾をきたしている。この回の前文では、男客との宴の日取りを七月二十二日としている。／(20) 庶子からみて父の正妻をいう。嫡母。

ふたりの太監を迎える西門慶

「兄貴、よしてください。恐れ入ります、心ばかりのものですのに」

　話しているところへ、だしぬけに、劉太監と薛太監がお見えですとの知らせがあったので、西門慶はあわてて上着をまとい、二の門へと迎えに出た。ふたりの太監は四人舁《か》きの駕籠に乗り、蟒《うわばみ》が肩をめぐる衣を着て、房飾りのついた槍をかまえた兵列に先払いをさせながらやってきた。西門慶はまず大広間に通し、拝謁し礼を交わして茶でもてなした。

　それから、周守備、荊都監、夏提刑といった武官らがやってきた。みな錦繍《きんしゅう》を身にまとい、籐《とう》の棍棒や日覆いの大きな扇を手にした軍卒に先払いさせ、属吏を従えていた。ほどなく門口に勢ぞろいすると、あたりは側仕えの者らで黒山の人だかり。中では太鼓や楽《がく》の音が天に喧《かまびす》しく、笙と簫とが交々《こもごも》に奏される。席について酒をすすめる段となって、武官らは劉、薛の両太監と顔を合わせた。

　広間の正面には十二のテーブルがしつらえられ、あたりじゅう、幃《とばり》は錦の帯で結ばれ、花は金の瓶に挿され、卓《テーブル》には盛り合せの皿や銀塊をかたどった菓子が並び、床には錦の敷物や刺繍のある絨毯が広げられている。杯を手にした西門慶は、まず劉、薛の両太監に席をすすめたが、ふたりは再三にわたり、

「まだご列席の大人《たいじん》がたがおられますから」

と譲ろうとした。周守備は、

「お二方の老太監さまは、齢《よわい》、徳ともに秀でられておいでです。三歳《みっとせ》内宦をつとめれば王公の上に立つ、と言うではございませんか。首座につかれるのが当然というもの、あれこれ申すことがございましょうか」

　互いにひとしきり譲り合ってから、薛太監、

「劉さん、皆様が許してくださらぬとあっては、ご主人にもわるい。座りましょう」

　そこで、ぐるりにあいさつし辞儀をして、劉太監が左に、薛太監が右に、それぞれ脚の裏にハンカチを敷き、小者ふたりが脇から扇ぐなか、席に着いた。周守備や荊都監らは、それに次いでやっと腰を下ろした。すぐに階《きざはし》の下から妙《たえ》なる調べが流れ、奏楽が始まった。この日の佳き宴はどのようであったか。そのさまは、

　　珍味が調理され
　　果物は旬が出る

といった具合。

やがて酒が注がれること五巡、湯《スープ》が供されること三度となり、料理人が席までやってきて、最初のメインとして鵞鳥の丸焼きが切り分けられると、首座につく劉太監がまず銀子五銭を褒美に与えた。

教坊司(21)管下の芸人頭《がしら》が緋色の紙に書かれた演目表をさしだし、下手では笑楽院本《こっけいしばい》(22)の一段が賑々しい。まず外《わきやく》が節級(23)に扮して登場し、前口上を述べる。

外：法律が公正なら天の心また和やか
役人が清廉なら民は自ずと安らぐ
妻が賢ければその夫に災い少なく
子が孝なればその父は心も穏やか
それがしはほかでもない、庁堂にお仕えする節級でございます。配下にかかえるは楽師や人形遣いらおおぜいの旅芸人。さて、きのう市場で買った一枚の屏風に、滕王閣《とうおうかく》(24)の詩が書いてありました。人にたずねておしえてもらえば、唐朝の王勃《おうぼつ》(25)どのという、身の丈三尺にも満たぬかたが作ったとのこと。なんでもこの人、筆を下ろせば文章となる、広く学問をおさめたかたなのだそうで、まがうかたなき才子というもの。いまから傅末《つっこみやく》にこのかたを探させてお招きし、お目にかかりたく存じます。ケチのつけようのない名案でございましょう。傅末よ、どこにおるのだ。

傅末：広間から一つ呼ばれれば
階下から百も答えまする
節級さま、どういったご用命でありましょうか。

外：きのうの屏風に書かれていた滕王閣の詩はたいへん結構であった。聞けばあれは、唐朝の王勃どのという、身の丈三尺にも満たぬかたが作ったのだとか。今、これなる物差しを渡すゆえ、すぐさまお招きに上がってくれ。お招きできたなら褒美を一銭、お招きできなければ麻縄の笞《むち》を二十くれてやる。必ずや引っぱたき、容赦はせぬからな。

傅末：かしこまりました。（身を転じ退出し）節級はたわけだな。王勃どのとな、唐より今まで、百年や千年では利かぬというに、俺にどこへ探しにいけというのか。仕方がないから行ったり来たりだ。孔子廟《こうしびょう》の門前まで来てみたら、ずっと遠くから、たっぷり学問をしていそうな立派な人が通りかかるぞ。ちょっとたずねてみないわけにはいくまい。——もし、そちらさまは滕王閣の詩を書かれた、身の丈三尺に満たぬ王勃どのではございませんか。
浄《おどけやく》：（秀才の姿。笑って）王勃どのといえば唐朝の人物、いまどこにいるというのか。ちょいとかついでやることにしよう。——いかにも私は王勃である。滕王閣の詩は私が書いたもの。いくつか文句を諳《そら》んじて進ぜよう。「南昌の故郡、洪都の新府。星は翼軫《よくしん》に分かつ」。「龍光 斗牛の墟を射て、人傑地霊、徐孺《じょじゅ》は陳蕃《ちんばん》の榻《とう》を下ろさしむ[26]」。
傅末：うちの節級は私にこれなる物差しを渡して、身の丈三尺でなければならぬ、指一本分ちがってもお招きするなとの仰せ。あんたのこんな図体じゃ、どうしてつとまるものですか。
浄：構いはせぬ。活路は切り開くもの。ほれあちらに、もうひとり王勃どのが参ったぞ。
（背をむけ小人の格好をする。傅末が物差しと比べると、浄はさらに縮こまる）
傅末：（笑って）どうにかつとまるだろう。
浄：ひとつだけ。節級にお目にかかるときには、どうかくれぐれも、小さな腰掛けをさっさと

（21）第十回訳注(19)を参照。／（22）第二十回訳注(20)を参照。この箇所の原文は「笑楽的院本」となっている。／（23）唐、宋代の低位の武官名。／（24）滕王閣は、唐の高祖の第二十二子・元嬰（滕王）が洪州都督であった際に建てた、贛《かん》江を望む楼閣（洪州はいまの江西省南昌市）。のちに洪州都督となった閻公が楼上で宴を催した際、左遷された父を訪ねる途上にあった王勃が招かれ、席上つくったのが「滕王閣詩」とその序で、ともに甚だ名高い。元・陶宗儀『南村輟耕録』巻二十五「院本名目」に列挙される院本の脚本名のなかに「滕王閣」がある。／（25）「滕王閣詩」の序で王勃は自らを「三尺微命」と謙遜している。三尺の童子のように無知で取るに足らぬ者という意味であるが、ここではそれを「身の丈三尺にも満たなかった」と解して冗談としている。／（26）いずれも「滕王閣詩」の序の冒頭から引く。大意は以下の通り。「南昌はかつての豫章《よしょう》郡の治所にして、いま洪州都督府の所在地である。星座では翼《よく》宿と軫《しん》宿とに属する」。「かつてこの地から掘り出された名剣たる龍泉と太阿の光は斗宿と牛宿の区域を射す。傑出した人物を輩出する秀でた土地であり、南昌の人である徐穉《じょち》（字は孺子）は、客ぎらいの陳蕃に、普段は懸けてある腰掛けを（徐穉を迎えるため）下ろさせるほどの人物であった」。底本は「龍光」を「文光」に作る。

頼む。――行ったり来たりで、節級の門口に
着いたぞ。
傅末：（浄に）外で控えておれ。
浄：腰掛けをさっさと頼む。待っているから、中へ入って節級にお伝えしてくれ。
外：王勃どのをお招きできたかな。
傅末：お招きいたしました。門の外に控えております。
外：お伝えするのだ、中の門でお迎えいたすとな。榛《はしばみ》と松の実の入った泡茶《ほうちゃ》を淹れ、切り分けた肉と粥でおもてなししよう。
（対面する）
外：これぞまことの王勃どの。ひと目おがんだ尊き姿は、三生にわたる身の幸い。（叩頭する）
浄：（あわてて）腰掛けはどこだ。
外：（続けて）古《いにしえ》より今に至るまで、かかる出会いはいと難し。名こそ聞けどもお目にかかりしことなく、本日お目にかかったならば、名を聞くによほど勝りけり。（再び叩頭する）
浄：（あわてて）腰掛けはどこだ。
傅末：ずらかるとしよう。
外：聞くならく、公は博覧強記にて、筆の走ること龍蛇のごとく、まことの才子なりと。それがし、渇いて飲み物を求め、暑きに涼しさを欲するほどに、お目にかかりとうございました。さらに両拝をお受けいただきたく。
浄：（あせって）おっ父さんは元気か。おっ母さんは元気か。姉さんに妹さん、家じゅうみな元気か。
外：みな元気でございます。
浄：母ちゃんとやる犬ころめ。家じゅう上から下まで元気というなら、俺にもちっとは腰を伸ばさせろ。

まさしく――

百宝は腰帯をかざりたて
真珠は臂韝《ひこう》にからみつく（臂韝は袖を包むカバー）
笑う姿は目の前に咲く花[27]
舞い終え頭の上に纏う錦（歌舞の褒美には錦を贈った）

宴席では酒がすすめられ、並み居る役人らはみな笑う。薛太監はおおいによろこび、役者の頭を席まで呼

んで銀子一両を褒美に与えれば、叩頭して拝謝した。すぐにふたりの若い芸人、李銘《りめい》と呉恵とが出てきて弾きかつ歌った。ひとりは箏《そう》、ひとりは琵琶を弾いた。周守備がまず手を挙げ、二名の太監に花を持たせて言うには、

「老太監さま、お申しつけ下さい。あのふたりには、かたじけなくも御前にて、いずれの組歌を歌わせましょうか」

劉太監、

「ご列席のみなさまからお先に」

周守備、

「老太監さま、道理から言ってこの順番は当たり前、話し合うには及びませぬ」

劉太監、

「ふたりのお若いの、『ああ浮世は夢のごとし(28)』を歌っておくれ」

周守備、

「老太監さま、それは隠居して世をはかなむ歌。本日は西門大人の慶事で、誕生日でもありますから、歌うにふさわしくございません」

劉太監がまた、

「『紫綬《しじゅ》ゆるされたる高官にはあらねども、金の釵つけた後宮の婦人らを預かる』は歌えるかな」

周守備、

「これは『陳琳 化粧箱を抱く』の雑劇(29)ですな。本日のめでたい席では、歌うにふさわしくございません」

薛太監、

「ふたりをこちらへ。私が申しつけよう。〔普天楽〕の節《ふし》の『人生のつらきことはまず離別(30)』を知っているかな」

夏提刑は大笑いして、

(27) 唐・杜甫の詩「即事」。この詩は『水滸伝』第八十二回にも引かれている。／(28) 原文「嘆浮生有如一夢裡」。『詞林摘艶』庚集、『雍熙楽府』巻十四に収められ〔集賢賢〕の旋律から始まる組歌の冒頭の一節。／(29)『元曲選』に収められる作者不明の『金水橋陳琳抱粧盒』雑劇のこと。宋の真宗が李美人との間に太子（のちの仁宗）をもうけるが、嫉妬した劉皇后が太子の殺害を企てる。皇后の命にそむいた侍女の寇承御から宦官の陳琳が太子を預かり、化粧箱に入れて救いだすという筋。潘金蓮が李瓶児に嫉妬して官哥の殺害を図るという『金瓶梅』の展開をも予示している点に注意。上で言及される歌は第二折で陳琳が登場する際に歌われるもので、『詞林摘艶』己集、『雍熙楽府』巻九などにも収められる。／(30) 元・張鳴善の散曲。この曲は第六十五回で実際に歌われる。

「老太監さま、これは離別をうたう歌詞ですから、ますますいけません」

薛太監、

「われら内官の営みからいって、陛下のお側仕えのことならわかるものの、歌のもつ味わいはわかりかねる。何を歌わせるかは、この人たちにまかせましょう」

夏提刑はなんといっても金吾衛の職にある官員なので、この司法官に任せようと楽師のひとりが席まで来たところへ言いつけるよう、

「〔三十腔〕(31)の組歌を歌ってくれ。きょうは西門さまが官職につき俸禄をいただくことになったお祝いだし、めでたい誕生日でもあり、弄璋《ろうしょう》(32)のお慶びもあったのだから、この組歌がうってつけだ」

薛太監、

「弄璋のお慶びとはなんのことかな」

周守備、

「おふたりの老太監さま、本日は西門大人のお子様の満一ヵ月のお祝いでもあり、われら同僚みな、些少ながら慶賀の礼物を持参しているのです」

薛太監、

「われらは……」

とて劉太監に、

「劉さん、こんどふたりで穴埋めの礼物をお贈りしてお祝いしましょう」

西門慶は礼を述べ、

「小生が豚児のひとりをもうけましたことなど、お祝いいただくには及びませぬ。老太監さまには、どうかお心遣いはご無用にねがいます」

言い終えると玳安を呼び、奥から呉銀児と李桂姐を出てこさせ、宴席で酒をすすめさせる。ふたりの歌い女は装いを凝らして登場し、花の枝が風に揺れるように、ぴたりと上座に向けて、蠟燭を挿しこむかのように四たび叩頭し、立ち上がると徳利を手に酌《しゃく》をして、ひとりずつにうやうやしく酒を献じた。ふたりの楽師がさらに組歌の新作をひとつ歌えば、歌声はのびやかにして、まこと余韻が梁《はり》をめぐってとどまるほどの響き。

この夜、前で歌い後ろでは舞い、錦に花の絢爛《けんらん》ぶりにて、一更（午後七〜九時）すぎまで飲みつづけると、やっと薛太監が立ちあがった。言うには、

「私ども、ひとつには過大なおもてなしにあずかり、ふたつには祝いの席ということで、おもわず長々と痛飲してしまい、たいへんご厄介をおかけいたしました。

小生はおいとまいたします」

西門慶、

「茶の一杯ほどしかおもてなしできませんでしたが、ご光臨を賜ること叶いまして、あばら家もとみに輝きを増してございます。さらに片時なりとごゆっくり、興の名残《なごり》までお尽くしくださいませ」

一同は揃って席を立って、

「私ども、すっかりおさわがせいたしました。酔いが回りましたので、これにて」

と、おのおの身をかがめて礼をし、感謝を表した。西門慶は何度も懇ろに引き止めたが応じないので、仕方なく呉の大舅《おおあに》、二舅《にばんめ》たちと共に、表門まで見送りに出た。湧き起こる太鼓や楽の音《ね》が天に喧《かまびす》しく、左右に並ぶ灯火が燦爛《さんらん》と輝きわたる中、客人たちは前と後ろを取り巻かれ、先払いに導かれながらかえっていったのだった。まさしく、

どれだけ楽しんでも昼間だけではみじかいと
わざわざ蠟燭をかかげて花の紅《べに》化粧を照らす(33)

といったところ。

はてさて後はどうなりますか、まずは次回の解きあかしをお聞きあれ。

---

(31) 第十六回訳注(18)を参照。／(32)『詩経』小雅・斯干に由来する表現。男の子が生まれると璋(たま)をおもちゃに与えたという。ここでは単に男児が生まれたことを指す。／(33) 下の句は原文「故焼高燭照紅粧」。宋・蘇軾の詩「海棠」の一節。

第三十二回
李桂姐《りけいしゃ》が義理の娘と認められること
応伯爵の冗談がぴたりと嵌《は》まること

富《かね》は貴《くらい》の基《もとい》とは諺《ことわざ》に言う通り
財が官を生むと知らぬ者なし
官途をたぐるのは引立て次第
貴顕につながるは出世の近道
悪党と縁を結べば皆が恐れて
豪強の威を頼れば侮《あなど》る者なし
繁栄を目にしたら寂寞《せきばく》を思え
人の力が天の時に敵《かな》う筈《はず》なし

さてその日、役人らの宴席が散じると、西門慶は呉の大舅《おおあに》、二舅《にばんめ》、応伯爵、謝希大をなお宴のつづきに引き止め、楽師らには酒と食事を出させた。言いつけるには、

「お前たちはあすまた来て一日つとめてほしい。県の役所から四人の長官さまをお招きして酒を飲むんだから、すべてにわたってさらにきっちり支度せんといかんぞ。終わったら、きょうの分とまとめて褒美をやるからな」

楽師ら、

「私ども、決して気をゆるめたりいたしません。あすは皆、ぱりっとした下ろしたての服にておつとめに参りましょう」

酒と食事を終えると、叩頭《こうとう》してかえっていった。ややあって、李桂姐と呉銀児がハンカチで頭をくるんで出てくると、にこにこしながら、

「父様、もう遅いですし駕籠《かご》も来ましたから、私らは失礼します」

応伯爵、

「娘や、まったくいいご身分だな。旦那ふたりがここにいるってのに、曲のひとつも歌って義理のお兄上にお聞かせしようとすら思わず、そのままかえろうってかい」

桂姐、

「そういうことを言うから、吠えない犬あつかいして

売っ払うことすらできやしない。私らは二日間、家にかえってないんだよ。おっかさんがどれだけ待っているか」

伯爵、

「なんだって待つんだよ。山吹色の李《すもも》でもひとつ取っていこうってのかい(1)」

西門慶、

「まあいいさ、ふたりをかえらせてやりな。連日のお役目でたいへんだったんだ。李銘《りめい》や呉恵にちょっと歌わせようや」

とて、たずねるには、

「食事は済ませたのかい」

桂姐、

「さきほど大奥様がお部屋で食べさせてくださいました」

そこで蠟燭を挿しこむかのように揃って叩頭するところに、西門慶は言いつけて、

「ご両名は、こんどまた出向いてきてほしい。あとふたり、鄭愛香《ていあいこう》でも韓金釧《かんきんせん》でもいいから呼んでくれ。親戚や友達を酒に呼ぶから」

伯爵、

「チビ淫婦にいい目を見さすんですかい。こいつらに呼ばせたら仲介料をとりますぜ」

桂姐、

「お前は架児《はしわたし》（三一三頁）でもないのに、どうしてそんなによく知ってるのさ」

言い終えると笑いながらかえっていった。伯爵はそこでたずねる。

「兄貴、こんどはどなたをお招きになるんでしょう」

西門慶、

「その日は喬《きょう》さん、呉の兄上おふたり、花の大哥《おおあにき》（花大）、沈《しん》の姨夫《ぎけい》（月娘の長姉の夫）、それから仲間の兄弟たちで、一日たのしもうって寸法さ」

伯爵、

（1）原文「玉黄李子児、掐了一塊児去了」。「玉黄李子」は「玉皇立子（皇帝が太子を立てる）」に掛けており、赤ん坊でも身籠って帰るのかという皮肉になっている。もとは『金水橋陳琳抱粧盒』雑劇（第三十一回訳注(29)）第二折にて、劉皇后から箱の中身を「李子（李美人の子）」ではないかとたずねられた陳琳が「玉皇（黄）李子」であるとごまかしたことに由来する表現。第二十七回訳注(46)も参照。

「それについては一も二もないが、俺らは兄貴にご迷惑のかけすぎだ。その日はこのふたりでやっぱり早めに来《こ》にゃならん。兄貴といっしょに、主人役の手伝いをするんだ」

西門慶、

「ご両名のお気遣い、痛み入るよ」

話が終わり、李銘と呉恵が楽器を手に登場して組歌をひとつ歌うと、呉の大舅《おおあに》をはじめ一同は、やっと揃って席を立つのだった。その晩のことは措く。

翌日になると、西門慶は県の役所から四人の長官を招いた。先方からはあらかじめ、子をもうけたばかりの西門慶へ祝賀の礼品が届けられていた。その日、薛《せつ》太監が早く来たので、西門慶は唐破風造《からはふづく》りへと請じ、茶でもてなした。薛太監はそこでたずねた。

「劉さんは礼物を届けてきましたかな」

西門慶、

「劉老太監さまからも礼物を頂戴いたしました」

ややあって薛太監は、

「坊やにお出ましいただき、ひとめ拝見したいものです。縁起物を贈らせてください」

西門慶はことわれず、玳安《たいあん》を奥に遣わし、坊やを抱っこして出てこさせるほかなかった。

ほどなくして、官哥《かんか》を抱いた乳母が通用門のところまで連れて出てきたのを、玳安が引きとって座敷へ連れてきた。薛太監は見ると手放しで褒めそやした。

「りっぱな坊ちゃんですな」

そこで呼ぶよう、

「小者はどこにおるか」

すぐに黒衣の使用人ふたりが、沈金《ちんきん》の漆の箱ふたつに入った礼物をとりだした。赤めく玉虫織りの官製緞《どん》子《す》が一匹、福寿康寧の文字をあらわした金めっきの銀銭が四つ、寿星の彩色画を金箔や顔料で飾りたてたでんでん太鼓が一つ、八宝をかたどった銀飾りが一揃え。言うには、

「貧乏宦官で、たいしたものを持っておりません。こういうつまらぬ品ですが、坊やのおもちゃにさしあげましょう」

西門慶は拱手《きょうしゅ》の礼をして感謝した。

「老太監さまにはお心遣いをたまわりまして」

目通りが済むと、坊やは抱えられて部屋へもどったが、このことは措く。

西門慶が薛太監に相伴《しょうばん》して茶を飲み終えると、八仙

卓（2）が運びこまれ、まず食事が並べられた。十二の碗に盛られたおかずに、新米で炊いた飯が出される。ちょうど食べ終えたところへ、急に門番がやってきて知らせた。

「お四方の長官さまがお見えです」

西門慶があわてて衣冠をととのえ、二の門の外で迎えたのは、知県の李達天、県丞《けんじょう》の銭成、主簿の任廷貴、典史の夏恭基。それぞれまず刺を通じたのち、広間にて礼を交わした。薛太監がようやく出てくると、役人らは薛太監に首座を譲った。ほかに尚《しょう》挙人（3）も陪席して、主客に分かれ席が決まると、一座にひとめぐり茶が出された。ややあって、階《きざはし》の下から太鼓や楽の音が響き、笙歌《しょうか》の調べ犇《ひし》めく中、宴席に酒が供された。芸人が演目の目録を差し出し、薛太監が四幕の「韓湘子昇仙記（4）」を選んだほか、いくたびかの群舞も披露されたが、見事にととのった出来ばえだった。薛太監はおおよろこびし、左右の者を呼んで銭ふた緡《さし》を出させ、楽師への褒美とした。この日の役人らの酒盛りが、夕方まで続いてやっとお開きになったことはこれまでとする。

さて、家にかえった李桂姐は、西門慶が提刑官となったのをみて遣り手婆と謀《はかりごと》をめぐらしていた。翌日、餡入りの焼菓子一箱、豚足一揃え、家鴨《あひる》の丸焼き二羽、酒二瓶、女物の靴一足を買い求め、男衆に箱荷《はこに》を担がせて、朝まだき先んじて駕籠でやってくると、月娘を義理の母と仰ぎ、その義理の娘になろうとした。

進み入るとまず月娘に、にこにこしながら蠟燭を挿しこむかのように四双八拝（5）の最敬礼をした。自分のおば（李嬌児）と西門慶への叩頭は後まわし。これにた

（2）正方形の八人がけテーブル。／（3）第七回訳注（19）を参照。／（4）韓湘子は韓愈の甥とされる仙人。四幕（原文では「四摺」）で構成されるのは、元代に盛んだった雑劇と呼ばれる形式の戯曲であることを示す。元曲（雑劇と散曲）の作家作品目録『録鬼簿』続編に、陸進之の『升仙会』という今日では失われた雑劇が見え、正式な題目を「陳半街 悟りを得て蓬萊に到り、韓湘子 引度（教化）して仙会に升《のぼ》らす」という旨が記録されている。明代に盛行（正しくは復興）した伝奇という別様式の戯曲にも、韓湘子が韓愈を済度するという筋のものがみえる（『韓湘子九度文公昇仙記』）。前日の宴で場に相応しからぬ歌を注文した薛太監が選んでいる点から、世継ぎ誕生を祝うに相応しからぬ、俗世をすてることを称揚する芝居としてここに挙げられ、小説の結末をも暗示しているのであろうと思われる。この雑劇は第五十八回でも上演されている。／（5）目上に対する最敬礼。拝と叩（叩頭）の動作を四度くりかえすのでこの名がある。

李桂姐は呉月娘の義理の娘となる

ぶらかされた月娘は有頂天になり、言うには、

「先日おっかさんから丁重な礼物をいただいたばかりなのに、きょうはお前にまで気を遣わせてしまったね。こんなにたくさん礼物を買わせてしまって」

桂姐は笑いながら、

「おっかさんが申しておりました。父様はいまや役人となられたのだから、しょっちゅう中《くるわ》へお越しになっていた頃のようにはいかない。私はただ、義理の娘にしていただければよろしいのです。親戚づきあいとなれば、お屋敷へもうかがいやすくなるかと存じまして」

これにあわてた月娘は、いそぎ桂姐に上着を脱いでいっしょに座るように言い、礼物を収めたところでたずねた。

「呉の銀姉《ねえ》さんとあとふたりは、どうしてまだ来ないの」

桂姐、

「呉銀児とはきのう示し合わせたんですが、どうしてまだ来ていないんでしょう。おととい父様からお申しつけがありましたので、鄭愛香と韓金釧を呼んでおりますが、私が参りますときには駕籠が門口に揃っておりましたから、そろそろ着くかと存じます」

言いも終わらぬうちにあらわれたのは銀児と愛香。もうひとり緋色の紗《しゃ》の単衣《ひとえ》を着た年少の女郎とともに、衣裳の包みを提げて戸を入ってきた。まず月娘に向かい、花の枝が風に揺れ、刺繍帯が舞い漂うかのように叩頭した。李桂姐が上着を脱いで炕《オンドル》の上に座っているのを見て、呉銀児が言うには、

「桂姉さん、あんたは人がいいね。私らをちょっと待ちもせず、さっさと先に来ちまうんだから」

桂姐、

「来るのを待ってたんだけど、門口に私の駕籠があるのを見たおっかさんが言ったの――銀姉さんは先に行っちまったんじゃないかい、お前もさっさとお行きってね。そっちが遅くなるなんて、わかるもんですか」

月娘は笑って、

「遅くなんてありませんよ。お前たちもお座んなさい、みんないっしょにお茶をしましょう」

とてたずねるには、

「こちらの姉さんのお名前は」

呉銀児、

「韓金釧の妹の玉釧《ぎょくせん》です」

ほどなくして小玉がテーブルを据え、茶請《ちゃう》けの小皿八枚と点心の小皿二枚とを並べて、四人の歌い女《め》に供

した。

　李桂姐は自分が月娘の義理の娘であることをひけらかし、月娘の炕《オンドル》に座り、玉簫《ぎょくしょう》とふたり、核《さね》を剝《む》いてはくだもの箱に装《よそ》うのだった。呉銀児、鄭愛香、韓玉釧は下手の腰掛けに一の字に並んで座っていた。桂姐はなおも張り切って、且《か》つは、

「玉簫姉さん、済まないけどお茶があったら一杯注いでちょうだい」

　と呼ばわり、且つはまた、

「小玉姉さん、手を洗いたいから、お水があったらすこし汲んできて」

　と呼ばわる。小玉は本当に錫《すず》の盥《たらい》に水をすくい、手を洗わせてやった。呉銀児たちは皆、目を剝いてその様子を見ていたが、何も言おうとはしなかった。桂姐はさらに、

「銀姉さん、あんたら三人も楽器を持って、一曲お母様に歌ってさしあげなさいよ。私はさっき歌ったの」

　月娘と李嬌児が向かい側に座っているので、こう言われては呉銀児も楽器を取らざるを得ない。すぐに鄭愛香が箏《そう》を、呉銀児が琵琶を弾き、かたわらで韓玉釧が歌って、「八声甘州」の節《ふし》から始まる「花《かざり》におおわれ翠《ひすい》をちりばめ」の組歌[6]ひとつを披露した。やがて歌い終え楽器を置くと、呉銀児が口を切って月娘にたずねた。

「父様はきょう、どういったお役人がたを招かれてお酒を召すのでしょう」

　月娘、

「きょうお招きしたのは、みなさん親戚や友達ですよ」

　桂姐、

「あのおふたりの太監は、きょうはいらっしゃらないのですか」

　月娘、

「薛太監は、きのうひとりだけでこちらに見えたけど、劉さんというかたは見えませんでしたね」

　桂姐、

「劉太監はまだしもですが、薛太監というのはお戯《たわむ》れが好きで、人のことをつねってくるものだから、気が気じゃありませんでしたよ」

　月娘、

「とどのつまりは宦官さまなんだから、なんでもありゃしない。しばらく好きなようにからかわせときゃいいのよ」

桂姐、

「おっしゃることはごもっともですが、おかげでどれだけあたふたしたことか」

ちょうど話しているところに、玳安がくだもの箱を取りに入ってきて、四人が部屋で座っているのを見ると言うには、

「お客様の半分はもうお見えで、そろそろ席に着かれるところだ。お前たち、さっさと支度して座敷に出ないか」

月娘はそこでたずねた。

「表には誰が来ているの」

玳安、

「喬の大旦那、花の大旦那、大舅《おおあに》さま、二舅《にばんめ》さま、謝さん、皆さん来られてずいぶんになります」

桂姐がたずねた。

「きょうは、応二の花子《こじき》と祝の麻子《あばた》のふたりはいるのかい」

玳安、

「仲間のお十方は、きょうはおひとりとして欠けておりません。応二さんは辰の刻（午前八時ごろ）にはおいでになっていました。父様がご用事にいかせましたが、すぐかえるとおっしゃっていました」

桂姐、

「うへぇ。毎度この刀の錆《さび》の団体さんがいると、どれだけ遅くまでまとわりつかれるかわかったもんじゃないんだ。私、きょうは出ていきません。それより部屋で母様に歌をお聴かせすることにしますよ」

玳安は、

「まったく勝手なもんだな」

と、くだもの箱を持って立ち去った。桂姐、

「母様はご存じないんです。祝の麻子《あばた》は酒の席となると、上下の唇は止まることを知らず、耳に入るのはあいつの話だけ。人にどれほど叱られたって気にしないんです。あいつと孫寡嘴《そんかし》のふたりの厚かましさといったらありませんよ」

鄭愛香、

「いつも応二とつるんでる祝の麻子《あばた》め、こないだは張小二って旦那といっしょに私のところへ来て、銀子《ぎんす》十

（6）賈仲名『鉄拐李度金童玉女』雑劇の第一折にみられる組歌で、冒頭の一節は宴席の歌い女たちのきらびやかな装いを歌ったもの。『詞林摘艶』丁集、『雍熙楽府』巻四などにも収められる。

両で妹の愛月を呼ぼうとしたの。おっかさんが『あの子はこないだ南の人に水揚げさせてまだひと月も経たないし、南の人もまだ出立してないのに、あんたを客に取れるもんですか』って言ったんだけど、何度いっても承知しなくてね。鬱陶しくなったおっかさんは戸に内側から門をして、会いに出るのをやめちまった。張の若旦那はたいそうな金持ちで、大きな白馬にまたがり、小者を四、五人も従えててね。うちの母屋に居座って、どうしてもかえらないの。焦った祝の麻子《あばた》ときたら、体を棒杙《ぼうくい》みたいに伸ばし、中庭にひざまずいて言ったものですよ。『どうでもおっかさんにお出まし願って下さい。この銀子をお収めいただき、ひとめ会って茶の一杯も出してやるよう月姉さんに言ってくださったなら、すぐにかえります』って。私ら、笑ったのなんのって。洪水にやられて憐れみ乞いしてるみたいな、まったく厚かましいぶつめが」

呉銀児、

「張小二の旦那は、こないだは董猫児《とうびょうじ》を囲ってたでしょう」

鄭愛香、

「猫児の虎口《あそこ》にふたつ灸をして、ずいぶん前から丁八《ふなか》ですよ(7)。ここしばらく、ずっとふらふらしてます」

そこで桂姐に向き直り、

「きのう、城門外の荘園でのお清めの席(8)で周肖児に会ったら、あんたによろしくと言ってましたよ。なんでも、こないだ聶鉞《じょうえつ》とあんたの家《みせ》に行ったんだけど、あんたはいなかったって」

桂姐は目配せをして言った。

「私は父様のお宅に来てたの。あの人は姉さんの桂卿と過ごしました」

鄭愛香、

「あんた、あの人(9)とつきあいなんてちっともなかったのに、どうしてお熱くなったの」

桂姐、

「くそ忌々しい劉九児《こじき》(10)とだって。あいつを馴染《なじ》みにしてたっていうの。あのろくでもないぶつを。まったく、恥ずかしくて死んじまいますよ。あいつが事をしでかしてからというもの、会う人来る人みんなから、私に避けられてるといってあいつが怒ってるという話を聞かされるんだから。おっかさんは言ってました。『あんたが私らの家にずっと居たなら、なにか少しばかり買って世話してやるくらい構やしないさ。あんたはべつの誰かさんとお熱くなったんだ、こっちもそこまでおめでたかないね(11)』って。紛《まが》いの水晶を南に向けたら丁口心ってやつよ」

話を聞きながら、皆はいっせいに笑った。月娘は炕《オンドル》に座って聞いていたが、

「お前たちがここしばらく話してること、私にはわかりませんよ。どこの符牒《ふちょう》でしゃべっているものやら」

この話は切り上げることにしよう。

さて、表の棟には客人が顔を揃え、西門慶が威儀をただし酒をすすめた。皆に首座を譲られた喬大戸がまず西門慶に杯を捧げたところで、三人の歌い女が奥から出てきた。みな頭には真珠の冠が揺らめき、身には蘭麝《らんじゃ》の香《か》が匂いたつ。応伯爵はひとめ見るやからかって、

「なんだってボロ布《ろくでなし》が三人も、どこから来たんだね。おい通せんぼしな、入れちゃだめだ」

そこでたずねて、

「ご主人、李家の桂姐はどうして来ないんで」

西門慶、

「知らないな」

手始めに、鄭愛香が箏を弾き、呉銀児は琵琶、韓玉釧は阮《げん》(12)をかき鳴らし、朱の唇を開いて、白い歯を覗かせ、〔水仙子〕の節で「馬蹄《ばてい》金を鋳《い》て虎頭牌とし(13)」と始まる組歌を、まずひとつ披露した。ややあって酒がすっかり行きわたると、喬大戸が首座に着き、次いで呉の大舅《おおあに》、二舅《にばんめ》、花の大哥《おおあに》、沈の姨夫《ぎけい》、応伯爵、謝希

(7) 丁の字と八の字をあわせると「不」になる。／(8) 原文「収頭」。埋葬後、遺族がざんばらにしていた髪を束ねる儀礼。

(9) 底本「馮」だが、文脈と合わぬので崇禎本が「他」と改めるのに従う。張小二（後文では張二官とも）を指す。英訳の注でロイは、第六十八回の鄭愛月がこの箇所の李桂姐とよく似た言い回しで張二官（張懋徳）を悪しざまに罵っていることを指摘する。／(10) 戯曲に登場する劉九児という乞食の名が、その職を指す一般名詞となったもの。／(11) 原文「硝子石望著南児、丁口心」。硝子は人造水晶。解釈は諸説わかれる。一説に、硝子石の「石（実に通じる）」、望著南児の「南（難に通じる）」、丁＋口で「可」、それに最後の「心」をつなげて「実難可心（まったく気に入らない）」の意。／(12) 底本『撥板』に誤るが、第四十四回の類似表現に基づき「撥阮」に改めた。阮については第十一回訳注(15)を参照。／(13)『雍熙楽府』巻十八に収められる、四首の〔水仙子〕から成る「栄貴」と題された歌の第二首冒頭。馬蹄金は馬蹄の形をした金塊。虎頭牌は高位の役人が帯びて身分を示す金属製の牌で、虎の頭の装飾がついていた。

大、孫寡嘴、祝日念、雲離守、常時節、白来搶、傅自新《ふじしん》、賁地伝《ほんちでん》と、しめて十四人が上手の席で八つのテーブルについた。西門慶は下手の主人の席にすわる。歌う声はのびやかに、舞い姿はくるくると、酒は波となり流れ、肴《さかな》は山をなす堆《うずたか》さであったこと、述べ尽くせるものではない。

酒がいくたびかめぐり、組歌が三つ吟じられる頃になると、応伯爵は宴席から口を開いて言うよう、

「ご主人、あいつらには歌わせんでもよろしいですぞ。とっかえひっかえして、結局は犬が戸を引っ掻くみたいな聴くに堪えない組歌を、二つ三つ回してるだけ。そんなもの誰が聴きたがりますか。ご家来に言って席を三つ持ってこさせ、ご列席の皆様に酒でもすすめさせた方が、歌よりかえってましですぜ」

西門慶、

「まずは上座の親戚方《がた》に、組歌を二、三曲お聴かせしようじゃないか。この犬ころ根性め、こんなふうに宴席をぶち壊すんだからな」

鄭愛香、

「応花子《こじきのおう》ったら、門の陰で花火をする——日が暮れるのを待ちきれずってとこれね」

伯爵はわざわざ席を下りてやってくると罵った。

「けったいなチビ淫婦。暮れるとか暮れないとか、なんのことだい。そんなこと、お前のおっかさんのあそこくらいにしか気にしてないね」

玳安を呼びつけて、

「罰として楽器をぜんぶ取りあげてやりな」

片手でひとりずつ引っぱり、三人とも宴席へ連れてくると、酌《しゃく》をさせようとした。鄭愛香、

「けったいなぶつめ。手も足も地につかないような、むちゃな引っぱりかたをしやがって」

伯爵、

「本当のところを言ってやろうか、チビ淫婦め。時に限りあり、遠からず青刀馬のご到来だ。酒をくれよ、待ちきれねえ」

謝希大、

「青刀馬ってなんのことだい」

伯爵

「寒鴉《ぶるり》ときたら、そりゃ青刀馬《またがる》だろうが(14)」

これには一同どっと沸いた。すぐに呉銀児が喬大戸に、鄭愛香が呉の大舅《おおあに》に、韓玉釧が呉の二舅《にばんめ》に酒をすすめ、それからふた手にわかれて順番に酌をしていっ

た。そうして呉銀児が応伯爵の前まで来たところで、伯爵はたずねた。

「李家の桂姐はなんで来ないんだ」

呉銀児、

「応二さん、あんたほどのお方がまだご存じないんですか。李桂姐はいまや大奥様と縁組みした義理の娘ですよ。応二さんにはお伝えしますから、お心ひとつに収めてくださいな。さてもうまく謀《はか》ったもんですよ。おととい父様のお宅でお開きになってから、連れだって家にかえったんです。ふたりして、こんどは朝いっしょに来ましょうって約束したんで、私は家で支度してずっと待ってたんです。あの人が胸にいちもつ、早々に礼物を買うや先回りして来ているなんて、わかるものですか。私にこんな遅くなるまで待ちぼうけ食わせやがって。女中をあんた(李桂姐)の家にやって覗かせたら、あんたは出たと聞かせられるし、どれだけおっかさんに叱られたことか。すぐにそこな姉妹ふたりと追いかけたのはよかったけど、あんたはもう父様母様を拝して義理の娘になった後。そのもくろみを私に言ったからって、何が変わったわけでもあるまいに。あんたの分け前を横取りするとでも思ったのかね。人をたばかって、うまいことやりやがって。おかげでさっきは、大奥様の炕《オンドル》に座りこんだあの人に、自分が奥様の義理の娘なのを得意げにひけらかされましたよ。核《さね》を剥いてくだもの箱に詰めたり、物をあっちにこっちに運んだりしてみせたりして、私らを踏みつけにしたんです。そのときは知らなかったんだけど、奥で六娘《ろくおくさま》がさっきこっそり教えてくださったことには、あの人、大奥様に靴を一足つくり、餡入りの焼菓子一箱と家鴨二羽、豚足一揃えに酒二瓶を買って、たいそう早くに駕籠で来ていたんですって」

と、一部始終をひととおり話して聞かせた。伯爵は聞いて言うよう、

「あいつ、今こっちにいるのに出てこようとしないなら、構やしない、俺がきっとあのチビ淫婦めを引きずり出してやる。教えてやろう、あいつはきっと遣り手婆と相談したのさ。お前の大旦那が役人になって、刑罰をつかさどるようになったもんだから、ひとつには

(14) 解釈の分かれる箇所だが、寒鴉は寒天の鴉のように震えること、青刀馬は刀を帯びて馬に跨るというわけで、いずれも射精ないし性交を指す隠語との説に従った(『金瓶梅詞典』)。

権勢を恐れ、ふたつには足が遠のくのを心配したんだ。そこで義理の娘となったのをいいことに行き来して、縁切りできないようにしたわけさ。当たってるとは思わんかね。――お前にひとつ策をさずけてやろう。あいつは大奥様の義理の娘にしてもらったんだから、お前もこんど礼物を買ってきて、こっちは六娘《ろくおくさま》の義理の娘にしてもらえばいいのさ。お前とあのかたとは、どちらも亡くなった花さんの連《つ》れだったわけだし、おのおの我が道を行きゃいいのさ。そうだとは思わんかね。お前も、あいつに腹たてるほどのことじゃあるまい」

呉銀児、

「応二さんの言うとおりね。家にかえったらおっかさんに話してみます」

言い終わり酒をすすめて席を離れると、次に酌をしに回ってきたのは韓玉釧。伯爵、

「韓の玉姉《ねえ》、ご苦労ご苦労。かたくるしいあいさつは抜きだ。お前の姉さんは家で何してるんだい」

玉釧、

「姉さんは家でお客さんに囲われてるんで、ずいぶんお座敷へ歌いに出てないんです」

伯爵、

「五月にお前の所で厄介になったが、それきり姉さんには会ってないはずだな」

韓玉釧、

「あの日は応二さん、なんでまともに腰を下ろしもせず、とっとと行っちまったの」

伯爵、

「あの日は、そうでもなきゃもっと居たんだが、一座に反りの合わないのがふたりいたのと、お前の大旦那のこちらに招かれてもいたんで、先に失礼したんだ」

韓玉釧は、伯爵が一杯空けたのを見て、もう一杯を注いだ。伯爵、

「よしよし。あまり注がんでくれ。飲み切れないから」

玉釧、

「応二さん、ごゆっくりどうぞ。召し上がったら歌をお聴かせしますよ」

伯爵、

「俺の姉さん、誰に教えてもらったのかね、まったく、そう来てくれなきゃ。諺にも言うだろ、〝金銀ひり出す子どもは要らぬ、人情の機微に聡《さと》いが肝心〟って。さすがは麗春院《くるわ》のべっぴんさんだよ、将来おまんま食い上げる心配はいらねえな。鄭家のあのチビ淫婦より

ずっとましさ。拗《ねじ》け女め、のらくら逃げてばかりで、もう歌おうとしねえんだから」

鄭愛香、

「応二の花子《こじき》め、うわごと言ってろ。ごあいさつだね」

西門慶、

「お前って犬ころ根性は、さっきはもう歌うなといって腹を立ててたのに、こんどはまた難癖かい」

伯爵、

「それはさっきの話で、いまは酌も済んだってのに、何も歌わせない法がありますかい。俺に銀子三銭があったなら、あのチビ淫婦め、幽霊に臼挽《いいようにこきつかって》きさせてやるんだが」

韓玉釧はしかたなく琵琶を取ってきて、席上で小唄を四つ歌った。伯爵はそこで西門慶にたずねた。

「きょうは李桂姐をどうして出てこさせないんですか」

西門慶、

「きょうは来てないよ」

伯爵、

「さっき奥で歌ってるのが聞こえたのに、あいつのためにうそをおつきになる」

そこで玳安に、

「構やしない、奥からさっさと呼んできな」

玳安は動こうともせず、言うには、

「それは応二さんのお聞きちがい。奥の歌声は、女芸人の郁大姐《いくねえさん》が奥様方に弾き語りをお聴かせしているんです」

伯爵、

「このちっちゃなべらべら口め、まだ俺を騙しおおそうというのか。自分で奥へ行って呼んでくるぞ」

そこで祝日念が西門慶に、

「兄貴、いいじゃないですか。李桂姐を呼んで、ご列席の親戚方に一杯ずつ酌をさせるだけのことです。歌わせなくたっていい。あいつがきょう付け届けにきたんだってのはわかってますから」

西門慶はこの連中にまとわりつかれて捌《さば》きかね、しかたなく李桂姐を呼ばせに玳安を奥へやった。

李桂姐はちょうど月娘の母屋で琵琶を弾きながら、呉の大兄嫁、楊姑娘《おばさん》、潘のおっかさんらに歌を聴かせているところだったが、玳安が呼びに入ってきたので、

「誰がお前をよこしたの」

とたずねれば、玳安、

「父様がおよこしです。参上してひと巡りお酌をしてく

ださるよう桂姨《おば》さまにお頼みしろと申しつかりました」

桂姐、

「母様、父様はご無体ね。さっき出ませんと申しあげたのに、なお呼びつけるなんて」

玳安、

「父様は、皆様にまとわりつかれて捌《さば》きかね、それで私めをおよこしになったのです」

月娘、

「まあいいでしょう。出ていってぐるりとお酌をしたら、さっさと下がってくるだけのことでしょ」

桂姐はかさねて玳安に、

「ほんとうにお前の父様が呼ばれたなら出ていきます。もし応二の花子《こじき》だったら、あいつがどういって呼ぼうが、一生出ていくもんですか」

そこで月娘の鏡台に向かい化粧を直し、着飾って出てきた。その姿を皆が見れば、頭には銀糸の束髪冠をつけ、その周りに金線細工の釵《かんざし》や櫛《くし》を挿し、頭の上には真珠や翡翠《ひすい》がうずたかく積まれている。上には蓮糸織りの衣裳を着け、下には翠《みどり》の綸子の裙《スカート》を履く。尖がってきゅっと反る一対の靴には赤い鴛鴦《えんおう》の模様があり、色白の面《おもて》には翠の面花《かおかざり》が三つ貼ってあって、一陣の珍《めずら》かな香りが鼻をうつ。上座に向かいぴたりとひとつだけ叩頭すると、すぐに金箔を散らした扇で顔をおおい、恥じらう素振りで髪飾りを直して、西門慶の前に立つのだった。

西門慶は錦をかぶせた腰掛けを上座に据えるよう玳安に言いつけ、桂姐に喬大戸へ酒を献じさせた。喬大戸はといえばあわてて腰を浮かし、

「そのようなお気づかいは無用に願います、ご親戚の皆様もおいでですから」

西門慶、

「まずは喬の大旦那からどうぞ」

桂姐はそこで、薄絹の袖を軽く揺らし、黄金の樽を高く捧げて、喬大戸に酒をすすめた。伯爵が脇から言うよう、

「喬の御大、お座んなさい。こいつに侍《はべ》らせとくことです。麗春院《くるわ》の女郎だ。歌をきかせ酒をすすめるのがこいつの仕事ですからな。甘やかしちゃなりません」

喬大戸、

「応二どの、こちらの娘さんはほかでもないこちらの大官さまのご贔屓《ひいき》。それがし、どうしてご迷惑をおかけできましょう。落ち着いて立ち居もできなくなるの

は御免です」

伯爵、

「親方、ご安心を。こいつ、いまや女郎はやめました。西門の大人《たいじん》が役人になられたってんで、願い出て義理の娘にしてもらったんです」

桂姐はたちまち顔を赤くして言った。

「うわごと言ってろ。誰がそんなでたらめを」

謝希大、

「ほんとうにそんなことがあったのかい、俺たち知らなかったよ。きょうは旦那がたがここにおおぜいお集まりで、俺たちもひとりも欠けちゃいない。いい機会だから、それぞれ銀子五分ずつ祝儀を出しあい、ここな兄貴にお贈りしよう。義理の娘との縁組みを、ひとつお祝いしようじゃないか」

伯爵が引き取って、

「やっぱり兄貴が役人になったのがよかったのさ。昔から、こわいのは官《やくにん》よりも管《とりしまり》ってね。このたび乾《ぎり》の女《むすめ》が得られたわけで、上からちと水でも注いだ日にゃ、おいしい汁も滴るだろうて(15)」

「この犬ころ根性め。大きな世話焼きと気ちがいの変哲ばかり抜かしやがる」

と、西門慶に罵られた伯爵は、

「外地の鉄ってのは、いい刀が打てるもんでしてね」

鄭愛香はちょうど沈の姨夫《ぎけい》に酒をすすめていたが、口をはさんで、

「応二の花子《こじき》、李桂姐が義理の娘になったんなら、あんたはこんど大旦那の乾《ぎり》の児子《むすこ》になったらいい。引っくり返せば児《あたし》の乾《ぎり》の子さ(16)」

伯爵は罵って、

「このチビ淫婦め、お前も死にたりないとみえる。俺にからまれたくなけりゃ、念仏《うた》を聞かせておくんな」

李桂姐、

「香姉《ねえ》さん、この花子《こじき》を二言三言、罵ってやってくださいな」

(15)「乾女」は義理の娘という意味だが、「乾」が「かわいた」とも読めるのを利用し、水を掛ければ潤って汁が滴ると言っている。「汁」はまた「姪」(おい、めい)に掛けてあり、これで西門慶との間に子ができれば、義兄弟の自分からみて甥または姪の誕生であるとの意をこめる。/(16)原文「児乾子」。「児」を女性の自称ととり、自分の義理の子といって貶めているとの説(『金瓶梅詞話校注』)に従ったが、「二根子《ふたなり》」に掛けているなどの異説もある。

鄭愛香、

「この望江南、巴山虎、汗東山、斜紋布——望巴《かいしょうなし》の汗斜《うわごと》(17)——になんて、構うことはないさ」

伯爵、

「このチビ淫婦が。もったいぶった言い回しで罵られたら、俺も口じゃお手上げだ。こうなりゃわけもなくとことん引っかきまわして、お前のおっかさんのズボン紐まで引きちぎってやるさ。見てな、そのうちお前に功徳を積んでやらないかどうか。もっともお前はへいちゃらだろうがな、五道将軍(18)だって神様と思わねえんだから」

桂姐、

「つつくのはこのへんにしときましょ、お兄さんはとさかに来ちゃったみたいよ」

鄭愛香は笑って、

「応二の花子《こじき》ったら、きょうは鬼と酉《とり》が車に乗ってるってなもんで、醜さが加速してるね(19)。冬瓜《とうがん》の花ってやつで、醜さ果てることなしだ(20)。こいつったら、尼の王さんの《わけのわからぬやつ》子なんだねえ」

伯爵、

「このチビの拗け女、みんな相手にしないのを、俺だけはどうにか我慢してやってるんだぞ」

桂姐は罵って、

「けったいな刀の錆め、まったくきれいなお口だよ。こっちの歯茎までがたがたになっちまった。父様、このままこいつを二つ三つも叩かずによろしいんですか。見てくださいな、このふざけっぷり」

西門慶は罵って、

「けったいな犬ころ根性のぶつめ。こいつに酌をさせといて、戯れかかるとはなんだ」

席まで行ってひとつどやすと、伯爵、

「このチビ淫婦め。旦那の権勢に乗っかろうってんだろうが、お前なんてこわがるかよ。まったく、父様って呼ぶ声の甘ったるさといったら」

つづけて、

「酌をさせるのはひとまず止《や》めだ。かえっていい目を見せちまう。さっきの没収品を持ってきな。組歌を一曲うたってもらおうじゃないか。奥でしばらくぐずるしてたんだ、そろそろいいだろうよ」

韓玉釧、

「応二さんは曹州の兵備(21)ってなもんで、あっちにもこっちにも口を出しますね」

こちら表の棟で、花に錦の絢爛《けんらん》ぶりにて酒を飲みふざけたことは措く。

さて潘金蓮は、李瓶児が子どもを生んでからというもの、西門慶がいつもその部屋で休むので、たえず嫉妬の心を抱き、つねに不平の意を蓄えていた。西門慶が表の棟で宴の最中と知ると、鏡台の前にて双の蛾眉《がび》を巧みに描き、蟬の羽《はね》の如き鬢を直し、唇にはかるく朱を点じ、服を整えて自室を出た。李瓶児の部屋で子どもが泣いているのが聞こえたので、入ってくるとたずねるには、

「なんとお母さんが部屋にいないのかい。どうしてこんなに泣いてるの」

乳母の如意《にょい》が、

「奥様が奥の棟へおいでになると、坊やはおっかさんが恋しくて、こんなふうに泣くんです」

潘金蓮はにこにこと進み寄って子どもをあやし、言うには、

「生まれていくらも経たない、ちっちゃなみどりごだってのに、お母さんがわかるんだねえ。お前のお母さんを探しに、奥へ抱っこしてってあげようね」

単衣《ひとえ》をゆるめて子どもを抱こうとしたところで、乳母の如意が言った。

「五娘《ごおくさま》、坊やを抱っこなさってはいけません。ひょっとして五娘のおからだにお叱呼《しっこ》してはいけませんから」

金蓮、

「けったいなばっちい娘め。何がまずいのさ。おむつを当ててときゃ構やしないよ」

とて官哥を預かり、懐に抱いてまっすぐ奥へ向かった。中の門のところまで来ると、子どもをさっと高くに持ち上げた。思わぬことに、呉月娘はちょうど母屋の軒下の廊下にいて、使用人のかみさんたちが次に出す料理を小皿に装《よそ》るのを見守っていた。李瓶児は玉簫

---

(17)望江南は詞の旋律名。巴山虎はツタ。汗東山は曲の旋律名(正しくは〔漢東山〕)。斜紋布は綾織りの布。頭の一字ずつをとってつなげると「望巴汗斜」となる(望巴は王八と同じ)。／(18)第二回訳注(23)を参照。／(19)鬼と酉を合わせると「醜」の字になる。下の句は原文だと「推醜」。「推」は車を押すの意で、「忒」(はなはだ)に掛けてある。／(20)冬瓜は身が青白いことから容貌の醜さの形容に用いられることがあり、かつ花期の長いことからこのようにいう。／(21)原文「曹州兵備、管的事児寛」。兵備は兵備道のことで、各省の重要な地域におかれ軍備を受け持った官名。曹州は山東・河南・江蘇の境に位置する要衝であり、その兵備道は管轄範囲が広いというのを、関わり合う案件が手広いというのに掛けた歇後語。

官哥を高くに持ち上げる潘金蓮

と部屋先で田螺《たにし》型のクリーム菓子(22)を箸で盛りつけていた。潘金蓮はにこにこしながら子どもを見て言った。

「『大媽媽《おおかあさま》なにしてるの』って。ほらお言い、『小さな大旦那が、お母さんを探しにきたよ』って」

月娘はにわかに顔を上げて見やり、言った。

「五姉さん、何を言ってるの。お母さんが目の前にいなくてよかったけど、こんな遅くに訳もなく抱っこして連れ出すなんて、どういうつもり。そんなに高く持ち上げたら、驚かせちまうでしょう。この子のお母さんなら、部屋で手がふさがってますよ」

そこで呼んで、

「李の姉さん、出ていらっしゃい。あんたの息子が探しにきましたよ」

李瓶児はあわてて出てきて、金蓮が抱いているのを見ると言うよう、

「小さな大旦那は、部屋でご機嫌よく乳母さんに抱っこされてたのに、いきなり探しにきたりして、どうしたの。五の母様のおからだに、お叱呼なんかしてないかしら」

金蓮、

「部屋でひどく泣いてあんたを探すもんだから、抱っこしておじゃましにきたんですよ」

李瓶児はあわてて懐をゆるめて引き取った。月娘はしばらく子どもをあやしてから言いつけた。

「しっかり抱いて部屋にもどしなさい。驚かせてはいけませんよ」

李瓶児は表の棟へもどると、こっそり乳母を叱った。

「この子が泣いたら、のんびりあやして私がかえるのを待つものでしょう。どうして五娘《ごおくさま》に抱かせて、奥へ探しになんてこさせたの」

如意、

「私も申したのですが、五娘《ごおくさま》がどうしても抱いていくとおっしゃいまして」

李瓶児は、如意が乳を飲ませて寝かしつけるのをゆっくり見守った。ところが、あろうことか眠りについてどれほども経たぬうちに、子どもは夢におびえて泣きだし、夜中に悪寒と消耗熱に襲われ、乳母の乳も飲まずに泣くばかり。李瓶児は狼狽した。

(22) 原文「酥油蚫螺」。宋・呉自牧『夢粱録』巻六、十二、十六にそれぞれ「小蚫螺酥」、「蚫螺滴酥」、「十色蜜煎蚫螺」の名が見える他、明・張岱『陶庵夢憶』巻四には蘇州名物として「帯骨鮑螺」が紹介されている。

こちら西門慶は表の棟の宴席がお開きとなり、四人の歌い女を送り出した。月娘が李桂姐に、毛羽だてて厚織りし金襴で縁取った生絹《きぎぬ》の服をひと組と、銀子二両とを与えたことは、こまごま述べるまでもあるまい。

西門慶は夜になると李瓶児の部屋へ子どもを見にやってきたが、子どもが泣くばかりなので、どうしたのかとたずねた。李瓶児は、金蓮が抱いて奥へ連れていった件は持ち出そうとせず、

「どうしたものか、寝て起きたらこんなに泣いて、お乳も飲まないいんです」

と言うにとどめた。西門慶、

「よく撫でて寝かしてやりなさい」

そこで如意を叱って、

「しっかり坊やを見もせずに、何にかまけてたんだ。驚かせるなんて」

奥へおもむき月娘に言うと、月娘は金蓮が抱いて出たときに驚かせたのだとすぐにわかったが、そのことはひとことも西門慶に告げることなく、

「あす、劉婆さんを呼んできて診させましょう」

とだけ言った。西門慶、

「あの老いぼれ淫婦を呼ぶのはやめな。でたらめに針やら灸やらするばかりだ。きちんと小児科の太医をお招きして診てもらうから」

月娘は従わずに、

「やっとひと月っていう子どもひとりに、なにが小児科の太医ですか」

と言い、翌日になり西門慶が朝から役所へ出かけるのを見送ると、小者を遣って劉婆さんを招き、診察させた。何かにおびえたのだと言うので、銀子三銭を出し、処方された薬を口から灌《そそ》ぎこむと、子どもはやっと穏やかに眠り、乳も吐かなくなった。李瓶児は、頭のうえの石がやっと地面に落ちたかのよう。まさしく、

胸いっぱいの心配事は
みな沈黙のなかにあり

といったところ。

はてさて、この後どうなりますか、まずは次回の解きあかしをお聞きあれ。

第三十三回

陳経済が鍵を紛失した罰に歌うこと
韓道国が妻を放任して胸を張ること

人生お先は見えぬといえども
富貴功名には操《みさお》を立てるまい
財貨や絹帛《けんぱく》を礎《いしずえ》に置くなかれ
人の力が天の時に敵《かな》う筈なし
世俗の栄枯はただ遣《や》り過ごし
風塵の集散すべて気に掛けぬ
君子の進退は任用如何《いかん》による
しかめっ面して何を待とうか(1)

さて西門慶は役所から家にもどると、入ってくるなり月娘《げつじょう》にたずねた。

「坊やはよくなったか。小者を遣って太医を呼ばせるんだ」

月娘、

「もう劉婆さんを来させました。あの人の薬を飲んで、子どもはもうお乳も吐かず、ここしばらくすやすやと寝て、いくらか良くなったみたいです」

西門慶、

「あの老いぼれ淫婦がでたらめに針やら灸やらするのを信用するのかい。やっぱり小児科の太医を呼んで診せなきゃいけなかったんだ。良くなったからまあいいが、もしわるくしていてみろ、役所にしょっ引いて、老いぼれ淫婦の指を締めてやったところだ」

月娘、

「そうやって好きほうだい言い立てて、人を罵るんですからね。あなたの子どもが、現にあの人の薬を飲んで良くなったのに、まだそんな口をたたいてわるく言うの」

言い終わると女中が食事を並べた。西門慶がちょうど食べ終えたところに、玳安《たいあん》が現れて、応二さんがお見えですと知らせた。西門慶は小者に茶を出させ、応二さんを唐破風造《からはふづく》りへお通しするようにと命じた。

(1) 宋・邵雍の詩「人に和して放懐す(和人放懐)」を大幅に改めて用いている。

月娘に、

「さっき俺が食べたおかずをそのままと、あと飯を小者に運ばせてお出しし、婿くんにお相伴《しょうばん》させるんだ。俺もすぐ行くからな」

月娘はたずねる。

「きのうの朝は、あの人をどこへ遣ったんですか。ずいぶん掛かってもどってきましたけど」

西門慶が教えるには、

「応の二哥《にあにき》の知り合いの何《か》という旦那がいて、湖州（いま浙江省）からの客商なんだが、城門外の旅籠《はたご》に五百両分の絹糸を置いている。それが売れしだいこっちを発ってかえろうと、じりじりしているんだ。割安で手放そうと俺に持ちかけてきたんで、銀子《ぎんす》四百五十両ならと応じた。きのうはあいつと来保に、大きな銀塊ふたつを、支払い銀の見本として持っていかせたんだ。もう話は着いたんで、きょう銀子を支払いにいかす約束だ。考えたんだが、獅子街の家が空いてるから、通りに面した二間をあけはなったなら、糸屋を店びらきするのにおあつらえ向きじゃないか。番頭をひとり雇い、来保だってもう鄆王府《うんおうふ》に官銭《かんせん》(2)を納めたんだから、あいつと番頭をあっちに置いとけば、家の番にもなるし、商売もさせられる」

月娘、

「またひとり番頭を探さなきゃなりませんね」

西門慶、

「応の二哥《にあにき》が言うには、知り合いに韓というのがいて、もともと糸屋の商いをしてたんだが、今は元手がなくて家でひまにしているそうなんだ。読み書きそろばんみな達者で、ふるまいも折り目正しいからと、再三のご推挙さ。日を改めてあいさつに連れてきてもらい、契約を結ぶつもりだ」

話し終えると、西門慶は部屋で銀子四百五十両を量り、来保に持っていかせた。唐破風造りでは陳経済が応伯爵に相伴してすでに食事を終えていた。心が焼けるまでに待ちこがれていた銀子の到来を目にして、伯爵は胸のうちでよろこんだ。西門慶にあいさつすると言うには、

「きのうは兄貴にご厄介かけました。家にかえったのが遅かったんで、けさは這《は》い起きるのもたいへんでしたよ」

西門慶、

「この銀子は、俺が四百五十両量ったものだ。来保に

打飼袋《うちかいぶくろ》を取ってこさせ、詰めるところをいっしょに見届けよう。せっかく日柄もいいから、きょうのうちに車をやとい荷物を運んできて、あっちの家に鍵を掛けて置いとくことにしようや」

伯爵、

「兄貴のおっしゃることはごもっともで。もたついてる間に南方出が悪知恵を働かせないとも限らない。荷物を運びこんじまえばけりがつくってもんだ」

そこで来保と馬に乗り、銀子を携えてまっすぐ城門外の旅籠へとおもむき、売買取引を済ませた。伯爵が陰で何の旦那とがっちり話をつけており、銀子四百二十両だけを取らせて三十両の上前を撥《は》ねたとは、誰が知ろうか。来保の面前では九両の仲介料だけが出され、ふたりはこれを等分したのだった。車をやとってその日のうちに荷を町に運びこみ、獅子街の空き家に積むと、戸締まりをして西門慶に復命した。

西門慶は応伯爵に、吉日を選んで韓という番頭を連れてこさせた。その人物を見るに、小柄の三十歳で、話は滔々《とうとう》、姿は堂々、満面に吹くは春風、全身これ和みの気。西門慶はその日のうちに契約を交わした。この男、来保とともに元手を預かると、人をやとって糸を染め、獅子街にて店舗を開いて、各種の糸を売り出した。一日に銀子数十両も売り上げたが、このことは措く。

光陰は速やかに、日月は梭《ひ》の如く、いつしか八月十五日が巡ってきた。月娘の誕生日とて、女客を招き宴席を設け、呉の大兄嫁、潘のおっかさん、楊姑娘《おばさん》、それに尼僧ふたりを二日にわたり家に引きとめる。夜には仏曲を歌い語ってもらい、いつもどおり、いっしょに二更（九時〜十一時）か三更（十一〜　時）まで過ごしてから、やっと休むのだった。

その日、西門慶は母屋に呉の大兄嫁が来ているのでそちらには居づらく、表の李瓶児の部屋へ官哥《かんか》を見にやってきた。李瓶児の部屋で寝ようとの心積もりだったが、李瓶児は、

「子どもがやっとすこし良くなったばかりで、気が乗りません。五の母様の部屋へ行ってお休みなさいな」

西門慶は笑って、

「いやならいいさ」

とて、金蓮の方へまわってきた。金蓮は亭主が自室に入ってきたと聞くや、まるで金銀財宝でも拾ったか

（2）実際の役所勤めを免除してもらうために支払う金銭。

のよう。あわただしく潘のおっかさんを追い立てて李瓶児のところで休ませると、部屋に銀の灯火《ともしび》を高々と点し、錦の布団を丁寧に広げ、香を焚《た》きしめ牝《びん》を洗い、その夜は西門慶に寄り添い共寝《ともね》した。枕辺《まくらべ》であらわした情の種々《くさぐさ》は、描き尽くせるものではない。すべてはただ、亭主の心を籠絡《ろうらく》し、ほかの女の部屋へ行かせまいとしてのことなのだった。まさしく、

鬣《たてがみ》ふるわせ飛ぶ蜜蜂は
緩みゆく蕾に薄ら化粧され春にたゆたい
香《か》をすすり舞う蝶々は
花びらの室《むろ》の奥に逗留して夜にみやびる

といったところ。

李瓶児は、潘のおっかさんがやってきたのを見るとあわてて炕《オンドル》の上に座らせ、迎春に酒の席を支度させ餅《ビン》を焼かせて、話しながら夜を過ごし、夜半にやっと眠った。翌日になると潘のおっかさんに薄青《うすあお》の綸子の袷《あわせ》を一枚と、繻子《しゅす》の靴の面《おもて》を二足分、さらに銭二百文を与えたので、婆さんは屁をたれ小便をもらさんばかりによろこび、もどって金蓮に見せると言った。

「これはあちらのお姉さんが私にくれたんだよ」

金蓮は見ると母親を逆に叱って、

「おっかさんはまったく意地きたないね。何がいいのさ、あの人の物なんてもらってきて」

潘のおっかさん、

「結構なお姉さんだこと。ひとさまが憐れんでくださったものなのに、そんなことを言うなんて。お前は着る物の一枚だって私にくれようとしたかい」

金蓮、

「お金持ちの姉さまにはかないませんよ。私の着る物だってないのに、何をあげろってのよ。ひとさまのものをただ食いしてきたんだから、しばらくしたらこっちでも幾《いく》つか小皿をととのえ、徳利に酒を注ぎ、持ってってお返しをしなきゃならないでしょう。でなきゃ後からああだこうだ、聞くに堪えないことを言われるに決まってるんだから」

とて、春梅に言いつけて小皿料理を八つ、つまみを四箱、酒を錫《すず》の瓶に一本用意させた。聞けば西門慶は家にいないというので、それらを箱へ入れて秋菊に李瓶児の部屋へと運ばせ、こう言わせた。

「奥様とおっかさんでこちらにうかがい、六娘《ろくおくさま》がお手

透きでしたらご一緒して一杯召し上がりたいそうです」

李瓶児、

「お前の母様に、またお気を遣わせてしまったね」

ややあって金蓮と潘のおっかさんがやってきたので、三人は腰をおろし酒を取って注いだ。春梅は傍らに控えて酌《しゃく》をする。女たちが話しているところに、秋菊が春梅を呼びにきて言った。

「経済さんがあちらで質草の衣裳をお探しで、楼《たかどの》の外の戸を開けにきてほしいそうです」

金蓮は言いつけた。

「経済さんに、衣裳を探したらこっちへきて一杯やりましょうと言っといて」

ほどなく、経済は数人分の服を探しあてて表へ向かった。春梅は部屋にもどって返事を伝えた。

「来られないそうです」

金蓮は、

「どうでも引っぱってきて」

と、さらに繍春《しゅうしゅん》を遣わして経済を呼んでこさせた。潘のおっかさんが炕《オンドル》の上に座り、小さなテーブルにつまみや料理が並び、金蓮と李瓶児が相伴して酒を飲んでいるところにあらわれた経済があわただしくあいさつすると、金蓮は言った。

「私はよかれと思ってあんたを酒に呼んだのに、なんだってもったいつけて来なかったの。そんなことじゃツキに見放されるよ」

唇で合図をして春梅に、

「たっぷり入る杯を持ってきて、経済さんにお注ぎしなさい」

経済は探してきた服を炕《オンドル》に置いて腰を下ろした。春梅は慣れた手つきで茶杯を取り、あふれんばかりに注いでさしだした。経済があわてて言うには、

「せっかく五娘《ごおくさま》から賜りましたが、小さな杯で二杯もいただければと存じます。表の店で大勢が服を待っておりますので」

金蓮、

「待たせときゃいいでしょ。どうしてもこの大杯は飲んでもらいます。あんな小さな杯でちびちびとなんて、まだるっこしい」

潘のおっかさん、

「お兄さんにはこの一杯だけさしあげるんだよ。ご商売でお忙しいんだろうから」

金蓮、

「そんなの本気にしてるの。なにが忙しいもんですか。ずいぶん行ける口ですよ。金模様の漆桶(おまるを指す)で、二番目の箍《たが》まで飲むんですからね」

経済は笑って杯を手にした。ふた口やっとすすったところで、潘のおっかさんが春梅に、

「お姉さん、お兄さんにお箸を出して。あてもなしで飲ませるつもり」

それでも春梅は箸を出さず、わざとなぶってやろうと、ごちそう箱から胡桃《くるみ》をふたつ取ってさしだした。

経済はうけとって、

「私が手を焼くところを笑い者にするおつもりですか」

とて歯の上に乗せ、ただひと咬みで割ると、酒のつまみにしてしまった。潘のおっかさん、

「さすがにお若いかたは歯が丈夫ですな。私みたいなのは、ちょっと硬いとなると、もう食べられません」

経済、

「息子め、世の中にふたつ、鵞鳥《がちょう》の卵みたいな石ころと、牛の角が食べられないきりです」

金蓮は経済が杯を空けたのを見ると、春梅にさらに一杯注がせて言うよう、

「最初の一杯は私からの分。おっかさんや六娘《ろくおくさま》だってないがしろにはさせませんよ。たくさん飲めとは言いません。三杯だけ飲んだら許したげる」

経済、

「五娘《ごおくさま》、息子めをお憐れみください。ほんとうにもう飲めません。この一杯だけでも顔が赤くなって、父様のおとがめを受けないか心配で」

金蓮、

「あんたも父様がこわいの。こわくないんだと思ってた。あんたの父様は、きょうはどこへ飲みにいったの」

経済、

「午後は呉駅丞《えきじょう》の家へ飲みにいかれました。いまは向かいの喬《きょう》大戸の家で、造作をご覧になっています」

金蓮、

「喬大戸はきのう引っ越したのに、きょうはお茶を届けずによかったの」

経済、

「けさ届けました」

李瓶児、

「あの方はどこへ引っ越されたの」

経済、

「中心街の東通りに、銀子千二百両を使ってたいそう

大きなお宅を買われました。私らの家と大差なくて、間口は七間、中庭を挟んで建物が奥まで五棟かさなっています」

話しながら、経済は鼻をつまんでもう一杯を流しこむと、金蓮の目を盗み、うまいこと服を引っつかんで雲を霞と逃げ去った。すぐに迎春が、

「奥様、ご覧ください、経済さんは鍵をお忘れです」

金蓮は拾うとその上に座って隠し、李瓶児に、

「あの人が探しにきても、まずは言っちゃいけませんよ。少々いたぶってから返しますから」

潘のおっかさん、

「お姉さん、返してあげりゃいいでしょ、このうえいたぶってどうするの」

経済は店舗まで来たところで袖を探ってみると鍵がないので、まっすぐ李瓶児の部屋へと探しにもどった。金蓮、

「あんたの鍵なんて、誰も見てませんよ。鍵を持っていながら、なんに係《かかずら》っていたの。どこかに置いたきりわからなくなったんでしょ」

春梅、

「楼の上に置いたまま鍵を掛けてしまったんじゃないですか。さっき、持って下りていらっしゃいませんでしたよ」

経済、

「持って出たと思うんですが」

金蓮、

「お子様ときたら、でかすぎる尻の穴から心臓が落っこちて、心ここにあらずだったのさ。家の者か外の者か知らないが、いったい誰があんたの鼻面を引き回してるんだい。そんなふうに魂あれど分別なしで、心が肝《きも》の上になくなっちまうなんて」

経済、

「誰かが衣裳を請け出しにきたらどうしたもんでしょう。父様がもどられないうちに、鋳掛師《いかけし》を呼んで楼の戸を開け、あるかないか確かめなきゃ」

李瓶児はこらえ切れず、ひっきりなしに笑っている。経済、

「六娘《ろくおくさま》が拾われたのなら、私にくださいませ」

金蓮、

「李の姉さんみたいな人は見たこともない。こいつの前で何を笑ってるんだか。まるで私らがこいつのものを取ったみたいじゃないですか」

あわてた経済は、臼のようにぐるぐる回るばかり。目を泳がすうちに、金蓮の身体の下から鍵の紐が覗《のぞ》いているのを見つけた。

「それが鍵じゃないですか」

と言って、手を伸ばし取ろうとしたものの、どっこい金蓮は袖の中にしまいこんで渡そうとしない。言うには、

「あんたの鍵が、どうして私の手元にあるのさ」

若者はあせって、殺される鶏みたいに首を突き出す《ひっしであたまをさげてたのみこむ》ばかり。金蓮、

「あんたは歌がうまいっていうじゃないか。外の店では小者らに歌ってやるそうなのに、どうして私には聴かせてくれないのさ。きょうはおっかさんと六娘《ろくおくさま》もここにいることだし、目あたらしいすてきなのを選んで三、四曲も歌ってくれれば、この鍵は渡してやるさ。そうじゃなきゃ、たとえあんたが白塔(3)に跳び上がってみせたところで、持ってないったら持ってないよ」

経済、

「五娘《ごおくさま》は人に難癖《なんくせ》をつけて胸を痞《つか》えさせようというので。私が歌えるなんてこと、誰が奥方様に申したのですか」

金蓮、

「まだぺてんをやるのかい。南京の沈万三に北京の枯柳樹(4)――人に評判あり樹に影あり、さ」

若者はいたぶられてどうしようもなく、言うよう、

「死ぬわけじゃないんだ、歌いましょう。私の腹の中には、心を働かせ肝を支えれば《ほんきになりさえすれば》、百曲きかせろと言われたって大丈夫なくらい歌が入ってるんです」

金蓮は、

「口の減らぬ早死にめ」

と罵って、みずから各人の前に酒を注いだ。金蓮、

「もう一杯飲んでから歌いなさいな。度胸がついて歌いやすいから」

経済、

「歌ってからゆっくりいただきましょう。くだものと花の名づくしの〔山坡羊《さんはよう》〕、お聴きください。

初めて見知ったのは桃園の誓い(5)
交わるうちにあんたを山吹色の李《こうたいし》(6)みたいに持ち上げた
あんたが翠《みどり》の花家《ぎろう》で飲んでるとみんな言うので
わたしゃ腹が立って
林檎みたいな頬を引っ掻《か》いて粉々にしちまった
あんたという悪党は

和林檎《わりんご》(7)の真似でもしたものか
ご立派なのは外面《そとづら》だけ
わたしゃ腹が立って
李《すもも》みたいな眼から珠の涙を垂らす
桃奴《ももやっこ》(8)を一対つかわしてあんたを探させたら
猿柿《さるがき》(9)の樹の下で見つかったから
私から去るって分かったの
わたしゃ腹が立って
鶴頂紅《かくちょうこう》みたいに頰を染め（鶴頂紅は茘枝《れいし》の一種）
緑の黒髪をひと束《たば》切り落としたというのに
あんたは海東紅のように上気して（海東紅は菊の一種）
逆に私がおかしいと言うの
牛心紅(10)の強盗めと罵ってやりました
私にしつこく迫るなら
枝にぶら下がってあの世へ行きます
秋になってあなたが実《み》を預けるのは誰でしょう
群雀《むれすずめ》が目の前で声高にさえずる
鵞毛《がもう》みたいに捨てられて（鵞毛は菊の品種）
斑竹《はんちく》の簾《すだれ》にかくれ怨みを叫びます
二羽の鵲《かささぎ》が慶事の到来を知らせてくれ
誰が来たのかと思っていると
なんと江南を望んで待ちこがれた人（望江南は波布草《はぶそう》）
わたしゃまだ水紅花《おおけたで》の下で化粧も終わらず
狗《いぬ》の奶子《うば》が門に出ていって咬みつこうとする（狗奶
子は枸杞《くこ》）
こっそり女中の迎春をやって（迎春花は黄梅）
あちらこちらであんたを探させる

（3）一般名詞としての白い仏塔の意であろうが、北京・妙応寺（白塔寺）に現存するラマ教式の白塔を指すとの説もある。
（4）沈万三は明初の名高い大富豪で、太祖の軍資を支えたとされる。「枯柳樹」は底本「枯樹」に作るが第七十二回に見える同じ表現に基づき改めた。北京の地名で、そこから掘り出された金銭によって明代の北京城が建造されたとの伝承があるという（『金瓶梅詞典』）。／（5）原文「在桃園児裏結義」。『三国志演義』第一回に、劉備、関羽、張飛が桃園で義兄弟の契りを結んだことが見える。／（6）原文「玉黄李子」。第三十二回訳注(1)を参照。／（7）原文「虎剌賓」。いま檳子とよばれる小ぶりの林檎。／（8）冬を経ても乾いた状態で枝から落ちずにいる桃を桃奴《とうど》と呼んだ。／（9）原文「軟棗児」（児は接尾語）。別名を「君遷子」ということから、離別を示唆する。我が国では信濃柿と呼ばれ、猿柿はその別名。／（10）李《すもも》の一種。ここでは「牛心」すなわち頑迷な性格であることを言う。

あんたは薔薇の生け垣から身を乗り出して
口からは丁子《ちょうじ》みたいな舌を覗かせ
私のことを玉簪《たまのかんざし》と呼びました
紅娘(11)があんたをゆるゆる部屋に通し
碧桃《へきとう》の花の下で(12)草合わせして
あんたはうまくやり私は金盞花《きんせんか》をうしなった
そのかみ転枝蓮のもとであんたと幾度《いくど》も絡み合い
(転枝蓮は鉄線《てっせん》)
あんたのことをつやめく石榴《ざくろ》の花なんて呼んだりした
女中のお菊から十姉妹へ（十姉妹は桜薔薇《さくらばら》）
言いふらされてもあんたは頬かむり
いったいなんてざまでしょう
これじゃひとさまのいい笑いもの

歌い終わると、すぐに金蓮に鍵を求めて言うよう、

「五娘《ごおくさま》、はやくお渡しください。番頭が店でどれだけ待ってるか知れません。ひょっとして父様だって見えるかもしれません」

金蓮、

「あんたはまったく勝手で、口がまた達者なこと。あんたの父様にたずねられたら、あんたはどこぞで酒を飲み、鍵をなくして私の部屋へ探しにきたと言っときましょうね」

経済、

「うへぇ。五娘《ごおくさま》は人をおちょくる首斬り役人ですな」

李瓶児と潘のおっかさんが脇から何度も、

「お姉さん、渡しておやりなさいよ」

と言ったので、金蓮、

「もしおっかさんと六娘《ろくおくさま》のとりなしがなければ、きっと日が暮れるまで罰として歌わせたところですよ。さっきは百曲だの二百曲だのと大きな口をたたきやがって、たった二曲歌ったらもう羽根を広げておさらばなんてね。見のがしたりするもんですか」

経済、

「あとふたつ、十八番《おはこ》のがあります。お金の名づくしの〔山坡羊〕、これもついでに奥方様にお聞かせしましょう」

とて、にわかに声も朗々と歌い出した。

にくい人　あんたが来なくって
ひと月も空しく文々《もんもん》と悩みました
あげく私は昔は鋳型《いがた》と胸たたき

糸紋投げ首してもはっきりわからず(13)
獅子みたいな頭の小者に（獅子頭は銀塊の円い突起）
黄色い札を持って呼びに行かせる
あんたは兵部窪《へいぶわ》(14)の元宝さんとこで夜のお楽しみ
私は銅磬《どうけい》さんとこにもつきあいました
いつか捨てられないかとこっそり不安だったから
あんたは刻印よろしく心にきざまれて
どう愁《うれ》いてもあんたなしでは救われない
呼んだってあんたは表《おもて》を高くもたげて相手にしない
火吹き筒を二本(15)つっこんで坩堝《るつぼ》を温めたまま
夜中まで空しく待たされる
わたしゃ腹が立って
上等の銀なのに顔色は竹の葉のようになり
銀色の歯を食いしばったものでした

官銀《かんのん》さまをお呼びして部屋の戸を閉め切り（官銀と観音は音が近い）
あの人情すり減ったにくい人が戸を叩いても相手しません
つぶされて三たび槽《そう》を乗り換えた(16)曲がった奴と罵ってやります
私の一身の煮えたぎる真心をすべてあんたに傾けたというのに
熱血あつかいされただけなんて
姉さん　お前が開元さんとこにいたとき（開元は開元通宝）
お前と俺は香を焚《た》いて誓いを立てた
俺は祥通祥元《じゃらじゃら》(17)と

---

(11) 原文「紅娘子花」。具体的に何の花かは分からない（ロイの英訳によればホオズキ）。紅娘は『西廂記』で男女の逢引きを取り持つ下女の名。／(12)碧桃は八重咲きで実をつけない桃。碧桃花下は男女密会の場所を指す慣用句。／(13)「糸紋《しもん》」は原文「細糸」。上質な銀の表面にあらわれるこまかな模様。ここではまた「細思」（よく考える）に掛けている。／(14) 北京の宮城西南に位置した通りの名。現在もこの地名は残っている。／(15) 原文「双火同（筒）児」（児は接尾語）。一説に「二火銅」すなわち二度精錬した銅を暗示する。本回訳注(21)を参照。／(16) 原文「搗槽」。搗はとりかえるの意。糸紋（本回訳注(13)を参照）のある銀を鋳造するためには、灰吹き法で得られた銀をふたたび溶かして土槽に入れる必要がある（『天工開物』五金）。なんども槽に入れられ鋳なおされたというのが表の意味で、「跳槽」（心移りすること）に掛けている。／(17) 底本は「祥道祥元」に作るが改めた。北宋・大中祥符年間に鋳造された祥通符宝、祥元符宝を指すか。ロイによれば「祥通祥元」は「響銅響円」に掛けてあるという。

潘金蓮たちに歌を披露する陳経済

黄色い縁のあるすてきな銭を持ち
お前んとこに入りびたっていた
香炉が割れたとお前にかつがれたのは予想外
現金(18)な遣り手婆がやたら腹を立てるのにも閉口だ
「楡《にれ》の莢《さや》(19)は身が軽く、筆の管は心が虚ろ」というやつ
姉さん　お前はまったく古銭みたいで
身体は小さく眼は大きく
取るべきところは何もない
一条棍《ならずもの》(20)のすり減ったべらべら口に
からかわれるのが関の山
連中はお前のつるつるの尻を露わにし
鏇辺《やすりがけ》して火漆《いぶ》(21)し
焼きをいれたり放り出して賭けをしたり
やりたい放題することだろう
おいで　やがてはむちゃくちゃに翻弄されて
砂混じりの悪貨ほどの価値もなくなっちまうから
表裏ある姉さん　俺の言うことよく聞きな
俺みたいなぴかぴかの金背《いいおとこ》(22)が
お前みたいな糸紋《しわ》だらけの塊と連れ添うなんざもったいない

　金蓮が春梅に命じ、歌い終えた経済へ酒を注がせようとしたところに、とつぜん呉月娘が奥の棟からやってきた。乳母の如意《にょい》が官哥を抱いて部屋の戸口の石台に座っているのを見ると言うには、

「子どもはやっとすこし良くなったところなのに、お前という犬の肉は、また風の当たるところで抱くなんて。さっさと入りなさい」

　金蓮がたずねた。

「誰が話しているの」

(18) 原文「鵞眼児」。「鵞眼銭」と呼ばれる六朝・宋の頃の粗悪な貨幣を意味すると共に、「餓眼」(貪欲な眼差し)にも掛けている。／(19) 原文「楡葉児」。おそらく漢代の楡莢銭《ゆきょうせん》と呼ばれる薄く軽い貨幣を指す。／(20) 明・嘉靖四十一年(一五六二)以降、北京の宝源局(造幣局)はコストを下げるため、器械によらず人力で縁にやすりを掛けた銅銭を作り始めた。竹や木の枝に通した数百の銅銭にまとめてやすりを掛けるため、そのような銭を「一条棍」と俗称した。「棍」にはまた悪党、無頼という意味がある。／(21) いずれも当時流通していた銅銭の分類。「鏇辺《せんへん》」は鋳造したのち器械によって縁にやすりを掛けた銅銭。「火漆《かしつ》」は二度製錬した黄銅で鋳造された銭で、目印に背面を火でくすべ黒くしてあった。／(22) やはり銅銭の分類で、四度製錬した黄銅で鋳造された銭のこと。目印に背面を金色に塗っていた。

繡春が答えた。

「大奥様がおいでです」

経済はあわてて鍵を取ると表へ飛び出していき、皆は席を下りて月娘を迎えた。月娘はそこでたずねて、

「陳さんはここで何をしてたの」

金蓮、

「李の姉さんが料理を用意しておっかさんをお招きくださったんです。質草の服を探しにきた陳さんにも、入って一杯どうぞってお勧めになりました。お姉さま、お掛けになって。すてきな甘いお酒ですから、一杯いかがですか」

月娘、

「私は結構です。奥で大兄嫁さまと楊姑娘《おばさん》がおかえりになるところなのだけど、この子のことが気になって、さっと見にきたの。李の姉さん、お前も注意しなきゃ。このうえ乳母に風の当たるところで抱かせるなんて。こないだ劉婆さんも、この子は体が冷えておびえているのだと言ってたのに、しっかり見てあげないと」

李瓶児、

「私らはおっかさんの相手をして飲んでおりまして。このぼっちい娘が知らぬ間に抱いて出るなど、思ってもみませんでした」

月娘はほんのわずか居ると奥へもどった。しばらくすると小玉がよこされてきて、おっかさんと五娘《ごおくさま》、六娘《ろくおくさま》、奥にいらっしゃいませんかと請じた。潘金蓮と李瓶児は化粧を直し、潘のおっかさんといっしょに奥へやってくると、大兄嫁や楊姑娘《おばさん》の相手をして酒を飲んだ。日の落ちる時分になると月娘と共に表門まで出て、客人が駕籠《かご》でかえっていくのを見送った。

揃って門の内側に立っているところで、口を開いたのは孟玉楼《もうぎょくろう》。

「大姉さま、きょうは父様もご不在で、呉駅丞のお宅へ飲みにいかれておいでです。喬大戸から買った向かいの家を見にいくのにはちょうどいいじゃないですか」

月娘は門番の平安にたずねた。

「あっちの鍵は、誰が持ってるの」

平安、

「奥様方が行ってご覧になりたいようでしたら、門は開いております。土方《どかた》ふたりがあちらで作業しているのを、来興《らいこう》の兄貴が監督しています」

月娘は言いつける。

「その者らを退《の》かしなさい。私たちが見にいきますから」

平安、

「奥様方はお好きなようにご覧になってさしつかえございません。連中は第四棟の大きな空き家で、灰を混ぜ土を篩《ふる》っていますから、呼んでまいりましょう」

そこで、月娘、李嬌児《りきょうじ》、孟玉楼、潘金蓮、李瓶児は皆、わずかな距離を駕籠に乗り、ふたりの土方により向かいの家へと担がれていった。二の門を入ると三間の広間で、その奥の第二棟は楼《たかどの》になっている。月娘は楼を上《のぼ》ろうとしたのだが、まことに不思議なことに、ちょうど階段の半ばまで上ったところ、思いがけず段差が急で、月娘はあっとひと声たてるや片足を滑らせてしまった。さいわい階段の両脇の手すりにつかまり、あわてた玉楼がすぐに、

「お姉さま、どうされましたか」

と、いそぎ片腕を抱えたので、もんどりうって落ちることはなかった。月娘はびっくりして、もう上ろうとはしない。皆で抱えおろすと、顔は脅えて蠟燭の滓のように土気《つちけ》ばんでいた。玉楼はそこでたずねるよう、

「お姉さま、上りざまにつまずくなんてどうされたんです。どこかぶつけませんでしたか」

月娘、

「引っくりかえりこそしなかったけど、腰をひねったんで、驚いて心臓が口まで飛び出てきましたよ。階段が急で、うちの楼に上るようなつもりでいたら、足を滑らせてしまって。手すりにつかまったからいいけど、でなければどうなっていたか」

李嬌児、

「お身体の具合もよろしくないようですし、こうなると知っていたら、上らなくてもよかったですね」

それから姉妹らは、月娘につきそって家にもどった。家に着くや、それに合わせたようにたちまち腹が痛くなった。月娘はこらえ切れず、西門慶の不在中とて、小者を遣わし劉婆さんを呼んできて診させた。婆さん、

「月の物が止まってからのおけがですから、おおかたよろしくないでしょう」

月娘、

「五ヵ月ちょっとでした。階段を上りざまにひねったんです」

婆さん、

「この薬をお飲みなさい。持ちこたえられはしません、下ろすしかないでしょう」

月娘、

「下ろしましょう」

婆さんはそこで、黒く大きな丸薬ふたつを置いていき、月娘に艾酒《よもぎざけ》で飲ませた。夜中にもならぬうちに下りてきたので、灯《あか》りを点《とも》し、おまるのなかを検《あらた》めてみれば、なんということ胎児は男の子で、もう人の形をしていたのだった。まさしく、

胚胎《はいたい》いまだ命をこの手にせざるに
御霊《みたま》すでに幽冥の界へといたれり

といったところ。さいわいその日、西門慶はかえっても母屋で寝ることはなく、玉楼の部屋で休んだのだった。

翌日になると、玉楼は朝早くに母屋へとおもむき、月娘に具合をたずねた。月娘は伝えた。

「夜中、やはり持ちこたえられなくなって、下りてきました。坊やだったんですよ」

玉楼、

「残念でした。父様はご存じないんですか」

月娘、

「父様は飲んで家にもどり、私の部屋まで来て服を脱ごうとしたんだけど、『ほかの人の部屋へ行ってちょうだい、気分がよくないの』と言ったら、やっとお前さんとこに行ったの。あの人には言いませんでした。今もお腹のなかがしくしくと痛みますよ」

玉楼、

「残った血が出きっていないのではないですか。お酒で鍋底のすすを飲んだら良くなりますよ」

さらに、

「お姉さま、まだ二、三日は気をつけないといけませんよ。まずは部屋でじっとして、外に出てはいけません。流産は月満ちてのお産以上に養生が難しいんです。冷気にでも当たられたら、お身体に障ります」

月娘、

「言うまでもないことです。でも、言いふらされて知れわたらないようにしないとね。赤っ恥のかき損ですからね、やれ卵もないのに巣を温めただのと、ひとさまの噂の種にでもなったら」

というわけで西門慶には知らせなかったが、このことは措く。

さて、西門慶が新たに雇った糸屋の番頭というのも、本分を守るような人物ではなかった。姓は韓、名は道

国、字《あざな》は希堯《ききょう》といって、ごろつきの韓光頭《はげのかん》の息子。今では落ちぶれ、おじの役職を引き継いで、やはり鄆王府で校尉をしている。目下、役所の東通りの牛皮小巷に住んでいた。この人、浮ついた性格で、言う事がでかく、話ぶりが巧みで、弁舌はさわやか。人に払うといった金は、影や風のように摑《つか》み所なくごまかし、人の財を騙《かた》りとるのも、袋から物を探り出すくらいの朝飯前。そんなわけで、この男の嘘つきぶりを見た街の人は、自然と韓道国ならぬ韓搗鬼《ぺてんのかん》と呼ぶようになった。西門慶の家の商売をするようになり手元の財物にゆとりができると、糞転《すか》がしの殻《したふく》を何枚か新調し、街で浮ついたでたらめを並べ、肩をそびやかしてふんぞり歩き始めたものである。これを見た人は、韓希堯と呼ぶのをやめ、もっぱら韓一揺と呼ぶようになった（堯と揺は同音）。その妻は、屠畜《とちく》を生業《なりわい》とする王という男の妹にて、排行《はいこう》で六姐《りくしゃ》といった。ひょろりと背が高くて瓜実顔《うりざねがお》、色は赤黒く、年の頃なら二十八、九。娘がひとりあって、親子三人で暮らしていた。弟の韓二は、二搗鬼《にばんめぺてん》と呼ばれているごろつきの搗子《あぶれもの》で、よそに住んでいる。昔からこの女とできており、韓道国が家にいらず店に泊まるとなれば、いつもやってきていっしょに酒を飲み、夜までつきまとってかえらないのだった。

口紅と白粉《おしろい》をつけ、化粧して色気をふりまき、いつも門口に立って色目を使うこの女に、はからずも街の遊び人どもが目を留めた。ところがちょっと手を出してみれば臭うが崩れぬ（五一七頁）というところで、もったいくさく罵りつけてきたので、街の若者らはなかなかおさまらない。こっそり二人、三人と寄り集まっては、陰であれこれ噂をし、あの女が裏でどんな奴と事を構えているのかと探りを入れ、半月も掛からずに義理の弟である韓二との艶聞《えんぶん》をかぎつけたのだった。

もともと牛皮小巷の韓道国の住まいは、間口が三間で、家の両脇には隣家が接し、裏門は溜《た》め池に通じていた。この連中、韓二が入っていくのを見さえすれば、婆さんを雇って水撒《みずま》きによこしたり、夜中に壁によじ登って覗いたり、昼間にはひそかに子《こ》ザル《そう》を放ち、裏の溜め池で蛾を捕まえるんだと偽らせたりして、ひたすら姦通の現場を押さえる機をうかがっていた。

はからずもその日、搗鬼《ぺてん》の韓二は兄貴が不在と聞きつけ、昼日中《ひるひなか》から酒を食らい、女とふたり酔っぱらうや、内側から戸に閂をして、部屋で事に及んだ。思わぬことに、連中はこのやりくちを横目でとらえており、

姦通の現場を押さえられた王六児と韓二

子ザル《こぞう》が壁を乗り越えて裏門を開けると、いっせいになだれこみ、部屋の戸をこじ開けた。韓二はふりきって逃げ出そうとしたが、若者のひとりに拳固《げんこ》をひとつ食らい、打ち倒されて捕らえられた。女房はまだ炕《オンドル》の上にいて、大あわてで服を着ようとしたが時おそく、ひとりが進み寄ってまずズボンをつかみとると、ふたりまとめて一本の縄でしばり、外へ引き出した。

すぐに門口には人だかりができ、野次馬は牛皮街の番屋までついてきて、通りじゅうがおおさわぎになった。この者はたずね、あの者はのぞき、韓道国の妻が義理の弟と姦《かん》を犯したぞと誰もが噂する。中に、男女ふたりがひとつに縛られているのを見て、左右の見物人に聞く者があった。

「これはどうしたことですか」

脇におしゃべりがいて、

「ご老体はご存じないんですか。義理の弟が兄嫁と姦通したんです」

その老人はうんうんとうなずいて言うよう、

「かわいそうに。なんと義理の弟が兄嫁を求めたとな。役所へ行ったら、兄嫁との姦通はふたりとも縛り首ですぞ」

脇にいたおしゃべりは、これが灰掻き《よめぬすみ》の陶と呼ばれる男なのに気づいた。息子が娶《めと》った嫁三人とも、立て続けにこの男に掻かれてしまったのだ。そこで口をはさんで言うには、

「ご老人は法律にお詳しいようで。今回のように義理の弟が兄嫁を囲った場合は縛り首として、もし義理の父が嫁を囲ったなら、これはどういう罪になるんでしょうな[23]」

老人は風向きがわるいと見ると、うつむいてひとことも発さずに去っていった。まさしく、

おのおのが軒下の雪を掃けばよい
よそさまの屋根の霜を気にするな

といったところ。こちらで搗鬼《ぺてん》の韓二と女が捕らえられたことは措く。

さてその日、韓道国は店での泊まり番には当たっておらず、早くかえることができた。八月中旬とて、身には軽い紗《しゃ》と軟らかな絹の服を纏い、新しく糊をつけ

(23)『大明律』巻二十五（刑律・犯姦）「親属相姦」の条によれば、この場合の刑は「絞」よりも重い「斬」となる。

た帽子に、細工の凝った網巾《ヘアネット》の留め輪、黒鳶《くろとび》の繻子の靴、混じり気なしの別珍《べっちん》の靴下という出で立ちで、扇を揺らしながら街を悠然と闊歩していた。およそ人に遇ったなら、座りこんでも立話《たちばなし》でも、懸河《けんが》の弁をばふるって、滔々と絶えることなし——と、毎度こんな調子なのだった。

　そのうちに出くわしたのはふたりの知り合い。ひとりは紙屋の張の二哥《にあにき》、もうひとりは銀職人の白の四哥《よんあにき》だったので、あわてて拱手《きょうしゅ》の礼をし、手を挙げてあいさつした。好問《しりたがり》と渾名《あだな》される張の二哥《にあにき》が、

「韓の兄貴、しばらくごぶさただったね。聞くところじゃ、めでたく西門の大旦那のお屋敷でお店を開いて商いをしているとか。我々、お祝いもさしあげそこなってしまったが、ご勘弁ねがいますよ」

　と、席をすすめた。韓道国は腰掛けに座ると、面《おもて》をのけぞらし、手にした扇を揺らしながら言うには、

「小生、非才の身ではありながら、皆様のおかげをもちまして、かたじけなくも西門の大旦那のもと、番頭を務めることに相成《あいな》りました。儲けは三対七で分け、巨万の財をつかさどり、数ヵ所の店舗を監督して、余の者に抜きん出るご重用をたまわっております」

　そこに謝汝謊《うそあばき》(24)というのがいて、

「兄貴があちらのお宅でなさっているのは、糸屋の商売だけとうかがっておりましたが」

　韓道国は笑って、

「おふたり(25)はご存じないのです。糸屋の商売とは名ばかりのこと。いまやあちらのお屋敷の大小の商売、資金の出し入れで、小生の勘定にかからぬものがありましょうか。提案すれば聞き入れられ、幸不幸ともに分かち合い、まったく私なしでは一時《いっとき》も立ち行きやしません。大旦那が毎日、役所からもどられてお食事をなさるときには、いつも招かれてお相伴いたします。私がいないと飯が喉《のど》を通らないんですな。私らふたりは、あのかたの小さな書斎で、ひまになると物をつまみ、話をしています。いつも夜中まで過ごしてから、やっとあの方は奥へ行かれるのです。先日、あちらの大奥様のお誕生日には、家内は駕籠に乗っていき義理を果たしたのですが、奥様に二更（九〜十一時）まで引き止められてお酒をいただき、やっとかえってまいりました。お互いに親しく交際して、少しの遠慮もありません。これは申しあげるべきではないでしょうが、表には出さぬ閨房《けいぼう》のことすらも、小生にはつねづねご相

談になるのです。小生はそもそもが、行いに重みがあり、決めたらやり通します。主人のためには利を興《おこ》し害を除き、たとえ火のなか水のなか。よろずお金のことはきっちりと、儲けを得るにも道義を重んじます。傅自新《ふじしん》だって、私には一目《いちもく》置いているのです。自慢して言うわけではなく、大旦那はまさしく私のそういうところがお気に入りなんですな」

ちょうど話が佳境にさしかかったところで、とつぜんひとりの男があわてふためいてやってくると呼ばわった。

「韓の大兄貴、こんなところで何をくっちゃべってるんだい。店までむだ足を踏んじまったじゃないか」

と、人気のないところまで引っぱっていき伝えるには、

「あんたの家でかくかくしかじか、奥方と二哥《にあにき》は街の連中にしてやられて、縛られたまま番屋へしょっぴかれ、あすの朝にはお裁きのため県の役所へ護送されるんだ。さっさと手づるを探って、手を打たないでいいのかい」

韓道国は聞くや、大いに驚いて色を失い、唇をしきりに舐め、地団駄を踏んで、すぐにもすっ飛んでいこうとするところを、張好問に呼び止められた。

「韓の兄貴、話もまだ終わってないのに、なんで行っちまうんだい」

韓道国は手を挙げてあいさつし、

「小生、家に野暮用ができ、お相手いたすことかないませぬ」

と、あわただしく立ち去ったのだった。まさしく、

西江《せいこう》の水を汲み尽したとて
洗いながせぬただいまの恥

といったところ。

はてさて、この後どうなりますか、まずは次回の解きあかしをお聞きあれ。

---

(24) 謝は解に音が通じ、謝（解）汝謊は「汝の謊《うそ》を解く」の意を隠す。／(25) 目の前に張、白、謝の三人がいるはずなので、この呼びかけは不自然である。崇禎本は謝汝謊を白汝晃に改め、白四哥と同一人物とみなしている。

・本訳書は、底本として『金瓶梅詞話』影印本（大安、一九六三）を用いた。ただし他の版本や先行研究などに基づき、注記せずに本文を改めたうえで訳出した箇所もある。詳しくは下巻所載の解説を参照されたい。

・作中、今日の人権意識に照らして不適切な表現もあらわれるが、古典としての作品の価値に鑑み、本文に忠実に訳出した。

・本巻の校正にあたっては、井上まゆ子氏の助力を得た。記して感謝申し上げる。

・本巻は科学研究費補助金（二五七七〇一三四）による成果の一部である。

〈訳者紹介〉
田中　智行（たなか　ともゆき）
1977 年、横浜生まれ。
2000 年、慶應義塾大学文学部卒業。
2011 年、東京大学大学院人文社会系研究科博士課程修了。博士（文学）。
日本学術振興会特別研究員（ＰＤ）、徳島大学准教授を経て、
現在、大阪大学大学院人文学研究科教授。
専門は中国古典文学（白話小説）。

主な著書に、
『とびらをあける中国文学』（共著、新典社、2021）
主な論文に、
「『金瓶梅』張竹坡批評の態度」（『東方学』第 125 輯、2013）
「『金瓶梅』におけるセリフの表現機制」
（『明清文学論集　その楽しさ その広がり』東方書店、2024）
などがある。

新訳 金瓶梅 上巻

定価（本体 3500 円 + 税）

乱丁・落丁はお取り替えします。

2018年 5月16日初版第1刷発行
2025年 6月 2日初版第3刷発行
訳　者　田中智行
発行者　百瀬精一
発行所　鳥影社 (choeisha.com)
〒160-0023 東京都新宿区西新宿3-5-12トーカン新宿7F
電話 03-5948-6470, FAX 03-5948-6471
〒392-0012 長野県諏訪市四賀229-1(本社・編集室)
電話 0266-53-2903, FAX 0266-58-6771
印刷・製本　モリモト印刷

ISBN978-4-86265-675-9 C0097

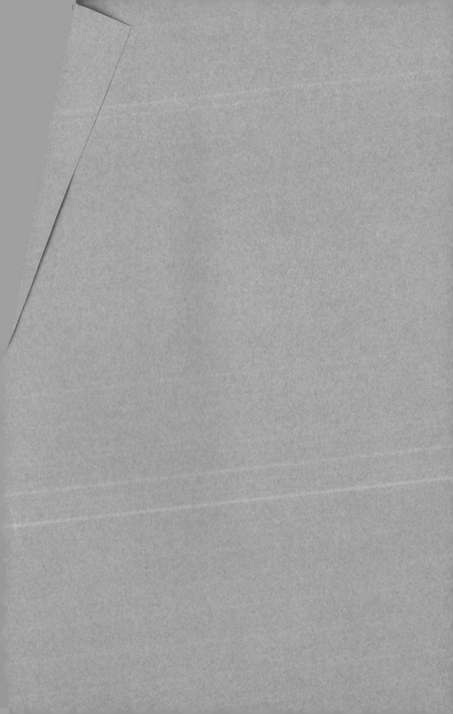